非虚构文学　　－想象一个真实的世界－

Darling Winston

亲爱的温斯顿

丘吉尔首相
与母亲四十年的通信

上册

Forty Years of Letters Between
Winston Churchill and His Mother

［英］大卫·劳 著

唐建清 译
王晓冰 陈所以 审校

中国社会科学出版社

图字：01-2021-0301号

图书在版编目（CIP）数据

亲爱的温斯顿：丘吉尔首相与母亲四十年的通信：
全二册 / （英）大卫·劳著；唐建清译. —北京：中
国社会科学出版社，2023.6
（鼓楼新悦）
书名原文：DARLING WINSTON: FORTY YEARS OF
LETTERS BETWEEN WINSTON CHURCHILL AND HIS MOTHER
ISBN 978-7-5227-1743-2

Ⅰ. ①亲… Ⅱ. ①大… ②唐… Ⅲ. ①书信集－英国
－近代 Ⅳ. ①I561.64

中国国家版本馆CIP数据核字 (2023) 第061476号

出 版 人	赵剑英
项目统筹	侯苗苗
责任编辑	肖小蕾
责任校对	韩天炜
责任印制	王 超

出 版	中国社会科学出版社
社 址	北京鼓楼西大街甲 158 号
邮 编	100720
网 址	http://www.csspw.cn
发 行 部	010-84083685
门 市 部	010-84029450
经 销	新华书店及其他书店

印刷装订	北京君升印刷有限公司
版 次	2023 年 6 月第 1 版
印 次	2023 年 6 月第 1 次印刷

开 本	880×1230 1/32
印 张	23.5
字 数	536 千字
定 价	129.00 元（全二册）

凡购买中国社会科学出版社图书，如有质量问题请与本社营销中心联系调换
电话：010-84083683

献给费利西蒂，

我们五个孩子的伟大的母亲

目　录

上　册

第一部分
少年烦忧（7—20 岁）

第二部分
离家从军（21—25岁）

下　册

第三部分
踏上仕途（25—32岁）

第四部分
"一战"硝烟（33—47岁）

序　言

我非常高兴我的曾祖父温斯顿·丘吉尔爵士（Sir Winston Churchill）和他的母亲珍妮（Jennie）之间的这些信件首次以通信的形式出版。我认为，历史对珍妮·杰罗姆（Jennie Jerome，她在美国出生时的名字）在塑造她儿子温斯顿早年生活方面所起的作用，以及她对一个伟大政治家的一生所产生的影响都没有给予足够的重视。没有什么比这些书信更能说明她是如何做到这一点的了。

珍妮·杰罗姆和她的美国祖先都是早期的殖民开拓者，是我们家族历史上的传奇。我的曾祖父很喜欢那些所谓的易洛魁人[1]祖先的故事，尽管我们现在得知这些故事并不真实。但珍妮那位杰出非凡的父亲——伦纳德·杰罗姆（Leonard Jerome）——在她身上点燃了一种开拓进取的精神，因而珍妮出落得优雅大方、才华横溢，十分迷人。1873年，十九岁的珍妮与年轻的伦道夫·丘吉尔勋爵（Lord Randolph Churchill）在英国皇家舰艇"阿里阿德涅号"（HMS Ariadne）上相遇，两天后伦道夫勋爵就向她求婚了。虽然珍妮的父母认为这个英国公爵家的二儿子

1　易洛魁人（Iroquois），北美印第安人。——译注

配不上他们的女儿，但这对年轻人却非常相爱。他们1874年结婚，温斯顿在那一年晚些时候出生。

温斯顿十几岁的时候，珍妮就不得不独自一人抚养他，因为温斯顿的父亲，伦道夫·丘吉尔勋爵病得很重，经常不在家。父亲死时温斯顿刚满二十岁。从那以后，珍妮就完全靠自己持家并抚养孩子了，而温斯顿则是一个很难管教的年轻人。

但珍妮不是一个普通的维多利亚时代[1]的母亲，大卫·劳（David Lough）在导言中已有详细描述。珍妮天性热情活泼，又相当有才华。她是一名达到演奏水平的钢琴家，能流利地说好几种语言，这是她童年时代在美国纽约、意大利的里雅斯特和法国巴黎学到的技能。这使她得以在婚后跻身于男性主导的维多利亚上流社会，并在其带来的种种冲击中生存下来，进而在一流的政治家、军人和知识分子组成的圈子中获得一席之地。

珍妮在她丈夫离世后保住了这种地位，并利用她的朋友关系网为温斯顿牵线搭桥；与此同时，她努力磨砺温斯顿那粗糙的性格棱角，又不挫伤他的热情。珍妮还将美国人强大的独立精神传给了温斯顿，在未来英国处于"孤立无援"的黑暗岁月中时，这种精神在他身上表现出来，后来又体现在他说服美国盟友参战并与之并肩作战上。我很欣赏我的曾祖父1941年12月在国会两院演讲时对他母亲表达的敬意，他说："我真

1　维多利亚时代（Victorian），即维多利亚（Alexandrina Victoria，1819—1901）女王当政时期（1837—1901）。——译注

希望我的母亲——我珍藏着对她的记忆——穿越岁月的峡谷，能在这里目睹这一切。"

他们长年通信表现出的惊人的亲密感，会让那些认为他们关系疏远或紧张的人打消念头。只有面对母亲，温斯顿才会把他内心深处关于自身的优点和缺点、关于对当时高级将领和政治家的想法，以及关于他早期尝试构建的政治哲学和盘托出。每当珍妮觉得他错了，她就会告诉他，同时她也会生动地描述维多利亚时代和爱德华时代[1]的精英们的奢华生活，作为一个受欢迎的客人，珍妮可以自由出入他们的乡间庄园。

所有这些，我们现在都可以在跨越四十年的往来信件中读到。大卫·劳编辑了一部精彩的通信集，让我们得以了解他们母子之间分享成功与失败、爱与失望、喜悦与绝望的情感经历。

这些信件不仅非常有趣，也为两人的关系提供了重要的历史线索，而这一关系在我曾祖父的个人性格、政治哲学和道德勇气的塑造过程中发挥了关键作用。

伦道夫·丘吉尔

克罗克汉姆山

2018年3月

1　爱德华时代（Edwardian），即爱德华七世（Edward VII, 1841—1910）当政时期（1901—1910）。——译注

导　言

从温斯顿·丘吉尔六岁生日起到他母亲珍妮·杰罗姆[1]（Jennie Jerome）去世，这四十年间他们通了1000多封信。珍妮保管儿子的信件比温斯顿保管她的信件好得多，温斯顿年轻时在印度西北部、苏丹和南非打仗的时候遗失了很多信件。然而，我估计，他们的信件至少有3/4保存了下来；尽管其中许多信件被单独收入母亲或儿子的传记中，但它们之前从未以母子之间不间断的通信形式出现过。

由于篇幅的原因，我不得不省略了一些信件，这些省略的信件大多是温斯顿在寄宿学校时写的，那时他每周都要给家里写信。他遵循做学生的套路，在体育或学业成绩的故事中穿插要求增加零花钱或家访的内容。我收入了这一类信件中有代表性的一些样本，但并非面面俱到。

温斯顿和他母亲珍妮之间的书信往来有许多吸引人的地方，这是我

1　珍妮1874年嫁给温斯顿的父亲伦道夫·丘吉尔勋爵后正式成为伦道夫·丘吉尔夫人；1900年至1914年第二次婚姻期间，她以乔治·康沃利斯-韦斯特夫人（Mrs George Cornwallis-West）的身份活动，之后更名为伦道夫·丘吉尔夫人，包括从1918年到1921年去世前她嫁给蒙塔古·波奇（Montagu Porch）的第三次婚姻期间。对她的孩子们来说，她始终是妈妈；在她的家人和好朋友那里，她就是珍妮，我在这本通信集里也是这样称呼她的。

在为一本较早的书——《香槟喝光了：丘吉尔和他的财富》(*No More Champagne: Churchill and His Money*)——做研究时突然想到的。当两个天生的书写者毫无保留地互相表达自己时，这些信件提供给我们的不仅仅是一种阅读的乐趣，也不仅仅是在第一次世界大战之前的岁月里，他俩在工作和娱乐时闪耀出的那种上层精英的历史之光——彼时，珍妮本身就像她儿子一样，是个著名的公众人物。

还有另外两个值得关注的地方。首先，这些信件帮助我们了解在温斯顿·丘吉尔长大成人过程中的心智成长。在温斯顿十几岁的时候，父亲伦道夫·丘吉尔勋爵得了重病，当时的医生把这种病当作梅毒来治疗，尽管现代医学并不能根据其症状下此定论。因此，珍妮承担起抚养那个任性的儿子和比他小六岁的弟弟杰克（Jack）的重担。

温斯顿二十岁生日后不久，父亲就去世了，珍妮成了一个单亲母亲。从此刻起，她帮助温斯顿逐渐树立他的教育观和人生观。温斯顿对军事、社会和政治人物以及当时重大议题的看法愈加成熟，他私下里将这些想法毫无保留地向她倾诉。她能回应以旗鼓相当的见解，因为她受过良好的教育，也有良好的社会关系，她认识她儿子过早评判的所有主要人物。

第二个值得关注的地方是，丘吉尔母子的信件几乎具有一部歌剧的特色，一方面，这部歌剧讲述了一位母亲对儿子不可动摇的爱的通俗故事；另一方面，这位母亲逐渐从年轻时充满活力的生命给予者，到晚年则成了孤独、衰老的负担。

在该剧的第一幕，这位母亲艰难地应对一个任性的孩子，而她的丈夫却在公众面前因可怕的疾病缓慢死去。在丈夫死后的第二幕中，她将自己的抱负融入儿子的成长中，运用自己多方面的杰出天赋来推动儿子的事业发展。然后在第三幕，正当他们的共同努力结出果实时，她受到了一个年轻求婚者的魅惑，这个求婚者比她年龄小一半。尽管有许多反对这桩婚姻的警告，她还是嫁给了他，而她儿子忠诚地站在她的一边。

幕间休息后，在第四幕中，她魅力减退，新的婚姻破裂，她的生活崩溃了。等到她请求儿子帮忙的时候，他的事业蒸蒸日上，他已经没有时间伸出援手了。在该剧最后一幕，他对自己的职业生涯进行了认真的检讨，以恢复他们的亲密关系，并为他们的通信提供了一个合适的结尾——他去了战场。尽管他幸存了下来，不久之后，她却遭遇了悲惨的结局，她的儿子来到她的病床前，只是已经太晚了，来不及说再见。大幕落下。

1874年温斯顿·丘吉尔出生时，写信是家人和朋友之间保持联系的惯常方式。1840年发明了可黏邮票，由写信人而不是读信人支付邮费，从而提高了邮政的普及程度。1837年至1874年，英国每年邮寄的信件数量从6700万封增加到十多亿封。以一枚红便士邮票（比如今的邮票略贵一点）的价格，信件投寄后的第二天，英国皇家邮政就能把半盎司重的信件送到英国几乎所有地区。伦敦的住户一天可以收到6份到12份邮件。

1870年以后，也有了发送电报的选择，但电报的前9个字的费用是一封普通信函的6倍。此外，电文必须由离发信人和收信人最近的两边邮局的职员抄写。因此，隐私得不到保障。电文的缩写也会引起误解，所以在大多数情况下，即使是生活奢侈的丘吉尔母子也更喜欢写信。

维多利亚时代的那些写信人（珍妮就是其中之一），每天用过早餐，通常要在卧室里花一两个小时来处理信件。人们去乡村别墅拜访时，别墅的主人也会为他们能够给客人提供带有顶饰的高质量信纸而感到自豪。男孩子们在八岁离家时就养成了写信的习惯。每个星期天，寄宿学校都会留出一小时让他们在监督下给家里写信。

信件内容通常是八卦且私密的，（按惯例）只有读信人才能阅读，除非写信人邀请他或她更广泛地分享信件内容。在某些情况下，收信人可能会被要求读信后把信烧掉；温斯顿曾让他妻子克莱门蒂娜（Clementine）烧掉几封信，但他只让他母亲销毁过一封信。

早在1710年，珍妮的祖先就从英国移民到北美的殖民地。开国元勋们开始着手建立一个不像他们的故国那样具有浓重父权色彩的社会；因此，当托马斯·杰斐逊（Thomas Jefferson）起草弗吉尼亚法律时，他有意识地拒绝在法条中规定长子继承和男性继承制，这是英国贵族社会的两大支柱。自1800年美国继承法在大部分州生效到目前为止，该法案对儿子和女儿一视同仁，包括那些非婚生的儿女。

大多数富裕的美国父母与英国维多利亚时代的精英父母截然不同，他们用新式的方法抚养他们的孩子。在美国，家长对孩子的威权控制让位于一种更为宽松的代际关系，在这种关系中，母亲在抚养儿女方面扮演着比英国家长更有影响力的角色。

美国经济的快速发展要求孩子们在身体足够健壮时就帮助父母。这塑造了美国文化的价值观，如个人自主和崇尚成功，也影响了父母对孩子的态度。因此，父母鼓励孩子发挥主动性，给予年轻人更多的独立性，并采取不那么严格的管教方式。

相比之下，维多利亚时代的英国父母并不认为他们的孩子尚处于"童年状态"，而是处于"有缺陷的成年状态"。随着时间的推移，孩子们通过学习社会的行为准则来消除他们的"缺陷"，进而培养道德上的正直，并带来社会和经济上的成功。

温斯顿出生时，英国法律仍规定母亲的角色是从属于父亲的。父亲拥有家庭财产，对孩子的福祉负有法律责任。正如约翰·高尔斯华绥（John Galsworthy）的小说《有产业的人》（*The Man of Property*，1906）中所描绘的那样，维多利亚时代父亲的原型是权威而睿智的，仁慈地对整个家庭发挥他的影响力，但是不亲近他的孩子，孩子们玩耍、吃饭和睡觉都在住房的另一个地方。

到1837年维多利亚女王登上英国王位时，富裕的阶层已经养成了习惯，父母会将这些成人规则的教导任务委托给仆人——保育员或"保姆"（nanny），由她掌管"育儿室"，育儿室是位于住房顶层的一套房间，通常摆着老宅其他地方不需要的家具。

1874年，英国有超过十万名保姆，当时《泰晤士报》（*The Times*）每天刊登的广告中平均提供12个这样的工作岗位。[1]与家庭教师不同的

1　J·加索恩–哈代（J Gathorne-Hardy）:《英国保姆市场的兴衰》（*The Rise & Fall of the British Nanny*），第189—190页。

是，保姆通常来自工薪阶层，在雇主家庭中占据着奇特的中间地位，半是用人，半是"代理父母"。母亲和保姆之间的关系介于抚养孩子的真诚伙伴关系与保姆有效控制孩子的情况之间。[1]然而，在大多数家庭中，保姆是孩子"事实上"的母亲，她们会在每天下午茶时间带孩子下楼到父母的起居室简短地看望他们的生母。保姆负责孩子的着装、饮食、睡眠、玩耍、健康和日常行为。

今天，我们很难想象成千上万的英国母亲是如何将自己的孩子几乎从出生起就交给她们往往不是很了解其背景的女性来照顾的。在某种程度上，这或许是一种应对幼儿死亡风险的方式。幼儿死亡仍然是维多利亚时代精英生活的重要特征，温斯顿1874年出生，在1870年代，白喉、天花、麻疹、风疹、小儿麻痹症和脑膜炎等疾病仍导致超过7%的英国贵族家庭新生儿在一岁之前死亡，五岁之前死亡人数可能还会增加一倍。[2]孩子在长大成人之前对王室的作用也是有限的。

比起母亲克拉拉（Clara），珍妮童年时代更亲近她那位爱交际的父亲伦纳德·杰罗姆[3]（Leonard Jerome）。珍妮的童年分别在纽约和的里雅斯特度过，的里雅斯特是亚得里亚海奥匈帝国的夏季游乐场，伦纳德在

---

1 J·加索恩-哈代（J Gathorne-Hardy）：《英国保姆市场的兴衰》（*The Rise & Fall of the British Nanny*），第126页及以下。

2 C.科尔西尼（C. Corsini）和PP.维阿佐（PP. Viazzo）编：《1800—1950年欧洲幼儿死亡率的下降》（*The Decline of Infant Mortality in Europe 1800–1950*），引用霍林沃斯（Hollingworth）的英国贵族系列。

3 伦纳德·杰罗姆把报纸经营和华尔街的股票交易结合在一起（见人名）。

那里担任了两年的美国领事。珍妮的父亲一生追求过许多爱好——金钱、赛马、航海、歌剧，还有女人，但他似乎总有时间陪伴他的三个女儿。

感到难以与伦纳德生活中其他的女人打交道，他妻子克拉拉1867年离开纽约，带着他们的三个女儿回到欧洲，那时珍妮十三岁。克拉拉住在的里雅斯特的时候，就对欧洲贵族生活产生了一种迷恋。在杰罗姆一家途经巴黎返回纽约时，自封为法国皇帝的拿破仑三世（Napoleon Ⅲ）和皇后欧仁妮（Eugénie）热情欢迎了杰罗姆一家，并邀请他们回到欧洲。克拉拉相信了他的话，也得到了伦纳德的慷慨资助，伦纳德定期跨越大西洋去法国首都探望家人，其间还要处理他在纽约的生意。

然而，杰罗姆一家在巴黎的田园生活只持续了三年，1870年，脆弱的法兰西第二帝国因被普鲁士打败而崩溃。当侵略军逼近首都时，杰罗姆家的女人们乘坐最后几列火车之一逃到了北部海岸。她们从那里渡过英吉利海峡前往英国，伦纳德把她们安置在伦敦的布朗酒店，而伦敦是个比巴黎更乏味的城市。为了让她们在夏天躲开城市的污染，每年他都会在怀特岛的考兹航海度假胜地为她们租一间海边小屋。

1873年8月，十九岁的珍妮在那里邂逅了马尔伯勒公爵（Marlborough）的次子伦道夫·丘吉尔勋爵。二十一岁的伦道夫勋爵刚从牛津大学毕业，身材修长，穿着时尚，留着浓密的小胡子。出于家庭期望和个人抱负，伦道夫勋爵注定要从政，他散发出一种冲动、血气方刚的活力。他和珍妮见面还不到72小时，就向她求婚，她也答应了。

伦道夫勋爵发现他的未婚妻和他经常见到的英国贵族家庭的女孩形成了鲜明的对比。后者在自己家里由家庭女教师教导，而珍妮已经在纽约、的里雅斯特、巴黎和伦敦住过，在美国上过私立小学，在巴黎上过中学。她阅读广泛，会说两种语言，是一位有才华的音乐家。最重要的是，她可以和他平等地交谈。

这对情侣的美国和英国背景的明显差异，在他们结婚之前得到了进一步验证。例如，当两家各自为婚姻做出经济安排时，珍妮的父亲伦纳德不明白，为什么杰罗姆家拿出来的那笔钱只归伦道夫勋爵所有。"我女儿……是美国人，地位跟您一样。"他对未来的女婿说。[1] 1874年4月15日，在巴黎举行婚礼的前一天，他们才达成了协议。

当这对新婚夫妇在伦敦安顿下来并开始生活时，伦道夫勋爵已经当选为国会议员，拥有由家族控制的伍德斯托克选区席位，该选区毗邻伦道夫家位于牛津郡的祖宅布伦海姆宫。当议会在伦敦开会的时候，满怀抱负的政治家和他们的妻子都要参加没完没了的社交活动，但珍妮不需要劝说就完全能扮演起女主人的角色；她满腔热情地关注丈夫的社交生活和专业领域，发现自己很快就被这个世界吸引住了。

所以当他们结婚仅七个月就有了第一个孩子时——他们给儿子取名温斯顿（Winston），这个孩子让她面临了一个尴尬的选择，一方面是在美国长大的女性作为母亲的本能，另一方面是作为沉浸在政治世界中的

1　1874年4月7日，伦纳德·杰罗姆致伦道夫·丘吉尔勋爵的信，布伦海姆文件（Blenheim Papers）。

英国贵族的新婚妻子的责任。珍妮心里可能有过一番短暂的纠结，但她很快就雇了一个保姆，让埃弗勒斯特太太[1]来照顾温斯顿：英国的育儿方式提供了一条便捷的途径，让她在孩子还小的时候就得以脱身，转而去实现新环境对她的期望——一位社交女主人。

几乎没有现存材料记录了珍妮和埃弗勒斯特太太分担母亲和保姆各自责任的方式。珍妮1882年1月的日记（珍妮早期的日记仅存这一年的）记录了她给七岁的温斯顿读书及其上课的情况。[2]埃弗勒斯特太太在丘吉尔家待了十七年，比保姆的正常任期长得多，这也表明她和珍妮建立了一种满意的合作关系。

温斯顿两岁的时候，全家带着埃弗勒斯特太太搬到了都柏林。搬家是由于伦道夫勋爵和威尔士亲王（Prince of Wales，即未来的爱德华七世）严重不和而被迫采取的举措。伦道夫勋爵为了避免他哥哥布兰福德侯爵（Marquess of Blandford）在离婚诉讼中被点名，威胁要公开几年前威尔士亲王写的有损名誉的信件。勃然大怒的"伯迪"[3]（Bertie）宣布，伦敦任何允许伦道夫勋爵和珍妮进入的社交场所——他都不会踏足了。首相比肯斯菲尔德（Beaconsfield）伯爵——本杰明·狄斯雷利（Benjamin Disraeli）——不得不介入，提议让伦道夫勋爵的父亲马尔伯

1　伊丽莎白·埃弗勒斯特（Elizabeth Everest）"太太"一直陪伴丘吉尔家庭直到1893年（见人名）。

2　P.丘吉尔（P. Churchill）和J.米切尔（J. Mitchell）：《珍妮：伦道夫·丘吉尔夫人》（Jennie, Lady Randolph Churchill），第108—109页。

3　爱德华七世在亲人间的爱称。——译注

勒公爵[1]出任爱尔兰总督，并让他儿子担任私人秘书一起赴任，以平息丑闻。

几年后，温斯顿写下了在都柏林那段时间他对母亲的记忆："我在爱尔兰拍的这张照片，她穿着骑马装，非常合身，上面经常有漂亮的泥斑……在我眼里，我的母亲就像童话中容光焕发的公主：一个拥有无限财富和权力的人。"[2]

伦道夫勋爵经常回家与威斯敏斯特的政界保持联系，在此期间，珍妮很少缺乏男人的陪伴，她经常和穿着军装的年轻男子一起打猎，这些男子对她的一生都很有吸引力。冷溪近卫团的一名年轻军官埃德加·文森特（Edgar Vincent）——后来成了著名的外交官达伯农勋爵（Lord D'Abernon）——提供了与她儿子不同的视角，他这般描述在总督府招待会上对她的印象：

> 一个轻盈的黑色身影……在她周围的人群中，她另有一种气质，光彩照人、明艳夺目、热情洋溢。她头发上有颗星形钻石，那是她最喜欢的装饰品——但它的光泽远逊色于她眼中闪烁的光芒。她看上去更像一只黑豹而不是一个女人，但她具有丛林中所缺乏的那种出于教养的智慧。[3]

1　约翰·斯宾塞-丘吉尔（John Spencer-Churchill），第七代公爵，死于1880年。

2　W.丘吉尔（W. Churchill）:《我的早年生活》（*My Early Life*），第4页。

3　R.福斯特（R. Foster）:《伦道夫·丘吉尔勋爵》（*Lord Randolph Churchill*），第34页。

1880年3月，温斯顿五岁生日几个月后，丘吉尔一家搬回伦敦。当伦道夫勋爵重返威斯敏斯特专注政治时，他的口才显露出更为锐利的锋芒，这得益于他与爱尔兰贫困的真实接触。由于更清楚社会分裂的隐性成本，他在下院内外都成了一名极具影响力的演讲者；他和朋友组建了一个"第四党派"，以阐明一种更富有同情心的保守主义形式，这个党派很快就被称为"保守党民主"。

政治成了伦道夫勋爵和珍妮共同痴迷的东西。"我们家成了各种政客聚集的地方，"珍妮写道，"许多方案和计划都是在我面前酝酿出来的。"[1]事实证明，她在丈夫身边对伦道夫勋爵来说也是一笔宝贵的财富，她的存在吸引了当时许多重要的政治人物。

围绕珍妮作为母亲的争论涉及的是在温斯顿和杰克还小的时候，她是否忽视了他们。温斯顿的表妹西尔维娅·亨利（Sylvia Henley）告诉温斯顿的小女儿玛丽·索姆斯（Mary Soames），即使按照他们那个时代的标准，珍妮和伦道夫勋爵也是"相当糟糕"的父母。[2]温斯顿自己也感同身受，他在《马尔伯勒：他的生活和时代》（*Marlborough: His Life and Times*）中有段文字传达了源自个人经历的真实感受：

1　康沃利斯-韦斯特夫人（Mrs G. Cornwallis-West）:《伦道夫·丘吉尔夫人回忆录》（*The Reminiscences of Lady Randolph Churchill*），第126页。

2　M.索姆斯（M. Soames）: 采访《富兰克林和温斯顿：史诗般友谊的亲密写照》（*Franklin and Winston: An Intimate Portrait of an Epic Friendship*）作者乔恩·米查姆（Jon Meacham）的文字记录，2004年11月16日。

据说，名人通常是不幸的童年的产物。严酷的环境压力，逆境造成的痛苦，儿时遭到的轻蔑和奚落，这些才能造就那种对目标的坚定和顽强的天性，否则就难以完成任何伟大的行动。[1]

此外，他还在自传《我的早年生活》（*My Early Life*）中写道，母亲"对我来说就像黄昏之星那样闪耀"，他"深爱着她，只是远远地爱着"。[2]许多人认为，这种距离感贯穿了他和母亲的一生，尽管这段文字出现在书的开头，背景是他早年的生活。

珍妮的侄女和传记作家安妮塔·莱斯利（Anita Leslie）以珍妮与温斯顿的通信为根据，提供了最符合珍妮作为母亲的一幅画面："他们（她的两个儿子）小时候，她喜爱并拥抱他们；他们上学的时候，她忘记了他们；他们年轻的时候，她站在他们一边，在他们早年的奋斗中甘于奉献。"[3]

但笔者无法轻易认同珍妮在温斯顿上学时"忘记"了他这种说法，温斯顿离开学校后，他们轻松自如地开始了特别亲密的通信，这说明与典型的维多利亚时代的父母相比，她必定在孩子的学前时期就与他建立了一种更牢固的关系。

1 W.丘吉尔：《马尔伯勒：他的生活和时代》，第33页。

2 同上。

3 A.莱斯利（A. Leslie）：《珍妮：伦道夫·丘吉尔夫人的一生》（*Jennie: The Life of Lady Randolph Churchill*），第304页。

　　然而，在温斯顿去寄宿学校的那几年里，有充分的证据表明，珍妮的确有其他的心事，和她的儿子保持着一定的距离，相比美国的同龄人，这种距离更具有维多利亚时代精英阶层的典型特征。在1882年温斯顿八岁生日前夕，没有迹象表明她或伦道夫勋爵在把温斯顿送到他的第一所寄宿学校之前曾去考察过。由于他们夫妇即将动身去美国待两个月，他俩将温斯顿送往学校时正值学期中途，阿斯科特（Ascot）的圣乔治中学这一选择显得格外草率。

　　圣乔治中学是当时贵族间十分认同的一所学校，它为学生日后上伊顿、哈罗和温彻斯特公学做准备，这些公学是英国贵族子弟的首选，但圣乔治中学的校长却实行残酷治校的政策。温斯顿入学后的十八个月里，他的健康状况严重恶化，埃弗勒斯特太太和家庭医生合力劝说他父母将他转走。

　　他们选择了家庭医生附近一所较为温和的学校，位于布莱顿附近的南部海岸。这所学校没有正式名称，由汤姆森姐妹（Misses Thomson）这两个老姑娘经营，位于霍夫（Hove）的布伦斯威克路上的一所房子里。珍妮和伦道夫勋爵时不时给温斯顿写信，虽然从来没有按照他希望的那样定期通信。1885年2月，珍妮去了一趟学校，但温斯顿的父亲直到1886年3月才去看望他，那时他得了肺炎，差点儿死掉。

　　温斯顿上学的这段时间正好赶上伦道夫勋爵短暂的职业生涯，在此期间，伦道夫勋爵的进步保守主义思想在党内的影响越来越大，他的声望迅速上升，尽管他已经出现了健康不佳的初步迹象。1885年6月，他进入内阁担任印度事务大臣，当时他三十六岁，温斯顿十岁。

这是伦道夫勋爵第一次任职，到1886年1月少数派保守党政府下台，他在职才七个月。作为反对党，他领导保守党抵制了首相威廉·格拉斯顿（William Gladstone）的爱尔兰地方自治政策，该政策6月底被下院否决。保守党领袖索尔兹伯里勋爵（Lord Salisbury）应维多利亚女王要求组建新一届政府，他要求立即解散议会。在随后的大选中，伦道夫勋爵为保守党在所有参选政党中赢得决定性的多数发挥了公认的领导作用。在索尔兹伯里勋爵组建的新政府中，他成为第二号重要人物，同时担任下院领袖和财政大臣。

在这第二次任职中，伦道夫勋爵在职才五个月。就在1886年圣诞节前，由于一些内阁成员反对他削减军费开支的计划，他愤然辞职。伦道夫勋爵本来期望他的行为会引发一场危机，他能从中脱颖而出；但他的预算提案引发了同僚们的不安，索尔兹伯里勋爵平静地接受了他的辞呈，没有试图说服这位财政大臣改变主意。

珍妮深感震惊。她全力支持丈夫的事业，然而他在采取使事业突然中止的行动之前没有征求她的意见。在这一事件发生之前，他们的婚姻就已经处于紧张状态，在此事发生之后，伦道夫勋爵1887年年初离开英国，到海外休整调养了几个月。

珍妮当时只有三十三岁，依然保持着她的社交生活。伦道夫勋爵前往海外，医生也对他的疾病做了初步诊断，珍妮发现有许多男子准备填补这一空缺。接下来是一连串暧昧的关系，在这个过程中，珍妮表现出她对那些风度翩翩的年轻军官的持久吸引力。其中有个奥匈王室的年轻后裔，查尔斯·金斯基伯爵[1]，1870年代末他第一次到访英国。1880年代初，他再度前往英国，出任奥匈帝国驻伦敦大使馆随员（也可能是情报人员）。1883年，二十四岁的他骑着自己的马赢得了全英越野障碍赛冠军，成为伦敦备受女主人欢迎的钻石王老五。这位身材矮小，瘦削但自信的贵族，在许多争着要引起他注意的女人中可以挑挑拣拣，而最吸引他的是珍妮。在接下来的几年里，金斯基和珍妮彼此都有过风流韵事，但他们的关系却是一段持久的恋情。

现在，珍妮以混乱的个人生活取代了政治热情，她对温斯顿要求关注的许多事情都心不在焉。例如，1887年11月，温斯顿的父母都没有去布莱顿为他庆祝十三岁生日。

1888年4月，温斯顿进入哈罗公学。珍妮到哈罗去的次数比去布莱顿的次数要多，因为从伦敦市中心乘火车到哈罗公学只需半小时的路程，但她还是拒绝了温斯顿让她去看他的大部分请求。

她最容易受到的指责是，她在1891年夏天忽视了她十六岁的儿子，当时温斯顿的父亲正率领一个淘金队在南非探险——为了改善家里的经济状况，他们在南非待了九个月。珍妮利用丈夫不在的机会，和金斯基的感情升温至热恋，充分放飞自我。她当时的信件有一种令人心烦意乱的味道：例如，温斯顿牙疼得厉害，请求母亲陪他去伦敦看牙医并拔牙，而珍妮在纽马克特赛马场和她的客人待在一起，最后她打发妹妹莱奥妮（Leonie）代替她去。

---

1 "查尔斯"卡尔·金斯基伯爵（Count Karl "Charles" Kinsky）（见人名）。

不过，从哈罗公学毕业后不久，对一个二十岁的儿子来说，温斯顿会用一种很不寻常的语言来表示对母亲缺席的悲伤：他会想念"我唯一挚爱的交谈对象"。[1]

伦道夫勋爵的病情发展到了最后阶段，母亲和儿子因此被牵到了一起。1894年夏天，伦道夫勋爵的病情变得非常严重，珍妮带他进行了一次环游世界的长途旅行，以缓解他对疾病的恐惧。

1894年11月，就在温斯顿二十岁生日之前，他终于从家庭医生那里得知他父亲已经病入膏肓。他给母亲写信的语气变了："现在说说您自己的事情。亲爱的妈妈……"

1895年1月，珍妮的丈夫去世，两个月后，珍妮以同样的方式回应她的儿子。她宣布她将把心思集中在她的儿子们身上；她将信开头的问候语从他上学时常用的"最亲爱的温斯顿"改成了"我亲爱的孩子""我亲爱的温斯顿"，或者只是"亲爱的温斯顿"。她摆脱了维多利亚时代父母的常规，回到了她美国式成长环境中那种更轻松亲密的家庭关系。温斯顿在《我的早年生活》中写道，从那时起，他和母亲"关系很好，更像姐弟而不是母子"。[2]

然而，也不完全如此。作为一家之长，珍妮有能力对大儿子的行为和态度给予严格的指导或约束，或者在她认为有必要的时候郑重地规劝他。珍妮的姐姐克拉拉告诉安妮塔·莱斯利：

1　1894年8月3日，温斯顿给珍妮的信，CAC, CHAR 28/19/33-4。

2　W.丘吉尔：《我的早年生活》，第62页。

> 珍妮可能是一个狠人，但对于那个失去父亲的年轻人
> 来说，她这么做是必须的。她从不奉承或表现出很强的占
> 有欲，她要使他坚强。尽管每个人都说她自私，但她重视
> 他的雄心壮志，而更了解情况、更超然的观察者也没能看
> 出他的伟大之处。[1]

在温斯顿觉得自己错过了"人文教育"时，珍妮给出建议并提供了他所需要的许多阅读材料；当他需要的时候，她为他推荐文学代理人、报纸编辑或出版商；她向高级将领或政治家打招呼，为他的职业生涯铺平道路；她核查想邀请他演讲的机构的资格；她为他的书和文章在她人气很旺的朋友圈里"大声吆喝"（她这么说）；她安排了他的第一次政治活动；她为他找到了第一处房子，并帮他装饰；她让自己的私人秘书给他帮忙，并为他雇好了仆人。温斯顿从印度的来信中阐述了他的早期政治哲学，她是这些政见的第一个反馈者，那是1896年，二十一岁的温斯顿作为陆军中尉去印度服役。她鼓励他独抒己见，但当她认为他的结论过于简单时，又会批评他。

英国和印度之间每周都有邮件往来，他们几乎每周都通信。信件的旅程要花十六天，从陆路穿过欧洲到达意大利南部，然后从海上到达印度孟买，再从陆路到达班加罗尔，温斯顿的部队就驻扎在那里。如果他或者珍妮不在家（珍妮常常到朋友的乡间别墅去"拜访"他们），那就

1　A.莱斯利：《珍妮》，p.xiii。

得把信转过去，这就使信件的旅程又多了几天。

因此，有时温斯顿问他母亲问题，但至少等了五六个星期才得到答复。从温斯顿的信件来看，她可能过了很久才回应他的许多要求。不过，我已经按珍妮读信或写信的顺序将信件做了整理；从这个角度看，她迅速、耐心地回答了儿子的绝大部分要求，并取得了很好的效果。温斯顿在印度生活的三年里，她仍旧十分热衷于社交，但也很少错过每周的邮件。

当温斯顿在印度西北边境、苏丹或南非作战时，他与母亲的往来信件中两人亲密无间，这种亲密关系在1900年后随着珍妮再婚而减弱。她选择了一个和她儿子年龄相仿的人，一个名叫乔治·康沃利斯–韦斯特（George Cornwallis-West）的年轻军官，但这对修复母子关系毫无帮助。温斯顿和杰克私下里都对她的决定感到担忧，但还是忠诚地站在母亲身边，听从母亲的教诲："记住，做儿子的总是应该为母亲找到情有可原的理由。"[1]

在她第二次婚姻后，珍妮出人意料地经常出现在儿子温斯顿的生活中，温斯顿时年二十五岁，是一个忙碌的新晋国会议员。他还是个单身汉，指望母亲在穿着、家具或秘书事务方面给他实际的帮助；对珍妮来说，她儿子给她提供了一个机会，让她重新体验十五年前因丈夫的冲动而使她中断的那种在政治边缘的生活。

珍妮和剧作家萧伯纳（George Bernard Shaw）一样，认为在"新女

1　1917年1月5日珍妮给丈夫乔治的信；P.丘吉尔和J.米切尔：《珍妮》，第242页。

性"时代，女性的受教育程度可以与任何男人相匹敌，因此她们也具备了同样的胆识和进取心。她是伦敦第一批安装电力设施的用户之一；她创办并编辑了一本高档的文学杂志；她从富有的朋友圈筹集了一大笔钱来资助慈善事业；她为杂志写文章，写了两个剧本和一本书；还在私人音乐会上演奏钢琴。

与珍妮有过暧昧关系的男人名单很长，而且通常是名流。例如，据说从1895年到1897年，她曾与威尔士亲王格外亲密。如果这是真实的（他们的通信很谨慎，无法证实这种关系），那她在未来的国王身上展现了她在其他人身上展现的同样的才能：与他们保持友好关系，并从他们那里获得持续的好处，包括助力于她的儿子温斯顿和杰克。

她是一个"难以置信的世俗和永恒童真的混合体，沉迷于时尚和奢华"，1905年成为温斯顿私人秘书的多才多艺的爱德华·马什（Edward Marsh）写道，"但她从未丧失那些优秀的品质：热情、幽默、忠诚、真挚、坚定和勇敢"。[1]

也有人批评珍妮，说她自私自利、信口开河、生活放纵，有时脾气暴躁——所有这些过错后来同样用来指责她的长子。他们性格上的相似之处让公众和亲近者感到震惊。1912年，温斯顿刚出任英国海军大臣，《每日快报》（*Daily Express*）就注意到珍妮在伯爵府（Earl's Court）组织了一场戏剧表演：

1　E.马什（E. Marsh）：《众人》（*A Number of People*），第154页。

当人们意识到她对工作的热情和对所有细节的全面把握时，就会理解温斯顿·丘吉尔先生是多么像他母亲……这当然要归功于他的美国母亲，他那超凡的精力和全局眼光使商务部震惊，使内政部骇然，并使海军部的精英们欢欣鼓舞。

安妮塔·莱斯利概括了珍妮和儿子之间四十年的书信往来："她非常懂得温斯顿。急于求成的野心、对名声的渴望、与异性来往时的进退有度、对出版商霸道、对将军们絮叨——一切都在珍妮的地盘上。"[1]

这些信件始于1881年，当时温斯顿还不到七岁。一年前，珍妮曾对她的母亲说温斯顿是"一个很难管教的孩子"。[2]

---

1 A.莱斯利:《珍妮》，第394—395页。

2 1880年7月10日，珍妮给C.杰罗姆的信；A.莱斯利:《珍妮》，第70页。

编选说明

缩略语： 在串联这些信件的介绍性文字中，我将温斯顿·丘吉尔称为温斯顿，将他母亲称为珍妮。每封信的抬头和落款都使用了姓名首字母：WSC和JSC[1]，温斯顿成年后，他们经常在信中用首字母相互签名。

珍妮和温斯顿有时（虽然并不总是）会使用简单的缩写来表示一个常用词，如"vy"（very）、"shd"或"sh^d"（should）和"wh"（which），在本书中没有再对这些编写进行特殊说明。

对于他们使用的其他缩写，我在每一章第一次使用时用方括号提供缩写单词的完整形式，如"S.H.［Salisbury Hall］"。

保守与统一党（Conservative and Unionist Party）： 1845年以后，英国政界的托利党派（Tory）正式更名为保守党（Conservative Party），尽管许多人仍然使用"托利党"这个简称。1895年至1905年间，在"自由党统一派"（Liberal Unionists，该党反对爱尔兰地方自治）的

1　WSC（Winston Spencer-Churchill）及JSC（Jennie Spencer-Churchill）的中译名分别以他俩的名字温斯顿和珍妮替代。——译注

帮助下，保守党组建了政府；1909年到1922年，该党将其正式名称改为"保守与统一党"。虽然这些年来它的成员通常被称为统一派（Unionists），但方便起见，我称他们为保守党（Conservatives）——或简称托利党。

日期：珍妮和温斯顿在信中都注明了日期，我保留了他们写信的格式，包括写信人所用的缩写，如"Sept"（September）。

在他们人生的不同阶段，珍妮和温斯顿使用不同的方法来标注他们信件的日期（或者有时完全忘记写日期）。我在信件的抬头统一采用了日期的标准格式，例如"1900年9月1日"。

如果珍妮或温斯顿遗漏了日期的部分或全部信息，我会把遗漏的部分放在方括号中——只要有可能推断出来这个日期信息，如"[1900年]9月1日"。

如果写信人只标注了周几，那么还是可以根据信件内容或信封上的邮戳推断出具体的日期，我在方括号中标注了推断的日期，后面是写信者写出的日期，例"[1900年9月1日]星期六"。

如果写信人根本没有注明日期，那么在几乎所有的情况下，我都会采用丘吉尔档案中心（Churchill Archives Centre）给出的日期，并用方括号标注出来，如"[1900年9月1日]"。只是在极少数情况下，因为信的内容或上下文提供了充分证据，我才会改写档案的日期。

省略[……]：省略号表示由于篇幅原因省略了一段文字。但如果信件后的附言被省略，我没有使用省略号。

脚注：对信件中第一次提到的人物、地点或事件，我采用脚注的形式提供一个简明扼要的解释。如果该人物或地点经常出现在信件中，第一次出现时会在脚注末尾标明"见人名"或"见地名"，然后可以参阅"附录"中相关的完整信息。

问候语和落款：温斯顿和珍妮经常改变他们在信的开头和结尾使用的问候语和敬词。虽然我有时会缩短一个很长的落款以节省篇幅，但多数情况下我还是会把每封信的落款按原样呈现出来。

币值：信中提到的每一笔钱都保留了原来的形式。对于1914年之前的镑，换算成今天类似币值的最简单方法是将其数目乘以100。在第一次世界大战期间，这一币值逐渐下降，1918年战争结束时约为50倍。

标点符号和分段：我沿用了珍妮和温斯顿使用的标点符号，除非在不做编辑修改的情况下很难理解句子的意思。

珍妮经常以"意识流"（stream of consciousness）的风格写信，用破折号分隔短语或句子，而不用逗号或句号。她有时并没有通过切换到一个新的段落来开始一个新的话题；通常，她只是在句子之间留下比平常稍微大一点的间隔，以表示话题的改变。

笔者采取了这样的策略：如果她的破折号清晰地分开句子，就把它们转换成句号，例如，如果她用大写字母开始下一个短语；在那些她留下比通常更大的间隔的地方，我直接换行开始新的段落。

我偶尔也会在温斯顿的信中进行分段，因为我觉得这样可以把一长段文字分隔开来，这有助于理解信的内容。

中文版编辑补充说明：中文版中（ ）和［ ］的使用沿用原书格式，（ ）为该叙述者自行补充的内容，［ ］为作者补充的内容。……和［……］的使用也沿用原书格式，……为叙述者自行省略的内容，［……］为作者有意省去了部分内容。

上册

第一部分
少年烦忧（7—20岁）

母亲与儿子（1881—1890）

"没有奶酪就抓不到老鼠"

1880年3月，丘吉尔小家庭从都柏林回到伦敦。尽管威尔士亲王并没有立即解除他对丘吉尔夫妇的社交抵制——正是这一抵制导致他们被"流放"（见"导言"），但伦道夫勋爵在威斯敏斯特重返政坛，他的视野因了解爱尔兰的赤贫状况而得以开阔。

伦道夫勋爵的大儿子温斯顿（WSC）今年五岁，2月有了二儿子杰克。孩子们的母亲珍妮（JSC）委托保姆埃弗勒斯特太太照看两个儿子，温斯顿出生后，埃弗勒斯特太太就来到了这个家庭，那时她才四十多岁。埃弗勒斯特太太有时被孩子们称为"姆"（Oom）、"姆姆"（Woom）、"姆妈"（Womany）或就叫"埃弗勒斯特"（Everest），当孩子们独自旅行去看望埃弗勒斯特那位住在怀特岛文特诺的姐姐或他们住在牛津郡布伦海姆宫的祖父母马尔伯勒公爵和公爵夫人时，她会陪伴他们。

温斯顿写给母亲的第一封尚存的信有两个可能的寄信地址。据推断最初的两封信写于1881年，当时温斯顿六岁：寄信地址一个可能是布伦海姆，另一个是文特诺。（遗憾的是，在此期间，珍妮写给温斯顿的信没有保存下来，只有一封写于1889年4月。）

—温斯顿致珍妮—

[1881年]星期一   [文特诺]

亲爱的妈妈：

您要来看我们，我很高兴。今天我在海里洗了个澡，真舒服。

向爸爸问好，您亲爱的儿子

温斯顿

—温斯顿致珍妮—

[1881年]   [布伦海姆]¹

亲爱的妈妈：

我很好，课上得很棒。宝宝[杰克]很好。我得到了许多爱和吻，很开心。

您亲爱的

W.S.丘吉尔

—温斯顿致珍妮—

[1882年]4月1日   [布伦海姆]

最亲爱的妈妈：

昨天天气很好，我们开车去兜风了。我在这里过得很快活。住到乡下真是太棒了。在这儿的花园和公园里散步，比在格林公园或海德公园

1　马尔伯勒公爵和公爵夫人的府邸，在牛津郡靠近伍德斯托克（见地名）。

还要好。宝宝很好，向您问好呢。我一直在户外活动，玩露营的游戏，很有趣。我假装用伞搭了个帐篷。

> 给您和爸爸最热烈的爱，您永远亲爱的儿子
> 温斯顿

1882年11月，温斯顿的父母把他送到伦敦以西20英里[1]的阿斯科特的圣乔治学校寄宿。这所预备学校每周会留出固定的时间，让男孩们坐下来给父母写信，并由一名职员监督。该职员不仅要维持秩序，而且要对家信的内容进行编辑性的检查。

—温斯顿致珍妮—

[1882年12月3日]   阿斯科特，圣乔治学校

亲爱的妈妈：

我希望您一切都好。我在学校很开心。

我过了一个非常快乐的生日，您听到这个消息会很高兴。我要感谢您送我的可爱的礼物。别忘了12月9日来看我。

> 给您爱和吻，永远是您亲爱的儿子
> 温斯顿吻 × × × × ×

到1882年年底，已经有迹象表明圣乔治学校的制度正在损害温

---

1 1英里约合1.61千米，20英里约为32千米。后文将保留该英制单位并不再换算。——编者注

斯顿的健康。家庭医生建议他在1883年1月返校之前，去海边度假一周。

—温斯顿致珍妮—

[1883年6月17日]　　　　　　　　　　阿斯科特，圣乔治学校

亲爱的妈妈：

希望您很快能来看我。埃弗勒斯特把我送的面粉[1]给您了吗？代我向姨妈问好，告诉她们不要忘记来看我。

我<u>一个月后</u>回家。

给您爱和吻，我依然是您亲爱的儿子

W.L.S.丘吉尔

—温斯顿致珍妮—

[1883年11月]　　　　　　　　　　　阿斯科特，圣乔治学校

亲爱的妈妈：

我希望您一切都好。烟花推迟到下星期放……音乐课上学了《胖墩儿》（Humpty dumpty）、《狮子和四只狼》（The lion & four wolves）、《欧几里得》（Euclid）、《温柔的月光》（Softly falls the moonlight）、《铃声响起》（The voice of the bell）、《威洛国王》（Wilow the king）、《长腿

1　原文"flour"（面粉）疑为"flower"（花）之笔误。——译注

老爹》(Old daddy long legs)。[1]

> 给您爱和吻，我依然是您亲爱的儿子
>
> 温斯顿

1884 年 3 月 9 日，在总检察长亨利·詹姆斯爵士（ Sir Henry James ）主持的晚宴上，威尔士亲王终于再次与丘吉尔夫妇会面。伦道夫勋爵的主要政治对手，首相威廉·格拉斯顿[2]也出席了晚宴。

格拉斯顿政府向议会施压，要求通过一项改革法案，废除"有名无实的选区"（ rotten boroughs ），如伦道夫勋爵的伍德斯托克选区。伦道夫勋爵则挑衅地宣布，在下次大选中，他将转而支持伯明翰选区，一个由三名自由党代表的激进派中心。

—温斯顿致珍妮—

1884 年 3 月 16 日   [阿斯科特，圣乔治学校]

亲爱的妈妈：

我希望您一切都好。金纳斯利夫人[3]本周去了伯明翰。她听说他们

---

1 詹姆斯·艾略特（ James Elliott ）1870 年发行的《童谣和儿歌》（ *Nursery Rhymes and Nursery* ）中有《胖墩儿》的配乐，其音乐版权指南还包括《温柔的月光》（ G.F. 布里格尔 ）、《长腿老爹》（乔治·惠勒），但没有提到其他歌曲。

2 威廉·格拉斯顿当时是第二次（共四次）担任首相（见人名）。

3 金纳斯利夫人（ Mrs Kynnersly ），阿斯科特圣乔治学校校长的妻子。

下了二比一的赌注，赌爸爸会赢得伯明翰。[1]

那天我们又去了一个沙坑，玩一个非常刺激的游戏。由于两边大约有24英尺[2]高，爬上去很费劲，最先上去的人与其余的人激烈地较量。

献上爱和吻，我依然是您亲爱的儿子

温斯顿

温斯顿1884年3月的学校报告将他的总体行为描述为"非常糟糕——经常给别人带来麻烦，而且总是处于这样或那样的窘境中。不敢相信他在什么地方能守规矩"。[3]

—温斯顿致珍妮—

1884年6月8日　　　　　　　　　　　　[阿斯科特，圣乔治学校]

亲爱的妈妈：

我希望您一切都好。您还没有写信给我，您对我太无情了。这学期我只收到了您的一封信。但眼下，我要说的是，您一定要在6月24日来看我，因为这是一个盛大的日子，我们会放一整天假，我想要您来看我，让埃弗勒斯特和杰克也一起来。

1　1885年11月，伦道夫勋爵以微弱劣势落选，未能赢得伯明翰的选举；他后来在伦敦帕丁顿选区当选。

2　1英尺约合0.305米，24英尺约为7.3米。后文将保留该英制单位并不再换算。——编者注

3　R.丘吉尔：《温斯顿》，1C1：94。

> 献上爱和吻，我依然是您亲爱的儿子
>
> 温斯顿

　　温斯顿1884年暑假后没有回到圣乔治学校。自从他去那儿上学后，他的健康状况和精神状态都有所下降。在《我的早年生活》中，他回忆说，暑假期间的"一场重病"促使他转学。据说保姆埃弗勒斯特曾向珍妮指出他身上有被殴打留下的伤痕。

　　20世纪下半叶之前，体罚一直是英国预备学校管教过程中的一个基本特征。根据温斯顿在学校的同龄人后来所做的描述，圣乔治学校的校长是一位名叫赫伯特·斯尼德－金纳斯利（Herbert Sneyd-Kinnersley）的牧师，他是特别残暴的体罚行为的代表人物。

　　为了帮助温斯顿恢复健康，他的父母把他送到布莱顿的一所学校，这所学校由汤姆森姐妹经营。这是由丘吉尔家新来的医生罗伯森·罗斯（Dr Robson Roose）推荐的，他自己的儿子也在这所学校就读；他答应替温斯顿的父母照顾这孩子。

—温斯顿致珍妮—

1884年10月28日　　　　　　　　　　布莱顿，布伦斯威克路29号

亲爱的妈妈：

　　我希望您一切都好。我在这里很开心。我花钱一直大手大脚。我买了一本可爱的集邮册和一些邮票，您能给我寄点钱吗？再见，亲爱的妈咪。

献上爱和吻，我依然是您亲爱的儿子

温斯顿××××

罗斯医生的任务不是闲差事。12月中旬，十岁的温斯顿和一名同学打架，最后温斯顿被轻微刺伤。当伦道夫勋爵去印度旅行时，珍妮在一封信里把这件事告诉了他，她对丈夫说："我希望我能管住他。"因为伦道夫勋爵又要离家五个月，她还提到"打算让他每天早上写点东西什么的"。[1]

—温斯顿致珍妮—

1885年1月21日　　　　　　　**布莱顿，布伦斯威克路29号**

亲爱的妈妈：

我希望您一切都好。我有很大进步。这部戏在1885年2月11日演出。我不在，您一定很快乐，也听不到杰克的尖叫和抱怨，一定是人间天堂。您能帮我问一下罗斯医生，哪天带我去看沃克斯医生[2]吗？写信告诉我。还有，您能告诉我哪天寄信去印度吗？因为我要写信给他[伦道夫勋爵]。

献上爱和吻，我依然是您亲爱的儿子

温斯顿

1　1884年12月18日，珍妮给伦道夫勋爵的信；P.丘吉尔和J.米切尔：《珍妮》，第128页。

2　爱德华·沃克斯（Edward Woakes），一位在伦敦哈利街78号行医的耳科医生。

2月12日，珍妮去布莱顿看望儿子。"我觉得他看上去很苍白、很虚弱，"她向丈夫通报说，"他告诉我他很开心，我想他喜欢这个学校。"[1]

—温斯顿致珍妮—

1885年5月9日   布莱顿，布伦斯威克路29号

亲爱的妈妈：

我希望您一切都好。您的伤好了吗？被杆子扎到腿，我想您一定很害怕吧。[2]

我还在等您的信。今天早上我从爸爸那儿收到了一封很棒的信，他给了我六七个亲笔签名，我今天一直在忙着分发，每个人都想要一个，我希望您也能寄给我一些亲笔签名。我得说再见了。

我依然是您亲爱的儿子
温斯顿

伦道夫勋爵4月从印度回来时，身体仍然很差，然后几乎立刻又去法国待了一个月。那年夏天，罗斯医生第一次把伦道夫勋爵介绍给神经学专家托马斯·巴扎德医生（Dr Thomas Buzzard）。

1885年6月，索尔兹伯里勋爵任命伦道夫勋爵为印度事务大臣，

1　1885年2月13日，珍妮给伦道夫勋爵的信，出处同前，第129页。

2　无法知道此事的细节。

邀请他进入他的保守党少数派政府的新内阁。第一次被任命为内阁成员时，该大臣必须在其选区争取连任国会议员。在伦道夫勋爵驻印度期间，珍妮承担了她丈夫的大部分竞选宣传活动。

—温斯顿致珍妮—

1885年6月9日　　　　　　　　　　　　布莱顿，布伦斯威克路29号

亲爱的妈妈：

希望您能谅解我字迹潦草。天气不佳，今天刮了一阵大风。我最喜欢骑马了，所以我知道，您会允许我继续骑马的。

您寄给我的邮政汇票只能转账，我没法去邮局兑现，所以寄还给您。[……]

我希望您能来看我，时间在溜走，如果您不赶紧来，那就不必来了[……]代我向姨妈和埃弗勒斯特问好。[……]

献上爱和吻，我依然是您亲爱的儿子

温斯顿

1885年暑假快结束时，温斯顿将近十一岁了。他是在诺福克海边克罗默附近的一所房子里写下面这封信的。丘吉尔夫妇把他们的孩子送到那里，那里不仅有保姆，还有一名家庭女教师，她的任务是给孩子们辅导一些功课。

—温斯顿致珍妮—

[1885年]9月2日   切斯特菲尔德木屋

亲爱的妈妈：

[……]我很不开心。家庭教师不友善，严厉又死板，我根本受不了。我数着日子挨到星期六。那时我就能告诉您我所有的烦恼了。我将有整整十天时间和您在一起。[……]

献上爱和吻，我依然是您亲爱的儿子

W.丘吉尔

事实证明，保守党少数派政府是短命的；它于1886年1月28日垮台。十天后，1886年2月8日，一群"革命的社会民主党"（Revolutionary Social Democrats）人士在伦敦特拉法加广场组织了一次失业者抗议集会；活动结束后，一群人沿着蓓尔美尔街、圣詹姆斯街和皮卡迪利街行进，打碎玻璃，抢劫商店。

—温斯顿致珍妮—

1886年2月14日   [布莱顿，布伦斯威克路29号]

亲爱的妈妈：

我相信您不会成为伦敦那些暴民恶意攻击的对象。我有个小问题要问，就是——能不能让姆[埃弗勒斯特太太]和杰克多待点时间。一想到姆和杰克要来这儿，我就很开心，您会让他们留在这儿的，对吧?

献上更多的爱，我依然是您亲爱的儿子

温斯顿

三个星期后，温斯顿得了严重的肺炎。他的父母都到布莱顿来看他，就伦道夫勋爵来说，这是温斯顿进学校十八个月以来父亲第一次来看他。温斯顿在伦敦休养了一个月。

同年6月，伦道夫勋爵帮助其政党借助爱尔兰地方自治问题推翻了威廉·格拉斯顿的自由党政府。索尔兹伯里勋爵[1]再次成为首相；这一次伦道夫勋爵是下院最杰出的政府官员，担任财政大臣和下院领袖。

秋天，伦道夫勋爵和珍妮之间发生了一场婚姻冷战，在此期间，他们的大儿子——现在快满十二岁了——用一种新的语气同他母亲通信。

—温斯顿致珍妮—

1886年10月5日　　　　　　　　　布莱顿，布伦斯威克路29号

亲爱的妈妈：

写这封"印记之信"[2]给您，我感到很快乐。我会先告诉您天气情

1　罗伯特·加斯科因-塞西尔，索尔兹伯里侯爵（见人名）。

2　原文为"Ye sealed Epistle"，此语可能出自《圣经》，《以弗所书》第1章13节有这样的句子："Ye were sealed with that holy Spirit of promise"，意为"就受了所应许的圣灵为印记"。——译注

况，然后我会谈一些其他同样重要的事情。我收到了您的信，打算用我贫瘠的词汇所能提供的最好的语言与您通信。天气热得可怕。[……]昨晚有个叫博蒙特先生（Mr Beaumont）的人给我们做了一个关于莎士比亚戏剧《裘力斯·恺撒》（*Julius Caesar*）的演讲。他是个老人，但台词念得很棒。[……]

我依然是您亲爱的儿子

温斯顿·S.丘吉尔

—温斯顿致珍妮—

[1886年]12月14日   布莱顿，布伦斯威克路29号

亲爱的妈妈：

我希望您别认为我的要求不合理，但无论如何，我还是要提出来。现在您知道了，您不可能一边在布莱顿观看一场少年班的业余表演，一边举办一场晚宴，我们的演出地址：

伦敦康诺特广场2号

如果您要及时赶到城里参加晚宴，您就无法看戏了，只能分发奖品然后走人。

现在您知道，我一直是您的宝贝，您无法从心里否认我的存在，我要您把宴会推迟，在布莱顿订个房间，星期一早上回去……您知道没有奶酪就抓不到老鼠。[……]

我希望您能接受这个请求。

献上所有的爱，我依然是您亲爱的儿子

温斯顿·S.丘吉尔

那年秋天，伦道夫勋爵曾暗示他打算削减政府的军费开支，这对保守党的财政大臣来说是一项冒险的事业。面对党内阻力，他于12月23日突然提出辞职，但他希望首相索尔兹伯里勋爵能挽留他。然而，索尔兹伯里同意他辞职，并平静地让前银行家和自由党统一派政治家乔治·戈申（George Goschen）取代了他——后者在伦道夫勋爵的政治算计中被"漏掉"了。

他并没有预先告知珍妮他要辞职，这是对她的社交和政治志向的一次打击。他们婚姻中的这种紧张关系一直持续到了1887年2月才暂时解决，伦道夫勋爵启程进行另一次穿越法国、意大利和北非的长途旅行。

—温斯顿致珍妮—

1887年5月17日 布莱顿，布伦斯威克路29号

亲爱的妈妈：

昨天早上，我很高兴收到您的一封"印记之信"，作为回报，我打算用我的一封信来愉悦您的心。我很好。这句话有些生硬，但我相信您会很满意的。[……]记得21日来看我。

献上所有的爱，我依然是您亲爱的儿子

温尼（Winny）

那年夏天，珍妮和她大儿子在书信中爆发了许多意志之争的第一场；这关系到温斯顿的意愿，他想回家参加于 1887 年 6 月 20 日和 21 日举办的维多利亚女王登基五十周年庆典。

—温斯顿致珍妮—

[1887年6月11日]   布莱顿，布伦斯威克路29号

亲爱的妈妈：

汤姆森小姐不想让我回家参加禧年庆典，因为她说我在威斯敏斯特教堂没有座位，所以不值得去。还有，您会很忙，不能经常和我在一起。

现在您知道事实并非如此。我要去看《野牛比尔》（*Buffalo Bill*）和您答应我的那场戏。我会非常失望，"失望"还不是足以说明我痛苦的字眼，您明明答应过我了，我再也不会相信您的诺言了。但我知道妈咪很爱她的温尼。

给汤姆森小姐写信吧，说您答应过我，想让我回家。[……]别让我失望。如果您写信给汤姆森小姐，她不会反对您的。[……]

献上爱和吻，我依然并永远是您亲爱的儿子

温尼

—温斯顿致珍妮—

[1887年6月12日] 星期日   布莱顿，布伦斯威克路29号

亲爱的妈妈：

[……]我写这封信是为了强调我的上一封信。我希望您不要让我

失望。除了禧年庆典，我什么也不想干。不确定性总是让人困惑，请给我回信！！！［……］我要回家，我觉得我必须回家。按这个给汤姆森小姐写信：［此处提供了信的草稿］

既然您爱我，就答应我的请求吧。

> 献上所有的爱
> 我依然并永远是您亲爱的儿子
> 温尼

看在上帝的分上，记着写信！！！

—温斯顿致珍妮—

［1887年6月15日］　　　　　　　　布莱顿，布伦斯威克路29号

亲爱的妈妈：

我急得几乎要疯了。汤姆森小姐说，如果您写信让我回家，她就放我走。看在我的分上，趁还来得及，赶紧写信吧。回信请写给汤姆森小姐！！！

> 我依然是您亲爱的儿子
> 温尼

—温斯顿致珍妮—

［1887年6月19日］　　　　　　　　布莱顿，布伦斯威克路29号

亲爱的妈妈：

我现在好多了，虽然还是不太开心，我很无聊，也很想回家。我没

有多少时间了。

谢谢您的来信。别忘记21日。我有许多好消息和坏消息要告诉您。天气寒冷多变。[……]

再见。献上很多的爱，我依然是您亲爱的儿子

温尼

总的来说，温斯顿是这场较量的胜者。6月21日，也就是女王登基五十周年庆典活动的第二天，他被允许回家，这一天也是女王游行穿过伦敦街道的日子。他两天后才回学校，从他的下一封信中可以明显看出，在家的这几天并不是很顺利。

—温斯顿致珍妮—

[1887年6月24日]   布莱顿，布伦斯威克路29号

亲爱的妈妈：

我昨天顺利到了听说[1][原文如此]，我搭出租车来学校，七点十五分到的。[……]

我希望您能很快忘掉我在家时的糟糕行为，不要让它影响我暑假的乐趣。我一到车站就给埃弗勒斯特打了电报。一路平安。[……]

请尽快把您的六份签名和爸爸的六份签名寄给我。[2]

1　原文"hear"疑为"here"（这儿）之笔误。——译注

2　温斯顿把父母的亲笔签名卖给同学，做生意赚钱。

献上很多的爱，我依然并永远是您亲爱的儿子

温尼

　　不久，温斯顿的暑假计划确实成了母子之间争论的新问题。他听说他母亲打算雇一个年轻的德国家庭教师给他提供额外的辅导。

—温斯顿致珍妮—

[1887年7月]　　　　　　　　　　　　　　[布莱顿，布伦斯威克路29号]

亲爱的妈妈：

　　我听说您要给我请个家庭教师。我能想象一天的作息时间——早上6点起床，早读，早餐，上课到12点，12点和老师去城里散步，1点到4点上课，4点至5点散步，5点下午茶，5：30至6：30预习。这就是我的快乐假期的概况。

　　我会很痛苦，非常痛苦。[……]我必定会做功课做到累倒为止。我们男孩子有九个月的时间都在辛苦学习，一天学习八个小时。但只有三个月假期，我们在假期里也学习的话会很辛苦的。[……]

　　我不介意根据以下条件雇在 ¹[原文如此]家庭教师：

　　1.我可以总是和您或埃弗勒斯特一起吃饭

　　2.除非我愿意，否则我不必和上述那个人一起散步

　　3.<u>我不做作业</u>

1　原文"at"（在）似为"a"（一个）的笔误。——译注

4.我有权利向您抱怨任何我不喜欢的事情，您会改善这些事情。

如果您不答应这些条件，我会很难过的。如果您同意帮我摆脱这个偷窃、说谎、低劣而残暴的德国恶棍，我一定会做个好孩子。

我知道您很爱我，所以不会忍心让他对我专横跋扈。您认为他会愿意在我抓蝴蝶的时候袖手旁观吗？［……］

请把签名、图书和5先令寄给我。[1]

妈妈，我真的很爱您。我知道我不应该这样给您写信，但我必须做点什么。

献上爱和吻，我依然是您亲爱的儿子

温斯顿

—温斯顿致珍妮—

［1887年7月下旬］　　　　　　　　　　　　［布莱顿，布伦斯威克路29号］

亲爱的妈妈：

我听说"佩斯先生"将在假期里做我的家庭教师。既然他是这里的老师，我也会喜欢他，所以我一点也不介意，但有一个条件，即"不做作业"，除了这条我放弃了所有其他条件，我在假期从来不做什么作业，现在也不打算做。［……］我闲的时候并不介意做点什么，但强迫我做事是违背我的原则的。［……］

1　温斯顿要求得到一本《她》（*She*）或《杰西》（*Jess*），两书都是H.瑞德·哈格德（H.Rider Haggard）写的；5先令（Shilling，1镑等于20先令）是要给老师送礼物。

我依然是您亲爱的儿子

温尼

—温斯顿致珍妮—

［1887年7月14日］　　　　　　　［布莱顿，布伦斯威克路29号］

最最亲爱的妈咪：

我昨晚收到了您的来信，很高兴拿到亲笔签名和5先令。但我不太喜欢这封信，尽管如此，我知道这是我应得的。我向您保证假期里我一定会做个真正的好孩子。［……］

您也许会觉得我不知好歹。

但我一直并永远是您亲爱的儿子

温尼

—温斯顿致珍妮—

［1887年10月22日］　　　　　　　［布莱顿，布伦斯威克路29号］

最亲爱的妈妈：

我很好——很快乐——事实上我所希望的一切就是这样。请尽量让父亲和您一起来参加"颁奖仪式"。［……］我想回家过生日，但那样我就错过了任何得奖的机会。今天我读完了第一本欧几里得的书。我猜您会来跟我过生日，我想我们还会举行一个晚会，不是吗？！！！［……］

"考试即将来临"，我很高兴，因为这种时候我总是有些兴奋，我希望获得成功，这是我长期认真学习的结果。老实说，我这学期学的东西比我之前学得要多……

感谢父亲给我的来信和亲笔签名。您能再寄给我一些亲笔签名吗？不仅仅是首字母还有您的全名，因为这里还有很多人要。现在必须结束这封信，要不我就没有时间做拉丁文作业了。爱所有人。

我依然并永远是您亲爱的儿子

温斯顿·S.丘吉尔

那年秋天，珍妮在家忙着招待客人，这是她丈夫政治上东山再起的一种尝试，但收效甚微。而这个阶段，伦道夫勋爵的兴趣转向了赛马，他的健康状况还在日益恶化，但只要情况允许，他就会关注赛马。

温斯顿的父母在他十三岁生日那天（11月30日）都没有去看望他。就在圣诞节前，银行家罗斯柴尔德（Rothschild）家族安排他们去俄国和德国度过了六周的时光。在俄国，他们几乎被当作王室家族，在官廷受到沙皇家族的款待。

—温斯顿致珍妮—

1887年12月14日　　　　　　　　　　布莱顿，布伦斯威克路29号

最亲爱的妈妈：

在您的信到达之前，汤姆森小姐把你们的计划告诉我了。听说假期不能和你们一起过我很失望。但我尽量"把坏事变成好事"。当然也不

会有晚会了。[……]我会在周六见到您，我相信您会尽量让我高兴点。

我依然是您亲爱的儿子

温斯顿

—温斯顿致珍妮—

[1888年]1月12日　　　　　　　　　格罗夫纳广场46号[1]

最亲爱的妈妈：

奶奶好心地让我们住在这儿，直到你们回来。我渴望吻您，亲爱的妈咪。我昨天收到了您的来信。我多么希望能和您一起站在这片"有着粉色、绿色和蓝色屋顶"的土地上。

我们最近一直住在布伦海姆——这里非常好。埃弗勒斯特好多了——多亏了罗斯医生。我的假期已经减少了很多，但由于我希望在这个学期能有一次短时离开[周末假]，所以我不想抱怨。[……]

我依然献上爱和吻，您亲爱的儿子

温斯顿·S.丘吉尔

1888年年初，温斯顿十三岁，英国上层阶级的孩子在这个年龄会从"预备"学校转到"公学"，他们通常在公学待到十八岁。伦道夫勋爵曾就读于伊顿公学，但他为温斯顿选择了最接近伊顿公学的学校——其对手哈罗公学。这所学校坐落在伦敦西北部的一座小

1　孀妇马尔伯勒公爵夫人在伦敦的家。

山上，校园清新的空气可能会对他仍处于虚弱状态的儿子有益。

温斯顿必须通过 1888 年 3 月的入学考试才能进入这所学校。哈罗的男孩住在由舍监照看的宿舍里，因此，舍监的选择是很重要的。

—温斯顿致珍妮—

1888 年 2 月 7 日   布莱顿，布伦斯威克路 29 号

最亲爱的妈妈：

我今天早上收到了您的信，很高兴看到上面没有了俄国邮票。我很想见到您和爸爸，我已经很久没有见到你们了。我希望已经安排好我住［哈罗］哪间房子了；我想去"克鲁克申克"[1]的宿舍，因为我认识那里的一个男孩，我想和他住在一起。为了能被录取，我学习很用功——非常用功，我只希望我的努力会得到回报。贝斯特先生（Mr Best）说我肯定能通过考试。［……］

　　　　　　　　　　　献上所有的爱，我依然是您亲爱的儿子

　　　　　　　　　　　　　　　　　　　　温斯顿·S.丘吉尔

—温斯顿致珍妮—

1888 年 3 月 16 日   布莱顿，布伦斯威克路 29 号

最亲爱的妈妈：

我考试通过了，但是比我想象的要难得多。考了十二行到十三行非

1　1891 年以前，J.A.克鲁克申克牧师一直担任哈罗教堂山的舍监；1920 年代，为了建造第一次世界大战中牺牲的学生的纪念馆，这栋房子被拆除。

常非常难的拉丁文翻译和希腊文翻译，没有我想要考的语法，也没有法语——没有历史，没有地理，只有拉丁文和希腊文翻译。[……]无论如何，通过考试是件了不起的事情。[……]

哈罗是个好地方——美丽的风景——优雅的环境——很棒的室内游泳池——很棒的体育馆——以及一间木工房，还有很多其他好玩的地方。

夏天您可以经常来看我，这里离伦敦很近，从维多利亚开车一小时十五分钟左右就能到。[……]

"我钱不多了，财政大臣可以适当补充一点。"我很累所以我不能再写了。

献上爱和吻，我依然是您亲爱的儿子

温斯顿·S.丘吉尔

1888年4月，温斯顿在夏季学期开始时进入哈罗公学。他在戴维森（H.O.D.Davidson）先生管理的一间小公寓里开始了自己的学业，戴维森是一名三十五岁左右的已婚男子，自己也曾在哈罗公学受过教育。

—温斯顿致珍妮—

[1888年4月20日]   [哈罗]

亲爱的妈妈：

我按照约定写信。我非常喜欢这儿的一切。[……]男孩们通常会带些食盒回来。我要去吃早餐了。他们在大厅里吃饭。茶点时，一个男孩吃了鸡肉、果酱之类的东西。如果您愿意，请给我带：

一只鸡

三罐果酱

一块水果蛋糕

我想就这些了。恐怕我还需要点钱。［……］

> 献上爱和吻，我依然是您亲爱的儿子
>
> 温斯顿·S.丘吉尔

—温斯顿致珍妮—

［1888年5月14日］   ［哈罗］

我的妈咪：

没有按时给您写信，我可真是太贪玩了，但日子真的过得飞快，而我有很多课外的事情要做。不过我有些消息要告诉您。如您所知，我参加了［陆军学员］队伍并准时参加军训。周六，我随队到里克曼斯沃斯去，我们和黑利伯瑞［哈罗公学附近颇具竞争性的另一所"公学"］打了一仗，非常激动人心，计划（就我所知）是这样的［附图］。

因为我没有制服，所以只带了弹盒。我带了一百发子弹用于激烈的战斗，我的任务使我能很好地观看整个战场。最令人兴奋的是能透过烟雾看到敌人越来越近。

我们被打败了，只好撤退。［……］

> 献上爱和吻，我依然是您亲爱的儿子

温斯顿·S.丘吉尔

— 温斯顿致珍妮 —

［1888年6月27日］   ［哈罗］

最亲爱的母亲：

几天前我读了您的信。我这周的报告是：

数学："上周丘吉尔的表现显然要好得多。"

行为报告："行为明显改善。学习没有规律。"

我想这周我的成绩会更好，第二名或第一名——别再生我的气了。我会努力学习，但您太生气了，这让我觉得很没劲。［……］我会努力认真学习。妈妈周六要来——我并不懒惰邋遢，只是粗心健忘。妈咪再见。

我依然是您亲爱的儿子

温斯顿·S.丘吉尔

— 温斯顿致珍妮 —

［1888年10月］   ［哈罗］

最亲爱的母亲：

谢谢您让杰克和埃弗勒斯特来看我。

请尽量周六来，别拖延。坐火车来，两点半到。务必早点来，因为一直等在火车站，会把我整个下午都浪费掉的。

您能来，还是不能来，先给我说一声。

我要您带一个别的男孩都有的那种漂亮的食盒。[……]

我依然是您亲爱的儿子

温尼

—温斯顿致珍妮—

[1888 年 11 月 7 日]   [哈罗]

最亲爱的妈妈：

我打算给您写一封适当的信，希望您能原谅我之前的疏忽。周六我们有个讲座，主题是

"留声机"

演讲者为"古罗德上校"[1]。他对着留声机唱歌，让所有头脑清醒的人都大吃一惊：

"约翰·布朗的尸体——躺在坟墓里发霉

是[2][原文如此]灵魂飞扬

荣耀，荣耀，哈利路亚。"

"演播室"里留声机录下的声音我们可以听得一清二楚。

他周一私下给我们展示。我们一次去三到四个人。

他儿子在哈罗公学。

---

1 乔治·古罗德（colonel George Gouraud），美国军人，1873 年后，他是托马斯·爱迪生（Thomas Edison）在欧洲的代理人。1888 年 8 月 14 日，他在伦敦的一个新闻发布会上介绍了爱迪生发明的留声机。

2 原文"is"（是）疑为"his"（他的）之笔误。——译注

他在葛底斯堡打过仗。

他妻子和您念过同一个学校。[……]

　　　　　　　　　献上爱和吻，我依然是

　　　　　　　　　温斯顿·S.丘吉尔

　　圣诞节后，珍妮去巴黎和她妹妹莱奥妮住在一起。她在那里继续与查尔斯·金斯基伯爵的关系。

　　　　　　　　—温斯顿致珍妮—

[1889年3月]　　　　　　　　　　　　　　　　　　[哈罗]

我亲爱的妈咪：

听说您回来了我很高兴。您迟迟不来看我，我一直觉得很无聊。不过，我现在确信您又回到了"快乐的英格兰"。请尽快来看我。我非常期待您的来访。我想，确切地说是我的钱相当少了。但是，我希望您去爱尔兰之前还是来看看我吧。

　　　　　　　再见妈咪，献上爱和吻，我依然是您亲爱的儿子

　　　　　　　温斯顿·S.丘吉尔

又：和班上同学相处得甚好。

　　复活节假期结束后温斯顿回到哈罗，搬到校长韦尔登牧师[1]管理

1　1885年，詹姆斯·韦尔登（James Welldon）成为哈罗公学校长，同年他被任命为牧师（见人名）。

的一所更大的房子里。

—温斯顿致珍妮—

［1889 年 5 月 15 日］   ［哈罗］

亲爱的妈妈：

　　很抱歉我之前没有给您写信。我给爸爸写了信，感谢他给我 7 镑 2 先令 6 便士买自行车。我在韦尔登家过得很好。所有的男孩都很善良友好。我想再要几幅画和一些白色窗帘。我必须花钱吃早餐，我要付 10 先令 6 便士订餐，所以我不介意您再多给我一点现金。

　　尽量来看我，我想周六可以休息一整天。［……］

献上许多的爱，我依然是您亲爱的儿子

温斯顿·S.丘吉尔

　　6 月 19 日周三，温斯顿摔跤撞到了后脑勺，他妈妈认为他是从新买的自行车上摔下来的。

—温斯顿致珍妮—

［1889 年 6 月 21 日］   ［哈罗］

最最亲爱的妈咪：

　　我很好——别担心。事实上我骑任何一辆**两轮**车都不会有什么事，但我试了试三轮车（请原谅我的俏皮话[1]），因为我习惯了骑自行车，所以我转得太急[图示]，然后我就晕了"或者摔地上了"。

我现在感觉好多了。但昨天我觉得很不舒服，头疼得厉害。他们小题大做，但我想这事让他们觉得好玩。谢谢您让埃弗勒斯特来看我。她真是"了不起"的止痛膏。

我希望明天就能见到您。太无聊了——不能读书或做什么事，除了睡觉（和抱怨），我整天无所事事。如果您不来，就让姆[埃弗勒斯特太太]来。不管您来不来，如果您能让她早上来，我就会很高兴的。

我知道您会认为我的要求太高了，但整天躺着拨弄大拇指太无聊了，希望您能把"修正案""再读一遍"。

那再见吧亲爱的妈妈，很爱您，您无聊的

温尼

1889年夏天，伦道夫勋爵决定他的大儿子应该开始军人的职业生涯。根据温斯顿在《我的早年生活》中的叙述，伦道夫勋爵难得参观了一次温斯顿的育儿室，随后他做出了这个决定。在那里，他对儿子收集的1500名排成战斗队形的士兵小人印象深刻。温斯顿认为，父亲可能也觉得他在学业上没表现出什么天赋，无法接受大学教育或从事法律方面的工作。因此，在9月，温斯顿加入了哈罗公学军事班，这个班的学生将会为入伍考试做准备。

---

1 原文为"I had been on any <u>bicycle</u> but I got on a <u>tricycle</u> to <u>try</u> it"。——译注

—温斯顿致珍妮—

[1889 年 9 月 28 日]   [哈罗]

亲爱的妈妈：

收到您的信了，我加入了"军事班"。这真令人"厌烦"，因为它毁了我半个假期：我们得学法语和几何绘图，这是军队最需要的两件事。[……]

> 献上爱和吻，我依然是您亲爱的儿子
>
> 温斯顿·S.丘吉尔

—温斯顿致珍妮—

[1889 年 10 月 5 日]   [哈罗]

亲爱的妈咪：

距上次我收到您的来信已经两个多星期了。事实上，这学期我只收到了您的一封信。亲爱的妈咪把我忘得一干二净还不给我回信，这不是很好。无论我在过去的通信中有多么疏忽，请您不要再为此责备我了。我有许多要求。首先请求您给我一些钱。[……]

请尽快写信给我，也寄点"现钞"[钱]给我，因为我想周二进城。

> 献上很多的爱，我依然是您亲爱的儿子
>
> 温斯顿·S.丘吉尔

温斯顿 10 月 28 日的信中要求母亲给他在伦敦安排一个医生和一个牙医，在这期间他可以和她一起喝茶。信的附言显示了温斯顿日益增长的才能——使别人屈从于他的意愿："又：米尔班克在我洗澡的时候代我写了这封信。"[1]

温斯顿有一段时间没有再写信，珍妮在她写给儿子且保存下来的第一封信中表达了对此的看法。

—珍妮致温斯顿—

［1889年11月］ 康诺特广场2号

亲爱的温斯顿：

我想你钱不够的时候我会很高兴再收到你的来信。

深爱你的

母亲

—温斯顿致珍妮—

［1889年11月］ ［哈罗］

最亲爱的妈咪：

暂时不缺钱，亲爱的妈咪，我的钱包眼下还是满的。我不想要任何奇迹（除了总是受欢迎的食盒）。我已经写信请爸爸明天来。**别去马绍纳兰[2]，那里很危险。**

---

1 1889年10月28日温斯顿给珍妮的信（信在J.米尔班克手中），CAC,CHAR28/18/19-2。

2 温斯顿的请求表明，他的父母已经在考虑由伦道夫勋爵率领远征队，去非洲南部的马绍纳兰探矿，1891年4月伦道夫勋爵（没带珍妮）离开英国。

再见吧我亲爱的爱操心的妈咪

您亲爱的儿子

温斯顿·S.丘吉尔

温斯顿和哈罗学校的蜜月期结束了，他被列入了"报告"名单，这是学校对学习成绩或行为不合格的学生密切关注的制度。为了摆脱困境，他求助于母亲而不是父亲。

—温斯顿致珍妮—

[1889 年 11 月]　　　　　　　　　　　　　　　　[哈罗]

亲爱的妈妈：

您上次来的时候跟韦尔登谈过，要把我从名单上去掉。他跟您说过他会这么做，现在我本应该能拿到一份好的报告，但是我发现自己仍然在名单上。[……]

我希望您不要认为我在这里很快乐。这里对班长和板球队长来说是非常好的，但对于四年级的男孩就完全不同了。当然我最希望的是离开这个［鬼］¹地方，但目前还不能指望什么。我想让您周二来和韦尔登谈一下。请不要怕他，他总是承诺保证公平却以完全不同的方式行事。您得支持我，因为如果您不支持我的话就没人会支持我了。[……]妈妈您告诉过我要依靠您，要把一切都告诉您，所以我接受您的建议。

1　后来画掉了。

再见，亲爱的妈咪，希望周二能见到您

我依然是您亲爱的儿子

温斯顿·S.丘吉尔

—珍妮致温斯顿—

[1890年1月25日]星期六　　　　　　　　康诺特广场2号

最亲爱的温斯顿：

我们很高兴听说你[在班上]升级了，我真希望你能继续努力。你应该感到备受鼓舞和充满信心。我们三点出发，我担心会十分颠簸，因为刮大风了。[1]埃弗勒斯特下周二会去看你——因为今天她有很多事情要做。好吗？你这个淘气的孩子！给我解释一下经济上你怎么考虑的，你在一个信封里装两封信，第二天又拍电报给埃弗勒斯特——本来一封信就可以解决问题的？记得你每周至少应该写两次信，也要给杰克写信。再见亲爱的——最爱你。

你亲爱的母亲

珍妮

—珍妮致温斯顿—

1890年2月7日　　　　　　　　　　　　蒙特卡洛大饭店

最亲爱的温斯顿：

1　温斯顿的父母打算乘渡船横渡英吉利海峡到法国。

　[……]你爸明天回伦敦——但先在巴黎住一晚。我保证如果他议会工作不太忙的话，你写信求他，他可能下星期六会去看你。我很高兴你在努力学习——这对你来说必定有一种极大的满足感，对我来说也是！[……]

再见亲爱的——记得写信

你亲爱的

母亲

　以下这封信是温斯顿艺术才能的第一个迹象。

　　　　　　　　　—温斯顿致珍妮—

1890 年 3 月 12 日　　　　　　　　　　　　　　　　　　[哈罗]

亲爱的妈妈：

　您都好吧？可怜的莫顿姨夫[1]！外公怎么样？[2][……]我在画画，我非常喜欢。我明天开始用乌贼墨颜料画阴影。我一直在画风景和小桥之类的东西。[……]

好吧再见

献上很多的爱，我依然并永远是您亲爱的儿子

温斯顿·S.丘吉尔

1　莫顿·弗雷文（Moreton Frewen），娶了珍妮的姐姐克拉拉（见人名）。

2　1889 年 10 月，珍妮的父亲伦纳德·杰罗姆从纽约搬到了英国布莱顿的海滨（见人名）。

伦道夫勋爵现在病得越来越重（而且不在家里），所以珍妮继续扮演她儿子的导师的角色，在维多利亚时代一般由父亲承担这一责任。伦道夫勋爵6月初给他儿子寄去5镑。直到6月8日，温斯顿给父亲写信时才提及此事："多谢您的好意。我大吃一惊——事实上，'感到很意外'。"[1]

—珍妮致温斯顿—

1890年6月12日 康诺特广场2号

最亲爱的温斯顿：

我让埃弗勒斯特把这封信带给你，她要去看看你怎么回事。我也会去看你——但是下周的阿斯科特聚会我有很多事情要安排，所以我可能应付不过来。

我有许多话要对你说，但恐怕不是什么愉快的事。亲爱的，你知道我是多么讨厌指责你，但这次我实在是控制不住自己了。首先，你父亲对你很生气，因为你整整一个星期都没有提及5镑这份礼物，然后又写了一封很随意的信。

我附上你的报告，正如你看到的那样，这是一份非常糟糕的报告。你的成绩起伏不定，学习没有常心，注定要落到最后——看看你在年级的排名！你父亲和我都感到说不出的失望，你竟然不能参加初试：我敢说你会列出一千个不考试的理由——但事实摆在那里。如果你在年级有

1　[1890年6月8日] 温斯顿给伦道夫勋爵的信，CAC,1C1:203-4。

个更好的名次并且做事更有条理一点，我会尽力为你找个借口。

亲爱的温斯顿，你让我很难过——我对你抱有厚望，很为你感到骄傲，现在一切都完了。我唯一的安慰是你的行为很好，你也是一个有爱心的孩子——但你的学习成绩是对你智力的侮辱。要是你能为自己制订一个行动计划，那就执行它并下决心去做——我相信你能实现你的任何愿望。轻率就是你最大的敌人。[……]

我不再多说了——但温斯顿，你年龄够大了，应该知道这对你来说有多严重——接下来的一两年你如何利用它们，将影响你的一生，静下来自己想想，趁还来得及好好加把劲吧。你知道，亲爱的孩子，我会一直尽我所能帮助你。

你亲爱但忧虑的

母亲

—温斯顿致珍妮—

[1890年6月19日]   [哈罗]

亲爱的妈咪：

我到现在才写信是因为我要写一封长信。我不会为自己学习不努力找借口，因为我知道由于种种原因我一直相当懒惰。结果这个月结束时，后果来了，我得到了一份糟糕的成绩单，还被写进了报告等。这是三周前的事了，在接下来的几个月里，我一定能取得好成绩，因为我必须每周向戴维森先生提交两次每日报告，所以总的来说情况不错。

现在说一下没有给爸爸回信的原因——那天晚上我就回信了，我把它交给听差让他把信投到邮筒里，同时我还给了他一个便士［邮费］。

我自己无法把信投到邮筒里，因为校舍锁门了。我想他可能忘记了，过了几天才把信投进去。妈妈我可以告诉您，您的信让我非常难过。到学期结束还有很多时间，我会尽力做到最好。［……］

再见妈妈

爱您，我依然是您亲爱的儿子

温斯顿·S.丘吉尔

一个少年的难处（1890—1892）

"忙于聚会"

　　1890年9月，温斯顿回到哈罗开始新学年，此时距他十六岁生日还有两个月。12月，他要参加入伍初试，这是进入桑德赫斯特的皇家军事学院（Royal Military Academy）所必需的第一阶段考试，该学院专门训练年轻的军官学员。

　　同月，珍妮离开丈夫到朋友在苏格兰的乡间别墅去游玩，这成了她九十月社交活动日程表上的一个固定项目，一直持续到第一次世界大战爆发。这一行程通常持续六到八个星期，珍妮会到六七个庄园做客。

　　伦道夫勋爵身体不好，又经常不在家，她现在几乎已经习惯了作为孩子们的"单亲家长"。

—珍妮致温斯顿—

[1890年9月19日] 星期五　　　　　　　　　布里金[1]，因弗马克

最亲爱的温斯顿：

　　我希望你周二晚上玩得愉快，你们俩都回学校了——安顿下来开始学习。我很抱歉离开得这么匆忙——没有来得及跟你和杰克道别。[……]

　　亲爱的温斯顿，我希望你尽量别抽烟。要是你知道你抽烟看起来有多蠢、有多傻就好了，至少近几年你应该戒掉。如果你不抽烟并且这学期好好学习，我会让爸爸给你弄支枪和一匹小马，也许下个季节在班斯特德[2]你可以打点什么。不管怎样，亲爱的——我会尽力给你找点乐子让你玩得开心，但你必须为我做点什么作为回报。现在请你给我写封漂亮的长信，告诉我你都做了些什么。我非常希望你能不断进步。别忘了刷牙！要想我。

你亲爱的

母亲

—温斯顿致珍妮—

[1890年9月21日] 星期天　　　　　　　　　　　　　　　[哈罗]

亲爱的妈妈：

　　我刚收到您的来信。非常感谢。无论如何我要戒烟六个月，因为我

1　达尔豪西（Dalhousie）家族在安格斯的庄园（见地名）。

2　位于纽马克特赛马场附近的田产，由丘吉尔家庭租用（见地名）。

认为您是对的。［……］

> 再见，亲爱的妈咪，无限的爱
>
> 我依然是您亲爱的儿子
>
> 温斯顿·S.丘吉尔

—温斯顿致珍妮—

［1890年10月13日］　　　　　　　　　　　　　　　　［哈罗］

亲爱的妈妈：

　　之前没有写信是因为我不知道您的地址。我希望能和您在一起。记得把射击帽带回家，也为杰克带一顶。［……］

　　我收到福特纳姆＆梅森公司匿名送来的一大盒食品。它至少值3镑10先令。我猜可能是威尔顿夫人[1]送的，她回复了我写的信。

　　我学习很努力，我希望至少能通过三门科目的初试。［……］可是我担心算术、代数和几何绘图会不及格。［……］我还有两个月的时间，我在为"某个目标"而努力。

> 再见，亲爱的妈咪，多多的爱和吻
>
> 我依然是您亲爱的儿子
>
> 温斯顿·S.丘吉尔

1　伊丽莎白（Elizabeth），前威尔顿伯爵夫人，1885年丧偶，没有孩子，在给温斯顿的信中自称"你的代理母亲"（见人名）。

—温斯顿致珍妮—

［1890年11月］   ［哈罗］

亲爱的妈妈：

听说您很生气！我很抱歉——但是我学习很努力，恐怕有仇人在您心里撒下了杂草种子。我告诉过您，我认为我没能通过初试，是因为我在一个我憎恨的老师手下，他会报复我。我向韦尔登先生抱怨过，他把一切都做了安排。现在的老师都对我非常有好感，他们说我学习相当不错。［……］

我一直很努力学习，如果不是我说了太多脏话，我应该会有很公平的机会。［……］此外如果您愿意给我一个机会，就让我知道我被指控的罪恶程度。［……］

再见，亲爱的妈咪，爱您的

温尼

考试结果于1891年1月中旬公布：温斯顿通过了所有科目的考试。

—温斯顿致珍妮—

［1891年1月21日］   ［哈罗］

亲爱的妈妈：

我今天在达克¹滑冰。到处都是积水，非常潮湿，但是冰很美，很

---

1 达克是哈罗公学建于1866年的不规则形状的游泳池。

清澈也很滑。[……]

　　我得为我的房间买很多东西。明天一定要来看我，像个亲爱的妈咪一样。在您去蒙特卡洛之前，我急于和您谈很多事。请您来看我，可以滑一会冰，但一个人来，因为我有几件事想和您谈谈。[……]

我依然是您亲爱的儿子

温斯顿·S.丘吉尔

—珍妮致温斯顿—

[1891年1月22日]　　　　　　　　　　　　　　康诺特广场2号

最亲爱的温斯顿：

　　我很抱歉今天不能去看你，外公身体不太好，¹外婆要我今天下午去那儿。如果可能的话，我周六去看你，或者让杰克和埃弗勒斯特去看你。

　　亲爱的孩子，我真的希望你能多关注学习，别花光所有的钱。[……]

致以诚挚的爱，你亲爱的

母亲

1　伦纳德·杰罗姆1891年3月3日在布莱顿去世，享年七十三岁。

—温斯顿致珍妮—

[1891年2月末或3月初]　　　　　　　　　　　　　[哈罗]

亲爱的妈妈：

我不知道您在什么地方，不知道外公怎么样，不知道杰克怎么样，也不知道您什么时候从布莱顿回来，甚至不知道您到底是不是在那儿，什么都不知道。亲爱的妈妈，请立刻回信给我。您能给我寄张1镑的邮政汇票吗？一定要给我写信。

我依然是您亲爱的儿子

温斯顿·S.丘吉尔

1891年4月，伦道夫勋爵率领一支由罗斯柴尔德家族组织的金矿勘探探险队离开英国，前往南非，直到1892年1月才回家。

在此期间，珍妮充分施展了她的社交才能，经常在班斯特德招待朋友，班斯特德是一座庄园，靠近纽马克特和赛马场，是丘吉尔夫妇在马尔伯勒公爵夫人的资助下租赁的。

—温斯顿致珍妮—

[1891年4月]　　　　　　　　　　　　　　　　　[哈罗]

亲爱的妈咪：

由于牙痛，我的脸肿了一倍。我和普里查德（Pritchard）[伦敦的一位牙医]约好周二见面。我还有一些您给我的钱，但我要您再给我一些，作为周二的旅费。[……]

付这笔钱会使我的经济陷入困境。我已还清了债务，也不会再下赌注了。我把您的地址弄丢了，所以不得不通过克拉拉［弗雷文］姨妈把信寄给您。

请及时给我"现钞"。

周二您在城里吗？写信告诉我。

再见，亲爱的

献上爱和吻，我依然是您牙疼的——但有爱心的——儿子

温斯顿·S.丘吉尔

—珍妮致温斯顿—

［1891年4月29日］星期三　　　　　　　　　　　　　班斯特德

最亲爱的温斯顿：

听说你牙痛，我很难过，我听埃弗勒斯特说牙医要到明天才能见你。也许他会帮你把牙拔掉。现在我不想就这个问题说教——但我相信如果你平时多照顾一下你的牙齿，现在你就不会那么痛苦了。不刷牙的"邋遢鬼"才会牙痛！但亲爱的，我真的希望你会好起来。我已经在这儿住下来了，也很喜欢这儿。柯松夫妇[1]以及凯耶女士[2]和我在一起，虽然没能去看赛马，但我见到了不少人，这令人愉快。［……］

1　理查德·柯松（Richard Curzon），后来的豪伯爵（Earl Howe），他妻子乔治亚娜（Georgiana），娘家姓斯宾塞–丘吉尔（Spencer-Churchill）（见人名）。

2　约翰·李斯特–凯耶（John Lister-Kaye）爵士的妻子，其妻子在美国出生，约翰是一名军人。

经常给我写信，亲爱的。你亲爱的母亲

珍妮

很高兴你的评级升级了。

—珍妮致温斯顿—

[1891年5月10日]　　　　　　　　　　　　　　班斯特德

最亲爱的温斯顿：

听说你为牙齿吃了很大的苦头，我很难过。我觉得你得拔掉一颗牙，此外，我很高兴得知你很好、很快乐。

马尔伯勒奶奶[1]患了严重的流行性感冒和支气管炎，但她现在好多了。我们都很为她担心——你得写信给她，告诉她你很高兴听到她好些了。

这儿一切顺利。我在等几个朋友来看这个星期的赛马。[……]

给我写信，亲爱的，告诉我你做了什么。我大约两周后回去，一回去就去看你。我希望你在学习上多努力。

你亲爱的母亲

—温斯顿致珍妮—

[1891年5月19日]　　　　　　　　　　　　　　　[哈罗]

亲爱的妈咪：

我周四给您写过信，您没有回复。我一切都好，不过我刚因为打碎

1　弗朗西丝·斯宾塞-丘吉尔（Frances Spencer-Churchill），第七代马尔伯勒公爵的遗孀（见人名）。

了一家工厂的窗户而挨了骂。我们当时有五个人，只有两个人被逮住了，"幸运"的是我就是这两个人中的一个。我相信韦尔登先生已经把事情告诉您了。[……]

请星期四或星期六来看我，请给我寄点钱让我有能力赔偿。请在下封信中寄上1镑，因为我完全没有"现金"了。

再见，亲爱的妈咪

献上更多的爱，我依然是您亲爱的儿子

温斯顿·S.丘吉尔

6月9日，牙医在温斯顿的口腔里挑破了一个脓肿；两天后，温斯顿告诉母亲，那颗牙得拔掉，拔牙那天，他要母亲陪他去伦敦看牙医。他6月13日重申了他的请求。

—温斯顿致珍妮—

[1891年6月13日]   [哈罗]

亲爱的妈咪：

我和布雷恩医生[1]约了周四下午四点半见面。来陪我，写信告诉韦尔登您会照料我并"请我喝茶"。

我牙不疼了。请一定来，我根本不愿意一个人去。

再见，亲爱的，献上爱和吻

1　查尔斯·卡特·布雷恩（Charles Carter Braine）医生，1890年起是皇家牙科医院麻醉师。

我依然是您亲爱的儿子

温斯顿·S.丘吉尔

—珍妮致温斯顿—

[1891年6月18日]星期四　　　　　　　温莎，温克雷庄园[1]

最亲爱的温斯顿：

我很抱歉今天不能去陪你，我去不了。

我希望你去克拉拉姨妈家。她答应我她会照顾你的。写信到这儿来，告诉我你的牙齿怎么样了。

我争取下周去看你——天气终于暖和了。

再见并祝福你，你亲爱的母亲

珍妮

—温斯顿致珍妮—

[1891年6月19日]　　　　　　　　　　　　　　　哈罗

亲爱的妈咪：

我牙齿拔得很成功。我什么都不记得了，一直在睡觉，在整个手术过程中都在打呼。请务必寄些钱给我，因为付了看牙医的路费，我现在手头非常紧。我将在周四三点半去城里再拔一颗牙，请尽量过来。克拉

1　维多利亚哥特式宅邸，该地产属于奥索·菲茨杰拉德勋爵（Lord Otho Fitzgerald）；1883年其妻子去世后就租出去了。

拉姨妈很亲切。

再见，您亲爱的儿子

温斯顿·S.丘吉尔

—温斯顿致珍妮—

[1891年6月21日]   哈罗

亲爱的妈咪：

周四一定来看我。我三点从哈罗出发。我很好。我喜欢这个牙医，觉得他比普里查德更有能力。请寄给我1镑，因为我得偿还一辆旧自行车的10先令债务——我差点儿忘了这茬。

我还得为打碎的那些窗户付8先令。请在周二之前把钱给我，因为我需要支付那笔8先令的费用。

再见，亲爱的妈咪，永远是您亲爱的儿子

温斯顿·S.丘吉尔

—温斯顿致珍妮—

[1891年6月25日]   哈罗

亲爱的妈咪：

很遗憾您不能来。我得为"打破窗户"付出8先令的代价。还有其他物品；随时可以解释。请给我30先令——我会非常高兴的。

请原谅我又发电报，因为邮差十分钟前就走了。[……]

永远是您亲爱的儿子

温斯顿

—珍妮致温斯顿—

[1891年6月28日] 星期天　　　　　　伊斯特本¹，康普顿广场

最亲爱的温斯顿：

我会在一点过去，但我担心会跟你错过——我希望你的脸没那么肿了，因为脓肿已经破了。莱奥妮姨妈今天会照顾你。我真希望你在这儿，这么可爱的地方——离海边只有十五分钟路程。虽然有些风，但我们还是会去散散步，走上一段路。我希望明天能见到你。如果明天见不到你，告诉我伊顿和哈罗的比赛什么时候开始。

你亲爱的母亲

珍妮

—温斯顿致珍妮—

[1891年6月29日]　　　　　　　　　　　　　　[哈罗]

亲爱的妈咪：

很遗憾周六您不能来看我。我料想到了您可能不会来，所以我也就没有太失望。瑟尔先生说我很有可能获准去听您的音乐会，²不过我们可以在"勋爵板球赛"上讨论。[……]

1　自1858年起为德文郡公爵所有，他在庄园南部规划了伊斯特本新城。

2　珍妮经常在私人音乐会上弹奏钢琴。

我已经把爸爸的信抄送给杰克了。

> 再见，亲爱的妈咪，献上爱和吻
>
> 我依然是您亲爱的儿子
>
> 温斯顿·S.丘吉尔

温斯顿提到的"勋爵板球赛"（如他所说）指伊顿公学和哈罗公学举行的年度板球比赛，每年7月（1891年的比赛时间是7月10日至11日）第二周的周五和周六，在伦敦圣约翰伍德勋爵板球场的体育总部举行。这项赛事已经成为每年夏天首都社交季节的主要活动之一。

—温斯顿致珍妮—

1891年7月3日　　　　　　　　　　　　　　　　　　[哈罗]

亲爱的妈咪：

您要尽可能帮帮我。想想看，一百个男孩中有九十个都玩得很开心，只有我留在哈罗公学，那该有多郁闷啊。您答应过我会来的。这不是什么特别的离校许可，而是夏季学期每个孩子都有的固定假期，除非他们的行为不配有这个假期。今天早上我收到您的信［遗失］后吓了一大跳。我完全没有想过有可能去不了。您能不能请求马尔伯勒奶奶让我和她住在一起？

亲爱的妈妈，演讲日[1]的事我都办好了（准备好了写信和发电报），

1　演讲日指毕业典礼授奖演讲的日子。——译注

如果您知道或早知道我多么期待这场勋爵板球赛，我相信您一定会尽力不去那个聚会，或者为我的假日做一些安排。

如果周五和周六非得跟哈罗公学的学生们一块，在勋爵板球场每两小时喊一次"到！"，并且不得擅自离开（就像其他一百个不幸的学生不得不做的那样），那对我来说实在是一个倒霉的日子。

人都去哪儿了？

好久没有人写信告诉我任何消息了。埃弗勒斯特去哪儿了？

> 亲爱的妈妈，尽量安慰一下您亲爱的儿子
>
> 温斯顿·S.丘吉尔

丘吉尔家的经济困难，迫使珍妮在伦道夫勋爵不在家的时候，将他们在康诺特广场的房子租出去。当她在伦敦时，她名义上住在莫顿·弗雷文和克拉拉·弗雷文在奥尔德福德街的家里，尽管莫顿对在巴黎的克拉拉说："虽说珍［珍妮］住在这儿，至少我认为她住这儿——但她忙得不可开交，我连她的影子都看不到。"[1]

珍妮在伦敦没有自己的基地，就在班斯特德消磨时间，或者经常受邀去某个乡村庄园参加家庭聚会，有时聚会的日期正好撞上她的孩子学校里某个固定的活动日。这样的一次冲突发生在哈罗公学"勋爵板球赛"周末，当时温斯顿因为表现好，获得了在伦敦过夜的权利，而珍妮已经接受邀请，到白金汉郡的斯托府和巴黎伯爵共

1　1891年7月，M.弗雷文给C.弗雷文的信，弗雷文档案，国会图书馆。

度周末，斯托府是伯爵租住的。

—珍妮致温斯顿—

[1891年7月5日]星期天　　　　　　　　　　　　　　　班斯特德

　　哦！哦亲爱的！亲爱的，怎么这么麻烦！你这个傻孩子！我并不是说你非待在哈罗不可，我只是说不能让你来这儿，因为周六我必须去一趟斯托不可。不过我可以周五去看你并给你做一些安排。我会去克拉拉姨妈家，也许她会让你也住在她家。我会写信告诉你的。[……]

　　再见，亲爱的。写信到奥尔德福德街，我明天去那儿。

你亲爱的母亲

—珍妮致温斯顿—

[1891年7月6日]星期一　　　　　　　　　　　　奥尔德福德街18号

最亲爱的温斯顿：

　　没关系。马尔伯勒奶奶周五晚上会为你和杰克安排住宿，我想你还是周六晚上回去吧？写信告诉我。我会设法和教练谈妥——为"勋爵板球赛"……

　　你得一早就来这儿——记住你得表现聪明点——

你亲爱的母亲
珍妮

　　7月10日周五，温斯顿和母亲去看了"勋爵板球赛"。周六，查尔斯·金斯基来看望温斯顿，把他带到水晶宫，在那里，100辆消防车和3000名消防员在德国皇帝面前举行了游行，然后进行焰火表演。

　　一旦珍妮满足了温斯顿周末观看板球赛的要求，她就得解决他关于学校假期的要求，假期从7月底开始，一直到9月中旬结束。

—温斯顿致珍妮—

[1891年7月14日]　　　　　　　　　　　　　　　　　　　[哈罗]

亲爱的妈咪：

　　韦尔登先生昨晚告诉我，他给您写信说要安排我去法国待"至少四个星期"。他的理想当然是把我送到某个"家庭"中去，一个他所谓的"特殊家庭"。爸爸来看我的时候我告诉了他这件事，（按韦尔登先生的意见）我应该去，不过爸爸说这是"一派胡言，如果你愿意，我可以在班斯特德给你找个德国帮厨女佣"。我想您一定不愿意我假期的大部分时间都去跟某个可怕的法国家庭在一起吧。这会非常——不愉快的。此外，实际上这件事不用着急。我至少还有三年时间呢。[……]

　　当然这完全由您决定（如韦尔登所说）。不过我相信，您不会同意把我打发去干这种讨厌的苦差事。

　　即使发生最坏的情况，您也可以把我送到您的几个朋友家里而不是去某个"可敬的人家家里"。我相信一个家庭女教师能够满足所有的口语要求。爸爸已经完全否决了这个想法，我也求您让我多少有点安慰吧。

我依然是您亲爱的儿子

温斯顿·S.丘吉尔

又：我真的对参军越来越不感兴趣了。我想教会更适合我。我现在很好，无忧无虑。[……]

—珍妮致温斯顿—

[1891 年 7 月]　　　　　　　　　　　　　　　　　[无地址]

最亲爱的温斯顿：

很遗憾没见到你——你应该发电报的。给我写信详细谈谈下周的事——需要钱吗？

你亲爱的

母亲

—温斯顿致珍妮—

[1891 年 7 月 24 日]　　　　　　　　　　　　　　[哈罗]

亲爱的妈咪：

很抱歉没见到您。我确实发了电报，但我以为您住在奥尔德福德街18号。听说我不用出国了，我说不出有多高兴。[……]

至于[军事学员]营地。[……]食宿费每周30先令，不过我估计食物会少得可怜，而且下午我只能自娱自乐了，钱当然多多益善。[……]

永远是您亲爱的儿子

温斯顿·S.丘吉尔

—珍妮致温斯顿—

［1891年7月］ 　　　　　　　　　　　　　伦敦，奥尔德福德街18号

最亲爱的温斯顿：

我认为还是钱的问题——给你寄去所需的1镑1先令，把我的讲座安排到明天！

爱你的

母亲

珍妮、温斯顿和杰克在班斯特德度过了假期，其中大部分时间金斯基也陪伴他们左右，因为他和珍妮当时正处于热恋状态。一位来自剑桥的"友善的年轻人"给孩子们提供了四个星期的适当辅导。

温斯顿9月推迟了两天才回到哈罗公学，因为，正如珍妮写给丈夫的信中所说，温斯顿"动不动就发脾气……老实说，他长大了，女人管不住他了。［……］温斯顿一进桑德赫斯特就会好的。他正处在'丑陋'阶段——懒散还烦人"。[1]

1　1991年9月25日，珍妮给伦道夫勋爵的信，布伦海姆档案。

—温斯顿致珍妮—

[1891 年 9 月 19 日]   [哈罗]

亲爱的妈咪：

韦尔登要您给他写信"解释"一下我周四为什么没回校。"医生证明"只能算作"周三的原因"。我告诉那家伙，只要您打个电报就够了。他说"不行"。他说他不想吵架。所以他建议您给他写信，说明我不能去"拜见他"是因为——随便什么理由。您明白吗？

不要说任何关于看戏的事，否则他会很暴躁。[……]

献上更多的爱和吻

我依然是您亲爱的无聊且想家的流浪儿

温斯顿·S.丘吉尔

—温斯顿致珍妮—

[1891 年 9 月 22 日]   [哈罗]

亲爱的妈咪：

我已安顿下来，也很开心。我的房间很漂亮，我没有买任何风景画，只有一对烛台（二手货）、一个壁炉架，以及一块床上的帘子。这些都是必需品。他们允许我不学德语而改修化学。我很开心，这意味着我可以放心地宣布我将在明年 6 月通过考试。[……]

献上爱和吻

我依然是您亲爱的儿子

温斯顿·S.丘吉尔

—温斯顿致珍妮—

[1891年9月27日]   [哈罗]

亲爱的妈咪：

为什么您没有给我写信，您说过会写信的，回复我的三封信！我觉得您太不够意思了，因为我在这里很无聊，而且我学习很努力。我不知道您是否在忙我要求的周二的预约还是别的什么。要不是埃弗勒斯特还在给我写信，我很难想象还有班斯特德这么个地方。[……]

我猜您正忙着参加"赛马聚会"，所以没时间给我写上只言片语。我回来已经十天了，而您一个字也没有给我写过。如果没有时间写信，您可以发个电报，那花不了多少时间。

> 亲爱的妈妈，请写信给您亲爱的儿子
>
> 温斯顿·S.丘吉尔

—温斯顿致珍妮—

[1891年9月28日]   [哈罗]

亲爱的妈咪：

哎呀！啊！您怎么啦？我写的每封信——嗯？您都会回信，难道不是这样吗？现在我写了三封长信，但**一句话**也没有收到。[……]

我打算把自行车卖了换只斗牛犬。我认识它已有一段时间了，它很温顺、很亲人。[……]是条纯种狗，值10镑。我自己从来没有过一只像样的狗，爸爸说过他在伊顿公学时养过一条斗牛犬，那我在哈罗读书的时候为什么不能养狗呢。[……]

我向可靠人士询问过这只狗的情况，他们都说它是条好狗。所以妈咪，请给我写信，也请您亲切地说一声"同意"。[……]

再见我的鸟儿，无限爱您，我依然并永远是您亲爱的儿子

温斯顿·S.丘吉尔

—珍妮致温斯顿—

[1891年9月29日]   班斯特德

最亲爱的温斯顿：

我承认我一直懒得动笔——但我太忙了。你的自行车随你的便，但我认为更明智的做法是留着——狗有时候是个累赘。我只能给你匆匆写几句，因为邮件要被送走了，但我很快会写信告诉你消息的。[……]

再见亲爱的。会再写信的

你亲爱的

母亲

斗牛犬不得不另找一个家。珍妮10月初到哈罗公学去看望了温斯顿，并且就他儿子的外表和行为给仍然在外的伦道夫勋爵做了一个正面的评价。温斯顿10月份经常给母亲写信，但大多收不到回信，于是他联系了班斯特德的家庭厨师基恩太太（Mrs Keen），直接让她给他送些食物到学校。

—珍妮致温斯顿—

1891年10月28日 班斯特德

最亲爱的温斯顿：

自从见过你以后我一直忙得没有时间写信。我承认我笔头懒——但亲爱的孩子，你的信总是重复同样的一句话，"请寄钱给我"。你确实以最便捷的方式渡过了难关。信里有张1镑的邮政汇票。

基恩太太告诉我你已经下了"订单"？要鸭子等。家里人很多，她要到周末才有时间煮鸭子。你应该写信问我的。听埃弗勒斯特说你又拔了一颗牙，我吓坏了。你真是太蠢了，你会后悔的。把做手术的牙医的地址发给我，我想跟他说一下我的看法。[……]

我刚接到你爸爸的电报，他身体很好，他会经图里和马弗京[1]回国。我会再给你写信。

致以诚挚的爱，你亲爱的

母亲

—温斯顿致珍妮—

[1891年11月初] [哈罗]

亲爱的妈咪：

非常感谢您寄来的邮政汇票。但是您"错怪"了我。我写信要的那

---

1 图里和马弗京位于马绍纳兰（现在的津巴布韦）、贝专纳（现在的博茨瓦纳）和开普殖民地的交会点附近。梅富根（旧称马弗京）现在是南非西北省的省会。

些钱实际上只是我两次进城的费用。至于鸭子——您在班斯特德大快朵颐，为什么没我的分呢？我写信只要鸭子是因为上次给我带的野鸡太难吃了。所以亲爱的妈妈，别无缘无故地生气。[……]

附上照片，依然并永远是您亲爱的儿子

温斯顿·S.丘吉尔

—珍妮致温斯顿—

[1891年11月10日]   布兰德福德，伊韦恩明斯特府[1]

最亲爱的温斯顿：

我告诉埃弗勒斯特，在我离开伦敦去度假时给你一块沙弗林[2]。我刚收到你的成绩报告，不如我希望的那样令人满意。你一<u>定</u>要努力，下学期有更好的成绩，那时你爸爸就回来了，期待他称赞你的学习。

好吧你这只大猫[3]——我尽量21日去看你们俩。周六我从这儿去德比郡的多佛里奇，跟亨德里普夫人[4]住在一起。但我将于20日周五回伦敦。我收到了你爸爸的电报——他将于12月9日坐"墨西哥号"[5]离开开

---

1 乔治·格林（George Glyn），沃尔弗顿勋爵（Lord Wolverton）位于多塞特的家，他的小儿子弗雷迪（Freddie）是珍妮的亲密朋友（见地名）。

2 英国旧时价值一镑的金币。——译注

3 温斯顿有时在给母亲的信的落款处签上"Puss"（猫咪），或画上一只猫。——译注

4 乔治亚娜1868年嫁给塞缪尔·奥尔索普（Samuel Allsopp）；1887年嫁给亨德里普男爵（Baron Hindlip）（见人名）。

5 皇家邮轮墨西哥号，1883年下水，由联合轮船公司所有，在英国南安普顿和南非开普敦之间运营。

普敦，所以他大约月底的时候就会到家。

我昨天打了一天的猎——玩得很开心，但一开始我太"兴奋"了，在第三道篱笆处摔了一个"漂亮"的跟头——我不能再拿你的糗事来取笑你了。

再见，我的最爱，就写到这儿

你亲爱的母亲

—珍妮致温斯顿—

[1891年]11月15日　　　　　　德比，多佛里奇府[1]

最亲爱的温斯顿：

你有没有收到我叫埃弗勒斯特给你的沙弗林——还有从班斯特德给你带的野鸡？[……]

我希望你能认真学习，这样你的下一份成绩报告肯定会非常棒。你读过《消失的光芒》[2]吗？我很喜欢。祝福你，大猫。

你亲爱的

母亲

母子之间的又一场意志之争即将来临。这一次是因为哈罗公学

1　刚被亨德里普爵爷买下；1938年被拆除。

2　《消失的光芒》（*The Light that Failed*），鲁德亚德·吉卜林（Rudyard Kipling）二十六岁时所著，1891年首次出版。

校长建议温斯顿应该到巴黎的某个家庭过圣诞节，以提高他的语言能力。

—温斯顿致珍妮—

[1891年11月中旬]　　　　　　　　　　　　　　　[哈罗]

亲爱的妈咪：

今天上午收到了您的来信。我收到了1镑，为此向您表示衷心的感谢。他们说我这个月的成绩比上个月要好得多。请给韦尔登先生写信，说您非常希望我参加婚礼[1]，因为奶奶要求我参加等。

我真高兴爸爸圣诞节前后就能回家。假期里我不得不去法国，但我恳求并祈祷，请您不要把我送到一个卑鄙、可恶、肮脏且讨厌的法国"家庭"去。[……]

您亲爱的儿子

温斯顿·S.丘吉尔

—温斯顿致珍妮—

[1891年11月22日]　　　　　　　　　　　　　　　[哈罗]

亲爱的妈咪：

我按时回到哈罗了。好戏刚开始就得走，真是"倒霉"。更糟糕的

1　莎拉·斯宾塞–丘吉尔女士（Lady Sarah Spencer-Churchill，温斯顿的姑妈）与戈登·威尔逊中校（Lt. Col. Gordon Wilson）的婚礼（1891年11月21日）。

是，您和韦尔登似乎正在为我安排圣诞节计划呢。[……]

您亲爱的儿子

温斯顿·S.丘吉尔

又：我马上就能给漂亮的韦斯莱小姐（Miss Weaslet）留下点印象了，这种时候不得不走真是倒霉透了。哪怕再过十分钟？！

—温斯顿致珍妮—

[1891年12月6日]   [哈罗]

亲爱的妈妈：

我给您写了一封长信，但重新考虑后我决定不寄了。我听说爸爸差不多两周后就回来了。因此，韦尔登先生很希望我从这里直接去巴黎。亲爱的妈妈，如果您允许他剥夺我在家过圣诞节的机会，我觉得这太不厚道了。[……]

求您别给我施加压力。昨晚我告诉韦尔登我不打算放弃回家时，他非常生气。他说"好吧，那您也必须放弃参军"。真是胡说八道。但是妈妈您要厚道，不要让我难过。我已下定决心27日以后才出国。如果您不顾我的恳求强迫我去，我将尽量在那磨洋工，而假期将是一场无休止的战斗。我相信爸爸不会在圣诞节把我从家里赶出去，事实上任何时候都不会。如果您能尽量使我的日子好过些，那我过了27日就走，回来跟爸爸待上四天。

请不要太过分，永远是您亲爱的儿子

温斯顿·S.丘吉尔

—珍妮致温斯顿—

[1891年12月8日]星期二   伦敦

最亲爱的温斯顿：

我正纳闷你为什么不写信来呢。亲爱的孩子，我和你感同身受，也很能理解你的焦虑以及想要回家过圣诞的愿望，但撇开其他考虑不谈，你这封信的语气并不让人打算宽厚待你。当有人想在这个世界上得到什么东西时，通过发出最后通牒是不可能得到的。你已经长大了，别再犯傻了，为了几天的快乐，放弃通过考试的机会：这是可能影响你一生的事情。[……]

当然如果你27日之前不"打算"出国并已经"打定"主意要回这里住上一个星期，我想我们会让你在凡尔赛住上两个星期。如果可能的话我周四去看你。在此期间，我会仔细考虑的。

亲爱的，你可以充分肯定我一定会做出最好的决定，但我也坦白地告诉你，做决定的是我而不是<u>你</u>。如果你不得不去，我将看看是否有可能用别的办法补偿你。我指望你能帮我而不是添乱——周四我将告诉你我坐哪趟火车——在此之前上帝保佑你好好学习，让爸爸看到一份出色的成绩报告单。

你亲爱的

母亲

—温斯顿致珍妮—

[1891 年 12 月 9 日]   [哈罗]

亲爱的妈妈：

今天上午收到了您的来信。我希望您明天能来，因为当面解释要容易得多。不过您不该对我这么苛刻，因为做出牺牲的是我而不是您。妈妈您说"你坦率地告诉我"，我也只是坦率地告诉您我的意图。我不打算或希望跟您作对，"我只是坦率地说"我不想在27日以前出国。

您说应该由您来决定。我必须放弃我的假期——不是您，我被迫去找那些让我十分厌烦的人——不是您。我请求占用您一年中很短的一段时间带我出国——您答应过——又拒绝了，而我没有强调这一点。

我既惊讶又痛苦地想到，您和爸爸待我就好像我是机器一样。[……]

请多关心一下我的幸福。在这个世界上还有比学习更重要的东西，还有比公务员更有活力的工作。

献上爱和吻，我依然并永远是您亲爱的儿子

温斯顿·S.丘吉尔

—珍妮致温斯顿—

[1891 年 12 月 15 日]   康诺特广场 2 号

最亲爱温斯顿：

你的信我只读了一页就把它退回给你——因为我不喜欢这封信的写法。前几天谈话后我没有料到你会食言，你似乎尽可能在把每件事弄得

你自己和其他人都不愉快。亲爱的，你这么做没有任何好处。我为你做的是尽可能让事情顺利愉快——更多的我不能保证。[……]

给我写封友好的信！

你亲爱的

母亲

—温斯顿致母亲—

[1891年12月16日]   [哈罗]

亲爱的妈咪：

真想不到您会这样无情。我非常痛苦。您竟然拒绝看我的信，这使我痛苦至极。您没有理由不看信。我收到信后平复了三个小时才回复您，我很庆幸自己没有冲动，否则我会写下一些让您吃惊的内容。我无法告诉您，您让我多么难过——您没有做任何让我高兴的事，而是像这样拆我的台。哦我的妈咪！

我已下决心今后不再给您写长信，因为从信的长度可以看出这是您不读信的一个理由。我想您必定是忙于聚会和圣诞节的安排。我这样安慰自己。至于信的写法——没什么问题。我写给《哈罗学子》（*The Harrovian*）的一封信最近刊发了并评价很好。

[……]亲爱的妈咪——我很不开心，但如果您不看这封信就麻烦您最后一次费心把它寄回。[……]

我感到说不出来的难受。不过您的无情使我免除了所有的责任感。我也能忘怀。亲爱的妈妈，如果您想让我为您做任何事情，尤其是付出

如此巨大的牺牲，就请不要如此残忍地对待

> 您亲爱的儿子
>
> 温尼

—温斯顿致珍妮—

［1891年12月］   ［哈罗］

亲爱的妈咪：

［……］务必收下我的信。我太不幸了。我一直在哭。亲爱的妈咪，请善待您亲爱的儿子。别为我那些愚蠢的信生气。至少让我知道您是爱我的——亲爱的妈咪，我绝望了。我太不幸了。我不知道该怎么办。我太不幸了。别生气了，我很痛苦。［……］

如果［韦尔登］周一还不让我回家，请别指望我能去。［……］

> 再见，亲爱的妈咪
>
> 永远爱您，永远是您亲爱的儿子
>
> 温尼

温斯顿"这一仗"打输了。他圣诞节前去了法国；更让他痛苦的是，他不得不坐二等舱。12月18日，珍妮写信给伦道夫勋爵："他小题大做，就好像他要去澳大利亚两年一样。"[1]

1　1891年12月18日，珍妮给伦道夫勋爵的信，布伦海姆档案。

—温斯顿致珍妮—

[1891年12月22日]   [凡尔赛]

亲爱的妈咪：

昨晚太累了写不了信。我们坐的是二等舱，尽管船上充斥着白兰地和啤酒难闻的气味，但我没有晕船。相反，我一直在睡觉。[……]

疲劳、旅程、陌生的食物、寒冷、思乡之情，以及对过去和未来的思考差点儿让我写一封会使您痛苦的信。现在我好多了，我想我这个月会在这儿待着，尽管多一天都不行。[……]

我的法语有了很大进步。我开始用它来思考，信的第一部分就是用这种方式写的。[……]当然为了回去我可以付出很多，如果您愿意我明天就回去——但考虑再三，这个月我准备待在这儿。[……]

再见，亲爱的妈咪

爱您，我依然是您亲爱的儿子

温斯顿

—温斯顿致珍妮—

[1891年12月27日]   [凡尔赛]

亲爱的妈咪：

三周后的周一我就回家——至少这个月熬过去了。我要提醒您在哈罗对我许下的诺言，如果我放弃圣诞节，就可以[在家]多待一个星期。诺言就是诺言，既然我已经完成了我的任务，剩下的就拜托您了，亲爱的妈咪。我知道您不会随意哄骗我的。

　　我渴望回去。我想如果一切顺利的话，我将于三周后的周一回家。我归心似箭。天哪，我不想再坐二等舱了。[……]

再见，亲爱的妈咪

希望三星期二十一小时后见到您，我依然是您亲爱的儿子

温斯顿·S.丘吉尔

　　1892年1月初，伦道夫勋爵从南非探险归来，满脸胡子。

—珍妮致温斯顿—

1892年1月10日 星期天　　　　　　　　　　温伯恩，坎福德庄园[1]

最亲爱的温斯顿：

　　今天收到的信很短——你去拜访了德·布勒特伊先生[2]和赫希夫妇[3]，却什么也没告诉我。

　　[……]你爸身体很好，兴致勃勃，但他的胡子太"吓人"了。我想我得劝[他]把它刮掉。亲爱的孩子，不要太懒，不要对写信漫不经心，你似乎只有在想要什么东西的时候才会好好写信——那时的信写得

1　温伯恩勋爵（Lord Wimborne）和妻子科妮莉亚（Cornelia）的宅邸，后者是伦道夫勋爵的姐姐，该庄园位于多塞特。

2　亨利·德·布勒特伊侯爵（Marquis Henri de Breteuil），退伍军人，当时是法国国会议员（见人名）。

3　莫里斯·赫希（Maurice Hirsch）是一位富有的德国银行家，他和他的妻子克拉拉·比肖夫斯海姆（Clara Bischoffsheim）住在巴黎（见人名）。

那叫一个洋洋洒洒！我不知道你什么时候有空。你一定抽出时间来。我会很快再给你写信。

　　　　　　　　　　　　　　　　　　　　致以诚挚的爱

　　　　　　　　　　　　　　　　　　　　　你的母亲

　　　　　　　　　—温斯顿致珍妮—

[1892 年 1 月 14 日]　　　　　　　　　　　　　[凡尔赛]

亲爱的妈咪：

　　我得向您解释些事情。[1]您寄信给我的地址是巴黎。结果信被退回至埃德尼再次转发。信转来时我已经有两个星期没收到您的信了。

　　[……]我想周一回家看看杰克，然后跟您和爸爸一起到法国——或者在这儿等爸爸。我没有关系，不过您要是带杰克来应该也挺容易的；但是妈妈，我当然希望您履行诺言，而这是我心甘情愿来这里的最重要的原因。[……]

　　　　　　　　　　　　献上爱和吻，我依然是您亲爱的儿子

　　　　　　　　　　　　　　　　　　　　　温尼

1　原文为法语。如无特殊说明，后文中原文为法语的部分亦以此种字体呈现。——译注

应付军校学员（1892—1894）

"你真是个笨蛋——写信！"

　　温斯顿1892年1月回到哈罗公学，这时他十七岁了。他很快就运用他在法国刚获得的语言技能，使他的家信更加生动活泼，尽管语气中常常带有讽刺意味。

　　伦道夫勋爵去南非待了九个月，父亲的缺席并没有使父子的关系更加密切。医生继续将伦道夫勋爵的病当作梅毒来治疗，这种病在当时被称为"麻痹性痴呆"，人们视其为一种渐进式的疾病，经诊断，伦道夫勋爵的病情进入了一个更严重的阶段。他爱发脾气，觉得大儿子懒惰、马虎，花钱大手大脚。

　　珍妮试图在她丈夫和温斯顿之间采取折中路线，对前者忠诚，对后者同情地进行庇护，以帮他躲避父亲过于严厉的管教。温斯顿计划于1892年7月参加桑德赫斯特皇家军事学院的入学考试。

—温斯顿致珍妮—

［1892年1月］   ［哈罗］

亲爱的妈妈：

发现您如此暴躁我深感痛心。我很抱歉没有尽早写信，但事实是（以下是惯常的借口）我各方面都很好，也很快乐，"很满足"。您要我写封长信，但我没什么可说的。

我会把《哈罗学子》寄给您，上面有对我信函的回复——内容相当不堪一击，我要在回信时把它反驳成碎片。［……］

您的来信很可怕、异乎寻常地尖酸刻薄。很抱歉我跟您要了50法郎，非常感谢。

爱您的儿子

温斯顿·德·丘吉尔[1]

—温斯顿致珍妮—

［1892年2月7日］   哈罗

亲爱的妈咪：

非常感谢您的来信。为了升级考试，最近我学习很努力。我确实希望我能通过，但有个可怕的老师说陆军专业不及格的太多了。我的剑术大有进步，击败了别人。

我的财务状况越来越差。您说我写信从来不谈感情，只是要钱。我

_____

1　原文为法语"Montéglise"，等同于英语中的"Churchill"，为温斯顿的语言游戏。——译注

认为您说得对，但记住您是我的银行家，除了您我还能给谁写信呢。请给我一点钱。

祝您身体健康，您忠心的儿子

温斯顿·S.丘吉尔

—温斯顿致珍妮—

［1892年2月］　　　　　　　　　　　　　　　　　　哈罗

亲爱的妈妈：

非常感谢您友好的来信，更感谢您好心的"两镑"。［……］

下雪了！天冷得够呛。我很健康。这些剑相当不错。

献上更多的爱，我依然是您亲爱的儿子

温尼

3月初，伦道夫勋爵留在英国，珍妮离开家去到以冬日阳光和赌场闻名的蒙特卡洛度假，为期一个月。她在那里的时候，赌场扒手偷走了她的钱包。

—温斯顿致珍妮—

［1892年3月16日］　　　　　　　　　　　　　　　　［哈罗］

亲爱的妈妈：

听说您的钱包被偷了，我感到很不安。真遗憾，因为同时我得提个请求，再给我一点钱。

我很好。您说走就走了，我很难过。我对周二举行的击剑比赛感到非常兴奋。[……]

别去那家赌场。把钱放在我这儿会更安全。亲爱的妈咪，别因为这封信写得短而责怪我。您是一只小鸟。[……]

再见，亲爱的妈咪。祝您好运并发送多多的爱

您亲爱的

温斯顿·S.丘吉尔

—温斯顿致珍妮—

[1892年3月24日]   [哈罗]

亲爱的妈咪：

我赢了击剑比赛，得到一只很棒的奖杯——我遥遥领先。决赛中对手连碰都没碰到我一下。我给爸爸写了信。这些橘子很香甜……

永远是您亲爱的儿子

温尼

—珍妮致温斯顿—

[1892年3月28日]星期一   蒙特卡洛大酒店

最亲爱的温斯顿：

很高兴你赢得了击剑奖杯——你得写信告诉我相关的一切。我得赶紧，因为他们在等我用餐，但我觉得必须向你表达我的"祝贺"！你得教教我。杰克似乎有个可以短期离校的假期，他一定很开心。

致以诚挚的爱——你亲爱的

母亲

—温斯顿致珍妮—

［1892年3月27日］　　　　　　　　　　　　　　　　　　　　［哈罗］

我亲爱的妈妈：

我很好，也在全力以赴地学习。击剑将是我毕业后主要的特长，因为我现在代表学校参赛，我应该为此多"流汗"。

我现在变得足智多谋，我相信等您从阳光明媚的南方回来，我一定能把您安顿好。

代我向韦尔登夫人问好并接受我所能表达的全部感情

您亲爱的儿子

温斯顿·S.丘吉尔

又：我"身无分文"[1]了。如果您能补贴的话，那就"塔拉—拉—布姆—代"[2]啦。

—珍妮致温斯顿—

［1892年4月3日］星期天　　　　　　　　　　　　　　　　　　　巴黎

最亲爱的温斯顿：

我周二晚上到家，希望周六能去哈罗看你。亲爱的——你最近

1　原文为"stony"，即"stony broke"，俚语，意为"身无分文"。

2　原文为"Tara-ra boom-de-ay"，是著名的童谣。——译注

怎么样？巴黎很冷，上午下了雪——在"柑橘和柠檬之乡"[1]的我倍感难受！［……］

致以诚挚的爱——你亲爱的母亲

珍妮

—珍妮致温斯顿—

［1892年5月］星期一 　　　　　　　　　　　　　　　　班斯特德

最亲爱的温斯顿：

这是30先令的邮政汇票。你要得很多——花起钱来你似乎是个无底洞。很高兴明天能见到你——打电报告诉我你什么时候来。不多写了，因为我希望很快就能见到你。

你亲爱的母亲

珍妮

温斯顿第一次参加桑德赫斯特军校的入学考试失败了，在693名考生中排名第390位。9月，他回到哈罗公学，准备12月参加第二次考试。现年十二岁的杰克第一次陪他来哈罗公学，两个男孩合住一个房间。他们的母亲已经去苏格兰朋友家的庄园度假了。

1　"柑橘和柠檬"（Oranges & Lemons）是首英国传统童谣，珍妮所说"柑橘和柠檬之乡"指法国南方。——译注

—珍妮致温斯顿—

[1892年9月24日]　　　　　　　　　　布里金，因弗马克

最亲爱的温斯顿：

　　我希望你和杰克在哈罗公学已经安顿下来并过得舒舒服服的。务必写信告诉我一切近况以及你们房间里还需要什么。我真希望你们能努力学习——我在这里受到了嘲笑，人们说你"没通过"[未能考入桑德赫斯特军校]。我想我对你太过于关注了，总是把你塑造成一个模范。不过如果你这次全力以赴的话就没问题了。我会尽快给韦尔登先生写封信。

　　我在这儿好多了，你会认不出我的——我可以走得相当快，也可以整天待在户外而不感到劳累。可怜的班斯特德现在都没人了。真遗憾我们忘了照照片，我还挺想拍几张的。亨德里普夫人和我今天开车去打松鸡。我们尽量先开车然后骑马到松鸡所在的小土堆——我们蹲在沟里，鸟儿飞过——那么快。我想到了你，一旦你进了桑德赫斯特，就必须练习各种射击术。[……]

　　　　　　　　　　　　　　　　　　　　你亲爱的

　　　　　　　　　　　　　　　　　　　　母亲

—温斯顿致珍妮—

[1892年9月]　　　　　　　　　　　　　　[哈罗]

亲爱的妈妈：

　　我们已经完全安顿好了。房间很漂亮。我们在伦敦购买了很多装饰

品，房间现在看起来简直金碧辉煌。

我通过了升级考试，您来哈罗时您会看到我穿真正的"燕尾服"[1]。

您亲爱的儿子

温斯顿·S.丘吉尔

珍妮10月底生了重病，几乎可以肯定是一种腹膜炎。当时，手术切除阑尾尚且不是治疗这种疾病的手段。

—温斯顿致珍妮—

[1892年11月21日]   [哈罗]

亲爱的妈妈：

我希望您现在好些了也不再疼了。我们昨晚（星期日）回来的，第二天上午没有什么课。韦尔登先生非常友好，说您需要我们时我们可以离开。他还问了很多您的情况。[……]

永远是您亲爱的儿子

温斯顿·S.丘吉尔

12月，温斯顿第二次参加桑德赫斯特军校入学考试，再度失败，这次他在664名考生中名列第203名。他考得成绩尚可，哈罗

---

1 正装，现在通常叫作"普通礼服"（morning dress），那时是哈罗公学年龄较大的男生需要穿的制服。

公学的校长建议他在最后一次尝试之前转到伦敦的一所专门准备这项考试的补习学校。这所补习学校由前军官沃尔特·詹姆斯上尉[1]管理，位于其在伦敦南肯辛顿的莱克斯汉姆花园的寓所处。

温斯顿还没到詹姆斯上尉的学校去，就在坎福德庄园（Canford Manor）玩耍时受了重伤，那是他姑妈温伯恩夫人[2]在多塞特郡的庄园。为了避免被弟弟杰克和朋友"抓住"，温斯顿从峡谷上的一座桥上跳下去，希望借助一棵树来防止坠落。然而，他从29英尺的地方摔到了坚硬的地面上，肾脏破裂，昏迷了三天。

他在伦敦和布莱顿各休养了一段时间，母亲写信给他时，他待在莉莲伯母[3]家，莉莲最近因其丈夫第八代马尔伯勒公爵去世而成了寡妇。

—珍妮致温斯顿—

［1893年2月7日］   格罗夫纳广场50号

最亲爱的温斯顿：

你是个懒惰的小坏蛋！我本想今天早上一定会收到你的来信。写

---

1 沃尔特·詹姆斯（Walter James）自1897年起担任"沃尔斯利军事系列丛书"（Wolseley Series）的共同编辑。

2 娘家姓科妮莉亚·斯宾塞–丘吉尔（Cornelia Spencer-Churchill），伦道夫勋爵的姐姐（见人名）。

3 路易斯·哈默斯利（Louis Hammersley）的遗孀，后来嫁给第八代马尔伯勒公爵——温斯顿的伯父，公爵于1892年11月去世（见人名）。

<u>信啊</u>！

我听说你的新帽子很"难看"！克拉拉姨妈说你戴上那顶帽子太滑稽了。请退给查＆摩尔公司[1]，跟他们说帽子太大了。你真是个笨蛋——<u>写信</u>！

你亲爱的
母亲

—珍妮致温斯顿—

［1893年2月］　　　　　　　　　　　　　　格罗夫纳广场50号

最亲爱的温斯顿：

你爸因为你用那种愚蠢的方式给他发电报而生气。我们<u>当然</u>从杰克和韦尔登先生那里知道了你发烧的事情——不管怎样写信就够了。年轻人，你自视甚高，用这种浮夸的风格写信。我恐怕你要变成一个道学先生了！

可能的话明天我去布莱顿一天，亲眼看看你过得怎么样。我希望你能尽快安下心来学习，否则你又会考砸！再见亲爱的——我希望明天见到你。我会给公爵夫人写信，代我向她问好。

你亲爱的
母亲

1　查普曼＆摩尔（Chapman & Moore），邦德街的帽子商。

　　3月，温斯顿可以去伦敦参加詹姆斯上尉的补习学校了；在此期间，他和父母住在祖母那套位于格罗夫纳广场的房子里。他们对他严加管束，所以他回布莱顿的莉莲伯母家过复活节，而他母亲去贝尔沃城堡拜访拉特兰公爵（Rutland），然后在巴黎待了一星期。

—珍妮致温斯顿—

[1893年3月]　　　　　　　　　　　　　　格罗夫纳广场50号

最亲爱的温斯顿：

　　你爸和我去了肯辛顿——晚餐后一起回来。下午你照顾好自己。

永远是你亲爱的母亲

珍妮

如果你愿意的话，给自己做顿晚餐。

—温斯顿致珍妮—

[1893年4月2日]　　　　　　　　　　　　　　布莱顿

亲爱的妈妈：

　　我周五到这儿的，一切都好，到目前为止身体没有什么问题。莉莲伯母让我住在一个非常舒适的房间里，我过得非常开心；天气宜人，城里也非常热闹。[……]

　　昨天晚上贝尔福先生[1]来吃饭；他要去爱尔兰的"阿尔斯

1　亚瑟·贝尔福（Arthur Balfour），保守党领袖，前爱尔兰事务大臣（见人名）。

特"[1]。[……]

永远是您亲爱的儿子

温斯顿·S.丘吉尔

—珍妮致温斯顿—

[1893年4月7日] 星期五   格罗夫纳广场50号

最亲爱的温斯顿：

我今天只去了贝尔沃[2]——被格兰比[3]夫人的病耽搁了。我周一就回来。我希望你举止得体——你一个人做客我感到有点紧张。亲爱的孩子，我并不想说教，但请注意你要保持安静，不要说太多，也不要喝太多。你这个年龄是很容易昏头的。[……]你爸似乎在利物浦[4]受到了欢迎，他的演讲非常激动人心。

上帝保佑你——振作起来，要表现得像个绅士。

你亲爱的

母亲

1　阿尔斯特（Ulster）是爱尔兰四个古老省份中最北的一个；这个词也更宽泛地用来指爱尔兰新教徒人数超过天主教徒的地区。1921年爱尔兰分治，该省九个郡中的六个郡和两个行政区组成了北爱尔兰；其他三个郡在1922年爱尔兰自由邦成立时成为南爱尔兰的一部分。

2　莱斯特郡（Leicestershire）的贝尔沃城堡，是曼纳斯家族（Manners）拉特兰公爵的宅邸。

3　格兰比侯爵（Marquis of Granby）是拉特兰公爵继承人的头衔。

4　伦道夫勋爵4月6日在利物浦发表讲话，反对爱尔兰地方自治。

—珍妮致温斯顿—

[1893年]4月19日   巴黎

最亲爱的温斯顿：

我很抱歉没能及时给你写信——我在这儿被人"追"得团团转，连片刻属于自己的时间都没有。我怕你周六到不了伦敦，不过没关系。等我回去，我们会安排的。[……]

我玩得很开心，骑马、溜冰、看赛马、吃饭，甚至跳舞！真是太不幸了，本来天公作美的，现在却在下雨。亲爱的，给我写信，我真的希望你一切都好，身体健康。上帝保佑你。给我写信。

你亲爱的母亲

珍妮

—温斯顿致珍妮—

1893年6月14日   格罗夫纳广场50号

亲爱的妈妈：

[……]爸爸对我很好，詹姆斯上尉写信告诉爸爸说他认为我会及格的。我听说他的预估很少出错。[……]

您亲爱的儿子

温斯顿·S.丘吉尔

—珍妮致温斯顿—

[1893年6月18日] 星期天   桑宁戴尔[1]

最亲爱的温斯顿：

[……] 我度过了愉快的一周，还赢了钱。我会给你两镑。天气很热！我希望你不要总是暴晒——可能真的会中暑。[……]

我希望詹姆斯上尉对你的"预测"正确无误，你会及格——明天见，亲爱的孩子。认真学习并多多爱我。

你亲爱的

母亲

在1893年漫长的暑假期间，珍妮不想让她的孩子了解到父亲病情的严重性；于是，她安排了一位年轻的伊顿公学教师利特尔先生陪同孩子们在欧洲旅行，而她带着伦道夫勋爵去了德国的两个温泉疗养地。

温斯顿离开英国时，消息传来，他通过了桑德赫斯特军校的入学考试，在389名考生中排名第95名，离能进入步兵学院还差四个名次。但他获得了进入骑兵学院的资格，骑兵学院要求学员（或确切地说，他们的父母）承担马匹、马鞍和其他装备的额外费用。

他母亲写信祝贺了儿子，但同时警告他，他父亲可能会对此事持怀疑态度。

---

1 阿斯科特附近的桑宁戴尔花园，乔西少校（Major Joicey）的府第。

—珍妮致温斯顿—

1893年8月7日   基辛根[1]

最亲爱的温斯顿：

刚刚收到你的来信，想到你们假期过得愉快，我们很高兴——我当然很开心你考进桑德赫斯特军校，但你爸对你侥幸考取军校而差十八分未能进入步兵学院并不高兴。他对你没有考出应有的成绩不太满意！［……］

可怜的大猫！听说你晕船晕得厉害。我深感同情，尽管我们度过了愉快的旅程。我们正在非常认真地进行治疗，我想这对你爸大有好处。基辛根是个很漂亮的地方——很多地方可以散步和骑马。我们六点半起床！九点半上床睡觉——喝矿泉水——泡澡、听音乐。时间不知不觉就过去了。［……］

爱你们——照顾好你自己和杰克

你亲爱的

母亲

两天后，伦道夫勋爵写信给儿子："我对你被列入桑德赫斯特学校录取名单而得意扬扬的语气感到相当惊讶。在考试中取胜有两种方式，一种是令人信服，另一种则相反。不幸的是，你选择了后一种方式……"他接着抱怨温斯顿"懒散、随遇而安、轻率冒失的

---

1 巴伐利亚州萨尔河畔的巴德基辛根，是奥匈帝国和俄国皇室经常光顾的温泉小镇。

学习态度"，并警告说，"对于你所说的任何关于你自己的成就和功绩，我都不那么看重了"。[1]

—温斯顿致珍妮—

1893 年 8 月 14 日 　　　　　　　　　　　　米兰，大陆饭店

亲爱的妈妈：

刚收到您的几封信和爸爸的一封信。他似乎对我很生气。我可以告诉您，当我发现他不满意时，我感到很失望。辛辛苦苦地在哈罗公学和詹姆斯补习学校准备这次考试，尽我所能来弥补我所浪费的时间，当我终于被录取时，我感到非常高兴。

毕竟我通过了考试，我的机遇会一样好。我将重新开始学习一系列全新的科目，也不会被过去的疾病所妨碍。

如果我没考上，我所有的机会就都没有了。我的命运掌握在自己手中，我会有个全新的开始。[……]

我会很快写信跟您说说我们的旅行，但现在还不是时候。

永远是您亲爱的儿子

温斯顿·S.丘吉尔

1　1893 年 8 月 9 日，伦道夫勋爵给温斯顿的信，WSCICI：390-1。

—珍妮致温斯顿—

1893 年 8 月 19 日   基辛根

最亲爱的温斯顿：

很高兴收到你在米兰的来信——你不常写信，而杰克只写过一次，但我敢说你是因为没有时间，大概长途旅行太累了吧——你们只有一周时间了。[……]

等我们回家时，你已经到桑德赫斯特整整一个月了——好男子汉！希望你在那儿表现出色——那你是怎么考上的就不成问题了。[……]

我们在这里的生活少有变化——我们一直虔诚地坚持这种治疗。我觉得你爸好多了，在去过加施泰因¹之后，我相信疗效会更好。天气很热，人也懒洋洋的。[……]

永远是你亲爱的

母亲

—温斯顿致珍妮—

1893 年 8 月 23 日   布里格，库罗纳 & 波斯特酒店²

亲爱的妈妈：

[……] 在桑德赫斯特我要全力以赴地学习，尽量恢复爸爸对我的

---

1 另一处温泉度假胜地，在奥地利萨尔茨堡地区。

2 当代旅游指南称其为一流的酒店，有电灯和集中供暖，在布里格，位于瑞士南部瓦莱州辛普朗
   山口脚下，该山口直通意大利。

信心。我会给您寄一张穿制服的照片——我渴望穿上制服。

我到那儿一两天就给您和爸爸写封<u>长信</u>，把一切告诉你们。我手头上有一笔钱（7镑），但我根本不知道入校后的开销有多少，我没有得到任何信息。您可以建议爸爸给我些零花钱。

再次感谢您的来信，并致以最美好的问候和许多的吻。

我依然并永远是您亲爱的儿子

温斯顿·S.丘吉尔

温斯顿8月30日到达伦敦，就在他到桑德赫斯特报到的前一天。有封信在伦敦等他，信中告诉他，由于一些人退出，他已被提升到步兵学院名单中了。当天晚些时候，他写信给父亲，请求得到定期的经济补助；与此同时，他写信给母亲，希望得到她的支持。

—温斯顿致珍妮—

1893年8月30日 格罗夫纳广场50号

亲爱的妈妈：

今天早上收到了您的来信。您没有提及关键的问题——钱。我已经写了一封恭敬的长信给爸爸，请他给我一笔零花钱。请试着说服他。我以后的计划将比目前的安排好得多，也节省得多，毕竟我以前都是：

"拿到多少花多少。"

"能拿多少拿多少。"

我等爸爸的来信等得着急。但自从三周前他给我写的那封关于考试的信之后，我就再也没有收到过他的信。我希望他听到我终于进了步兵学院的消息会高兴起来。

> 再见，亲爱的妈妈——星期天我到了桑德赫斯特就给您写信
>
> 我依然并永远是您亲爱的儿子
>
> 温斯顿·S.丘吉尔

伦道夫勋爵妥协了，同意每月提供10镑的零花钱，满足儿子的一部分开销，同时控制其他的消费。与此同时，他拒绝同意温斯顿周末在桑德赫斯特休假时"自由外出"。

—温斯顿致珍妮—

[1893年]9月17日   [桑德赫斯特]

亲爱的妈妈：

您的信昨晚到的，但我读了之后很不开心。很抱歉爸爸不赞成我的信。我花了很多心思写这些信，经常会整页整页地重写。如果我把这里的生活写成一篇描述性的文字，您会暗示我，说我的文风太简略呆板。另外，如果我写一封普通而极其简单的信——又会被认为敷衍了事。总之怎么写都不对。

谢谢您的来信。我没有给您写信，恐怕您有理由生我的气。我不会再这么做了。[……]

说到休假——爸爸不能给予我同龄人那样的自由，这让人很难接受。这只是一个信不信任我的问题。正如我的上司所说，他"喜欢结

识那些父母信任的男孩"——因此我建议他给予我休假的许可。然而，我向爸爸解释是没有用的，我想我到五十岁还会被当作个"男孩"来对待。

我很乐意能毫无保留地给您写信，而不必挑选文字和信息。到目前为止，我表现得非常<u>好</u>。不拖拉不懒散，每次操练或上课都提前五分钟。[……]

好吧，我已经把我的生活都告诉您了。我的身体太虚弱，简直无法承受每天的劳累；但我想我在校期间会变得更强壮。[……]

> 给您无尽的爱和吻，您永远亲爱的儿子
> 温斯顿·S.丘吉尔

—温斯顿致珍妮—

1893年9月20日 [桑德赫斯特]

亲爱的妈妈：

我给爸爸写了封信，希望能让他高兴。[……]我要您向爸爸解释，10月6日那天我得付饭钱和额外的聚餐费：大概会超过4镑。他们只提前24小时通知。任何拿不出钱的人都要公示在黑板上。当然这笔钱会从我每个月的10镑中扣除。只是我想让您提醒爸爸——以免他迟迟不寄钱，到时付不出钱就大事不妙了。我希望之后几个月能够收支平衡，但来之后的开销——地毯和椅子等——已经把钱用得差不多了。不过，我还有点钱，能维持到10月3日或4日。

再见，最亲爱的妈妈——我尽了最大的努力给您写封长信，并去做所有您告诉我要做的事情。我在这里过得很开心，也越来越喜欢这个地方。

永远是您亲爱的儿子

温斯顿·S.丘吉尔

—温斯顿致珍妮—

[1893年]10月13日   [桑德赫斯特]

亲爱的妈妈：

我收到了爸爸写来的一封非常友好的信，是他回复我有关斯坦布里奇会议[1]的信。您下个星期天在伦敦吗？如果在的话，我就去找您，要是您能给我找到睡觉的地方——可以待到星期天。星期六不能进城实在是件讨厌的事，我所有的朋友都去了伦敦剧院[2]，玩得很开心。但我希望您在家的时候我能多一点自由。由于我休假没有得到家里的许可，您必须给我写封信明确要求我回家。我这个与别人不一样的倒霉蛋。[……]

再见亲爱的妈妈。渴望见到您。我依然，

并永远是您亲爱的儿子

温斯顿·S.丘吉尔

---

1 伦道夫勋爵10月4日在曼彻斯特附近的斯坦布里奇大剧院向3000人参加的统一派会议发表讲话。

2 伦敦剧院位于皮卡迪利广场附近，于1885年重建：它以其经典的外观、大理石花纹的内饰和明亮的灯光为杂耍剧院树立了一个新标准。

接下来的一个周末，伦道夫勋爵允许温斯顿离开桑德赫斯特，陪他到罗斯柴尔德勋爵位于赫特福德郡的田庄特林公园过夜，罗斯柴尔德勋爵是伦道夫勋爵以前的校友。

伦道夫勋爵发现在桑德赫斯特才待了一个月的儿子有很大的变化，这给他留下了深刻的印象，而温斯顿后来在《我的早年生活》中写道，他觉得自己当时在父亲的眼中"获得了一个新的位置"。伦道夫勋爵开始在更多的场合带着他的儿子，但一看到温斯顿似乎表现出某种不良倾向，他就又退缩了。[1]

温斯顿从特林给母亲写信，当时珍妮在拜访朋友。

—温斯顿致珍妮—

[1893年]10月21日　　　　　　　　　　　　　　特林，特林公园

我亲爱的妈妈：

没有见到您，我真失望。太遗憾了。我十二点到滑铁卢车站，您十一点就走了。爸爸见到我很高兴，跟我谈了很长时间，主要是关于他的演讲和我的发展前景。他似乎对R.M.C[皇家军事学院]情报部门很感兴趣，并给了我一张6镑的支票，用来支付餐费。

我去看了奶奶[2]，她对您没能见到我也感到非常遗憾。从她那里，我听说您要出门"访友"一段时间。[……]

1　W.丘吉尔：《我的早年生活》，第46页。

2　伦道夫勋爵的母亲，马尔伯勒公爵遗孀（见人名）。

我想爸爸休息了一阵之后应该好多了，不那么紧张了。希望很快见到您。

我依然是您亲爱的儿子

温斯顿·S.丘吉尔

—温斯顿致珍妮—

[1893 年] 12 月 10 日   [桑德赫斯特]

最亲爱的妈妈：

谢谢您的好意——3 镑。我一直很努力学习，今天考了战术科目。我会尽量少说实现不了的预言。周五一定来。[……]

永远是您亲爱的儿子

温斯顿·S.丘吉尔

温斯顿在布伦海姆宫过圣诞节，可能是考虑到伦道夫勋爵的情况，他的父母留在了伦敦。

—温斯顿致珍妮—

[1893 年] 12 月 25 日   布伦海姆

亲爱的妈妈：

我在这儿过得很愉快——尽管有很多圣诞节仪式。每个人对我都很

友好和礼貌，布兰福德夫人¹真是尽力让我待得舒服。[……]

这里没有什么聚会，只有我和桑尼²在一起。他是个很好的伙伴，自从我来这儿后，我们每天晚上都要坐着聊天到一点半。[……]

希望您在城里不会无聊得要死，爸爸看起来很好——您也过了个"快乐的圣诞节"。

我依然并永远是您亲爱的儿子
温斯顿·S.丘吉尔

温斯顿回桑德赫斯特之前，又回到了格罗夫纳广场的家里，这使他母亲深感宽慰。珍妮和她婆婆一直合不来。

—珍妮致温斯顿—

[1894年]2月11日 格罗夫纳广场50号

最亲爱的温斯顿：

我希望你旅途平安。让我知道你各项事务的进展情况。你要走了，我感到很难过——尤其是当你恋恋不舍的时候，你这个可怜的家伙。没有你，我真不知道我在格罗夫纳广场能做些什么。

把你房间里需要的东西列个清单——我看看这儿有没有。

---

1 第九代马尔勒伯公爵查尔斯的母亲；她和她的丈夫布兰福德1882年离婚，当时后者还是布兰福德侯爵。1883年，当布兰福德成为第八代公爵时，她仍然被称为布兰福德夫人。

2 桑尼（Sunny）是查尔斯·斯宾塞–丘吉尔（Charles Spencer-Churchill）的昵称，源于他成为公爵之前的尊称——桑德兰（Sunderland）伯爵。

再见——照顾好自己——经常写信

你亲爱的母亲

珍妮

—温斯顿致珍妮—

[1894年]2月13日   桑德赫斯特

亲爱的妈妈：

今天我身体要好得多。脓肿正在愈合，我想不需要再把它们切开了。[……]

我给您寄去了我房间所需东西的清单。请把您能给我的都给我——尽量快一点，因为目前住起来很不舒服。[……]

永远是您亲爱的儿子

温斯顿·S.丘吉尔

又：我回来的时候，发现爸爸给我写了一封亲切的信（六页纸）。

温斯顿

—珍妮致温斯顿—

[1894年2月20日]   格罗夫纳广场50号

最亲爱的温斯顿：

我明天送些家具去。[……]很遗憾你又牙疼了，但我希望现在一切都好了。我神经痛得说不出话来——所以请原谅这封无聊的信。你爸今晚到，我会写信告诉你他的近况。

我相信格拉斯顿先生将在下周末之前辞职。[1]他已经近乎失明了。

你亲爱的

母亲

—温斯顿致珍妮—

[1894年]3月16日　　　　　　　　　　　　　桑德赫斯特

亲爱的妈妈：

[……]这儿一切顺利——特别是骑马，我希望夏末的考试成绩能让爸爸满意。

我手头很紧，希望您能给我一块金币，我几乎已经破产了——因为经常进城。请答应我，否则我整个假期都得待在这儿。[……]

给您最真挚的爱和许多的吻，我依然并永远是您亲爱的儿子

温斯顿·S.丘吉尔

—珍妮致温斯顿—

[1894年3月17日]　　　　　　　　　　　　格罗夫纳广场50号

最亲爱的温斯顿：

我没有时间，就不给你讲大道理了——但我得说你花钱太多了，你清楚。你还欠我2镑，现在你还想要更多。你真的不能再这样下去了——好好看看你的账单吧！我周三去看你，我们可以好好谈谈。你爸

1　八十四岁的威廉·格拉斯顿于3月3日辞去首相一职，由他的外务大臣罗斯伯里勋爵接任。

身体很好，精神也不错。再见，大猫。我相当 × 了[1]，你还剥削我！

你亲爱的

母亲

自去年秋天以来，温斯顿与他父亲的关系有所改善，但父子间的良好关系在1894年4月伦道夫勋爵见到他在伦敦的钟表匠时戛然而止。他听说儿子已经把他最近送的贵重金表拿来修了两次。第一次，手表掉到了一处坚硬的地面上；六个星期后，温斯顿又不慎将表掉进一个水池中。桑德赫斯特消防队用水泵抽干了池水，帮助温斯顿找到了手表，但它已经严重生锈了。

—珍妮致温斯顿—

［1894年4月22日］   巴黎斯克里布酒店

最亲爱的温斯顿：

我很遗憾你因为手表惹了麻烦——你爸写信把情况都告诉了我。你爸给了你这么贵重的东西，你却这么粗心，他难免生气。然而，他在信中提到你时很和蔼，所以你不必太难过。在此期间，恐怕你不能再戴手表了。哦！温尼，你真是个冒失的家伙！你真的不能再这么孩子气了。我寄给你2镑表达我的爱意。我们见面时再臭骂你一顿。

1　原文如此："I am rather × all the same you fleece me！"句中"×"所指不详，疑为"poor"（穷）。——译注

你亲爱的

母亲

—温斯顿致珍妮—

[1894年]4月24日   桑德赫斯特

最亲爱的妈妈：

谢谢您的来信——我刚收到。爸爸写了一封关于手表的长信给我，似乎很生气。我立刻回了信，表达了我的歉意，并解释了整件事，昨晚就收到了爸爸的回信。看了他的回信，我觉得爸爸的心情多少平静了一些。我希望确实如此。但我又能怎样。我没有背心可以放表，所以只能把它放在外衣的口袋里。

爸爸说，他寄给我一块沃特伯里表[1]——档次差多了。[……]

您给我写了封这么温馨的信，真是太好了，谢谢您寄给我的2镑。您是世界上最好、最可爱的妈妈。给您无限的爱和吻，

我依然并永远是您亲爱的儿子

温斯顿·S.丘吉尔

1　1879年以来，美国康涅狄格州沃特伯里钟表公司生产的手表，这种手表比其竞争品牌更便宜，零部件更少。

—珍妮致温斯顿—

[1894 年]4 月 30 日   格罗夫纳广场 50 号

最亲爱的温斯顿：

近来一切都好吧？有只鸟低声对我说，你昨晚没有睡在自己的床上。写信把情况告诉我。我不确定你爸是否会同意。

[……]我周五晚上回来了，很遗憾离开令人愉快的巴黎。我觉得伦敦既寒冷又沉闷。你爸身体很好。我什么时候去看你并和你待上一天？

你亲爱的

母亲

—温斯顿致珍妮—

[1894 年]5 月 1 日   桑德赫斯特

最亲爱的妈妈：

我刚收到您的信。我想爸爸不会反对我在奥尔德肖特和布拉巴宗上校[1]待在一起。爸爸在信中明确告诉我，他不希望我常回伦敦。[……]

我多么希望能进入第四骠骑兵团，而不是扛那些老式步枪。骑兵团不会多花一分钱，这个团三年后去印度，对我来说正合适。我讨厌步兵——体弱让我在服役期间显得一无是处，而我唯一表现出的运动天

---

1 詹姆斯·布拉巴宗上校（Colonel James Brabazon），丘吉尔家族的朋友，自 1892 年起担任第四骠骑兵团上校（见人名）。

赋——骑马——发挥不了什么优势。

而且在军队的各个团中，步兵的升职速度是最慢的。然而，在信中提出这些有说服力的观点并没有什么用——但如果学期末我考得好，我就跟爸爸讨论这个问题。希望爸爸不再因为手表的事情生气了。请您说一下这方面的情况。

另外，如果您能提醒爸爸注意这个日期（5月1日），我将非常感激，因为我不是特别富有，我得支付手表修理费3镑。

您是我亲爱的妈妈——我希望周六能见到您。

带着满满的爱，我依然并永远是您亲爱的儿子

温斯顿·S.丘吉尔

— 温斯顿致珍妮 —

[1894年]5月10日　　　　　　　　　　　[桑德赫斯特]

亲爱的妈妈：

知道您不能来，我很遗憾和失望。我还指望您能抽出一天时间——因为明天是此地一年中最美好的日子，并且学校为来访者做了周全的安排。如果您最终能来，我会非常高兴，因为我相信您一定不会感到厌烦。11点45分正好有趟火车从伦敦（滑铁卢车站）出发，1点17分到达。

如果您来不了，请给我弄一套化装舞会穿的服装，11点45分让列车员带来。我去拿。试着弄套大猩猩装或其他有趣的衣服。我真的希望您能帮忙，因为我已经付了10先令——买入场券，如果没有服装，我就不能参加骑驴比赛[1]了。

最爱您，永远是您亲爱的儿子

温斯顿·S.丘吉尔

—温斯顿致珍妮—

[1894年]5月13日　　　　　　　　　　　　　桑德赫斯特

亲爱的妈妈：

非常感谢您给我弄来的大猩猩装，我穿上效果很好。我仔细洗了一下，明晚寄回去。也许您没来也好——因为一整天都在下雨，我相信您一定会感到很无聊。[……]

我不知道您是否能寄点钱给我，因为我实在太缺钱了，整个月就只有7镑的伙食费了。[……]

永远是您亲爱的儿子

温斯顿·S.丘吉尔

—珍妮致温斯顿—

[1894年]5月17日　　　　　　　　　　　　格罗夫纳广场50号

最亲爱的温斯顿：

随信附上2镑的支票一张。我不想为难你，但我想提醒你，我上个月给过你6镑，事实上更多——在巴黎还给了你2镑，2镑付给希利

1　桑德赫斯特军校的一项传统活动"骑驴比赛"（The Donkey Race）。——译注

（Healy），现在又是2镑。我真的认为你爸给的零花钱很公道，你应该省着用。如果他知道我给你钱，他会很生气的。如果你把所有的钱都花在食物上，无法买其他需要的东西，那是你自己的问题。我警告你，我不会再给你钱了。

你亲爱的

母亲

—温斯顿致珍妮—

1894年5月19日   桑德赫斯特

最亲爱的妈妈：

我们的信件错过了。我很高兴终于收到了您的信。非常感谢您寄给我支票；正好派上用场——不过，我想我更愿意收到一封亲切点的信。

今天早上我好多了，不过他们还不让我出院。我不明白是怎么回事，但我怀疑是肝脏问题——虽然吃得简单，运动量大，我还是不清楚这是为什么。整个星期都头疼得厉害。真是烦人。

这里的一切似乎都很粗野，但我还是明智地分发了几个半克朗的硬币，因此，就受到了"王子般的"照顾。其他学员都太讨厌了，不说也罢。[……]

期待来信，带着最好的爱和无数的吻，我依然并永远是您

亲爱的儿子

温斯顿·S.丘吉尔

—珍妮致温斯顿—

[1894年]5月24日   格罗夫纳广场50号

最亲爱的温斯顿：

我并不怎么为你担心，因为德伦伯格先生[1]告诉我，星期天你和他一起吃饭了，吃了一顿丰盛的晚餐。当你意识到自己写信的语气时，也许你就不会对我没有给你写信感到惊讶。你父亲也一定不会感到高兴的。然而，如你所知，我并没有给他看信，我觉得说教不是我的"天性"，我们就不再多说了。我唯一表示不满的方式就是沉默！［……］

现在再见吧。［……］

你亲爱的

母亲

—温斯顿致珍妮—

1894年5月25日   桑德赫斯特

亲爱的妈妈：

很高兴收到您的来信。我真的很抱歉您不满意我的上一封信，但我想象不出说了什么惹您生气。昨天我去奥尔德肖特看了女王生日回顾展。很精彩——我遇到了布拉巴宗上校，他把我带回家，给我准备了午

1　1894年，在樱草花联盟（Primrose League）伦道夫·丘吉尔选区（分支）会议之后，卡尔·德伦伯格（Carl Derenburg）与珍妮在一场音乐会上曾同台演出；德伦伯格夫人也热爱音乐。

餐。您见到他时一定要谢谢他。

[……]周三务必来骂我一顿。我明天再写信——现在则是多多的爱和吻。

您亲爱的儿子

温斯顿·S.丘吉尔

缓慢死去（1894）

"我情绪低落无法写信"

到1894年春天，伦道夫·丘吉尔勋爵的健康状况已经恶化到不便在伦敦公开露面的地步。他的医生把悲观的预后情况告诉了珍妮，珍妮很想保护他们的孩子，不愿让他们看到父亲的疾病的最后阶段。

这对夫妇想出了环游世界的主意，西行，为期一年。医生警告说，他们的计划过于雄心勃勃，建议他们进行一次更为温和的欧洲之旅，并带一名医生全程陪同。丘吉尔夫妇还是踏上了他们的全球旅程，但作为妥协，他们同意让医生随行，如果伦道夫勋爵的病情显著恶化，就缩短行程。

6月29日，他们和基思医生（Doctor Keith）一起乘船前往纽约。与此同时，杰克学校的暑假7月底开始，他们的儿子们又要和伊顿公学的利特尔先生一起周游欧洲了。

—温斯顿致珍妮—

[1894年]7月10日 桑德赫斯特

最亲爱的妈妈：

我之前没有给您写信，因为没有什么可说的——唯有你们离开的时候，我们情绪低落。[……]我真心希望您感觉良好，精神愉悦——希望生活的变化对爸爸有疗效。[……]

我有很多话要说，但无法写在纸上。我们俩都非常想念您。不管怎样，这都是最好的办法，如果爸爸平安回来，我就不会对你们的出行感到后悔。[……]

我想等您收到这封信时，你们已经离开英国一个月了——不过从今以后，您每星期都会从我这儿收到一封信。我也很想收到您的信。虽然我想听到您的情况和见闻，但我更想了解爸爸怎么样了，以及您是否觉得爸爸的病情有所好转。

写了封这么愚蠢的短信。再见，最亲爱的妈咪，请原谅我的文字，我是多么地想念您。

献上诚挚的爱和许多的吻，我依然并永远是您亲爱的儿子

温斯顿·S.丘吉尔

—温斯顿致珍妮—

[1894年]7月17日 格罗夫纳广场50号

亲爱的妈妈：

[……]格罗夫纳广场的一切都相当顺利。我这个"儿子"的角色

也扮演得很好。星期天去教堂，有时小跑去看望奶奶。人们都很友好，我收到许多午餐和晚餐的邀请。[……]

来信请告诉我们爸爸怎么样了，您怎么样了。再见，亲爱的妈妈。我们非常想您，盼望你们回来。请保持身体健康和心情愉快，我们也会努力做到这一点。

　　　　　　　　　献上许多的吻和真挚的爱，永远是您亲爱的儿子

　　　　　　　　　　　　　　　　　　　温斯顿·S.丘吉尔

—温斯顿致珍妮—

[1894 年]7 月 22 日　　　　　　　　　　　　　　　　哈奇[1]

最亲爱的妈妈：

我在伦敦度过了非常愉快的一周。人们非常友好，我收到了很多邀请——去吃晚餐、午餐和跳舞。[……]

昨天，莫莉·哈凯特[2]和我去哈罗进行了一次伟大的探险——就我们两个。我们一到那儿——就收到了三封小克莱（Clay）和其他人发来的"贺电"。[……]

我们安排好了旅行。根据资金和时间的情况，旅行计划会再调整——但大致是这样的：伦敦—布鲁塞尔—卢塞恩—因特拉肯—夏蒙

1　可能是索尔兹伯里附近的哈奇府，属于班尼特·斯坦福·费恩中校（Lt-Col Bennett Stanford Fane）。

2　莫莉·哈凯特（Molly Hacket），珍妮的朋友亨德里普夫人的侄女；莫莉和温斯顿新年时在亨德里普府邸见过面；从那以后，他们经常书信往来，在伦敦一起散步。

尼—采尔马特—穿过富尔卡山口—格申嫩—米兰—威尼斯（要是不太热）—因斯布鲁克—萨尔茨堡—维也纳。

离开维也纳后，我坐东方快车返回桑德赫斯特。杰克和利特尔可以从容地途经巴黎返回。

我给爸爸写了一封关于骑兵团的长信。我这样做是希望他不会生气——或者把它看作"胡扯"或愚蠢的事。我只是写了我认为他应该知道的事情——也就是说，我非常渴望进入骑兵团，而不愿意加入步兵团——即使它是世界上最好的步兵团。[……]

好吧！再见！我最亲爱的妈妈。您知道我和杰克多么想您，我们多么盼望您和爸爸回来。

保持身体健康，心情愉快，常写信——给您亲爱和深情的儿子

温斯顿·S.丘吉尔

—温斯顿致珍妮—

1894年7月31日   格罗夫纳广场50号

最亲爱的妈妈：

昨天收到爸爸的一封信，日期是18日——所以我想您会在两周后收到这封信。今天杰克从哈罗回来了，明天我们动身去瑞士。[……]

我说不出多么快乐，看到一切都很好，爸爸的身体也好多了，我很高兴。昨晚报纸上有一则消息说你们已经动身去温哥华了——所到之处都受到热情的接待。

再见，最最亲爱的妈妈；杰克和我经常说到您，也非常想念您。然

而，我想可以说，到目前为止，一切都令人满意。

> 献上无限的爱和吻，我依然并永远是您亲爱和深情的儿子
>
> 温斯顿·S.丘吉尔

—温斯顿致珍妮—

[1894年]8月3日   布鲁塞尔，英国饭店

最亲爱的妈妈：

我们1日晚上出发——顺利地从多佛渡海到奥斯坦德——中间除了换乘并没有停顿，直到抵达安特卫普——河上停着一艘非常漂亮的美国战舰"芝加哥号"[1]，我们上了船，当局允许我们就近观赏。[……]

这是我的第十封信了。我希望您都收到了。[……] 听到爸爸的病情有所好转，我很感激。许多人问起他的病情，我很高兴地说他现在好多了。

最亲爱的妈妈——我看到了您写给莱奥妮姨妈和孔苏埃洛（Consuelo）[曼彻斯特公爵夫人]的几封信，我非常同情您的"单调生活"。但是您最近的几封信的内容令人愉快得多，我肯定您最后会享受这次旅行。我们很快乐——但是没有一个可以谈心的亲人是件非常糟糕和令人厌烦的事情。公爵夫人在我们离开时很难相处，幸好我们现在在这里了。

1　美国海军"芝加哥号"巡洋舰于1885年下水。是国会批准的首批钢质战舰之一（被称为ABCD船舰系列），以其作为"新海军"的基础，另外三艘分别为美国海军的"亚特兰大号""波士顿号"和"海豚号"。

无论如何，这一切都是最好的，而且我确信结果会很好。我附上一张您的漂亮照片，头发上有颗星形钻石，还有一张爸爸的照片，以前放在相框里。再见亲爱的——杰克和我每天都想您，期待着我们再次见面的时刻。

永远是您亲爱和深情的儿子

温斯顿·S.丘吉尔

—温斯顿致珍妮—

[1894年]8月26日   洛桑

最最亲爱的妈妈：

我在采尔马特的时候收到了您的一封亲笔信［遗失］——此信花了近一个月的时间才寄到我这里。我和杰克在一起的时间快要结束了。我明天或后天到伦敦——再去桑德赫斯特。

考试结果刚刚才出来，您也许比我现在更了解情况。奶奶给我发了封电报——昨天。最高分1500；最低分750。我的成绩是1140。［……］奶奶在信上没有说我在这些成绩中的<u>排名</u>——但我想应该在前二十名。［……］

这个地方赏心悦目——比起采尔马特来尤其如此。我们是从采尔马特直接过来的——那地方海拔5000英尺——相当冷——四面被巨大的山峰包围，还有一家非常糟糕和不舒服的酒店——而在乌契[1]，窗外就是

---

1 洛桑市中心以南的湖边度假胜地。

湖，水是如此温暖，你可以一天洗上三四次澡，还有这家酒店——瑞士最好的酒店。[……]

有几个桑德赫斯特军校和哈罗公学的小伙子，他们在采尔马特爬上了丹特·布朗什峰、马特峰和罗斯峰[1]——这些都是瑞士境内最险峻的山峰。我则什么也不能做，这使我很苦恼，尤其是当他们大肆吹嘘自己的成就的时候。我只能满足于辛辛苦苦地爬一些安全的山头。但以后我会回来做些危险的壮举。[……]

我渴望见到您。你们走两个月了，时间过得真快——当然又过得很慢。

最诚挚的爱和吻给我亲爱的妈咪——杰克和我想您

永远是您亲爱的儿子

温斯顿·S.丘吉尔

温斯顿的这封信于 1894 年 10 月初送到他父母手中，那时丘吉尔夫妇在日本的五周之旅即将结束，那时中日两国正因朝鲜半岛的问题交战。

—珍妮致温斯顿—

1894 年 10 月 11 日   日本京都

最亲爱的温斯顿：

我大约一星期前在东京收到你从[空白]的来信。我很高兴看到你

---

1   阿尔卑斯山峰，高度分别为 4357 米、4478 米和 3103 米。

和杰克都很好，你们在瑞士过得很愉快——我让莱奥妮姨妈寄给你的钱你现在应该收到了。我们似乎已经分别很久了——我无法想象我如何能坚持一年！

我觉得日本对你爸的身体有好处——尽管他现在并不如我所希望的那样好。这两个星期以来，他的身体<u>好多了</u>，但今天他又莫名其妙地不太舒服了。

下星期一我们将从神户（从这里过去大概三小时）出发去中国香港、新加坡和缅甸。[……]

我们已经在日本待了五个星期，在此期间，我尽可能地享受这段时光。这是一个迷人的国度——一切都让人兴致盎然并且精神愉悦——这就是我所知道的一切。这个城镇过去曾是都城，天皇就曾住在这里——但现在皇室迁到了东京。

那些最精致的艺术面具都是在这里制作的，我们参观了一些有趣的工厂等。今天我们刚从八英里外的琵琶湖探险回来。听起来感觉不远——但当一个人必须由两个人侍候，坐进"人力车"——在烈日下在崎岖不平的路上颠簸时——这就成了一次"远征"。这些人能连续不停地小跑七英里，真是奇妙。[……]

<u>10月14日</u> 这封信要到20日才能寄出，所以我留到今天才写完。这是我们在日本的最后一天。明天我们从神户起航。昨天我们看到了一个非常有趣的景象——县长的葬礼。我们坐在一家商店里看送葬的队伍经过。

首先来的是大批警察，接着是身穿白衣的人，他们用竹竿抬着许多

巨大的花篮，然后是一排排身穿宽松长袍、剃光头发的祭司——然后有个人拿着一根巨大的竹竿挑着一幅长幡，上面写着死者的名字。接着是灵柩——一种像是诺亚方舟的长柜子，用镶有金饰的漂亮木杆抬着，滑动的嵌板向后拉开，这样人们就可以看到棺材里放着的制服和三角帽。抬棺的人都穿着飘逸的白衣服。儿子跟在后面，女儿身穿白衣坐在人力车里——她的脸涂得小丑似的惨白。

随后是拿着县长的勋章和剑的人——这些人穿着西服，戴着白棉布手套和呢帽，看上去太滑稽了。更多的祭司，更多的警察，最后是地方官员和亲朋好友——都坐着人力车。看上去很荒唐和可怕——人们戴着各种难看的呢帽。[……]

在这里，人们很少听到有关战争的消息。日本政府非常神秘，很少允许战争相关的报道出现在报纸上——但毫无疑问，他们占了上风，如果他们能在冬天之前到达北平，然后又离开的话！他们可能会向清政府提出自己的条件。

我不知道你在桑德赫斯特过得怎么样？亲爱的，我非常想念你们俩。把这封信连同我的爱寄给杰克——我希望他在哈罗学习更刻苦一点。他写的信"寥寥无几"！但我原谅他。我肯定他现在和你一样高了——他<u>一定</u>长高了。

我敢说在你生日之前收不到这封信——我给你买了一件很好的礼物——一个漂亮的镶嵌着剑柄的银色烟盒，装饰非常有"日本特色"——但是我没法寄出去，所以你只好等啦。

再见我亲爱的温斯顿——记住你做事要正派。<u>**我指望着你呢。**</u>

祝福你，亲爱的，我无法告诉你我常常多么痛苦——离你们那么远——但到了印度我就会觉得更近了些——也许事情会更有希望。告诉杰克我会从印度给他带些好东西。

非常爱你们俩

你亲爱的母亲

珍妮

当珍妮和她丈夫到达中国香港时，她收到了弗雷迪·沃尔弗顿[1]的一封电报，沃尔弗顿是她的一个年轻的崇拜者，来自一个富裕的家庭。电报告诉她，他与达德利一世伯爵（1st earl of Dudley）的女儿——二十二岁的伊迪丝·沃德（Edith Ward）——订婚了。珍妮感到很沮丧：她曾经考虑过弗雷迪可能会成为她未来的丈夫。

—温斯顿致珍妮—

1894年9月4日　　　　　　　　　　　　　　　桑德赫斯特

最亲爱的妈妈：

我回到了桑德赫斯特。这学期有许多事情要做，因为他们又增加了课时，把课时弄得特别长。骑马课也开始了，我非常努力地学习。我最想要的就是赢得马术奖。我觉得，要说服爸爸让我参加骑兵团，唯一的

1　弗雷德里克·沃尔弗顿勋爵（Lord Frederick Wolverton）现年三十岁，是家族私人银行格林-米尔斯和科里有限公司的合伙人（见人名）。

机会就是做到这件事。［……］

我多希望考试后没有接到那个不幸的步兵委任书。我很想去骑兵团——即使是一个糟糕的骑兵团。奶奶写信跟我说"爸爸不会听的"。这当然让人悲伤，但我仍然有希望，当他看到我是多么焦急时——他不会违背我的意愿强迫我去当步兵。［……］

我觉得时间太难熬了。您好像已经离开很久了，其实才两个月。可怜的爸爸！听说他好些了，我很高兴。我想奶奶就靠他的信过日子了。世上除了他的消息和从他那里得到消息，她什么也不关心。［……］

那再见吧，我最亲爱的妈咪。

献上最诚挚的爱，您亲爱和深情的儿子

温斯顿·S.丘吉尔

—温斯顿致珍妮—

1894年9月15日   格罗夫纳广场50号

最最亲爱的妈咪：

我现在回复您从旧金山寄来的信。首先您问我财务方面的问题。我必须告诉您，现状非常令人不满意。我从瑞士回来，花了一大笔钱，我还用我的第一笔津贴的支票付了几张账单。我并没有比您走之前大手大脚，而是更节俭了一些。以前多收个两三镑会有很大的不同，现在这些钱不够用了。

结果就是我把下个月的津贴"抵押"了出去，还不得不典当了几样我很少用的东西。因此，当11月30日或圣诞节临近时，如果您愿意庆祝这两个或其中一个吉祥的生日——那么一张小额支票就能使我心中充满快乐和感激之情。

最后让我说明——也向您保证，虽然我已经和您及爸爸失去联系三个多月了，但我并没有什么**要紧事**，只是手头非常紧。所以不要为我担心，亲爱的妈妈，除非您想给我寄张支票——它会是一个受欢迎的客人，能消除许多困难。食堂账单的金额要比以前低得多。我节省了百分之五十。财政问题就说这么多。

我最最亲爱的妈妈，我收到了一些您和爸爸的漂亮照片，有些是给杰克的。[……]旅行似乎对您没有什么影响，我很惊讶——比较上个月的照片和那张星形钻石的照片，会发现两者之间的差别真的很小。我相信这次旅行对您有好处，也确信您看上去或感觉上不像旅行了一百天，您足以让当地美女"自叹不如"了。

现在再见了，亲爱的妈咪。请原谅信写得潦草，但请接受信中所要表达的爱。我始终想您，希望能再次亲吻您。

> 永远是您亲爱的儿子
>
> 温斯顿·S.丘吉尔

—温斯顿致珍妮—

1894年9月19日　　　　　　　　　　　　　格罗夫纳广场50号

亲爱的妈咪：

我们刚刚知道[中日]战争最初几次重大战役的新闻。您必须写信告诉我一些现场的消息。不过，我想横滨和首尔的距离与伦敦和维也纳一样远。然而，相对地说，如此靠近战争中心，一定是非常有趣的。

我对海军和陆军的作战最感兴趣。平壤夜袭[1]之壮观，在现代战争中是很难找到的。这儿看到的报道表明，日军在集结时间上掌握得相当精准，他们的进攻又相当取巧，以至于"天朝人"根本就无法反击。[……]

我昨天骑马追逐，摔了两跤。第一次，我的马落地时绊了一下摔倒了，第二次，我拐弯时速度太快，因此不幸又摔倒了。我安然无恙——但觉得很奇妙，因为两次都是在骑马飞驰。[……]

献上最诚挚的爱，永远是您亲爱的儿子

温斯顿

—珍妮致温斯顿—

[1894 年]11 月 4 日   新加坡总督府

最亲爱的温斯顿：

政府的邮包今天下午就发走了，普通邮件已经停止邮寄——但殖民部门的官员今晚会动身去英国，因此我急忙写上几句让他带走——作为我那封长信的附言。你应该会在 12 月 7 日收到信。

刚收到一封意想不到的邮件——恰巧在我们明天出发之前，是你 9 月 15 日和 19 日的来信以及杰克的一封信。亲爱的孩子，骑马时别犯迷糊了，要是你出了什么事——谁来照料你？

---

1 平壤战役发生在 9 月 15 日。日本军队同时从多个方向进攻，杀死了大约 2000 名中国守军，而日方只损失了 102 人。

寄给你一张12镑的支票，作为你的生日礼物——别告诉任何人。别去找太多乐子——你的德语学得怎么样了？

祝福你，亲爱的——谢谢杰克给我写信。代我问候克拉拉姨妈——告诉她我到缅甸后一定给她写信。我情绪低落无法写信——她会理解的。匆匆

你亲爱的母亲

珍妮

珍妮和伦道夫勋爵到达仰光后，她的个人前景又受到了第二次打击。查尔斯·金斯基给她发了一封电报，告诉她他与奥地利年轻的伯爵夫人伊丽莎白·沃尔夫-梅特涅·祖尔·格拉赫特（Elizabeth Wolff-Metternich zur Gracht）订婚的消息。他放弃了等待珍妮重获自由，最后屈服于他父亲斐迪南王子的压力，娶了一个来自奥匈帝国贵族阶层的年轻天主教女子。"这太令人讨厌了。我回去以后一个朋友也没有，现在年龄大了也交不到朋友了"，珍妮给她姐姐克拉拉的信中这么说。[1]

—温斯顿致珍妮—

[1894年]10月21日　　　　　　　　　　　　　　[地址不详]

最最亲爱的妈妈：

昨天收到您9月20日的来信[遗失]，非常高兴。这是五个星期以

1　1894年11月18日，珍妮给C.弗雷文的信，A.莱斯利：《珍妮》，第172页。

来第一次得知您的消息。我不明白为什么我写给您的那么多信您一封也没收到。自从您离开以后，我已经写了差不多三十封信了。[……]

基思医生的上一封信介绍了爸爸的情况，但对病情的报告令人很不满意，这使我们感到不安。不过，我希望情况会有所改善，不要过于担心。可怜的奶奶心情很不好。[……]

您当然知道，我多么想去印度，和您一起回家。我已经努力学习五年了，其间不断地考试，我想我真的可以休假三到四个月——特别是因为我没有真正的事可做。爸爸建议我去德国，这一前景使我深感茫然。[……]

如果我不能去接你们，我就到蒙特卡洛和韦尔顿夫人待一段时间。我想爸爸不会反对——因为我应该会有任命，而且我真的长大了，应该能照顾自己了。[……]

献上最诚挚的爱和吻，我依然并永远是您亲爱和深情的儿子

温斯顿

写完这封信，温斯顿说服家庭医生把他父亲的情况如实告诉他。

—温斯顿致珍妮—

1894年11月2日   格罗夫纳广场50号

最亲爱的妈妈：

[……]我说服罗斯医生告诉我爸爸的真实情况——因为我认为我应该确切地知道他的病情发展。您知道我只是从杰罗姆外婆那里了解情

况，而她对事情的看法不是很乐观——或者通过公爵夫人，但她看问题时而处于一个极端，时而又处于另一个极端。

于是我问了罗斯医生，他告诉了我一切，还给我看了医疗报告。我没有告诉任何人——我特别请您不要给罗斯写信，责备他私下告诉我这件事。不用说，我是多么焦急。我以前并不知道爸爸病得那么厉害，直到现在才相信事情真的很严重。我确实满怀信心和希望——基思在上一份报告中提到的复发只是暂时的，几个月来爸爸的病情一直在持续好转。亲爱的妈妈，您写信的时候，把您的真实想法告诉我吧。

[……]现在再谈谈您。亲爱的妈妈，我真的希望您身体健康，也希望旅途的劳累，以及您对爸爸的担心——都不会影响您。我无法告诉您我有多么渴望再次见到您，多么盼望您的归来。您尽量劝说爸爸，让他答应我去跟你们一起旅行。[……]

献上最诚挚的爱和吻，我依然并永远是您亲爱和深情的儿子

温斯顿

—温斯顿致珍妮—

1894年11月8日   桑德赫斯特

最最亲爱的妈妈：

我昨天收到从横滨寄来的爸爸的一份报告。罗斯医生好意让我看了报告。[……]了解到了爸爸的病情，我感到很难过，几乎没有什么好转，而且显然没有什么好转的机会。[……]

请写信告诉我他的一切情况——不要有所保留。您让我自由地给您

写信，畅谈<u>所有</u>的问题。

好吧——这一切对我们家人来说都是非常难受的——至少对我来说——奶奶看不明白基思医生写了什么。我担心这么多的烦恼会影响您——而且，持续的焦虑和旅行的疲劳会使您对看到的新奇事物彻底丧失兴趣和乐趣。如果我是您，我会尽可能看到事物光明的一面，始终努力对每件事抱有兴趣。尤其是您自己，千万别生病。[……]

最诚挚的爱献给我亲爱的妈咪

永远是您亲爱的儿子

温斯顿

—温斯顿致珍妮—

1894年11月25日   桑德赫斯特

亲爱的妈妈：

星期天我去罗斯医生那儿，他给我看了刚从印度马德拉斯［现称金奈］来的电报。我无法告诉您我是多么震惊和难过——这个沉重的消息让我感到多么悲伤。我不知道——可怜的、亲爱的爸爸的病离结束还有多久，但我下决心一定要再次见到他。[……]

这对您来说一定很可怕——但对我来说几乎同样糟糕。您至少在现场，在他身边。

这是您应该尝试去做的。带他回来——至少到埃及，如果可能的话，到里维埃拉，<u>我和杰克会去那里和你们会合</u>。最亲爱的妈咪，您要保持勇气和力量。不要多想。写信告诉我他的<u>近况</u>如何。上帝保佑您并帮助我们大家。

您亲爱的儿子

温斯顿

请收信后当即给我回信。拜托。

—温斯顿致珍妮—

1894 年 12 月 9 日 　　　　　　　　　　　　　　　　桑德赫斯特

亲爱的妈妈：

听说你们回来了，我很高兴。写信给我，让我知道您的想法和一切情况。我给爸爸写了关于马术奖的信——他看到会很高兴的。您寄来的信和支票恰好在我生日那天到达。[……]

亲爱的妈妈，我不想给您添麻烦或增加您的压力——可是我一点也不打算在爸爸病得那么重的时候被赶去德国。我一知道考试的消息就马上去找你们，如果您能安排的话，我当然会早点过去。

尽快回信。最诚挚的爱和吻献给最亲爱的妈咪，我依然

并永远是您亲爱的儿子

温斯顿

温斯顿 1894 年 12 月中旬从桑德赫斯特学校毕业；他现在有资格被委任为军官。

—温斯顿致珍妮—

1894年12月17日   杜金迪普戴纳[1]

亲爱的妈咪：

[……]莉莲公爵夫人非常善良——对你赞不绝口，显然她对爸爸的健康情况十分了解。她对我很好，我很抱歉明天必须匆忙赶到布伦海姆，因为打猎是很诱人的。今天上午我们打了132只野鸡，其中20只是我打到的。

我非常顺利地完成了桑德赫斯特的学业；告别了许多朋友和众多的熟人。考试很容易，我认为我极有可能获得优秀成绩奖。[……]

尽管我想表现得非常顺从——但我已下定决心不能在父亲生病期间去德国。只要发封电报，我就可以随时到您那儿去，要是爸爸1月底以前还不回来，我就去找你们。保持良好的心态，我亲爱的妈妈。上帝保佑您帮助您。

献上最诚挚的爱，永远是您亲爱的儿子

温斯顿

珍妮和她丈夫及时赶回家过圣诞节。伦道夫勋爵又活了一个月，于1895年1月24日去世。查尔斯·金斯基两周前和他的新娘结婚。

1　位于萨里郡杜金的田庄，由马尔伯勒公爵遗孀莉莲租用（见地名）。

第二部分

离家从军（21—25岁）

单亲（1895—1896）

"您确实应该千方百计"

　　在他的遗嘱中，伦道夫勋爵几乎将所有的资金都投进了一家信托公司，珍妮每年都可以从信托中获得投资收益。伦道夫勋爵在结束南非之行时购买了一家金矿公司的股份，该信托基金获得了一笔意想不到的巨额资金，高达 55000 镑。

　　1874 年，丘吉尔和杰罗姆两家分别为伦道夫勋爵与珍妮提供了一笔财产用于支持他们的婚姻，并为此签订了婚姻授产协议，珍妮成了唯一的受益人。总之，她的年收入达到了 5000 镑，从表面来看，这足以使一个年仅四十一岁的年轻寡妇在伦敦上流社会中占有一席之地。

　　然而，实际上，珍妮的地位并不是那么清晰明了。她在伦敦没有住宅；她也没有足够的资金去买房子；她丈夫在遗嘱中没有给儿子留下任何遗产，在维多利亚时代的社会分层中，这是一个重大的疏漏，在那个时代，经济前景和婚姻通常是密不可分的。珍妮不得不用自己的收入来给她的儿子提供生活津贴，至少要到他们能够自食其力为止。最后，珍妮一生都过着奢华的生活，她不习惯量入为出。

　　温斯顿对父亲死后的经济状况不那么担心。他更关心的是，他能否从步兵转到第四（女王自己的）骠骑兵团，在骑兵团获得一个职位。他在《我的早年生活》中声称他父亲去世前曾祝福他顺利转换兵种；但温斯顿认识到，他必须通过母亲和他自己的共同努力来实现这个目标。当他的父亲还躺在病榻上时，他就写信向母亲说明了他要转换兵种的原因。

—温斯顿致珍妮—

1895年1月11日 伍斯特，亨德里普府[1]

最亲爱的妈妈：

我已经给布拉巴宗上校写了信，并且陈述了我加入骑兵团的各种理由。我已经请他在给您写信时说明这些理由是否正确——为免万一他说得不清楚，我为您把这些理由写在下面。

1.骑兵的晋升速度比步兵快得多（第六十步兵团是全军晋升最慢的团）。

2.在骑兵团获得任命（三四个月）比步兵团快得多。

3.第四骠骑兵团很快就要去印度了。如果我在"扩编"前加入，我应该在很短的时间内手下就会有六七个下级军官。

4.在印度，骑兵团总是有很好的营地，通常受到政府的悉心照料——而步兵团则必须努力争取才能得到他们要的东西。

5.如果想养一匹马，在骑兵团比步兵团便宜得多——政府会提供马厩、饲料和劳力。

6.情感上的优势则集中于：

（1）制服；

（2）更喜欢"与马相处"等；

（3）骑马胜过徒步；

（4）有望加入有您认识的军官的团，如第四骠骑兵团。

---

1 亨德里普勋爵和夫人的另一处府邸，邻近伍斯特。

献上最诚挚的爱和吻，我依然

并永远是您亲爱的儿子

温斯顿·S.丘吉尔

　　布拉巴宗上校是珍妮的老相识，他及时与军队高层的有关人士进行了适当的沟通，然后指示珍妮"立即"写信给军队名义上的总司令剑桥公爵，办理必要的手续。2月中旬，温斯顿加入奥尔德肖特兵营的第四骠骑兵团，他在那里一直待到1896年9月去印度。

　　　　　　　　　　　—温斯顿致珍妮—

1895年2月19日　　　　　　　　奥尔德肖特，第四骠骑兵团

亲爱的妈妈：

　　这肯定是一封短信，因为我没有什么要说的，也没有多少时间说。[……]

　　每个人都很有礼貌又和蔼可亲，我确信一定能和他们和睦相处。过去三个月久坐不动的生活使我在两个小时的骑马训练后变得非常僵硬，但这种僵硬感很快就会消失。

　　我的房间得有些家具——不过，我已经和当地的一个承包商商量好了，他只收取很少的费用，通过租借家具的方式帮我把房间装修得舒适漂亮。

　　这个团似乎有很多哈罗校友——他们都很和蔼可亲。部队生活虽然艰苦严格，但目前还是很有意思的，而且我相信部队生活的新奇和许多

别的有吸引力的事——能防止生活变得无趣，至少在接下来的四五年里不会很无聊。[……]

我很快会再写信给您，亲爱的妈咪，但眼下——这封信和我对您永恒的爱的保证就足够了。

献上最诚挚的爱，您永远亲爱的儿子

温斯顿·S.丘吉尔

—温斯顿致珍妮—

1895年2月20日　　　　　　　　　　　　　　　　奥尔德肖特

亲爱的妈妈：

[……]令我吃惊的是，今天早上我在官方"公报"上看到了自己的名字——这样就可以拿薪水了，我的任命从周二开始生效。

骑马训练特别辛苦，我因身体僵硬而大受折磨——但我希望通过热水澡和按摩能很快改善这种状况。眼下走路都困难。不过我已经提升到了二等新兵，这是非常好的成绩。这儿的马和桑德赫斯特的驽马很不一样。我觉得马背更宽。[……]

他们在这里打3便士计分的伯齐克牌[1]——而在迪普戴纳田庄，人们打牌以先令计分，这真是令人震惊的降级。

1　伯齐克牌是一种由两个人玩的纸牌游戏，在19世纪的法国流行，并在1860年代传入英国。3便士（3^d）和先令（shillings）是英国实行十进制货币前的硬币：3便士是1/4先令；20先令等于1镑。

我会很快再写信——下次在信中别再批评我的字迹了。笔不行。我自己买的黑边纸［表示对父亲的哀悼］明天就到。

献上最诚挚的爱，永远是您亲爱的儿子

温斯顿·S.丘吉尔

至于珍妮，2 月她在女仆和伦道夫勋爵的贴身男仆的陪同下前往巴黎，身穿黑色衣服。按照习俗，在伦敦，寡妇必须哀悼六个月，但如果在伦敦哀悼期内社交不受欢迎，那么可以去巴黎度过哀悼期。

珍妮在香榭丽舍大街附近租了一套房子，在伦道夫公爵的遗产事宜还没有完全解决之前，就开始重新装修。因此，她发现自己缺钱的同时，温斯顿也在不断地向她要钱，想要在骑兵团的新生活中打下自己的基础。莉莲伯母提出可以帮他付一笔钱，给他买一匹"战马"或一匹打猎用的马。

—温斯顿致珍妮—

1895 年 2 月 24 日   奥尔德肖特，东方骑兵营地

最最亲爱的妈咪：

［……］一切都进行得很顺利，即使我还没有交到朋友——至少我没有冒犯任何人。每个人都很有礼貌，日子过得很愉快。

我晚上经常玩惠斯特牌——最无趣的游戏——而我的运气却很差——但分数非常低，所以我不会太亏。［……］

昨天我去伦敦找莉莲伯母谈军马的事。她让我找布拉巴宗上校，全

权委托他帮我物色一匹好马。[……]

我去看奶奶了——她看上去很苍白，很憔悴。我很有礼貌地"磕头"——我想这会让她非常高兴。她对您住在"香榭丽舍大街最热闹的地段"的那套公寓有些怨言，但在其他方面却很和蔼可亲——或者更确切地说，并不特别刻薄。

> 再见我亲爱的妈咪，献上诚挚的爱和无数的吻，永远是您
> 亲爱的儿子
> 温斯顿·S.丘吉尔

—温斯顿致珍妮—

1895年3月2日　　　　　　　　　　　　布莱顿，大都会酒店[1]

亲爱的妈妈：

[……]我这儿一切都很顺利。我结识了许多朋友。[……]这是相当令人满意的——因为布拉巴宗上校刚来看过我，所以我为自己找到了立足点。

上校要自己去见莉莲公爵夫人——去商谈关于军马的事。我担心他要价太高——但她不介意花大价钱——只要他在选马的时候老练且机智——我相信他会的。[……]

我希望，亲爱的妈妈，您要保持健康，别让情绪过于低落。我相信莱奥妮姨妈一定会照顾您，让您过得愉快。我盼望复活节放几天假——

1　该酒店由建筑师阿尔弗雷德·沃特豪斯（Alfred Waterhouse）设计，1890年开业。

而我很可能可以休假，所以您得备好宴席以备不时之需。

现在结束这封又长又蠢的信——再见，最亲爱的妈妈。

献上最热诚的爱和吻，您永远亲爱的儿子

温斯顿·S.丘吉尔

—温斯顿致珍妮—

1895年3月23日   奥尔德肖特

最亲爱的妈妈：

[……]这封信的第一部分必须专门谈谈财务问题。在给考克斯公司[温斯顿现在的的银行]写信时，我发现它们已经从我的账户中支付了以下的订金，随信附上。

这可能还不是全部，但我相信它们是订金的主要部分，是必须要支付的。[……]希望您不要拖延，给我寄来支付这笔金额的支票。

预计从今天起大约三周内会收到装备等的账单——然后我会把账单寄给您。

与此同时，我正在到处物色一匹物美价廉的二手军马——价格在70镑到100镑——等我找到马——很可能马上要付钱。

这份费用清单可能会让您感到相当沉重——但我想说的是，我认为全套装备的价格尚在最初估计的400镑之内。[……]

好吧再见，我亲爱的妈妈。献上最诚挚的爱和无数的吻

您亲爱的儿子

温斯顿

1895年4月2日，克拉拉·杰罗姆在英国病逝。4月14日，珍妮和两个儿子一起参加了她母亲的葬礼，然后回到巴黎，杰克和她一起过复活节。

　　　　　　　—温斯顿致珍妮—

1895年4月27日　　　　　　　　　　　　　　奥尔德肖特

最亲爱的妈妈：

　　很高兴收到您的来信，得知至少到目前为止，您已经逃脱了肆虐的流感。[1]我有许多令人厌烦的财务细节要告诉您——我要先说一下。

　　[……]我目前手头很紧。[……]您目前是否方便支付100镑至120镑这样一大笔钱？要是不方便，我也许可以等上两个星期——但是骑别人的马是一件讨厌的事。我知道您不能从您的收入中一次性支付那么多钱——但我知道我的马及其他东西要从您的资金里来——我指的是您用来买房子什么的钱。[……]

　　那么，我想——如果您手头有现钱，就借给我100镑吧，如果您不能像您说的那样直接给我钱。越早越好——因为马的价格每天都在上涨——而且没有这些东西我也坚持不了几天——除非我放弃这个项目

1　1895年的伦敦流感是十年来第二严重的流感，这是由疾病死亡人数来衡量的。此前，从1月21日到2月20日出现了持续的霜冻，首都的污水系统几乎没有水循环；死亡人数最高的纪录是在3月初（一周内有1448人死于呼吸道疾病，473人死于流感）；死亡人数随后慢慢下降，直到4月底。

［马球］，那太可怕了。［……］

　　我要指出，如果不是我的个人魅力促使莉莲公爵夫人送给我一匹军马，那可能还会多花100镑或120镑。［……］

　　　　　　　献上最诚挚的爱和多多的吻，我依然并永远是您亲爱的儿子

　　　　　　　　　　　　　　　　　　　　　　　温斯顿·S.丘吉尔

　　　　　　　　　　　　　—温斯顿致珍妮—

1895年5月2日 　　　　　　　　　　　　　　　　奥尔德肖特

亲爱的妈妈：

　　很抱歉，事情没有像您预期的那样迅速解决。我这个季度的零花钱还差25镑——扣除您预付给我的45镑之后。［……］

　　我说得最清楚不过了。我真的要身无分文了——所以如果您能给我一张支票全部或部分用于支付这笔钱——那我就太高兴了——但要是您不能——您不能的话，那就算了。我同意您的看法，这会给您带来极大的不便，我也不愿意这样让您担心——但我的账单过几天就要到了，无论如何要付掉。［……］

　　好吧再见，亲爱的妈妈——我求您设法给我寄点钱，因为这不是经常性开支，而是特殊用途产生的债务。

　　　　　　　　　　　　　　　　　　　　　　您永远亲爱的儿子

　　　　　　　　　　　　　　　　　　　　　　　　温斯顿

—温斯顿致珍妮—

[1895年]5月8日 　　　　　　　　　　　　　奥尔德肖特

最亲爱的妈妈：

非常感谢您寄来的支票。我尽量设法应付到15日，那时我必须付饭钱。我很抱歉财务方面的事情不太顺利。[……]

除此之外，没有什么特别的事情发生。"比尔"贝雷斯福德勋爵[1]告诉上校给我买匹军马，大约200镑——这就成了。但上校不着急，我也没法老催他。[……]

您永远亲爱的儿子
温斯顿

—温斯顿致珍妮—

[1895年]5月16日 　　　　　　　　　　　　　奥尔德肖特

亲爱的妈妈：

我很理解这种状况对您来说有多难，因为您目前无法安排任何事情——我必须等待。但我确实希望这一僵局不会超过几天。我的账单当然没有支付，我必须做各种令人不愉快的解释，一般来说要尽量避免这种事情。[……]

我写这封信只是要告诉您，我现在很困难，也为了让您尽快帮助

1　威廉·贝雷斯福德爵士（Lord William Beresford VC）1895年与前马尔伯勒公爵夫人莉莲（Lilian）结婚（见人名）。

我。请给我写信，让我知道有什么办法。

　　　　　　　　　献上最诚挚的爱，您永远亲爱的儿子

　　　　　　　　　　　　　　　　　　　　温斯顿

—温斯顿致珍妮—

［1895 年］5 月 21 日　　　　　　　　　　　　奥尔德肖特

最亲爱的妈妈：

　　星期六，拉姆利先生[1]和我一起去了考克斯公司，他告诉公司的一个合伙人说，我的津贴推迟了。他们很有礼貌，拨了 125 镑到我名下，在您方便付款之前我可以先使用这笔钱。所以事情解决了。［……］

　　至于马球用马——考克斯先生借给我 100 镑买马，等事情解决了，您给我 100 镑，我再还给他们。

　　　　　　　献上最诚挚的爱，希望很快见到您。您永远亲爱的儿子

　　　　　　　　　　　　　　　　　　　　温斯顿

—温斯顿致珍妮—

［1895 年］5 月 23 日　　　　　　　　　　　　奥尔德肖特

最亲爱的妈妈：

　　您觉得有必要对我生气，我很抱歉。我不知道您把我的津贴存入银

1　西奥多·拉姆利（Theodore Lumley），拉姆利律师事务所的合伙人，是丘吉尔家族的律师（见人名）。

行了。我以为一切都是我自己安排的，也不确定您有没有往银行存钱。您知道，我没有收到您的来信，也没有听考克斯说收到了您的支票。所以我在信中忘记感谢您了。

我最近给您写了不少信。当然主要谈的是钱——但我总是尽量把我所得到的消息告诉您，并且一有机会就写信给您。我很抱歉您并不满意。至于您说的我所欠的55镑——我必须指出，在我把订金的60镑付清之前，我并不欠您什么钱。即使欠钱，也不是55镑，而是50镑。[……]

然而——说说其他事情——我周一要去观摩王室招待会［王室典礼］。上校为我做了具体安排。明天是女王生日，这里举行了大量的军事表演来庆祝。[……]

哦，最亲爱的妈妈，我说不出更多的消息了，我也不想用更多的要求来烦您——所以我献上无限的爱和吻，也希望您不要再找理由来指责我了。

永远是您亲爱的儿子
温斯顿·S.丘吉尔

—温斯顿致珍妮—

[1895年]6月6日 奥尔德肖特

最亲爱的妈妈：

很高兴昨晚收到您的来信。我完全理解我的大量开销给您带来的麻烦——我和您一样讨厌谈论钱的问题。您在钱财问题上一向非常慷慨，对于您允许我加入骑兵团，我永远感激不尽。

但是，您当然知道万事开头难，要我每季度从125镑中扣掉40镑是不可能的，因此我想如果您要买房而且是借钱买房——那俱乐部的区区40镑并不会增加您多少开支。[……]

> 献上最诚挚的爱，永远是您亲爱的儿子
>
> 温斯顿·S.丘吉尔

—温斯顿致珍妮—

[1895年]6月17日   奥尔德肖特

亲爱的妈妈：

今天早上我真是个白痴。这封信我写了三遍，一撕再撕——所以我相信您会原谅我的文字和字迹。

我说过，上校让戴利[1]给我买匹军马，过了一段时间，我收到了一匹漂亮的马——据说是军中最好的战马。这匹马花了200镑，莉莲公爵夫人寄了一张支票来支付这笔钱——她真是太慷慨了。[……]

伦敦德里[2]家的娱乐活动规模非常宏大。他家经常举办大型舞会——多达1500人，几乎每天都要接待政界人物。我多次收到邀请——只要我愿意，每晚都可以去参加舞会，但野外活动和训练使我只

---

1 可能是休·戴利少校（Major Hugh Daly），骑兵军官；后来被任命为印度的殖民长官。

2 查尔斯·范恩·坦皮斯特–斯图尔特（Charles Vane-Tempest-Stewart），温斯顿的表兄伦敦德里（Londonderry）侯爵，和他的妻子特丽莎（Theresa）（见人名）。

想睡觉。[……]

> 献上最诚挚的爱，您永远亲爱的儿子
>
> 温斯顿

—温斯顿致珍妮—

[1895 年]6 月 23 日   布伦海姆

最亲爱的妈妈：

[……]今天上午我去布雷登[1]看爸爸的坟墓了。仪式在小教堂里举行，孩子们的歌声凸显了这个地方的美丽和宁静。前几天的骄阳把青草晒得有点萎靡——但是玫瑰花盛开，使教堂院子显得非常亮丽。我被这里的宁静与安详以及古老乡村的气氛所震撼——我的悲伤中也夹杂着安慰。这就是他会选择的安眠之地。我觉得您看了也会有所宽心。

好吧，亲爱的妈咪——过几天我再给您写信谈谈其他的事情。

> 献上最诚挚的爱和吻，我依然并永远是您亲爱的儿子
>
> 温斯顿

7 月初，温斯顿遭受 1895 年的第三次丧亲之痛——这次是他童年时的保姆埃弗勒斯特太太，她一直和丘吉尔家人住在一起，直到 1893 年才搬离。

---

1 位于牛津郡布伦海姆宫田庄南部边界的一个村庄；它的教堂墓地葬有许多丘吉尔家族成员，包括珍妮和温斯顿。

—温斯顿致珍妮—

[1895年] 7 月 3 日   奥尔德肖特

最亲爱的妈妈：

我刚从伦敦回来。如我给您打电报所说——可怜的老埃弗勒斯特今早死于腹膜炎。他们星期一晚上才打电话给我——说她情况危急。这是我第一次得知她病了。我找基思医生——他很善良。[……]

能做的事都做了。[……]我很悲伤，她的死令人震惊——不过我想她并没有遭受太多的痛苦。

她周一晚上见到我很高兴，我想我的到来至少给了她一些安慰。[……]我再也不会有这样的朋友了。[……]我感到很难过——我从来没有意识到，可怜的姆姆对我这么重要。我不知道没有您我该怎么办。

献上最诚挚的爱，永远是您亲爱的儿子

温斯顿·S.丘吉尔

—温斯顿致珍妮—

[1895年] 7 月 6 日   奥尔德肖特

亲爱的妈妈：

昨天我去参加了可怜的埃弗勒斯特的葬礼，韦尔登让杰克也来了。她所有的亲友都参加了——许多人连夜从文特诺赶来，我很惊讶地发现她在平静简单的生活中结交了那么多的朋友。

棺材上放着花圈，一切都是应有的样子。我感到非常沮丧和悲伤：这是我五个月内参加的第三场葬礼！另一种与过去的联系消失了——我

怀着遗憾的心情回顾过去在康诺特广场的日子，那时幸运之神还在向我微笑。

亲爱的妈妈——我渴望有一天，您能拥有自己的小房子，我能真正感觉到有一个地方，那就是家。[……]

献上诚挚的爱和多多的吻，我依然并永远是您亲爱的儿子

温斯顿

珍妮从1895年8月开始找房子，最终选择了海德公园北边的坎伯兰大广场的一处房产。9月，她把房子指给温斯顿看，并告诉她姐姐克拉拉说，她希望11月底搬进去——等建筑工人把房子"从头到尾重新装修好，加上电灯和热水等"。珍妮的两个姐妹后来都在同一条街上买了房子，这条街后来更名为"南杰罗姆街"。

温斯顿到他所在的骑兵团才六个月，但他已经开始对军队的日常生活和他缺乏教育的现状感到不满了——并显示出他怀有政治抱负。

—温斯顿致珍妮—

[1895年]8月16日　　　　　　　　　　　　　　奥尔德肖特

最亲爱的妈咪：

[……]我想您应该已经读过桑尼·马尔伯勒的演讲，为回报他的发言，大家投票表示感谢。这似乎是一场非常好甚至很精彩的演讲，有人告诉我，他口才很好——只是议院里吵闹声太大了。[……]

这是一场很好的游戏——政治游戏，在真正出牌之前，等待一手好牌是值得的。

无论如何——四年健康愉快的生活——加上责任和纪律——对我没有什么害处——反而有好处。我越了解军人——就越喜欢军人——但也越觉得这不是我的专长。好吧，我们再试试看——我最亲爱的妈妈。[……]

再见亲爱的妈妈，献上最诚挚的爱和吻，我依然是您亲爱的儿子

温斯顿·S.丘吉尔

—温斯顿致珍妮—

[1895 年]8 月 24 日   奥尔德肖特

我最亲爱的妈妈：

[……]我发现我处于一种精神萎靡状态——甚至连写信都很费劲，除了读月刊，任何书都读不下去。这当然符合军队的气质。这确实是由纪律和常规所产生的精神力量的结果。这是一种所有或几乎所有士兵都会陷入的心理状态。

从这种"绝望的深渊"中，我试图通过阅读和重读爸爸的演讲来振作自己——这些演讲中很多我几乎都熟记于心了——但我实在没有兴致去读其他严肃的作品。

我真的认为，当我驻扎伦敦的时候，我应该每周去和詹姆斯上尉的一个手下——一个很能干的人——学习一两个小时的经济学或现代史。如果您明白我的意思——我需要有人指点一些特定的科目，以激发和指

导我该科目的阅读。到目前为止，我一直习惯于散漫地阅读，这只能"收获"一堆毫无关联、杂乱无章的事实。[……]

　　　　　最诚挚的爱献给最亲爱的妈妈，我依然并永远是您亲爱的儿子

　　　　　　　　　　　　　　　　　　　　　温斯顿·S.丘吉尔

　　珍妮试图帮助儿子，建议他写一篇关于"军马供应"的论文。温斯顿对这个想法不屑一顾，但他确实开始扩展自己的阅读范围。当他这么做的时候，他的表达越来越丰富，他的下一封重要的信的最后一段就可以证明，这封信是他寄给在瑞士的母亲的。当时珍妮和杰克住在日内瓦的博里瓦奇酒店，这是一家1865年开业的豪华酒店。

　　　　　　　　　　—温斯顿致珍妮—

[1895年]8月31日　　　　　　　　　　　　　　奥尔德肖特

最亲爱的妈妈：

　　我写这封信是为了回复您两天前的长信。我考虑过您建议的"军马供应"的问题。[……]但我不得不说，这不是我感兴趣的。这个话题太技术性了。这个狭隘的问题能得到的结果很有限。这个课题只会使人的思想狭隘而不是扩展。[……]

　　不——最亲爱的妈妈——我想，我需要的是一种更文学而不是更物质的精神药物。[……]您看——我一生——接受的都是纯技术教育。哈罗公学、桑德赫斯特军校、詹姆斯上尉的预备学校——都致力于这种

学习，其最高目标就是通过一些课程考试。因此，我的头脑从未像牛津或剑桥的学生那样接受过磨炼。在这些学校，人们研究问题和科学，有更高的目的，而不仅仅是为了实用。人们实际上接受的是人文教育。

请别误解我。我并不是要嘲笑实用主义研究。我只是说，我的日常生活偏重现实，所以我所需要的阅读不是您向我建议的那种。我现在有一部论资本的书——能激发很多思考并极大地引发我的兴趣，我读的是福塞特[1]的政治经济学著作。当我读完的时候——尽管书很厚，但我仍想在这个引人入胜的主题上做更多的探索。这本书本质上讲的是"基本原理"——至少能让我们对这门学科的框架有一个清晰的认识——即使这个课题没有坚持下去也会有用的。

之后我要读吉本的《罗马帝国衰亡史》[2]（ *Decline and Fall of the Roman Empire* ）以及莱基的《欧洲道德史》[3]（ *European Morals* ）。这些著作比仅仅把零散的统计数字堆在一起的文章更令人愉快。好吧——到此为止——最亲爱的妈妈——我后续再探究这个问题，我相信过多讨论这个问题肯定会使您感到厌烦。

1　亨利·福塞特（Henry Fawcett）：《政治经济学》（ *Political Economy* ），麦克米伦出版社（Macmillan & Co.）出版，1865年。福塞特教授后来出版了该书简明本，《政治经济手册》（ *Manual of Political Ecomomy* ），1887年。

2　爱德华·吉本（Edward Gibbon）：《罗马帝国衰亡史》，六卷本，1776—1788年出版；吉本是辉格党（Whig）国会议员和历史学家。

3　威廉·莱基（William Lecky）：《欧洲道德史：从奥古斯都到查理曼大帝》（ *History of European Morals, from Augustus to Charlemagne* ），出版于1869年。

我这封信——相当浮夸的信——寄到博里瓦奇酒店。我多想把自己藏在信封的一角，等您一撕开信就能拥抱您！[……]

我们在过去十二个月里遭受了多么可怕的损失啊。不幸从来没有这样接踵而至过。就在一年前，我在乌契（邻近洛桑）待了一天左右。从那以来，我一生中以不同程度、不同方式认识和爱过的三个人就这样消失了。时间过得太快，都来不及遗憾——时间给予我们慰藉，我们不必总徒劳地回忆过去、再度唤起那种悲伤。我们各有时辰——有人今天——有人明天。毕竟这已经持续了几千年。人类的历史是无数悲剧的故事，而也许最悲剧的部分就在于人类的悲伤微不足道。[……]

献上最诚挚的爱，我依然并永远是您亲爱的儿子

温斯顿·S.丘吉尔

英国的骑兵团每年夏季进行七个月的训练，然后享受五个月的冬季休假。在休假的这段时间里，大多数军官每周都要捕猎好几次；人们认为这项运动有利于骑兵军官的健康。然而，这种惯例对温斯顿没什么吸引力，主要是因为他没有这项昂贵的运动所需的资金。

取而代之，他和一个名叫雷金纳德·巴恩斯[1]的中尉策划了一项不同的冬季计划。

---

1 雷金纳德·巴恩斯中尉（Lt. Reginald Barnes），后来成为少将雷金纳德·巴恩斯爵士（Major-General Sir Reginald Barnes）（见人名）。

—温斯顿致珍妮—

[1895年]10月4日   豪恩斯洛

最亲爱的妈妈：

我敢说您会觉得这封信的内容有些令人吃惊。事实上，我决定和我的一个好朋友——骑兵团的一个中尉——一起去美洲和西印度群岛。我计划10月28日至11月2日从这里出发——根据航船的情况而定。我们先到纽约，从那里乘汽船到西印度群岛，再到哈瓦那，所有政府部队都在那里集结，镇压可能会发生的叛乱；之后从牙买加和海地回纽约，再回家。

[头等舱]票价往返37镑——这比在莱顿巴扎德¹待上几个月还要便宜。我想整个行程花不了90镑——两个月花这样一笔费用我还是负担得起的。[……]

亲爱的妈妈，我希望您不介意我去一趟——因为和中尉这样一个年长而又令人愉快的同伴一起旅行对我有好处，他是骑兵团的代理副官，非常稳重。

请回信。

永远是您亲爱的儿子

温斯顿

---

1 贝德福德郡的狩猎中心。

—珍妮致温斯顿—

[1895年]10月11日   圭萨珊[1]

最亲爱的温斯顿：

你知道，如果你能做任何让你感兴趣和开心的事情，我总是很高兴的——即使这对我来说是一种损失。我本来很期待我们能在一起并看到你的身影。记住，我现在只有你和杰克爱我了。

你当然没有写作的艺术，也没有呈现出事情最好的方面，但我完全理解——当然，亲爱的，你想去旅行是很自然的事，我也不会给你的计划泼冷水——但我担心花费会比你想象的高得多。

纽约物价贵得吓人，你在那儿也会无聊得要命——男人都这样。我得多了解一些你的朋友。他叫什么名字？并不是我不相信你的判断力，但我还是希望对他有所把握。考虑到是我提供资金，我觉得，与其说"我决定要去"，不如先征求我的意见，这样或许更好，也更明智。但我想，生活经历迟早会告诉你，才智是做任何事情都必不可少的一个因素。[……]

再见亲爱的，上帝保佑你——你亲爱的母亲

珍妮

[……]要不要我来付你的船票，当作生日礼物？

---

1 圭萨珊，靠近因弗内斯，为爱德华·梅杰里班克斯（Edward Majoribanks）——特威德茅斯勋爵（Lord Tweedmouth）所有，他娶了珍妮的姑子——范妮·斯宾塞–丘吉尔夫人（Lady Fanny Spencer-Churchill）（见人名）。

10月19日，珍妮（回到巴黎后）写信给杰克："我只跟你说，我希望温斯顿别去。恐怕这是件蠢事。"[1] 她注定要失望。

—温斯顿致珍妮—

[1895年]10月21日   单身汉俱乐部[2]

最亲爱的妈妈：

古巴事务已做了妥当安排。陆军部同意我们今天下午拜访情报部门的负责人查普曼将军[3]，他为我们提供了地图和很多有价值的信息。

我们还被要求收集各方面的资料和统计数字，特别是关于新子弹的效果——它的穿透力和攻击力。这使我们的任务具有某种官方性质，将来也一定会对他人有益。

您什么时候来伦敦？务必发封电报告诉我。我走之前一定要见见您。我要带很多哈瓦那雪茄回来——其中一些可以"贮藏"在坎伯兰大广场35号的地窖里……

我依然并永远是您亲爱的儿子

温斯顿·S.丘吉尔

珍妮及时改变了她对古巴探险的反对意见，她请一个新朋友伯

1　1895年10月19日，珍妮给杰克的信，CAC, PCHL 1/2/39。

2　伦敦俱乐部，只有单身汉才能成为会员。

3　中将爱德华·查普曼爵士（Lt.-Gen. Sir Edward Chapman），不久后以将军的身份接管苏格兰地区的指挥权。

克·科克兰（Bourke Cockran）帮忙，在温斯顿和他的同伴雷金纳德·巴恩斯中尉从纽约前往迈阿密和古巴的时候照顾他们。

当年早些时候，珍妮在巴黎遇到了科克兰，当时这位出生于爱尔兰的美国律师兼政治家在妻子去世后也来到了法国首都。科克兰于1854年出生在斯莱戈郡，也就是珍妮出生的那一年，十七岁时离开家去了纽约，在学习法律和参与政治的同时，他以教师的身份养活自己。他的口才、魅力和教育背景很快让他在律师行业赚了不少钱，也为他提供了竞选平台，他以民主党人的身份赢得了众议院的选举。

珍妮和科克兰有许多共同的话题，他们在巴黎常常彼此相伴，以致他们的朋友都以为他们成了情人。然而，夏季结束时，他们都回到了各自在伦敦和纽约的生活中。在纽约，珍妮二十岁的儿子将第一次到访北美，科克兰慷慨大方，有权有势，他将成为尽职尽责的东道主。

—温斯顿致珍妮—

[1895年]11月8日　　　　　　　丘纳德皇家邮轮伊特鲁里亚号[1]

亲爱的妈妈：

[……]我们预计明天中午左右到达，这样就可以结束此次乏味而

1　皇家邮轮伊特鲁里亚号于1885年下水，往返于利物浦和纽约之间；1888年，她曾以创纪录的六天一小时五十五分钟完成了西行的航程。

又不舒服的航行了。第一天的天气很好，但之后我们就遇到了狂风暴雨——浪花覆盖了整艘船，甲板几乎淹在水下。巴恩斯和我都很顽强，虽然我们也有过不舒服的时候，但我们没有晕船——也没有错过在餐厅里吃每一顿饭。考虑到有一次只有12个人来吃晚餐，这真是相当不错的表现了。[……]

我从未打算为了消遣而进行海上旅行，我始终认为海上旅行是不可避免的灾祸——在实施任何明确的计划时都必须经历。[……]

献上最诚挚的爱和多多的吻，我依然并永远是您亲爱的儿子

温斯顿

—温斯顿致珍妮—

[1895 年]11 月 10 日   纽约第五大道763号

最亲爱的妈妈：

[……]我和巴恩斯住在伯克·科克兰先生的一套迷人又舒适的公寓里，地址如上。

每个人都很有礼貌，以后几天每顿饭都有安排，差不多一日三餐都有人请客。住在这里很愉快，房间装修得很漂亮，设施齐全，而且科克兰先生是我见过的最有魅力的东道主和最有趣的男人之一。[……]

[……]今天我安安静静地抽出一个小时给您写信，但我一点要和

伊娃·珀迪[1]共进午餐——三点拜访希特一家[2]——五点拜访科尼利厄斯·范德比尔特一家[3]，八点和凯蒂·莫特一起吃饭——所以您可以看到，没有多少闲暇时间。他们真是把我们当成贵客，给予我们最热情的款待。[……]

美国人真是不同寻常啊！他们的热情好客对我来说是一种启示，他们让人有宾至如归的感觉，这是我从未经历过的。而另一方面，他们的媒体和货币给我的印象非常不好。

我与科克兰就每一个能想到的话题——从经济学到帆船运动，都进行了深入的讨论。他是一个聪明人，和他交谈让人受益匪浅。[……]
[信未写完]

—温斯顿致珍妮—

1895 年 11 月 20 日　　　　　　　　哈瓦那，英格兰大饭店[4]

亲爱的妈妈：

我刚从纽约经过一段舒适的旅程来到这里。伯克·科克兰先生在火

1　伊娃·珀迪（Eva Purdy）和基蒂·莫特（Kitty Mott）（见下文）是姐妹，也是温斯顿的表姐妹（珍妮母亲克拉拉·杰罗姆的侄女）。

2　亨利·希特（Henry Hitt）1665 年抵达美国；这个家族在俄亥俄州和纽约的社会地位依然显赫。

3　科尼利厄斯·范德比尔特（Cornelius Vanderbilt）的孙子，老科尼利厄斯创立了家族企业（先是造船，后来是铁路）。他是十三个孩子的父亲；他委托小科尼利厄斯的父亲比利（Billy）管理家族生意。

4　1875 年开业，被温斯顿描述为"相当不错"（给科克兰的一封信）。

车上安排了一间私人包厢，这样我们在火车上度过的36个小时就不会像在普通车厢里旅行那样不愉快了。[……]

[……]将军已发电报给坎波斯元帅（Marshal Campos）[西班牙驻军统帅]，通知他我们的到来。我得到的信函使我们去哪儿都可以自由通行。[……]当我出示这些信件时，他们也允许我们带手枪通过海关——尽管相关法律很严格。

明天我们去"前线"，更确切地说，去圣克拉拉总部工作人员所在的地方。我们乘火车经过马坦萨斯和西恩盖戈斯。¹这段行程花了12个小时，因为反叛者破坏了铁路，试图摧毁列车，所以火车开得很慢。[……]

叛乱者戈麦斯（Gomez）带着一支部队迎击坎波斯元帅——他们的人数据说有50人到18000人不等——不准确、夸张和毫无根据地捏造数据，这就是西班牙人获得的信息的主要特点。

[……]代我向杰克问好。真希望我带着他的相机。我没有带上相机真是愚蠢。

献上满满的爱和多多的吻。永远是您亲爱的儿子

温斯顿·S.丘吉尔

温斯顿为《每日画报》（*Daily Graphic*）报道西班牙军队

1　圣克拉拉差不多位于古巴的地理中心。马坦萨斯位于哈瓦那以东60英里的北海岸；西恩盖戈斯位于马坦萨斯东南100英里的南海岸。最后一段铁路向东北方向延伸35英里连通圣克拉拉。

和古巴叛军之间的斗争，这家报纸的所有者是博思威克夫妇（Borthwicks），他们是温斯顿父母的朋友——这是他第一次担任记者的工作。回到哈瓦那后，他向母亲提供了一份更私人的描述。

—温斯顿致珍妮—

1895年12月6日　　　　　　　　　　　哈瓦那，英格兰大饭店

最亲爱的妈妈：

[……]哦，亲爱的妈妈，能写信告诉您我们已平安归来，我真是说不出有多高兴。上周的某些时刻，我意识到我们是多么轻率地在冒生命危险——只是为了冒险。然而，现在转危为安了，我们回到了这里。

[……]我们在战场上和部队待了八天。将军给了我们马匹和仆人，让我们和他的私人随从住在一起。他在食物供应方面做得很好，在厨师中枪之前，我们几乎没有什么不便。[……]

我们在原始森林里行军了很久，发现了敌人——他立即朝我们开枪。此后三天，队伍继续前进——我们几乎始终时不时地被人打冷枪。我已经在给《每日画报》的第四封信中描述了这一切，所以亲爱的妈妈，我似乎没有必要再写一个长篇故事。最后一天，我们攻击了敌人的阵地，并在猛烈的火力下穿过开阔地带前进。将军很勇敢——穿着有金线的白色制服，骑一匹灰色的马，这引来了大量的火力向我们射击，我听到子弹呼啸而过的声音，这足以让我在未来的一段时间里回味不已。[……]

我们的运气简直不可思议。我们坐的每列火车、每艘汽船都安然

无恙。我们错过了两列火车，而这两列火车半小时后都被反叛者摧毁了。我们到了一个城镇，那儿到处蔓延着各种可怕疾病，而最后，不知出于什么特殊的原因，如果我没有改变位置——向右边移动了大约1码[1]——我肯定已经被打死了。除此之外，我花了5镑在一匹叫"极速"的马上，一赔八，很轻松就赢了——所以你看，亲爱的妈妈——有个小天使。[……]

渴望见到您，献上满满的爱，您永远亲爱的儿子

温斯顿·S.丘吉尔

又：[……]我要带回上好的咖啡、雪茄和番石榴，装满35号[2]的酒窖。

回到伦敦后，温斯顿开始进入社交圈子，人们十分欢迎这位年轻的骑兵军官，因为他有贵族社会的人脉，还有个著名的父亲。在罗斯柴尔德勋爵的府邸（他给母亲的下一封信就是在这里写的），他遇到了两位在他日后生活中举足轻重的政界要人——赫伯特·阿斯奎斯（Herbert Asquith）和亚瑟·贝尔福（Arthur Balfour）。阿斯奎斯一直担任罗斯伯里政府的内政大臣，直到1895年6月，自由党在大选中败给了索尔兹伯里勋爵领导的保守党与自由党统一派联盟，阿斯奎斯重新成为反对党领袖。贝尔福现在担任下院领袖和财

1　英制长度单位，1码约等于0.9144米。后文将保留该英制单位并不再换算。——编者注

2　珍妮在伦敦坎伯兰大广场的新房子的门牌号。

政大臣。

温斯顿在信中还提请珍妮注意第三位政治家约瑟夫·张伯伦（Joseph Chamberlain）的演讲，他是索尔兹伯里内阁任命的四个自由党统一派人士之一。张伯伦将继续担任殖民地事务大臣直到1903年。

—温斯顿致珍妮—

1896年1月26日   特林，特林公园

亲爱的妈妈：

[……]我们在这里参加了一个很有趣的聚会：阿斯奎斯先生和夫人[1]、贝尔福先生[2]、刑事法院法官[3]和昂得当先生[4]（他在古巴的铁路收益颇丰）、几位女士（丑陋而无聊）、休伯特·霍华德[5]和我。罗斯柴尔德勋爵精神很好，很有趣，而且消息灵通。总之——您可以想象——我非常感激能见到这么聪明的人，并聆听他们的谈话。

1　赫伯特·阿斯奎斯于1894年娶了他的第二任妻子玛格特（Margot），娘家姓坦南特（Tennant）（见人名）。

2　亚瑟·贝尔福是索尔兹伯里勋爵的侄子，他和珍妮都热爱音乐（见人名）。

3　其人不详。——译注

4　伊曼纽尔·昂得当（Emanuel Underdown KC），后来成为哈瓦那联合铁路公司和雷格拉货站的主管。

5　休伯特·霍华德（Hubert Howard）是卡莱尔（Carlisle）伯爵的儿子；和温斯顿一样，他1895年访问了古巴，在1898年作为《泰晤士报》的特约记者在恩图曼（Omdurman）进行报道时死于战场。

[……]张伯伦先生[1]做了一次精彩的演讲——但他的演讲中有个事实让我难以启齿。他说德兰士瓦[2]的大多数人——支付了十分之九的税收却没有代表权，这是反常的！对于一个像张伯伦那样有着历史和政治原则的人来说，这是一个相当温和的说法。正是因为这种"反常"现象，美国才从英国叛离，而这种"反常"现象也是法国大革命的主要原因。[……]

献上最诚挚的爱，永远是您亲爱的儿子

温斯顿

—温斯顿致珍妮—

1896 年 5 月 1 日   坎伯兰大广场 35a

最亲爱的妈妈：

谢谢您的来信。我采纳了信中所提的宝贵建议，寄去了一张 5 月 12 日的支票。我相信到那时您会给我零花钱的，不过好像已经晚了——这张支票很可能成为空头支票。事实上肯定如此。

[……]前天晚上我和阿代尔夫人[3]共进晚餐。那是个非常有趣的聚

1　约瑟夫·张伯伦和伦道夫勋爵起初是政治上的对手，后来是同道（见人名）。

2　又称南非共和国，一直保持独立直到 1902 年布尔人被击败，并成为大英帝国的德兰士瓦殖民地。

3　科妮莉亚（Cornelia），出生于美国的爱尔兰地主约翰·阿代尔（John Adair）的遗孀；1885 年丈夫去世后，科妮莉亚经营他们的地产，并在伦敦成为一名著名的社交女主人。

会：约瑟夫·张伯伦先生、沃尔斯利子爵[1]、卓别林先生[2]、詹姆斯勋爵[3]、弗朗西斯·热恩爵士[4]以及所有实际上的当权者。张伯伦对我很友好，我和他就南非问题进行了长谈。[……]

我在马球方面取得了很大的进步——但我很想再买一匹小马。我希望您能借我200镑，然后买一匹真正上等的马，货真价实的好马。[……]

考克斯愿意借给我钱，只要您愿意付5%的利息。请务必认真考虑一下。这不是花钱的问题——而是把钱投入股票——实际上是一种投资——虽然没有利润，但会带来许多乐趣。

好吧再见，亲爱的妈妈——确实又牵扯了财务！！如果我没那么愚蠢，没有付那么多账单，我现在就会有钱了。

永远是您亲爱的儿子

温斯顿·S.丘吉尔

---

1 陆军元帅沃尔斯利子爵（Field Marshall Viscount Wolseley），自1895年12月起担任英军总司令；1900年辞职。

2 亨利·卓别林（Henry Chaplin），地主，赛马场主人和政治家；当时是当地政府委员会主席。

3 亨利·詹姆斯（Henry James），前自由党统一派议员，最近被授予爵位；兰开斯特（Lancaster）公爵领地事务大臣。

4 弗朗西斯·热恩爵士（Sir Francis Jeune），军法长官（1892—1905）；1905年封圣赫利尔男爵（Baron St. Helier）；妻子苏珊（Susan），娘家姓斯图尔特–麦肯齐（Stewart-Mackenzie）（见人名）。

1896年夏天，第四骠骑兵团的军官们享受了一段很长的假期，以便他们可以在9月去印度执行为期三年的任务之前，安排好他们的个人事务。

温斯顿现在对印度的单调乏味感到害怕，他请母亲看看能不能动用什么关系来改变他的派驻任务。

—温斯顿致珍妮—

1896年8月4日   豪恩斯洛

亲爱的妈妈：

今天上午收到您的信——但这不是我第一次听到您在考兹的消息。"比诺"·斯特雷西[1]之前告诉我他看到您在那里状态很好——精力充沛，到处露面。

您一定玩得很开心！我想周四离开一下，因为我在这里很无聊——但有很多事情要做。[……]

[……]亲爱的妈妈，您无法想象我多么想在几天内航行到充满冒险和刺激的地方——去那些我可以获得经验和优势的地方——而不是去乏味的印度——在那里我既不能享受和平的乐趣，也不会有参战的机会。[……]

当我思考可能发生的事情，想到我正在错过生命中的黄金时机时，

1　可能是生于1871年的爱德华·斯特雷西准男爵（Sir Edward Stracey, Bt.），他是一名军人，与温斯顿同时代。

我感到自己犯了一个懒惰而愚蠢的错误，为此我将后悔一生。在南非待上几个月，我就会获得南非勋章，而且很可能还会获得英国南非之星勋章。从那里转向埃及——过一两年归来时至少还能有两枚勋章——来帮助我在下议院站稳脚跟。[……]

您有那么多有权势的朋友，还有那么多会为了我父亲而为我做点什么的人——如果他们适当发挥影响的话，我不相信我去不了那里。

对我宣扬忍耐的福音是徒然的。[……]我写在这里，写在纸上——您确实应该在这个时候千方百计地帮助我。机会难得啊。[……]

永远是您亲爱的儿子

温斯顿·S.丘吉尔

相隔甚远（1896）

"这片多是势利小人和讨厌鬼的无神之地"

珍妮没有为温斯顿争取到改变计划的机会，所以他在 1896 年 9 月 11 日随他的骑兵团坐船到印度去。他们的路线是从南安普顿出发，经过地中海，穿过苏伊士运河，南下红海，三周后在孟买登陆。从那里，他们向内陆行军一小段路程，来到浦纳的一个营地，然后乘火车南下，前往迈索尔邦（现为卡纳塔克邦）首府班加罗尔的军营。

温斯顿和珍妮几乎每星期都写信给对方。信件通常要十六天才能送达，这比部队的行程快了几天，因为邮件是先从陆路运送至意大利南部的布林迪西，然后再继续海运。

温斯顿刚到班加罗尔时，热情地报道了这个城市的气候（它位于海拔近 1000 米的地方）以及他在军营里贵族般的生活方式，他和另两位中尉共享一处"平房"和花园。这两位战友就是雷金纳德·巴恩斯（一年前曾共同前往古巴）和雨果·巴林（Hugo Baring），一个银行家的后代。他们总共雇用了 28 个仆人。

然而，没过几个星期，温斯顿就厌倦了军队的日常生活。天气太热，训练必须在每天上午十一点前结束，而马球则要等到下午四点十五分气温下降后才能开始。温斯顿通过阅读来填补这段漫长的时间空白，试图弥补他觉得自己错过的"人文教育"。他逐渐吸收了爱德华·吉本和托马斯·麦考利[1]使用的文体和词汇，他的书信风

---

1 托马斯·麦考利（Thomas Macaulay），历史学家和辉格党政治家，1839—1841 年任陆军大臣，1846—1848 年任军需总监。他于 1835 年发布的"印度教育纪要"（Minute on Indian Education）促进了英语取代波斯语成为印度的官方语言。

格开始有了更多的变化。

至于珍妮，她在朋友的乡间别墅之间自由来往，因为她兴致勃勃，谈笑风生，又有音乐才能，她在那些地方成了很受欢迎的客人。然而，在温斯顿离开英国后不久，她就被一笔——4000镑——财产损失所困扰。她和她的姐妹把这笔钱托付给了詹姆斯·克鲁克尚克上尉（Captain James Cruikshank），他时年三十二岁，魅力十足，生活奢华，两人是在一个赛马场相识的。克鲁克尚克自称是"公司发起人"，他主要通过欺诈计划（经常涉及铁路）从众多社会知名人士那里骗取"投资"。

珍妮和她的姐妹（温斯顿也出了一小笔钱）通过他投资的时候，克鲁克尚克已经破产两次了。为了吸引杰罗姆姐妹进行特定的"投资"（或"投机"），克鲁克尚克曾与卡多根（Cadogan）伯爵的次子亚瑟·卡多根议员（Arthur Cadogan, MP）结盟。珍妮和她的姐妹请了当时擅长欺诈和诽谤诉讼的律师乔治·刘易斯爵士[1]为她们辩护，要求追回这笔钱。与此同时，她告诫儿子不要参与印度的赛马。

1　乔治·刘易斯爵士（Sir George Lewis）不仅为富人和名人提供法律事务方面的建议，还和妻子伊丽莎白（Elizabeth）在他伦敦的家中为这些富人和名人及当时的主要文化人物举行盛大的娱乐活动（见人名）。

—珍妮致温斯顿—

1896年9月23日   因弗马克[1]

亲爱的温斯顿：

我想此时你在红海上听着船舶的汽笛——就像12月的惊涛骇浪和枪林弹雨。我收到了你的电报，也希望你知道我的信息。自从在南安普顿分别后，我一直很想你，亲爱的孩子，你会很高兴地听到——我们仍然有机会把投资的钱拿回来。克鲁克尚克明天会见到乔治·刘易斯爵士，我希望听到这次会面的好消息。

趁我还记得，我想跟你严肃地谈谈那匹赛马的事——据我所知，它可能已经死了，但如果还活着，我要你答应我把它卖了。我和威尔士亲王在塔尔坎[2]进行过一次长谈，他让我告诉你，你不应该参与赛马，因为这在印度不是一门好生意——赛马不公正，再好的名声也会毁了。你不知道，但其他人都知道，在印度几乎不可能有正当的比赛——做到手脚干净。看来布拉巴宗上校告诉了亲王，他希望你放弃这匹赛马。把它卖了，你可以买匹马球用马。如果你不这么做，我肯定你会后悔的。

现在我的大道理讲完了。写信告诉我说你会按我的要求去做。我在塔尔坎度过了愉快的一个星期，但天气一直都很糟糕。我从这里去明托[3]，我想我别去圭萨珊了，还是回家吧。淹死在外面可不是什么好玩

1　因弗马克老宅，邻近安格斯布里琴城堡，是达尔豪西（Dalhousie）伯爵的宅邸。

2　斯佩河上的一间钓鱼木屋，是沙逊家族（Sassoons）租用的（见人名）。

3　即位于苏格兰边境的明托府，是明托伯爵的府邸（见地名）。

的事。[……]

亲爱的孩子，希望收到你的信。记得告诉我所有关于你的小平房的事，还有任何你想用作代码的新鲜词汇。[……]我听说他们在特兰比克罗夫特[1]喜欢玩百家乐纸牌。我发誓不再玩扑克了，这是件好事——6便士的伯齐克牌现在更对我的胃口！

[……]如果那份投资有什么收益的话，我会看看能否在考克斯银行为你做点什么——最好先解决这个问题——之后再处理账单。记住不要乱喝东西。[……]

你亲爱的母亲
珍妮

—温斯顿致珍妮—

1896年9月18日　　　　　　　　不列颠号[2]（马耳他与亚历山大港之间）

最亲爱的妈妈：

我今天给您写信——虽然我们要到9月20日才能到达塞得港，在那之前信寄不出去。[……]这次航行和去年冬天乘坐卡纳德公司的船横渡大西洋是完全不同的体验。那时，要么冰冷地躺在甲板上，要么因晕船痛苦地躺在客舱里——而现在，在蓝色的地中海，旅行要愉快得多。

1　特兰比克罗夫特（Tranby Croft）1890年约克郡百家乐作弊丑闻的发生地，当时威尔士亲王正到访此地；这一事件导致1891年亲王被迫出庭作证。

2　不列颠号1887年下水，为蒸汽航行公司所有，主要经营印度航线；用作运兵船（1895—1897）。

船上很舒服——饭菜可口，天气宜人。[……] 我们见到了很多船，我的望远镜很有用场，而且经常被人拿走。这个望远镜远视能力很强，在印度将非常有价值。[……]

　　与这些合理的安排形成鲜明对比的是，我必须向您描述我第一次体会到的印度政府的吝啬。我们收到了一长串需要申报和缴税的物品清单。您能相信吗？甚至连我带的马鞍也列在其中。在我看来，在政府的命令下，以这种不寻常的方式向到访印度的公务员征税，是一件可耻的事情。[……] 这违背了政府的基本原则……**无代表不纳税**。对一具只用于军事用途的马鞍征收这样的税是很不合理的行为，您会发现这让人很难相信。我想我还会找到更多这种官僚主义的讨厌后果。我现在要去吃午饭（印度人叫 "tiffin"）——来平息我心中的愤懑。

向您和杰克献上最诚挚的爱，您永远亲爱的儿子

温斯顿·S.丘吉尔

　　9 月 20 日　　　　　　　　　　　　　　　[写在此信的信封上]

　　明天我们会到达塞得港。天气开始变热了。[……] 他们说我们将在红海经受酷热。我想我肯定受得了——胖人正好瘦瘦身。[……] 我希望明天能听到"投资"的结果。

最诚挚的爱献给最亲爱的妈妈——明天再写附言

温斯顿

—珍妮致温斯顿—

[1896年]10月1日 　　　　　　　　　　霍伊克，明托府

最亲爱的温斯顿：

<u>很高兴收到你</u>[9月18日和20日] 从塞得港发来的长信——我想知道你后来怎么样了，你和我一样，不怕热——我还喜欢热。[……] 我必须说我同意你的观点，要为马鞍这种东西交税真是太可怕了。我有机会也会把这些怨气发泄出来。附上G.刘易斯爵士来信的抄件。

亲爱的伦道夫夫人：

我周五见到了C.[克鲁克尚克]上尉。我尽量向他打听这笔钱的具体投资情况，这笔钱付给了谁，付给了哪家公司，利润从何而来——但是，尽管我一再追问，他还是极力避免回答，我觉得他做了不诚实的事。[……] 我派人到C.上尉住的赖伊去打听他的情况，我发现他有一段时间从布鲁克菲尔德议员先生（Mr Brookfield, MP）那里租了幢大房子，养了马，过着奢华的生活——恐怕这种生活是靠你们的钱维持的。[……]

我打算14日去布伦海姆的一个音乐会上演出，但亨德里普勋爵把他在纽马克特的房子借给了我，因为我本来打算有空的话去看凯撒维奇赛马比赛[1]。[……]来信告诉我你已经打算卖掉那匹赛马了。你不知道我有多担心——他们都告诉我，印度的赛马是"很不靠谱的事情"。如果你公平竞争，你就赢不了。

现在亲爱的，下周再见。[……]照顾好自己，有时间读读《圣经》，多多爱我。我喜欢那种平房。

你亲爱的母亲
珍妮

―温斯顿致珍妮―

1896年9月21日   塞得港

最亲爱的妈妈：

您的电报收到了。信还没有到。[……]这是对我们犯下的多么卑劣的欺诈啊。我强烈建议您把整件事交给乔治·刘易斯去处理。在我看来，卡多根也应该澄清自己。[……]塞得港是个肮脏、污秽和无趣的地方[2]，我不后悔我们今天中午就起航的决定。[……]

献上最诚挚的爱，您亲爱的儿子
温斯顿

---

1 每年10月在纽马克特举行的赛马比赛，以纪念俄国沙皇太子亚历山大（Tsarevich Alexander of Russia，后来的亚历山大二世），当时他向赛马俱乐部（Jockey Club）捐赠了300镑。

2 塞得港位于苏伊士运河的北端，1859年运河开通时建成。

—珍妮致温斯顿—

1896年10月8日   福罗尔斯城堡[1]

最亲爱的温斯顿：

[……]报纸上到处都是罗斯伯里勋爵[2]辞去自由党领袖的报道。对他来说，这是一个非常聪明的举动——当然，他知道自己没有机会成为首相，而自由党内部的分歧给了他一个退休的好借口。我想老哈考特（Harcourt）会接替他的位置，再继以阿斯奎斯。[3]顺便说一下，这儿有位布罗德里克先生[4]刚刚在《真相》[5]上发表了一篇恶毒的文章。我随信寄上。

昨晚，我从明托来到这里，待了一晚，发现他们心态很好，他们的一个客人肯辛顿勋爵[6]打猎结束走回来时倒在地上，心跳停止了。尸体还在这儿，他的家人明天赶来。[……]

我今晚回伦敦，周一去纽马克特。亨德里普勋爵把他的房子借给了我，我让莱奥妮和杰克也过来。我可能周三要去布伦海姆参加一个音乐

---

1 位于罗克斯巴勒郡，罗克斯巴勒公爵的领地。

2 阿奇博尔德·普里姆罗斯（Archibald Primrose），即罗斯伯里伯爵，前首相，于1896年10月6日辞去反对党领袖一职（见人名）。

3 上院的金伯利勋爵（Lord Kimberley）和下院的威廉·哈考特爵士（Sir William Harcourt）共同接替罗斯伯里。1898年，亨利·坎贝尔-班纳曼爵士（Sir Henry Campbell-Bannerman）成为该党唯一的领袖；阿斯奎斯直到1908年才接替这一职位。

4 圣·约翰·布罗德里克（St. John Brodrick），保守党议员，陆军副大臣。

5 《真相》（Truth）是由国会议员亨利·拉布谢尔（Henry Labouchere）编辑的调查性新闻杂志。

6 威廉，肯辛顿男爵（William, Baron Kensington），前法院官员和自由党议员。

会。我希望能及时脱身，因为要去看凯撒维奇赛马。我每时每刻都在期待收到关于投资的电报。克鲁克尚克按要求应该昨晚之前还清，卡多根发誓他会用利润来偿还！！但我对此没有信心。[……]

现在再见，亲爱的孩子。照顾好自己，在印度好好工作。[……]

你亲爱的母亲
珍妮

温斯顿的军官经历——现在已经十八个月了——帮助他建立了作为一名演讲者的自信，他在下一封信中向母亲做了解释。他一直担心自己有语言障碍，后来外科医生告诉他，这是由于出生时"舌系带过短"造成的。这一障碍主要表现为口齿不清，在表达含有字母"S"的单词时会有困难，但不是口吃。

—温斯顿致珍妮—

1896年9月30日   不列颠号（在印度洋上）
最亲爱的妈妈：

航程即将结束，就我个人而言，很高兴能再次回到陆地上。[……]

昨晚我们发生了一起很有趣的"违约"事件，我是被告的辩护律师。令我感到欣慰的是，我发现自己可以在没有讲稿或准备的情况下演讲二十分钟，而且成功地让听众开怀大笑——我的长篇大论成功了。我的口吃似乎根本没有影响我的发音，在所有发言的人中，我是最受欢迎的。在军队，我显得有些鹤立鸡群了——我不知道是我还是他们惊讶地发现我还有这本事。

我非常渴望听到关于您的推断和随后起诉的进一步消息。的确，很难想象还有比这更怯懦——更低劣——更卑鄙的诈骗了。一个偷了价值几镑镶了普通宝石的盘子的窃贼会被判入狱七年，而如果那些戴着丝质帽子的恶棍能继续逍遥法外，那就太可怕了。[……]

永远是您亲爱的儿子

温斯顿

—珍妮致温斯顿—

[1896年]10月22日　　　　　　　　　　坎伯兰大广场35a

最亲爱的温斯顿：

我上星期在给你写的信[遗失]中发了很多牢骚，本应该今天做出补偿，可我还是急急忙忙地要赶邮差。

[……]收到你的第一封信，知道你旅途顺利，我很高兴。我想你现在应该安顿下来了。随信附上一张支票，钱虽少但总比没有强。今天克鲁克尚克必须付清"投资"款项——否则立即提起诉讼。如果有结果我会给你发电报。

下周我要去纽马克特，然后去桑德林汉姆¹，之后再回来待上几天。我昨天去[哈罗]看杰克，他很有活力。

我答应这学期结束后带他走。再见，亲爱的。祝福你。这儿一切

1　诺福克的桑德林汉姆庄园，维多利亚女王1862年为威尔士亲王买下（见地名）。

都好。

你亲爱的母亲

珍妮

—温斯顿致珍妮—

[1896年]10月4日   浦纳营地

亲爱的妈妈：

[……]我这两三天干活很辛苦……下船是件大事，因为要搬近500吨行李，我们从凌晨四点一直忙到深夜。不过，我还是抽了一个小时的时间上岸去看了看孟买［……]

我们昨天早些时候乘火车从孟买到了这个地方。我们被安置在帐篷里——您可以想象正午的太阳下会有多热，但这里的马厩倒是不错，有走廊、冰块和布扇[1]。天气很热……

我雇了一个很棒的印度仆人，他不知疲倦地照料我，而且很诚实。[……]

这是多么奇怪的事情——人很容易适应环境和风俗的变化。这是我在印度的第三天——看见当地人，就好像我见过他们一辈子，一点儿也不觉得新奇。[……]

您从塔尔坎写来的信今天收到了。我真希望您能让那个坏蛋受到惩罚。我不同情这样的人。乔治·刘易斯爵士（如果有人能做到的话）能

---

1 悬挂在天花板框架上的大布扇，由仆人或"布扇工"操作。

够以最有效的方式将他绳之以法。

现在再见了，亲爱的妈妈。给您和杰克诚挚的爱和多多的吻。期待很快再收到来信。生活安顿好了，您可以肯定我会经常写信的。

永远是您亲爱的儿子
温斯顿

—温斯顿致珍妮—

[1896年]10月14日　　　　　　　　　　　　　　　　班加罗尔

最亲爱的妈妈：

邮件刚到——有您9月23日的可爱的长信。听说你们仍有机会拿回"投资"的钱款，我确实非常高兴。然而，不管克鲁克尚克还不还钱，他都是个骗子和小偷——用最卑劣的手段骗取钱财。因此，他应该受到起诉，也应该将他的真实面目公之于众。[……]

至于赛马"莉莉"，我至今没有听到它的消息——也不知道用什么船，在什么情况下会把它运来，但同时我希望它能在两周内到达这里。我根本不想卖掉它——我也看不出留着它有什么不妥。比尔·贝雷斯福德不太可能把它给我，这可能事关您之前预想到的不愉快的后果。[……]

当然，这件事我会照您的意思办的，如果您坚持要我把这匹马卖掉，我就把它卖了。[……]求求您，亲爱的妈妈，您要记住，您说"卖"是一回事，而我要找到人买又是一回事——除非低价贱卖。也请记住，我没有理由不参与我的战友和同龄人的运动——除非是费用的问

题。如果您还想让我脱手那匹赛马的话——在您考虑过我信中所说的内容之后——我会卖的，但即使如此，我也得等待机会。[……]

我上次是从浦纳给您写信的——我们6日离开浦纳来到这儿。[……]从浦纳出发的旅途非常炎热，休息营地令人生厌。然而，经过四天的艰苦工作和连续旅行，我们于周四到达这里。

这儿气候很好。阳光——即使中午也比较温和，早晨和晚上则清新凉爽。雨果、巴恩斯和我顺利地安顿在一座宽敞的粉白色宅邸里，房子坐落在一个美丽的大花园中央。等我们完全安顿好了，我就给您寄一张平房的照片。至于仆人，我们每个人都有一个"跟班"，他的职责是侍候进餐；管理家务和马厩的是一个贴身男童或男仆，会有另一个男童协助；每匹马或马驹都有一个马夫或马倌。除此之外，我们还共享两位园丁的服务——还有三个水夫——四个洗衣工和一个门房。这就是我们的随从。

我想我会喜欢这个地方，享受在这里度过的时光。亲爱的妈妈，我真希望您也能来。[……]现在我坐在写字台前——桌上有许多在英国时的照片和回忆。屋间里到处都是您的身影——穿着各种风格的服装。您从日本给我带回的烟盒——我的书籍——旁边还摆着拉勒斯和珀那忒斯[1]，我觉得如同在家里一样——虽然家远在6000英里之外。[……]

我每周打三次马球，我还发现这里的比赛很容易。至于嗜好——我是滴酒不沾，日落前不抽烟——喝柠檬水——偶尔喝点<u>啤酒</u>——毕竟这

---

1 罗马神话中家庭的守护神。

算得上一份节制生活的处方良药。我觉得很好，我想不出有什么理由不继续这样下去……

再见了亲爱的妈妈——献上爱的祝福和多多的吻——

您永远亲爱的儿子

温斯顿

近四十年后，在《我的早年生活》中，温斯顿进一步讲述了他的印度随从的美德："没有什么工作是艰苦的，没有什么时间是漫长的，没有什么危险是巨大的，因为他们沉着冷静，无微不至。王子也不见得过得比我们好。"[1]

—珍妮致温斯顿—

[1896年]11月5日   桑德林汉姆

最亲爱的温斯顿：

很高兴收到你从班加罗尔写来的信。我多么想和你在一起，亲爱的孩子。你的生活听起来真不错。[……]

现在回答你的各种问题。说到那匹马[……]我不想就印度的赛马做长篇大论。我只是告诉你亲王和其他人说的话——那就是在印度几乎没有公平竞争，如果你诚实比赛，即使有最好的马也几乎没有胜算。不管怎样，我提醒你——记住，任何判断失误都会对你不利。[……]

1　W.丘吉尔:《我的早年生活》，第101页。

我周一来这儿的——是个非常愉快的聚会，但并没有令人格外兴奋[……]。我打算在这儿待到星期天，那天，索尔兹伯里夫妇、亚瑟·贝尔福和伦敦的新主教克莱顿[1]都会来——后者曾是你父亲的私人教师。[……]

刘易斯还在盯着那个家伙［克鲁克尚克］——但我已经完全不抱希望了。亲爱的孩子，我周一才去伦敦——但会在下一封信中寄张照片什么的。上帝保佑你，照顾好自己——我喜欢你的信。你什么时候开始学印度斯坦语？

你亲爱的母亲

珍妮

珍妮在信里还附了一些《真相》的剪报，这份杂志在政界广泛流传。在 1896 年 6 月 25 日至 10 月 22 日的一系列文章中，有一个被编辑亨利·拉布谢尔称为"第四骠骑兵团的丑闻"的故事，是关于该骑兵团中五个年轻中尉的行为，其中一个叫作"斯宾塞·丘吉尔"。

《真相》声称，这五个人曾恐吓过两名骑兵团的候选者，以阻止他们加入该团；他们在 1895 年奥尔德肖特举行的第四骠骑兵团"中尉杯"比赛中策划了一场赌局，当时他们用假名参赛以击败实

1　曼德尔·克莱顿博士（Dr Mandell Crichton），《英国历史评论》（*The English Historical Review*）主编；圣彼得堡前任主教。

力雄厚的热门马匹。

当下院就这些指控进行辩论时，拉布谢尔声称，陆军部的调查只不过是"洗白"而已，与其形成鲜明对比的是，国家狩猎当局的调查导致涉案马匹被永久禁赛。

—温斯顿致珍妮—

1896年10月21日　　　　　　　　　　　　　　　　　班加罗尔

最亲爱的妈妈：

您10月2日的来信刚刚收到［珍妮10月1日的信］。我对乔治·刘易斯爵士的信很感兴趣。这消除了我心中所有的怀疑，我们就是被残忍地欺骗了。［……］我求您，亲爱的妈妈——别让任何顾虑妨碍您履行公共职责。我看不出法律程序上存在什么问题：刑事诉讼是唯一需要的。以欺骗手段获取钱财——这一指控在我看来，正好适用于此案。我很遗憾不能亲自鼓励您达到满意的结果。

上周我就赛马的问题给您写了很长的信，我不会在这封信里再提及，只是认为您应该告诉亲王殿下——如果他再提印度的赛马——我想成为印度赛马场的榜样，就像他是英国赛马场的榜样一样，只要公平竞争。［……］

我从随信寄来的剪报上可以看出，拉布谢尔在《真相》上还在继续攻击。而我们身在异乡，不能回应，甚至不能立即读到他可能发布的任何错误的陈述，这似乎很难避免，这样的攻击会继续下去——而公众会贪婪地吞下这些指控。［……］

　　我每天早上五点起床，六点吃完点心[1]或早点，之后去骑马训练。八点吃早饭、洗澡，看看报纸。九点四十五到十点四十五检查马厩，下午四点十五分打马球之前没有其他安排。这段空闲时间——睡觉——写信——阅读或捉蝴蝶——根据喜好而定。晚上八点十五分开始用餐，然后上床，一天就这样结束了。[……]

永远是您深情和亲爱的儿子

温斯顿·S.丘吉尔

—珍妮致温斯顿—

1896 年 11 月 13 日　　　　　　　　　　　　　　坎伯兰大广场 35a

亲爱的温斯顿：

　　[……]周一我从桑德林汉姆回来，像往常一样东奔西走——我不像去年冬天那样喜欢溜冰，你听到此事一定会高兴的。卡多根[2]写信恳求我暂时停止诉讼——但我写信告诉他这不是我能控制的。我听说克鲁克尚克对法院传票中有"欺诈"指控很气愤——他以为会是什么指控呢？

　　马尔伯勒家人对孔苏埃洛的祖母老范德比尔特夫人的去世感到非常难过——因为他们正在筹备为王室成员举行的盛大的聚会和舞会。他们仍打算举行聚会，但舞会取消了。我想美国媒体会非常不友好——但他

1　早晨供应的便餐。

2　亚瑟·卡多根议员，卡多根伯爵的次子。

们一直都这样，这并不重要。我今晚要和亚瑟·贝尔福先生在威利斯酒店¹吃饭，也许能听到些消息。政局似乎很危险。

［……］［索尔兹伯里］勋爵在公馆²的演讲毫无特色，但他一向如此。［未写完］

在班加罗尔，温斯顿很喜欢他的花园，迷恋蝴蝶和马球。然而，一种对驻印军队单调生活的失落感很快渗透到他的信件中。

—温斯顿致珍妮—

［1896年］10月26日   班加罗尔

最亲爱的妈妈：

［……］我一直忙着捉蝴蝶和打马球。我正在收集相当好的藏品，雨果和巴恩斯抱怨说，这幢平房正在降格成一个动物标本商店。［……］

我担心您再也见不到您的钱了——就是那笔"投资"。我一点也不相信那些不诚实的人为了争取时间而许下的承诺。但如果您要拿回什么——请为了我尽量争取。我确实很缺钱，无论多少钱都很受欢迎。［……］

您想象不出我多么高兴和多么兴奋地期待着有信来。一定让人们多

1　威利斯酒店，位于圣詹姆斯的国王街，最初称为阿耳马克聚会处；自1765年以来，成了一个只允许女性成员参加的音乐、舞蹈、餐饮和赌博的特定社交场所。

2　伦敦市长官邸。

写信——克拉拉姨妈或莱奥妮姨妈，她们的信都写得好。还有忠诚的［休］沃伦德[1]；督促杰克写信，最重要的是您自己要多写长信。在这儿——在这片多是势利小人和讨厌鬼的无神之地——家信的每个字都很珍贵。

骑兵团与外界隔绝。在班加罗尔社交圈，我找不到一个值得交谈和交往的人。普劳登小姐上周来过，但可惜——我在英国从未见过她，所以不便造访。［……］

好吧，亲爱的妈妈——这封信就写到这里，下周再给您写信。

> 献上诚挚的吻和多多的爱，您永远亲爱的儿子
> 温斯顿

—珍妮致温斯顿—

［1896年］11月19日　　　　　　　　　　　　　　　潘尚加[2]

亲爱的孩子：

这封信将在30日到你那儿——不，还要晚几天，但差不多是你的生日了，让我向你致以最美好的祝愿——亲爱的，我希望能给你一个吻。同时一张50镑的支票也希望你收下。我知道你手头很紧——我也一样，我请求你考虑到这对我意义重大，你必须尽可能帮我解决。我没

---

1 休·沃伦德（Hugh Warrender），乔治·沃伦德爵士（Sir George Warrender）的儿子；珍妮的一个年轻崇拜者。

2 潘尚加府，位于赫特福德，第七代考珀伯爵（Earl Cowper）的府邸（见地名）。

带支票簿——但我下次会随信寄上。

我会鼓动亲友们给你写信。我周一就来了——对约克家[1]来说，这是一次盛大的狩猎活动。考伯伯爵[2]和夫人——主人和女主人都是很有魅力的人，他们的宅邸很漂亮。这里举办了一场盛大的晚会。[……]很多人问候你。桑尼[马尔伯勒]也在这儿——向你致意，希望你给他写信。你要想收到信，就得给别人写信。[……]每次我给你写信，总是很匆忙，但下次我会努力改进。再见，亲爱的，上帝保佑你。

你亲爱的母亲
珍妮

温斯顿的下一封信来自塞康德拉巴德郊区的特里姆格里，他是作为骑兵团马球队队员去那里访问的。位于班加罗尔以北350英里的德干高原上的塞康德拉巴德，为英国官员和守卫海德拉巴的军队提供了一个安全基地。海德拉巴是座麻烦不断的城市，地处印度南部，与赛康德拉巴德共为双子城市，也是印度同名邦的首府。1869年以来，它的统治者叫作尼扎姆（Nizam），一直是阿萨夫·贾六世（Asaf Jah VI），通常也被称为马赫布·阿里·帕夏（Mahbub Ali Pasha）。他官殿一边的整个侧翼都用作衣橱——尼扎姆的外衣从不

---

1 约克公爵，即后来的国王乔治五世（King George V）；写此信时约克公爵三十一岁，最近（1893年）娶了特克的玛丽公主（Princess Mary of Teck），也就是后来的玛丽女王（Queen Mary）。

2 弗朗西斯，考伯伯爵（Francis, Earl Cowper），1880—1882年任爱尔兰总督。

穿第二次。

在这次访问中，温斯顿设法见到了帕梅拉·普劳登（Pamela Plowden），她是海得拉巴最资深的英国官员约翰·普劳登爵士（Sir John Plowden）的女儿，普劳登爵士曾见过伦道夫勋爵和珍妮。帕梅拉比温斯顿大六个月，她那引人注目的灰色眼睛、瓷器般光滑的皮肤和乌黑的浓发显然给他留下了深刻的印象。

—温斯顿致珍妮—

［1896 年］11 月 4 日   德干，特里姆格里

最亲爱的妈妈：

我在塞康德拉巴德给您写这封信，我和马球队的其他人都住在这儿——作为第十七骠骑兵团的客人。［……］在印度的君主中，尼扎姆几乎是唯一一个在［罗伯特］克莱夫时代和［1857 年］哗变时期保持忠诚，从而得以维护独立地位的人。10 英里外是独立城市海得拉巴，里面有 30 万人和亚洲所有的无赖。未经许可或陪同，英国官员不准进入这座城市，城市中本土风俗相当浓重。［……］

我很高兴收到您上个月 16 日的来信［遗失］。如果我们的钱能从"投资"中退回来，我无法形容我会有多高兴。我在这儿很需要钱——尤其是初来乍到，立足很困难。然而，我无法相信克鲁克尚克——在我们没有把钱拿来之前，我就当他是个骗子，我们被他愚弄了。

昨天有人介绍我认识了帕梅拉·普劳登小姐——她住在这儿。我必须说她是我见过的最漂亮的女孩——"绝无例外"，正如莉莉公爵夫人

所说。我们打算一起去海得拉巴——骑着大象。我们不敢直接走路，当地人会朝欧洲人吐唾沫——这会引发报复，导致骚乱。

我听说东布拉德福德有一个［议会］席位空缺。我要是在英国——我可能会去竞争，应该会赢，几乎肯定能赢。我本应该有机会学习那些对我将来有价值的东西，而不是做一个微不足道的中尉。也许这样也好——我注定要等待——虽然我不会向您隐瞒——这里的生活愚蠢而乏味，无聊透顶。作为一名军人，一名年轻的军人——没有人愿意给你引导，即使他们愿意，你也见不到他们。［……］

我不会在这儿待太久，我最亲爱的妈妈。这里的生活很贫乏，甚至这里最好的乐趣也比不上英国的。除了士兵和一些对这个国家同样无知的人，我谁也没见到，除了"购物"和赛马，什么也没听到。［……］

献上诚挚的爱和多多的吻。您永远亲爱的儿子

温斯顿·S.丘吉尔

温斯顿到印度才两个月，已经两次提到他在印度的无聊，于是珍妮设法利用她高层的关系，安排他转到埃及军队去；但她也给了儿子一些坦率的建议。

—珍妮致温斯顿—

［1896年］11月27日　　　　　　　　　　　　　　　　布伦海姆宫

最亲爱的温斯顿：

我今天要给你发份电报，也马上会写信给陆军部，请求陆军部允许

你去埃及。由于竞争激烈，你被选中的可能性极小，而 H. 基奇纳爵士[1]发挥其个人影响力的可能性也不大，我再试一试。

如果成功了，你必须知道并记住，这意味着你会收到一份文件，并转去埃及军队服役两年——即使你不喜欢，也无法脱身。而如果失败了，你也不必因此不安，从而讨厌你在印度的工作。

生活不一定如我们所愿——我们只能顺其自然——这是快乐的唯一途径。[……] 在我内心深处，我不知道这对你是不是最好的事情——但命运会做出决定。[……] 我会尽力通过索尔兹伯里勋爵和［基奇纳］将军本人，广泛施加影响［……］

我告诉你这一切，是为了让你意识到办这件事的难处，如果没有成功，也不要太失望。[……]

我是来参加亲王和公主的盛大聚会的——一切堪称完美。桑尼和孔苏埃洛状态奇佳。[……] 亲爱的温斯顿，不再写了，我得下床了——随信寄上 25 磅。下次我再寄 25 镑。

上帝保佑你，亲爱的，你永远亲爱的母亲

珍妮

1　将军赫伯特·基奇纳爵士（Sir Herbert Kitchener），当时的埃及军队司令（见人名）。

—温斯顿致珍妮—

［1896年］11月12日　　　　　　　　　　　　　　　　　班加罗尔

最亲爱的妈妈：

我收到了您10月22日的信——就在我离开塞康德拉巴德的时候，我们在那儿度过了愉快又成功的一周。经过三场艰苦的比赛，我们赢得了马球锦标赛。[……]

您的信——最亲爱的妈妈——写得很短。我只收到您的信——所以我的信件很快就读完了。然而，我宁愿读到一封短信，也胜过什么也没收到，所以请不要误了发邮件。[……]

拉布谢尔先生在《真相》上的最近一篇文章实在太过分了。我看不出除了法律诉讼还有什么别的办法。他说得很清楚，我们五个人——他提及了我的名字——参与了一场骗局，目的是通过渎职在赛马场谋取钱财。您不能听之任之，因为这对我今后的社交生活将是致命的。[……]N.H.［国家狩猎］委员会向W.O.［陆军部］提交了一封信，明确说明我们不存在任何不诚实或不光彩的行为。聘请一位好律师——别找刘易斯，他是拉布［拉布谢尔］的律师。[……]亲爱的妈妈，我对此非常愤慨。除非做些什么来推翻10月22日发表在《真相》上的相关内容，否则我会一直非常愤懑。[……]我把这件事情交给您来处理——我不在的时候，亲爱的妈妈，您是我这个年轻人的名声的守护者。[……]

我在海得拉巴和普劳登家人一起吃饭，玩得很开心。在这个国家，经过近三个月的混乱和野蛮之后，有女士在场的优雅晚餐是令人愉快的。[……]

我还和帕梅拉小姐骑着大象穿过了海得拉巴市——她消息灵通，人既漂亮又聪明。在印度，好人不多。他们就像沙漠中的绿洲。这是一个不宜久居的国家。生活舒适惬意——但孤独无依。我很少遇到值得交谈的人，而且很容易回到纯粹的动物般的生存状态。[……]

　　　　　　　献上诚挚的爱——我依然并永远是您亲爱的儿子

　　　　　　　　　　　　　　　　　　　　　　　温斯顿

—温斯顿致珍妮—

[1896 年] 11 月 18 日　　　　　　　　　　　　　　班加罗尔

最亲爱的妈妈：

　　我收到了您 10 月 30 日的信。我不相信克鲁克尚克。他是个骗子，我们再也拿不回那笔钱了。然而，要坚持不懈地起诉他，至少要让他付出代价。[……]

　　我希望您能采取措施对付《真相》上那篇有关赛马的文章。亲爱的妈妈，我相信，当我不在的时候，他要是特别挑衅性地影射我，您一定会回击的。他是个无赖，总有一天我会惩罚他的厚颜无耻。他的攻击伤害了我们。[……] 我们不过是他的猎物，很容易受到他的诟害。所以，可能的话，一定要让他闭嘴。[……]

　　我不学印度斯坦语。没什么必要。当地人都会说英语 [……]

　　生活如果平淡无奇，便很宁静——如果乏味无聊，倒也舒适。如果我能遇到合适的人，那么我在这里的逗留可能会是有价值的。我要是作为议员来到印度——无论多么年轻和愚蠢，我就可以接触到所有知道并能传达信息的人。而作为一个军人——我的兴趣仅止于打马球、赛马和值日。我无所事事——甚至阅读也很费劲，我现在还在读吉本。

报纸送来时已经过期了，一上午就能把一周的《泰晤士报》都看了。[……]您得找人帮我，邀请我去做客，诸如此类。好吧，再见，我最亲爱的妈妈——我今天觉得特别蠢，恐怕这封信写得不是很明了或有趣。[……]

热诚地问候您和杰克（他从不给我写信）

您永远的儿子

温斯顿·S.丘吉尔

—珍妮致温斯顿—

[1896年]12月11日   坎伯兰大广场35a

最亲爱的温斯顿：

我在《田野》[1]上读到一些关于你们马球比赛的有趣报道，现在寄给你。比赛一定很有趣，很刺激。你11月18日的来信似乎相当沮丧。我还没有收到基奇纳的消息。

我一直在忙着安排杰克的事情。我去见了韦尔登，就杰克的前途和他做了一次长谈。我很反对他去参军。我没钱让他加入一个著名的骑兵团，而去别的兵种他会迷失方向，闷闷不乐。再说，这其实是个糟糕的职业。我想他可能[最好]去法院[做个律师]。他有足够的能力和常

---

1 《田野》（*The Field*）是1853年首次出版的乡村体育周刊。

识，有良好的风度，有毅力和影响力，他应该能行。他讨厌伦敦。他打算这个学期离开哈罗，去法国和德国待一年或更长时间，在导师指导下学习六个月的希腊语，然后去牛津。他似乎打算这么做。

我还跟韦尔登说了你的事。他说他写信给你的时候，并没想着拉布谢尔攻击的那些事情——只是想到你习惯（你已经付出了很大的代价）把自己往前推。然而，**没有人**在意《真相》上的事情，所以你不必担心。［……］

再见，上帝保佑你，亲爱的。我下周要到温亚德的伦敦德里家[1]去，到那儿再给你写信。

你亲爱的母亲

珍妮

杰克可能讨厌伦敦而想去牛津——但他最后还是到了伦敦，起初的工作是一位家族朋友的"私人秘书"，这位朋友是著名银行家，也是威尔士亲王的金融顾问，名叫欧内斯特·卡塞尔[2]。

1　达勒姆郡的温亚德花园，英国伦敦德里（Londonderry）侯爵的府邸（见地名）。

2　欧内斯特·卡塞尔（Ernest Cassel）当时是马尔伯勒公爵遗孀在格罗夫纳广场的邻居（见人名）。

—温斯顿致珍妮—

[1896年]11月24日   [班加罗尔]

最亲爱的妈妈：

今天上午收到了您11月5日的信。这可能是我收到的第一封对我从班加罗尔所发信件的回信。您可以知道我们之间的距离是多么遥远——即使在蒸汽时代，通信也是如此缓慢。很高兴您没有坚持要我立即卖掉这匹赛马。除非必要，我不会勉强留下她来——因为我很清楚投在她身上的钱。[……]

最近几天天气变了，我们看到了灰蒙蒙、乌云密布的"宜人"景象。还下了三十六小时的雨，这对成千上万的人民来说确实是一种祝福。这样人们就能播种冬季作物，从而能提前两个月结束饥荒。几乎所有的印度本地人都经历着物资短缺的痛苦。[……]人民极度贫困，粮食商人——某种程度上是些无耻之徒——利用小麦短缺的机会，实行垄断，把价格提得非常高。结果引发了骚乱，愤怒的暴徒抢劫了他们的店铺，最后通过擅自动用军队和随意向人群开枪，暴乱才得以镇压——导致许多可怜的饥饿的民众死亡。[……]

文明带来了铁路、堤坝和桥梁；文明带来了灌溉、教育和安全保障；但无论你增加多少食物供应，你永远不能完全满足需求——因为土地越肥沃，人口就越众多。在人的智慧发现或发明一些有效的手段抑制这个国家的人口之前，我们使这个国家更加繁荣的努力将会像填满一个筛子一样徒劳。[……]

请寄给我一册平装本的麦考利的《英国史》。吉本快要读完了，再过一个月，我就可以结束吉本的这段漫长而愉快的陪伴了。

　　很高兴您喜欢我写的信。我花了大量时间和心思在文字上，如果这些信令您满意，这两者都是值得的。给我写长信，让杰克继续努力。从英国来的信件在这里是如此珍贵，甚至连账单也受欢迎。

您永远亲爱的儿子

温斯顿·S.丘吉尔

埃及还是印度？（1896—1897）

"我所有的政治抱负都寄托在你身上"

　　珍妮和温斯顿想要就他留在印度还是转去埃及的问题达成一致意见，可是由于英国和印度之间信件往来所花的时间，问题变得复杂起来。当他们为了解决这个问题而互发电报，又试图用尽可能少的词语来节省费用，有时就会加剧混乱。

　　对温斯顿来说，问题可以归结为：在印度还是去埃及服役，是否能为他的政治生涯提供更好的垫脚石；他不希望自己的整个职业生涯都在军队里度过。

　　珍妮并不反对他改行；的确，在她丈夫的政治生涯过早结束后，能够帮助她儿子实现政治抱负的前景令她兴奋不已。她现在后悔中断了她在樱草花联盟[1]的政治活动，然而，她仍然与保守党和自由党几乎所有的领导人物保持着良好的关系。她与王室的联系也无可挑剔，这对维多利亚时代的政界来说仍然很重要。

　　而且，到了适当的时候，珍妮从来不害怕替她儿子去利用这些关系。不过，她首先意识到，温斯顿需要弥补他教育程度低的缺点，并在军队中获得可靠的名声，无论是在印度还是在埃及。

1　伦道夫勋爵是1883年创建的樱草花联盟的创始人之一。联盟的目标是传播保守主义的原则（樱草花是本杰明·狄斯雷利最喜欢的花）。珍妮1885年成为其女士理事大会的成员。

—珍妮致温斯顿—

1896 年 12 月 17 日　　　　　　　　蒂斯河畔斯托克顿，温亚德花园

最亲爱的温斯顿：

我刚收到你的电报。"对"可以是回复基奇纳的事，或者是指我的支票的事。我还没有基奇纳的消息——但我在等回信。[……]我在这里度过了非常愉快的一周，尽管这是一个年轻人的聚会。这里零下七八摄氏度，地上有积雪——所以狩猎者们都很失望。

我开始担心去圣莫里茨的事了——那地方太远了，而且开销会很大，我还想晚些时候去罗马看看沃尔多·斯托里[1]为你父亲做的塑像。吉姆·劳瑟[2]来了，我们谈了很长时间的政治——他非常欣赏罗斯伯里的爱丁堡演说。[3]他们说罗斯伯里勋爵要娶达德利夫人[4]——我不相信。我觉得一个不被她孩子喜欢的女人不怎么样。[……]

我不知道什么时候能得到将军本人的消息——但我会打电报给他，如果他要把你带走，你就得跟你的上校交涉——但我想你3月底之前

1　沃尔多·斯托里（Waldo Storey）是一位英裔美国雕塑家、艺术评论家和诗人，一生大部分时间生活在罗马。

2　吉姆·劳瑟（Jim Lowther），萨尼特（Thanet）保守党议员；曾任爱尔兰事务大臣（1878—1880）；去世时未婚。

3　1896年12月10日，罗斯伯里勋爵在为罗伯特·路易斯·史蒂文森（Robert Louis Stevenson）的纪念碑筹款会议上发言。

4　达德利夫人（Lady Dudley）即乔治娜·沃德（Georgina Ward），达德利伯爵的遗孀，她在1865年嫁给伯爵，当时他四十八岁，她十七岁。她最终没有嫁给罗斯伯里勋爵——勋爵的第一任妻子汉娜（娘家姓罗斯柴尔德）1890年去世。

走不了。无论如何，当你收到这封信，估计一下你想要多少钱，然后回信告诉我——如果你要走——我得筹钱，因为一时半会拿不出那么多钱。[……]

克鲁克尚克最后竟然说，除非我们撤诉，否则他不会付款。我今天给他发了电报，大意是说如果他的银行给出付款的日期和保证书，并使G.L.[乔治·刘易斯]爵士满意，我们才会撤诉，否则免谈。现在我得去喝茶了，再见，亲爱的孩子。我希望你保重。

祝福你，你亲爱的母亲
珍妮

—温斯顿致珍妮—

[1896年]12月2日   [班加罗尔]

最亲爱的妈妈：

上周五接到您的电报，我心里很紧张。我想要知道更详细的情况。我是这么想的：我不打算成为一名职业军人，因此，在我的军旅生涯中，我的[目标]要么是享受生活，要么是参加现役。这地方不像英国那样宜于居住——但换句话说，这儿的生活也还愉快和舒适：我对马球很感兴趣，也有许多朋友。我热切期待着3月的安巴拉[1]锦标赛，更多地了解这个伟大的国家。

如果您的电报指的是——基奇纳的参谋人员或者其他什么——或者

1　印度北部城市，邻近旁遮普邦（Punjab）。

如果您听说明年春天甚至秋天有进军或者任何行动的机会——那么我很想去埃及。但如果这仅仅意味着我转到埃及服役，在那个国家当兵，希望将来会有好结果，那我还是愿意留在我的骑兵团里。[……]

一年前的今天，我经历了一生中最激动人心的事情——在古巴。12月2日是我们开战的日子——我在战火中坚持了四五个小时。[……]这一年过得真快。那天发生的事情——我几乎每时每刻都能感受到——整个场面——好像还历历在目，仿佛只过了一个星期。

我要过的正是这样的日子——时不时打断单调乏味的生活。"欧洲生活五十年，胜过中国一甲子。"[1]

我很高兴地想到，克鲁克尚克会对别人用"欺诈"这个词来形容他的行为感到恼火。这是一个好兆头，如果他罪有应得的话——他将面临六个月的监禁。[……]

　　　　　　　　　　　献上诚挚的爱和吻，您永远亲爱的儿子

　　　　　　　　　　　　　　　　　　温斯顿·S.丘吉尔

—珍妮致温斯顿—

[1896年]12月24日　　　　　　　　　　　　　　布伦海姆

最亲爱的温斯顿：

1　阿尔弗雷德·丁尼生勋爵（Alfred, Lord Tennyson）：《洛克斯利大厅》（*Locksley Hall*, 1842）。

　　我和杰克要在这儿待到下周一——非常愉快，这儿有威尔逊一家[1]、诺拉和莉莲[2]、丘吉尔勋爵和夫人、艾弗·格斯特[3]等，最后但同样重要的还有老公爵夫人。跟你说句悄悄话，她对我并不友好，我们之间不说话——但我并不在意，也许这样更好。在世人面前，我们可以像是朋友，但私下里，这种事是不可能的。桑尼和孔苏埃洛在自己家里显得光彩照人。

　　天很冷，零下 12 摄氏度，所有的狩猎者都很恼火。我羡慕你的玫瑰园和阳光。如果你不想去埃及（我开始怀疑这件事的可行性，因为有人告诉我基奇纳不会接纳二十七岁以下的人），D.V. [*Deo Volente*，托神之福或情况允许] 我明年会去跟你待在一起。

　　[……] 亲爱的孩子，我多么希望你能和我在一起，我们可以畅所欲言，无话不谈。我很高兴你开始喜欢印度了，如果去埃及的计划失败了，你留在那里也不会觉得不舒服。当然，任何事物都有缺陷——同时，在打马球和军事活动的间歇，我希望你能抽出时间来读书。想想看，当你从政后感到缺乏知识时，你会多么后悔如今在浪费时间。

　　我盼望着我们重新生活在一起的那一天，我所有的政治抱负都寄托在你身上。我常常想，我现在应该努力一下，别让自己从原先的

1　威尔逊一家（Wilsons）指的是温斯顿的姑妈莎拉·斯宾塞–丘吉尔夫人（Lady Sarah Spencer-Churchill），1891 年嫁给戈登·威尔逊中校（Lt. Col. Gordon Wilson）。

2　第八代公爵马尔伯勒（死于 1892 年）的女儿，诺拉（Norah）和莉莲（Lilian）当时分别为二十三岁和二十一岁。

3　艾弗·格斯特（Ivor Guest），温伯恩勋爵夫妇的儿子（见人名）。

"P.L's"［樱草花联盟］和相关事物中脱离。［……］

每个人都问候你，恭维你——明天见，亲爱的，上帝保佑你，圣诞快乐，新年快乐。

你亲爱的母亲

珍妮

又：50镑是给你的生日礼物。

在通信中，温斯顿第一次提出了公开的政治观点，尽管是在军事问题上。他更倾向于把钱花在强大的海军，而不是花在陆军上，这一战略将延续几十年。

—温斯顿致珍妮—

1896年12月8日   班加罗尔

最亲爱的妈妈：

［……］我收到了您上周日［12月6日］在潘尚加打鹬鸟时给我写的信。真的很感谢您给的50镑——它会很受欢迎，对我的帮助远远超过任何礼物——"实物"。［……］

我越来越迫不及待地想收到您的信了。我听说政府已决定明年进一步展开军事行动，我希望您能让我参与其中。［……］

　　我读了兰斯多恩勋爵[1]关于军队的愚蠢演讲——他主张增加军费。
[……]我希望没有人会愚蠢到提倡增加陆军费用开支。这是件令人震
惊的事情——我们会被迫每年支出"一亿预算"，可以肯定，税收的压
力对国家的繁荣和国民的幸福并非没有影响。我认为我们有必要拥有一
支强大的海军：一支足以使我们优于任何两国联军的舰队，以应付任何
事变。为了达到这一目的，我将支持任何必要的税收。有了这样的舰
队，陆军就不再是防御的必需品了。[……]只要拥有对海洋的绝对控
制权——我们现在的军队就可以保护我们帝国的任何地方，而如果没有
这样的控制权，两支现在规模的陆军军队也无法维持帝国和平。[……]

　　　　　对您高贵大方的礼物，献上最诚挚的爱和无尽的感谢

　　　　　　　　　　　　　　　　　您永远亲爱的儿子

　　　　　　　　　　　　　　　　　温斯顿·S.丘吉尔

　　　　　　　　　—温斯顿致珍妮—

1896年12月16日　　　　　　　　　　　　　　班加罗尔

最亲爱的妈妈：

　　我收到您11月27日的信——关于埃及一事。看来肯定要加以推
进——**请全力以赴**。我（三周前）向西姆拉[2]的副官长提出了申请，要

1　兰斯多恩勋爵（Lord Lansdowne）即亨利·佩蒂-菲茨莫里斯（Henry Petty-Fitzmaurice），
　　兰斯多恩侯爵，陆军大臣；前加拿大总督（1883—1888），印度总督（1888—1894）；后来成
　　为外务大臣（1900—1905）。

2　在夏季的几个月里，英属印度的行政首都，坐落在喜马拉雅山脉的丘陵地带。

求在埃及担任"特别职务"。我还递交了一份请求派往埃及军队的申请——我相信这封申请会直接送至埃及。我会后悔自己离开了印度——但如果明年埃及有一次远征，而我却没有去，我会觉得那是我自己的错，我永远不会原谅自己。[……]

不过，我周四晚上动身去马德拉斯，再乘船（P. & O.）[半岛及东方号]到加尔各答——以便能及时赶上圣诞节开始的比赛。雨果·巴林也去，我们已经预订了铺位。这是一次长途旅行，时间却很紧——就旅程所需的时间而言，都要赶上从美国到英国的时间了。[……]

您永远亲爱的儿子

温斯顿

—温斯顿致珍妮—

1896 年 12 月 23 日　　　　　　　　加尔各答，大陆饭店

最亲爱的妈妈：

[……]加尔各答到处都是很无聊的人，他们努力表现出一种与这个季节相适应的"热情"。昨晚总督府有个舞会——我们受到了邀请，但是，您也知道，我不擅长跳舞，所以我就用了腿脚不便的借口。

比赛明天开始，周五（圣诞节）有一场马术表演。不过，周六是个大日子——总督杯——印度马术大赛——开始了。所以您看，我们确实是在快乐的旋涡中。然而奇怪的是，在国内，一旦我进入一家印度俱乐部，或者在任何情况下看到英裔印度人——我就会立刻渴望逃离印度。只有当我身处舒适的平房——我的玫瑰花——打马球的马——和蝴蝶中

间——我才感受到一种哲学上的宁静——只有这种宁静才能让我在印度
生活下去。[……]

我看到报纸上有很多布伦海姆节庆的照片：桑尼对亲王的枪法幸灾
乐祸那张最为醒目。整个活动似乎很令人满意——这一定会给马尔伯勒
带来很多益处。明智地运用财富，总能创造出伟大的名声——而他正是
擅长此道的人。

这是一座很大的城市，晚上有灰色的雾霾和寒风——几乎让人以为
这里就是伦敦。我会永远高兴看到它，就跟爸爸说很高兴看到里斯本一
样，也就是说——"再也没有必要看到它了"。

我脑海里不断地出现埃及。此事有利有弊——如果我能去，我一定
能待下去。今天感冒了，吃了奎宁，至于我该去哪儿当兵——我觉得
英国将是解决这个问题的最愉快的办法。在埃及待两年——亲爱的妈
妈——加上一场战役，我认为我就有资格把我的军刀打造成裁纸刀，在
我的佩囊[1]上起草竞选演说。写了封这么蠢的信——但还能怎么写！氨
化奎宁[2]！

您永远亲爱的儿子

温斯顿

1　骑兵军官绑在腰带上的扁平小包。

2　维多利亚时期用于治疗感冒发烧的药物，尤其在热带地区。

—珍妮致温斯顿—

1897年1月15日   坎伯兰大广场35a

最亲爱的温斯顿：

你加尔各答的来信到我这儿了——作客了那么久，很高兴我终于回家了——社交时要一直保持笔挺，这对我来说总是一种考验。我希望你感冒已经好了，也别花太多的钱！［……］

我今天有个晚宴——德文郡公爵夫妇[1]、亚瑟·贝尔福、老斯塔尔[2]等，我们中的许多人随后要去尼亚加拉[3]，那里有一个化装舞会。议会下周二开幕，与此同时，讨厌的春季和那些老一套也开始了。要是付得起钱，我3月就出国去，那时候的伦敦太令人讨厌了。

我希望你现在已经拿到书了。我完全能理解你对英裔印度人社会的看法，那一定很令人讨厌。我不喜欢这场瘟疫到处蔓延，再加上饥荒，印度看起来很糟糕。[4]

我希望下一封信能告诉你一些更有趣的事情。这更像是为这封信道歉啦！

你亲爱的母亲
珍妮

---

1 德文郡（Devonshire）公爵和公爵夫人。

2 乔治·德·斯塔尔（Georges de Staal），俄国驻英大使（1884—1902）。

3 尼亚加拉厅溜冰场，靠近圣詹姆斯公园。

4 一种源自黄胸鼠的瘟疫，从1850年代开始传播，1894年从中国内陆地区传到广州，1896年传到孟买，可能途经中国香港。在接下来的三十年里，印度将有1250万人死于瘟疫。

温斯顿的下一封信是在从加尔各答回班加罗尔的火车上写的。信中他第一次提到他的战友，芬卡斯尔勋爵（Lord Fincastle，这是给二十四岁的亚历山大·默里的礼节性头衔，他后来成为邓莫尔伯爵），印度总督的副官。芬卡斯尔前一年曾在苏丹短暂任职，他有一顶土耳其毡帽，很适合温斯顿。

1897 年，芬卡斯尔为《泰晤士报》报道了印度西北边境的战斗，温斯顿则为《晨报》（Morning Post）撰稿；他们竞相出版第一本关于这场战斗的书。温斯顿领先了，但芬卡斯尔获得了维多利亚十字勋章。1899 年，芬卡斯尔在为《泰晤士报》报道恩图曼战役时阵亡。

—温斯顿致珍妮—

1897 年 1 月 1 日   西尼，在火车上

最亲爱的妈妈：

希望您能原谅我用铅笔写信。火车晃得很厉害，用墨水会写得很难看，也难以辨认。雨果和我正在从加尔各答赛马回来的路上——火车不停地发出哐当哐当的声音，要开上四天半。我们度过了愉快的一周。肯纳德[1]家的小姐们也在那儿——她们刚从英国回来，非常漂亮迷人。[……]

---

1 可能是维多利亚·肯纳德（Victoria Kennard）和薇妮弗雷德·肯纳德（Winifred Kennard），前国会议员及骑兵军官埃德蒙·肯纳德上校（Colonel Edmund Kennard）的两个女儿。

您的上一封信很棒。我希望能去埃及，尤其是在马球锦标赛有个令人满意的结果之后。埃尔金夫妇[1]在这里不受欢迎，他们在接任兰斯多恩夫妇之后搞得一团糟。一个激进政府带来的邪恶后果在它之后依然存在。国家的所有重要职位都得由残存的自由派同人来填补。[……]

我希望埃及之行能成功。我试戴了芬卡斯尔的毡帽：很酷！我期待回到班加罗尔的玫瑰园中，也期待见到我的那些小马。

再见，我最亲爱的妈妈，您永远亲爱的儿子

温斯顿·S.丘吉尔

—温斯顿致珍妮—

1897年1月7日　　　　　　　　　　　　　　　　　　班加罗尔

最亲爱的妈妈：

您12月17日的信刚收到。我错过了之前的那一封信，因为它被转到了加尔各答，而我们在它到达之前就离开了。我们坐火车安全地结束了漫长但并未令人不快的旅程，于星期天清晨回到这里。我发现花园比以前更大更美丽了。我们现在有五十多种不同的玫瑰。[……]

15日，骑兵团要去参加一次露营训练，虽然我们有很多事要做，但这次训练会很有趣，也很新鲜。我们要去不同的地方，不知会到哪里——但您寄到这里的信会被转过去。至于去埃及的钱，如果能筹到，

1　维克多·布鲁斯（Victor Bruce），埃尔金（Elgin）伯爵；1894年接替兰斯多恩侯爵任印度总督。两人都是自由党人（见人名）。

我希望能筹到，但我预计不会有任何费用，除了旅费，就像我的印度制服一样，只需要做一些小改动。无论如何，我能立即兑现考克斯的支票——如果您收到我的信就把钱存入银行，您[他们]就能兑现。

[……]哦，亲爱的妈妈，我希望我们能在开罗见面，但我开始担心，您的沉默是不是意味着结果对我不利。不过，也许将军已经到东古拉[1]去了，您的信可能会被耽搁。[……]

亲爱的妈妈，我必须离开，因为我刚被编入骑兵中队。

您永远亲爱的儿子

温斯顿·S.丘吉尔

温斯顿的弟弟杰克转来一封少将赫伯特·基奇纳爵士（Sir Herbert Kitchener）于1896年12月30日写给珍妮的信；该回信对于将温斯顿转去埃及的前景没做任何承诺："我会记下您儿子的名字，如果他想在埃及军队服役，他应该通过他的上级向开罗埃及军队的A.G.[军务署长]递交申请。目前我的骑兵部队没有空缺，但我会把他的名字写在名单上。"[2]

---

1 现在是苏丹的北部省份，当时是埃及的一部分；1896年，基奇纳将军在此战胜了马赫迪的军队。

2 R.马丁（R. Martin）:《伦道夫·丘吉尔夫人》（*Lady Randolph Churchill*），卷2，第81页。

—珍妮致温斯顿—

1897年1月29日   坎伯兰大广场35a

最亲爱的温斯顿：

我很遗憾你没有收到上周的信件——但杰克向你解释过我最后一刻有多么匆忙。他给你寄去了将军来信的抄件。我不知道这意味着什么——但我觉得看起来很有希望。不过，目前你还是待在原地吧，我敢说你不会介意的。[……]和平时期，很少有人听到将军的消息。从军队里能得到的荣誉和荣耀真的很少。在国内，一个普通的国会议员比军人的名气更大，成功的机会也更多。[……]

对"投资"的诉讼到了紧要关头——克拉拉姨妈昨天见到了G.L.[乔治·刘易斯]爵士，他让她明白了一大堆问题，克鲁克尚克必须回答这些问题。恐怕我们把钱拿回来的可能性很小。

[……]好吧，再见，亲爱的。我真羡慕你的玫瑰园，那儿一定很美。随信附上辛普森[1]的账单，请查收。不知道你是否收到了蝴蝶网什么的，还有书？

上帝保佑你，亲爱的。致以诚挚的爱，你亲爱的母亲
珍妮

珍妮把托马斯·麦考利的《詹姆斯二世即位起的英国史》（The History of England from the Accession of James the Second）的

1　辛普森（Simpson）是一家伦敦餐馆，位于斯特兰德。

每一卷都寄到印度。温斯顿听从了她的劝告，如果他想从政，就得多读些书。他差不多读完了吉本的《罗马帝国衰亡史》（*The History of the Decline and Fall of the Roman Empire*），在把它放到一边之前，他还阅读了威廉·温伍德·瑞德（William Winwood Reade）的《人类殉难记》（*The Martyrdom of Man*）和柏拉图的《理想国》（*Republic*）。

1872 年出版的《人类殉难记》深受查尔斯·达尔文（Charles Darwin）和政治自由主义思想的影响，深刻地讲述了西方世界的世俗史。威廉·格拉斯顿谴责这本书是"反宗教"的，但它在当时给许多人留下了深刻印象，包括正在形成自己政治和哲学思想的温斯顿。

—温斯顿致珍妮—

1897 年 1 月 14 日   班加罗尔

最亲爱的妈妈：

又到写信的日子啦，我坐下来给您写每周的信件。我昨天从马德拉斯回来，我在那里待了两天，和当地驻军打马球。［……］

如果埃及之行不成功，我也许会考虑回家待上一个月或五个星期——给您一个吻，也恢复恢复日常交际。我要感谢您给我十二卷麦考利的书，我很快就要开始读了。吉本作品的第八卷还没有读，我已经被《人类殉难记》及柏拉图《理想国》的优秀译本吸引而没有读完吉本的书——《人类殉难记》和《理想国》都很精彩。［……］前者给我的印

象是许多知识的结晶，而这些知识是我有段时间难以相信的。[……]

如果人类到达了一个发展阶段——宗教不再能帮助和安慰人类，基督教将成为一根不再需要的拐杖而被搁置一边，人类将依靠坚实的理性站立起来。[……]也许有一天——科学和理性之光会照进大教堂的窗户，我们要到野外去为自己寻求神。伟大的自然法则将被理解——我们的命运和我们的过去都会大白于天下。到那时，我们将能够摒弃那些曾愉快地促进人类发展的宗教玩具。在那之前——谁剥夺了我们的幻想——我们愉快而充满希望的幻想——谁就是恶人，（用柏拉图的话来说），就应该"被拒绝加入合唱"。[……]

我羡慕杰克——进大学接受人文教育。我觉得我的文学品味在日益提高，要是我懂拉丁文和希腊文——我想我会离开军队，去攻读历史、哲学和经济学的学位，但我不想再面对解析几何和拉丁语作文了。多么奇怪的命运逆转啊——我当了兵而杰克进了大学。[……]

再见，我最亲爱的妈妈

献上诚挚的爱，您永远亲爱的儿子

温斯顿·S.丘吉尔

—珍妮致温斯顿—

[1897年]2月5日　　　　　　　　　　　　　坎伯兰大广场35a

最亲爱的温斯顿：

杰克和沃伦德今天都给你写信了，他们会告诉你更多的消息，因为我过去一整天都在忙今天的晚宴。这是我这段时间最操心的事了，我多

希望你在这儿。我想知道你对将军的信有什么看法？［……］

　　亚瑟·贝尔福对待他的重要演讲太懒散了，他准备时一点也不愿花费力气，因此就出现了许多错误、停顿等。最近的再见选举[1]［原文如此］变得激进[2]是件好事，因为这将使他们赢得选民的支持，并保持他们的荣誉。

　　我的下封信会在巴黎写给你。多保重。

你永远亲爱的母亲
珍妮

—温斯顿致珍妮—

1897 年 1 月 21 日　　　　　　　　　　　　马德拉斯，拉詹昆特营地

最亲爱的妈妈：

　　这只是一封短信。我们宿营的地方是个不毛之地——光秃秃得像盘子，热得像火炉。我脸都要晒脱皮了，皮肤呈现一种深紫红色。［……］

　　我迷上了麦考利，过不了多久就能把他读完。麦考利的书比吉本更容易读，而且风格也大不相同。麦考利干脆有力——吉本庄重，令人印象深刻。两者都很吸引人，也说明英语是多么优秀的一种语言——尽管风格迥异，但同样美妙动人。

1　原文"bye election"疑为"by election"（补选）之误。——译注

2　珍妮使用"激进"一词来指称"自由党"（1859 年，激进派与支持罗伯特·皮尔的辉格党和托利党人组成了自由党）。1897 年 2 月 4 日，自由党在沃尔瑟姆斯托选区的补选中获胜，击败了之前大选中拥有 279 席的保守党。

我们明天一早行军，但会在哪里睡觉目前还是个谜。我不介意过这种生活。我的帐篷是一种非常舒适的式样——比英国的同类帐篷要大许多，当地的仆人非常擅长这种游牧般的生活方式。[……]

再见，最亲爱的妈妈。埃及一事请继续努力。我不介意等待，您也从未让我觉得有什么事情是您不能及时去做的。

> 您永远亲爱的儿子
> 温斯顿·S.丘吉尔

又：很遗憾老公爵夫人不太友善。即使没有纠缠不休、反复无常和与人不善，老年也足够丑陋和讨厌了。

> 温斯顿

—珍妮致温斯顿—

[1897年]2月12日　　　　　　　　　巴黎，布里斯托尔酒店[1]

最亲爱的温斯顿：

我们现在是在潮湿闷热的巴黎。杰克周一去凡尔赛，我周二回伦敦。我们昨晚和塞西尔·罗德斯[2]共进晚餐[……]。我不觉得他给我留下了什么深刻的印象，也并不让人觉得他是个聪明人——硬要说的话，他是一个坚强的人，意志坚定，顽强不屈，但智力薄弱。[……]

1　豪华酒店，那时在旺多姆广场；现在位于圣奥诺雷街。

2　塞西尔·罗德斯（Cecil Rhodes）出生在英国，十七岁时移居南非，建立了一个以钻石开采为基础的商业帝国。他是开普殖民地的总督（1890—1896）。

我希望随信附上的材料［温斯顿入选了赛马俱乐部］¹能让你高兴高兴——那天有两三个人被否决了。你得写信感谢［布拉巴宗］上校，因为他特地从乡下赶来。我会支付你的订金，但你得设法还我，因为我手头很紧。

我上周的晚宴非常成功。这是我这段时间最操心的事了。［……］好吧，亲爱的，下周见。除非我赢了这个案子，否则我恐怕不能出国。我没有多余的钱了。再见，祝福你，亲爱的。

你亲爱的母亲
珍妮

—温斯顿致珍妮—

［1897年］2月4日   班加罗尔

最亲爱的妈妈：

时光飞逝，每周写信所需的精力、时间和材料的难度越来越大。再也没有什么新的印象需要记录，在印度，一个中尉的日常生活并没有多少令人感兴趣的事情。这一周实在太忙了，因为我还在做副官的工作，写了那么多备忘录什么的，再动笔写信也是件费力的事。

最后，随着时间的推移，人们会不由自主地更加专注于当地的事

---

1 赛马俱乐部位于伦敦，成立于1861年，以其贵族会员而闻名；最初称"俱乐部"，直到会员们发现这个名字已经被占用了；他们选择以"赛马"命名是为了表明他们对赛马和赌博的共同兴趣。

情，而很少意识到像"家"这样的地方的存在。我不再读《泰晤士报》。过去，英国邮件常常将我的一个星期分为两半，一半充满期待，另一半不断反刍——而现在来邮件像是例行公事。也许这样也好——因为上次的英国邮件没有给我带来您的信——如果这事发生在我已经习惯之前，我肯定会很难过——而不仅仅是失望。[……]

在充满希望和恐惧的密鲁特之行[1]后，我想试着休假三个月，如果得到批准，而且隔离时间不长，不会半路被拦下的话——我想我就要试着回国探亲。[……]我有一种强烈的渴望，想在沉沦太深之前从安乐窝里走出来——在哲学性满足之前，我不再为"英国的家园和美丽"[2]而叹息。

最近我读得很多。每天读五十页麦考利和二十五页吉本。后者的四千页巨著读得只剩下一百页了。您能寄给我哈勒姆的《宪法史》吗？[3]还有，您能帮我查一下——从一些能干的政客和记者那儿——我如何并在哪里可以找到过去一百年详细的议会史（辩论、争议、党派、派系和脱党人士）[4]。

1　温斯顿希望去密鲁特（班加罗尔以北1350英里）参加一个团际马球锦标赛。

2　出自阿诺德（S.J. Arnold）的《纳尔逊之死》（The Death of Nelson），是该书中《美国人》（The Americans）这首抒情诗的一部分——1811年约翰·布拉汉姆（John Braham）的一部歌剧。

3　亨利·哈勒姆（Henry Hallam）：《英国立宪史》（The Constitutional History of England），1827年出版。

4　就像"协定"和"投降书"等。

献上最美好的祝愿和多多的吻，您亲爱的儿子

温斯顿

　　温斯顿离开英国才五个月；然而，这是他第二封信，他在信中提到想要回国休假。鉴于他们的经济困难，这个想法惹怒了他的母亲。

　　　　　　　　　　　　　—珍妮致温斯顿—

1897年2月26日　　　　　　　　　　　　　　坎伯兰大广场35a

最亲爱的温斯顿：

　　我怀着不同寻常的心情坐下来给你写每周的信。通常，这是一种乐趣——但这次情况完全不同。随信附件会说明缘由。今天上午我去了考克斯银行，我发现你不仅预支了这个月的季度津贴，另外还预支了45镑，这是张50镑的支票，你要知道你现在在银行一无所有。经理告诉我，他们已经提醒过你，他们不会让你透支，下一封信再给你这张支票。我<u>必须</u>说我认为你<u>太</u>糟糕了——的确，知道你这么做是因为你依赖我，但你这么做并不光彩，我给了你我所能给的最多的津贴，实际上已经超出了我的承受能力。

　　我手头很紧，这事来得不是时候，给我带来了许多不便。你动身去印度的时候，我给你筹了100镑，免得你也因为我们的投资失败而遭受损失，你生日时我给你寄了50镑——所有这些我都勉为其难。我明白，

如果你从国王银行[1]支取的50镑（可能已经花了）得不到兑现，你在骑兵团会有麻烦，所以我把钱付了。但我已经告诉考克斯银行以后不要来找我，以后你的事你自己解决。

我负不了责。如果你不能靠我给你的津贴生活的话，你就离开第四骠骑兵团。我<u>无法</u>提高你的津贴。

至于你的胡言乱语和回家一个月的计划，这是绝对不可能的，这不仅是为了钱，也是为了你的名誉。他们会说，出于某种原因，你做不了任何事情。你才去六个月，你也有可能被召去埃及。在印度你有很多事可做。

老实说我对你很失望。你似乎没有真正的生活目标，二十二岁了，你还没意识到，对一个男人来说，生活就意味着工作，如果你想成功，就得努力工作。很多你这个年龄的男人都得靠工作谋生，养活他们的母亲。我多说无益——我们之前谈过这个问题——这不是一个愉快的话题。我只想再说一遍，我不能再帮你了，如果你有勇气，而且负责的话，你就得试着量入为出，减少开支来做你想做的事。在目前的情况下，你不能不为自己感到羞愧——我不想再写了。

你的母亲

珍妮

1　国王银行，印度的一家银行，温斯顿在这家银行开了账户。

—温斯顿致珍妮—

[1897年]2月12日   班加罗尔，营地

最亲爱的妈妈：

很高兴得到了将军的回复。如果埃及有战事发生，会有职位空缺，我就会有机会。如果没有机会——那我就乐得置身事外了。我向开罗军务署递交了申请。上校主动写了一封热情洋溢的推荐信，说我是一个优秀的骑手，"一个非常聪明的骑兵军官"，并且他完全了解我在部队里的工作。这应该会起到很好的效果。无论如何，我希望在出发前能回家待上几周，如果可以的话，我希望5月20日左右回去。然而，这场瘟疫带来的隔离可能会毁掉一切。[……]

我的脸被太阳晒得起泡，很严重，不得不去看医生。[……]令我感到欣慰的是，我正在执行"团参谋"的重要职责。[……]。亲爱的妈妈，我正成为一个非常"称职的军人"，充满热情，等等。即使是很小的剂量——责任也是一种令人振奋的饮料。我忙了一上午，累得写不下去啦。

献上诚挚的爱，您亲爱的

温斯顿

珍妮说自己手头太紧，不能再给温斯顿更多的补贴了，在下一封信里珍妮告诉了温斯顿她估算的年收入——后来发现只占实际数目的一半。她的儿子们直到1914年才发现真相，那时他们参与了她第二次婚姻的离婚谈判，在清算财产时发现家产实为珍妮所说的两倍。

—珍妮致温斯顿—

[1897年]3月5日   坎伯兰大广场35a

最亲爱的温斯顿：

很高兴收到你的来信，得知你在团部工作。就升迁而言，你真是个了不起的孩子。你对这些事只字不提，然后出其不意地说出来。你只有缺钱了才告诉我——为什么——也许我不该这么生气。但是我不相信你会不知道你银行的账目是怎么回事。我对他们允许你这样透支感到惊讶。威斯敏斯特银行或国家银行都不会在不立即通知我的情况下让我透支5镑。

亲爱的，这是我们唯一闹翻的一件事。我希望你能试试改进——你要知道我的财产很少，我也不可能得到更多的钱。我已经竭尽所能，我可以肯定，除非有什么特别的事情发生，否则我看到的就是破产。

每年2700镑，800镑给你们两个，410镑用于房租和马厩，剩下1500镑是我的全部开销——税费、仆人、马厩、食物、穿着、旅行，现在我还得为借款付息。我真的为将来担心。亲爱的，我把这些都告诉你，是想让你明白，我要帮你是多么勉为其难——你将来很大程度上要依靠自己。我估计你能得到200镑的报酬，这使目前你一年的收入能达到700镑。当然不是很多，我很明白，如果尝试只凭这些钱来生活，你就不得不节省自己的许多开支。但事实是，你要做的不仅仅是尝试。现在，你收到这封信后，给我写一封通情达理的信，告诉我，我可以指望你。

致以诚挚的爱，你亲爱的母亲

珍妮

军队还是政界？（1897）

"事实上，我是个自由党人"

温斯顿仍然不确定他是应该留在印度的军队里，还是谋求调到埃及去。他现在越来越多地考虑这些选择对未来政治生涯的潜在影响，而从政是他的最终目标。同时，他继续扩大他的阅读范围。

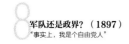
—温斯顿致珍妮—

1897年2月18日 班加罗尔

最亲爱的妈妈：

我感到非常失望。马德拉斯指挥官曼斯菲尔德·克拉克爵士[1]拒绝允许马球队前往密鲁特参加竞标赛。我们所有的准备、训练和开支都付诸东流。[……]

这位中将认为，他这样做是在证明自己的坚定立场。固执的人最大的愿望就是要人认为他是坚定的。他剥夺了驻印英国军人所能享受到的为数不多和最值得肯定的一种乐趣，这只能使他自己不得人心。[……]

一般来说——我当兵的前景现在很好。我今天已完成了两年的服役。[……]我有充分的理由相信，我将在年度军情报告中被评选为我这个级别中最优秀的两名军官之一。

在所有这些情况下——您会看到，如果我去了埃及，如果那里的事情进展顺利，我可能会继续当兵。无论如何，我可以肯定的是，除非有机会使我获得下院的一个席位，否则我<u>将</u>在军队里再待两年。这两年最好是现役。问题是"在哪儿"？埃及似乎是唯一的希望，因此我请求您尽一切努力为我争取一个空缺。[……]我希望5月回国，因为休假期间这里没什么吸引人的地方。我希望您同意这个计划。距离似乎很短。途中我可能会去拜访一下将军。[……]

1　曼斯菲尔德·克拉克爵士（Sir Mansfield Clarke）在布尔战争中指挥第六军；马耳他总督（1903—1907）。

尽管缺水，但花卉长得很好。我有250棵玫瑰和70种不同的品种，所以每天早上我可以剪下三大盆，都是自然界最美丽的花朵。麦考利我已经读到一半了，您得给我找点别的书，因为他远没有吉本耐读，我有大把的时间来读书。我想读亚当·斯密的《国富论》[1]。［……］

> 向亲爱的妈妈致以诚挚的爱，我永远是您亲爱的儿子
>
> 温斯顿

应温斯顿要求提供"近一百年详细的……议会历史"，珍妮把最近的二十五卷《年鉴》（*The Annual Register*）寄了过去。该年鉴1758年首次出版时由埃德蒙·伯克（Edmund Burke）编辑，记录每年的政治或文学事件，其体例在整个19世纪基本没有改变。温斯顿在3月31日的信中向他母亲解释了他打算如何利用这些年鉴来发展他的政治思想。

珍妮提到了另一个对她儿子的命运有深远影响的发现：伦道夫勋爵的银行在金库里找出了八箱他的私人文件。虽然珍妮认为他们应该找一个名人来为她丈夫写传记，但温斯顿却渴望自己来担当这

1　亚当·斯密（Adam Smith）的《国富论》（*Wealth of Nations*）出版于1776年；这位苏格兰经济学家阐述了建立国家财富的诸种因素，如劳动力、生产率和自由市场。

个重任。伦道夫勋爵的两位文学执行人（他的姐夫乔治·柯松[1]和他的政界朋友欧内斯特·贝克特）将最终做出决定。

—珍妮致温斯顿—

[1897年]3月11日   坎伯兰大广场35a

最亲爱的温斯顿：

我昨天见到了"宾巴什"[2]，他告诉我他听说基奇纳将军一有空缺就会让你去——但你必须对宾巴什的说法持保留态度！我希望你收到了我寄给你的书并满怀感激，因为我发现《年鉴》每本要14先令——而你要求近一百年的！如果我没有全部寄给你，你不应该感到意外——毕竟图书馆里有全套。我订购1870年往后的年份，每次寄两本。[……]

我在火车上写这封信，因为今天上午我没有时间。我要去找梅尔顿

---

1 理查德·乔治·柯松（Richard George Curzon），娶了乔治亚娜（娘家姓斯宾塞·丘吉尔），后来成为豪伯爵（见人名）。因为他通常被称为乔治·柯松（George Curzon），很容易与乔治·纳撒尼尔·柯松（George Nathaniel Curzon）混淆，后者是一位政治家和未来的印度总督，第一次出现在温斯顿1897年2月25日的信中（见人名）。

2 哈里·斯图尔特（Harry Stewart）从戈登高地团调到埃及军队，他的少校军衔被称为宾巴什（bimbashi）——也成了他的绰号。1907年4月3日《晚报》（Evening Post）刊登了他的讣告，把他描绘成"一个生动别致的人物"，他的"幽默夸张的习惯是众所周知的"。

[莫布雷]，然后和杰拉德夫人[1]一起去布鲁克斯比[2]过星期天。如果没有什么事情耽搁，我希望下周去蒙特卡洛待十天。我讨厌刮东风。

想想看，前几天我发现银行里有八个箱子被人遗忘了。乔治·柯松和我翻看了这些箱子里的东西，发现了你父亲所有那些最私密、最有趣的与政治有关的信件，但恐怕目前很难拿出来。我相信E.贝克特正在慢慢翻阅这些信件——但一想到他和乔治·柯松是这些文件的保管人，我就很不高兴——虽然他们都很认真，但也很拖拉——写一本好的传记并不容易，需要一个大人物，一个名人。[……]

很高兴你有事要做，而且感兴趣。如果军队对你有好处，你最好还是坚持下去。毕竟这是你父亲希望看到的。

再见，亲爱的。写信告诉我你的经济状况——告诉我你的想法。克鲁克尚克的案子将在28日审理——我周六会去见G.L［乔治·刘易斯］爵士。我担心克鲁克尚克这家伙会在那之前逃跑，除非他有钱偿还。

你亲爱的母亲
珍妮

珍妮回避了温斯顿可能回英国的话题。然而他没有放弃这个想法，只是他的回国计划现在取决于希腊人和土耳其人在地中海克里

---

1 杰拉德夫人（Lady Gerard）即玛丽（Mary），娘家姓米尔纳（Milner）；第二代杰拉德男爵（Baron Gerard）的妻子，杰拉德男爵曾是军人。

2 布鲁克斯比位于莱斯特郡，是一间狩猎木屋，1891 年被一位矿业大亨约瑟夫·威廉姆斯（Joseph Williams）买下；在 1894—1895 年的狩猎季节由马尔伯勒公爵夫人租下。

特岛的争端。温斯顿觉得这给了他一个机会来再现他在古巴的成功，他在考虑回家的路上为哪家报纸报道战况。

克里特岛居民主要讲希腊语，但自 1669 年起该岛就属于奥斯曼帝国。200 年后，它被允许在一定程度上自治，直到 1891 年土耳其人违背了他们的协议。1895 年，希腊和奥斯曼帝国之间就此爆发了公开的冲突。

英国的精英阶层大多站在希腊一边，原因是他们在学校所接受的希腊历史和语言教育，像拜伦勋爵这样同情希腊的作家受到广泛欢迎。作为坚定地站队希腊阵营的一员，温斯顿谴责了保守党政府高级官员所采取的务实政策；他的母亲随后指责了他在政治上的幼稚（以及其他言行）。

—温斯顿致珍妮—

1897 年 2 月 25 日   班加罗尔

最亲爱的妈妈：

我去埃及的第一次正式申请得到了答复，说我的名字已列入候选人名单，虽然目前没有空缺，"如果需要人服役，会通知他们的。"——我不认为这种官方的拒绝有什么意义。[……]

如果一切顺利，我希望 4 月 1 日回家，而不是像我之前写的那样在 5 月。在我预期的三个月假期中，我在英国有将近七个星期的时间，这次旅程虽然漫长，但并不令人难受。我很难抑制要写得简练的冲动。吉本和麦考利，不管他们能使一个人的文章或报告有多大的改进，都不适合写信。

政府在克里特问题上犯下了多么残暴的罪行啊！英国军舰竟然要带头保护溅满鲜血的土耳其士兵，使其免受真正的受害者的伤害，这是一件多么可怕的事情。[……] 当我想到与这个政府有关的所有原则——联合王国——宪法——帝国主义——甚至君主制本身，当我想到那些辛勤工作，让我们的党有今天的样子的人，想到绝大多数人被耽误了——忠实的朋友被疏远了——大好的机会被错过了——我就变得更加悲伤。

在保守党领袖中有两位是我最鄙视和最厌恶的政治家——贝尔福先生和乔治·柯松[1]。一个是虚弱、懒散、缺乏活力的愤世嫉俗者——保守党微不足道的傀儡领袖；另一个是被娇惯的政治宠儿——自吹自擂——德不配位而趾高气扬——牛津大学高级道学家的典型。

过去十五个月里所有可恶的混乱都应该归咎于这两个人。索尔兹伯里勋爵是个能干而固执的人，他带着倔驴一般迟钝的政治家头脑，频频受到怂恿，胡乱犯错，直到几乎联合王国的每个部门和欧洲的几乎每一个内阁都被激怒或冒犯过。

[……] 这就是政治。令人惊讶的是，当太阳越来越毒辣，而且一天比一天热的时候，人是多么容易变得刻薄和愤慨。正如越接近赤道，宗教仪式和迷信就越多——因此，语言和观念在这里也蓬勃发展，而在更温和的气候中则可能不是这样。所以您读这封信的时候，必须给信中的情绪打个五折。[……]

1　乔治·纳撒尼尔·柯松，负责外交事务的副大臣，后来成为印度总督（见人名）。

向亲爱的妈妈献上诚挚的爱和多多的吻，您亲爱的儿子

温斯顿·S.丘吉尔

—珍妮致温斯顿—

1897年3月18日　　　　　　　　　　　　　莱斯特，布鲁克斯比

最亲爱的温斯顿：

我似乎只写些令人不快的东西，但请你注意附件中的内容并向我解释一下。我给那人寄去了他要求的11镑，但关于你那张被拒付的支票，我一无所知。亲爱的孩子，你不知道我有多担心。我自己的钱财碰到那么多的麻烦，我觉得不能再管别人的事了。你知道如果可能的话，我多么希望能帮助你——我也很想让你回家，但是，且不说在如此短的时间内采取这样的举动是否明智，还得考虑一下费用问题。你在英国所有的债主都会来找你算账，而据我所知，你要到5月才会有钱，我敢说这是预先安排好的——当然我不能强迫你，如果你执意要回来，你可以回来，但要考虑到后果。[……]

我真的觉得你有可能会去埃及，无论如何，你在印度获得了很多军事经验，这表明你有能力做一些事情。亲爱的，我昨晚躺在床上想你的事，我很想帮你——要是我有钱就好了，我就能帮你。我很为你感到骄傲，为你所有那些了不起并可爱的品质而骄傲。我敢肯定，如果你能活下来，你一定会青史留名，但我知道，要做到这一点你必须有坚强的意志——并且不介意牺牲和自我否定。我觉得我是在给你上课，你会觉得这封信很无聊——但你知道我不是那个意思。[……]

我希望你对克里特岛的看法改变了——随后发生的事件会向你表明，"欧洲协调"[1]是<u>被迫</u>采取相应行动的，尽管缓慢但他们肯定会做出决定。[2]我想过段时间，克里特人就会在某种形式的自治下安定下来，之后并入希腊。我觉得德兰士瓦的情况更严重。

好吧，亲爱的温斯顿，据我所知，你可能已经动身回家了，但如果信到时你还在印度，就像我希望的那样，来信告诉我你的所有情况。

匆匆止笔。致以诚挚的爱。你亲爱的母亲

珍妮

珍妮的每一个预测都是正确的：克里特岛 1898 年获得自治，1913 年被国际社会正式承认为希腊的一部分。两年后的 1899 年，德兰士瓦的困境导致英国和布尔人之间的战争，布尔人是居住在南非东开普省的荷兰殖民者的后代。

—温斯顿致珍妮—

1897 年 3 月 2 日   班加罗尔

最亲爱的妈妈：

我很高兴被选为赛马俱乐部的会员。年轻时加入当然是件好事，因

---

1 "欧洲协调"（Concert of Europe）是 1815 年维也纳会议上，欧洲主要大国为解决争端、维持大陆均势而采取的一种会议制度安排。

2 1897 年 2 月，奥匈帝国、英国、法国、德国、意大利和俄国组成了一支国际海军舰队，封锁克里特岛，阻止希腊和奥斯曼帝国之间的争端扩大。

为以后一定会树敌，犯什么过错就会引起敌人的注意。[……] 和当选一样令我高兴的是您能慷慨地为我支付入会费。我随函附上必要的文件，并提醒您应该<u>马上</u>付款，否则我会有麻烦。请别忘了，亲爱的妈妈，因为取消一个人的入选是很糟糕的事情。

现在说说回家的事。我期望从4月1日开始得到三个月的假期：到家的时间是4月18日左右，6月10日左右返回。我应该去阿斯科特和埃普索姆[1]，重新接触文明世界。我相信您不会介意的。往返旅费80镑——但这包括六周的食宿，如果我去丛林里打猎，花费也差不多。[……]

再过两年，这届政府就会垮台。现在举行大选很可能会让激进派入阁。当然，如果他们放弃地方自治，国民就会投票支持他们。索尔兹伯里勋爵的顽固和粗鲁、贝尔福怯懦的优柔寡断、兰斯多恩荒唐的"改革"以及柯松的自负加速了钟摆的摆动。再过两年他们将无法获得多数人支持。当这种情况出现时，任何意外都可能在议会上将他们击败。至少在我看来是这样——也许我是透过不祥的眼睛看的。

天气越来越热，蚊子也越来越多。我热切地期盼着去花园巷和皮卡迪利大街，去威利斯剧场和盖尔特剧场[2]，最后但真正重要的是去坎伯兰大广场见我的家人。问候我亲爱的妈妈，再一次问候。

您永远亲爱的儿子

---

1 伦敦附近的赛马场；两地6月各办一场主要赛事，是伦敦夏季比赛的一部分。

2 伦敦剧场英文为"Gaiety"，1890年代一种引入喜剧风格的新音乐剧，剧中舞蹈演员被称为"欢乐女郎"（Gaiety Girls）。

温斯顿

　　温斯顿预测政治发展的能力不如他母亲准确：保守党政府又维持了八年，直到1905年，而不是两年。

　　这时，珍妮到蒙特卡洛享受阳光，去赌场娱乐。

　　—珍妮致温斯顿—

[1897年]3月25日   蒙特卡洛，大都会酒店[1]

最亲爱的温斯顿：

　　照我看，这封信到达印度时你可能已经出发回家了。当然，如果你回来，我一定会热烈欢迎你——这是肯定的——但我反对你这么做——我相信我是对的。

　　我离开伦敦前收到你2日的来信。我把你的信转给赛马俱乐部——随信附上了支票，希望你能满意，而这笔钱付得不是时候，因为我比平时更缺钱。你要送去的小马恐怕是个累赘，因为我听说它需要很长时间才能适应，有的会一直不适应。[……]

　　德文郡公爵夫人[2]来了，好多天以来我们一起用早餐和晚餐——到目前为止，我在赌桌上还没有输什么钱——但我很谨慎。伦敦德里勋

1　1889年开业，采用了"美好年代"的建筑风格。

2　路易莎（Louisa），曼彻斯特第七代公爵的遗孀，她于1892年嫁给了德文郡公爵，当时他五十九岁，而她六十岁。

爵[1]告诉我他收到了你的来信，对你的信很满意。

现在再见吧，保重，亲爱的。

致以诚挚的爱，你亲爱的母亲

珍妮

—温斯顿致珍妮—

［1897年］3月11日　　　　　　　　　　　库因迪[2]礼宾府

最亲爱的妈妈：

现在几乎可以肯定，我将获准从4月1日起休假三个月。在此情况下，我可以——3日从孟买出发，全程海路，避免检疫，4月22日左右到家；也可以乘火车到锡兰[3]去，在科伦坡等一艘不受检疫的轮船，前往布林迪西或马赛。我想我很可能会走后一条路线，因为这条线更有趣，考虑到克里特岛的复杂性，也许值得在苏伊士运河改变一下航程，考察一下即将爆发的战争。我想英国会不断把我吸引回去——但我希望保留改变行程的权利，以防事态突然变得严重起来。［……］

我迫不及待地想读到报纸和信件。［……］贝尔福先生认为，英国政府必然会奉行与东方［大国］打交道的政策，这种观点是我不能接受的。他在议会说，"我们可能对，我们可能错，但无论对错，我们已经

1　查尔斯·范恩·坦皮斯特·斯图尔特，伦敦德里郡第六代侯爵；政治家，丘吉尔家的一位堂兄弟（见人名）。

2　马德拉斯的一个地区。

3　现为斯里兰卡，首都科伦坡。——译注

选择了自己的路线，即与那些大国合作，这必须坚持下去。"在私人事务中，一个体面的人与他的伙伴意见相左，这种情形并不少见。他不得不说，"到目前为止，我们始终意见一致，现在您走得太远了，我跟不上您。"这个适用于个人荣誉的道理，更适用于国家。[……]

您永远亲爱的儿子

温斯顿

—珍妮致温斯顿—

1897年4月2日   巴黎，莱茵河酒店[1]

最亲爱的温斯顿：

在你上次从库因迪寄来的信中，看出你似乎已经决定回家了——因此，我想除非我那封反对你回来的信阻止了你，否则这封信你收不到。在此情况下，我觉得没必要写太多。我刚从蒙特C.[卡洛]回来，此刻在等杰克。我在牌桌上很幸运，挣了足够的钱来支付我的开销，这让我很满意。

[威尔士]亲王从尼斯赶来与我共进晚餐。我告诉他你想回家，他让我告诉你，他非常反对这么做，他觉得你应该抓住现在的机会去前线，去看看这个国家。[……]

再见，亲爱的孩子，多保重！下雪了！在蒙特C.的好天气之后这怎么让人受得了。

1　在第19区，一家比珍妮之前住过的酒店便宜的酒店。

　　　　　　　　　　　　　　　　　　你永远亲爱的母亲

　　　　　　　　　　　　　　　　　　　　珍妮

　　珍妮至此不再写信给远在印度的儿子，她以为他还没有收到信就已经动身回国了。温斯顿的信还是每周到达。

　　　　　　　—温斯顿致珍妮—

　　1897 年 3 月 17 日　　　　　　　　　　　　　　　班加罗尔

最亲爱的妈妈：

　　我不得不推迟到 5 月 1 日回家。我们有很多的军官生病了，当［雨果］巴林被任命为总督的临时 A.D.C［副官］时我们已经人手不足了。除非我自愿留下，否则他难以接受任命，而我当然愿意留下，因为 5 月再回家也同样合适。［……］

　　如果他们今年情况还是没有变化，我一定要去埃及。我渴望某种刺激，参加英国远征的前景对我有极大的吸引力。我希望您继续努力帮助我。［……］

　　我从杰克的信中得知，您反对我回家。但有什么办法呢？就是这么个地方——很热——很脏——马球场上的草都焦了——花园的花都枯萎了——很多人生病发烧，事实上这是个最乏味的地方。但我承认，我渴望回家的主要原因来自内心。我躁动不安。对书籍和玫瑰也不再有那么大的兴趣。我不求您热烈欢迎我回家。事实上，如果将军接纳我，我就留在埃及——当然，最完美的计划是先去阿斯科特再去东古拉。

　　没有收到您的来信，我很失望。我很抱歉那个笨蛋考克斯拒绝了我的支票。我只透支了45镑。承蒙您付了钱。附上30镑的支票一张，这是我目前所能做的最好的付款方式了。其余的钱必须求您宽限，直到"我发了大财"。等我自己回家了，我得研究一下财务问题。伦敦有几笔未付的账单，实际上很快就得付了。看来我此生必须借一笔钱，或者以某种方式贷款。当然，这意味着每年［收入］要少得多。但另外的选择——不付钱——则意味着更多的烦忧。

　　我已经读完了麦考利的《历史》，他的《文选》[1]也差不多读完了。很感谢这次寄来的书。《年鉴》正是我想要的。亲爱的妈妈，请原谅我写这封信时有点儿不耐烦。这种天气使我脾气急躁，写信时也难以控制。

　　我很好，我知道，上帝和世人都对我不薄——但有时我觉得静不下心来。［……］

您永远亲爱的儿子

温斯顿

　　在接下来的两封信里，温斯顿告诉母亲他在印度的读书进展；阐述了他如何使用这套《年鉴》来"搭建一个有逻辑性和一致性的思维框架"；然后，二十二岁的他把为自己建造的政治平台的木板

1　T.麦考利:《历史问题举要：爱丁堡评论文选》(*Critical and Historical Issues: Contributed to the Edinburgh Review*)，1843年出版。

铺在了这一结构的顶部。正如他所承认的，这些政治观点大多数显然属于自由党而不是保守党。只是在这个阶段，自由党的爱尔兰自治政策阻碍了他对该党的全面支持。相反，他选择了保守党民主的标签，这与他对父亲的记忆不可磨灭地联系在一起。

—温斯顿致珍妮—

1897 年 3 月 31 日　　　　　　　　　　　　　　　班加罗尔

最亲爱的妈妈：

非常感谢您 [3 月] 11 日的来信和两卷《年鉴》及两册《国富论》——所有这些书都顺利收到了。[……]

我读了很多书。自从我来到这个国家，我已经读过或几乎读完了（为了避免枯燥，我同时读三四本书）麦考利（十二卷）和吉本的全部作品（四千页，在英国开始读起），还读了《人类殉难记——现代科学和现代思想》[1]（*The Martyrdom of Man-Modern Science and Modern Thought*）（莱恩）、柏拉图的《理想国》（乔伊特译本）、《罗什福尔回忆录》[2]（*Rochefort's Memoirs*）、吉本的《自传》（*Life & Memoirs*）以及有关英国政治的一大本《年鉴》。我几乎没有读过一部小说。您能不能给我找一本《圣西门公爵回忆录》[3]（*Memoirs of the Duc de Saint Simon*），

1　作者莱恩（S. Laing, MP），1885 年出版。

2　作者库提尔兹·德·桑德拉（Coutilz de Sandras），1696 年出版。

3　作者路易·德·鲁夫罗瓦（Louis de Rouvroy），圣西门公爵，出版于 1820 年代；讲述了国王路易十四（King Louis XIV）的生活和他的宫廷。

还有帕斯卡的《外省书信》[1]（*Provincial Letters*）——我非常想读这两本书，因为麦考利推荐了一本，吉本推荐了另一本。

我在《年鉴》上采用的方法是先［不］读辩论部分，我先把自己的观点写在纸上——只考虑普通原则。读了辩论之后我重新考虑并最后写下我的观点。我希望通过这一持续的实践，建立一个合乎逻辑和连贯的观点的框架，这可能会创造一个合乎逻辑和连贯的头脑。

当然，《年鉴》的价值只在于它的事实。掌握这些知识将使我拥有一把利剑。麦考利、吉本、柏拉图等人必定能训练我的肌肉，使我能最大限度地使用这把利剑。这确实是对"教育"一词的更深入的理解。衡量学习成果的一种方式在于考察你所知道的东西：另一种则在于学习使你成为怎样的一个人。后者重要得多——但要是没有前者，后者则毫无意义。应该注意适当的比例。多少人忘记了这一点！

学童的教育——以及几乎所有本科生的教育——目的仅仅是为头脑储存事实。我无意"在文献的重压下扼杀智慧的火花"，但我也欣赏事实的力量。因此我愿意付出辛劳。

> 您永远亲爱的儿子
>
> 温斯顿·S.丘吉尔

1　作者布莱士·帕斯卡（Blaise Pascal，以路易·德·蒙泰的身份写作，1556—1657）；他对耶稣会的诡辩论进行了嘲讽。

—温斯顿致珍妮—

[1897年]4月6日   班加罗尔

最亲爱的妈妈：

[……]今天早上的邮件送来了您3月18日的来信。支票被拒付了，我真的很抱歉。我离开英国时，因为付不了这个人的钱，我给了他一张有日期的支票。随着时间的临近，这张支票应该兑付，但我仍然在透支——我便写信给他，建议他再等几天。但他似乎没有这么做。[……]

这让我很担心。确实，我不知道之后会发生什么。我必须在人寿保险或其他证券上筹集一定数额的资金，还清这些紧迫的债务，以免我得到一个信誉不良的名声。这个国家没有节俭可言。英国骑兵要为仆人、食物、草料等支付几乎双倍的费用。当然，花费您的资产意味着减少收入——唉，资本已经够少的了，但对我来说，不这样做就是不诚实。关于这些，以及所有其他问题，我回去后我们可以考虑。

我预计5月10日左右离开这里，因为仍在执行检疫。我将直接去布林迪西：我要在罗马逗留几天——几个月来我的阅读大多围绕着这座帝国之城。[……]

我们马基雅维利式的政府最好小心点，以免发现自己在恶行上甚至更胜一筹。如果我在下院，我会不遗余力地反对他们。事实上，我是个自由党人。我的观点激起了那些傻瓜虔诚的恐惧。要不是我绝不同意实行爱尔兰自治——我就会以自由党的身份进入议会。

事实上——托利民主（Tory Democracy）将成为我的标准。

1.内部改革

将特许经营权扩展到所有男性。普及教育。所有宗教一律平等。广泛的地方自治措施。八小时工作制。[国会]议员的报酬（应要求）。累进所得税。上述我都投票赞成。

2.帝国的外部事务

苏伊士以东，民主制度是不可能的。印度必定按照旧的原则来治理。殖民地必须形成联邦，建立帝国防御体系。我们还必须在关税和商贸方面联合起来。

3.欧洲政治

不干预。保持绝对的独立——如果愿意的话。

4.国防

殖民地必须做出贡献，因此必须成立一个委员会。必须有强大的海军保障海上安全。军队可能会缩减为印度的一个训练基地，只有一个军团用于小规模远征。

5.维护现行的宪政体制：女王—上院—下院—以及目前已建立的立法体系。

就是这些！这是托利民主的信条。国际和平和强大，国内繁荣和进步，这就是托利民主的成果。

您永远亲爱的儿子

温斯顿

—温斯顿致珍妮—

1897年4月14日　　　　　　　　　　　　　　　　　班加罗尔

最亲爱的妈妈：

我终于能够很确定地写下我的计划了。我5月8日从孟买启航，希望6月1日到达英国——途经布林迪西和巴黎。我将在罗马待两天，在巴黎待两天，希望在那里能见到杰克，然后到英国参加埃普索姆赛事。我相信您见到我一定会很高兴，即使不能表示衷心的欢迎，也会很亲切地接待我。[……]

我非常期待在这个国家的野蛮和肮脏之后再次见识文明。真希望您能理解我的渴望。不能向尼罗河挺进的话，我就在假期结束后回印度完成我的刑期。这是雷古卢斯[1]和迦太基人的故事。我在印度待了八个月，对这个国家的信息和知识还是一无所知。[……]

我们驻扎在一个有城防的小镇，小镇像个三流的水乡，不合时宜，也没有海，但我们有大量的日常工作，炎热而又令人难忍的太阳——没有社交或娱乐——我的朋友一半在休假而另一半在生病——如果没有文学的慰藉，我在这里的生活将是无法忍受的。我从印度学到的唯一有价值的知识（不包括当兵）在坎伯兰大广场也同样可以得到。

尽管如此，我并没有太沮丧，只是偶尔感到很无聊，而我一想到我

1　马库斯·阿提留斯·雷古卢斯（Marcus Atilius Regulus）是公元前256年第一次布匿战争中指挥罗马军队对抗迦太基的两位执政官之一。他最初在海上和陆地战役中取得成功，但在公元前255年被打败并被俘。四年监禁后，他假释回到罗马，带着迦太基惩罚性的和平条款回罗马议和，他建议元老院否决该条款。当他带着被拒绝的消息回到迦太基后，他被处死。

的书籍、我的蝴蝶和我的玫瑰，就不会感到过于厌烦。但我必须有一些假期，如果您拒绝我，那您就比迦太基人还苛刻啦。[……]

您永远亲爱的儿子

温斯顿·S.丘吉尔

写完这封信后不久，温斯顿又改变了他的计划，因为希腊和土耳其人在克里特岛的争端又一次激化了。3月24日，一小股非正规的希腊军队越境进入土耳其控制的马其顿；土耳其人于4月6日动员了他们的军队；4月18日正式宣战。

温斯顿希望他母亲能找到一家他可以为其进行报道的报纸。

—温斯顿致珍妮—

1897年4月21日   班加罗尔

最亲爱的妈妈：

恐怕您会把这封信看成一枚炸弹。土耳其对希腊的宣战完全改变了我的计划。幸运的是，我得到了必要的假期，如果你同意，我想作为一名特派记者到前线去。[……]

站在哪一边。最亲爱的妈妈，全取决于您啦。当然，我完全同情希腊人，但另一方面，土耳其人肯定会赢——他们拥有庞大的军队，而且一直处于进攻状态。[……]您做决定。如果您能为我写推荐信给土耳其人，我就去土耳其——如果写推荐信给希腊人，我就去希腊。[……]

特派记者。当然，几乎每家报纸都有他们自己的特派记者，但我毫不怀疑，您会找到一家报纸可以为我所用。我可以发电文，也能写署名文章，如果有必要，还可以提供草图。我的每篇文章希望能得到10镑或15镑的稿酬——电文按习惯收费，但费用由我自己承担。[……]我把这些事宜交给您，我希望当我到达布林迪西时，一切都已安排妥当。[……]如果您愿意为我做这件事，您就是我亲爱的妈妈——虽然如果您不愿意，您依然是我亲爱的妈妈。[……]

再见，我最亲爱的妈妈，您永远亲爱的儿子

温斯顿·S.丘吉尔

离开印度前两周，温斯顿第一次向他母亲提及他的抱负，要把自己转变成一名作者，而不仅仅是一名读者。

—温斯顿致珍妮—

1897年4月28日 　　　　　　　　　　　　　　　班加罗尔

最亲爱的妈妈：

今天，我马上就不会从印度给您连续不断地写信了，尽管这些信使我每周的闲暇时光都很愉快。我下周六坐恒河号[1]出发，在亚丁改乘巴拉瑞特号[2]，5月20日或21日抵达布林迪西。

1　1882年下水，属于诺斯航线；1904年卖给挪威人，1917年在大西洋沉没。

2　1882年下水，属于蒸汽航行公司；1904年报废。

我希望能在邮局留存邮件处[1]找到必要的信件。当您收到这封信，您还有时间打电报。如果战争还没有结束，我就立即前往君士坦丁堡，从那里去前线。如您能将50镑存入我在土耳其银行或该市任何一家知名银行的存款中，我将不胜感激。

如果战争持续时间很短，这是可能的——或者，如果我很快厌倦了战争造成的不适和拖延，我也许会有时间和勇气去坎伯兰大广场短暂拜访。如果不去看看您，亲王可能会误以为我正在印度帝国的边境要塞旅行。

我开始怀疑埃及是个天堂这种说法。英国向开普派出三个炮兵连，这似乎是个不祥的兆头。[2]而且我听说第九枪骑兵团暂时要留在那里。政府可能在考虑制订一个计划来对付布尔人？好吧，我们拭目以待。在班加罗尔平静的酣睡之后，醒来之后感觉太棒了。我已经读完了全部的《英国史》《文选》和六卷《年鉴》，并记了详细的笔记。旅途中我开始读《国富论》。[……]

当我从土耳其回来，我希望有足够的材料写一本书——现在写书是必不可少的。如果你不这样做，你就难免有不好的名声。那个旅行过却从未写过一本书的人！匪夷所思！[……]

献上最诚挚的爱和多多的吻，您永远亲爱的儿子

温斯顿

1　大多数国家都有的一种服务，邮局将邮件保存到收件人收到为止。

2　1897年4月，英国派遣三个炮兵连和一个步兵营前往南非，以预防与布尔共和国爆发冲突；《军事历史杂志》（*Military History Journal*），Vol. 11 no. 3–4 October 1999。

在温斯顿到达布林迪西之前，5月20日希腊和土耳其签订了停火协议，暂且结束了这场冲突。

—温斯顿致珍妮—

1897年5月26日　　　　　　　　　离开布林迪西，加勒多尼亚号[1]

最亲爱的妈妈：

我现在站在欧洲的门槛上。没有收到您的信，我原指望能在邮局邮件留存处看到您的信——但恐怕这封信会被豪华火车带走。我不得不勉强地放弃了对土耳其的所有希望，因为战争歇火了——就像一枚受潮的烟花。[……]

唉，恐怕我不会受到您的欢迎了。的确，在最后一刻和收到您最后一封信时，我几乎完全放弃了这个想法。但在印度无事可做。[……]我希望这封信能比我早两三天到达，以便让您尽可能为我的到来做好准备——还希望您不要这么无情，因为我决定回英国度假而生我的气。[……]

您永远的儿子

温斯顿·S.丘吉尔

1　加勒多尼亚号，1894年下水，属于蒸汽航行公司；用作运兵船（1917—1918）；1925年报废。

一次难得的经历（1897）

"我下了很大的赌注"

　　温斯顿1897年6月初回到了家，那时他二十二岁。他及时赶上了埃普索姆的赛马大赛。6月7日，他的妈妈给杰克写信："你可以想象我和温斯顿聊了些什么。[……]我觉得他看上去状态不错，而且更安静了。"[1]

　　由于缺钱，又被欠伦敦商人的债务所困扰，温斯顿请丘吉尔家族的律师西奥多·拉姆利帮忙，从一家保险公司贷款，以他在母亲去世后最终能继承的遗产作为担保。拉姆利表示，他也许能筹到3500镑，温斯顿可以用这笔钱继续做他想做的事。

　　温斯顿进而将注意力转向了政治阶梯的第一级。他向伦敦保守党总部的秘书处表达了他想成为议会候选人的意向，秘书处建议他通过向全国各地的党内听众发表演讲以建立名声。为此，秘书处安排他与巴斯附近樱草花联盟会议的组织者取得了联系；7月22日，他在他的第一次政治集会上讲话，随后珍妮为他举行了一次宴会。温斯顿从巴斯前往莉莉伯母和她丈夫比尔·贝雷斯福德上校的家——迪普戴纳府，该地邻近杜金，为他提供了一个方便的基地，而他参加了在南唐斯举行的"辉煌的古德伍德"赛马会，这是伦敦夏季最后的赛事之一。在赛马场的草地上，他听到消息说，一年前曾拜访过迪普戴纳府的客人宾登·布拉德爵士（Sir Bindon Blood）刚刚领导了一场镇压印度西北边境马拉坎德地区叛乱的战役。一年前他们见面时，将军向温斯顿保证，如果他得到了这样的指挥权，

1　R.马丁：《伦道夫·丘吉尔夫人》，Vol.2 p.86。

就把他召进司令部。

温斯顿直奔布林迪西，乘下一艘船向东行，没有时间去完成拉姆利的筹款，也没有时间去熟悉他那条名叫豌豆（Peas）的狗。

—温斯顿致珍妮—

[1897年]8月7日   临近亚丁，罗马号汽轮[1]

亲爱的妈妈：

我们正航行在红海最炙热的地方。温度差不多过了100华氏度[2]了，而且潮湿——显得更闷热了。一些在印度生活了二十年的人告诉我，他们从来没有见过这么热的天气。这就像在洗蒸汽浴一样。整个大海热气腾腾——白天黑夜都没有一丝风。在此情况下，您别介意我写得简短一些。首先，我没有收到宾登·布拉德爵士的后续消息，但估计到了亚丁会有些消息。一有消息，我会附在信末。

其次，我走得很匆忙，有两三件事来不及做，我求您帮忙。

1.让瓦尔登[3]给帕特尼埃瓦尔德路2号的詹姆斯·拜沃特（James Bywater）写信，让他把我的马球杆送到坎伯兰广场。我希望这些马球杆尽快送到这里。

2.我需要比肯斯菲尔德勋爵（Lord Beaconsfield）［前本杰明·狄斯雷利］和格拉斯顿先生的演讲稿。我告诉过贝恩（Bain）［书商］，但他没有及时给我。

亲爱的妈妈，您所做的这些事，除了获得我的喜爱外——还将得到我的感激。我在途中读了很多书，本打算就两本书跟您谈谈我的看法，

---

1 "罗马号"，1881年下水，属于蒸汽航行公司；往返于伦敦和澳大利亚之间，1904年更名为"维克提斯号"。

2 100华氏度约为37.8摄氏度。——编者注

3 瓦尔登（Walden）是伦道夫勋爵的前贴身男仆，仍在为丘吉尔家服务（见人名）。

这两本书令我印象深刻——但这些看法已经融化了。[……]

献上诚挚的爱以及——（免了，太热了）

我依然是您液化并蒸发但忠实的儿子

温斯顿·S.丘吉尔

又：1897年8月8日上午九点于亚丁。天哪，还没有消息。

温斯顿

—温斯顿致珍妮—

[1897年]8月17日　　　　　　　　　　　　　　　班加罗尔

最亲爱的妈妈：

我还没有听到宾登·布拉德爵士的任何消息。我不认为他会诚心让我失望，只能断定总部有人在我的事情上横插一杠。[……]

眼下，我们生活在一个动荡的时代。除常规的驻军外，有5万人集结在边境。所有的交通工具都被征集了，准备应对各种可能发生的情况。而在这里，我们被遗弃了。[……]不可能调动我们，因为有那么多骑兵团离战场更近。[……]

我很生气——我忘了带上豌豆。我一直想把它带到这里来，匆忙动身——把它给忘了。我写信给隆先生（Mr Long），这个团的军官，他将于9月16日来印度，我请他把小狗带来。他对狗狗很好，会好好照顾豌豆的。[……]

我想这里的每个人都很高兴再次见到我。出于某些原因，我也很高兴能回来。我正在安排——要是明年三四月我还活着的话——和巴恩斯

一起去打老虎。之后我们再讨论；不过我敢说，我可以凭自己的意志再坚持一年，但无论如何，当然会由您来指导。[……]

妈妈——亲爱的妈妈。一定要给我写长信，相信我——每一句话都很珍贵。也许您会认为这封信很悲观，但我在信中尽量把我的想法反映在纸上——说实话，我很讨厌马拉坎德。

我想要一些您穿着狄奥多拉服装[1]的照片——放在书桌上。还有许多信。[……]

再见，我最亲爱的妈妈。您永远亲爱的儿子

温斯顿

又：我就指望那笔钱了，已经开了好几张支票来支付这里的账单。赶紧找拉姆利，如有问题就打电报。[……]

珍妮照着温斯顿的要求，安排豌豆去找主人，还找到了一家报社，可以登载温斯顿的战况报道。《泰晤士报》已经招募了一名记者，但她说服了《每日电讯报》（*Daily Telegraph*）的老板爱德华·列维-劳森爵士（Sir Edward Levy-Lawson）聘用她的儿子；他们没有讨论费用问题。

1　7月2日，珍妮参加了德文郡公爵夫人在伦敦举办的化装舞会。所有的客人都穿着自己的服装拍了照：珍妮打扮成6世纪拜占庭女皇狄奥多拉的样子，服装由巴黎时装设计师沃思（Worth）设计。

—珍妮致温斯顿—

[1897年]9月9日 [布伦海姆]

亲爱的温斯顿：

我就写几句，我觉得这封信至少得五六周后才能送到你手里——下周的信你会较快收到。但是收到信的时候——你可能已经在回部队的路上了。劳森老头回了我的电报，说"叫他写些生动有力的信件来"。我肯定，如果你有机会给他们写报道，你一定会得到优厚的报酬——当然，文章必须要有吸引力。

正如我上次对你说过的，在我了解情况之前，我不能对你到前线去的好处说什么。收到了你从班加罗尔写来的信，我对你的失望感到很抱歉。只要他们知道你和离开英国时一样健康，贷款就没问题。

亲爱的，多保重——我急切地等着你的来信。[……]

珍妮

你很快就可以看到豌豆了，你的小马也没问题。

温斯顿8月的第三个星期到达了班加罗尔的骑兵团，但仍然没有宾登爵士或马拉坎德野战部队的消息。

于是，他转向了新的项目——写一部小说，他暂且将其名为《国家大事》（*Affairs of State*），尽管它最终以《萨伏罗拉》（*Savrola*）的书名出版。故事发生在虚构的地中海劳拉尼亚（Laurania）共和国，主人公萨伏罗拉是"一个有文化的人，也是个非常有说服力的演说家"，他反抗该国的专制统治者莫拉罗

（Molaro）。莫拉罗让他美丽的妻子露西尔（Lucile）去分散萨伏罗拉的注意力，结果她却爱上了他。

—温斯顿致珍妮—

［1897年］8月24日 班加罗尔

最亲爱的妈妈：

我希望这封信能及时寄出——但我这么晚才寄信有两个原因。首先，因为没什么可说的，其次，因为我一整天都在写小说。我还是对没被征召感到很不爽。自布林迪西之后，宾登·布拉德爵士就没回复过我的任何信件。［……］

说一下这部小说。我想当您拿到M.S.［稿子］时，您会大吃一惊。这绝对是我做过的最好的事情。我只写了80页——但我发现我有很多连自己都惊讶的想法。我发表时用真名还是笔名——取决于最后的结果，也取决于您的看法。小说名叫《国家大事》，一部政治传奇。［……］我所有的思想都通过主人公说出来。不过您得自己去看。小说有很多的冒险情节。

晚安，下周见，亲爱的妈妈

您永远亲爱的儿子

温斯顿·S.丘吉尔

—珍妮致温斯顿—

[1897年]9月21日　　　　凯思内斯郡，柏里达R.S.O.，朗威尔[1]

亲爱的温斯顿：

我很惊讶没有收到你从瑙什拉[2]发来的电报——我想没有消息就是好消息，但我承认我还是希望从你那里听到点什么。拉姆利还在等你的电报来办完贷款——这实在太让人担心了。[……]

你可以想象我有多么挂念你。我真希望知道你在哪儿。我收到了你从班加罗尔寄来的信，里面有张5镑的支票。那时你并没有上前线的打算，我希望在你的下一封信里能听到详情。你的小说会得到妥善保管的——与此同时，"修辞的脚手架"搭建得怎么样啦？[3]我想知道你是否已经开始给D.T.[《每日电讯报》]写报道了——劳森老头想要的那种"生动有力"的报道。[……]

有很多事情想和你说，但我对你的下落或近况一无所知，我也不知道这封信什么时候到你手里。[……]

好吧！亲爱的，我只能往好的方面想，祈祷你一切顺利。我相信你吉星高照，就像相信我有好运一样。信中附件你会感兴趣的——我觉得我们不可能把钱拿回来了——但知道那家伙会坐上几年牢也挺让人满意

1　朗威尔府，位于凯思内斯郡；波特兰（Portland）公爵在苏格兰的宅邸。R.S.O.表示皇家邮政"区域分拣处"（regional sorting office）。

2　印度的西北铁路和主干道经过瑙什拉（现为巴基斯坦的一部分），那里曾是英国军队的一个营地。

3　温斯顿后来完成了这篇文章；文稿被保存了下来（尽管从未发表）。

的——还有卡多根。[……]

我很担心钱的事，我得去找找拉姆利，看看有什么办法。[……]
好吧，下周见，亲爱的，我祈求你平安无事。你做得对，我对此毫不怀
疑。上帝保佑你。

你亲爱的母亲

珍妮

温斯顿 9 月 28 日给他母亲发了电报，说他正在去前线的路上，
但在珍妮 9 月 30 日写下一封信时，她还没有收到电报，因为她正在
苏格兰"访问"。

—珍妮致温斯顿—

[1897 年] 9 月 30 日   N.B.[1]，霍伊克，明托府

最亲爱的温斯顿：

我感觉你已被录用了——否则你现在已经在回班加罗尔的路上了。
为了你的未来，亲爱的，我真希望你能去那里。[……]

信中附件你会觉得很有趣。我希望我们能逮住卡多根——我对他
比对克鲁克尚克更生气，后者不过是个普通的骗子。我希望我不必出
现[出庭]——报纸很烦人，记者会给一个人画速写，还会发表粗鲁的

1　N.B. 意为"北英"（North Britain），1603 年苏格兰和英格兰合并后的一个用语；"南英"
　（South Britain）包括英格兰和威尔士。到 1900 年，N.B. 多用于邮政地址。

评论。

我想知道你是否给拉姆利回信了？我写信给他，让他立刻去考克斯银行把事情解释清楚——万一有人出示你的支票。他是个很讨厌的人。我自己的事情也很糟糕——我希望他能帮我解决问题。具体该怎么做，天知道。[……]

我多么期待你从前线寄来的第一封信——给我，而不是给《每日电讯报》。从这里我还要再去阿洛塔[1]，看望马尔和凯利，然后去伦敦和纽马克特。我10月、11月和12月有很多行程，之后我会留在伦敦，尽量节省开支。[……]

再见，亲爱的。你何时何地能收到这封信，天知道。

> 上帝保佑你，多保重
> 你亲爱的母亲
> 珍妮

一个月前，温斯顿给他母亲写了一封信，随后开始了他向北前往前线的五天行程。他的信过了五个星期才寄到苏格兰的珍妮那里，信上告诉了她他将面临的危险。他为自己即将承担的风险辩护，指出这些风险可能会给未来的政治生涯带来好处。

---

1 阿洛塔，靠近斯特林，是厄斯金（Erskine）家族的首领马尔和凯利（Mar & Kellie）伯爵的府邸。

—温斯顿致珍妮—

[1897年] 8 月 29 日　　　在德旺附近的火车上，之后接近伊塔尔西

最亲爱的妈妈：

我昨天给您发的电报需要解释一下——不过我真心希望您不要再等了，就照我说的办。宾登·布拉德爵士给我写了一封信，说他得补充人手等——如果我能以记者（唯一可能的借口）的身份出现，他一有机会，就会把我派到马拉坎德野战部队去。为此，我费了好大的劲儿才请了一个月的假，昨天晚上出发的，我会在四天后到达瑙什拉，我希望能在那里和将军会合。

作为记者，必须持有特别通行证，因为在某些情况下，如果报社不够重要，就会被拒绝。我强烈希望我到瑙什拉时您已经采取行动了。[……]

我想我会及时赶到，正好看到我想看的东西。阿夫里迪[1]（Afridi），这个强大而好战的部落将会受到惩罚，而其他地方也有许多麻烦的迹象。事实上，整个边境都处于战火之中。[……]

亲爱的妈妈，在收到这封信之前，我可能已经有了几次前线的经历，其中一些还带有危险的成分。我冷静地考虑过每一种可能。这场战争也许不值得我去参与，毕竟我不是一个真正的士兵，而且一个人的时运有限，冒险去参战，只会对我想要放弃的职业有所帮助。但我已经考虑了所有的事情，我觉得年轻时在英国军队服役的经历，必定会在政治

1　一个居住在开伯尔山口及其周边地区的普什图部落。

上给我加分——我的主张必定会更值得倾听，也许还能使我在这个国家更受欢迎。

除此以外——我想我是一个喜欢冒险的人，但即使我冒了很大的风险，我也不应耽于冒险。无论如何我已经决定了——既然已经出场，就尽量把比赛打好。[……]

您永远亲爱的儿子

温斯顿·S.丘吉尔

—温斯顿致珍妮—

[1897年]9月5日 马拉坎德营地

最亲爱的妈妈：

您的电报收到了。这里有给《每日电讯报》的两封信。我不知道您跟他们提了什么条件——但每封信的酬劳肯定不能少于10镑。读后请转寄——然后决定是否应该署名。我个人倾向于署名——否则就不知道这些信是我写的了。以这种方式出现在公众面前，可能在政治上对我有帮助。[……]

[……]我和宾登·布拉德爵士在一起——他对我很好。我目前是《先锋报》¹的通讯记者，每天必须发电文300字。一有机会，这支部队将赋予我力量——如果我成功了，会获得一枚勋章。

---

1 《先锋报》（*The Pioneer*）是印度的一家英语报纸，鲁德亚德·吉卜林（Rudyard Kipling）1887—1889年曾为其写稿。

至于战斗——我们明天就行军，一周之内，就会有一场战斗——可能是今年边境上规模最大的战斗。当您收到这封信的时候，一切都结束了，所以我还是把它写下来。我相信我有好运——那就是我打算在活着的时候做点什么。如果我错了——又有什么关系呢？我的人生是愉快的，虽然离开人世我会感到遗憾——那将是一种我永远不会知道的遗憾。[……]

无论如何——我的意思是打完这场比赛，如果我输了，很明显，我不可能再有机会赢得其他任何比赛。这种不愉快的偶发事件会留下伤口，还会留下永久的影响——而且会使我失去生命中一切值得活下去的东西。但所有的比赛都有输赢。幸运的是，得胜的概率很大。

明天开展的行动还有点浪漫。我们将从世界上消失一个多星期。我们不再发电报或与外界通信，一头扎进一个未知的国度——面对一个不可估量的强大敌人。[……]

再见，亲爱的妈妈——我会安排好您的来信转寄。别担心。拥有哲学气质的人应该超越人类所有的弱点——恐惧或喜爱。

您永远亲爱的儿子

温斯顿·S.丘吉尔

珍妮建议温斯顿把他的文章编成一本关于这次战役的书，书名为《第二次阿富汗起义》（*The Second Afghan Risings*）。温斯顿在五天后写的一封信中也提出了同样的想法。第二年这本书出版时，他称为《马拉坎德野战军纪实》（*The Story of the Malakand Field Force*）。

—珍妮致温斯顿—

1897年10月7日 ［爱丁堡］

亲爱的温斯顿：

我在爱丁堡的一家旅馆里写信，正在去威姆斯勋爵[1]家的路上，我要在那儿住一两天，然后去伦敦。你可以想象我收到你的信有多么高兴——知道你平安无事。我想你会见到一些战斗场面，当你收到这封信的时候，你可能会考虑回班加罗尔了。

我今天没有多少时间写信，所以得马上动笔。我希望你已收到我的电报，能立刻给拉姆利回信——除非他们知道你安然无恙，否则那笔大额贷款是无法完成的。同时，周一我会去考克斯银行解释清楚。

我把你写给《每日电讯报》的信读给明托勋爵[2]听，他觉得写得很好——但让我别署你的名字。他说直接署名很不常见，可能会给你带来麻烦。昨天登了第一篇，标题为"印度边境——一位年轻军官的见闻"。主编[3]来电说他们愿意一个通栏给5镑——恐怕没有你期望的那么多，你的第一封信正好占了一个通栏。不过我再试试，想办法让劳森多给点。

我写信给［威尔士］亲王，让他看一下你的文章，还推荐给了很多

---

1 威姆斯（Wemyss）伯爵和马奇（March）伯爵的家是东洛锡安的高斯福德府。

2 明托勋爵（Ld Minto）在1889年之前曾是一名军人；他1891年继承了伯爵的爵位（见人名）。

3 约翰·勒·塞奇（John Le Sage），1888—1923年主编《每日电讯报》。

人。你会出名[1]（这个词不会拼写），我相信你会的，亲爱的孩子。我刚买了今天的《每日电讯报》，看到了你的另一封信，他们把信分成了两篇——这样的话，他们就会多登一篇，你能拿到10镑了。我下封信把剪报寄给你。[……]

你可以想象我多么想你，知道战争将很快就结束了，我心里多么高兴，我知道你会平安回到班加罗尔，但为了你的前途，我还是很高兴你能到那儿去，我希望你安然无恙，如愿获得勋章。但我想到你正在经历的那些困难，就为你感到难过，亲爱的。

别担心你的信件，你可以用它们出一本小书——《第二次阿富汗起义》什么的。今天所登信件的标题是"印度高地的战争"，出自你的信件，他们显然很喜欢这句话。我希望你没有因为急行军和暴晒而感到不适。[……]

上帝保佑你，亲爱的。我希望B.B.爵士［宾登·布拉德］能收到我的信。

你亲爱的母亲

珍妮

1　原文为"kudos"，意为"名望、名声"。——译注

经接近生命的尽头了。如果您仔细地读我的信，您就会明白这是一次可怕的溃败，伤者被丢下任由那些野蛮人残忍地伤害。

我离两位军官很近，他们几乎同时中枪了，我用左轮手枪朝30码外的一个男人开枪，那个人在用刀砍可怜的休斯（Hughes）的尸体。他退后，但不一会儿就又跟了上来。我和一个中尉——叫贝休恩（Bethune）的——抬着一个受伤的西帕衣[1]走了一段距离，有人提醒我们留意附近有没有壕沟。我的裤子上现在还沾着那个人的血。我们一直待在那里，直到敌人来到离我们不足40码的地方，我们用左轮手枪射击。他们朝我们扔石头。这真是可怕。因为我们帮不了那个倒下的人。我并不感到兴奋，也几乎没有害怕。当危在旦夕的时候，所有的兴奋都消失了。[……]

[……]在我的小说中，我提出了这样一个观点："政治家"往往只是表面上拥有血勇之气。军人则是相反的。不过，无论我以后做什么，谁也不能在这一点上对我说三道四。我骑上我的灰色小马沿着散兵线前进，而其他人躲在掩体里。也许我的行为相当愚蠢，但我下了很大的赌注。只要有人认可我，任何行为都不能说太大胆或太高尚。但要是没有那条壕沟，事情就大不相同了。

如果一切顺利，我很快会再给您写信，如果不顺利，您知道我的人生是愉快的，毕竟我们应该追求的是质量而不是数量。不过，我还是想回来，在盛大的晚宴或其他场合戴上我的勋章。[……]

---

1 西帕衣（Sepoy）指在英国军队中服役的印度兵。

我只活在当下，也无暇顾及太多。我想上周还发生了其他事情——但我意识不到。欧洲无比遥远——英国无比狭小——班加罗尔只是印度地图上的一个小点——但这里的一切却是生死攸关、有血有肉的。

您永远亲爱的儿子

温斯顿

—珍妮致温斯顿—

1897 年 11 月 4 日   布兰福德，伊韦恩明斯特府

亲爱的温斯顿：

我已把你的信寄给了《每日电讯报》，已是第五次投稿了——尽管我认为这是个错误。你目前还不能就这样的事情写文章——等你离开军队以后，情况就不同了。书信是一种不错的呈现方式，我敢说很多人同意你的观点，但让一个像你这样的年轻人来讲大道理，肯定会让人恼火。不过，我们别为此争论。

布拉巴宗上校转交给我一封宾登·B.爵士写的信，他在信中对你赞不绝口，他说他在战报里提到了你，你一定乐意听到这个。你做得太棒了，亲爱的孩子，我始终为你感到骄傲。原谅我的忠告——可能不需要——但要谦逊。你所有的英勇事迹一定会公之于世，人们会知道的。让别人去称赞，别自夸。在此情况下，人通常会忍不住谈论自己——但要克制。让他们去谈论。

我将把所有已经发表的信件都寄给你，但不会有报刊的评论，因为公众并不知道这些信是你写的。信的附件也许可以满足你的虚荣心，但

所有权是我的！[1][……]

你有时间琢磨琢磨这些问题，让我知道你的财务状况。你付过账单了吗？告诉我你过得怎样。[……]

亲爱的，我很想见到你，知道你平安无事，我无比欣慰。告诉我你是否喜欢我寄给你的书。把你小说的第一部分寄给我，把附寄的只言片语也寄还给我——别忘了告诉我你的财务情况。下封信我会寄给你一份小额账单的清单，如果可能的话，请寄张支票给我！

你亲爱的母亲

珍妮

珍妮也许以为温斯顿的边境冒险就快结束了。然而，他正在设法调动，这样就可以参加第二次军事行动了。蒂拉赫是印度西北边境的一个山区，位于汉吉谷地和开伯尔山口之间。在过去的十六年里，英国殖民当局付给阿夫里迪（Afridi）部落钱，让他们守卫开伯尔山口及其邻近地区，同时也为了同样的目的维持着一支阿夫里迪人组成的部队。

1897年晚些时候，阿夫里迪部落起兵反抗这种安排，占领了其同胞驻扎的山区哨所，威胁到英军靠近白沙瓦的要塞。当年9月，爵士威廉·洛克哈特将军（General Sir William Lockhart）奉命在旁遮普邦军团（Punjab Army Corps）35000名士兵的帮助下，组建

---

1 附件没有保存下来；可能是对《每日电讯报》上那几篇匿名文章进行赞扬的一些文字。

一支部队镇压起义。他将于 10 月 18 日开始进行后来被称为蒂拉赫远征（Tirah Expedition）的行动。

—温斯顿致珍妮—

[1897 年] 9 月 27 日   戈恩营地

最亲爱的妈妈：

　　昨晚很高兴收到您从布伦海姆寄来的信。又过了令人激动的一个星期，我还活着，安然无恙。给你写完上一封信后，我们对扎盖和坦盖两处村庄展开行动——都是小规模交战：前者的战斗更激烈些。[……]

　　我正准备参加另一次前往蒂拉赫的远征——因为这意味着我将再次获得勋章，但对我来说，能否成功参加还是个疑问。如果不成功——我将在 10 月 15 日回到班加罗尔。如果成功——那这次任务可能会一直持续到圣诞节，甚至更晚。

　　我被一份电报弄得既困惑又担心，电报是从英国来的，两天前我才收到，电文只写了个"不"。是说贷款吗？如果是的——我的处境确实很严峻。我已经开了 500 镑的支票来偿还债务，如果这些支票被拒付，我真的不知道——也无法猜测——可能会有什么后果。[……]您可以理解，这一切比战争的危险和艰难更使我担心。[……]

　　我经历了一些危险的时刻——但我确信我的运气足够好，我能够渡过难关。

您永远亲爱的儿子
温斯顿

—温斯顿致珍妮—

[1897年]10月2日　　　　　　　　　　　伊纳亚特，基拉

[铅笔书写]

最亲爱的妈妈：

自上次给您写信后——我们又发起了一次重大行动。9月30日——在阿格拉——我参加的这次战斗持续了五小时——但还不至于陷入绝境。我们遭受了损失——我们召集来的可怜的1200人中有60人伤亡。这些数字可以与埃及的弗凯特行动[1]等——这些伟大的战役中的主要人物都被授予了勋标和勋章——相提并论。在这儿，我们两周内一个旅有245人伤亡，包括25名军官。我希望您能把这场战斗告诉亲王和其他人——如果他们对此表示惊诧，那就给马蒙德山谷行动记个特等功。这是四十年来边境上最激烈的战斗。[……]

这是一场根本不会优待俘虏的战争。他们杀死并残害他们抓到的每一个人，我们也会毫不犹豫地将他们的伤员处理掉。我来到这里后就目睹了几件不怎么漂亮的事情，但正如您所相信的，我没有被任何脏活儿弄脏了手——虽然我知道有些事情是必须要做的。当然，所有这些话您都不必说出去。

如果一切进展顺利——我对自己的运气有信心——我会设法明年回家待几个月。与此同时，这次冒险让我感到相当有趣——尽管它很危

1　弗凯特行动（Firket）发生在1896年6月7日。估计有20名埃及士兵死亡；敌方马赫迪人有800人至1000人伤亡。

险——我打算能待多久就待多久，这是一种陌生的生活。我此刻躺在掩体里——在地上挖了两英尺深——保护自己免受夜间枪击——穿着雨衣，头疼得厉害——随着太阳越升越高，掩体内的温度越来越高，我也越来越热。但毕竟，食物和哲学气质才是人类的必需品。

我对天发誓，那笔钱没问题，这件事有时就像一场噩梦。

您永远亲爱的儿子

温斯顿

十天后，温斯顿再次写信时，他在马拉坎德野战部队的行动已经接近尾声了；在此阶段，他未能成功转到蒂拉赫的相关部门。为了安慰自己，他考虑写一本关于他在马拉坎德的冒险经历的书，这个想法呼应了他母亲 10 月 7 日信（此信他没有收到）中的提议。

—温斯顿致珍妮—

[1897 年] 10 月 12 日　　　　　　　　　　　　　　瑙什拉

最亲爱的妈妈：

给您写信是要告诉您我已越过边界，重新归队了。我后天会给您发电报，但因为我要去贾姆鲁德[1]看雨果·巴林，另外有可能会发生夜战，所以我不便声张，直到出了丛林。

自从我的上一封信以来，我已经目睹了两三次激烈的冲突，至今我

1　开伯尔山口通道处的堡垒，英国军队的一个营地。

们已经遭到整整十次攻击。这些经历是从政的基础。详情我在下一封信再写——但我给《每日电讯报》的信应该能让您多少了解一些我的生活。请把剪报和任何与此有关的评论寄给我。我打算，或者更确切地说，我正在认真考虑写 M.F.F.［马拉坎德野战部队］的故事。我了解实情，包括人员与环境。这个想法不错。但那本小说¹不得不先搁置，因为我满脑子都是这本书的想法。下一次写信我会告诉您。

我希望您能喜欢这些信。我已经获得了勋章和勋标。［宾登］布拉德爵士说，很少有人像我一样经历过这么多的战斗，请注意，不是在参谋部，也不是在后方，而是每次都属于后卫部队的最后一个连队。真是一次难得的经历。［……］

您亲爱的儿子

温斯顿·S.丘吉尔

回到班加罗尔后，温斯顿向他母亲讲述了他两次参与战争的兴奋——这是一种永远不会消失的情感，同时会招来赞赏和批评。

——温斯顿致珍妮——

［1897 年］10 月 21 日 　　　　　　　　　　　　　　　　　　班加罗尔

最亲爱的妈妈：

我又一次在班加罗尔自己的房间里的那张旧桌子上给您写信。我离

1　指温斯顿在写的《萨伏罗拉》。——译注

开这儿才七个星期——但我身上发生了太多事情，而且还有更多的事情可能发生！

这段时期是我一生中最光荣最快乐的时期。但这种可能性始终存在，即它会突然终止。我看到很多人被杀或受伤，听到周围有很多子弹呼啸而过——数量之多，您也许不会相信。但没有什么东西更近在咫尺了——在上一封信中我说子弹离我有一码——但在那以后，间隔距离更近了。

我的运气一直很好。一切都像在古巴一样顺利——按部就班。一切安排妥当，没有任何障碍——也没有不愉快的结果。我非常满意。现在我有了一个很好的经历，有资格获得一枚勋章，我想应该还有两枚勋标。我现在在班加罗尔打马球，我的朋友们给我的生活带来了新的刺激。[……]

可怜的妈妈，您一定很担心。我能理解，因为坦白说，确实是非常危险的。然而，这种事情让生活变得有意义，我觉得我对冒险的渴望丝毫没有熄灭。[……]

我想劳森老头会喜欢我的信的，因为说实话，这些信的确"生动有力"。我随信附上最后三篇。我已经查看了《每日电讯报》，但发现他们还没发表。我相信这些信会留下良好的印象；在政治上，这些信也会大有裨益。

您永远亲爱的儿子

温斯顿

—珍妮致温斯顿—

[1897年]11月11日　　　　　　　　　　　　海克利尔城堡[1]

亲爱的温斯顿：

你的信转到我这儿了，附带给《每日电讯报》的三封信也已寄出。我随信附上主编的来信，你会满意的。我倒希望劳森老头除了给你的信件付酬以外，还能给你一张支票。他应该这么做的——但讨价还价当然不行。

所有的信都登在显眼的地方（最近放在头版），他们通过刊发你的前线报道达到了他们的目的，他们非常感激。等最后三封信发表，我会把整个系列寄给你。我想你现在可以安定下来，读点书了。想到你在班加罗尔安然无恙，我无法表达我对上天的感激之情。[……]

说到财务，别忘了告诉我你的确切情况。珠宝商刘易斯[2]向你要钱。就我个人而言，我正在经历一场非常严重的危机。等我制订出具体的计划，就给你写信详细说明。拉姆利正在帮我出谋划策。[……]

你亲爱的母亲
珍妮

回到班加罗尔，温斯顿才看到《每日电讯报》上刊登了他的文

1　卡纳文（Carnavon）伯爵的府邸；这座"城堡"1878年由查尔斯·巴里爵士（Sir Charles Barry）以英—意风格重建。

2　H.C.刘易斯（H.C. Lewis）：《关于钻石的起源和基质的文章和笔记》（*Papers and notes on the genesis and matrix of the diamond*），朗文出版社，1897年。

章，但没有署名；他对自己可能失去的政治机会感到失望。他的下
一组信件表明，温斯顿在西北边境的经历是他自信心的一个转折
点，这段经历给他的雄心壮志带来了新的紧迫感。

　　这段时间正是珍妮和威尔士亲王关系最融洽的时期。每逢周末
聚会，各个乡间别墅的女主人都知道，如果想要把亲王请到家里
来，最好把珍妮也列入邀请名单。温斯顿知道这种游戏的性质：这
是第一次，但不是最后一次，他请求母亲争取亲王的支持，将他调
到埃及。

　　　　　　　　　　　—温斯顿致珍妮—

　　[1897年]10月25日   班加罗尔

最亲爱的妈妈：

　　我在昨天收到的一周的报纸上看到了我寄给《每日电讯报》的前三
封信。我对这些信件没有署名感到很失望。我写这些信是有意图的，只
有我的书信署名发表了，我的目的才能实现，我要把我的个性呈现给选
民。我本来希望会产生一些政治上的好处。这种希望使我在信件的风格
和结构上尽最大努力，同时也避免提及任何我自己的经历。我想我从来
没有写过比这更好的东西，我更愿意署上我的名字。在这种事情上，一
个军人［明托勋爵］的建议当然没有什么价值。

　　至于被当局找麻烦，署不署名我同样都要承担责任——虽然现在这
些文章没有署名，但和署名了也没什么差别。不过，无论如何，我没有
写任何可能犯忌的东西。我把决定权交给您，然而，您已经决定了——

这不是第一次——采取消极路线。我只想补充一点，如果我要尽量避免做"不寻常"的事情，那很难看出我有什么机会超越普通人。[……]

在这件事上我已经失去了任何满足感，我想从经济上安慰一下自己。我不会接受每封信的稿酬少于10镑，并且我会退回任何少于10镑的支票。我要求至少这个数目，当我想到这些信件是在地面温度高达115华氏度[1]的帐篷里写的，或者是在漫长的一天之后写的，或者是在危险的灯光下写的——灯光会引起枪击，我疲惫不堪，匆匆忙忙，或在其他艰难的情况下写信——我就认为他们给的价格很低。

《每日电讯报》给我的75镑付不了我和马的开销。《每日纪事报》提议给我每封信10镑，要我去克里特岛。我可不愿意受这种欺瞒。正如约翰逊博士所说："除了傻瓜，没有人不为钱写作。"[2]

[……]我仍在认真考虑写马拉坎德野战军纪实。它当然会有市场，对我也有好处。我认识所有能提供材料的人。我对这部小说兴趣盎然，充满信心，我有些犹豫不决，不愿把它放一放。[……]

我必须去埃及，您应该设法促使亲王写信给基奇纳，提及这个问题。[……]的确，这里的生活已经满足不了我了。我想要有所成就，不能忍受每天无所作为或例行公事。马球已经魅力大减，不能再满足我了。我每天都越来越需要严肃的工作。[……]

1　115华氏度约为46摄氏度。——编者注

2　根据詹姆斯·博斯韦尔（James Boswell）的《约翰逊传》（*Life of Samuel Johnson LL.D*），约翰逊曾说："除了傻瓜，没有人不为钱写作。"

　　我还会当兵两年，不过这两年一定要充实。您应该能把我从一个地方转到另一个地方。[……]

　　我只给您一个人写这样的信，我不在乎您是否会嘲笑信的内容。我现在对自己充满了信心，确信我将在这个世界上有所作为——如果我没有伤残的话。感谢上帝，财务状况稳定下来了。我正在清理一切开支，偿还各种账单。[……]现在让我向您表达问候。我希望您能读到这部小说。它每天都有所进展，已经完成八章了。

您永远亲爱的儿子
温斯顿·S.丘吉尔

　　只有当温斯顿在离开英国前的那个夏天所开的支票得到银行承兑时，"财务"才得以"稳定"。事实证明，这种财务上的喘息是短暂的，他没有注意到珍妮在上一封信里提到她自己财务上有"严重的危机"，也没有注意到她的律师打算想出一个"切实的办法"来解决它。

—珍妮致温斯顿—

　　1897年11月25日　　　　　　　　　　达勒姆，兰姆顿城堡[1]

最亲爱的温斯顿：

　　这会是一封短信——因为我已经拟好，邮差很快就来。我来这儿

1　兰姆顿家族的府邸，他们的财富建立在煤矿上。

拜访达勒姆勋爵[1]，以及亲王、曼彻斯特公爵夫人[2]、彭布罗克夫妇[3]、伯迪·范恩[4]等人。我明天回伦敦。[……]

你收到这封信时，还会收到我的电报，电报中提及要让你写一篇关于你所经历的战斗的报道——因为我认为战场上的第一手材料是很重要的。你也可以从中赚一笔钱。当然，如果要签合同的话，必须非常谨慎，并且尽可能地不透露私人信息。即使我是个局外人，我也想写上一篇。[……]

给亲王写信，他很乐意收到你的信——我会告诉他。[……]

恐怕我得打住了。克鲁克尚克已经认罪，被判八年劳役。这对卡多根来说是幸运的，他这个无赖。下周我详细说。上帝保佑你，亲爱的孩子——我始终惦念着你。

你亲爱的母亲

珍妮

温斯顿日积月累的自信也使他对母亲更有勇气了，他开始指责

---

1 约翰·兰姆顿（John Lambton），达勒姆伯爵；他的妻子埃塞尔（Ethel）在1882年他们结婚后就被送进了精神病院。

2 孔苏埃洛，曼彻斯特公爵夫人，娘家姓伊兹纳加·德尔·瓦莱（Yznaga del Valle）。

3 西德尼·赫伯特（Sidney Herbert），议员（1877—1885、1886—1892）；1895年继承为彭布罗克（Pembroke）伯爵。

4 伯迪·范恩（Bertie Vane）指赫伯特·范恩-坦皮斯特勋爵（Lord Herbert Vane-Tempest），伦敦德里第五代侯爵的第三个儿子。

母亲胆小怕事——她决定不把他的第五封信转发给《每日电讯报》，因为信中有批评他的军人前辈的材料。珍妮很反感别人说她胆小怕事。她儿子第一次提出她的朋友圈子"狭窄"，不是他想要引发关注的社交圈。

—温斯顿致珍妮—

1897年［11月2日］   班加罗尔

最亲爱的妈妈：

昨天的邮差给我送来了您10月14日的来信［遗失］。我立刻给您发了电报，请您帮我发表第五封信。这非但不会给我带来麻烦，反而可以表达基本的军事观点。［……］这无疑是这些信中——最好的——最有价值和最有趣的信。您怎么会认为我发表这样一封信是不合适的，这对我来说是个谜。那些批评是非常温和恰当的。当然，如果您始终被这群上校——虽然是些英俊迷人的男人——统治，他们讨厌一切印刷品，那很可能您会说我写的一切都是危险和不得体的。［……］

我仍然对这些信没有署名感到失望。虽然我重视您在伦敦的朋友们的意见，但那一小群人并不是我想要吸引的听众。您从来没有对我谦逊过。如果我要在这个世界上有所作为，您必须下决心去宣传，也要让我做一些不寻常的事情。当然，有些人会觉得受到冒犯，有人会像布拉巴宗一样不以为然。我为此感到遗憾，我很喜欢布拉巴宗，也很尊敬他。

我意识到凡事总会有些反对因素，我决心不让它们干扰我的行动。我认为，用生动有力的书信把我的名字以一种正确而有吸引力的方式呈

现在国人面前的绝佳机会已经失去了。毫无疑问，我应该在不久的将来再做一次努力：但一个人不能总是这样错失机会。[……]

小说进展顺利。现在已经写了九章，读起来非常棒。[……]主人公是一位了不起的民主派领袖，有着良好的品性。一个充满浪漫情趣、多愁善感、神经紧张的男人，能够和任何人谈论他喜欢的话题，能够在公众集会上慷慨陈词，用他的魅力赢得任何人的欢心，无论男女。与之形成强烈对照的是总统——一个纯粹的物质主义者。[……]书中两人之间的斗争也是情感和物质主义之间的斗争。斗争的战利品不仅是政治权力，也是"欧洲最美丽的女人"。[……]这部作品占据了我的思想和时间。[……]

回顾我在战场的整个经历，我发现我在七个不同的场合成了被攻击的目标，每次持续四到十三个小时：还有十二个晚上遭到了乱枪扫射。在所有这些场合中，您不要告诉其他人，我很高兴地告诉您——就当时的行为而言，我没有发现比我更好的人。[……]

再见，亲爱的妈妈。请尊重我的信心，不要让军事因素过多地影响您的建议。

您永远亲爱的儿子
温斯顿

温斯顿在完成小说《萨伏罗拉》和撰写《马拉坎德野战军纪实》之间左右为难。他在离开边境一个月后的 11 月初做出了决定。

—温斯顿致珍妮—

[1897年]11月10日   班加罗尔

最亲爱的妈妈：

这个星期没有收到您的来信，我很失望，但我想我不能抱怨，因为您可能没有收到我的信。[……]经过一个月的反复考虑，我决定把整个战役写成一本书，取名为《马拉坎德野战军纪实》。[……]

小说已经写了十一章，而且进展顺利，把它搁置起来是个巨大的不幸，但我意识到，另一部作品应该马上发表——圣诞节——如果可能的话。最迟2月。

[……]我希望您能同意这个安排。某种程度上，我是被鼓动这么做的，为的是弥补我的信没有署名的遗憾。这是一项大事业，一旦实施，将在各个方面产生实质性的成果，财政上，政治上，甚至——尽管我一点也不在乎——军事上。

无论如何，我现在已经投入全力了，因为我已经写信给我在那里遇到的所有长官和有见识的人，以了解事实等等，我毫不怀疑，我将收到大量的回信。这才是这个时代的谦逊。[……]

我希望您回信时寄上：

1.与吉德拉尔[1]相关的蓝皮书。

---

1 《吉德拉尔的解围》(*The Relief of Chitral*)，也被称为蓝皮书（Blue Book），是由两兄弟写的：少将乔治·扬哈斯班德爵士（Major-General Sir George Younghusband）和中校弗朗西斯·扬哈斯班德爵士（Lt. Col. Sir Francis Younghusband）。该书提供了1895年兴都库什山脉（Hindu Kush）事件的第一手资料，当时英国远征军解救了被困在吉德拉尔要塞的400名士兵。当地部落拒绝追随吉德拉尔臣服于英国统治。

2.任何您能得到的关于该事件中重要人物的观点、意见和表述等信息。

首先，全力以赴。其次，如果可以的话，采取私人信件的形式。[……]我当然会对我收集的材料做出自己的判断，并且一旦做出判断，就不会轻易改变。[……]

再见，亲爱的妈妈，您永远亲爱的儿子

温斯顿

别无选择（1897—1898）

"在纸上信笔由缰"

　　温斯顿全神贯注于他的军事冒险和文学计划，没有注意到他母亲在最近的信中提到她日益严重的经济问题。现在，他快到二十三岁生日了，他第一次意识到她的困难，但并没有表现出过分担心的样子。

　　在他集中精力写作《马拉坎德野战军纪实》时，他不得不先搁下尚未完稿的《萨伏罗拉》。这两项写作计划使温斯顿产生了这样的想法：当他在政治阶梯上从较低的位置开始向上爬的时候，他也许可以靠写作的收入生活（直到1911年，国会议员都没有工资，尽管内阁大臣的年薪是5000镑）。毕竟，他的两位历史导师，爱德华·吉本和托马斯·麦考利，也走过了同样的道路。

—温斯顿致珍妮—

[1897年]11月17日   班加罗尔

最亲爱的妈妈：

我很高兴，您的两封信[也许是10月22日的信（遗失）及10月29日的信]本周都收到了。《每日电讯报》让人很不满意。有两封信不是弄丢了就是被扣下了，这些信我算是白写了。他们还搞乱了这些信的顺序。[……]

唉，我已经不在战斗现场了。这里的生活显得枯燥乏味。我一直在不停地写关于那些战斗的书，无论是在收集丰富的资料方面，还是在实际的写作方面，我都取得了相当大的进展。[……]

我很理解您担心钱的问题，我发现我最初估计的债务远远低于实际数额。所有的借款和大量最紧迫的账单都已付清，但近500镑——仍未还给如伯诺、陶兹、索特等人。[1][……]

您必须密切关注政治形势。尽管我在这里不了解情况，也听不到什么消息，但在我看来，很明显，上次大选的决定已经造成了非常明显的影响。如果我在英国，这些补选也许给了我获选的机会。[……]当然，如果帕丁顿[温斯顿的父亲之前的选区]有空缺的话——您得替我留意，我会乘最近的一班船赶回去。即使我不能及时赶回去，他们也很可能会选我。我想，索尔兹伯里勋爵的退休现在只是几个月的问题了。[2]之后

1　伯诺（Bernau）和陶兹（Tautz）是伦敦的裁缝，索特（Sowter）是做马鞍的；他们的账单直到1901年才付清。

2　实际上，索尔兹伯里勋爵在五十五个月后的1902年7月才退休。

情况可能会有彻底的改变。[……]

不要担心钱，我最亲爱的妈妈，如果发生最坏的情况，您可以把房子出租——不管这有多烦人，您总会发现有很多地方乐于接待您，而您仍然是这个世界上最可爱、最美丽的女人。此外，您必须帮我对付小说里的那个女人。她是我的主要困难。我要在回家之前把这两本书写出来，然后看我是否可以通过写作来增加收入。

您永远亲爱的儿子

温斯顿

珍妮曾多次受到邀请到乡间别墅去做客——只要威尔士亲王在客人名单上占首位的时候，所以她的这封回信是八个月来她从自己家里写的第一封信（留存下来）。她也不会待太久……

—珍妮致温斯顿—

1897年12月10日   坎伯兰大广场35a

亲爱的温斯顿：

每周的信件到了，这一次我在家里。你11月17日的来信我非常感兴趣。[……]我期待杰克下个周末回家，然后我们去布伦海姆过圣诞节——那里要举行一个大型家庭聚会——他们要演几出我们大家都要参加的戏——杰克扮演中国人，我扮演女记者。我个人认为这是个错误，面对朋友——甚至佃户表演滑稽戏是可以理解的，这样做是为了慈善，整个牛津的人都会来，或者面对任何来自伦敦的粗人——只要他愿意付

10先令，来看丘吉尔家的人当傻瓜。没有人跟我商量——当然，现在提建议也没有用。

我周一要去维尔贝克[1]参加一个大型聚会，会有王室成员等——然后去布伦海姆、查兹沃斯[2]，之后我就在这里住一段时间。我前几天见过热恩夫人[3]，她总说起你，我跟她说了你的书，她非常赞同。我会去找桑普森和劳［出版商］谈谈这本书。下周我会见到亚瑟·贝尔福和张伯伦，我想前者可以给我所有我想要的关于出版商等方面的信息。[……]

我希望下一封信能够给你提供一些政治方面的消息——见过那些政治人物再说！我一直在劝说法德尔[4]，但他还不准备辞职！你答应给我的金融票据还未收到。我很遗憾你还没有把账都还清。债务让人十分疲惫。我会看看我能为你做些什么。当文件准备好交给你签字时，我会给你写信详细说明这个问题。

> 好吧，下周见，祝福你，亲爱的
>
> 你亲爱的母亲
>
> 珍妮

1　北诺丁汉郡的维尔贝克修道院，波特兰公爵的领地。

2　德比郡的查兹沃斯（Chatsworth）府，德文郡公爵的府邸。

3　后来的圣赫利尔夫人（Lady St. Helier），她在1908年将温斯顿重新介绍给他未来的妻子克莱门蒂娜。

4　乔治·法德尔爵士（Sir George Fardell）一直担任南帕丁顿议员，直到1910年。

温斯顿在写一本关于边境战役的书，结果却变成了与《泰晤士报》记者芬卡斯尔勋爵的出书竞争，当年年初，芬卡斯尔在加尔各答曾把自己的毡帽借给温斯顿。

—温斯顿致珍妮—

[1897年]11月24日   班加罗尔

亲爱的妈妈：

本周没有收到您的来信，我再次感到失望。我热切盼望着您的来信，要是没有您的信，邮件就会显得枯燥乏味，令人不悦。我注意到，《每日电讯报》收到了信，但见报时弄错了——这周的信顺序不对。[……]

我很努力地在写这本书，每天都收到来自边境的有关详情的信件。我听说芬卡斯尔勋爵也在写书，并且已经有了我希望得到的照片。这是个大麻烦，因为这个主题太小，市场可容不下两本书。[……]

问题是——我已经写了这么多——这本书很有希望——我不想放弃。当然，率先出书情况就会大不一样。因此，我希望您就此与出版商联系并写信给我。我希望M.S.[文稿]最迟在六周内能寄回家。不需要再校对——因为我正在把它打出来。

> 献上最诚挚的爱，我依然并永远是您亲爱的儿子
>
> 温斯顿

珍妮一边周游英国的乡村别墅，一边不知疲倦地维护她儿子

的利益。贝尔福是一名发表过作品的作家，[1]也是一名政治家，在维尔贝克修道院，珍妮在与他的一次交谈中结识了文学经纪人A.P.瓦特[2]，后者愿意帮忙把《马拉坎德野战军纪实》卖给一家出版商。

—珍妮致温斯顿—

1897年12月16日　　　　　　　　　　沃克索普，维尔贝克修道院

最亲爱的温斯顿：

这封信我不想写得太多——因为时间不早了，也因为我直挺挺地站一天了，另外我还要给B.B.[宾登·布拉德]爵士写信。我们在这儿搞了个盛大的晚会，到场的有亲王和王妃及公主[3]、张伯伦夫妇[4]、德文郡公爵夫人[5]、斯塔尔夫妇[6]、卓别林[7]、亚瑟·贝尔福等——后者对你很友好。

1　贝尔福出版了《哲学怀疑的辩护》（*A Defence of Philosophic Doubt*，1879）、《演说文集》（*Essays and Addresses*，1893）和《信仰的基础》（*The Foundations of Belief*，1895）。

2　1875年，亚历山大·波洛克·瓦特（Alexander Pollock Watt）开始从事文学经纪的工作，此前他从事过图书销售和广告业务。1881年，他成立了世界上第一个文学经纪公司（见人名）。

3　亲王妻子亚历山德拉王妃（Princess Alexandra）和他们的女儿维多利亚公主（Princess Victoria，时年二十九岁）；他们另外的两个女儿已经结婚。

4　约瑟夫·张伯伦和他的妻子哈里特（Harriet），娘家姓肯威克（Kenwick）。

5　斯宾塞·卡文迪什（Spencer Cavendish），德文郡第八代公爵和他的妻子路易莎（Louisa），前曼彻斯特公爵夫人。

6　乔治·德·斯塔尔（Georges de Staal），俄国外交官，1884—1902年为驻英大使。

7　亨利·卓别林（Henry Chaplin），地主，赛马场老板，保守党议员。

　　我把你写（战役）书的事告诉了他，他会给我找个优秀的出版商并接洽所有的事情。你只需要把文稿寄给我，我会帮你全部搞定。[……]我觉得芬卡斯尔勋爵的事很烦人，但我听说他是个慢性子的家伙——你必须拔得头筹，就得这样。

　　A.B.［亚瑟·贝尔福］说他还没有读到你的信——但他听说了许多关于这些信件的好话。这些信已经有人阅读和欣赏，这些人以后对你会有用处。[……]

　　你收到我寄给你的书了吗？你书写完之后还要多读点书。[……]

　　再见，亲爱的孩子——别灰心，一切都会好的。[……]多保重，注意身体。

你亲爱的母亲
珍妮

　　像所有写作新手一样，温斯顿正在体会一篇简短的报刊文章和一本书的区别。正如他在信中所说，"每个部分都得通过艰辛的写作和不断的润色来完成"。

—温斯顿致珍妮—

［1897年］12月2日　　　　　　　　　　　　　　　　海德拉巴

最亲爱的妈妈：

　　1.您［11月］4日和11日的信我都收到了。我无法告诉您，当我收到您的来信，得知宾登·布拉德爵士曾在战报中提到我时，我信心大增并感到十分满足。如果情况真是这样——我敢说就是这样——那么我将会如愿以偿。比起世界上任何事情，我更渴望获得个人勇气的名声。年轻人应该崇拜年轻人的理想。战报很快就会公开，我就能确切地知道了。与此同时，我活在希望中。我认为这是我应得的荣誉——我觉得我抓住了每个机会，在有危险的地方表现自己，但是，我没有军事指挥权，不能指望因为我这种哲学家行为而得到犒赏——毕竟这只是一个绅士的行为。

2. 这部小说目前还难以评判，先搁着。我会尽快把它打出来，然后寄给您——部分原因是为了征求您的意见。但您得记住，它还是初稿，必须扩充。

3. 那篇关于修辞的文章还得等一阵。我对文章不满意，也没有时间去多思考。真相是存在的，但真相还不足以成为一篇文章。还需要做更多的工作。除其他书籍以外，我还得读格拉斯顿的演讲。

4. 您的电报今天收到了——从班加罗尔转来的。我知道您会记得我的生日——尽管这些东西在过了"蛋糕和蜡烛阶段"之后就失去了意义。说实话，我忘了——直到收到您的电报。[……]

5. 写马拉坎德的书——占据了我的思绪，每天占用我六个小时。我相信——尽管得由别人来决定——我正在写一部精彩的英文书，书中有大量很有价值的事实。从现在起分四次寄给你，但必须尽快出版。[……]

6. 财务。在写完马拉坎德的书之前，我不想谈论这个问题。我把其他的事情都先搁起来。与此同时，所有的债务都还清了，只剩下一些账

单——然而差不多还有 500 镑。目前我能靠收入生活。[……]

　　妈妈，我不多写了——因为我讨厌这支笔——它把我的食指磨出了一个泡。我写不快，每个部分都得通过艰辛的写作和不断的润色来完成。我承认您寄来的剪报让我很高兴。至于吹嘘——我只对朋友透露。他们理解并谅解我的虚荣心。

您永远亲爱的儿子

温斯顿

　　在温斯顿写下一封信之前，官方消息透露出来，帕特里克·杰弗里斯准将（Brigadier General Patrick Jefferys）在发给他的指挥官宾登·布拉德爵士的一封战报中提到了他，战报的日期是 1897 年 10 月 27 日。

—温斯顿致珍妮—

[1897 年]12 月 9 日　　　　　　　　　　　　　　　班加罗尔

最亲爱的妈妈：

　　我看到了公开的战报，我几乎不敢奢望的事情居然实现了。此生中我应得或有幸得到的任何其他荣誉都不能给我带来同样的快乐。

　　我夜以继日地写这本书。现在差不多已经完成了——虽然每次邮件都能给我带来新的信息和更有趣的细节。我把《每日电讯报》登载的信件完全拆散了——您只能认出其中一部分。大部分内容都进行了重写。我有远大的抱负，但这本书写得如此仓促，对我相当不利——我想找个比车站书摊更好的地方。然而，我敢说我对一切都抱着夸大的看法。

在此期间，我不再写信了——给您的信得缓一缓——直到这部书写完。我一天至少写八小时——我的勤奋和努力让自己都惊讶。我会分两次——至多三次把稿子寄给您。我仍然醉心于生活。这是一件好事，令人愉快的事。

[……]我看到埃及需要军官。现在是时候向将军提出新的申请了。趁热打铁，趁墨汁未干。

您永远亲爱和忠实的儿子

温斯顿

—温斯顿致珍妮—

[1897年]12月15日   班加罗尔

最亲爱的妈妈：

再简单写几句。书差不多写完了。[……]两周后您会收到第一批书稿。请把书稿交给出版商，看他们会给什么条件，让他们考虑出版事宜。再两周后，也就是说，现在的一个月后，完成的书稿将会交到他们手里，并且我不同意删减。我讨厌这支笔。我会把详细的说明和书稿一起寄去。

总之，我这次跨越边境的行动是件好事。"勇敢、永远勇敢"——

如丹东[1]所说。

亲爱的妈妈，您永远亲爱的儿子

温斯顿

—温斯顿致珍妮—

[1897年]12月22日　　　　　　　　　　　班加罗尔

最亲爱的妈妈：

两周后，如果运气好的话，我会把温斯顿·S.丘吉尔所著《马拉坎德野战军纪实：边境之战的一段经历》（*The Story of the Malakand Field Force, An Episode of Frontier War*）寄给您。我希望您会喜欢。我对此感到高兴，主要是因为我发现了自身一种巨大的能力，这是我以前从未想过的。[……]我将给您写一封投稿信，解释我对书稿出版事宜的看法。应该有一大笔稿费——这是我们不能轻易放弃的要求。

我真高兴听说，我的"愚蠢行为"并没有完全被忽视。骑一匹灰色的小马沿散兵线行进并不是一种常见的经历。[2]我下了很大的赌注，我很幸运能赌赢。我这样做过三次——18日、23日和30日，但我的上司都没注意到，直到第三次杰弗里斯——一个好人，但是个糟糕的将

1　乔治·丹东（Georges Danton），法国大革命领袖，1792年9月2日，他在巴黎的立法大会上说："De l'audace, encore de l'audace, toujours de l'audace, et la Patrie sera sauvée."["勇敢、更勇敢、永远勇敢，祖国才会得救。"]

2　温斯顿曾注意到西班牙将军瓦尔迪兹（Valdez）1895年前往古巴时曾骑着一匹灰色的马去过前线。

军——碰巧看到了那匹小马。所以我才有这么好的运气。

子弹——对一个哲学家来说，亲爱的妈妈——不值得考虑。此外，我很自负，我不相信众神会为了如此平凡的结局而创造出像我这样有力量的人。[……]

人们嘲笑、夸大、贬低"出名"这件事，但名声仍然是世界上最美好的东西。纳尔逊[1]的一生应该成为英国年轻人的榜样。我将毕生致力于维护这个伟大的帝国并努力促进英国人民的进步。谁也不能说对人身安全的庸俗考虑曾经影响过我。我很了解我自己，我并没有对我性格中庸俗和阴郁的一面视而不见，但有一种情况我不会为自己感到羞愧——那就是在战场上。一旦有机会，我还会回到战场上。[……]

当您读了这部小说，您会更了解我的观点和哲学。要是能回到那里我该多高兴啊。我为什么要这样默默无闻地蒸发呢？我给您写信，在纸上信笔由缰，因为我感觉到您读信时亲切的目光。[……]

现在再来说埃及，那里比印度边境安全得多。在16日的战斗中，我们1000人中损失了150人。我们称其为**行动**。在弗凯特[在南部苏丹]，他们10000人才损失了45个。他们称其为战斗。[……]因此，为了少受伤害，设法把我弄到那里去吧。

亲爱的妈妈，我不会让您厌烦的。这本书写完后，您会收到一些很优美的信件。而现在——再见了。

1　纳尔逊（Haratio Nelson，1758—1805），英国著名海军将领，数次击败拿破仑的海军舰队。——译注

您永远亲爱的儿子

温斯顿

—珍妮致温斯顿—

1898 年 1 月 13 日　　　　　　　　　　　　　　　查兹沃斯

最亲爱的温斯顿：

你看我还在这儿。事实上，是公爵夫人让我留下的，我也没有什么事非得回伦敦。不过我明天就走，然后会待在伦敦，直到 20 日我去看卡塞尔夫妇[1]，随后一个星期我和杰克去桑德林汉姆。看起来亲王对你们俩都很好。顺便说一下，免得我忘了——你应该称呼他"大人"，然后是"我希望殿下"等等，最后写上"您忠诚可靠的仆人"。这次你怎么开头并不重要，但你最好知道——在写信过程中，如果写到"大人"，比如"您无法想象，大人"等，他收到你的信会很高兴的。［……］

把事情做对总是好的。至于你的书——我随信附上（A.贝尔福的）信，他正在进行业务洽谈。我听说他通常能争取到最好的条件。你会很高兴能把这件事抛在脑后，终于可以转向一些更轻松的事情——比如你的小说。

我写了信给将军——但我不保证有什么结果。我听说你得服役四

1　欧内斯特·卡塞尔（Ernest Cassel），珍妮的朋友，也是威尔士亲王的财务顾问，他在瑞士阿尔卑斯山建造了一座小木屋。

年。对喀土穆[1]的进攻要到春天——5月——才会开始，如果他们现在要打，那马上就会开始，你来不及赶过去的。[……]

我在伦敦写完了这封信——刚从查兹沃斯回来。我给你寄一些有关聚会的剪报——你可能还没有见到。我要去和拉姆利谈些事，他做什么事都要花很长时间，到时候你会收到有关文件。如果我设想的安排成功了，我想可能会弄到几百镑来支付你的账单。等文件准备好了，我再向你解释。那再见了，亲爱的。我希望你的书能赚大钱。上帝保佑你。

你亲爱的母亲
珍妮

当珍妮来到西奥多·拉姆利的办公室时，她发现她的律师已经把财务重组文件寄给了印度的温斯顿，让他签字。他们并没有向他正确地解释重组的背景，尽管法律文件要求他签字放弃一部分遗产。

拉姆利正在安排一笔（保险公司）大额综合贷款来代替珍妮的许多较小的、昂贵的贷款，这笔贷款的担保将来自伦道夫勋爵遗嘱信托（珍妮称之为"财产"）的资金。除非她能在有生之年偿还贷款（基本不可能），或者贷款的投资增值超过贷款金额，否则她儿子继承的遗产就会减少。此外，由于杰克还不到十八岁，因此不能

---

1 苏丹首都，先前由埃及控制（曾由英国控制），但自1884—1885年反叛的马赫迪人成功夺取该城以来，它就成为后者的要塞。

作为该项目的责任方签字，因此整个负担将落在温斯顿肩上。

珍妮匆忙给儿子写了一封信，向他解释实情。

—珍妮致温斯顿—

1898 年 1 月 14 日　　　　　　　　　　　　　　　　坎伯兰大广场 35a

最亲爱的温斯顿：

我刚从拉姆利的办公室回来，发现他们已经把文件寄给你了——他们的信会解释具体条款，但我匆忙写信给你是要把情况粗略地做些解释。这 14000 镑是为了赎回我在不同保险公司的所有贷款——也是为了有足够的保证金得以支付几年的利息，还能提供你需要的那几百镑。

当然，在帮助我这么做的过程中，你要明白在我死后会减少你的份额——如果那时这笔财产的价值低于目前的市值。我明白，对我来说，圣詹姆斯广场的那幢房子[1]可以带来很多收益。

不管怎么说，这是不得已的选择。如果不这样做，我就无法给你任何生活补贴。所以在文件上签字吧，随后寄回来。先写这些，在下封信中再解释。

你亲爱的母亲

珍妮

---

1 圣詹姆斯广场 12 号，属于已故的第七代马尔伯勒公爵的遗嘱信托基金。他的遗孀在世时有权获得租金收入，在她死后，该房产将归入伦道夫勋爵的信托基金——珍妮是其受益人。这幢房子租给了一家俱乐部。

1897年的最后一天，温斯顿成功地把他第一本书的文稿从印度寄给了他母亲。

—温斯顿致珍妮—

[1897年] 12月31日   班加罗尔

最亲爱的妈妈：

书来啦。经过很大的努力，我提前一个星期完成了这本书的写作。地图和扉页上宾登·布拉德爵士的照片，我会尽力在下一封信中寄出，但别因此而推迟出版。

我赶得很匆忙，文稿中可能还有一些遗漏和拼写错误。我不便让人把校样寄到这里来，因为那太费时间了。因此，我想让您问一下莫顿·弗雷文，他是否愿意为我承担修订的工作。[……]

现在，亲爱的妈妈，我不想以任何方式修改或删减文稿内容。我写的东西或将成就我，或将毁了我。我只想把写得不好的句子润色一下，把重复的短语或事例删掉。我认为尽快出版才是最重要的。我求您一天也别耽搁——将文稿交给某个出版商。据我所知，芬卡斯尔的书可能已经写好了。

至于稿酬，我不知道这本书值多少钱，但别忽视这个问题。就算是蝇头小利也值得争取。我建议由莫顿和出版商洽谈，这对一个男人来说容易得多。[……]我认为第一版的稿酬不应低于300镑，外加每本收取一些版税——但如果这本书能畅销，我可能会得到更多。

不多说了，亲爱的妈妈。相信我，我已经讨厌这支笔了。[……]

您永远亲爱的儿子

温斯顿

　　温斯顿写完这本书后，就想去埃及参与军事行动；他的另一个选择——虽然不那么令人兴奋，但更现实——就是加入一支自1897年10月以来一直在蒂拉赫地区作战的野战部队。

—温斯顿致珍妮—

1898年1月5日   班加罗尔

最亲爱的妈妈：

　　您[12月]10日和16日的信今天上午都收到了。我随信寄去几处偶然发现的勘误。我担心文稿中还不止这些。一旦印出来，请把校样寄给我——但不要因此而推迟出版。[……]

　　我同意您关于业余演出的看法，这种演出多半愚蠢又轻浮。回想起我年轻时对它们的迷恋，真为自己脸红——甚或只能苦笑。我今天收到了一张《每日电讯报》发来的1238卢比的支票，按现在的汇率大概是80镑。我认为他们很差劲——而且稿酬远低于这些信的价值和效益。《蔻尔美尔》[1]可能会付三倍的价钱。不过，《每日电讯报》把我的文章登在头版，这多少让我感到一些宽慰。[……]

　　我特别想给您写信的事——我的电报会解释清楚的。您要花很大的

———————————————

1 《蔻尔美尔》（*Pall Mall*）是1893年创办的一份有插图的文学月刊。

力气设法把我弄到埃及去。让比宾巴什·斯图尔特（Bimbash Stewart）写信告诉基奇纳——您就勉为其难地帮帮我吧——说我在这里的战报中被提到过，说我在边境经历过多次战斗，也去过古巴。这可以代替服役年限。

我可以把蒂拉赫当作替补选项，但另一个更好——因为埃及是一个更壮观的战争舞台。这相当重要。它意味着又一枚勋章——也许两枚，我已经申请了古巴勋章，如果运气好的话，我回来的时候可能会更光彩。

现在发挥您所有的影响力。[……]不要害怕尝试每一条进攻路线。到现在为止，我都是自己在努力——您有更多的资源。给我写信谈谈这本书。

您永远亲爱的儿子

温斯顿

—珍妮致温斯顿—

1898 年 1 月 20 日 　　　　　　　　　　　　梅尔顿，多尔比[1]

最亲爱的温斯顿：

[……]我收到了你的书稿，我会赶紧去找瓦特。看来梅图恩[2]不会接受你的稿件了，因为他们已经有 B.B. 爵士手下的一名军官写的

1　莱斯特郡狩猎区的一个村庄。

2　梅图恩（Methuen）公司，1889 年由阿尔杰农·梅图恩（Algernon Methuen）创立；它出版了芬卡斯尔的书《一次边境战役》（*A Frontier Campaign*）。

书——会是芬卡斯尔吗？我觉得你不必介意——我希望你的书先出版。朗文［出版社］接受了，我可能明天就会知道他们是否出版，有什么条件。

21 日星期五

今天早上收到瓦特先生的信，我抄送一份给你——我还是很困，昨晚我们跳舞跳到三点。一切都顺利。我必须在早餐前把信写完，才能跟今天的邮件一起发出去。

> 亲爱的夫人：
>
> 以下是与朗文先生谈判的结果：我很荣幸地通知您，他愿意按以下条件出版丘吉尔先生的书《马拉坎德野战军纪实》。我毫不犹豫地建议您完全放心地接受这些条件。
>
> 朗文先生愿意以 6 先令的价格出版这本书——风险和费用由他自己承担，并将对售出的英文版首印 3000 册支付 5% 的版税。［……］
>
> 出版当天，他将预付 50 镑，作为版税收入。［……］

好吧！我要把这份合同给卡塞尔先生看看，也给劳森先生审查一下，他在发电报之前就来了——但我相信这是最好的结果了。因为贝尔福先生告诉我，瓦特很善于达成协议，你的第一本书能由朗文这样的公司出版，而且由他们出钱出版，真是太好了。

现在，简单说一下埃及。我十天前写信给将军。热恩夫人已经写信给伊夫林［伍德］爵士[1]，布拉巴宗也找了陆军部，他们答应"记下"你的名字。7月或8月之前不会有进展，所以还有足够的时间。［……］

此刻不多写了，祝福你，亲爱的，别大惊小怪——如果有可能，我们会助你一臂之力。我自己可能会去开罗一次，如果我能去，我也许可以在附近的军营与将军接洽，这样成功的机会更大。我会在下封信中补充说明贷款事宜。

你亲爱的母亲
珍妮

—温斯顿致珍妮—

1898 年 1 月 10 日　　　　　　　　　　　　　　　　班加罗尔

最亲爱的妈妈：

我明天晚上动身前往加尔各答，打算请求 A.G.［副官］给我安排一次与蒂拉赫野战部队的会面机会。未必会如愿，但我已有一些要求［……］

我恳求您在埃及问题上加倍努力——埃及比蒂拉赫好得多，但最好做两手准备。

我收到《每日电讯报》的来信，信中附了汇票，并说明了这是"按照与您达成的协议"，即每通栏5镑。我简略地做了回复并说——"考虑到在不同的情况下，我写这些信的麻烦和辛劳，我并不认为这个价格

1　伊夫林·伍德爵士（Sir Evelyn Wood）是陆军部副官长（Adjutant-General）；曾获维多利亚十字勋章。

是合适的。但我很高兴你们喜欢这些信函，并很高兴看到它们被刊登在贵报的显著位置上。"说这些是要让他们自己感到羞愧。这群吝啬的家伙。但您应该坚持要10镑，或者把信件卖给别人。在生意上清高是不行的。所有的人都是平等的，劳动者应当得到应得的报酬。

我在去加尔各答的火车上再给您写信。真想不到要在火车上来回七天，但却只在那儿待三天。不过我还是希望能途经开伯尔山口回来。您至少可以赞扬我精力旺盛！

哦，我多么希望能在埃及问题上让您积极行动起来。我知道凭借您的影响和您认识的人，您能做得到。这是一个奋发有为的年代，我们必须全力以赴。在蒂拉赫和埃及之行之后——我想我将从战争转向和平和政治。如果——也就是说——我能顺利度过这些阶段的话。

我想我会的，但只要看看大自然，就会发现她对生命是多么漠视。她的圣洁完全是人类的臆想。您可以想想一只美丽的蝴蝶——它的翅膀上有1200万根体毛，眼睛里有16000个晶体——但对鸟来说，一口就能把它吞掉。让我们嘲笑命运吧。这可能会让她高兴。[……]

您永远亲爱的儿子

温斯顿·S.丘吉尔

—珍妮致温斯顿—

1898年1月27日   桑德林汉姆

最亲爱的温斯顿：

如果我今天要给你写的信很短，那是因为我一直在为你忙碌。我已经写信给巴克尔、弗兰克·哈里斯和诺曼[1]——请他们在你的书出版后给予好评，书大概两周后出版，朗文的速度够快了。

看了你的信，你恐怕会认为出版条款太温和了。[……]我想，亚瑟·贝尔福的书只得到了200镑的预付款——但因为有版税，他现在已赚了3000镑。如果你的书卖得好，你会赚很多钱。A.B.[亚瑟·贝尔福]告诉我，我绝对可以相信瓦特，他能给你争取最好的条件。如果这本书成功了——我确信它会成功——下回你就可以自己定价了。一开始你不能太贪心。[……]

今天早上我收到了第一批校样，大约三章——看了一小时。[……]我认为这是一种资本——故事有趣，文笔很好。它会给你带来很大的荣誉，也应该是一个巨大的成功——当然，谁也不能打包票。我会明智地"引爆它"。[……]亲王给我看了你的信，他对信很满意。关于格式，信的措辞很恰当——除了开头，你应该加上"大人"，就像我告诉你的那样——但这真的没有关系。[……]

我觉得你不必为埃及一事担心。目前一切都很平静——7月之前不会有战争。印度更有可能成为战争策源地。我不知道你是否会错过那时的机会。

现在再见吧——书出版了我会给你打电报——给你寄所有的剪报。

---

1 乔治·巴克尔（George Buckle），《泰晤士报》主编；弗兰克·哈里斯（Frank Harris），《双周评论》（*The Fortnightly Review*）主编；亨利·诺曼（Henry Norman），《伦敦纪事报》（*The London Chronicle*）主编。

祝福你。

你亲爱的母亲

珍妮

—温斯顿致珍妮—

1898 年 1 月 19 日   赖楚尔

最亲爱的妈妈：

我正在从加尔各答返回的路上，我想这是一次愉快而有益的访问。火车时间衔接得不好，我得在这儿等六个小时，正好可以利用这个时间来写信。在加尔各答，我和埃尔金夫妇住在礼宾府。[……] 我在那儿逗留的时间很短——但我遇到了很多有用的人，尤其是军人。有天晚上我和最高司令官 [乔治·怀特爵士] 共进了晚餐，还经常同将军们聊天。大家都建议我尽一切努力去埃及。[……]

如果埃及之行失败了，或者等它结束了——我想是时候转向其他事情了。

我不希望完全断绝与军队的联系——无论如何，在最初的几年里，我最好调到国内的某个部队去，在那里我可以等待 [议会] 选举的机会。但这个我们稍后再考虑。[……]

现在说说那本书。

您得明白，为了出版我们已尽了最大努力。书评和编者按也得安排并密切关注。

请给我写信谈谈这本书，要善意地对待它。别说您怎么想，而是您觉得我会希望您怎么想。

现在再见吧，亲爱的妈妈。我不指望您给我写像我给您写得那么长的信，直到您像我一样到了一个乏味的国家。但无论如何还是要给我写信。[……]

您永远亲爱的儿子

温斯顿·S.丘吉尔

—温斯顿致珍妮—

1898 年 1 月 26 日　　　　　　　　　　　　　　　　班加罗尔

最亲爱的妈妈：

[……]我读了您有关埃及和这本书的电报。听说书已安全寄到，我很高兴。与此有关的一切财务安排——我完全交给您办理。但别在谈价格时表现出不必要的顾虑或谦虚。

此书的出版肯定是我一生中最值得注意的事，不过（当然是）至今为止。通过此书的出版——我可以衡量我在这个世界上成功的机会。[……]

在政界，我认为，一个人的成功与其说是靠他的<u>行为</u>，不如说是靠他的<u>身份</u>。这与其说是头脑的问题，不如说是性格和独创性的问题。正因为这些原因，我不愿意别人跟我提什么意见，也因而在我的政治生涯之初，我对别人的建议有些不耐烦。引荐——关系——有权势的朋友——名门望族——遵循好的建议——所有这些都很重要——但这些只是起步。事实上，它们只能确保被政界接纳。但最终——每个人都要被衡量——只有他德才兼备，他才能获得公众的信任。

我也不希望出现这种情况。如果我不够好——欢迎其他人取而代之。我绝不愿意为了虚假的名声而掩饰自己的人格来维持我的地位。当然——正如您所知道的——我相信自己。如果我不相信自己，那就另当别论。[……]

我下次将把我写的一份选举演说寄出去。米德尔顿上尉[1]建议我交一份给他——以防帕丁顿的席位空出来，或者大选突然发生。您看完后——请把它送到选举办公室去。除非您强烈反对。我担心演说辞过于"言辞激烈"——但这是这类文字通常的风格。

我仍在阅读——虽然我更喜欢写作。那本小说尚未完成，我希望接着写下去。但阅读与写作之间的平衡必须得到维持。[……]

至于埃及：我希望您是对的——直到下一次尼罗河高水位[2]才会发动进攻。我[应该]想到，如果埃及有利可图，他们会立即动用英国军队——以节省开支。当然，如果他们到7月才行动——我可以去当个通讯记者。但这是一种糟糕的方式——充满风险，而没有任何荣誉，或者至少得加倍努力才能引人注意。[……]

我需要：

1.书的校样——但别等修订——马上付印。

2.二十五本。

1　理查德·米德尔顿（Richard Middleton），保守党中央办公室的主要协调员。

2　尼罗河水位每年6月达到最低点，然后在7月和8月急剧上涨，9月或10月达到最高点。

3.给我写封长信。

4.去埃及。

再见，亲爱的妈妈，您永远亲爱的儿子

温斯顿·S.丘吉尔

身无分文（1898）

"别放松努力"

温斯顿一心想着要写完《马拉坎德野战军纪实》，一心想着要讨论他的未来计划，所以没有好好考虑过他母亲的金融救助项目对他的影响。

1898年1月底，他在班加罗尔拿到了需要他签字的文件，过了一段时间，他才慢慢理解了这些文件的影响。他母亲的律师西奥多·拉姆利在信中提到一笔17000镑的新贷款，而珍妮写的是14000镑。无论金额多少，温斯顿担心对他未来收入的影响——继而，在维多利亚时代，对他的婚姻前景的影响——可能会加重，因为杰克还太年轻，不能签署合法的文件，从而减轻负担。

在这之前，温斯顿并没有意识到，在他父亲死后的三年里，他母亲的生活远远超出了她的财力。他对她的计划最初的反应是顺从，暗中夹杂着温和的警告；毕竟，他和他母亲一直都过着优渥的生活。

—温斯顿致珍妮—

1898年1月28日   班加罗尔

最亲爱的妈妈：

这星期我已经给您写过信了——但有关保险的文件今天到了，虽然这些文件明天还不能寄回去——但我想您在等我确认。

17000镑是一大笔钱——大约是我们在世界上所拥有的全部财产的四分之一——包括美国的婚姻财产[1]、公爵的遗嘱信托财产[2]和父亲的婚姻财产[3]。我想，当您得到这笔巨额贷款时——您就能还清所有的小额贷款，而这17000镑将是我们债务的上限。如果还不清，那么我们的处境确实非常严重。

我不太明白我签署这些文件会对我的前途有什么影响。我想知道的是——如果拉姆利不是一个啰唆的傻瓜，他很容易就能解释清楚——这会带来多大的影响。[……]

拉姆利的信充满了法律术语和蠢话——也很可能我的推断完全错了。但是我认为您应该去做这件事——就是说，如果签署这些文件会对我的未来收入造成负担——您应该利用你对杰克的影响力——当他成年的时候——我们应该分担风险。我的职业选择比较花钱，而杰克可能会因为其他原因而更富有。

---

1 他的母亲从娘家得到的婚姻财产，总计25万美元[5万镑]。

2 指第七代公爵的遗嘱信托，公爵夫人去世后，归入伦道夫勋爵的遗嘱信托。

3 他的父亲从丘吉尔家族得到的婚姻财产。

　　就这个问题坦率地说，无疑，我们两人——您和我都欠考虑——挥霍无度、生活奢侈。我们都知道什么是好东西——我们都喜欢拥有这些好东西。付款的安排留待将来。我奢侈的程度比您要小。但在这个方面我并不为自己感到自豪，因为您一直在打理房子，而且不得不维持在伦敦的地位。与此同时，我们很快就要走投无路了——除非我们的财产和生活方式发生很大的变化。

　　只要我每年能确定有1000镑的收入——我就不太在乎以后的影响——因为我总是可以靠写作出版来赚钱，而且可能会结婚。但还是得有一个限度。[……]

　　我希望您不介意我以这样坦率的方式写信给您。我很理解您的奢华生活——甚至超过您对我的生活的理解——我觉得您花200镑买一件舞会礼服像是自杀，而我花100镑买一匹马球用马，您也会这么认为。可是我觉得您应该有这件衣服，而我应该有一匹马球用马。问题的症结是我们很穷。

　　原谅我，亲爱的妈妈——我像是在说教。我清醒地意识到自己的愚蠢和大大咧咧的习惯。但我可以为自己开脱——我身上的毛病还不是太严重，我相信自己有能力增加收入，而一场即将到来的行动也为花钱提供了一些借口。[……]

　　亲爱的妈妈——向您致以最诚挚的爱并希望一切顺利。

您永远亲爱的儿子

温斯顿·S.丘吉尔

在接下来的两天里，考虑到他自己的利益，温斯顿越发意识到拉姆利的提议会造成的影响。他估计，母亲死后，他几乎一半的个人收入可能面临风险。他决定再给母亲写封信，这一次语气更严厉、更正式了。

—温斯顿致珍妮—

1897年1月30日   班加罗尔

最亲爱的妈妈：

我写这封信完全是为了谈保险的事。我收到了您14日的短信——还有几份拉姆利提供的文件。[……]

我已经仔细阅读了所有的文件，我明白，照您说的那样签字，我将永远失去一笔收入——保单上借款14000镑或17000镑所需的利息加保险费。但无论是您，还是拉姆利——就他而言是不可原谅的——都没有告诉我损失的这笔钱会是多少。

[……]我了解到，签了字，我最终要放弃每年700镑的收入。据我所知，如果杰克健在，我每年本来只能分到1800镑——您会明白这对我来说是一件非常严重的事情。我想，这件事也不应该这样随便且敷衍地摆在我面前——好像这是一件无关紧要的事。我已经就这个问题给拉姆利写了信。

我已经把整个事情想了一遍，考虑了各种不同的影响。我知道如果我拒绝您，您就无法继续给我提供补贴。我当然可以借助我的未来所有权¹来解决这个问题——也许通过某种理财方式。我不打算从您筹集的这笔贷款中获利——或让您以为我同意剥夺自己一半的财产而把问题搞混——就为了有几百镑来付我的账单这样一种"眼前利益"。

我签署这些文件——完全是出于对您的爱。我写得很清楚，没有其他的考虑能让我签字。因此，我基于两个条件签字——公正和审慎。

首先，您有生之年一定要保障我现有的每年500镑的津贴。

其次，您需要从杰克那里得到一份书面承诺，在他成年后，他会立即确认自己参与这笔交易，确保他的生活所需，并与我分担责任。您得利用你的一切影响力和权力——甚至威胁说要停止他的津贴——以说服他履行诺言。[……]

我不必说这对我来说有多痛苦，因为不得不写这么正式的一封信——或采取这样的预防措施。但我一定要保护自己的未来——如果我活得比您久——我不希望活在贫困之中。在父亲去世后的三年内，您花掉了我们全部财产的四分之一。我也很奢侈：但与您相比，我的奢侈还是很有限。[……]

我希望您能就此问题专门给我写封回信——表明您对我所说和所要求的事项的看法。我写此信完全出于爱和友好，如果您对那些难以避免的不愉快的事情感到生气，那就错了。[……]

这封信要到周四[2月3日]才寄走——我会再给您写一封信，告诉您一些消息。

1　未来所有权（reversions）指温斯顿的继承预期。

您永远亲爱的儿子

温斯顿·S.丘吉尔

温斯顿在同一次邮件里寄了第二封信，又谈到他写信给他母亲时的惯常话题——他的书的出版和调去埃及军队。

—温斯顿致珍妮—

1898年2月2日 班加罗尔

最亲爱的妈妈：

我刚从营地回来——花了几小时签这些文件，这样今天就可以随邮件寄走了。我希望邮寄顺利，也能减轻您的忧虑。也许未来我们会有更多的财富——虽然我还不想结婚。

这里还有很多的事要做——由于我比大多数中尉画画要好，所以所有的地形侦察草图都落在我身上。今天为了画图我已经骑了将近40英里，因此写封短信。首先——这本书——我很高兴听到朗文愿意出版，这是一家很好的公司。[……]

再说埃及：我求您继续从各个方面努力。自从知道要到秋天才有进攻，我的计划就明确了。我将于6月15日至9月15日休假三个月，如果他们允许，我就作为通讯记者前往埃及——在其他身份都不可能的情况下——但我希望您能把我安排好——就算是暂时的。[……]

献上最诚挚的爱，您亲爱的儿子

温斯顿

—温斯顿致珍妮—

1898年2月9日   班加罗尔

最亲爱的妈妈：

[……]朗文提供的条件，我想您已经接受了，毕竟那还是很公平的——我敢说我最终能得到300镑。我非常想知道莫顿·弗雷文是否愿意做修改和校对。正如您从我的信中所了解到的，我非常重视这件事。[……]

我写了一封长信给老公爵夫人，也寄了一封给布拉巴宗。但我只收到了您的回信。我还在大量阅读，那部小说还没写完。但不用着急。[……]

我忍不住要把叔本华[1]的一句话抄给您看，这句话如此真实并适用——

> 我们忍受当下，只要现状不变，我们就只把它当作是实现目标的一个过渡。因此，大多数人在生命结束时才会发现，他们一生都生活在这种暂时状态（*ad interim*）之中。

1　亚瑟·叔本华（Arthur Schopenhauer），德国哲学家，1860年逝世；温斯顿的这句话引自他的文章"存在的虚荣"（The Vanity of Existence）。

读——如果您没有读过——H.G.威尔斯的《隐身人》[1]——非常有趣的故事。

您永远亲爱的儿子

温斯顿

珍妮还没有收到这封信，她就已经动身去埃及了，显然是要同埃及军队的总司令基奇纳将军商议，促成她儿子调到埃及去。与此同时，温斯顿仍在设法在蒂拉赫远征军的参谋部谋一个职位，尽管在1897年12月中旬，蒂拉赫远征军已经重新控制了开伯尔山口，仍然驻扎在原地。

—温斯顿致珍妮—

[1898年]2月16日   班加罗尔

最亲爱的妈妈：

今天早上收到您从桑德林汉姆寄来的信，我很高兴读到信中所写的一切。邮差还给我送来了一封亲王写的迷人的长信——我是保守党人，这是莫大的荣幸，我已经充分承认了这一点。[……]

我周六收到您的电报——我可以向您保证，我真的很感激您能到埃及去。这种举动——如果有一个传记作者记录我的一生的话——必定会

---

1 《隐身人》（*The Invisible Man*）是多产的英国作家H.G.威尔斯1897年出版的一部早期科幻小说。

受到称赞。我希望您能成功，我几乎可以肯定您会成功。您的聪明才智和美貌——应该能克服一切障碍。

[……]现在您在埃及，我们离得很近，我有些想让您走得更远一点。但现在孟买的瘟疫极为严重。[……]

明天我要去密鲁特参加马球锦标赛，然后赶去白沙瓦[1]，试图说服他们让我成为蒂拉赫部队的参谋或后勤人员。

[……]亲爱的妈妈——我希望您不要认为我对金钱贪得无厌。您难以想象我有多讨厌这些签字——我也没想到会这么令人厌烦。整个事情您都不让我知道，毕竟这是一笔大生意。我终究要放下身段了——因为我仍然被账单和债务压得喘不过气来。我将在比赛结束后卖掉我所有的马驹，当我去埃及的时候，将我束缚在这里的纽带将变得非常脆弱。[……]

> 献上最诚挚的爱，您永远亲爱的儿子
> 温斯顿

珍妮到开罗去，还有另外一个不太正式的理由。有一段时间，她一直在与西福斯高地兵团（Seaforth Highlanders）的年轻军官，人称"美男子拉姆斯登"的卡里尔·拉姆斯登（Major Caryl Ramsden）少校进行亲密的通信。当少校所在的部队从马耳他调到开罗时，她动身去看望他。

1　密鲁特和白沙瓦相距约500英里。

这事后来传到了伦敦，威尔士亲王为此感到恼火，并开始移情别恋，而温斯顿并不知道情况发生了变化。

—温斯顿致珍妮—

[1898年]2月25日 　　　　　　　　　　密鲁特，B.布拉德爵士转交

最亲爱的妈妈：

由于一直在路上，我还没有收到本周的邮件。我真希望那本书现在已经出版，并且受到欢迎。[……]

我在这里很愉快——虽然房子很小，我住在一个帐篷里，经常会感到十分寒冷。将军很有气度，他妻子是个美丽有趣的女人——比他年轻得多。[1][……]

同时，我希望您在埃及一切顺利。由于我加入了一支野战部队，我有权享受三个月的带薪假期，并将在6月的最后一个星期——承蒙上帝恩准——前往埃及。您应该明确那时是否能有我的工作。[……]

汉密尔顿将军[2]给我写了一封又长又有趣的信，他刚刚担任蒂拉赫远征军第三旅的指挥官，他是我的好朋友。[……]如果他能为他现在的勤务官谋到更高的职位（那位高级别的少校不适合这个位子），他就会推荐我。事实上，我很有希望再次走上战场——为此我带了帐篷、鞍

1　宾顿爵士的妻子名叫夏洛特（Charlotte），娘家姓科尔文（Colvin），可能是1863年出生的，所以比她丈夫年轻至少二十岁。

2　伊恩·汉密尔顿（Ian Hamilton），温斯顿在去印度的海上航行中结识了他；他们终生为友（见人名）。

具、制服等。我们走着瞧。

与此同时，小说写作也在缓慢地推进，我一天比一天更喜欢它了。它并未涵盖现代小说中比较流行的两种元素——污秽和兽性，但尽管如此，我还是希望这部小说能取得某种成功。

> 献上最诚挚的爱，我依然并永远是您亲爱的儿子
>
> 温斯顿·S.丘吉尔

—温斯顿致珍妮—

[1898年]3月7日   开伯尔山口，阿里清真寺营地[1]

最亲爱的妈妈：

要不是我提前发过电报，这个地址可能会让您大吃一惊。马球锦标赛结束后我去了白沙瓦，就像我告诉您的那样。我去见了威廉·洛克哈特爵士[2]，希望能见到汉密尔顿将军——但没有任何就职的希望。令我惊讶的是——我被委任为他的（威廉爵士）勤务官。[……]

霍尔丹上尉[3]给了我很大的帮助——他是将军的ADC[副官]。我以前从未见过此人，也不知道他为什么会支持我的求职——带着一种奇怪的诚挚态度。对此，我以后再进一步了解。[……]我的想法是，我的名声——不管有多大——让他感兴趣了。您当然要把这封信撕了，别给

1　位于开伯尔山口最狭窄平地上的英军营地。

2　威廉·洛克哈特爵士（Sir Wm. Lockhart）1896年起担任将军，负责蒂拉赫远征；只在印度军中服役过（见人名）。

3　艾尔默·霍尔丹（Aylmer Haldane），后来在布尔战争中与温斯顿一起被俘。

什么人看。[……]

至于将来——我担心和平将会到来。部落很可能会屈服，如果是这样的话，将军将于本月26日动身回家。不过他们可能还是会给我找个职位，所以我可能要在这里待上几个月——直到埃及之行——这件事就得看您的努力了。[……]

您永远亲爱的儿子

温斯顿·S.丘吉尔

温斯顿到现在还没有收到对他1月30日那封措辞尖锐的信的回信，在那封信中温斯顿提出了两个条件。现在看来，她似乎已经停止向他在伦敦的银行支付每季度的津贴了。经济困难迫使他放弃了六周前定下的条件。

—温斯顿致珍妮—

[1898年]3月18日   白沙瓦营地

最亲爱的妈妈：

[……]我的季度津贴还没有支付给考克斯银行，我对这一消息感到十分担心。我当然写过支票。这些支票被拒付，梅塞斯金银行［温斯顿在印度的本地银行］会大为光火。但该怎么着就怎么着吧。我希望您能成功地谈妥这笔贷款，毕竟——两年内会有很多事情发生。

我还欠梅塞斯金银行差不多200镑，希望您能给我500镑，以还清我剩余的债务。这些讨厌的钱是我生活中的诅咒，也是我唯一的烦恼。

至于拉姆利，他是个傻瓜。随信附上我收到的回信。他终于把事情说清楚了。但如果您看过他的第一封信，您就不会对我的怀疑感到奇怪了。

下周我会把剩余债务的全部账目寄给您。您会看到，亲爱的妈妈，我不得不放弃了我的骄傲地位。事实上，我对这本书还有些期待——但它只能给我带来更多的声誉，而不是现金。我很担心我给您写的那封信和我提出的条件。我希望您不要误会。我那么写，我觉得您不应该责怪我。我怕您认为我是个坏蛋——忘恩负义——诸如此类。

但当我想到我们正陷入的深渊时，我有时会不寒而栗。就我个人而言，我生活简单，过得并不舒服——脏兮兮的。我吃糟糕的食物——也没在衣服上花什么钱。没有大手大脚。但现在债务越积越多，我每年500镑的津贴[1]也不够用。我在这个讨厌的国家里小规模做的事——您在英国以更大的规模在做。我们都将一文不名。

我在试着卖掉我的马驹，但在这个国家，没有市场——也没有像"塔特萨尔"［纽马克特的比赛用马拍卖商］这样的地方——这是一件漫长而艰难的事。我甚至都觉得在英国我的生活成本会更便宜些。您明白我的心情——体谅体谅我，相信我很爱您。我会一直对那封信感到遗憾，但我还是会那么写的。当我把目光从金钱问题上移开时，看事情就乐观多了。［……］

与此同时，我这最后的运气——虽然我现在担心战斗已经结束——也应该不会太坏。除了勋章我可能会再得到一枚勋标。并且这会归入我

1　由他母亲提供；温斯顿是陆军中尉，薪水为每年120镑。

的服役记录里，也算是额外的资历。但此行主要的价值在其他方面。我现在认识了所有可能在未来几年内拥有指挥权的将军。［……］

我的虚荣心也在许多小事上得到了满足，但这些就没有必要写了。［……］

　　　　　　　再见，亲爱的妈妈，献上最诚挚的爱，您永远亲爱的儿子

　　　　　　　　　　　　　　　　　　　　　　　　　　　　　　温斯顿

3月14日，也就是温斯顿写这封信的前四天，朗文在伦敦出版了《马拉坎德野战军纪实》。就在信寄出的前一天，他在白沙瓦收到了书的校样。他只来得及给他母亲加写了一封表达他痛苦情绪的信。

—温斯顿致珍妮—

［1898年］3月22日　　　　　　　　　　　　　　　　　　白沙瓦

亲爱的妈妈：

我加上这封信是要告诉您，昨天我收到了"校样修改稿"，我花了一个下午来阅读校样，读到那些我猜想已印在书上的粗陋可怕的错误，我感到痛苦万分。为了暂停出版，我已经给朗文打了电报，但恐怕已经太迟了。而且，我还会读到印度版，其中的荒谬之处更会被人耻笑。

我不怪任何人——只怪我自己。我应该知道，没有人能够或愿意承担一个作者所给予的辛劳。然而，这样的结果破坏了我希望从这本书获得的所有乐趣，只留下了这样无礼的举动被公之于众的耻辱——这是一

种粗心大意的时代精神，父亲称其为散漫怠惰——我那些坏习惯中的一个。[……]

总共大约有两百处印刷错误——疏漏和讹误，虽然其中一些，大概有一百来处只对我来说是显而易见的。[……]正如我所说的，所有这一切都向世人显示了我的心智和天性的浅薄、缺乏教育、马虎等。所有这些都破坏了我对这本书的兴趣，使我对它的存在感到厌恶。[……]

上帝不允许我责备您，亲爱的妈妈。我责备自己——我的这种愚蠢和懒惰的行为使我在所有我希望得到的好评面前变得可笑。

我昨天整个下午都坐立不安——但今天我只感到羞愧和失望。您可能不知道其中的许多东西——但就莫顿而言，我现在明白了为什么他在伦敦和其他地方的生活都很失败。

就我自己而言，尽管感到悲哀，尽管将不得不面对所有的嘲笑，但我仍然对自己有信心。我的风格出色——即使按经典标准来衡量。[……]我得到了教训。

致以诚挚的爱，您亲爱的儿子

温斯顿

蒂拉赫远征军在3月的最后一个星期解散。温斯顿准备回班加罗尔，但他已经好几个星期没有母亲的消息了。他担心他的信使她深感不安。

—温斯顿致珍妮—

1898年3月27日   白沙瓦

最亲爱的妈妈：

[……] 很失望，这周没有收到您的来信。我原以为我那封有关钱财问题的信会有回复——我觉得您的沉默可能意味着您误解了我当时写的内容。我认为您这样做是不对的，也是不厚道的。您别忘了，您从来没有清楚地把这件事告诉过我——对于这件事，我没有其他信息——除了拉姆利的信。[……]

虽然您可能认为我是个坏家伙，是个吝啬鬼，然而，在这种情况下，我希望能够独立做出决定，而不是被环境所迫而别无选择。我讨厌这些肮脏的想法，但它们不能被忽视。我还想到您有可能再婚——也许是我不喜欢的人——或者是合不来的人——还有即将出现的麻烦，都会减少您对我的爱。

这种事情在别的家庭也发生过——虽然我觉得您会因为我的不信任而憎恨和鄙视我——但我不能改变自己。

无论如何，我可以说我那封信写得很坦率——毫无保留。我对您没有秘密——我的这一本性必然也来源于您。

我写东西都是经过考虑的，当时我很讨厌那种状况，从那以后也会一直讨厌，但我不想改变——除非拒绝接受您的任何一笔钱——不幸的是，我现在没有资格这么做。[……]

我给您写了一封深思熟虑的长信，期待您的回复。毕竟目前我们家只有我们三个人了。再过几年可能——很可能——我的生活中会有其他的利益牵扯。我想这是事实：一个人随着年龄的增长而建立的联系能弥补那些消失或变得微弱的联系。这就是生活。但目前我并没有一个可以求助或可以信赖的人。我求您，不要对我的信不屑一顾。［……］

我不再多写了——因为没有什么要写了——有时我觉得也许那些长信——妙笔生花的产物——反而使我们的通信成了一种负担。

我还要再说一点——虽然，我完全明白，您一直忙着给我写信谈我的书，您已经没有时间和精力去讨论那些讨厌的金钱问题了。但对我来说，您的来信永远是一星期中最重要的时刻，如果没有来信，您只能听到一个悲伤的回答——来自

您亲爱的儿子

温斯顿·S.丘吉尔

四天后，温斯顿收到一封珍妮在埃及时从阿斯旺（Aswan）给他写的信。信没有保存下来，但此信明确让他再也不要在给她的信中提钱的事。

—温斯顿致珍妮—

［1898年］3月31日　　　　　　　　　　　　　　白沙瓦营地

最亲爱的妈妈：

我刚刚收到您从阿斯安［阿斯旺］来的信。我看不出我试图改变事实或掩盖真相有什么用处。您要我别再提及钱财安排的问题——我同意您的意见，此事最好不要多谈了。它在我嘴里留下了苦涩的味道——然

而我不愿成为别的我，也不愿做我曾经做过的事之外的事。这件事使我感到痛苦，它给我们的生活带来了种种不愉快。我担心这种影响可能是永久性的。但您得记住这一点——我没有保留，也没有掩饰——我已经向您袒露了我的真实面貌——这是我对您感情的重要体现。我不会为了您而刻意伪饰。

我这样说一点也不夸张，此刻，我关心您超过关心其他任何一个人。

您无法想象我收到您的信是何等的宽慰。上一次邮件中没有您的信，今天早上我到总部去找威廉·洛克哈特爵士，我的信就是寄到那里的，可我没找到您的信——信是后来到的。[……]我坐下来写了几封信——愤怒——责备——痛苦——等等，拿到信后，我心满意足地把写的信都撕了。

我觉得我身上有一种愤世嫉俗的情绪，我不相信任何纯粹的东西。我期待死亡能湮没一切。我是个彻头彻尾的唯物主义者。

只有传记作家会探究另一个可怜虫的生活，对着他们我也会说——就像奥利弗·克伦威尔对彼得·莱利爵士所说的那样——"照我原有的样子画"，于是把疣子什么的都画上去了。[1][……]

热恩夫人昨天给我发来电报"苏丹问题不大——见信"，我从中得知她为我做了不少事。她是个聪明的女人，虽然我相信您不喜欢她——

---

1 霍勒斯·沃波尔（Horace Walpole）的《英格兰绘画趣闻》（*Anecdotes of Painting in England*, 1762—1671）引用了奥利弗·克伦威尔（Oliver Cromwell）对画家彼得·莱利（Peter Lely）的教导："莱利先生，我希望你能用你所有的技巧画出真正的我，一点也别美化我；而是要画出你所看到的疙瘩、丘疹、疣子，诸如此类，否则我一个子儿也不会付给你。"

但她还是值得您认识的。[……]

如果我从她的信中得知我能被任命为特种勤务官——被派去"执勤"——那我就没有理由牺牲三个月的假期了——如果团里能放我一马，并且如果您同意，我就尽快回家，设法在去尼罗河之前回英国待上一个月。

我的心为这样的前景而雀跃——以一种您意想不到的方式。[……]回家的渴望让我脑袋感到一阵疼痛——我想要尖叫。当我想到35a和我的房间——想到大城市的生活——想到有趣的人们——想到舒适——最后想到您——我觉得自己就像新学期迎来第一个周日的小学生。

[……]这本书——嗯——我已经看到了最后版本。哭也没用——但确实可怕。有六七处绝对不可原谅的错误，二三十处小错误，还有大量的修订，真要把我气死了。我只能旁观——下不为例。[……]

再见，亲爱的妈妈，您永远亲爱的儿子

温斯顿

温斯顿从白沙瓦旅行到1000多英里外的孟买。他的母亲四年前照顾生病的丈夫时曾短暂地访问过这座城市，他在舒适的礼宾府给她写信。礼宾府位于城市最西端的一个岬角上，三面环海。

—温斯顿致珍妮—

[1898年]4月13日   孟买礼宾府

最亲爱的妈妈：

我从白沙瓦出发，经过一段漫长、乏味、酷热的旅程，才来到这里。[……]尽管这个地方以湿热闻名，但它是我在印度见过的最舒适和最迷人的地方。您自己来过这儿，所以我也就不描述了。我的房间面向大海，能听到海浪的声音，再一次看到海水朝地平线退去，这种感觉很奇异。[……]

大海也把我的思绪带到了另一边——这里离开罗只有十天的航程。[……]尼罗河在它准备好之前是不会涨的，我心里很有把握，即使到7月有行动，时间也足够了。我们走着瞧。如果我到得晚，一切都结束了——那我只能得出结论，也许是命运使然，因为如果我错失机会，那就是我运气不佳。因而，您别放松努力。我想起了那个"讨厌的寡妇"和《圣经》中的例子。[1][……]

一定要给我写信，亲爱的妈妈。这个星期没有收到您的信。三周以来我就收到了一封信，您知道我永远记着给您写信——不管情况如何。写吧，您的信是我一周的中心。如果我的信能给您我一半的快乐，我会整天给您写信。现在这封信潦草得一塌糊涂。

您永远亲爱的儿子

温斯顿·S.丘吉尔

又过了一星期，他还没有收到母亲的来信，所以温斯顿在给母亲的下一封信里发泄了这种被忽视的感觉。三天后，就在这封信件

1　寡妇纠缠不休的寓言出现在《路加福音》第10章。

将要寄出之前，她发来一封电报解释她为什么一直没吭声。温斯顿连忙写了第二封信，和前一封信同时寄出。

—温斯顿致珍妮—

[1898 年] 4 月 19 日   班加罗尔

最亲爱的妈妈：

　　对您的沉默我颇不高兴。在过去的五个星期里我只收到一封信。您真是太不厚道了，把我扔在这里不闻不问。[……] 就我而言，我几乎一封信也没错过——而且总是给您写长信。[……] 这太残忍了。我真气坏了，真不想写那么多信给您，以免让人既不喜欢，又看不起。恐怕您对我的事情和信件都感到厌烦了，但我还是有些事情要说。

　　埃及。热恩夫人的信昨天收到了。如果我 8 月能请假，伊夫林爵士会安排我上前线。这当然意味着我必须在这里待到能够动身时——继续受炎热天气炙烤；还有，在喀土穆之行后我才能去伦敦见您。一想到要继续待在这里，我就觉得很讨厌，但我还得忍着，因为假期得留给苏丹。您显然决定让我自作自受了，这个事实让人沮丧。我太伤心了。您为什么要这样做？我甚至给您发了电报，但也没有得到答复。[……]

　　我心里太难过，不想多写了。您显然不明白您的信对我意味着什么。我不禁想，如果今年秋天我的好运在埃及出了偏差，您可能会后悔轻视了我每周一次的礼物。但这是一种很常见的情绪，或许会引来您略带讽刺的微笑。[……]

献上诚挚的爱和多多的吻，我依然并永远是您亲爱的儿子

温斯顿

—温斯顿致珍妮—

[1898年]4月22日   班加罗尔

最亲爱的妈妈：

很高兴收到您的电报，这样我还有时间再写封信随邮件寄出。请无视另一封信——尽管那封信确实是一种间接的恭维。写信到白沙瓦多不明智啊！我的行踪总是不确定，在印度只有两个通信地址是可靠的：

1. 孟买梅塞斯金银行转交

2. 印度第四骠骑兵团

[……]我担心您的信会被扔在某个战地邮局。[……]

您亲爱的儿子

温斯顿

珍妮4月7日回复她儿子对她挥霍无度的抱怨的信没有保存下来。从温斯顿对信的内容的概述来看，她要么对自己的收入严重错估，要么就是她已经借了太多的钱，以至于这些贷款的利息支出几乎吞噬了她收入的三分之二。现在，温斯顿接受了她的说法——越来越希望他能够通过写作来养活自己。

　　　　　　　　—温斯顿致珍妮—

1898年4月25日　　　　　　　　　　　　　　　　班加罗尔

最亲爱的妈妈：

　　您[4月]7日的来信已收到[遗失]。我很遗憾事情变得这么糟糕。我真不明白您的收入怎么会降到900镑——还包括我和杰克的生活津贴。我一直认为每年从美国得到2000镑是绝对没有问题的。您信中描述的情况令人震惊。就像您说的，在伦敦靠这么点钱生活当然是不可能的。我讨厌您再婚的想法——但那当然是个解决办法。[1]

　　我的小说《国家大事》[2]快写完了。这是一本狂野而大胆的书，信马由缰，毫无目的，只是为了逗乐。我相信它会出版。我对自己的写作有信心。我相信，我写在书中的想法会引起公众的兴趣并广受欢迎。我的第一本书受到了欢迎——尽管它有严重和该死的错误，但还是足以证明我的文学才能并不仅仅存在于我的想象中。

　　在文学领域的活动若干年后也许可以基本上补贴我的收入。的确，我期待迟早能够独立。我们走着瞧。我的脑海里有一系列的书，我相信我能写得很好。[……]我可能会写出一部经典之作。[……]

　　至于将来，由于战地工作，我有权享受三个月的休假，并于7月前往埃及。日后看也许并不明智，但如果一切顺利，我将努力——已经在

1　珍妮写信给她的朋友，沃里克（Warwick）伯爵夫人黛西（Daisy）："我不会嫁给什么人。如果一个年收入至少四万镑的完美爱人追求我，我可能会考虑。"弗朗西斯·沃里克伯爵夫人：《生活的潮起潮落》（*Life's Ebb and Flow*），第141页。

2　最终出版时名为《萨伏罗拉》。

尝试——争取在国内找份工作。在我确定能在议会获得一个席位之前，我并不打算离开军队，这样我才能有保障，不管怎么说，部队每年有100镑。也许情报部门适合我，或者我适合他们。

这段时间您没有给我寄剪报。请给我寄。我的虚荣心给我带来极大的快乐。

您永远亲爱的儿子

温斯顿·S.丘吉尔

—温斯顿致珍妮—

1898年5月3日

班加罗尔

最亲爱的妈妈：

这星期我又没有收到您的信。关于这个问题，我能说的都说了，我不打算再提它了。不过，将来我只满足于给您回信，因为继续用一大堆您显然不感兴趣的信息来烦您似乎不太可取。

您永远亲爱的儿子

温斯顿·S.丘吉尔

温斯顿的最后通牒一向有效：不到一个星期，他母亲就来了一封信，信中附了他的书的书评剪报。

温斯顿在回信中附了两封信：第一封是伊恩·汉密尔顿上校写的；第二封来自一家名叫尼斯比特（Nisbet & Co.）的小出版社。出版社邀请温斯顿为他的祖先第一代马尔伯勒公爵或他的父亲伦道夫·丘吉尔勋爵写传记。（后来在适当的时候，温斯顿写了这两本书，不过都不是给尼斯比特写的。）

—温斯顿致珍妮—

1898年5月10日　　　　　　　　　　　　乌塔卡蒙德礼宾府[1]

最亲爱的妈妈：

[……]第二封信不言自明。我已经回复说，我愿意为这个系列写一本马尔伯勒回忆录，但必须得到您的同意，并告诉他们与您就条款等进行沟通。我还告诉他们，书写爸爸一生的时刻还没有到来，如果我尝试动笔，我一定会花上几年的时间来写。

我喜欢《马尔伯勒传》这样的提议。但您最好去找桑尼[马尔伯勒公爵]谈谈，问他是否有什么反对意见。他可能想自己来做这件事——我不会做任何与他的利益相冲突的事。与此同时，我认为它会产生一种类似军号的声音。[……]

我发现自己在这里成了“名人”。印度南部的人本周大多会来这里观看赛马和马球比赛。我得到了许多赞美，但我对自己的评价一直很好，野心也大，而这本书既没有改善我对自己的评价，也没有进一步激励我的雄心。

献上诚挚的爱和无数的吻，您永远亲爱的儿子

温斯顿

1　马德拉斯总督的夏季住所，该总督由白金汉公爵1877年任命。

回到班加罗尔，温斯顿就向母亲提议，在他加入埃及军队进军苏丹之前，他可以再挤出一段短暂的假期回英国。

温斯顿在信的结尾写了一段自我分析，这使他与母亲的通信成为洞察他性格的宝贵来源。他在信中承认，塞西尔·罗德斯诊断了他的"精神缺陷"，他不太在乎原则，而更在乎他的声誉和给人的印象。这一指控将伴随温斯顿的大部分政治生涯。

—温斯顿致珍妮—

1898 年 5 月 16 日   班加罗尔

最亲爱的妈妈：

收到您（4月27日）的来信［遗失］，我非常高兴。我不想说我写的那些抱怨的信不是我的本意，那些信您也许收到了。当邮件到了却没有您的信时，我就会陷入一种沮丧和愤怒的状态，任何人都无法接近我，我就会飞到墨水瓶里借机发泄一通。

这个星期，我有许多事情要跟您说，因此我的信可能不会像平常那样闲扯。首先：我把《国家大事》的前言、目录和前六章寄给您。您可以向任何您喜欢的人推荐，并设法获得一些对这部作品的有价值的评判意见。［……］

至于出版机构：的确，他们会拿走百分之十的收益，这很讨厌。但我从很多和出版社合作的作者那里了解到，他们扣款还是有道理的。［……］不过，一切如您所愿，如果您能把这百分之十加到我们的财产上——如此更好。

现在说说我的计划。现在我在班加罗尔；很热；很多杂事；我所有的朋友都休假了；马球场积满了灰尘；确实——生活很不愉快。只要我愿意，我有三个月带全薪和津贴的假期。您可以想象我多么渴望回家，而您的来信多么诱惑我。[……]

现在我想这么做。（比方说）6月20日离开这里，大约（D.V.）[看天意]7月3日或4日到家。在英国待到7月20日，然后去埃及。这意味着[比直接去埃及]多花十天时间，费用多40镑。但是我很想再看看英国，我认为这是很值得的。[……]

我想卖掉我的马驹。我想快点把它们脱手。它们一直在花我的钱。除非您得到很好的报价，否则留下那匹阿拉伯马。我可以带它去埃及。从ADC[副官]的角度来看，一匹漂亮的马等于成功的一半。[……]

C.J.R.[塞西尔·罗德斯]很快就发现了我的精神缺陷，这给我留下了深刻的印象。这是真的。我并不在乎我所提倡的原则，我在乎的是我的言论给人的印象和它们给我造成的声誉。这听起来很可怕。但您得记住，我们并不是生活在成就伟大事业的时代。

也许说得更明确一点，我应该说，我经常禁不住诱惑，以事实去迁就言辞。但麦考利是这方面的头号罪犯。我想，一种强烈的义不容辞的感觉，或对错误或不公的强烈感受，会让我变得真诚，但我很少在自己身上发现真诚的情感。[……]

所以我相信我基本上是真诚的。但在大多数情况下，我的头脑或我的智慧会引导我，我的心灵也会在任何需要的时候献出一点感情。这是一种哲学美德，而不是人性美德。

您永远亲爱的儿子

温斯顿

到了1898年夏天，温斯顿已经是一个急不可耐的年轻人，他对时政问题持有越来越强烈和独立的政治观点，他喜欢先在他母亲那里得到反馈。针对俄国向东侵略中国或与奥斯曼帝国交战的野心，温斯顿对英国政府的政策形成了自己的看法。（其中之一就是对俄国侵略中国或奥斯曼帝国以向东扩张的野心所采取的政策。）

索尔兹伯里勋爵在担任英国首相的大部分时间里一直负责外交事务，他奉行的是一种务实的政策，即通过与当时同样受到威胁的国家达成有限协议，遏制任何威胁到英国基本利益的欧洲势力。而索尔兹伯里政府中的合作伙伴，自由党统一派领袖约瑟夫·张伯伦嘲笑这项政策，称其为"光荣孤立"（splendid isolation）政策。在5月12日对伯明翰自由党统一派的演讲中，张伯伦认为，要遏制俄国，就需要一个更根本的联盟：历史告诉我们，"我们不拒绝与那些利益最接近我们的国家结成联盟的想法"。

温斯顿本能地认为，约瑟夫·张伯伦可能最终会分裂保守党，就像他当初分裂自由党一样，结果证明温斯顿是正确的。[1]

1　1898年5月13日J.张伯伦在伯明翰的演讲，《泰晤士报》，5月14日，第12页。

—温斯顿致珍妮—

1898 年 5 月 22 日　　　　　　　　　　　　　　　　　　　　班加罗尔

最亲爱的妈妈：

我已经决定了。我 6 月 18 日从孟买启航——希望 7 月 2 日抵达英国，7 月 20 日左右启程前往埃及。我相信您会同意的。[……]当然，如果我一到苏伊士就发现军队可能提前向尼罗河挺进，我会立即动身前往前线。[……]

现在谈几个问题。

1. 布拉德先生也要乘这艘船回家，我想让您邀请他和夫人（她很迷人）共进晚餐，并请一些知名人士——如果亲王可能的话——来作陪。[……]

2. 在我短暂的探亲期间，我希望至少安排两次组织良好的公众集会。您能否在布拉德福德安排一次。[……]如果布拉德福德不行的话，试试大城市的选区。[……]

3. 我希望能够经常见到您，并且在我短暂的探亲期间，您尽量别接受太多的邀请。

4. 这个星期我再寄给您十章《国家大事》。下星期再寄剩下的六章。我希望这些章节能在我回家的时候印出来（校样），这样我就可以自己修订了。[……]

5. 埃及。请在这件事情上加倍努力。我对未来的规划会因此受到很大的影响。我决心去埃及，如果我得不到任命，或者不能拥有足够的假期，我就不会留在军队里。前方还有其他更好的事情。但这次额外的行动将是有价值的，因为它是一种教育经历，从冒险的角度来看也是令人愉快的，而就经济而言同样是有益的，因为我将为此写一本书。[……]

收到艾弗［格斯特］[1]的一封长信。他对政府的中国政策非常不满，或者说对于政府缺乏明确的中国政策一事非常不满。[2]我给他寄了一份我写的关于这个主题的诗歌。也抄送一份给您。我很高兴我们没有让那些好管闲事的外交家们把我们带入一场战争中去——因为即使胜利了，战争也会造成不可挽回的损失。[……]

这是情绪高涨的过错，激昂的情绪使人们误入歧途，导致人们过度反应。军国主义逐步走向野蛮；效忠会助长暴政和谄媚；人道主义趋向伤感和荒谬；爱国主义渐渐变得虚伪；帝国主义沦为沙文主义。

世界上没有人比我更为大英帝国感到骄傲。我不向任何人低头，只因我渴望看到我的祖国变得伟大而闻名天下。出于这个原因，我认为应该避免和俄国冲突。我们对俄国宣战［几小时内］——法国就会要求我们离开埃及，德兰士瓦会撕毁此前签订的公约并否认宗主国地位。[……]我认为，文明国家不应该互相宣战，除非该国的绝大多数人民都认为他们不能再友好相处。

政治谈够了。不过，如果我回国后发表演讲，我将热心地为索尔兹伯里勋爵的政策辩护，而且我一点也不清楚张伯伦先生是否对国家不

1　温斯顿的堂兄，刚刚在普利茅斯参加补选，但没有成功。

2　在1894—1895年的甲午战争中，中国战败后，俄国和德国迫使中国割让部分领土；1898年6月，英国与中国清政府签署了一份九十九年的租约，该条约允许英国治理香港。

忠。"一个政治吸血鬼"——他不会喜欢这个说法的。然而，他已经击溃了激进的自由党派。现在也许他想靠保守党的血来养肥自己。但这自然是我们之间的私下之言。我个人非常钦佩张先生。他是个男子汉。

您永远亲爱的儿子

温斯顿·S.丘吉尔

—温斯顿致珍妮—

[1898 年]6 月 1 日   班加罗尔

最亲爱的妈妈：

[……]我 6 月 18 日从孟买出发，将当地仆人和军事装备都留在埃及——帐篷、马鞍等。[我]希望能在 7 月 2 日到达维多利亚车站。您无法想象我写下这几句话时有多么高兴。[……]

无论如何，我不能放弃在伦敦的那两个星期。即使以沙弗林[1]来计价，每分钟都是值得的。您可能会发现我实际上并不怎么激动。叔本华说，如果你预想未来，你就提前用掉了未来的一些乐趣。因此，人们非常期待的事情往往会让人失望——他们大部分的快乐都被预先享受过了。[2][……]

我在努力解决我的印度事务，但我仍然被"马肉"的梦魇所困扰。

---

1 面值为 1 镑的金币（相当于今天的 100 镑）。

2 亚瑟·叔本华在他的《论女人》(On Women, 1851）中写道："一个人永远不会幸福，而是终其一生去追求他认为会使他幸福的东西；他很少达到目标，即使达到了，也只会失望。"

我希望很快就能卖掉大部分马。我已经订了一张返程票，由此您可以看出，我还没有想过要离开军队。我对下次选举有信心——但在那之前，我认为战争中的职位和经验总是有价值的。[……]

您永远亲爱的儿子

温斯顿·S.丘吉尔

—温斯顿致珍妮—

[1898年]6月8日　　　　　　　　　　　　印度，第四骠骑兵团

最亲爱的妈妈：

这是我给您写的最后一封信。下回我自己就到家啦。想到这里，我感到非常愉快。我多么盼望回家，哪怕只能待两个星期也好。

邮差带来了您的两封信，一周前的信和最近的这封信［均遗失］。两封信读起来都很有趣，让我度过了愉快的一小时。剪报非常令人满意，《旁观者》[1]的剪报尤其令我满意——非常有价值的批评，也很有风度。《宽箭》[2]在"蒂拉赫书信"上还是那么令人不快。[3]这是一份卑劣的

1　《旁观者》（*Spectaor*）为英国政治周刊，创办于1828年。

2　《宽箭》（*Broad Arrow*）是一份军方报纸。

3　亨利·哈钦森上校（Col. Henry Hutchinson）曾就蒂拉赫战役向《泰晤士报》投稿；麦克米伦出版社于1898年9月将其以书的形式出版《蒂拉赫战役（1897—1898）：在威廉·洛克哈特将军的指挥下，对奥拉克扎人和阿夫里迪人的远征》（*The Campaign in Tirah, 1897–1898: an account of the expedition against the Orakzais and Afridis under General Sir William Lockhart*）。

报纸——但我还是喜欢读。在开始政治生涯之前，首先要学会的一件事就是对媒体的批评无动于衷。[……]

我希望集会已经安排好了，尤其是布拉德福德。我想要一个真正的大型集会，至少要有2000人到场。动员他们来。我相信我能吸引他们。我准备了至少三次演讲的好材料——都写得很仔细，并且都做了摘要。

您可以安排一两次晚宴——再给我弄几份请柬。我想要多见见人，四处走走。[……]

再见，亲爱的妈妈，我最盼望的就是见到您。如果可能的话，我们可以在我到达的那天晚上单独吃饭——当然还有杰克。

您永远亲爱的儿子

温斯顿·S.丘吉尔

尼罗河上的刀光剑影（1898）

"就像一场梦"

7月中旬，温斯顿在英国待了三个星期。应他要求，他的母亲于1898年7月14日在布拉德福德安排了一次政治集会。其结果进一步坚定了他离开军队、把自己的未来投入政治中的想法，尽管他两年前对母亲说他有语言障碍（口齿不清），但现在他有信心能够掌控听众。

温斯顿第二天把布拉德福德的经历写了一份书面报告给他母亲，当时他仍然为这次经历感到兴奋。

—温斯顿致珍妮—

[1898年]7月15日 布拉德福德

最亲爱的妈妈：

集会取得了圆满成功。报告厅不是很大——但挤满了人。他们全神贯注地听我讲了55分钟，最后还有人喊"接着讲"。他们鼓掌了五六次，掌声持续了大约两分钟，演讲结束时——由于版面原因，报纸删掉了我的结束语——许多人站上椅子，气氛非常热烈。[……]

至于实际结果：随后在米德兰酒店[1]举行了一次晚宴，大约有三十位当地的重要人物出席，许多人发表了讲话，晚宴一直持续到午夜——他们给了我最充分的暗示，要我密切关注中部选区。[……]

就我个人而言——我对这次活动非常满意。听众的热情使我亢奋，尽管我严格按照演讲提纲展开演讲——我显然成功地激起了他们的兴趣。他们冲出大厅，拥在我的马车周围同我握手并欢呼，直到我们的马车远去。

我得出的结论是——通过实践证明，我将在公共平台上获得巨大的力量。我的缺陷不是障碍。我的声音足够有力——这是至关重要的，我的观念和思维方式使人愉悦。这也许是命运之手——它赋予了人生一种奇怪的巧合，在早晨关闭了我渴望通过的那扇门，到了晚上又以一种鼓励的姿态打开了一扇窗。无论如何——我辞去军职的决定是明确的。

致以诚挚的爱，您永远亲爱的儿子

温斯顿

---

1 布拉德福德的重要酒店，为米德兰铁路公司所有，于1890年完工。

几天后，温斯顿动身前往尼罗河，彼时他仍然不确定他在印度的部队是否正式批准他临时派驻第21枪骑兵团；也不确定他在埃及的服役性质是休假还是现役。

他向母亲简要介绍了如何回应来自当局的询问。

—温斯顿致珍妮—

[1898年7月末]   「地址不详」

最亲爱的妈妈：

概要：

1. 我一直在忙埃及的事。军马70镑。电报20镑。我的船票20镑。印度的仆人20镑。装备30镑。到目前为止总数为160镑。

如果被迫交罚金的话，我将付出沉重的经济代价，陷入贫穷。

2. 如果埃及之行失败，您<u>担心</u>我可能会被迫离开军队。我会的。

3. 如果我的过错严重到会受到严厉的处罚，我肯定会被取消休假。

4. 我的休假没有受到影响。我已经付了钱，我有权得到应有的小牛肉[1]。

至少让我加入第21[枪骑兵团]，待到假期结束——让我看看这个国家，写一本书。

诚挚的爱

温斯顿

---

1 温斯顿将法语单词拼错了，他想表达"vaut"（译为"worth"或"value"，即"价值"）的意思，发音与"veau"（译为"veal"，即"小牛肉"）相同。

温斯顿乘坐一艘法国小汽船"信德号"从马赛航行到亚历山大港，"信德号"于1869年下水，即将走到"生命的尽头"（三年后该船退役）。

—温斯顿致珍妮—

1898年7月28日   信德号

最亲爱的妈妈：

我刚上这条船——像个肮脏的流浪汉，这艘船由一群可恶的法国水手操控。不过，我很高兴到目前为止还没有收到召回电报。我毅然出行，这使我的理由更加有力，也许一切会顺利的。

我预料到了这将是一次不愉快的航行——但愿只有四天五夜，所以我能对付。[……]到目前为止，这趟旅行还不是太糟糕，尽管几天的旅行无论如何都是在浪费生命。事实上，我没有看到任何关于战争或世界大事的电报——这提醒我，我又一次远离文明的中心了。我希望这是几年里的最后一次。我厌倦了所有这些担忧——也厌倦了所有压在我身上的附属感——即使您可能不这么想。

您永远亲爱的儿子

温斯顿

自 1882 年英埃战争结束以来，英国在埃及的军事存在使埃及实际上成了英国的受保护国。而埃及则在很大程度上控制了南部苏丹，自称为伊斯兰国家救世主的（马赫迪）穆罕默德·艾哈迈德（Muhammad Ahmad）的追随者继续抵抗埃及的控制。在其顽强斗争下，1884 年，威廉·格拉斯顿领导的自由党政府下令撤回该地由查尔斯·戈登少将（Major-General Charles Gordon）指挥的英埃联军。

马赫迪军队包围了戈登退守至苏丹首都喀土穆的小部队，1885 年1 月，马赫迪发动攻击并杀死了戈登将军。马赫迪随后宣布在苏丹大部分地区建立伊斯兰律法（Shariah）下的宗教国家。英国试图重新控制该地区，但始终未尽全力，直到 1896 年，新的保守党政府任命基奇纳将军为埃及军队指挥官，并要求他为戈登之死报仇，夺回喀土穆。

基奇纳根据尼罗河的季节，谨慎地调整了他率领的英埃联军的推进。到 1898 年 4 月，他已将敌军向南驱赶到尼罗河第六河段以南的沙布卢卡。马赫迪人在尼罗河西岸的恩图曼占领了一个新的防御阵地——位于喀土穆对面。

在温斯顿 9 月 2 日加入开罗第 21 枪骑兵团后给母亲的第一封信中，他提到了一种新的软头子弹，这是英国军事当局根据 1895 年吉德拉尔战役的经验而开发的，此前使用的子弹被认为没有造成足够的冲击力。这种新子弹的金属外壳没有完全覆盖住弹头部分，因此弹头在与目标接触时能够扩张，这种设计由印度陆军达姆达姆兵工厂的伯蒂－克莱上尉（Captain Bertie-Clay）在 1897 年申请专利。英国军队在 1897 年的西北边境战役中首次使用了这种子弹；他们会在苏丹再次使用。[1]

—温斯顿致珍妮—

1898年8月5日 卢克索[2]

最亲爱的妈妈：

自从上岸以来，我直到现在才有空给您写信。我还没有听到任何关于我的休假被印度方面处罚的明确消息。由于驻印军队没有取消指令，而且两个星期过去了，我想我现在可以有把握地得出这样的结论："沉默等于同意。"[……]

我们正在逆流而上——水流流速为6海里/小时，我们保持着4英里/小时的速度缓慢前行。因此，我们到本月10日才能到达阿斯旺，本月15日才能到达阿特巴拉[3]。但这已经够早的了，因为E.W.[伊夫林·伍德]爵士曾明确表示，他认为9月15日之前不会对沙布卢卡阵地发动进攻。[……]

我将以财务和拉姆利等为主题另外写信给您。我认为后者跟鲨鱼差

---

1 到1899年，英国已经向世界各地的英军分发了6600万发这种开花弹（expanding bullet）；然而，1899年7月29日，经缔约国协商后，《海牙宣言》宣布使用这类开花弹为非法行径。但到1899年10月第二次布尔战争爆发时，英国和南非布尔共和国都没有签署协议。双方在冲突中都使用了这种子弹，双方互相指控对方此举为报复行为并引发了争议。英国于1907年8月13日批准了该宣言。

2 尼罗河上底比斯（Thebes）古城，位于开罗以南400英里处。

3 阿特巴拉（Atbara）位于苏丹东北部，尼罗河和阿特巴拉河的交汇处。

不多。但小心，因为我们没有多少东西可以让这样的野兽噬咬。他很快就会把什么都吞了。

与此同时，在经历了伦敦三个星期的忙乱和仓促——尤其是惶惶不安——之后，这里的休息和宁静使我感到清爽和惬意。这里的天气——虽然也是"热"——与去年我们在 M.F.F.［马拉坎德野战部队］所经受的那种热完全不同。据我所知，这次战役将会以一种奢侈的方式进行。我们可以携带200磅[1]的行李，而在印度则严格要求只能80磅［……］。

在过去的八天里，我经历了多么奇异的场景转换。当我想到伦敦的街道——晚餐、舞会等，然后看看穿卡其布制服的士兵[2]——满载马匹的笨重的大驳船——混浊的河水，以及远处的棕榈树和后面的三角帆客船[3]。

我自己思想的变化甚至更彻底。政治的理想和思索已经消失。我不再满脑子长篇大论。在更生动的可能性和前景面前，对议会——对演讲——和政治生活的期待通常已经消失，现在我更关心的是刀剑、长矛、手枪和软头子弹——而不是议案、法案和补选。

［……］我会写一点文科方面的东西——下封信。请帮我宣传"边境

1　英制单位，1磅约为0.4536千克，200磅约为90千克，80磅则约为36千克。后文将保留该英制单位并不再换算。——编者注

2　英国军队在1867—1868年的阿比西尼亚战役中第一次穿卡其布制服。

3　三角帆客船（Dahabiahs）是尼罗河上使用的一种浅底客船，用帆驱动。

政策伦理"[1]。奥利弗·B[博思维克]（Oliver Borthwick）会带头——做一点推荐。他确实应该这么做。这是我写过的最有思想的东西——其中包含了珍贵的真理宝石。

现在再见吧——献上诚挚的爱，我依然并永远是您亲爱的儿子

温斯顿·S.丘吉尔

温斯顿写下一封信给他母亲时，部队已经通过科罗斯科，到达阿斯旺南部120英里的地方。他们下一站在尼罗河上游70英里处的瓦迪哈勒法，在那里换乘到一条新修建的铁路线上，因为尼罗河在流经漫长的栋古拉弯道时，变得不能通航了。铁路沿东南方向走一条近路，从阿布哈马德旁边的一座桥上穿过尼罗河，然后沿着东岸继续向前，直到阿特巴拉。

—温斯顿致珍妮—

1898年8月10日　　　　　科罗斯科与瓦迪哈勒法之间的尼罗河上

最亲爱的妈妈：

我随信附上两封给"朋友"的信，希望能在《晨报》上刊登。[……]这些信将作为我写书的基础和框架。在信刊登之前，我希望您能告诉热恩夫人，也许还可以给她看看。告诉她，我认为我没有义务接

1　"边境政策伦理"（Ethics of Frontier Policy）为温斯顿于1898年4月撰写的一篇文章；发表在1898年8月的《联合服务杂志》（United Service Magazine）上。

受不写作的承诺，因为她代表我向基奇纳做出的承诺是建立在基奇纳允许我加入埃及骑兵队的基础上的。他拒绝了，所以我的承诺也就结束了。[……]

奥利弗 [博思维克] 说每篇专栏文章他会付给我 10 镑，但您不必跟他提钱的事。我已经给他写了非常清楚和完整的私信，随信附上，您应该转交他或与其他两封信一起寄给他。[……]

远征军的先头部队离喀土穆已经很近了，每个人都急于尽快上阵——唯恐太晚了。我迫不及待地想结束乘火车或坐轮船旅行的日子，我已经连续旅行了十六天，在过去的五十五天里，连续旅行了三十二天。不过，我认为我们不会错过战斗的。人们轻描淡写地谈论那些德尔维什[1]逃到沙漠里去了。我对此所知甚少，但我确信前面会有艰苦而激烈的战斗。[……]

亲爱的，请在国内代理我所有的事。给 M.P.[《晨报》] 的前三封信应该默不作声——这样大家就可以看出它们是完全无害的。渐渐地，作者的身份可能会泄露出来，您可以给《展望》[2]的温德姆一段文字——大意为"这些信件是一个公开的秘密等"，然后您可以告诉朋友要"严格保密"。[……]

我希望 11 月能回到英国，到时我们要办几场盛大的集会。一场在

1　伊斯兰教苏菲派信徒，追求贫穷和节俭；在苏丹冲突中，经常被用于指代马赫迪部队。

2　《展望》（*Outlook*）是一本政治与艺术周刊，由国会议员乔治·温德姆（George Wyndham）于 1898 年 2 月创刊，此前他也参与了《新评论》（*New Review*）的编辑。

布拉德福德，另一场，我想，在伯明翰。您得咨询马尔伯勒。[……]

亲爱的妈妈，生命是廉价的。[……]我对可能产生的结果并非一无所

知，因为您知道，我想活着，想有所成就，但是我不会害怕，也不会抱

怨。除了这些强化思想的哲学思考，我有一种本地人的强烈愿望，想要

杀死几个可恶的托钵僧，然后把剩下的这些瘟神赶去奥库斯[1]，我希望能

非常享受这种举动。我想明天就开始。

那个家伙又在吹口哨了——像唱赞美诗似的——而且走调了。当

然，忍耐的极限到了。

您永远亲爱的儿子

温斯顿

尼罗河在阿特巴拉地段一年四季可以通航。然而，基奇纳的部

队计划将行军路线向南推进到恩图曼，向前推进200多英里。首先，

他们将集中在离最终目标60英里的瓦德哈比什（Wad Habeshi）。

—温斯顿致珍妮—

1898年8月16日 阿特巴拉要塞

最亲爱的妈妈：

这封信写得匆忙，篇幅不长。我们14日到达这里，过河到西岸，

在那里扎营——21枪骑兵团的两个中队。今天早上，骑兵中队向南行

---

1 奥库斯（Orcus）类似哈得斯（Hades），冥界之神。

进，前往瓦德哈比什，行军八天——之后就是战争了。有几件事我暂时留在这里处理——生病的马、病人、货物等。但我要独自骑马追赶部队，今晚或夜间就能赶上他们。[……]

事情快见分晓了。这里的观点是，到下个月 7 日，喀土穆将再次在埃及的旗帜下，而对于埃及人来说——则是英国的旗帜下。我个人认为可能会有延误。但我们要在 25 日前集中——25000 人——在沙布卢卡阵地对面的瓦德哈比什。从那里向凯瑞瑞[1]和恩图曼挺进只需十天到十二天——只要军事状况良好。[……]

我本想再给您寄一封给《晨报》的信。唉，我没有时间，一分钟也没有。即使现在，我也得赶紧。[……]

[……]可以预见，如果我再待久一点，我能做更多我想做的事情。也许我可以在喀土穆尘埃落定之后以其他身份继续留任！谁知道呢，我喜欢这种生活——除了当下的烦恼或忧虑，世上几乎没有什么烦恼或忧虑——我的哲学在这样的场景中最有效。

　　　　　　　　　　　　　　　　　　　　　　　您永远亲爱的儿子

　　　　　　　　　　　　　　　　　　　　　　　温斯顿

温斯顿和部队前往瓦德哈比什的路程已经走了将近一半，这时他们拦住了一艘经过的轮船，想把行军中的一些伤病员运上船。还可以把士兵们写的信寄回家。

1　恩图曼以北 7 英里；凯瑞瑞（Kerreri）将成为恩图曼战役的发生地点。

—温斯顿致珍妮—

1898年8月19日　　　　　　　　尼罗河岸，离米提玛[1]20英里

最亲爱的妈妈：

就写几句。刚到了一艘轮船——载着空箱子去阿特巴拉。我们向它发信号，让它在我们的露营地边上停下来——我们驻扎在一片茂密的棕榈树林中。它可以带走我们的一些病人——我们有几个严重的发热和中暑病人——同时也借此寄走我对您的爱。

我们每天都要行军29英里到30英里，这是将军管理不善和计算失误造成的。我们每天杀掉五六匹马。这揭示了大量愚蠢和浪费公共资金的不道德行为，令人难以置信。

我很好——再好不过了。第21枪骑兵团的人吃得像猪——我们除了牛肉、饼干和温乎乎的啤酒什么都没有。但我的哲学气质，使我可以尽情地享受生活。我很高兴，很满足，热切地期盼着即将到来的行动。我们应该明天到达米提玛，三天后可能到达距沙布卢卡4英里的瓦德哈比什。[……]不用说，这些都是秘密。

没有时间给《晨报》写文章。每天都筋疲力尽。[……]苍蝇很可怕。那天晚上，我在追赶部队的路上迷路了，在没有水和食物的沙漠中度过了悲惨的一天一夜。[……]

亲爱的妈妈，我还会再写信，也许是从米提玛。同时致以诚挚的爱。我们见到了一些骷髅之类的东西，它们是那群托钵僧杀戮行为的有

1　温斯顿的部队仍在米提玛以北20英里处，大约是从阿特巴拉到恩图曼三分之一的路程处。

力证据。

　　轮船起航了。

您永远亲爱的儿子

温斯顿

—温斯顿致珍妮—

1898 年 8 月 24 日　　　　　　　　　　瓦德哈比什，邻近沙布卢卡

最亲爱的妈妈：

　　[……]我们离喀土穆只有 60 英里，27 日，我们行军 21 英里——直面敌军步兵，和他们全面接触。在接下来的十天里，会有一场全面的行动——也许是一次重大行动。我可能会被杀。虽然我不这么认为。但是如果我被杀了，您必须借助哲学的安慰，思考一下人是多么微不足道。我想活着回来，希望一切都好。但我可以向您保证，我不会退缩——虽然我不接受基督教或任何其他形式的宗教信仰。[……]

　　但是我过后会回来的，为了我的赌注，我会变得更聪明、更强壮。然后我们会考虑其他更广泛的行动领域。我有足够的信心——是什么我不知道，希望我不会受到伤害。[……]再见，亲爱的妈妈。

您永远亲爱的儿子

温斯顿

又：万一我受伤了，或者更糟——我已经说好让F.罗德斯[1]——这儿的人称他为"尼罗河上的傻老头"——给《泰晤士报》打电报。如果受了重伤，您最好来把我弄回去。

温斯顿

—温斯顿致珍妮—

1898年8月26日　　　　　　　　　　　　　　　　沙布卢卡南岸

最亲爱的妈妈：

我没想到开战前还能给您写信。然而，机会就这么出现了。明天天亮我们往南行军。您的两封信都是莫利纽克斯[2]带来的，最末尾的一个骑兵中队昨晚也带来了邮件。"阿特巴拉"——"达尔马利"，我们离这些地方已经很远了，明天晚上就离恩图曼不到30英里了。整个事态正达到高潮，我认为一场大战迫在眉睫。我正设法去找埃及骑兵，虽然那边更危险，但这是一个更好的选择，只要有机会得到荣誉。[……]

我不知道是否应该远离危险。我[向您]保证，我对这个问题唯一的感觉是有点好奇。然而，我确信将有重大伤亡。时间会说明一切。

您永远亲爱的儿子
温斯顿

1　"弗兰克"·罗德斯上校（Colonel "Frank" Rhodes），塞西尔·罗德斯的弟弟；《泰晤士报》记者，后来在恩图曼战役中受伤。

2　皇家骑兵卫队的R. F.莫利纽克斯中尉（Lt. the Hon. R. F. Molyneux），在恩图曼战役中负伤。

9月2日，战斗打响。基奇纳的部队由英国、埃及和苏丹的25000名士兵组成，装备有步枪、机关枪和大炮，击败了由52000名士兵的强大的马赫迪军队。伤亡人数悬殊：12000名马赫迪人被杀，13000人受伤；英军的损失只有50人死亡，约400人受伤。

温斯顿和300名第21枪骑兵团的军人一起，他们遵从基奇纳的命令，向撤往恩图曼的约700名托钵僧发起攻击，切断敌人的退路。他们骑马进入了敌人精心准备的埋伏圈：另有大约1500名马赫迪人藏在洼地里等待。接下来是两分钟的肉搏战，第21枪骑兵团奋力向前冲去。这个团有21人阵亡，50人受伤，其中3人在那天获得了维多利亚十字勋章。

温斯顿用毛瑟手枪而不是标准的骑兵长枪武装自己。他们打了五个小时，战斗一结束，他就给珍妮发了一封电报，上面写着："都好——温斯顿"。两天后，他写了一封更详细的信。

—温斯顿致珍妮—

1898年9月4日   喀土穆，见鬼去吧

最亲爱的妈妈：

我希望您不久就能收到这封信——当然别超过两星期。战斗结束了，我之前发出的电报应该可以让您放心。我骑马冲锋，一整天都在枪林弹雨中。您知道我在战场上运气很好。

我大概是唯一一个衣服、鞍具和马匹都完好无损的军官。我用手枪打了十枪——都是必要的，那时战斗快要结束了，我们在打扫战场。我

一点也不紧张，感觉跟现在一样冷静。我勒住马，在离他们340码远的地方重新装填弹药，然后小跑着跟在我的队伍后面，他们当时离我大约100码远。我很抱歉地说，我击中了五个人，还有两个不确定。手枪是世界上最好的东西。

这次进攻远不像去年9月16日那次溃败那样令人惊恐。这场战斗就像一场梦，有些地方我记不清了。托钵僧们对骑兵一点也不害怕，除非你用马把他们撞倒，否则他们不会后退。他们试图砍马的腿，割断马的缰绳——从各个方向又砍又刺，还在几英尺外用步枪射击。但都没有伤到我。那些攻击我的，我把他们都消灭了，就这样安然无恙地活了下来。[……]

我正要和杜里巴丁勋爵[1]骑马去战场。那里躺着7000具尸体，我想会有味道的。我希望找到一些长矛等。我要写一部关于这场战争的历史书。[……]

您亲爱的儿子

温斯顿

—温斯顿致珍妮—

1898年9月8日 　　　　　　　　　　　　　　　　　　　恩图曼

最亲爱的妈妈：

---

1 约翰·斯图尔特–默里（John Stewart-Murray），皇家骑兵卫队中尉；他被封为杜里巴丁（Tullibardine）侯爵；后来成为准将、阿索尔第八代公爵。

我不太知道什么时候回伦敦。我被困在这里，跟着漫长而缓慢的行军部队回阿特巴拉，我预计一个月内到不了开罗。[……]

让我做这么长时间的无聊工作多半是不怀好意，而且真的很可笑，既然时间无关紧要——我在这里也没什么可以输或可以赢的了。我很好，也不太介意这么耽搁，因为我可以写一两件我想了很久的事。[……]

您可以在10月下旬给我安排一次集会。我现在非常怀疑我是否会回印度，毕竟我见识了几场战争。

您永远亲爱的儿子

温斯顿·S.丘吉尔

—温斯顿致珍妮—

1898年9月17日   瓦迪哈勒法

最亲爱的妈妈：

我会很快跟着这封信走。电报将确定时间。您的电报和1日的来信我已收到——还有两份《晨报》。是的——这个月初，您一定很焦虑。我给您发了电报说"平安"——就在参加战斗的那个晚上，在媒体发布消息之前就发电报了。毫无疑问，这次攻击是一场可怕的赌博，不可能有任何个人的防范措施。在我看来，这个问题必须留给命运或上帝——或任何可能决定这些事情的东西。我很满意，不会抱怨。轮船晃得很，所以我字写得不好。

我像往常一样对《晨报》上的信感到恼火。[……]这些信是我写的，这并不是什么秘密，其中提到古巴和边境都是有意的。

真正让我恼火的是"私信"把戏的彻底破产。这本来是一种非常有趣的设定，而且从文学的角度来看，它增加了信件的优雅。[……]然而——这些事跟把人的头砍成两半比起来算什么呢？经历战争的一个好处是它让人在尘世的事物中学会了权衡。

我们开展行动（埃及人称其为"战斗"）前，我非常想您，亲爱的妈妈。我想您必定怀着一颗怦怦跳的心在读电报，看伤亡名单。我上午九点半在进攻之后看了看表，我当然知道，我们将面对血腥的一天，因为我们已经损失了百分之二十五的士兵和百分之三十五的马匹——在夜幕降临之前，这是一个很大的比例。然而——我们的长官冷静下来了，当天剩下的时间里，这个团受到了罕见的谨慎对待。我认为这是完全错误的，因为发动一次进攻没有任何意义，三次进攻触及辉煌。[……]

> 您永远亲爱的儿子
>
> 温斯顿

又：再考虑一下，让我去印度做G.柯松手下的副官。[1]这值得考虑。每年薪酬300镑，没有任何开销。

1　1898年9月初，乔治·柯松（George Curzon）被任命为印度总督（他于1899年1月上任）。

最后的印度之行（1898—1899）

"爱国主义和艺术水火不容"

温斯顿 10 月初回到伦敦。他在英国待了将近两个月，直到 12 月 2 日最后一次去印度旅行。他回到印度只是为了安顿自己的事情，参加军团马球锦标赛，然后辞去军官职务，开始他第二阶段的职业生涯。他如此计划，是为了把政治和写作结合起来。

在英国期间，他在三次政治集会上发表了演讲。第一次是在他给母亲写这封信之前，在伦敦南部的罗瑟希德；另外两次集会是在多佛和朴次茅斯附近的绍斯西。

温斯顿明白，日报现在在政界发挥着越来越大的作用。19 世纪的议会改革法案扩大了有投票权的人数；电报的发明使记者可以更快地将他们的报道提交给报社；新兴的铁路网使报纸得以更广泛、更廉价地发行。因此，温斯顿小心翼翼地与新闻界资深人士建立良好的人际关系。

查尔斯·莫伯利·贝尔（Charles Moberley Bell）自从 1875 年就以《泰晤士报》驻埃及记者的身份开始为该报工作；现在他是这家报社的总经理。阿尔弗雷德·哈姆斯沃斯（Alfred Harmsworth）于 1894 年和他兄弟哈罗德（Harold）一起接手了《新闻晚报》（*Evening News*），并于 1896 年创办了《每日邮报》（*Daily Mail*）。

—温斯顿致珍妮—

1898年10月21日　　　　　　　　　　　　坎伯兰广场35a

亲爱的妈妈：

两篇演讲稿现在已经写好，我认为它们都很棒。我一直在认真准备。我昨晚和［欧内斯特］卡塞尔先生一起吃了顿饭——非常有趣的晚餐——十六个人——在交流能力方面，他们都是佼佼者。

坐在我旁边的是《泰晤士报》的莫伯利·贝尔——我们相处得很好。我明天告诉您详情。今晚我要去马尔伯勒府邸[1]吃饭，因为人不多，我想我有机会和亲王聊聊。［……］

哈姆斯沃斯彬彬有礼，他将报道多佛的演讲。

您永远亲爱的儿子

温斯顿

—温斯顿致珍妮—

1898年10月27日　　　　　　　　　　　　坎伯兰广场35a

最亲爱的妈妈：

我敢说您已经从报纸上了解到多佛的演讲是成功的。我想这应该给温德姆留下了深刻印象。有那么一刻，我的思绪被打断了——但我保持沉默，直到我再次找到思路，不过我认为这并不重要。

1　威尔士亲王在伦敦的住宅，他写信给温斯顿，警告他在写恩图曼战役时不要批评他的军人长辈。

也许周一晚上我会在朴次茅斯演讲[1]。我很累，不多写了。

您永远亲爱的儿子

温斯顿·S.丘吉尔

1898年秋天，温斯顿在英国期间，很少见到母亲；她每年这个时候都要去探访她朋友的庄园。

她今年的行程还增加了一个有趣的地方。7月下旬，在她的朋友沃里克公爵夫人黛西的家里，她遇到了一位年轻的苏格兰近卫军（Scots Guards）军官，名叫乔治·康沃利斯－韦斯特。乔治当时二十三岁，他母亲玛丽——常被称为"帕齐"（Patsy）——共生育了三个孩子，他是帕齐二十岁时所生。帕齐十七岁时，嫁给了威尔士和汉普郡的地主乔治·康沃利斯－韦斯特，以解决她与年轻的威尔士亲王的感情所带来的问题——她与亲王的来往始于她十六岁时。她的孩子们都长得特别漂亮，所以有时帕齐会在朋友面前炫耀；但他们大部分时间都是在一位不苟言笑的保姆的照顾下度过的，后来他们上了寄宿学校——乔治上的是伊顿公学。

这种复杂的童年可能有助于解释为什么只比温斯顿大两周的乔治会倾心于活泼、老练和细心的珍妮，尽管她的年龄足以成为他的母亲。他不是第一个，也不是最后一个爱上珍妮的漂亮军官，但是他最初的兴趣逐渐变成了迷恋，这种迷恋或多或少可能是为了弥补

1　他做了演讲——10月31日，周一。

母亲这一角色的缺失。

8月中旬，珍妮受邀到他在汉普郡的庄园去做客。康沃利斯－韦斯特家在威尔士拥有另外5000英亩[1]的土地，尽管他们最近因为开销问题放弃了在伦敦的房子。到了9月，珍妮的好朋友已经知道她和乔治的恋爱关系，如果他们要邀请她，也会把他列入客人名单。

1898年秋天，珍妮在晚餐的时候，想说服她的朋友、新任印度总督的乔治·柯松，带康沃利斯去当副官。这项任命本可以为许多人认为是丑闻的联姻提供一个体面的出路，但柯松不肯帮忙，康沃利斯继续追求珍妮，珍妮也不再拒绝。

与此同时，温斯顿留在伦敦处理一桩家庭意外事件。

—温斯顿致珍妮—

1898年11月14日　　　　　　　　　　　　　　坎伯兰广场35a

最亲爱的妈妈：

恐怕我要告诉您一个坏消息。您的那条黑色哈巴狗昨天从房子里跑出去了，到现在还没找到。恐怕它跑丢了——我承认我对让它回来不抱希望。瓦尔登[2]去过所有的警局——今天下午去了巴特西[3]。我以10镑赏金悬赏，印了300张启事，还在《晨报》上登了一则广告。我认为只能

1　1英亩约为0.004047平方千米。5000英亩约为20.23平方千米，约为30351亩。后文将保留该英制单位并不再换算。——编者注

2　珍妮家里的管家和男仆；瓦尔登夫人是厨娘。

3　流浪狗和走失狗的临时收容所；1860年成立，1871年搬到巴特西（Battersea）。

这么做了，您得接受这种不可避免的事情。

如果能把它找回来，我给您发电报。

永远是您亲爱的儿子

温斯顿

珍妮和柯松共进晚餐的时候，就悲叹自己独身生活的空虚。据她后来在《回忆录》（*Reminiscences*）中写道，柯松安慰了她一番，但那天晚上她决定"做点什么，并且想了一会该做什么，最后决定开始做一本评论"。[1]

她所谓的"评论"，指的是一份文学刊物，该刊将是大西洋两岸在外观和质量上的上乘之作——无论是在制作还是在内容上。它每季度出版一次，每刊长达 250 页，装订费用和书一样昂贵。

温斯顿对他母亲的计划很热心，并自愿帮助她做商业方面的工作。就在他动身去印度之前，他遇到了约翰·莱恩（John Lane），他是古书销售和出版公司鲍利海（Bodley Head）的创始人兼合伙人。莱恩和珍妮合伙创办评论杂志的基础在于前者出版过自己的季刊《黄面志》（*The Yellow Book*），该刊因其在文学和艺术方面的水准赢得了很高的赞誉，尽管它在出版三年后于 1897 年春天停刊了。在这份杂志短暂的生命中，因为它的艺术编辑奥伯利·比亚兹莱（Aubrey Beardsley）与奥斯卡·王尔德（Oscar Wilde）关系密

1　G.康沃利斯-韦斯特夫人：《伦道夫·丘吉尔夫人回忆录》（*Reminiscences of Lady Randolph Churchill*），第 121 页。

切而一直饱受争议。1895年，王尔德因"猥亵罪"入狱，直到《黄面志》停刊时，他仍被监禁。

—温斯顿致珍妮—

1898年12月1日　　　　　　　　　　　　　　　　坎伯兰广场35a

最亲爱的妈妈：

非常感谢您的来信。昨天平安无事地过去了，但其实相当愉快。晚上我和杰克一起去盖尔特［剧场］了。

现在说说业务：约翰·莱恩先生昨天来拜访我，午餐后我们谈了很久。我们还没有就什么意见达成一致，但我不禁觉得您会对他感到满意的。这个或类似的项目应该有个方案。您必须准备四期的损失，比如1000镑。其中第一期就可能花掉350镑。这将是您在这件事上的全部风险，如果杂志销量表明它能够收支平衡——当然这就不会有什么问题，您不会失去任何东西。［……］

［……］如果杂志成功，您和他可以分享利润。莱恩认为，每人大约有800镑。然而，哈姆斯沃斯说，除非您能从中得到至少2000镑，否则就不值得花时间。我不同意。我想即使一开始只有800镑，它也能让您站稳脚跟——且不论它将影响人们的思想和观念，并带给您文学和艺术的乐趣。［……］

您永远亲爱的儿子

温斯顿

第二天，温斯顿动身去了位于意大利之踵的布林迪西，在那里登上一艘开往印度的船。他利用这次旅行开始写《大河之战》（*The River War*），一本关于苏丹战役的书。他和母亲恢复了每周通信，令人遗憾的是，她那段时间的信件都没有保存下来。

—温斯顿致珍妮—

1898年12月4日   布林迪西，奥西里斯号[1]

最亲爱的妈妈：

　　我刚经过一段平静的旅程来到这里。我对海峡通道的厌恶甚于鞭打，很难受、很痛苦。好在现在已经结束了。我没有得到印度的消息，看起来要么局势很平静，要么我没有多少机会去边境。这正合您心意。[……]

您永远亲爱的儿子
温斯顿

—温斯顿致珍妮—

1898年12月11日   离开亚丁湾，香农号[2]

最亲爱的妈妈：

　　我想您会等我的信——虽然其实没有什么可说的。我们沿着红海航

1　新船，1898年年初交付给P&O.公司（P&O.Express），用于布林迪西和埃及之间的航行服务；时速可达19海里。

2　1882年下水；属于P&O.公司；时速可达14.5海里。

行，一路颠簸得很厉害——所有的地方都这样，我也过得并不怎么愉快。不过，这本书的写作有很大的进展。很长的三章现在几乎全部完成了，这部分主要描述喀土穆陷落、戈登死亡等内容，我认为是我写过的最崇高的篇章。［……］

您永远亲爱的儿子

温斯顿

—温斯顿致珍妮—

1898年12月22日　　　　　　　　　　　　　　　　　　　　班加罗尔

最亲爱的妈妈：

经历了一次狂风暴雨的航行后我终于回到了这里，每个人都张开双臂欢迎我。我已经拿到了苏丹勋章[1]，希望能在几天内拿到边境勋章。我将于1月20日开始参加大型马球锦标赛——再休一个月的假，之后回这里待上两周，把我的事务处理好，然后回家。［……］

我每天从早到晚都在写书，已经完成了大约三分之一。为此，您要原谅我信写得简短。时间如此珍贵，又有如此多的事情要做。［……］

您永远亲爱的儿子

温斯顿

1　银质奖章，正面是戴王冠的维多利亚女王雕像；尼罗百合支撑的底座，背面有一个戴着桂冠和棕榈枝的胜利雕像；丝带黄蓝相间，中间用一条红色的细线隔开。

—温斯顿致珍妮—

1898年12月29日   班加罗尔

最亲爱的妈妈：

很高兴收到了您的信——再次通信后的第一封来信。我一直在勤奋地写作，已经完成了大约一半，但我担心现在的进度会比较慢，因为我必须等材料。

请接受麦克米伦为这部小说［《萨伏罗拉》］的连载版权支付100镑的报价。[1]［……］我真希望钱的事能暂缓处理，等我回去再说。我很为未来担心。这是令人不安的。我想不出三年后会发生什么。只有天知道。我比您更讨厌做生意。我们会面临多年的苦难和烦扰。漫不经心所造成的贫穷将使您的生活失去安宁和幸福，而我则失去成功。我用笔写下的这些细枝末节，只会让人更痛苦地意识到这一点。

我今天情绪低落，写了一上午，但毫无进展。［……］我觉得我在这里不像在英国那样精力充沛。思想僵化——精力不济，都压迫着我。［……］

书中对K.［基奇纳］的描写充满了苦涩。我觉得，尽管我有意写得友善一些，但显然不像是朋友写的。［……］一个平庸的普通人——在他的性格中多少有些残酷的成分。［……］

您的上一封信几乎和我写得一样潦草。您没有多少借口写成那样，

1　1899年5月至12月在《麦克米伦杂志》（*Macmillan's Magazine*）连载；1900年全书由朗文公司出版。

因为您有更多的新闻，事情也不多。

您永远亲爱的儿子

温斯顿

　　珍妮就要过四十五岁生日了。温斯顿明显感觉到珍妮创办一本文学杂志的主要好处之———一旦年龄的增长减少了她在其他方面的吸引力，她还可以借此在伦敦社交女主人的宾客名单上保持自己的地位。

—温斯顿致珍妮—

1899年1月1日　　　　　　　　　　　　　　　　　班加罗尔

最亲爱的妈妈：

　　您的信刚到。我很高兴杂志的项目正在进行中。我认为您不应让外人担保所有的钱。如果您能出资500镑，就能在各个方面巩固您的地位。我毫不怀疑这个项目会继续下去。如果成功的话，您生活中就会有一种职业和兴趣，随着时间的推移，您将不再光彩夺目，但它可以弥补您失去的所有愚蠢的社交娱乐，而在您的后半生，在您的品位和思想世界里，您可以获得与从前及现在一样优雅和美丽的崇高地位。这是明智而富有哲理的，也可能是有利可图的。如果您一年能从中赚1000镑，我想这对您来说就像乌云中的一线阳光。[……]

　　我现在得去写我的书了；我很勤奋。但天气让人萎靡不振。别担心瘟疫。

您永远亲爱的儿子

温斯顿

温斯顿为他母亲摘录了一段他的《大河之战》草稿中的文字，描述了早年失去父亲对年轻的马赫迪的影响。正如他所承认的，这段文字确实也涉及他自己父亲的去世对他的影响。

1898 年 12 月 17 日，在宪法俱乐部（Constitutional Club），索尔兹伯里勋爵为他的政府辩护，反对认为政府在外交政策问题上"将国家毫无必要地置于黑暗之中"的指责。他解释说，他宁愿保持沉默，而不喜欢"在外交问题上公开演讲的直白风格"——这句话被认为是针对张伯伦的。

—温斯顿致珍妮—

1899 年 1 月 11 日   班加罗尔

最亲爱的妈妈：

我得再给您写封短信，因为再过几分钟邮件就要寄出了，而即使有更多的时间，我也不会多写了，因为没有什么可说的了。[……]我下周要去马德拉斯打马球，住在礼宾府。在那之后的一个星期，我们都和佩塔布·辛格爵士[1]一起在焦特布尔赛前训练。然后是密鲁特的联赛，

1　也称佩拉塔布·辛格爵士（Sir Pratap Singh），英国所属印度军队的军官，伊达尔（现在的穆贾拉特）王公，任焦特布尔首席部长直到 1895 年，摄政者（1895—1898）。

在那里我和B.B.［宾登·布拉德］爵士在一起，在那之后，参加安巴拉[1]的锦标赛——非常愉快的六周。然后是回家和更有意义的生活乐趣。

与此同时，我还在不断地写作，虽然进展缓慢，但我仍然认为我写得很好。让我给您引述几句——这是关于小时候是个孤儿的马赫迪的故事。

　　孤单的树，如果它能生长，就会茁壮成长；而一个失去父亲关爱的男孩，如果能逃离少年时代的危险，往往能成长为独立自主、思想活跃的人，而这些可能会在日后生活中弥补早年所遭受的重大损失。［……］

S.［索尔兹伯里］勋爵在宪法俱乐部的演说很精彩。他是个了不起的人。乔·C.［张伯伦］正在逐步失去优势。我本能地有这种感觉。我知道就是如此。在这些事情上我有直觉，也许是遗传来的。这种生活很愉快，日子过得很快，也过得很有价值——但我没有权利流连忘返。如果我沉溺其中，那将是多么可怕的事情！它会伤透我的心，因为我除了雄心壮志别无他求。

说的都是我自己——跟往常一样。但您还能指望什么？而我相信您对我的事是感兴趣的。我要给老［马尔伯勒］公爵夫人写封信，让她对

1　温斯顿在1896年12月2日的信中曾提到这座城市安巴拉（Amballa，位于德里以北120英里，有一座大型英国军营）；现称Ambala，虽然其火车站的代码仍是UMB（旧称Umballa）。

我辞去军职有所准备。她会反对，但她知道我是个严肃认真的人，不只是纸上谈兵。

哦，对钱务必小心。［……］钱财过多没有意义，但有点钱还是很重要的，钱对于人就像呼吸一样。我想，如果真的时运不济，家里的钱不够用，比起住在乡下，还是留在伦敦租房更好。如今，人们可以乘火车去任何地方。

您永远亲爱的儿子

温斯顿

珍妮让温斯顿随时了解她办文学评论杂志的进度，她现在已经和约翰·莱恩正式合伙了。这两个合作伙伴为了在重大决策中占据一席之地而相互竞争，其中最先引发争议的是新刊的刊名。温斯顿试图从遥远的班加罗尔影响这场争论。

他信中第一次提到了他母亲与乔治·康沃利斯–韦斯特的关系，表明她在这段时间给儿子的信中提及了这段持续的恋情。

—温斯顿致珍妮—

1899 年 1 月 19 日　　　　　　　　　　　　　　班加罗尔

最亲爱的妈妈：

我这周没有写多少，因为我所期待的来自埃及的材料还没有到，而我自己的资源快用完了。所以我休息了四天。［……］没有什么新闻，但这里的每个人都对大赛的到来感到非常兴奋。［……］

杂志出刊之前我会回国的。我不喜欢《竞技场》（*The Arena*）这个刊名——太普通了。您得要一个能真正表达杂志性质的名字——古典而华丽的名字。它应该是文学界的安菲特里翁[1]。可能有一个很好的希腊词语可以表达这个意思。唉，可惜我不是学者。

我回国后要修改那篇关于修辞的文章，然后交给阿尔杰农·韦斯特[2]。另一位韦斯特怎么样？我期待着从东方回去时见到他。您的信不长——您也没有我那么多借口，因为我有那么多别的东西要写。

我对爸爸传记的剪报很感兴趣。您得运用您所有的影响力为我弄到这些文件。[理查德·乔治]柯松不能拒绝。时机尚未成熟——但再过六七年就有机会了——而我将坚持做这件事。如果G.C.[乔治·柯松]愿意，他可以编著。我完全有权利，而且比任何可能得到这些文件的人都做得好。现在别让他们发表任何垃圾文字。如果您允许他们这么做，我认为是不明智的，而您可以用任何方式阻止他们。仅从经济角度来看，这本传记就值2000镑。

您永远亲爱的儿子

温斯顿

这是温斯顿第二次要求他母亲让他在适当的时候为父亲写传

1　在希腊神话中，安菲特里翁（Amphitryon）是底比斯的一位将军，他的名字用来表示慷慨的主人和娱乐者。

2　阿尔杰农·韦斯特爵士（Sir Algernon West）于1861—1894年担任威廉·格拉斯顿的首席私人秘书。

记。这一次，他相当有先见之明：他撰写的传记《伦道夫·丘吉尔勋爵》（*Lord Randolph Churchill*）于七年后的1906年1月出版。然而，在经济方面，温斯顿的预测则是一反常态地过于保守了：他的出版商愿意预付8000镑。

—温斯顿致珍妮—

1899年1月26日　　　　　　　　　　　马德拉斯礼宾府[1]

最亲爱的妈妈：

[……]我对这本书做了一次非常认真的调整——因为沃森上尉[2]，我曾指望他能提供许多重要的信息，但将军却禁止他向我提供任何材料。这会造成进度延误，但这并不会阻止我写作。[……]

由于我的材料供应出现了障碍，我必须尽快回国，预计3月15日之前离开这个国家。途中我得在开罗停留一周，但4月的第一个星期我将回到英国。我正在递交[辞职]材料，所以我将在5月前退役。[……]

我很高兴杂志正在成形。《国际季刊》（*The International Quarterly*）比《竞技场》好得多——但很笨拙，一点也不新颖。您得设法找到一个能表现杂志**特色和特殊性质**的刊名——一个精致、丰富、庄严的名字。[……]

1　1753年，东印度公司从葡萄牙商人路易·德·马德罗斯（Luis de Madeiros）手中购得；1798年至1803年，总督爱德华·克莱夫勋爵（Lord Edward Clive）根据建筑师兼天文学家约翰·高德林汉姆（John Goldingham）的设计将其扩建；1860年又加了一层楼。

2　皇家步枪兵团的詹姆斯·沃森上尉（Captain James Watson），基奇纳将军的副官。

您永远亲爱的儿子

温斯顿

—温斯顿致珍妮—

1899年2月2日　　　　　　　　　　　　　　　　班加罗尔

最亲爱的妈妈：

这星期没有收到您的信，所以只给您写一封短信——但并不是要报复您，因为我没有什么重要的事情要说，而且我马上就要回家了。我正在加紧写这本书，但由于缺乏材料，进度很慢。我必须在回国途中在埃及再收集一些材料。[……]

我越想到《国际季刊》，就越不喜欢这个名字。它没有高雅的意味，它表明这是一本非常沉闷的出版物，不是您想要的文学盛宴。[……]

我正在办理我在印度的一切事务。您会很高兴地听到这个地方有利可图，甚至还能留点钱带回家。

您永远亲爱的儿子

温斯顿·S.丘吉尔

又：乔治·韦斯特给我写了封长信。我怕简短的回信会使他生气，但我已经写了这么多了。

温斯顿

—温斯顿致珍妮—

1899年2月9日   焦特布尔

最亲爱的妈妈：

我倒霉透了。我和马球队一起到这里，为下周的密鲁特联赛进行训练。一切都很顺利，我们赢的机会很大。但昨晚我从楼梯上摔下来，扭伤了两个脚踝，右肩也脱臼了。今天下午，我挣扎着去打马球，身上绑上绷带什么的，但我成了一个可怕的跛子，我很怀疑自己是否还能参加锦标赛。

所有这些都是小事；只是好笑——我并不高估它们的重要性，但我还是太年轻了，难免感到心灰意懒。球队也很担心，因为他们赢的机会被削弱了。在生活的小事上遭遇不幸总比在大事上倒霉要好。我相信这不幸会平息诸神的怨气——也许我在别处的成功和运气冒犯了他们。[……]

您永远亲爱的儿子

温斯顿

两年前，温斯顿在1897年2月25日的信中，把乔治·柯松称为"被娇惯的政治宠儿"。现在，他期待着与这位新上任的印度总督（柯松于1月6日接任埃尔金勋爵）套近乎，两面下注。

—温斯顿致珍妮—

1899年2月16日   密鲁特

最亲爱的妈妈：

我肩膀好多了，虽然还用不上劲，但我将参加比赛，我认为我们可能会赢。［……］比赛结束后，我去加尔各答和［柯松］总督待上一个星期。在他的新王国里见到他一定很有趣。

我求您别［为杂志］着急。如果推倒重来，您会永远失去您现在享有的优势。所有的声望将不复存在。坏名声会毁掉任何一本杂志。我真的不喜欢您的这些建议，没有把握就不宜盲动。某一期销量差没关系，下一期可能好得多，而坏名声总是难以抹去。您不改造整本杂志，就不能奏效。［……］

致以诚挚的爱，您永远亲爱的儿子

温斯顿

珍妮和莱恩招聘了西德尼·洛（Sidney Low）做他们评论杂志的编辑，在后者的帮助下取得了意想不到的成功；他曾在著名的《圣詹姆斯公报》（St James's Gazette）担任同样的职位。

然而，新杂志的名字仍然难以确定。曾是军人和外交官的埃德加·文森特爵士（Sir Edgar Vincent）是第一个提出《盎格鲁-撒克逊》（The Anglo-Saxon）这个刊名的人，这很符合珍妮对这份杂志跨大西洋视野的预期。然而，这个名字却并没有给她儿子留下良好的印象。

—温斯顿致珍妮—

1899 年 2 月 23 日   密鲁特

亲爱的妈妈：

很高兴收到您的信。我越考虑这本杂志，就越希望您不要这么着急。《盎格鲁–撒克逊》这个刊名并不合适。对于一份想要吸引大西洋两岸广大读者的通俗期刊来说，它或许还不错。但对于一本高端杂志来说，它非常不合适，因为这本杂志只面向少数有教养的人，而且这个名字显示出对世界主义明显的怀疑。[……]请注意，如果第一期不成功，您所有的声望都会被摧毁。我诚恳地建议您再等几个月或者一个季度。[……]

我一直在写《大河之战》，我想它会引起轰动。这本书一点危害也没有，绝对合法。我建议把书封装帧成黄蓝色[附上草图]，这是勋章绶带的颜色和图案，正如您可能知道的，它还代表了流过沙漠的蓝色尼罗河，因此相当适合《大河之战》一书。[……]

您永远亲爱的儿子

温斯顿

温斯顿的下一封信来自加尔各答的总督府，在那里，他对柯松勋爵的看法发生了变化。

—温斯顿致珍妮—

1899年3月2日   加尔各答

最亲爱的妈妈：

您10日的来信中还有杜利巴丁的剪报和一些手稿。非常感谢。您会很高兴听到我们赢得了马球联赛——这可能是印度最大的体育赛事。在获胜的那场比赛中，我进了四个球中的三个，所以我的印度之旅并不是徒劳无功的。

我已经在这里待了一个星期，和柯松夫妇住在一起。一切都很温馨，我发现和柯松谈话很愉快。他举止优雅，所有在国内激怒我的攻击性都消失了。他们夫妇也很受大家的爱戴。但我担心他工作太辛苦了——每天将近十一个小时——他秘书告诉我的。[……]

我现在来说说杂志。我很高兴您要到六月才出版。我把两星期前写过的不必着急的话再重复一遍。但我觉得您已经完全忘记了办高端杂志的初衷。您的刊名《盎格鲁-撒克逊》及格言"血浓于水"，只需要将英国米字旗和美国星条旗交叉印在封面上，就成了适合哈姆斯沃斯的廉价的帝国主义作品之一。我并不是说这些作品做得不好，没有回报，而是它们以大众化的价格为成千上万的粗人制作而成。人们不会掏钱买这种东西的。[……]

当然，作为刊名，《大都会》（*Cosmopolis*）会好得多。但它已经有人用了。文学基本上是世界性的。爱国主义和艺术水火不容。我不想扫兴，但我已经预见到这么多的困难，我担心通往成功之处只有一条狭窄的路。[……]

您永远亲爱的儿子

温斯顿

温斯顿在加尔各答见到的人中有帕梅拉·普劳登，后来他给她写信："我这辈子在伦敦见过许多漂亮的女人。但我从来没有遇见这样一个女人，为了她我可以放弃生命和事业。然后我遇到了你。[……]如果我是梦想家中的梦想家，我会说'嫁给我吧，我会征服世界，把它放在你脚下'。"

然而，婚姻需要"钱和双方的同意"才能实现，在他们的情况下，他遗憾地发现，其中一个条件"肯定"没有（大概指钱），另一个"可能"没有（大概指帕梅拉的同意）。[1]

温斯顿没有告诉母亲他追求帕梅拉的最新进展。在离开印度之前，他再次请求她不要匆忙出版她的杂志第一期。珍妮发现《盎格鲁–撒克逊》这个名字已经预留下来了，就决定干脆在末尾加上"评论"一词。温斯顿对这一选择仍持怀疑态度，他也对她与莱恩达成的商业协议持怀疑态度，自己亦希望经开罗到达伦敦后能找到一个编辑职位。

---

1 1899年3月，W.S.丘吉尔致P.普劳登的信，引自2003年11月9日的《观察家报》。

—温斯顿致珍妮—

1899年3月9日　　　　　　　　　　　　　　　曼瓦尔火车站[1]

最亲爱的妈妈：

　　恐怕您会认为上一封信中我的批评很不友好。我真希望您别这么想，因为我一直在考虑您的经济问题，我担心这个问题一定会更加严重，我在任何情况下都不希望做任何会增加您忧虑的事，或者打消您克服忧虑的念头。不过我恳求您等到我回国后，再决定是否要办这本杂志。

　　相信我，在钱的问题上找莱恩之类的人对我来说要容易得多。记住我说过没有第二次机会。除了实际损失——想想失败后遭受的嘲笑吧。当然，我对这个项目所知甚少，所以才担心。可是您所告诉我的事并没有使我放心。

　　我和总督有过几次愉快的谈话。真的，我此前完全误解了他的态度。[……]

您永远亲爱的儿子
温斯顿

　　温斯顿回国途中在开罗停留以便为《大河之战》做些研究。他

1　温斯顿把这个车站（Manwar，他在此换车，还有时间寄一封信）的名字错当成了曼马德（Manmad）。曼瓦尔靠近尼泊尔，不可能出现在他从加尔各答到班加罗尔的路线上。曼马德位于孟买东北部，是印度东西和南北铁路线的交会点。

住在该市最新的酒店——萨沃伊酒店，这家酒店五个月前才开业。从酒店可以俯瞰圆形广场的卡塞阿尔尼罗大桥，酒店配备有电梯，每间卧室都有壁炉和新从伦敦进口的家具，萨沃伊酒店相当以此为豪。

他从酒店寄的信是他向母亲口授的第一封信。一个速记员（他请来一名速记员，帮他做《大河之战》这本书的研究）手写了这封信，温斯顿再加上问候和落款。这是他此后采用速记员的前兆。

—温斯顿致珍妮—

1899 年 3 月 30 日   开罗，萨沃伊酒店

亲爱的妈妈：

我四天前到达这里，打算乘下一艘船去英国，但我发现了这么多有价值的信息和这么多愿意帮助我写书的人，所以我决定待到下月 9 日的周日。这样我 15 日才能回英国，正好赶上在阿尔伯特音乐厅举行的集会。

您一定要原谅我写这么一封口授信，因为我得写这么多乱七八糟的东西，手都快累坏了。

我收到了您的来信和 [杂志] 章程，我觉得很好。我非常想回家帮您处理这一切。我开始觉得比以前更有希望了，尽管我仍然不能接受杂志的名称。[……]

我刚到这儿时，觉得这本书可能一个月就能写完，现在却要花更多的时间了。我发现了许多有趣的事情，这些事情改变了我所讲的故事。

我对将军的许多尖锐批评，能够得到缓和并删节。[……]

未来似乎充满了各种计划和可能性，但目前我只想把书写好，直到我把这件事从脑海中解脱出来，完全交到出版商手中，我才会认真考虑其他的事情。[……]

我写信给老公爵夫人，告诉她我已把［退役］材料交上去了。我并不指望她会很乐意，不过毕竟她的意见对我来说并不重要。

我喜欢想象您一直在为您的杂志工作。它需要不懈的努力，而且您将不得不放弃许多社交娱乐，这样我想它一定能取得很大的成功。[……]

> 您永远亲爱的儿子
>
> 温斯顿·S.丘吉尔

—温斯顿致珍妮—

1899年4月3日　　　　　　　　　　　　　　　　开罗萨沃伊酒店

最亲爱的妈妈：

我收到您的电报，要我8日到巴黎和您见面，但由于我上封信告诉您的原因，9日之前离开埃及是不可能的。我得到了大量非常有价值的信息。[……]

克罗默勋爵[1]对我的厚爱和关照令我深感荣幸。他给我写了介绍信，

1　伊夫林·巴林（Evelyn Baring），后来的克罗默勋爵（Lord Cromer），1878—1879年英国驻埃及总审计长，1880—1883年为印度政府财务专员；1883—1907年任埃及总领事。

介绍每个在开罗的重要人物，他还煞费苦心地向我解释各种与埃及政治有关的问题。[……]

我相当喜欢口授信件。这种信件非常简单和自然，我认为这是练习流利说话的很好的方式。我口述给速记员，她以最快的速度写下来，进行得相当顺利。

您永远亲爱的儿子

温斯顿

非虚构文学　　－想象一个真实的世界－

Darling Winston

亲爱的温斯顿

丘吉尔首相
与母亲四十年的通信

下册

Forty Years of Letters Between
Winston Churchill and His Mother

［英］大卫·劳 著

唐建清 译

王晓冰 陈所以 审校

中国社会科学出版社

目　录

上　册

第一部分
少年烦忧（7—20岁）

第二部分
离家从军（21—25岁）

下　册

第三部分
踏上仕途（25—32岁）

第四部分
"一战"硝烟（33—47岁）

下 册

第三部分

踏上仕途（25—32岁）

战争的动力（1899—1900）

"我比其他女人更了解你"

温斯顿 1899 年 4 月底到达伦敦，当时他从军队退役的文件尚未生效。二十四岁的他开始了新的事业，他计划将写作和政治结合起来。

当他回到伦敦，他发现他的母亲正在为《盎格鲁-撒克逊评论》（The Anglo-Saxon Review）的订阅量而苦苦挣扎，该杂志第一期定于两个月后的 6 月出版。此外，珍妮还忙于应对乔治·康沃利斯-韦斯特的殷勤，温斯顿不在的时候，他对她的追求更加猛烈了。1899 年 4 月，对他们的关系心怀不满的马尔伯勒公爵夫人去世，这对情侣得以在布伦海姆宫受到欢迎，他们的关系进一步获得认可。

温斯顿回国后第一次写信给母亲，当天《伦敦公报》（The London Gazette）正式确认了他从军队退役。他这封信的主题是政治：几个保守党选区协会希望探讨他在即将举行的大选中作为其候选人之一参选的可能性。

—温斯顿致珍妮—

1899年5月3日　　　　　　　　　　　　　　　　坎伯兰广场35a

最亲爱的妈妈：

[……]我已经客气地回复了伯明翰，表达了接受的意愿，但对自己的能力有些犹豫。我昨晚在罗斯柴尔德家用餐——丰盛的晚餐，参加的人有贝尔福先生、阿斯奎斯先生、阿克顿勋爵[1]、我本人、伊芙琳娜[2]和[罗斯柴尔德]勋爵和勋爵夫人[3]。A.J.B.对我很客气，对我说的事情都表示赞同，并给予我极大的关注。在我看来，我说得很好，但没有说太多。[……]

麦克米伦的100镑支票[《萨伏罗拉》]昨晚收到了，瓦特拿了10镑——但我没有舍不得给他，毕竟他费了很大的劲。照顾好乔治。

您永远亲爱的儿子

温斯顿

又：[……]您觉得我不再是一个军人了吗？

曼彻斯特西北部的奥尔德姆选区拥有两个席位，罗伯特·阿斯克罗夫特（Robert Ascroft）是该选区的保守党议员，是接触温斯

1　阿克顿勋爵（Lord Acton）是前自由党议员和历史学家，他最著名的话是："权力导致腐败：绝对的权力导致绝对的腐败。"

2　伊芙琳娜（Evelina）是罗斯柴尔德夫妇的女儿，二十六岁；五个月后她结婚了。

3　纳森（Nathan，或"纳迪"Natty）和艾玛（Emma）；罗斯柴尔德勋爵进入上院前曾是一名自由党议员（1865—1885），是第一位进入上院的犹太人。

顿并要求其竞选国会议员的人之一。他联系温斯顿是因为他的同事因健康原因决定退休。6月19日，阿斯克罗夫特本人突然去世，因而该区举行了一场补选，保守党需要在这个工人阶级选区选出两名新的候选人，他们仍然能与自由党竞争，这主要是由于阿斯克罗夫特个人的声望。

由于预料到会有一场艰苦的斗争，当地的保守党组织首先选出了阿斯克罗夫特青睐的候选人温斯顿，然后选出了棉花纺纱工会的秘书长詹姆斯·莫兹利（James Mawdsley），温斯顿称他为"托利工党分子"。[1]

"本地几乎没有什么社交活动，"温斯顿在请求母亲加入他的竞选活动时向她解释道，"这里只有大批工人。"他还希望从印度回来的帕梅拉·普劳登加入他们。

—温斯顿致珍妮—

1899年6月25日   奥尔德姆，伯奇府

妈妈：

一切都很顺利。等我的速记员来了，我会给您介绍更详细的情况。由于托利工党候选人的出现，我们很有可能获胜。周一没有集会，但周二晚上我会发表重要的开幕致辞。我希望您能过来看看。[……]本地几乎没有什么社交活动——这里只有大批工人。

1　接下来的一年，也就是1900年，工党成立。

我昨晚在俱乐部的演讲引起了极大的反响，毫无疑问，如果有人能赢得这个席位，就是我。

看看帕梅拉［普劳登］是否愿意过来——给我发电报。给我寄一盒好烟——杰克知道是哪种，把我所有的信都寄到这个地址。每天给我写信。

您永远亲爱的儿子

温斯顿·S.丘吉尔

—温斯顿致珍妮—

1899年6月26日 奥尔德姆

最亲爱的妈妈：

［……］很高兴您喜欢这次［选举］演说。这里一切都很顺利，但我很遗憾地告诉您，我左边扁桃体严重发炎，我担心演讲会加重炎症。［医生］罗伯森·罗斯说如果我需要的话会给我寄一种特殊的喷剂。希望您派人去找他一下。我写信给他，他会把药给您，您就可以带来。喉咙是我唯一担心的事，但即使喉咙痛着赢得了奥尔德姆选举，也不会比上次肩膀脱臼而赢得马球锦标赛更与众不同。

期待见到您，您亲爱的儿子

温斯顿

第二天《奥尔德姆标准日报》（*Oldham Daily Standard*）的标题是："今晚集会——伦道夫·丘吉尔夫人——大驾光临"。[1]珍妮响应了儿子的号召，虽然帕梅拉没有去。珍妮和温斯顿一同探望选民家庭，还参加了一系列集会，包括有200位"女士"参加的樱草花联盟聚会。

应温斯顿的要求，珍妮于7月初回到奥尔德姆。当结果在7月6日宣布时，两名激进候选人以超过1000票的优势获得了自由党的两个席位，尽管《曼彻斯特信使报》（*The Manchester Courier*）宣称温斯顿"并没有丢脸"。[2]这也是珍妮想在上层政治人物中间传播的结论。

在温斯顿早期的政治活动中，他仍然非常依赖母亲的实际帮助。然而，更广泛地说，他们的关系开始发生变化。珍妮不再在信里说许多作为母亲的责备话，而温斯顿则开始对母亲讲些大道理，因为他母亲和乔治的关系发展到了一个新的阶段。

—温斯顿致珍妮—

1899年7月23日   坎伯兰广场35a

最亲爱的妈妈：

[……]请替我和其他人保守秘密，我求您不要谈论我来这里的事

---

1 R.马丁：《伦道夫·丘吉尔夫人》，第2卷，第144页。

2 R.丘吉尔（R. Churchill）：《温斯顿》（*WSC*），1:449。

或任何与此有关的事。我也求您不要下注或打牌。您有这么多的资源使生活变得有趣，因而没有任何借口、道理或理由去追求这个世界上那些愚蠢的花蝴蝶所渴望的那种极度的刺激。我之所以担心，因为我知道您去年在古德伍德［赛马会］玩牌下注大赌一场：如果您沉溺其中，只会给我们所有人带来非常可怕的灾难。我们已经很痛苦了。原谅我的说教，这是一种呼吁。

我想在周四找几个政界朋友吃一顿晚餐，只要六七个人。因为召开议会的缘故，他们都会在城里。我希望您帮我安排一下。请在C.［坎伯兰］广场给我留个条。

> 致以诚挚的爱，您永远深情的儿子
> 温斯顿

《盎格鲁－撒克逊评论》第一期6月出版，人们对其评价彬彬有礼，尽管人们对封面的赞誉超过了对内容的肯定。每期一几尼[1]的高价无益于它的销售。

杂志受到欢迎也使珍妮和乔治有了信心，他们在巴黎度过了两个晚上，准备在8月的第一周正式宣布订婚，正好赶上考兹帆船赛。然而，8月4日，《纽约时报》（*The New York Times*）过早地披露了这一消息，这给了威尔士亲王、康沃利斯－韦斯特家族和乔治的指挥官时间，他们警告乔治不要采取这一行动。温斯顿也写信给乔

1　几尼（guinea）是英国的一种金币。——译注

治，建议不要改变他们两人的身份。

他俩显然注意到了这一点，因为当天晚些时候，温斯顿要求美联社（Associated Press）发表声明，否认有关他母亲"订婚的报道"。珍妮去了法国，住在艾克斯莱班的酒店里，她从那里写信给温斯顿。她的信没有保存下来；下一封保存下来的珍妮的来信要到1900 年 4 月。

—温斯顿致珍妮—

1899 年 8 月 13 日   布伦海姆

最亲爱的妈妈：

今天早上收到您的来信，我很高兴。这封回信我恐怕不能给您写太多，因为我正在拼命地对付[《大河之战》]校样。在这里过得很愉快，P.[帕梅拉]周三来了，生活会更加愉快。然而，公爵下棋把我打得很惨，这让我很恼火。

我看了好几篇关于你们计划结婚的恶毒的报道——其中一篇把这件事比作洛本古拉与一个白人女子的婚姻。我把报纸撕了——我不知道我为什么要浪费时间来看这些废话。[……]

您永远亲爱的儿子

温斯顿

温斯顿提到的洛本古拉指南非北恩德贝勒部落的首领，该部落统治着大致相当于今天津巴布韦的地区。洛本古拉符合当时英国人对非洲统治者的刻板印象：他至少有20个老婆，体重19英石[1]，深受本族人的爱戴，但对其他部落的人却毫不留情。1888年，英国说服洛本古拉签署了他认为是有限的矿产勘探特许权，然而，此后不久，事情变得很清楚——英国南非公司打算吞并他的领土。1893年英国与其开战，英军使他的部落蒙受了巨大的损失；这位国王于1894年去世。

温斯顿的下一封信将自己描述成一个为写书而费尽心力的作者。帕梅拉·普劳登当时正在布伦海姆做客，她可能希望自己能得到更多的关注，而不是陪着这位因工作而"疲惫不堪"的作者偶尔散散步。

—温斯顿致珍妮—

1899年8月16日   布伦海姆

亲爱的妈妈：

我还在布伦海姆过着平静的生活——整天工作，偶尔和帕梅拉一起散步。这本书的写作使我倍感压迫。我整天都在修订校样，到晚上就筋疲力尽了。但我希望月底能够解脱。[……]

恐怕这不会使您太感兴趣——因为我只谈这本书；这本书需要我的全部精力和心思，现在终点近在眼前，我迫不及待地想结束它。亲爱

1　英制重量单位，1英石约等于6.35千克，19英石约为120千克。后文将保留该英制单位并不再换算。——编者注

的，请原谅我给您写了封这么糟糕的信。[……]

您永远亲爱的儿子

温斯顿

帕梅拉在布伦海姆待了近两个星期。在此期间，尚不清楚温斯顿是否能敏锐地读懂她的心思；珍妮显然听信了约翰·巴林（John Baring）——一名商业银行家，两年前继承父亲的爵位成了雷弗尔斯托克勋爵（Lord Revelstoke）——传来的关于有个竞争对手在争夺帕梅拉的小道消息；温斯顿则提到另有一个，但他仍然相信自己会获胜。

他还承诺支持母亲做出的与乔治结婚的决定，尽管他告诫母亲要仔细考虑其实际后果：康沃利斯 - 韦斯特上校曾威胁说，如果乔治和珍妮结婚，他就要取消乔治的遗产继承权。

—温斯顿致珍妮—

1899 年 8 月 22 日　　　　　　　　威尔特郡，科舍姆哈瑟姆花园[1]

最亲爱的：

您的长信今天早上收到了——我很想听听您和雷弗尔斯托克 [勋爵] 谈了些什么。他说帕梅拉毁了他弟弟的事业，这是胡说八道，我认

1　奇本汉姆（Chippenham）议员约翰·波因德爵士（Sir John Poynder）的府邸。

为他这么说简直居心不良。埃弗拉德·巴林[1]在军中的地位非常高——远远超过了他的同龄人。她一直是他的指路明灯——她尊重他的意愿，但没有疯狂地爱上他，她本可以嫁给他。现在她爱我，但这不会改变她对他的感情——当然，如果有可能结婚的话，她会优先考虑嫁给我，然后才是他，我们两人都在凯尼恩[2]之前，尽管后者是最执着的。[……]

三天前我收到了[威廉–康沃利斯上校的]一封信，我回信说我不回伦敦，所以最好他就此事写信给我。我不想牵扯进他们家族的阴谋中。

无论您做什么或希望做什么，我都将全力支持您。但要认真考虑这个问题的各个方面。艾弗·格斯特有天晚上在布伦海姆提到了这个问题，我很高兴听到马尔伯勒完全赞同您的意见。他跟我谈了很多关于这方面的问题——您知道我对此非常重视。美好的感情和干瘪的肚子是不协调的。[……]

您永远亲爱和忠实的儿子

温斯顿

—温斯顿致珍妮—

1899 年 9 月 3 日　　　　　　　　　　　　　　　　布伦海姆

最亲爱的妈妈：

1　埃弗拉德·巴林（Everard Baring）为军官，是约翰·巴林的弟弟；1897—1898 年参与苏丹战争。他的军旅生涯蒸蒸日上：1898 年 11 月被提升为少校，1899 年 12 月出任印度总督柯松勋爵的军事参谋。

2　可能是 L.P. 凯尼恩（L. P. Kenyon），他 1897—1898 年在印度服役。

　　我很抱歉不能去伦敦见您，但我已经中断了在这里的访问，也错过了周六的打猎，而桑尼明天还要独自去打鹧鸪。

　　我收到了韦斯特上校的第二封信，他并没有将此信标明为"亲启"——我转给您，但您必须把它销毁，不要告诉任何人我给您看过信，我倒认为他是想把这件事当作私事的。[……]乔治需要和他家人协商解决：您的幸福您自己决定。[……]

　　帕梅拉去德国了，没有她我很寂寞。我越了解她，她就越使我吃惊。没有人能像我一样理解她，而我总能看到她性格的新的一面，她的性格有好有坏——但我都喜欢，的确，这正成为一个相当俗套的故事，我担心这会惹您发笑。

　　[……]当您收到这封信，请给我打个电报，说您爱我，并且会怀着同样的感情写封长信。[……]

您永远亲爱的儿子
温斯顿

又：我还是不相信您会结婚。我的想法是家庭压力会压垮乔治。

　　正如珍妮两年前所预见的那样，南非的紧张局势继续加剧，一方面，德兰士瓦早期荷兰殖民者的布尔后裔宣布在该地区建立南非独立共和国；另一方面，开普地区的英国定居者，他们希望扩张他们的领土并开采黄金和钻石。

　　自1899年春以来，英国政府一直在派遣军队和输送武器，这些都是开展驱逐布尔人的军事行动所必需的。到了夏末，战争似乎开始变得迫在眉睫。

温斯顿已是一位经验丰富的战地记者，曾为《晨报》报道过两场战争，为《每日电讯报》报道过一场战争。这一次，他的朋友阿尔弗雷德·哈姆斯沃斯也加入了招揽温斯顿的行列，让他代表《每日邮报》参与前线报道。

—温斯顿致珍妮—

1899年9月18日 坎伯兰广场35a

最亲爱的妈妈：

哈姆斯沃斯今天上午打电报给我，问我愿不愿意作为他们的记者到开普去。我把电文传给了奥利弗［博思威克］，并明确提出更愿意为M.P.［《晨报》］工作，他们要承担我的开销和作品版权费用，两地四个月的1000镑报酬，以及以后每月200镑。他已经接受了，所以我现在为他们工作。我认为爆发战争是肯定的，但我们明天就会知道了。我周三回伦敦，您可以写信去那儿。

您永远亲爱的儿子
温斯顿

—温斯顿致珍妮—

1899年10月2日 坎伯兰广场35a

最亲爱的妈妈：

我确定14日出发。我很高兴您能在7日之前回来，因为奥尔德姆集会在11日和12日。我不打算去德国。帕梅拉14日前回英国。书终于写完了，但我却忙着准备出发。战争已成定局，我预料几小时后就会发生冲突。

您永远亲爱的儿子

温斯顿

—温斯顿致珍妮—

1899年10月17日   前往南非，马德拉群岛

最亲爱的妈妈：

　　我们经过了一段艰险的航程，我晕船很厉害。船的颠簸仍然很明显，我无法写太多，而且也没什么可说的。R.布勒爵士[1]为人和蔼可亲，我相信他对我很有好感。[……]

　　不知道我们在马德拉会有什么消息！显然，将军希望在他到达之前不会发生任何意外的事情。但我更愿意认为，事态将会自然而然地发展。[……]

您永远亲爱的儿子

温斯顿

1　瑞弗斯·布勒将军（General Sir Revers Buller），维多利亚十字勋章获得者，奥尔德肖特指挥　官，温斯顿1895年曾驻扎在那里。

—温斯顿致珍妮—

1899年10月25日　　　　　　　　　　　　　　　　　途中，邓诺塔尔城堡[1]

最亲爱的妈妈：

我们正在进行一次平静而顺利的航行，尽管船上拥挤不堪，杂乱无章，但我并没有像我预料的那样厌恶。我很想知道我们登陆后会发生什么事。在战争中十四天是很长的一段时间，尤其是在战争开始的时候。我希望乔治［康沃利斯-韦斯特］会在我到达那里的两周内到达南非，我将去看望他。

主要的行动——据我从权威人士那里了解到——但这种事情谁能预见呢——将在12月25日左右开始，我们将在2月底经过十四溪和布隆方丹[2]到达比勒陀利亚。因此，我应该是3月回国，我想乔治会去看德比赛马，但现在做这样的预测可能还为时过早。[3]［……］

我非常想知道我的书怎么样了，我请求您把与这本书有关的一切都告诉我。我忘记将帕梅拉写在我给您的名单上了。书出版后请给她寄一本，再写一封信。［……］

您永远亲爱的儿子

温斯顿

1　1899年下水，属于南安普顿-开普敦航线的城堡航线，航程缩短至十七天二十小时；在布尔战争期间被政府征用，一次可运送1500名士兵。

2　奥兰治自由邦（Orange Free State）首府，位于开普敦西北600英里；1900年3月13日被英军攻占。

3　温斯顿1900年7月才回国，比他预计的时间晚了四个月。

温斯顿10月31日到达开普敦，当天晚上同另外两名记者乘火车出发，向东北方向行驶550英里，前往南非印度洋沿岸的一个港口东伦敦。他们计划从那里乘船再行进300英里到达英国殖民地纳塔尔的首府德班。

德班和约翰内斯堡——布尔人控制的德兰士瓦的首府——之间西北向的铁路线延伸了370英里。在这条线路的三分之一处，铁路穿过了克利普河畔的小镇莱迪史密斯（ladysmith），这个小镇位于纳塔尔北部，其名字来源于开普殖民地的英国总督哈里·史密斯爵士（Sir Harry Smith）的西班牙妻子。1860年，殖民地政府为保卫莱迪史密斯，修建了一座堡垒，负责保卫纳塔尔不受北方布尔军队入侵的英国将军乔治·怀特爵士（Sir George White）现在在这里指挥军事行动。

在莱迪史密斯和德兰士瓦之间是奥兰治自由邦——处于奥兰治河和瓦尔河之间——英国政府于1854年准许它独立。在它存在的头三十年里，这个自由邦在南北敌对的两个邻国之间摇摆不定，之后逐渐向布尔共和国靠拢。

—温斯顿致珍妮—

1899年11月3日   前往东伦敦的火车上

最亲爱的妈妈：

就给您写几句——我不便把我的计划告诉您。其余的情况，我将尽我所能地通过《晨报》告诉您。我们于31日上岸了，当晚就出发，坐

上了纳塔尔—东伦敦的火车。[……]

我希望明天或后天到达莱迪史密斯，我将一直待在那里，直到主要战役的准备工作完成。我可以私下告诉您，我们会直接向北穿过奥兰治自由邦。[……]

我们大大低估了布尔人的军力和士气。他们抵抗得很顽强，我很怀疑一个军团是否足以压制他们——无论如何，我们面前将是一场激烈而血腥的战斗，至少会有10000人或12000人阵亡，而布尔人绝对相信他们会取得胜利。

当然，我不同意最后这个观点——但还是要把它记在心里。[……]到目前为止，我们运气还不错，这是最后一列从德阿尔[1]出发的火车，我们比其他的记者多了四天时间。我相信我是为了将来的事情而被眷顾的。

您永远亲爱的儿子

温斯顿

温斯顿写这封信的时候，他不知道21000名布尔人的军队已经向南越过纳塔尔，到达东西向的图盖拉河，驻扎在莱迪史密斯以南12英里处。布尔人迫使乔治·怀特爵士将8000名士兵撤回到莱迪史密斯，从11月3日起，怀特爵士及其部队发现自己经被包围了。

布尔军队已经切断了莱迪史密斯以南的铁路线，所以温斯顿和

1　德阿尔是开普敦和东伦敦之间的一个站点，铁路线在这里离奥兰治自由邦最近。

他的同事们不得不在埃斯特科特停止他们向北的行程，距离科伦索的图盖拉河铁路桥只有25英里。

11月14日，温斯顿曾在马拉坎德野战部队服役的战友艾尔默·霍尔丹上尉邀请温斯顿第二天早上乘坐装甲列车前往科伦索，参加一项侦察任务。他们刚前进了6英里，刚过弗里尔，就有50名布尔人伏击了霍尔丹一行，使列车部分脱轨。温斯顿愿意为霍尔丹效劳，霍尔丹让他担任正式职务。

温斯顿帮助火车司机清理完铁轨后，让司机带着他的腰带和手枪回埃斯特科特。与此同时，他走回队伍去帮助霍尔丹，但在路上，他遇到了布尔人，他们抓住了他，还有霍尔丹和其他54人（两人被杀，十人受伤）。

温斯顿希望捉他的人会读到下面这封写给母亲的信。为了确保他能获释，他小心翼翼地在信中声称，他没有携带武器，而且持有战地记者的证件。

—温斯顿致珍妮—

1899年11月18日　　　　　　　　　　　　　　比勒陀尼亚

最亲爱的妈妈：

写几句解释一下，15日我在弗里尔的装甲列车上被俘，车上有大约50名军官和士兵，还有一些非战斗人员和铁路员工等。由于我没有携带武器，而且拥有作为新闻记者的有效证件，我想他们不会扣留我。

他们一向善待新闻记者，在马朱巴山战役[1]时，《晨报》记者被拘留几天后获得释放。您完全不必着急，但我相信您会尽量让我获释。毕竟这是一次全新的经历——就像经受炮火洗礼一样。

您亲爱的儿子

温斯顿·S.丘吉尔

温斯顿从布尔人那里逃脱——他在《我的早年生活》中记载了这次冒险经历——从比勒陀利亚的监狱——经两次火车偷渡旅行并从葡萄牙所属的东非地区（现为莫桑比克）出海——转移到了德班安全的地方，12月23日，帕梅拉给珍妮发了封电报，电文很简单："感谢上帝——帕梅拉"。[2]

温斯顿不知道，珍妮也要坐船去开普敦。她最初得到建议是在10月底，有人建议她请求住在伦敦的美国人资助一艘医疗船来治疗在战争中受伤的英国士兵。珍妮担任组委会主席，在筹款音乐会上弹钢琴，筹集到了4500镑，从英国公司争取到了免费医疗用品，并从巴尔的摩的一位百万富翁那里弄到了一艘合适的运输船——缅因号（Maine），他承诺负责船员工资。后来，珍妮又与她的朋友——陆军大臣兰斯多恩侯爵和海军大臣乔治·戈申联系，以确保缅因号被正式指定为军方医疗船，并配有外科医护人员。

---

1 1881年2月27日，第一次英国—布尔战争，布尔人在马朱巴山战役中取得了决定性的胜利。

2 引自R.丘吉尔：《温斯顿》，1:506。

到了圣诞节，缅因号的改造已经完成，珍妮和她的私人助理准备一起出发。有一些媒体报道，说她可能急于去南非与在那里作战的乔治·康沃利斯－韦斯特见面。如果真是这样，她恐怕要失望了；就在她离开之前，她听说他因为中暑将被送回国。对她随同缅因号出行的决定，一个更厚道的解释是，她的人格力量能够维持缅因号的美国船员和英国医疗队之间的合作关系。局势已经非常紧张。

温斯顿逃脱后，又想回莱迪史密斯去，英国军队再次试图缓解对该地的威胁。听说他母亲随缅因号即将抵达，在她到达开普敦时，他写了封信问候她。他在信中透露了一个消息，自从她离开后，他用电报安排杰克辞去在伦敦欧内斯特·卡塞尔爵士的秘书工作，作为一名志愿兵参战。

—温斯顿致珍妮—

1900年1月6日   纳塔尔，前往科伦索的营地

最亲爱的妈妈：

您所有的一叠信收到了，我花了一下午的时间愉快地阅读这些信。有段时间您一定很着急，而得知我重获自由，您又会多么惊讶啊。里德弗斯·布勒爵士（Sir Redvers Buller）给了我S.A.[南非]轻骑兵团[1]的中尉职位，并且没有要求我放弃记者身份，可见我显然非常受欢迎。[……]

1　该团主要由南非的定居者组成，由当地矿业富豪提供资金。

我还有一条［消息］会让您大吃一惊。杰克5日从英国启航，我也为他在南非轻骑兵团谋得了一个中尉的职位。我感到责任重大，但我知道他渴望来，我认为每个人都应该在这个困难和危机的时刻为国家做些事情。我特地请求卡塞尔能够同意，我也希望您别太介意。

亲爱的妈妈，想到您管理缅因号的进取精神和精力，我感到既高兴又自豪。您的名字将被许多可怜的伤残军人永远铭记。此外，这是值得做的，这才是重点。一场大战——迄今为止最大的战役——即将在这儿打响。当然，我不能冒任何错失这场战斗的风险，尽管我的军人职责只是名义上的。一切结束后，如果我能活下来，我就设法到开普敦去——或者您来德班接伤员。

这些日子相当令人焦虑，但当一个人确信自己已经在世界事务的安排中占据了适当的位置，我们就可以十分镇静地等待事态的发展。我压根没想回英国去，除非我们在这里取得了胜利。

对这本书的评论似乎令人满意[1]——虽然其中有些人暗中嫉妒。每进一步都会制造出未知的敌人。

您的第二期《盎格鲁–撒克逊评论》刚收到。看上去很不错。我还没有读，但从我所知的情况来看，我认为这一期和上一期相比毫不逊色。

我很想念帕梅拉；她深爱着我。

您永远亲爱的儿子

---

1 朗文公司1899年11月14日在伦敦出版了《大河之战》（两卷本）。

温斯顿

帕梅拉试图说服温斯顿回国，但没有成功：他"很肯定，在这件事解决之前，我是不会离开非洲的。如果我试图像那样用轻易获得的勇气来保护自己，我就会永远丧失自尊。政治上没有任何优势可以弥补"。[1]

珍妮和缅因号1月23日到达开普敦。听到温斯顿鼓动杰克参战，她很不高兴；她也不愿意按照当局命令带着一艘满载伤兵的船直接驶回英国。她坚持认为缅因号已经被改装成了一艘医疗船，她的意见最后被接受了。缅因号沿海岸向北转移到德班，以便更接近纳塔尔北部的战场。

2月初，温斯顿给她发电报，说杰克在奇弗利以东的地方受了"轻伤"，奇弗利是英国人建立的营地，离温斯顿三个月前被俘的地方很近。第二天早上，营地的医生从杰克的腿上取出了子弹，随后温斯顿把弟弟送去了缅因号。

—温斯顿致珍妮—

1900年2月13日   纳塔尔，奇弗利营地

最亲爱的妈妈：

巧合的是缅因号第一批伤员中有一个是您儿子。杰克给您带去这封信，他会告诉您所有关于那场冲突和他参加的其他行动的事。他表现得

1　1900年1月28日，W.S.丘吉尔给P.普劳登的信，引自R.丘吉尔：《温斯顿》，1:510。

很好，很勇敢，副官、上校和他的中队长官都对他的行为给予高度评价。激烈的交火持续了十分钟。[……]

那瓶25年的白兰地带来了极大的满足感。我想再来一瓶，甚至两瓶。我自己那瓶65年[1]的就没这么温和了。我不知道我什么时候能过去。随时向[我]通报您和缅因号的动向。

您亲爱的儿子

温斯顿·S.丘吉尔

布勒将军三个月来一直未能攻占布尔人在图盖拉河沿岸的阵地，这是能否使莱迪史密斯脱困的关键。2月中旬，他改变战术，试图从布尔人所在的东岸的基督山高地包抄他们。

—温斯顿致珍妮—

1900年2月18日　　　　　　　　　　邻近奇弗利的基督山

最亲爱的妈妈：

我刚收到您的信。我们昨天和今天在这里采取了一个似乎非常重要和成功的行动，我们绕过了敌人的右翼，我真希望我们能把敌军从莱迪史密斯周围全部赶走。[……]

您离开之前我得见您一面。[……]把开船的确切时间发电报告诉

1　六瓶"1866年登陆的陈年白兰地"，是伦道夫·佩恩父子公司委托销售的酒的一部分，温斯顿在《晨报》的资助下将酒带到南非。R.丘吉尔：《温斯顿》，1C2:1052。

我。您坐船走是对的，撇开其他事情不谈：如果战争停止——我可以很容易安排您到奇弗利来，但我们和布尔人的大炮一整天都在猛烈交火。我现在希望我们能为莱迪史密斯解围。

您永远的

温斯顿

温斯顿在给《晨报》的下一篇快讯中写道："基督山战役的胜利使纳塔尔的局势发生了彻底的变化。它为前往莱迪史密斯打开了一条通道。"

—温斯顿致珍妮—

1900 年 2 月 26 日　　　　　　　　　　　　　　　　　　　　南非

最亲爱的妈妈：

　　[……]我们在这里缓慢推进，占领了布尔人的大部分阵地、营房和仓库等。请随时给我打电报。白兰地很受欢迎——我不想给巴尔通将军[1]——我要自己喝。[……]

致以诚挚的爱，您深情的儿子

温斯顿

1　杰弗里·巴尔通少将（Major-General Geoffrey Barton），第六（燧发枪）旅指挥官。

第二天，布勒将军成功为莱迪史密斯解围。不久，珍妮拜访将军，也看望她儿子，他们在一个可以俯瞰全城的帐篷里用餐。

温斯顿陪她回到德班，在那里和杰克待了两天，然后缅因号在4月初带着175名伤员返航。她到马德拉时，在那儿稍作停留，珍妮寄了一封信给她两个儿子，他们留在那里战斗和报道。

—珍妮致温斯顿—

1900年4月15日　　　　　　　　马德拉海域医疗船缅因号

亲爱的温斯顿：

我们经圣赫勒拿[1]之后一路顺风。我希望能在这里得到一些消息，并间接地了解一下你们这两个孩子现在在哪里——再待一周，然后回国。我回国后会发现所有的工作都很困难——在[缅因号]委员会和[《盎格鲁–撒克逊评论》]杂志之间，还有一大堆事等着我。

我一直忙着草拟一份详尽的记录，包括每件事——船离开英国后我在船上所做的工作、财政状况，最后是我把船带回国的原因。我费了很大的劲才写出了这份报告，并打算将它发表并寄给美国的每一位捐赠者——以展示我所完成的工作。我不知道这艘船将来会怎么样。当然，我知道了就会给你打电报。

我也一直在忙着为A.S.R.[《盎格鲁–撒克逊评论》]写文章，已经写了一大半。船上病房里的病人很好——昨天有六十人获准出院。军官

1　圣赫勒拿（St Helena）位于开普敦西北约2000英里的大西洋岛屿。

们表现很好。[……]

4月17日——马德拉

亲爱的孩子——我们要开船了，这封信明天由S.A[南非]邮局寄出。我不知道你们在哪儿。[……]

我在这里找到了很多信件——都很有趣。由于我们资金充足，这艘船不到一周就又出港了。我很担心，因为莱奥妮6月的第一周就要生孩子了，而且她已经十年没生育了，这总是很困难。我讨厌不在国内——她是我的一切。然而我也讨厌离开这艘船[……]

保重，亲爱的孩子。G.W.[乔治·韦斯特]写信说报纸批评了你的一些快讯——我要把我能弄到的一切都看一遍。

爱你们俩——余言再叙。

> 你亲爱的母亲
> 珍妮

　　温斯顿从布尔人的监禁中逃脱，这使他在国内成了家喻户晓的人物。在他离开英国之前，他与朗文出版社签了一份合同，写一本关于这场战争的书；但现在，他的前文学经纪人A.P.瓦特寄来一封信，提出了一个更优厚的报价。温斯顿让母亲向朗文争取更好的条件。

—温斯顿致珍妮—

1900年3月21日   莱迪史密斯

最亲爱的妈妈：

请看所附瓦特的信以及我与朗文的协议：您当然会明白，战争的规模和我自己的奇特经历，在协议签订时都没有预见到，它们使这本书比预期的更有价值。所以我想——而且我认为朗文不会拒绝更好的条件。这本书对我来说必须至少值2000镑。[1]

我相信您会尽力帮我忙，这是一件相当重要的事情。别去找瓦特咨询，除非朗文制造了我根本没料到的麻烦——当然，这是一种全新的情况。

诚挚的爱
温斯顿

第二天，温斯顿收到一个意想不到的邀请，去美国旅行，并做一系列关于他的布尔战争经历的有偿演讲。该邀请来自学堂演讲局（Lyceum Lecture Bureau），这一机构的所有者是一位大人物，J.B.庞德少校（Major J. B. Pond）。温斯顿指示他母亲去了解一下。

1　朗文的合同规定，首印3000册版税为15%，后7000册版税为20%，以后的税为25%（见 D.劳：《香槟喝光了：丘吉尔和他的钱》，p.447, fn 28）。

—温斯顿致珍妮—

1900年3月22日   莱迪史密斯

最亲爱的妈妈：

请看附件：这可能会成为一门很好的生意。现在请不要对这件事置之不理。首先弄清楚庞德是否是该组织的大佬，如果不是的话那谁才是。然后谈条件。我不会去美国，除非保证此行为期三个月，每月至少1000镑，而我应该得到更多。5000镑对这样一种付出来说不算多，也让人显得过于廉价。我恳求您在这些事情上采纳最好的建议。我非常需要这笔钱，我们一个先令也不能浪费。[……]

您永远亲爱的儿子

温斯顿

缅因号4月23日在南安普顿靠岸。乔治没去那里迎接珍妮，但他送了口信给她表示欢迎。朋友们原本希望他俩在过去六个月里被迫分手能冷却彼此的热情，但他们很快就失望了；乔治重申了他的爱情誓言，并再次求婚。不过，珍妮说眼下要考虑更紧迫的事，包括温斯顿新提出的要求。

—珍妮致温斯顿—

1900年5月12日　　　　　　　　　阿克斯布里奇，伍兰兹[1]

亲爱的温斯顿：

很久没有收到你的信了——这个星期非洲来的邮件中有很多信，但没有一封是你的。不过，我知道如果你有时间，你会写信的。与此同时，我在做所有你要我做的事——我昨天见了朗文，他会按你的要求做。在我看来是公平的——考虑到你已经签了协议。他告诉我，如果卖出25000本，你就会赚2000镑——这基本没问题——虽然L.[朗文]告诉我，战争一类的书卖得并不好[2]。[……]

帕梅拉跟我谈了你的剧本构想——但我并不赞成。老实说，不可行。人们不会容忍任何战争戏剧——你忘了它会如何折磨人们的情感，而且会被认为是糟糕的品味。即使在[美国]内战一年后，也没有什么相关的戏剧。[……]除了戏剧，你会发现有很多东西可以写。与此同时，你还没有给我你承诺的"屠杀的伦理"[3]。

我正在了解有关庞德的一切情况——我相信他就是那个大佬。你可以赚大钱了。但你还要多久才能走？你得等到战争结束。[……]

你把我的信转给杰克了吗？我很少有时间写信。我正在写"医院

1　1894年由休（Hugh）和他的妹妹埃莉诺·沃伦德（Eleanor Warrender）继承。

2　《伦敦经比勒陀利亚到莱迪史密斯》（*London to Ladysmith via Pretoria*）第一年只卖出了14000册。

3　"屠杀的伦理"（Ethics of Slaughter）是温斯顿承诺为《盎格鲁–撒克逊评论》写的文章。

来信"[1]，并要处理一大堆账单和可怕的事情。我很遗憾地告诉你，尼姆罗德俱乐部[2]已经破产——拉姆利告诉我可以把房产卖了——当然，房款必须作为信托资金投资，虽然收益不多，但肯定会有获利。我会跟卡塞尔谈谈，他为人很好。他说他听你说过你的金融抱负[3]——比我有见识！［……］

你亲爱的母亲

珍妮

里德弗斯·布勒爵士巩固了他在莱迪史密斯的阵地，并考虑向北推进，此时温斯顿意欲离开这位将军，并转到总司令罗伯茨勋爵（Lord Roberts）的部队，后者的部队正在利用一条更偏东的路线攻击奥兰治自由邦。

这项调动并不那么简单。温斯顿曾撰文批评过罗伯茨的指挥官基奇纳勋爵，指责他在恩图曼战役后允许英国军队杀害受伤的托钵僧，此事已提交下院讨论。作为印度的前任总司令，罗伯茨和温斯顿的父亲很熟；然而，他并不愿意为了给一个早熟的二十五岁战地记者提供便利而惹恼他的参谋长。

1　发表于1900年6月的《盎格鲁－撒克逊评论》。

2　伦敦体育俱乐部，1895年温斯顿加入该俱乐部；1899年马尔伯勒公爵遗孀去世后，圣詹姆斯广场12号该处房屋出租所得的收入归入伦道夫勋爵的信托基金。

3　温斯顿请欧内斯特·卡塞尔爵士（他现在的头衔）用他作为《晨报》驻南非记者的收入进行投资。

—温斯顿致珍妮—

1900 年 5 月 1 日　　　　　　　　　　　　　布隆方丹

［无抬头］

我从纳塔尔之后一直没有时间给您写信，因为事情并不像我所希望的那样令人满意。没有适当的事务和安排，一直很不顺畅。［……］罗伯茨勋爵对我作为战地记者转到他的部队感到为难，因为我在这里可能会因《大河之战》而引起基奇纳勋爵的反感。

我非常期待您从英国给我写信，告诉我国内对我本人、我的写作和我的事务的一般看法。我在这儿一点也不知道情况，不过从我收到的那些奇怪的信件来看，我觉得，虽然有相当多的敌意和恶毒的批评，但总的来说，自从到南非以来，我从所经历的事件中获得了相当大的收获。［……］

我收到了在英国和美国演讲的几封邀请函，其中一封我已经转给您了，毫无疑问，它得到了您的关注。请看附件，[1]我希望您加以考虑。［……］我不喜欢在英国演讲，但您得记住，钱对我来说意味着什么，我很需要钱来支付从政费用或用于其他用途，如果我能在英国各地的大城市就这场战争的军事方面做几十场讲座，赚 3000 镑，我很难拒绝，但是，我希望您问一下贝尔福先生或张伯伦先生，他们对这样的做法会有什么看法，如果我在国内以一名收费演讲者的身份出现在公共平台

1　杰拉尔德·克里斯蒂（Gerald Christy）演讲机构（Lecture Agency）的一封信，建议温斯顿进行一次英国巡回演讲。

上，是否会削弱我的政治地位。

我不知道这场战争什么时候结束，我也不打算回家，直到布尔人投降或者比勒陀利亚被占领："谨此献给那位坚持到底的朋友。"［……］

请把关于这场战争的新书的所有评论寄给我，我真心希望您能意识到为我（作为一个作家和演讲者）提供最好条件的重要性。战争的动力是我所缺乏的。

您永远亲爱的儿子

温斯顿

珍妮已到要决定是否嫁给乔治的时候了。她担心的不仅是这一步骤的社会和经济后果，还有对她和两个儿子关系的影响，作为一个家的核心，他们仍然依赖她。

—珍妮致温斯顿—

1900年5月26日   坎伯兰广场35a

最亲爱的温斯顿：

我刚收到你5月1日从布隆方丹寄来的长信，还有一封来自比格斯堡营地[1]的杰克的信。你可以想象得到，这些信多么受欢迎，因为我回国后没有收到过你们两人的任何信件。我也比以前更忙碌，准备缅因号

1　杰克重新加入南非轻骑兵团，而布尔军队在比格斯堡山脉的山脊上占据了一个阵地，该山脉从东到北围着莱迪史密斯；布勒的部队直到5月中旬才突破这些防线。

的第三次航行，完成朗文即将出版的我的"医院来信"，努力应付账单和无聊的事情！

缅因号应该今天到达开普敦。S.M.O.［高级卫生军官］已经应要求尽快让伤员上船——随即返航——并再次出港。如果这次航行因为没有我而出现了什么问题，我可能会第三次随航。

但我所有的计划都很模糊。有时我想我可能会嫁给 G.W.［乔治·韦斯特］。我不想跟你重提过去的事，但重要的是，在这些艰难的日子里，当我不在他身边的时候，他对我异乎寻常地忠诚。还有一个事实是，未来他有可能在经济上帮助我，即使现在不行的话。

毫无疑问，除非你有自己的房子，否则你是不会安顿下来的，而在我拥有这所房子的四年里，你总共在里面待了三个月。我提这个是想告诉你，为什么我觉得如果我真的结婚，我也不会破坏我们这个家。

但有太多的事情反对我这么做，我怀疑它是否会成功。同时，如果我结婚，也不要太惊讶——你知道你对我来说有多么重要，你知道你现在可以并永远可以信赖我。我为你感到无比骄傲，除此之外，我的心与你同在，我比其他女人更了解你。

帕梅拉深爱着你，如果你的爱情像她一样成熟，我相信你们俩结婚只是时间问题——如果你能在比较舒适的环境里安顿下来，那该有多好啊。

我相信你已经厌倦了战争及其恐怖——你能够通过写作过上体面的生活，而你的政治生涯将引领你走向伟大的事业。如果你娶了个女继承人，你的工作可能就没有这么卖力了。在美国你可能会有机会，但我不逼迫你去尝试。你知道无论是为自己还是为你们，我都不会唯利是图，更多的是遗憾！

很想见到你，好好聊聊。[……]

[未完]

英国军队5月31日进入约翰内斯堡，然后于6月5日占领南非共和国首都比勒陀利亚。

—温斯顿致珍妮—

1900年6月9日　　　　　　　　　　　　　　　又见比勒陀利亚

最亲爱的妈妈：

正如我所料，自从离开布隆方丹以来，我还没有找到机会给您写信，但是我真希望您能了解我们的行动多么迅速，我们对敌人的进攻几乎一刻不停。[……]

现在比勒陀利亚已被攻占，我打算回家，尽管目前交通被布尔人切断了，我可能与汉密尔顿将军[伊恩爵士]一起去海德堡[1]，可能会有些耽搁。我想明天应该会有一场战斗，我们将清除比勒陀利亚东部和东北部的乡村的敌军，如果我安然无恙，我就会真的动身回国[……]。

不用说我多么渴望回到英国。政治、帕梅拉、财务和书籍都需要我的关注。我真心希望您能妥善安排，可能的话我12月、翌年1月和2月

1　比勒陀利亚以南55英里；威特沃特斯兰德金矿产地。

到美国演讲，我们还可以考虑我回国后的秋天在英国演讲的计划是否
可取。[……]

致以诚挚的爱，您永远亲爱的儿子

温斯顿

时代的终结（1900—1901）

"所有的母亲都一样吗？"

1900 年 7 月 28 日，珍妮在骑士桥的圣保罗教堂嫁给了乔治·康沃利斯－韦斯特，此前她一直在等温斯顿从非洲回来。丘吉尔家庭成员大多出席了婚礼；康沃利斯－韦斯特的家人缺席。

珍妮四十六岁；乔治二十五岁。两人的年龄差距仍然激怒了维多利亚时代的许多人。在举行仪式前不久，珍妮把一封威尔士亲王的信撕了，那封信劝她不要这样做；乔治所在部队的上校告诉他，如果他一意孤行，就得辞去军职。珍妮坚持要温斯顿在报纸上登广告，说她希望将来大家都知道她是乔治·康沃利斯－韦斯特夫人。

珍妮最担心的不是温斯顿，而是她小儿子杰克的反应。婚礼前杰克还没有从南非回来，他才二十岁。她意识到，一旦乔治作为她丈夫搬进来，两个男孩就得搬出她在伦敦的房子。"这似乎很为难，每当我想到这件事，我就感到痛苦，"她写信把结婚的消息告诉杰克时承认了这一点。[1]

她想与儿子在伦敦住同一个地方，由她来布置和装饰，但温斯顿另有打算，这要感谢他的堂兄桑尼，年轻的马尔伯勒公爵，公爵曾和他一起在南非露营和旅行过。公爵把他在梅菲尔区芒特街的一套单身公寓的最后两年租约送给了堂弟。

温斯顿在预计于 1900 年 10 月举行的大选中收到了几个选区的邀请，但他决定忠于奥尔德姆。他向母亲保证，他会在她的蜜月结束前搬出坎伯兰广场的住宅。作为回报，他请求她答应：永远不把他

1　1900 年 7 月 23 日，珍妮给 J.丘吉尔的信，CAC, PCHL 1/5。

的信给乔治看。

珍妮嫁给一个和温斯顿年龄相仿的男人，这改变了温斯顿和他母亲之间的关系：在诸如布置房间之类的实际问题上，他仍然依赖她，但从此以后，他的计划或行动很少再征求她的同意。

—温斯顿致珍妮—

1900 年 8 月 6 日   坎伯兰广场 35a

最亲爱的妈妈：

　　桑尼好心把他在伦敦一处不带家具的房屋让给我住，此房租期还有两年。我当然很高兴地接受了，我将在接下来的几周内搬过去。它们正是我想要的，而且非常适合我。我考虑把您给我的家具从这个房间搬走——在您从国外回来之前，我就可以离开这儿了。[……] 但这一切都可以等到您回来——我就把床、桌子和五斗橱搬过去，其余的您来处理。[……]

　　我希望您能始终明白，这些信只是写给您一个人的，如果您会让别人读到我的信，我就不会写得这么随意了。并不是说信里有什么很私密的东西。[……]

再见，亲爱的，您永远亲爱的儿子

温斯顿

—温斯顿致珍妮—

1900 年 8 月 12 日   诺森伯兰郡，莱斯伯里，豪威克府[1]

亲爱的妈妈：

　　[……] 我无法集中精力写一篇既值得在您的《评论》上发表，又

1　豪威克府（Howick Hall），阿尔伯特（Albert），即格雷伯爵（Earl Grey）的宅邸，他是前国会议员，南罗得西亚（South Rhodesia）行政官（1896—1898）。

能与我的文学声誉相称的文章。我脑子里已经有了写"屠杀的伦理"的材料，只要有一个星期的时间，我就能把文章写完。与此同时，公事公办，我寄给您一张50镑的支票，偿还您付给奥尔德姆的钱。[……]

我周一晚上要到奥尔德姆演讲，明天一早从这里出发去那里。经过几天又湿又冷的天气，今天阳光非常灿烂，这是个可爱的地方，有美丽的花园，住起来很舒服。几乎可以肯定的是，大选将在10月15日左右举行。我曾收到多次邀请，要我代表那些地区参选，但我一直予以拒绝，[……]。

我必须将全部精力集中在奥尔德姆选区。这个月20日到23日我要投入一场全面的竞选活动，每天晚上在集会上做两三次演讲，谈谈非洲问题，白天去棉纺厂和钢铁厂跑一跑。桑尼要来助阵。[……]

我给报社发去一则关于您改名的启事，我看到几乎所有主要的日报都登了。我希望您在巴黎过得愉快，花园里的一切都赏心悦目。[……]

问乔治好——我依然并永远是您亲爱的儿子

温斯顿

度蜜月时，珍妮把《盎格鲁－撒克逊评论》下一期的校样带在身边，还带了一叠旧账单给她的新婚丈夫。他们度假去了法国、比利时，然后是苏格兰。

他们还没回来，温斯顿第一次从芒特街的新地址给他母亲写信。他说帕梅拉是他回家的三个主要原因之一，但真正吸引他的是政治、写作和计划中的巡回演讲。珍妮对杰克说，帕梅拉已经有八

个星期没有收到温斯顿的信了——毕竟，他似乎并不打算为了她而
"放弃一生的事业"。

　　就温斯顿而言，他对巡回演讲的前景比对他在大选中的机会更
乐观。奥尔德姆是兰开夏郡最大的棉纺厂和纱锭厂集中地，至今其
纺纱量仍占世界纺织业产量的一半。然而，整个 1890 年代，随着
美国、印度和日本各自发展纺纱和织布能力，该郡的就业率持续
下降。[1]

　　美国最近建立的棉花交易所的经纪人也在充分利用他们新的信
息网络，他们通过交易大宗商品期货等金融工具来影响（或者像许
多农民和政客看到的那样操纵市场）原棉价格。那是棉花"垄断"
时代，最臭名昭著的是 1903 年的棉花垄断导致棉价上涨了三倍。

　　　　　　　　　　　—温斯顿致珍妮—

　　1900 年 9 月 8 日　　　　　　　　　　　　　　芒特街 105 号

亲爱的妈妈：

　　很抱歉，我周三上午才能来，我想最好还是去参加记者协会年度晚
宴吧，我应邀为战地记者回答问题。偶尔做一次与政治无关的演讲是件
好事，也是一个不能错过的机会，听众几乎代表了整个英国新闻界、所
有编辑和作者。[……]

―――――――――――

1　J. 罗宾斯（J. Robins）:《横渡大西洋的棉纺业竞争》(Cotton and Race across the Atlantic),
　　第 30 页及以下。

我巡回演讲的安排已接近尾声；演讲地点包括英格兰和苏格兰所有大城市，以及爱尔兰的贝尔法斯特和都柏林。他们租用了各地最宏伟的大厅：曼彻斯特的自由贸易大厅、布拉德福德的圣乔治厅、格拉斯哥的圣安德鲁厅，等等。[……]

与此同时，我认为大选即将来临，奥尔德姆的局势将因大萧条和棉花贸易的冲突而变得更加复杂，其中，兰开夏郡的制造商们联合起来，试图打破那些可恶的美国商人的垄断，后者的垄断将劣质棉花卖到了高价。

今晚我要去看《裘力斯·恺撒》[1]，我盼望已久了，我还从来没有看过该剧的舞台演出。我将在12月1日坐船去美国，在那之前，我有一系列约会，包括政治上的和其他方面的。[……]

问乔治好，您永远亲爱的儿子

温斯顿

—温斯顿致珍妮—

1900年9月20日　　　　　邻近奥尔德姆，肖，克朗普顿府[2]

亲爱的妈妈女士：

我太忙了，不多写，但我希望您和乔治能来这里，在大选的最后

---

1 《裘力斯·恺撒》(*Julius Caesar*) 威廉·莎士比亚的悲剧，于干草市场的女王剧院演出，剧院所有者是演员赫伯特·比尔博姆·特里 (Herbert Beerbohm Tree)。

2 奥尔德姆棉纺厂主克朗普顿家的宅邸。

四五天里住在曼彻斯特的女王饭店。[1]我认为您的出席会对我参选有所帮助，如果乔治对竞选活动感兴趣，在接下来的两周内，他会有很多机会观摩或参与竞选活动。

您永远亲爱的儿子

温斯顿

—温斯顿致珍妮—

1900 年 9 月 21 日   克朗普顿府

亲爱的妈妈：

我再次写信给您是要强调，您来这儿会多么有用，如果您真的愿意来并做一些工作。另一位候选人克里斯普先生[2]把他的妻子叫来了，她不知疲倦地努力争取选民的支持，总的来说选情有了起色。我知道有很多人在期待您，虽然从舒适的角度来看，我不能建议您将苏格兰宁静的空气换成这里烟雾缭绕的喧嚣，但我觉得竞选的结果值得您来看一下。[……]

我对结果没有太大的信心，尽管到处都表现出很高的热情，尽管情况比上次有所好转，但我担心，在这个选区，组织工作还远远不够完美，因为他们会坚持自己管理，而不允许专家或付费代理来正确地开展

1　建于 1845 年，是纺织商人威廉·霍尔斯沃斯（William Holsworth）在曼彻斯特皮卡迪利大街的私宅；他侄子将之改造成了旅馆；1898 年，《今日曼彻斯特》（*Manchester of Today*）宣称，"它的赞助人包括所有访问这座城市的民族的精英"。

2　查尔斯·克里斯普（Charles Crisp），保守党另一位候选人，在民调中排名第四。

这项工作。[……]然而，我并不是完全没有希望，我一直在想办法让张伯伦先生过来。我想也许您给贝尔福先生写封信会起作用，他告诉我如果有大选他就会来。[……]

您永远亲爱的儿子

温斯顿

珍妮放弃了在苏格兰的最后一段蜜月，她离开乔治，前往奥尔德姆帮助温斯顿竞选。这次选举是第一次以战时爱国主义为背景的所谓"卡其色选举"[1]，结果保守党和自由党统一派以130个席位的优势击败了坎贝尔·班纳曼的自由党。温斯顿于10月1日当选为奥尔德姆的国会议员，以222票的优势击败了排名第二的自由党候选人沃尔特·朗西曼[2]。

当索尔兹伯里勋爵开始他第三任期的最后一个阶段时，议会直到1901年2月才召开。这次耽搁为温斯顿提供了一个难得的机会，可以实施他在英国和北美进行演讲的计划。幸运的是，他先在母校哈罗公学进行了试讲。

---

1 当时，英国军队穿卡其布制服；而"卡其色选举"（khaki elections）指利用紧张局势博取选民支持的选举。——译注

2 沃尔特·朗西曼（Walter Runciman）于1902年重新当选国会议员；在第一次世界大战之前和期间，他和温斯顿一起在自由党政府中任职；1939年9月3日他仍在位；1937年成为男爵；其女儿玛格丽特·费尔韦瑟（Margaret Fairweather）是第一个驾驶喷火式战斗机的女性，儿子是历史学家斯蒂芬·朗西曼爵士（Sir Stephen Runciman）。

—温斯顿致珍妮—

1900 年 10 月 27 日　　　　　　　　　　　　　　芒特街 105 号

最亲爱的妈妈：

[……]我昨晚在哈罗公学的讲座非常成功。但讲座时间很紧张，一个半小时只讲了笔记的四分之一。

您永远亲爱的儿子

温斯顿

又：亲启。桑尼给了我 400 镑作为竞选费用，并承诺每年给我 100 镑进行注册。

温斯顿

这次在英国的巡回演讲取得了巨大的经济成功：仅仅一个多月的时间，温斯顿就在三十个场馆发表了演讲，从演讲中获得了 3782 镑的收益。然而，当他 12 月抵达美国时，他的待遇却大不相同。美国人更同情布尔人，尤其在纽约，许多有权势的家庭都有荷兰血统。

—温斯顿致珍妮—

1900 年 12 月 21 日　　　　　　　　　　　　波士顿，都兰酒店[1]

[没有抬头]

我在正式开始巡回演讲时遇到了许多困难。首先，人们并不像庞

1　1897 年开业，位于特里蒙特街和博伊尔斯顿街的街角，波士顿公园附近。

德少校说的那样感兴趣，其次，有一股强烈的支持布尔人的情绪，这种情绪被拥有荷兰血统的领导人——特别是纽约的头面人物——煽动起来反对我。然而，现在一切都已就绪，但与英国相比，收益不是很高。[……]

我和纽约的伯克·科克兰待在一起，他不知疲倦地工作，使这次演讲取得了成功，演讲之前，他还在华尔道夫酒店举办了一次大型晚宴。[……]最后，我们在纽约有一处很好的演讲场所。主持活动的马克·吐温[1]发表了一篇非常诙谐的讲话。

我和这里的听众相处得很好，尽管有几次他们中几乎有一半的人强烈支持布尔人，当然，总不像英国有那么多听众。

我在华盛顿和昌西·德普[2]待在一起，他很有礼貌；他带我参观了国会大厦，把我介绍给了许多有名的参议员，还把我介绍给了总统[3]，他给我留下了深刻的印象。[……]

我明天要去加拿大，和明托夫妇[4]一起过圣诞节，他俩都给我写了很温馨的信。我希望在加拿大的旅行将比这儿更适合我，我不喜欢庞

1　萨缪尔·兰亨·克莱门（Samuel Langhorne Clemens），他以马克·吐温（Mark Twain）为笔名写了《汤姆·索亚历险记》（*The Adventures of Tom Sawyer*, 1876）和《哈克贝利·费恩历险记》（*The Adventures of Huckleberry Finn*，1885）。

2　昌西·德普（Chauncey Depew）1899年在纽约当选美国参议员；纽约中央铁路系统总裁；律师。

3　威廉·麦金莱（William McKinley），美国第25任总统，任期从1897年至1901年9月14日其遇刺身亡。

4　温斯顿在印度遇到过明托勋爵，1898年后者成为加拿大总督。

德到处散布的那些粗俗的广告，但我认为这些广告是为了适合大众的喜好。[……]

> 致以诚挚的爱，我依然是您亲爱的儿子
>
> 温斯顿

　　温斯顿在圣诞节期间来到加拿大开展巡回演讲，听他演讲的人变多了；但庞德少校将活动转包给了加拿大的组织者，这样一来，温斯顿的演讲所获得的收入份额就比他过去在英国时得到的要少。

　　温斯顿是在渥太华的礼宾府过圣诞节的，一位来自印度的熟人，明托勋爵，从1898年起就在加拿大担任总督。另一位客人是帕梅拉·普劳登，据说自从去年10月她拒绝了温斯顿的求婚后，两人的恋情就冷却了。

—温斯顿致珍妮—

1901年1月1日   多伦多

最亲爱的妈妈：

　　昨天很高兴又收到了您的来信。这次巡回演讲并不如我所预期的那样成功，尽管加拿大人比美国人更感兴趣。与克里斯蒂相比，庞德实在是太贪婪了，他把一些最好的城镇的代理权以固定的价格卖给当地的代理机构，真是太愚蠢了。例如，他以100镑的价格卖掉了多伦多，门票收入就赚了近450镑，而在他的安排下，我只得到70镑。我自然反对这种安排，于是我们发生了一场非常不愉快的口角。他是一个粗俗的美国佬经理，他向记者散布了许多非常虚假的信息，所有报纸的整版专栏都在讨论这件事。不过，和平已经以我说的条件达成了，我打算继续巡回演讲。

我在蒙特利尔、渥太华和多伦多等地都有大批的听众，并取得了巨大的成功，但没有获得我本应获得的经济收益，原因已经解释过了。如果我能预见到这一切，我就不来了，而是会继续在英国的巡回演讲，那更愉快并且收益更好。[……]

我已经在渥太华和明托一家待了四天，这几天是如此愉快，我将在这个周末再回明托府待三天。帕梅拉也在那儿——很漂亮，显然也很开心。我们没有多谈，但在我心里，她是唯一一个我可以与其幸福地共度余生的女人。[……]

亲爱的妈妈，我希望将来能养活我自己——至少在您的情况好转之前是这样。如果您能帮我偿还这笔贷款[1]——我背负着每年300镑的沉重利息——我就不再向您索要任何津贴，除非老韦斯特决定给您和G.[乔治]更多的生活费。[……]

我很自豪，因为在我这个年龄，没有一个人在不到两年的时间里，在没有任何资本的情况下能赚到10000镑，但有时这又是很不愉快的事情。[……]

---

1 一笔3500镑的贷款，是由温斯顿1898年为他和杰克未来三年的生活开支而借贷的。

我很高兴登在《蓓尔美尔》杂志[1]上的文章得到了好评。当然，写文章对我来说是一件很重要的事情。我很少写，但我一旦写文章，就想让文章广为传播，对全国的舆论产生一点影响。但我肯定会为您的杂志3月号写些东西——不过我希望我们能联合起来，做一些商业化的出版物——而不是您那份美丽优雅的《盎格鲁－撒克逊评论》；然而，这份杂志将为您在19世纪的文学史上赢得一席之地。[……]

您永远亲爱的儿子

温斯顿·S.丘吉尔

温斯顿声称自己和帕梅拉并没有"多谈"，但据说他最后一次试图说服帕梅拉嫁给自己——但没有成功。在一封给珍妮的信中，他们的东道主明托勋爵谨慎地把他们两人之间的状况描述为"相当柏拉图式的"。[2]

到1901年1月，《盎格鲁－撒克逊评论》在商业上显然失败了。珍妮的合伙人约翰·莱恩建议，在创刊满两年时，也就是1901年3月出版第8期时，他们应该体面地停刊。珍妮不同意，所以1900年12月的那一期就只以她的名义刊出了。她考虑了温斯顿的建议——与竞争对手《圣詹姆斯公报》合并，但毫无结果。

1　"英国官员"（The British Officer）这篇文章刊登在1900年12月发行的《蓓尔美尔杂志》（*Pall Mall Magazine*）1901年1月号上。

2　R.丘吉尔：《温斯顿》，1: 544。

　　1月22日，温斯顿还在加拿大演讲时，维多利亚女王去世，她在位六十三年。她的儿子威尔士亲王继承王位，成为爱德华七世。新国王五十九岁，身材魁梧，蓄着大胡子，性格开朗，以喜爱"甜美的女人和干香槟酒"而闻名。温斯顿向他的母亲提出了这样一个问题：当上国王以后，威尔士亲王会有什么改变呢？他母亲比大多数人都了解这位国王。

—温斯顿致珍妮—

1901年1月22日　　　　　　　　　　　　　　　　　温尼伯

最亲爱的妈妈：

　　［……］这么说女王去世了。消息传到了温尼伯，这个远在冰雪之中的城市——距离英国任何重要城镇都有1400英里——开始垂头丧气，升起半旗。

　　这是一个巨大而庄重的事件，但我很想知道国王的情况。这会彻底改变他的生活方式吗？他会卖掉马匹，遣散犹太人[1]，还是会把鲁本·沙逊[2]珍藏在皇冠上的珠宝和其他首饰之中？他会变得极其严肃吗？他还

1　威尔士亲王喜欢和有钱的朋友在一起，他们中有许多是犹太人，其中包括罗斯柴尔德家族和沙逊家族。

2　鲁本·沙逊（Reuben Sassoon）的父亲大卫·沙逊（David Sassoon）创办了一家贸易公司，鲁本·沙逊任董事，大卫·沙逊曾是巴格达首席财政官；沙逊家族有时被称为"东方的罗斯柴尔德家族"。

会继续对您友好吗？凯珀尔[1]会被任命为宫廷女侍吗？写信到昆士敦[2]告诉我一切。伊特鲁里亚号[3]下月2日离开纽约。

[……]爱德华七世——天哪，走了多么漫长的一段路！[4]我很高兴他终于有了自己的机会，我最感兴趣的是看他怎么打好这副牌。

我在温尼伯举行了一次非常成功的集会。没想到，二十年前，这里只有几个泥棚和帐篷：昨天晚上，一大群穿着晚礼服的男士和袒胸露臂的女士，坐满了一个漂亮的歌剧院，我们的门票卖了1150美元，相当于230镑：也就是说，比纽卡斯尔这样的城市还要多。温尼伯有着美好的未来。[……]

始终是您亲爱的儿子

温斯顿

又：我在读《一位英国女人的情书》。[5]所有的母亲都一样吗？

温斯顿

1　爱丽丝·凯珀尔（Alice Keppel），1898年起成为威尔士亲王、当时的爱德华七世的情妇（见人名）。

2　位于爱尔兰南部海岸，是跨大西洋航线的常见停靠站；最初被称为"Cove"，1920年起更名为"Cobh"（英语发音为"Cove"）。

3　1885年下水；属于冠达邮轮公司；头等舱可容纳乘客550人，二等舱160人，三等舱800人。

4　爱德华六世（Edward VI）的统治于1553年7月6日结束。

5　《一位英国女人的情书》（An English Woman's Love Letters）于1900年出版，作者名不见经传，后来证明是个男作家，劳伦斯·豪斯曼（Laurence Housman）。

双双转型（1901—1902）

"当然，我们很少见面"

2月中旬，温斯顿回到伦敦，开始了他作为议员的新的人生阶段。这并不是他生活中唯一改变得如此之快的方面。两年前，他还对自己未来的财务状况感到绝望；如今他已经存了10000镑。如他在《我的早年生活》中所写，"我完全独立，不必担心未来，也不需要忙于政治以外的任何事情"。[1]

在他进入议会的那天，他开了一张支票给他那长期拮据的母亲，以感谢她在他的成功中所起的作用。

1　W.丘吉尔:《我的早年生活》，第358页。

—温斯顿致珍妮—

1901年2月14日 ［芒特街105号］

最亲爱的妈妈：

随信附上一张300镑的支票。某种意义上，它属于您；因为如果不是您给了我必要的智慧和能量，我是不可能挣到这些钱的。［……］

您亲爱的儿子

温斯顿

一个月后，温斯顿再给母亲写信时，他已经在议会上发过四次言了。事实证明，他的新生活比他预期的要更忙碌，他同意在3月初继续关于布尔战争的演讲，这一次是在多个英国小城镇。

他请母亲帮他找个"秘书"来缓解压力，他指的是男性"私人秘书"。

—温斯顿致珍妮—

1901年3月13日 芒特街105号

最亲爱的妈妈：

跟往常一样，我忙得要命。我有一百多封信还没有回复，有三四十封信甚至没有时间读。我今天要在黑斯廷斯¹做两次演讲，明天我会早点回来。显然，我不能没有秘书，如果您能设法给我暂时先找一个秘

---

1 温斯顿在下午三点和八点演讲，一天的收入超过100镑。

书，那就帮了我的大忙。[……]

我希望能有一点空闲时间，我很清楚，除非找个秘书，否则我就会和各种荒唐的事情一起被塞进坟墓里——这些事情我根本不必去做。毕竟，如果我把花在回复邀请函和选民信件，以及种种琐碎小事上的时间用来自己写文章，可以付得起一个秘书两倍的薪水。我现在需要一位男士，他可以来住上一个月或六个星期，在此期间，我可以四处看看，然后做出明确的安排。

也设法给我找一个放信件的盒子，一个简单的大柜子，有各种各样的抽屉和格子的那种，我可以把文件放进去。现在我桌子上堆满了东西，简直要把我埋起来了。[……]

[没有落款]

在进入议会几周后，温斯顿写信给他母亲，说他对仍然由七十一岁的索尔兹伯里勋爵领导的保守党和自由党统一派政府的高级内阁成员不再抱有幻想。

—温斯顿致珍妮—

1901年3月23日　　　　　　　　　　　　芒特街105号

亲爱的妈妈：

[……]我在伯恩茅斯、南安普顿和朴次茅斯又做了三次演讲，[1]赚了

1　3月20日在伯恩茅斯和南安普顿，3月21日在朴次茅斯。

大约220磅。我已经决定今年要在一支由年轻的军人朋友组成的马球队打球，我想如果我一周有两天能去赫林汉姆或拉内拉赫[1]打球，这将为我提供体育锻炼和精神调剂，这是熬夜和伏案工作所必需的。[……]

我一直在看这些讲稿，想把它们浓缩一下，但我觉得秋天以前我在这个方面什么也干不了。实际上，现在就会错过春季出版了，而在议会的会期，我也没有多少时间或精力来写书。[2]

党内有许多不满情绪，而且惊人地缺乏凝聚力。政府也不是很有力。[……]在我看来，政府阁员显得昏昏欲睡，疲惫不堪，精疲力竭。至于乔［张伯伦][3]，他把全部注意力都放在布尔人的事务上，我不确定此事看起来会有什么进展。

您亲爱的儿子

温斯顿

1901年5月13日，温斯顿发表讲话反对政府增加陆军开支而不是海军开支的政策，该政策是由陆军大臣圣约翰·布罗德里克（St John Brodrick）提出的。到年中，温斯顿定期与其他心怀不满的年轻保守党议员共进晚餐，其中包括休·塞西尔勋爵（Lord Hugh

---

1　温斯顿加入了伦敦西南部的巴艾尔姆的拉内拉赫俱乐部，而不是富勒姆更贵的赫林汉姆俱乐部；他每年缴纳15几尼的会费。

2　后来，温斯顿把他早期关于军队改革的演讲编成了一本小书，名为《布罗德里克的军队》（*Mr Brodrick's Army*），1903年出版。

3　当时是殖民地事务大臣，负责南非（见人名）。

Cecil)，休给这个小组起名叫"胡利根"[1]（Hughligans 或 Hooligans）。自由党的几位成员也应邀参加胡利根晚宴。

　　直到九个月后议会开始圣诞节休会时，温斯顿才给他母亲写了下一封信。信件内容清楚地表明，他是在布伦海姆写的，他将在那里花一周时间打猎和射击，尽管他的信纸上写的是他在芒特街的地址。

　　珍妮说她现在很少见到儿子，也很少听到他的消息，而1901年，他在国会发表了九次演说，做了二十次讲座，并在至少三十个乡镇和城市的政治集会上发表演讲。

　　在议会开会期间，温斯顿的日记中记录了一连串的午餐和晚餐，包括与资深自由党人、威廉·格拉斯顿的传记作者约翰·莫利[2]的几次会面。自由党人相当关注奥尔德姆的这位新议员：是莫利推荐温斯顿阅读社会改革家西伯姆·朗特里（Seebohm Rowntree）的《贫困：城镇生活研究》（*Poverty: A Study of Town Life*）。这本研究约克郡城市贫民的书对温斯顿的政治思想产生了深远的影响。

—温斯顿致珍妮—

1901 年 12 月 13 日　　　　　　　　　　　　［布伦海姆］

亲爱的妈妈：

1　此词通常指惹是生非的年轻人或流氓团伙。

2　约翰·莫利（**John Morley**）是前爱尔兰布政司，未来的印度事务大臣（见人名）。

[……]昨天我过得很糟糕。我坐十点十五分的火车出发，去奥尔德姆参加一个集市的开业典礼。我应该两点三十分到达。集市三点开始。但是，当我到达斯塔福德[1]时，所有的电线都被大风刮断了，有些地方的电线杆横躺在铁轨上；所以我到达克鲁[2]之前已经四点了。随后我返回伦敦，再往前走也没有用了，经过毫无收获的一天，十点我到了尤斯顿站。

今天我们在公园里打了500只兔子，虽然我们只有三把枪，但还是很有趣的。明天我去打猎。周日——去特林。如果天气好的话，下周我可以有六天的打猎时间，因为我有四匹马和桑尼的几匹马。

两年前，我在离比勒陀利亚60英里，离边境250英里的地方与秃鹫独处。在如此宁静的环境中回顾这些特殊的日子，感觉很奇妙。[3]

周三晚上，我和约翰·莫利共进晚餐——令人愉快[……]。每个人都很友好、很亲切，尤其是东道主，他像许多自由党人一样，能立刻获得我的好感。

不，亲爱的，我没有忘记您。可是我们俩都是大忙人，都在忙自己的事，目前都独立自主。我们很少见面，当然，这不影响我们之间的感情。

我永远是您亲爱的儿子

---

1 伦敦西北150英里。

2 距离斯塔福德30英里。

3 1899年12月12日晚上，温斯顿从布尔人手中逃脱。

温斯顿

　　除了从事野外活动，温斯顿还到布伦海姆与马尔伯勒公爵商讨珍妮的经济问题。乔治·康沃利斯－韦斯特与珍妮结婚后，乔治的父亲仍然拒绝把财产留给儿子。结果，这对夫妇的财务状况依旧十分紧张。至于温斯顿，他很讨厌三年前那笔贷款，现在还得付利息，尽管他和弟弟杰克可以每月领取生活津贴。

　　公爵起初并没有说什么，只是批评他堂弟的狩猎安排过于奢侈。温斯顿还试图代表母亲向他父亲的遗嘱信托的受托人之一乔治·柯松——现在的豪伯爵——求情。

—温斯顿致珍妮—

[1901 年 12 月]   芒特街 105 号

妈妈：

　　我刚见了乔治·豪。他深表同情，但我认为您不能指望他立即做出决定。他要您转告拉姆利，周一写信给他提出一个明确的建议。我不觉得很快就能有结果。[……]

您亲爱的儿子

温

　　温斯顿再次给母亲写信是 1902 年 4 月 3 日，这一天帕梅拉·普劳登嫁给了利顿（Lytton）伯爵。他祝愿帕梅拉"以她的才貌应得的一切幸福和好运"，并向她保证说，他永远是"您忠实的朋友"。[1]

议会在复活节期间休会。《盎格鲁－撒克逊评论》停刊后，珍妮为了增加收入，开始为报刊撰文，这是他们角色转变的另一个迹象，现在她请温斯顿为她的头几篇文章中的一篇把把关。1916年，她为《皮尔逊杂志》（*Pearson's Magazine*）撰写的一系列文章以《长话短说》（*Short Talks on Big Subjects*）为题出版。

—温斯顿致珍妮—

1902年4月3日 芒特街105号

亲爱的妈妈：

听说乔治身体不太好，我很难过；但我希望您俩能在星期天来布伦海姆，因为桑尼告诉我他已经邀请过你们了。

我已经读了这篇文章。文中有许多有趣的内容；文章风格上我没有什么可说的；但我认为，结构上有很大的不足，使文章理解起来有难度，并将影响其效果。我相信，有必要将您的想法再整理一下——明确每一段的确切意图。

这就需要把文章再<u>写</u>一遍；但无须增加新材料。随信附上我为您拟好的提纲。

1　1902年2月温斯顿给P. 普劳登的信，引自《卫报》（*The Guardian*）2003年11月9日。

永远献上最诚挚的爱

温斯顿·S.丘吉尔

　　1902年夏天，温斯顿从他父亲的文献保管人那里得到许可，可以用伦道夫勋爵的档案来写他的传记。因此，在议会夏季休会的第一个阶段，他花了大部分时间在布伦海姆宫的档案室研究他的写作计划，那里保存着丘吉尔家族档案。

—温斯顿致珍妮—

1902年8月15日   布伦海姆

最亲爱的妈妈：

　　[……]我费力地翻阅了十八箱文件中的两箱，其中肯定有很有价值和有趣的材料。有您早期的所有信件，已经小心翼翼地收好了。

　　从这些尘封的记录中，呈现一出伟大而生动的戏剧，每走一步，我都感到越来越有信心，我将能够写出许多人想读的东西。但是，在所有的证据都一目了然之前，我是不想动笔的，这些文件是我看过的文件的六倍，您就会明白，我有多忙。[……]

　　请给我寄一份父亲的剪报本，请想方设法帮我收集资料；在开始写作之前，我对主题的了解越多，我的作品就会越好。[……]

始终是您亲爱的儿子

温斯顿·S.丘吉尔

1902年9月，温斯顿随同一些政治家，受邀在苏格兰巴尔莫勒尔的王室私人城堡和庄园里待上几天。城堡1848年被维多利亚女王购得，后来由她丈夫阿尔伯特亲王（Prince Albert）在1855年重建，但这座城堡被访客们评价为寒冷且透风的。然而，在王室的恩宠——或失宠——仍会影响仕途的年代，没有哪个雄心勃勃的政治家会拒绝邀请。

—温斯顿致珍妮—

1902年9月27日　　　　　　　　　　　　　　　　巴尔莫勒尔

最亲爱的妈妈：

我在这里受到了国王的款待，他对我特别好。这是相当愉快和轻松的一天，今天的围猎非常棒，尽管我没打中雄鹿。

您会在周三见到国王，那天他会来因弗考尔德[1]；请告诉他我给您写过信，告诉他我在这里过得很愉快，等等。

明天早上我和R.[罗斯伯里]勋爵坐车去达尔梅尼[2]。给我写上几句，把信寄到那儿——把您的笔记寄给我——如果您有笔记的话！我敢说，您一定是忙于其他娱乐活动，因而耽误了给我写信。

您永远亲爱的儿子

温斯顿·S.C.

1　马尔（Mar）伯爵的府邸，邻近巴尔莫勒尔（见地名）。

2　在爱丁堡附近的福斯湾，罗斯伯里伯爵的宅邸（见地名）。

温斯顿离开巴尔莫勒尔，前往他姑妈科妮莉亚在多塞特郡坎福德庄园（Canford Manor）的家，他希望在那里能为他父亲的传记找到更多的材料。

—温斯顿致珍妮—

1902年10月9日   坎福德

最亲爱的妈妈：

我到这里已经两天了，发现了对我的书非常有价值的资料。科妮莉亚保存着我父亲生活中几乎每一件事的剪贴簿，加上她收到的那些信件，这些材料现在差不多完整了。

我的秘书到印度去了，像其他许多愚蠢的人一样！因此，我在处理信件方面束手无策。您能不能问问安宁小姐[1]，看她能否到我这里来，比如每周来两天，她可以做出任何适合她的安排。我得有一个能简单回复信件的人。

我15日回帕尔特，我们共进晚餐？

您永远亲爱的儿子

温斯顿·S.C.

12月初，温斯顿前往埃及参加横跨尼罗河的阿斯旺大坝的开闸仪式。他是他母亲的朋友欧内斯特·卡塞尔爵士的客人，卡塞尔为

---

1 安宁小姐（Miss Anning）是珍妮当时的秘书。

大坝的建设筹集了资金。欧内斯特爵士的其他客人包括国王的弟弟康诺特公爵（Connaught），公爵的妻子及温斯顿的姨妈莱奥妮——她与公爵的关系特别亲近。

这封写自阿斯旺的信表明了温斯顿对劳资关系的独特态度，这种态度不属于保守党的主流，也呼应了他父亲二十年前试图建立一个新的"保守党民主"路线的努力。

工会1871年合法化，并赋予了工人罢工的权利。然而，1901年7月上院的一项决定认为，铁路工人联合会应对塔夫河谷铁路公司因工人罢工所遭受的经济损失负责。1902年，保守党政府拒绝修改法律；1906年的《劳资纠纷法》（Trade Disputes Act）是自由党新政府颁布的一项早期立法。

—温斯顿致珍妮—

1902年12月8日   阿斯旺

最亲爱的妈妈：

很高兴收到您的来信，这使我意识到如果不通信，我们可能会失去很多联系。但我必须经常动笔写东西，而这里又找不到速记员帮我。

我不太舒服，有点儿发烧——医生诊断是风湿病，而今天大家都去看水坝了，只剩我一个人在船上。康诺特夫妇和莱奥妮明天到，我还是希望能参加活动。不过，这毕竟不是我来埃及的唯一目的。到目前为止，这次旅行非常舒适，一切都很顺利。这艘轮船很气派——美酒佳肴——目前恐怕我吃得太好了，客人们非常友好，亲切和蔼。[……]

工会的事正如您所想的那样又累又难。他们如今的情况有很多原因，然而，主要是因为他们提出不合理的要求。这些要求被保守党政府断然拒绝。我希望他们能克服困难，并承认要求中一切正当的东西以求消除其中勒索的成分。但中间路线总是不受欢迎的。[⋯⋯]

我经常想念您和杰克：我为他感到不安。请您多关心他。他桀骜不驯，也很孤独。

您永远亲爱的儿子

温斯顿

1900 年 10 月，二十岁的杰克从布尔战争的战场上返回，他不情愿地回到伦敦，回到欧内斯特·卡塞尔爵士身边。由于家里缺钱，他不可能当全职军人或上大学。杰克并不觉得欧内斯特爵士的秘书这份工作有什么挑战性，所以他尽可能花时间在牛津郡骠骑兵团当兼职军人（他已经升迁到上尉军衔），或者在布伦海姆帮他哥哥整理父亲生前的文件。

—温斯顿致珍妮—

1902 年 12 月 19 日   开罗，萨沃伊酒店

最亲爱的妈妈：

[⋯⋯]在经历了一场令人满意和愉快的探险之后，我们又回到了开罗。我已经看了所有的神庙和景点，我的写作也有所推进。

卡塞尔是一位出色的男主人——从不苛求或轻易恼怒，并且始终如

一——衷心希望每个人感到舒适和满足。凯珀尔夫人是个好伙伴，我们还交了别的朋友。现在有一个计划，他们已经为我做了安排——四天的旅程，骑骆驼穿过沙漠，去［开罗西南］离尼罗河70英里远的绿洲法尤姆。我们周一出发，所以我无法在29日之前赶上途经布林迪西的船，甚至可能赶不上下月1日途经那不勒斯的船。我不知道我们能否在巴黎见面……

这片肥沃的土地上农业非常繁荣，人民享受着和煦的阳光，丰衣足食。恐怕我们国内的穷人离这种快乐的状态很远，因为严冬的日子是如此艰难。在不久的将来，您会看到我两年前有关经济和军事政策的观点是正确的，这些观点依然会得到支持。

始终是您亲爱的儿子

温斯顿

待价而沽（1903—1905）

"我不得不佩服张伯伦的勇气"

　　珍妮和温斯顿的通信在1903年年初中断，到8月又恢复了。1903年5月之后，主导英国政治的问题是"自由贸易"与"关税改革"的争议，这个问题有可能导致执政的保守党分裂。

　　去年7月，亚瑟·贝尔福接替他的叔父索尔兹伯里勋爵，成了保守党领袖和政府首相。贝尔福赞同那些认为"自由贸易"在世界范围内的扩张会带来更大繁荣的人；然而，争议的另一方，约瑟夫·张伯伦及其追随者支持"关税改革"政策，主张保留大英帝国内部的自由贸易，但在帝国之外设置保护性壁垒。

　　张伯伦是个白手起家的商人，他来自伯明翰，而不是保守党所在的郡。贝尔福尽可能地容许张伯伦的异见，他运用自己的语言技巧，声称在自由贸易的争论中不偏袒任何一方。

　　温斯顿明显支持自由贸易，尽管他的选区奥尔德姆是关税改革的天然沃土，因为该地的纺织业依赖从帝国内部进口原棉。

—温斯顿致珍妮—

1903 年 8 月 12 日   芒特街 105 号

亲启

最亲爱的妈妈：

[……] 我在奥尔德姆举办了八次小型集会，每次 200 人，而且收到了非常好的反响，您可以从报纸上看到，而党的主管部门一致通过了对我的信任投票，尽管我已经明确表示反对这位大人物 [约瑟夫·张伯伦]。

当然，党内有很多贸易保护主义者和公平贸易者，毫无疑问，必须非常小心地处理一切；但是他们都承认我是唯一一个有机会为保守党赢得选举的人，因此，他们很乐意给我非常广泛的自由。[……]

我在这里得到的所有证据都表明，亚瑟·贝尔福将与张伯伦决裂，乔将带着一定数量的追随者离开政府，并将以独立人士的身份继续他狂野的职业生涯。这意味着他政治生涯的挫折。[……] 我不得不佩服张伯伦的勇气。我不认为他愿意做出任何让步，我觉得为了他所投身的事业，他已经准备好牺牲自己的政治地位，甚至 [他兄弟] 奥斯汀（Austen）的政治地位。当然，如果张伯伦离开政府，支持工会的自由贸易主义者将坚定地支持贝尔福。

我希望您的治疗令人满意。我身体很好，但我愿意过一个月安静、有规律、有节制的生活。我会每天进行锻炼。[……]

我想您应该给我写一封漂亮的长信作为回复。

您永远亲爱的儿子

温

　　1903年9月9日，张伯伦私下向贝尔福提出辞职，贝尔福最初的反应表现出典型的矛盾状态。

—温斯顿致珍妮—

1903年9月11日   圭萨珊

最亲爱的妈妈：

　　您知道我讨厌无意义的信件，您也会理解我一直以来的沉默。但不能去洛克莫尔[1]，我真的很抱歉。不过，这一两天的拜访会是一次使人筋疲力尽的旅行，我很高兴能在这里写我的书。两天前我发的电报没有得到回复，我最终决定放弃这个计划。

　　除了A.贝尔福即将发表一份"和解"声明外，我没有得到任何消息。我不知道这是否会成功。J.C.[约瑟夫·张伯伦]在科学论证和大众舆论方面显然都是失败的。

　　请代我向男女主人解释清楚这一切。[2]

您永远亲爱的儿子

温斯顿

1　位于萨瑟兰的庄园，归威斯敏斯特公爵所有。

2　威斯敏斯特公爵和公爵夫人，公爵夫人芳名希拉（Shelagh），娘家康沃利斯-韦斯特，珍妮丈夫乔治的妹妹。

　　9月14日，贝尔福迫使两名主张"自由贸易"的大臣辞职；次日，第三位大臣辞职以示抗议。9月18日，就在温斯顿从苏格兰给他母亲写信的时候，贝尔福宣布了包括张伯伦在内的四人的离开，作为平衡政策。

—温斯顿致珍妮—

1903年9月18日　　　　　　　　　　　　　　　因弗考尔德

最亲爱的妈妈：

　　没在这里见到您，我真的很遗憾；但是我们秋天会经常见面，我在奥尔德姆还是需要您的帮助——如果您有时间和意愿的话。

　　情况非常有趣，我想几天之内一定会有大的变故。贝尔福先生周六要来巴尔莫勒尔。他打算辞职还是改组？如果他辞职，国王将会任命斯宾塞[1]还是德文郡公爵[2]？新首相能否成功组建政府，组建什么样的政府呢？如果他重组内阁——对已经不包括主张自由贸易的大臣的内阁进行保护主义性质的重组，还是对J.C.已经辞职的内阁进行自由贸易性质的重组？所有这些选项都是可能的。

　　我明天要去达尔梅尼。给我写的信请寄去那儿。我已经在巴尔莫勒尔登记了名字，但我恐怕要受冷遇了。

您亲爱的儿子

温斯顿·S.C.

1　斯宾塞（Spencer）伯爵在上院领导自由党。

2　德文郡公爵（Devonshire），枢密院议长；在这场危机中，他先辞职，然后又撤回了辞呈。

温斯顿之所以担心他会不受王室青睐，是因为他在公众面前支持自由贸易，而当时许多保守党高层都倾向于掩盖党内分歧，人们认为国王私下里也支持"帝国优先"（Imperial preference）。温斯顿是7月份成立的"自由食物联盟"（Free Food League）的主要推动者之一，并在下院批评了贝尔福和张伯伦。

1903年10月2日，贝尔福终于表露了他的立场，在谢菲尔德的一次演讲中，贝尔福暗示他赞同改变他的政党对"自由贸易"政策的依赖，其政党支持这一政策已近五十年。温斯顿的一些朋友试图利用这个问题把他从保守党拉走，转投自由党：他的姑妈科妮莉亚也在其中，科妮莉亚的儿子艾弗·格斯特是国会议员。"有一件事我认为是毫无疑问的，"她在10月中旬写信给温斯顿，"贝尔福和张伯伦是一种人，自由贸易主义者在保守党没有未来。为什么还要犹豫？"[1]

11月底，温斯顿来到她在多塞特郡的宅邸，准备进行一周的打猎。此时，他已决定在下次议会上"始终与自由党保持一致"。正如他在写给亲密的政治同僚休·塞西尔勋爵的一封私信（写于10月24日，但从未寄出）中所说的那样："自由贸易本质上是自由主义的，对它的支持和认同使那些为它而战的人必须成为自由党人"。[2]

12月1日星期二，温斯顿从坎福德前往卡迪夫，在那里他做了

---

1   1903年10月15日，温伯恩夫人给温斯顿的信，R. 丘吉尔：《温斯顿》，2:69。

2   1903年10月24日，温斯顿写给休·塞西尔勋爵的信，R. 丘吉尔：《温斯顿》，2:71-2。

题为"我们的财政政策——倾销和报复"的演讲。

—温斯顿致珍妮—

1903年12月4日　　　　　　　　　　　温伯恩，坎福德府

最亲爱的妈妈：

[……]我们在这里度过了非常愉快的一周，高朋满座，打猎也很尽兴。关于自由贸易和政治的讨论很多，总的结论是支持更强有力和更具体的行动。[……]

我在卡迪夫的演讲取得了巨大的成功，我讲了将近一个半小时，所有的听众都聚精会神地听我讲。没有什么能比卡迪夫的报纸更令人兴奋的了，他们说这么多年来卡迪夫的集会都没有给人留下过这样深刻的印象，就我个人而言，我从来没有受到过如此友好的欢迎。

切尔西市政厅的演讲定在10日，星期四。[1]请您尽可能到场，然后为朋友们举办一个晚宴。我觉得，这将是一次非常重要的集会。

致以诚挚的爱

温

温斯顿知道他对"自由贸易"的支持会给他在奥尔德姆的选举带来麻烦。1904年1月8日，选民协会大多数成员决定，他们的议

1　温斯顿1903年的日记确认了这一活动，但没有说明集会的组织者，CAC, CHAR 1/38/37。

员温斯顿已经失去了他们的信任，在下次选举中不能再得到他们的支持。因此，他开始把目光投向其他选区。与此同时，他还得应付母亲重新出现的财务困难。

—温斯顿致珍妮—

1904 年 3 月 26 日   芒特街 105 号

最亲爱的妈妈：

很抱歉我不能去伯恩茅斯了；今天下午伯明翰来了个代表团，要我参加中区竞选，我应该无法跟您一起吃饭了。[……]

得知这些新的财务困难，我感到很抱歉，也很吃惊。我现在不谈这些以免使您担心；但我对未来充满焦虑。我不去想我们会在什么时候把钱花光。我已经告诉杰克周一去拜访［西奥多］拉姆利，请他草拟一份方案，我会加以考虑。但这是否可行，我就说不准了。

周一晚上我到伦敦，如果您愿意，我将在［坎伯兰大广场］35a 跟您共进晚餐。

您深情的儿子
温斯顿

1904 年 2 月中旬，温斯顿在曼彻斯特自由贸易大厅发表了一篇直言不讳的演讲，其中包括一段嘲讽性文字，"这些关税改革者的雄辩受到了如此多的赞扬，他们的言辞如此令人信服……以至于当他们起身向下院发表演说时，下院议员们急忙从最近的通道离开议院。"

3月29日，当温斯顿这位年轻的后座议员开始演讲时，亚瑟·贝尔福如法炮制，走出下院会议厅；很快，其他大臣和大多数保守党后座议员都效法首相离开了议院。

4月3日，温斯顿写信给他的选区党部，提出辞去议员一职，同时谨慎地保留了参加随后补选的可能性。他所在的地方协会领会了这一暗示，选择和他结盟，温斯顿可以作为他们的议员，十八个月后参加下一次大选。

5月31日，也就是议会圣灵降临节休会后的第二天，温斯顿终于穿过下院，走到对面与自由党成员坐在一起。事实证明，温斯顿与保守党这次分道扬镳的经历令人疲惫不堪，于是，他在8月帮助母亲和乔治·康沃利斯-韦斯特清理他们那处中古风格的宅邸周边的杂草，以此来放松自己，这座宅邸是作为一项节省开支的措施在伦敦郊外租的。新的宅邸是圣阿尔班附近的索尔兹伯里堡（Salisbury Hall），楼下的房间都镶着橡木板；据传国王查理二世（King Charles Ⅱ）曾在楼上的八间卧室之一招待过他的情妇内尔·格温（Nell Gwyn）。

在这个新的环境里，温斯顿和珍妮多次长谈，要她把开支控制好，等到乔治的父亲去世以后，他们希望最终能获得部分家产（他们注定要失望了：威廉·康沃利斯-韦斯特上校直到1917年才去世，享年八十二岁）。

温斯顿8月中旬动身前往瑞士，去享受阿尔卑斯山的清新空气。

他将作为金融家欧内斯特·卡塞尔爵士的客人，在后者新建的山间别墅中度过三个星期。他希望尽早开始着手写他父亲的传记。

—温斯顿致珍妮—

1904年8月22日　　　　　　　［瑞士瓦莱，莫雷尔，卡塞尔别墅］

最亲爱的妈妈：

我等了一个星期，以便能有把握地写出这个地方产生的影响。这里相当不错。我睡得很香，感觉从来没有这么健康过。确实很奇妙。一幢舒适的四层大房子——有浴室、法国厨师、私人乐队，还有很多在英国必备的奢侈品——坐落在一座9000英尺高的雄伟山峰上，位于瑞士最壮丽的冰雪世界的中心。

这儿空气清新，气候宜人。几乎每天都很凉爽明媚，所以我们可以开着窗户睡觉，早餐和晚餐都在阳台上吃。我们可以去散步或者攀岩，在平坦处闲庭信步或者去参加非常可怕的攀登和远足。在房子两侧的山谷深处，云朵在飘动，在这些白云下面或白云之间——有绿色的平原、玩具般大小的小教堂和城镇。［……］

日子过得愉快而迅速。想到已经在这里待了一周，我感到很吃惊。从我们在伊丽莎白时代风格的护城河上拔鸭草到现在似乎才三天。我把时间分为三块：上午阅读和写作；下午徒步——要走很长的路，还要爬上小山或穿过冰川；晚上——玩四局桥牌，随后睡觉。［……］

您对我说的关于您自己的事，我想了很多，我相信您是对的，您应该专注于您真正在乎的少数人，并为他们付出努力。但我毫不怀疑，当

韦斯特老爹最终被召到亚伯拉罕那里的时候，您就能像鹰一样重获青春了。[1][……]

> 您永远亲爱的儿子
>
> 温斯顿

—温斯顿致珍妮—

1904年8月25日　　　　　　　　　　　　　　　　　　　［卡塞尔别墅］

最亲爱的妈妈：

[……]我一直在埋头写我的书，慢慢地适应了。但我一旦动笔便深感任务的艰巨。应该省略哪些内容，如何处理这些材料，在这一系列相互矛盾的信件中应该考虑哪些因素？眼下，我似乎应该先把什么都写下来，以后删减就容易了。[……]

> 您深情的儿子
>
> 温斯顿

—温斯顿致珍妮—

1904年9月1日　　　　　　　　　　　　　　　　　　　［卡塞尔别墅］

最亲爱的妈妈：

您上个月25日的来信：似乎在路上奇怪地游荡了一圈，走的路径是您使用的电报而不是邮寄地址——不是最近的地址——聪明。

---

1 《圣经·诗篇》103，诗句5："他用美物使你所愿的得以知足，以致你如鹰返老还童。"

我周日4日离开这里，周一或者周二和桑尼一起在巴黎，周三将抵达那座古老的有壕沟的宅邸［索尔兹伯里堡］。［……］

我现在正在写关于你们俄国探险的部分，[1]这是一个有趣的插曲。

永远是您的

温

9月的第一周结束时，温斯顿回到索尔兹伯里堡，他发现他可以在那里继续写作，很少有人打扰。因此，他决定留下来，并取消了一年一度的苏格兰游历，他母亲已经和乔治一起出发了。

温斯顿的第一站本应该去圭萨珊，去他姑父的家中拜访，这位姑父通过婚姻成了特威德茅斯勋爵[2]，特威德茅斯勋爵是一位经验丰富的自由党政治家，他的妻子范妮（范妮·斯宾塞-丘吉尔，温斯顿的姑妈）刚刚死于癌症。

—温斯顿致珍妮—

1904年9月14日   索尔兹伯里堡

亲启

最亲爱的妈妈：

我在这里写的书已经有了很大的进展——整天独自一人——我今晚无法把所有的东西都装车去苏格兰。无论如何我将在这里待到周六。如

1　1887—1888年冬天，伦道夫·丘吉尔勋爵和珍妮前往俄国旅行。

2　罗斯伯里伯爵内阁中的兰开斯特公爵领地事务大臣（见人名）。

果您认为在瓦尔登夫妇[1]不在的时候，我和斯克里文斯[2]及厨房女仆也能留下的话——我就干脆不走了。在这里，我可以每天从印刷厂拿到校样，所有的材料都在手边。待在一个地方——这么好的地方——没有那些持续不断的干扰，我感到很舒心。

J.M.［约翰·莫利］，我昨天见到的那个人请求我加紧做这项工作——他的看法很鼓舞人。他似乎认为我会赚一大笔钱，也许能赚到8000镑或10000镑。这值得持续努力。

东奔西走会浪费很多时间和精力。请您将这一切给T.［特威德茅斯］先生解释一下或者我另写一封信给他。要是我根本不用去苏格兰，那就太好了。［……］

您亲爱的儿子
温

—温斯顿致珍妮—

1904年9月24日   布伦海姆宫

最亲爱的妈妈：

杰克和瓦尔登夫妇上周六一同来了布伦海姆，我决定也过来，我已经把我大部分的铁盒子都搬到这里了，现在安顿在最舒适的骑楼里。[3]

---

1 珍妮和她丈夫的男仆和厨娘（见人名）。

2 斯克里文斯（Scrivings）是温斯顿的男仆（见人名）。

3 位于布伦海姆隆图书室（Long Library）下面，可以看到面向湖泊的水田；现已更名。

　　孔苏埃洛自己在这挺孤单的，而且除了星期天，你们也不在索尔兹伯里堡，我想我暂时不会离开，直到 30 日去曼彻斯特开展为期两天的政治及相关工作。[……]

　　我要是告诉您上周四晚上我在海布里¹度过，和乔[张伯伦]聊了五六个小时，聊以前的信件和政治中那些最愉快、最有趣的话题，您会发笑的。我提议到伦敦去见他，他的答复是邀请我用餐并过夜。当然，他对我和其他事情的看法都很有偏见，但我很清楚，我们在很多问题上都能相互理解，我的陪伴对他来说一点也不讨厌。[……]

　　我在这里写了很多——来这里后，又写了整整一章，我正在消化关于"地方自治"一章的材料，这是书中最重要的章节之一。[……]

　　你看，我完全被这本传记吸引住了。事实上，我发现现在很难把注意力集中在政治演讲上，但这将是一种改变。

致以诚挚的爱，您永远亲爱的儿子
温斯顿·S.C.

　　11 月 10 日，温斯顿在格拉斯哥圣安德鲁厅发表演讲，批评贝尔福政府增加行政权力而减少议会权力。他声称"资本的利益已经控制了政府"，并指出三分之二的大臣同时在担任公司董事，以此来说明他的观点。

　　会议主席诺曼·拉蒙特先生（Mr Norman Lamont）在致辞时表

1　海布里府，位于伯明翰；约瑟夫·张伯伦于 1878 年建造；他在此居住到 1914 年去世。

示，贝尔福病得正是时候，他可以暂时从政治灾难中逃脱出来。[1]

—珍妮致温斯顿—

1904年11月12日 　　　　　　　　　　　　　　桑德林汉姆

最亲爱的温斯顿：

我饶有兴趣地读了你在格拉斯哥的演讲稿。我没有和国王提及这件事，你听了可能会很惊讶。我觉得会议主席以那种方式攻击A.B.[亚瑟·贝尔福]是相当不友善的。我知道听众很反感——至少报纸上是这么说的。亨利·德·布雷特伊告诉我，在法国，人们把你看作后起之秀。

我现在身处保护主义者的大本营中。你可能在报纸上看到了这个聚会。[2]我们应邀住到周一。这里有令人愉快的好天气，令人愉快的友人和有趣的运动。乔治打猎很出色，我们俩似乎都很好——所以没什么问题。

下周你会在哪儿？索尔兹伯里堡随时欢迎你。[……]我们考虑去巴黎过圣诞节——你为什么不来啊？布雷特伊夫妇会接待你的。现在再见吧。

1　1904年11月11日，《泰晤士报》。

2　参与者包括布雷特伊侯爵和侯爵夫人、门斯多夫伯爵（Count Mensdorff，奥匈帝国大使）、德·劳（du Lau）侯爵、里奇蒙（Richmond）公爵、卡多根夫人（Lady Cadogan）、莫德·沃伦德夫人（Lady Maud Warrender）、乔治·吉佩尔（George Keppel）先生和夫人以及国会议员亨利·卓别林。

你亲爱的

珍妮

—温斯顿致珍妮—

1904年11月15日　　　　　　　　　　　达尔梅尼庄园

最亲爱的妈妈：

我将在周四或周五回伦敦，我期待在索尔兹伯里堡待上一周。收到您的信很开心，也很高兴你们在桑德林汉姆过得愉快。

格拉斯哥的演讲取得了巨大的成功，毫无疑问，我给这座城市留下了非常鲜明的印象。他们都说在圣安德鲁厅已经很多年没有过这样的演讲了。最后所有的观众都站起来，这在苏格兰是很少见的。喔喔喔！

您永远亲爱的儿子

温

在苏格兰的一周，温斯顿的日记显示，他在11月10日、11日、14日和16日做了四次演讲。[1]

1　1904年温斯顿的日记，CAC, CHAR 1/48/1。

—温斯顿致珍妮—

1904 年 11 月 17 日　　　　　　　　　　　　　芒特街 105 号

最亲爱的妈妈：

苏格兰之行很成功，但我很高兴行程结束了，因为我做了连续多场演讲。我非常疲倦。

我打算周五和周六去打猎，因为我认为在苏格兰的辛苦工作之后，我真的应该有个假期，如果可能的话，我周六晚上会去您那儿——周日上午也行——我想和您待在一起——除了周一晚上——直到我 26 日去潘山格。[……]

您亲爱的儿子

温

温斯顿把政治和写作结合在一起，在他三十岁的时候这两件事已经耗费了他大量心神。丘吉尔家族的当家人马尔伯勒公爵指出，忙于政治和写作使他忽视了母亲的事务，而这些事务正走向另一场危机。

—温斯顿致珍妮—

1905 年 1 月 21 日　　　　　　　　　　　　　芒特街 105 号

最亲爱的妈妈：

今天早上我和桑尼就您的事长谈了一番。他要我与 [西奥多] 拉姆利一起梳理整件事，并考虑是否将管理财产的业务 [伦道夫勋爵的遗嘱信托] 转给其他律师。

他告诉我，您和乔治都强调我一再表示对此事不感兴趣。但请允许我说，没有您的同意，我真的没有权利过问拉姆利。因此，希望您能给我写封信，授权让我接手这件事，检查所有的账目，这样的话，我会尽力并马上着手去做。[……]

您永远亲爱的儿子

温

珍妮的财务出现了新的危机，因为六年前诺威奇联合保险公司（Norwich Union）贷给了伦道夫勋爵遗嘱信托一大笔钱，现在该公司坚持要核查一系列账目，以检查信托基金是否得到了妥善管理。拉姆利无法拿出完整的账目，因为他从来没有成功约束过珍妮花钱的习惯，也从来没有教会她记账。

珍妮对付困难的办法是很典型的，就是以她习惯的方式继续行事。

—珍妮致温斯顿—

1905 年 1 月 22 日   索尔兹伯里堡

最亲爱的温斯顿：

我附上一封信，你愿意的话可以给拉姆利看。如果你能把事情彻底查一下，那就太好了。我相信这将为你和杰克以后省去很多麻烦。财产状况非常难以理解。拉姆利是唯一的"谜题"。我承认我解决不了这个难题。我想知道他到底往口袋里装了多少钱，多少佣金等——乔治会在一周后见到诺威奇保险公司的人。如果你写信给我，请记住这周我在伊顿。[1]

告诉我，我是否把你父亲的手表借给你了。我记得借给你了。如果没有，恐怕表被人偷了。[……]

保重，你亲爱的母亲

珍·康－韦

—温斯顿致珍妮—

1905年1月26日　　　　　　　　　　　　　　　　芒特街105号

最亲爱的妈妈：

谢谢您的来信。我已确定下月7日和8日为审计的日子，并已就此写信给拉姆利。

我已经提议周日去本铎［威斯敏斯特公爵］家，如果他愿意的话，我可以周六去您那儿共进晚餐。您可以读读《曼彻斯特卫报》[2]。您会发现我说的任何话都做了很好的报道。这儿一切顺利。斯宾塞勋爵[3]都邀请我好几天了！我接受了邀请。您知道就行。

1　伊顿府，柴郡威斯敏斯特公爵的府邸。

2　《曼彻斯特卫报》（*Manchester Guardian*）自1872年起由C.P.斯科特（C. P. Scott）主编，他是"自由贸易"大本营曼彻斯特的自由党议员。

3　第五代斯宾塞伯爵（Earl Spencer），自由党资深人物，被称为"红色伯爵"；爱尔兰总督（1868—1874）；枢密院议长（1880—1883，1886）。

　　　　　　　　　　致以诚挚的爱，我依然是您亲爱的儿子

　　　　　　　　　　　　　　　　　　　　　　　温

　　没有任何关于"审计"结果的记录。即使有结果也不可能从根本上解决问题，因为珍妮以后还会经常发生财务危机，而她和她儿子在接下来的几年里继续接受拉姆利的法律服务。

　　温斯顿很快又开始写他父亲的传记了。

　　　　　　　—温斯顿致珍妮—

1905 年 2 月 9 日　　　　　　　　　　　　　　　芒特街 105 号

最亲爱的妈妈：

　　您能给我写封三四页的信吗，回忆一下 1874 年至 1880 年您和我父亲在伦敦及在爱尔兰的生活吗？[1] 我想您应该还记得您最初是怎么开始爱尔兰之行的吧——您在查尔斯街招待狄斯雷利先生，在奥克姆［拉特兰郡］打猎，然后是［与威尔士亲王］争吵，我想应该是在 1877 年［实际上是 1876 年］，然后去了爱尔兰。关于这些过往，请给我一些建议。建议或多或少并不重要，只要您能设法让我了解这些日子里他的个人生活。

　　现在我已经写到这儿了，如果您能帮我填补这段空白，我想我差不

1　伦道夫·丘吉尔勋爵是他父亲马尔伯勒公爵的私人秘书，当时公爵任爱尔兰总督（见本书"导言"）。

多可以为"竞选伍德斯托克议员"[1]写一章了，我打算18日周六去看您，已经记在日程表上了。

您亲爱的儿子

温

珍妮的回信（在附言中）只是简略地回应了温斯顿的要求，尽管当时她正作为爱尔兰总督的客人，住在都柏林城堡（Dublin Castle）。时任总督威廉·沃德（William Ward），即达德利（Dudley）伯爵（继承了大量煤矿地产的保守派贵族），邀请了母子二人，但温斯顿后来并未前往。

和珍妮一样，达德利也是爱德华七世的私交，后者是威尔特郡威特利庄园（Witley Court）的伯爵府邸的常客。达德利在都柏林的任期正逢将更大的自治权下放给爱尔兰这一长期争议激化。正如珍妮所写的，这就产生了所谓的"麦克唐奈事件"（Mac Donnell affair），这一事件与安东尼·麦克唐奈爵士（Sir Anthony MacDonnell）有关，他是英国在都柏林的最高文职官员。反对进一步权力下放的人认为，安东尼爵士积极推动了爱尔兰自治事业，其工作已经超过了他短暂地作为爱尔兰文职官员的职责。

---

1 从1874年到1885年，伦道夫勋爵在议会中代表伍德斯托克。

—珍妮致温斯顿—

1905年2月28日   都柏林城堡

最亲爱的温斯顿：

达德利告诉我他收到了一封来自你的亲切的信——还有"国会议事录"。我很高兴你写信给我——正如我昨天到达时想的那样，只是他的态度有点儿冷淡。可怜的家伙，他对整个［麦克唐奈］事件感到非常厌恶。他的职位并不令人羡慕，他告诉我他感觉整个脊椎骨都被抽走了——他离开爱尔兰后，在威特利庄园也住不了两三年。恐怕他欠了很多债。

我周六回去。亲爱的，保重。

你亲爱的

母亲

又：［……］这座古老的城堡唤起了许多回忆——多么令人不快的职位！我希望桑尼永远不要接受。

到1905年3月，温斯顿觉得他父亲的传记《伦道夫·丘吉尔勋爵》已经写得差不多了，所以他要求之前出版过他三本书的朗文出版社出价买下这本书。朗文提出预支4000镑，是约翰·莫利为温斯顿预估的数额的一半。因此，温斯顿推迟了出版合同的签订，直到这本书最后完成。

作为一名拥有军事经验的议员，温斯顿密切关注保守党政府的军事动向：政府在试图弥补布尔战争中暴露出的英国军队在军事战略和机构上的许多缺陷。贝尔福1902年成为首相后成立了一个新的帝国防务委员会（Committee of Imperial Defence），随后又成立了两个皇家委员会来检讨战争中的教训。由埃尔金伯爵领导的委员会在1903年对战争本身做了检讨；另一个委员会由诺福克公爵领导，该委员会对志愿兵的问题提出建议，认为志愿兵"不适合服役"。

1905年，保守党的陆军大臣休·阿诺德－福斯特[1]向下院提出了一些措施，旨在推行改革。这些措施遭到了军方内部和像温斯顿这样的自由党后座议员的强烈反对。自由党委派温斯顿在4月3日周一就这些措施在下院展开辩论，这导致此前定下的周日的计划发生了改变。

—温斯顿致珍妮—

1903年4月2日   ［芒特街105号］

最亲爱的妈妈：

恐怕我今天［星期天］不能去见您了。我明天要进行关于军队预算的辩论，我的时间都得用来做准备。我最好静静地待在这儿，别到处走动。我很抱歉，但我有太多的事情要做。我明天下午三点钟要做重要发言。

---

1 休·阿诺德－福斯特（Hugh Arnold-Foster）被简称为"H.O."，自由党统一派议员（1892—1906），统一党议员（1906—1909），陆军大臣（1903—1905）。

别为我的变化无常生气。只去您那儿待一晚真的太勉强了，况且我又不能做伴。

> 您亲爱的
>
> 温

温斯顿讲了一个多小时。因为准备充分，他的演讲很受欢迎。在威斯敏斯特有一种感觉越来越强烈——保守党政府即将走到尽头。

在4月5日布莱顿举行的补选中，自由党获得了该选区两个席位中的一个，这两个席位在过去的二十年里一直由保守党把持。

—温斯顿致珍妮—

1905年4月6日   芒特街105号

最亲爱的妈妈：

很高兴收到您的电报；星期天的事使我感到不安。但我的辛劳得到了很好的回报。

布莱顿真的很棒。自由党从未有过如此压倒性的胜利。我认为这届政府不会维持太久。

昨天我和拉姆利长谈了一番，我在准备一封信。[……]复活节假期，我们将在布伦海姆或索尔兹伯里堡相聚。

> 致以诚挚的爱，您亲爱的儿子
>
> 温

珍妮既没有在布伦海姆也没有在索尔兹伯里堡过复活节（4月23日周日）。尽管经济上有困难，但她在巴黎过得很愉快。

—珍妮致温斯顿—

1905年4月19日　　　　　　　　　　　　　　　　　　巴黎

最亲爱的温斯顿：

我很抱歉之前没能给你写信——但我在这里被人"追捧"，连属于自己的时间都没有。恐怕你周六没去伦敦，不过没关系。等我回去，我们会解决的！萨甘王子[1]那天还问起了你。

我日子过得很开心——骑马和滑冰、去看赛马、出门吃饭，然后跳舞。不幸的是，曾经极好的天气现在变得湿淋淋的了。

给我写信，亲爱的。我真的希望你过得很好，很健康。保重！写信给我。

你亲爱的母亲

珍妮

1905年7月21日清晨，在下院就爱尔兰问题进行的辩论结束时，自由党议员和爱尔兰议员联手以三票的优势击败了保守党政府。

1　萨甘王子（Prince Sagan）即赫利·德·塔列朗-佩里戈尔（Hélie de Talleyrand-Périgord，1910年起，成为塔列朗和萨甘第五代公爵）；1908年，萨甘王子娶了他表兄的前妻卡斯泰兰伯爵夫人（Countess of Castellane），她婚前叫安娜·古尔德（Anna Gould），是美国铁路企业家杰伊·古尔德（Jay Gould）的女儿。

—温斯顿致珍妮—

1905年7月21日 芒特街105号

最亲爱的妈妈：

我预计这届政府将辞职，并在昨晚的分裂之后解散。对我们所有人来说，这是一个令人满意和兴奋的重要时刻。[……]

您亲爱的儿子

温斯顿

政府五个月后才辞职。在此期间，温斯顿1905年8月的大部分时间都在瑞士的欧内斯特·卡塞尔爵士的别墅，他要完成《伦道夫·丘吉尔勋爵》的写作；然后去了拉格比（Rugby）附近的阿什比圣莱杰斯（Ashby St Ledgers）庄园，此庄园为格斯特家族所有，配备有独立的马球场。

温斯顿8月31日从拉格比给他母亲写信的一周前，柯松勋爵辞去了印度总督的职务，此前柯松与印度陆军总司令基奇纳勋爵在军事上进行了漫长的地盘争夺战。伦敦政府最终选择支持将军而不是总督。柯松被明托伯爵取代，五年前，明托伯爵曾在渥太华的礼宾府招待过温斯顿。

—温斯顿致珍妮—

1905年8月31日 拉格比，阿什比圣莱杰斯

最亲爱的妈妈：

您的来信（收到时，我已经在这儿有一周了）使我感到很内疚。多谢您来信，我实在让您操心了。

我唯一的借口是，自从离开英国以来，我几乎一直在埋头写书。现在书快写完了，我想再用十天就可以完成与此有关的所有繁重的工作了。在这本书经受市场检验之前，只需要做几次检查和修改。一想到马上就能脱稿，我说不出有多高兴；一千多页确实是一项非常严肃的写作，最后一个月我一直非常积极和努力地写作，唯有如此，才能使我把写作推进到现在这个阶段。说真的，在此期间我没给任何人写过信。

瑞士很宁静。我们每天都做同样的事，桥牌、写作；桥牌、散步；晚餐、桥牌、睡觉。但这种单调却是令人愉快的，因为我每天都做大量的运动，换一换环境肯定对我有好处。卡塞尔非常友善，我们进行了多次愉快的长谈。[……]我在这儿待了三周，就两天不在这边，过后又赶紧回来了。天气好的时候，我们每天都在这里打马球。因为我有一个小房间可以写作，所以我每天早上都在这里工作，不受打扰。周五我要到布伦海姆去住一夜，第二天就回来。[……]

当然，我完全支持柯松，反对基奇纳，支持宪法，反对军事权力。我不敢相信一个自由党政府会允许驻印英军的一位总司令独占这么大的权力。我正考虑在今后几天内就这个问题发表文章。[……]如果自由党默许把印度帝国交给一个雄心勃勃、桀骜不驯的军人，我会感到非常不安。[……]

对明托的任命，天可怜见，是亚瑟主义的又一极致。[1]这是对公共利益和公众舆论的蔑视，让布罗德里克负责印度事务也是如此。[2][……]

始终是您亲爱的儿子

温

1905 年 10 月初，温斯顿觉得《伦道夫·丘吉尔勋爵》已经基本完成，他准备好向出版商寻求更高的报价了。他委托弗兰克·哈里斯[3]担任他的文学经纪人，条件是哈里斯只能从朗文出版社今年春天提供的 4000 镑以外的预付款中获得佣金。

—温斯顿致珍妮—

1905 年 10 月 3 日　　　　　　　　　　　　　　　布伦海姆宫

最亲爱的妈妈：

我这周在这里打猎，周五除外，那天我要去曼彻斯特演讲。我敢说桑尼会很高兴您周六能来。要我问问他吗？

下周我将在曼彻斯特参加各种集会，集会将于 13 日（周五）在自

1　意指亚瑟·贝尔福迟迟不愿做出艰难的决定。

2　圣·约翰·布罗德里克，印度事务大臣（1903—1905）；1907 年被封为米德尔顿子爵（Viscount Midleton），1920 年被封为伯爵。

3　爱尔兰出生的记者，在美国长大；二十八岁时来到伦敦；主编《晚间新闻》（*Evening News*）、《双周评论》（*Fortnightly Review*）和《周六评论》（*Saturday Review*）。

由贸易大厅达到高潮，达勒姆勋爵和爱德华·格雷爵士[1]将在会上发言。您愿意来吗？［……］

我正设法为我的书弄一大笔钱。我想告诉您都兰[2]的事，作为回报，您说说德国。

始终是您亲爱的儿子

温

10月13日周五，温斯顿在曼彻斯特自由贸易大厅参加的集会，见证了妇女争取投票权的激进运动的开始：警方以扰乱秩序的罪名逮捕了安妮·肯尼（Annie Kenney）和克里斯特贝尔·潘克赫斯特（Christabel Pankhurst）。

到10月底，温斯顿聘请哈里斯为他的文学代理人的决定的正确性得到了证实。

—温斯顿致珍妮—

1905年10月30日　　　　　　　　　　　　　　芒特街105号

最亲爱的妈妈：

很抱歉我们错过了，但我们周三会在纽马克特见面。我明天和卡塞

1　约翰·兰姆顿（John Lambton），达勒姆伯爵，达勒姆郡行政长官；爱德华·格雷爵士（Sir Edward Grey），自由党资深人士（见人名）。

2　法国以前的一个省，主要在图尔和卢瓦尔河谷。

尔一起去那儿。陛下非常高兴地表示他想在周二晚上和我共进晚餐，并决心让我明白我所犯的错误。

今天上午我和麦克米伦谈妥了，他们将按以下条件出版我的书：

8000镑的支付方式如下：

现在付1000镑

修订校样时付1000镑

出版时付其余6000镑

除此之外，在麦克米伦为自己赚取4000镑的利润后，我们将分配所有在合法版权期间获得的更多的利润。我想您会同意我签这个合同。虽然我很想自己"经营"这本书，但我想人人都会说我把它卖了个好价钱。[……]

现在有必要继续推进出版事宜。请您把您认为合适的照片带到纽马克特来。[……]我觉得您那张头发上有颗星形钻石的照片是最好的，我已经选了那张，但如果您还有其他选择，在接下来的几天里还有时间来调整。

致以诚挚的爱，您始终的

温

扭转局面（1905—1906）

"你显然忘了你在给你母亲写信"

　　到 1905 年年末，保守党和自由党统一派政府的十年执政接近尾声。问题是，反对党自由党能否克服其内部分歧——主要是在爱尔兰地方自治政策上，自 1886 年统一派从党内分离以来，这种分歧一直在恶化。

　　自由党领袖亨利·坎贝尔–班纳曼爵士[1]精心制定了一项"逐步"实行地方自治的政策。这意味着，在下届议会期间只会切实执行适度的权力下放措施，自由党坚持将爱尔兰完全自治作为政党政策的最终目标。

　　1905 年 11 月 25 日，前自由党领袖兼首相罗斯伯里勋爵在博德明的一次演讲中建议自由党放弃其地方自治的最终目标，从而使此前的妥协处于危险之中。

1　亨利·坎贝尔–班纳曼爵士（Sir Henry Campbell-Bannerman）简称"C.B."，自 1899 年以来，一直是反对党自由党的领袖（见人名）。

—温斯顿致珍妮—

1905年11月28日 坎福德

最亲爱的妈妈：

为了在这儿好好休息一下，我取消了这周所有的活动。有个神奇的按摩师［女按摩师］，她的手法奇迹般地有用处，我感到舒适和安宁。［……］实际上我已经恢复了，现在只是休息，为将来的工作做准备。

我很遗憾地说，罗斯伯里鲁莽的言论极大地伤害了他自己。各党派不会在关键时刻放任这种不必要的争论。大家都知道下届议会不会有地方自治法案。

您亲爱的儿子
温斯顿

一年多前，温斯顿就知道他需要找到一个新的选区，以便作为自由党人参加定于1905年年底举行的下一次大选。他选择了曼彻斯特的西北选区，他6月和10月已经去访问过该选区。他计划12月回去参加竞选。但当务之急，是另一件事。

—温斯顿致珍妮—

1905年12月1日 坎福德

最亲爱的妈妈：

很遗憾您下周不能来这里。我还得在这里待到下周四完成我的按摩治疗，我从中受益匪浅；所以如果您不来，我们就见不了面了；因为周四我要去曼彻斯特。您为什么不来呢？我相信按摩师能改善您的血液循环和消化系统。如果她做不到她会直接告诉我的。

她还说我说话结巴。这是真的。我的舌头被一根韧带牵着，这条多余的韧带是别人没有的。这就是我说话鼻音很重的真正原因。我已经和西蒙［菲力克斯爵士］[1]约好周一去伦敦咨询此事。

我想政府很可能会在今天辞职。C.B.［坎贝尔–班纳曼］如果得到提名，肯定会接受任命。报纸的报道愚蠢透顶，且对他的意图一无所知。我敢说新一届政府将于下周的这个时候组成。但我们已经失误了这么多次，现在就预言太草率了。［……］

您亲爱的儿子

温

12月4日，亚瑟·贝尔福辞去首相一职。一些保守党人仍然希望自由党内部的分歧能够阻止亨利·坎贝尔–班纳曼爵士在国王的邀请下组建自由党政府。他们的希望破灭了。温斯顿等着看新首相是否会给他一个职位。

—温斯顿致珍妮—

1905年12月4日   芒特街105号

最亲爱的妈妈：

1　菲力克斯爵士（Sir Felix）是温斯顿同时代的头号喉科医生，从1875年开始在伦敦执业直到1910年退休。

我好多了。菲力克斯·西蒙爵士拒绝割我的舌头，所以我的舌头仍然"打结"。我明天回坎福德去按摩两次。孔苏埃洛告诉我她想邀请您去布伦海姆过圣诞节。来吧。我正准备安排按摩，对我们所有人的肠胃都会有好处。

我猜想新政府将在今后几天内组成。这是相当令人兴奋的，特别是因为深思熟虑是尊严和审慎所要求的唯一行动。

国王让诺利斯[1]写信询问我的健康情况！多大的变化！我不允许自己盲目对未来做任何猜测或预测。我认为当下是幸运的，各种因素的结合是最有利的。我对自己充满信心，泰然自若地等待命运的安排，无论是最好还是最坏的结果。

您亲爱的儿子

温

12月13日，温斯顿接受了自由党新政府的一个职位，担任殖民地事务副大臣。他的上司是事务大臣埃尔金伯爵，他们第一次见面时，埃尔金伯爵任印度总督，而温斯顿当时还是一个年轻的中尉。温斯顿之所以能出任这个职位，是因为埃尔金在上院任职，所以他需要一个副大臣在下院负责该部门的所有事务；当埃尔金的苏格兰庄园变得比威斯敏斯特宫更有吸引力的时候，埃尔金的事业也达到

1　弗朗西斯·诺利斯（Francis Knollys），爱德华七世和乔治五世（George V）的私人秘书；1902年被任命为诺利斯子爵（Viscount Knollys）。

了巅峰。

新政府刚成立，大选就开始了（尽管议会直到1月8日才正式解散）。1月13日（周六），温斯顿所在的曼彻斯特西北部选区是首批投票的地区之一。他以自由贸易问题主导他的竞选活动，自六十年前曼彻斯特支持废除《谷物法》以来，曼彻斯特就一直支持自由贸易。温斯顿在11400名选民投票的情况下，以1241票的优势击败了他的保守党对手。自由党赢得了曼彻斯特十个席位中的七个，而此前该党只拥有一个席位。在全国范围内，自由党赢得了377个席位，而保守党和自由党统一派总共赢得了157个席位。在83名爱尔兰民族主义者和53名工党议员（Labour MP）的支持下，自由党政府即将开始为期十年的执政，其所处的位置定义了那个时代。然而，这是它二十年来第一次，也是最后一次组建起多数派政府。

温斯顿的内阁生涯开始后，他搬进了一所更大的房子。那是珍妮帮他在波顿街（Bolton Street）找的，位于皮卡迪利大街和柯松街（Curzon Street）之间。他以1000镑订了短期租约。由于帕梅拉·普劳登已经和别人结婚，温斯顿至少追求过另外两个女人——美国女演员埃塞尔·巴里摩尔（Ethel Barrymore）和英国航运公司女继承人穆里尔·威尔逊（Muriel Wilson）。然而，到了三十岁的时候，他仍然依靠他母亲来帮助他招待重要的客人。

—温斯顿致珍妮—

1906年6月24日　　　　　　　　　　　　　　W[1] 波顿街12号

最亲爱的妈妈：

埃尔金6日来这儿吃饭。我非常希望您也能来。他不带埃太太来。

我们昨天在曼彻斯特举行的大会非常成功。[2] 妇女参政权论者以几乎难以置信的速度被驱逐出去了！

您亲爱的儿子

温

1906年8月，母亲和儿子之间有一段痛苦的书信往来，这些信凸显了珍妮再婚的影响和温斯顿在公众生活中地位的提高，他们的关系也发生了变化。

8月12日，温斯顿离开英国去欧洲度假一个月，旅程首先从法国北部海岸的多维尔开始，他告诉他的私人秘书，他在那里的赌场每天赌到凌晨五点。后来的旅程有一站是摩拉维亚的埃尚恩城堡（Schloss Eichorn），城堡的所有人是一位自由党政治家，也是温斯顿的朋友莫里斯·德·福雷斯特－比肖夫斯海姆（Maurice de Forest-Bischoffsheim）——珍妮称他为"德·福利斯特"（de

---

1　West（西区）的缩写，1857年由于邮递信件数量的迅速增加而增设的伦敦十个邮政区之一——（见"导言"）；直到1917年，数字才添加到伦敦的邮政编码中。

2　在曼彻斯特举行的一场自由党集会上，温斯顿与商务大臣戴维·劳埃德－乔治（David Lloyd-George）发表了讲话，现场估计有3万人。

Forrest），朋友们叫他"图茨"（Tutz）。

即使按爱德华时代的标准，图茨的背景也是相当复杂的。他出生在巴黎，最初被认为是一对马戏团演员夫妇的儿子，他们在他三岁时死于伤寒，他和弟弟在孤儿院度过了五年。图茨和弟弟随后突然被欧洲最富有的夫妇之一莫里斯·赫希男爵（Baron Maurice Hirsch）和他妻子克拉拉·比肖夫斯海姆（Clara Bischoffsheim）收养，这对夫妇的儿子兼继承人刚刚去世。后来人们才发现赫希才是这两个"孤儿"的父亲。

图茨在伊顿公学和牛津接受教育时，他的养父母几乎没有时间陪他。1896年赫希男爵去世（他妻子1899年去世），他们的去世给图茨留下了一大笔财产，包括分布在欧洲的几处庄园（埃克霍恩城堡就是其中之一）。

奥匈帝国的皇帝封这位新地主为贵族，但图茨定居在伦敦，并于1900年成为英国公民。第二年，他娶了一位富有的法国寡妇梅尼埃夫人（Mme Menier）为妻，并从犹太教皈依了天主教。事实证明这是有好处的，1902年，在他女儿出生后不久，教皇同意解除他的婚约。

1904年晚些时候，图茨的朋友们传言说他打算再婚，他的新妻子是埃塞尔·杰拉德（Ethel Gerard），也是珍妮的好朋友［玛丽］杰拉德夫人（Lady Mary Gerard）的女儿。1870年以前，珍妮住在巴黎时，认识图茨的父亲赫希男爵。更复杂的是，温斯顿也是图茨的朋友，两人都喜欢飙车——图茨从1903年到1905年一直保持着汽车驾驶速度的世界纪录。

1904年，图茨的朋友们（包括温斯顿）指控珍妮试图阻挠这对新人的婚事，珍妮告诉新娘的母亲——她的朋友杰拉德夫人——有关图茨过去的丑闻。图茨与埃塞尔的婚事照常进行，[1]但从那以后，夫妻俩就不再与珍妮交往了。

温斯顿的信的第一页不见了；他在埃克霍恩城堡做客时主动提出调解此事，但他认为珍妮应该主动道歉，或者像他描述的那样写一份道歉信。

—温斯顿致珍妮—

1906年8月［20日］ ［法国，多维尔］

［第一页缺失］

［……］眨眨眼，耸耸肩。现在什么也别做；但要让我知道。我来处理，我想您可能已经准备好写一份道歉信了，如果事先得到理解，您的道歉会被接受的。但悉听尊便。有些伤痛很严重，已经无法愈合了，它们已经不值得包扎。［……］

您永远亲爱的儿子

温斯顿·S.C.

又：我发现我在整个［军事］演习期间都是［德国］皇帝的客人，这

---

1 在1911年婚姻解除之前，他们有了两个孩子。

样我就有机会来嘲弄普勒斯[1]那只坏脾气的负鼠了。无论如何，她是要来埃克霍恩的。国王给了我一封亲切的回信，要求我穿上军装，私下里给他写关于 S.A.［南非］的信。我写了一封非常出色的、有"政治家风范"的信，我还没有收到回信。信件弥漫着一种高贵的迎合气息，这应该会给王室的某个阿雅[2]留下深刻的印象。

温斯顿

　　珍妮的回信首先说到杰克，他刚到伦敦经营股票经纪业务的内尔克－菲利普斯公司工作。杰克在刚刚寄给温斯顿的一封信中抱怨说，整个炎热的8月，他不得不每天在办公室工作到晚上八点。

　　珍妮的丈夫乔治，现年三十一岁，也在设法谋生，他现在是伦敦惠特－康沃利斯－韦斯特公司的两个负责人之一。他的工作显然没有杰克繁重，因为那年夏天，温斯顿兄弟并没有阻止他和珍妮一起在苏格兰的一些大庄园进行爱德华时代的那种典型的巡游。珍妮向温斯顿概述了他们的行程表，然后为自己辩护，反驳他对有关她的闲言碎语的指责。

1　普勒斯（Pless）指汉斯·海因里希十五世（Hans Heinrich XV），普勒斯亲王（见人名）。

2　（在几种语言中）指具有创造性或美丽品质的女性。

—珍妮致温斯顿—

1906 年 8 月 25 日   彭里斯，劳瑟[1]

最亲爱的温斯顿：

收到了你从多维尔寄来的信，我在这儿度过了愉快的一周。这是一个奇妙的地方，一切都像一个有刻度的时钟一样运转。我当然很高兴收到你的来信，听到你的好消息。我只希望可怜的杰克也能有你一半的快乐时光——他在伦敦工作，没有休假——尽管他收到了一些非常好的邀请——坐卡姆登[2]家的游艇——去唐卡斯特[3]等。关于他的业务能力，你所说的恐怕是真的，但你改变不了他，他的稳重和缓慢的品性可能是他的障碍，不过，我还是认为他最终会过上体面的生活——他对他的工作感兴趣。他**认为**自己做得很好，这是很重要的，因为这往往是份令人沮丧的工作。

乔治认为内尔克［杰克的公司］最近一定损失了很多钱——但对杰克没有什么影响。[……]与此同时，乔治和惠特做得很好，他们上个月赚了一万多镑——我说"再接再厉！"

我们周一从这里出发去高斯福德的威姆斯家[4]，之后周末去阿洛的

1　劳瑟城堡（Lowther Castle）位于威斯特摩兰（Westmoreland，现坎布里亚），朗斯代尔（Lonsdale）伯爵的府邸。

2　约翰·普拉特（John Pratt），卡姆登侯爵（Marquess Camden），马尔伯勒第六代公爵的孙子；温斯顿的堂叔。

3　唐卡斯特赛马场，每年9月中旬举办圣莱杰赛马。

4　高斯福德府，位于东洛锡安，为威姆斯和马克伯爵所有（见人名）。

马尔和凯利家[1]，9月3日去塔尔坎的沙逊家[2]待一周，再去格伦穆克[3]一周（诺伊曼家），再去瑟索[4]附近的邓罗宾[5]和里菲尔·休·沃伦德的府邸——然后10月1日回家；所有行程我们都坐汽车，而仆人们则坐火车，我们都喜欢这样的旅行——得以亲眼看看这个国家。现在你对我们的旅行计划知道得和我一样多了。

听说你与王室关系融洽，我很高兴——国王［陛下］只是有点被娇惯，他不难相处，我真的很高兴你能以这样一种舒适的方式在德国进行演习。乔治听到这个消息也很高兴，因为他告诉我，他和黛西·普勒斯（Daisy Pless）［乔治的妹妹］有过一段口角，还说她把政治扯进自己的好恶之中，真是荒唐可笑——她对政治所知甚少。我希望她不要管得太多。你要对老汉斯·普勒斯客气些——因为他与此事毫无关系——很可能对这件事一无所知。[……]

现在说说福利斯特——我知道你有时写信，会一时兴起不知分寸，你显然忘了你在给你母亲写信——你为什么要在我不知情的情况下，把最卑鄙最低劣的动机归罪于我。我竟然故意贬低一个人的性格，没有任何其他证据，只是因为我对他"嗤之以鼻、眨眨眼、耸耸肩"，唯一

---

1 阿罗塔，属于马尔和凯利伯爵。

2 塔尔坎木屋，由西菲尔德（Seafield）伯爵和沙逊家共同拥有（见地名）。

3 格伦穆克府位于迪赛德；为西格斯蒙德·诺伊曼（Sigismund Neumann）所有（见人名，以及地名）。

4 瑟索附近的里菲尔小屋，坐落在萨瑟兰伯爵的土地上。

5 因弗内斯北部的邓罗宾城堡，萨瑟兰伯爵的府邸（见地名）。

的目的就是要使自己显得重要——那可真的像你说的那样是件可怕的事——如果你真的这么想，那你对我——你母亲的评价一定很差。

事实是这样的。当埃塞尔和德·福利斯特的订婚还在商议——还没有确定时，我从巴黎到了伦敦，在巴黎时我见过老赫希男爵夫人的兄弟费迪南德·比肖夫斯海姆（Ferdinand Bischoffsheim）——我认为他是图茨和他弟弟的受托人或者说是监护人。比肖夫斯海姆对我说："如果您认识图茨要娶的那位年轻女士的父母，为了公平，您应该提醒他们，图茨绝对是个无赖［废物］"——这是他的原话，然后他继续说，图茨对待他的第一任妻子梅尼埃夫人的方式简直毫无人性且令人发指，知道真相的人都不愿跟他有任何关系。［……］

我在伦敦时，休·沃伦德和［阿尔弗雷德］梅森[1]刚从摩洛哥回来，谈到这桩婚事时，他们都要我保证——如果我把他们所说的信息告诉埃塞尔的家人——不会说出他们的名字，在摩洛哥，他们发现，图茨不久前到过那里——有一些关于他的丑闻。跟梅森和沃伦德一起去的译员[2]或向导，出于他的东方式思维，将一切和盘托出，他觉得图茨有着特殊目的，带了个小男孩在身边。

这个男孩后来带着一大笔钱——50镑或60镑——被送回了他的家

1　阿尔弗雷德·梅森（Alfred Mason），自由党议员，作家；他最著名的作品《四片羽毛》(The Four Feathers) 出版于1902年。

2　在讲阿拉伯语、土耳其语和波斯语的国家，翻译和向导叫作"dragoman"。

人那里。[……] 几天后，我在纽马克特遇到了哈里·米尔纳[1]，他跟我说他讨厌这桩婚姻，然后我告诉他我所听到的事情，当然没有提到 W.[沃伦德] 和 M.[梅森]。我还对他重复了老比肖夫斯海姆说过的话。至于我说的第一个故事，我当然不能担保这个故事是真的——不过我想最好还是告诉他 [……]。我想他们已经向英国驻摩洛哥领事馆询问过了——我从来没有把这个故事告诉过其他人，除了玛丽[杰拉德]，她来找我谈这件事。我没有任何"暗示或影射"，我只是讲了别人告诉我的事情。[……]

如果这个故事或者其他类似的故事流传出去——那不是我的责任——我可能伤害了图茨——但我没有蓄意传播这个特别的故事。在巴黎，图茨还有许多类似的传闻——玛丽自己也气愤地告诉过我一些。

就是这样！我之所以长篇大论地说这么多，是因为你长篇大论地责怪我。我没有理由也没有个人动机去伤害图茨。[……] 我很愿意承认，我犯了一个错误，对朋友过于坦率，我也准备说，我很高兴发现我听到的不是真的。我对这对年轻夫妇没有敌意，我一直觉得他们跟我绝交也很自然。在这种情况下，我也会这么做的。如果他们乐于忘记，我完全准备好给他们写信了。[……]

好吧，多保重，给我写信——我正忙着完成我的剧本，还为《哈泼斯》的"伦敦社交的过去和现在"写篇文章。多大的题目！

1　哈里·米尔纳（Harry Milner）是纽马克特贵妇卡罗琳（Caroline），即蒙特罗斯（Montrose）公爵夫人的鳏夫（她七十岁时嫁给米尔纳，他二十四岁）。

别见怪

你亲爱的

母亲

珍妮提到她正在写的那出戏就是《装门面》（*His Borrowed Plumes*），三年后将在伦敦上演。

珍妮也许希望她儿子能把图茨的事丢开，但恰逢温斯顿要到欧内斯特·卡塞尔爵士的阿尔卑斯山别墅去休养，温斯顿并未如她所愿。

—温斯顿致珍妮—

1906年9月1日   卡塞尔别墅

最亲爱的妈妈：

谢谢您的来信。信在路上走得太慢，我都快以为您把我忘了呢。听说乔治交了好运，我很高兴。[……]我仍然为我的公司股票感到难过。[1]金钱似乎注定要避开我，只有在少数不会感到不安和焦虑的情况下，我才能享受到它。

我给H.M.[陛下]写了一封长信并收到了亲切的回复，陛下让我再给他写信。我又发了一封经过仔细斟酌的长信，回复如何还不知晓。C.B.[坎贝尔-班纳曼]顺便提到，国王曾让他警告我，在演习中不要对

---

1 一家南非矿业公司的股票在强劲上涨前被温斯顿卖出。

他的"侄儿"[德国皇帝]太坦率。我想我得注意我的言行举止，我得既能表现得很坦率，又不会说一些陈词滥调或轻率冒失的话。我周二从这里去柏林。[……]

此地沉闷又惬意；尽管已是下半年，但天气一直很好。晴空万里，阳光和煦，空气清冽。卡塞尔和我昨天爬了埃基斯峰[1]，我们爬了很长一段时间，如果没有骡子的帮助，我永远也回不了家了。老人[卡塞尔]像只鸟一样轻盈。我想对我这个年轻人来说，这可不大光彩。[……]

现在说说图茨。当然，我们之间没什么好见怪的。我认为我们始终应该坦率地说出我们的想法。我不知道怎么才能把我的观点说得不那么冒犯人。这是一个令人不快的问题，没有什么能使它显得愉快。

我不得不说，您告诉我您所提出的指控的权威来源，似乎并不能构成非常有效的辩解。您从沃伦德那里听到了一些东西，而他则是从摩尔人的向导那里听到的。[……]把那个向导的话作为证据——不值得一根灯芯草。[2]幸亏传闻没有继续传播，只传了两个人。我也不认为您能以"特殊情况"为理由。[……]在英国，提起诽谤诉讼的话至少要赔付5000镑。

最好还是面对事实，我是认真的，因为您对此事的辩解很认真。您说您知道有个很严重的情况，您有义务向您的老朋友通报这件事。我说，依据现存的事实，这样的解释是不会被世人或法律所接受的。这不

1　瑞士瓦莱的一座山，高2927米。

2　电出现之前最常见的照明工具是蜡烛：一层一层的烛油裹在灯芯草的表面，当灯芯草点燃时，蜡烛会发光约20分钟。

等于是在说"我像许多人一样在重复流言蜚语"？［……］

　　好了——如果我有心情，我会把这一切都说得更清楚——但别以为我想做法官——尤其做您的法官——因为我知道我也经常会说一些愚蠢的、不可理喻的话，尤其是对于我不喜欢的人，事实可能并不是那样。就我所知，我还没有陷入过困境——想到这一点我就感到高兴。至少我自己已经下了决心——以后要更加小心。

　　我想，总的来说，这件事我就不管了。我敢说，假以时日，你们双方自然就会互相退让了。［……］好吧，亲爱的妈妈，不要因为给您的信写得如此坦率而生我的气。这是彼此了解并通情达理的人之间唯一的交流方式。［……］

向乔治和您致以诚挚的爱，相信我

您深情的儿子

温

　　现在轮到珍妮进行最后的辩护了；在这个过程中，她承认她的社会地位最近变得不那么显赫了。

—珍妮致温斯顿—

1906年9月4日　　　　　　　　　　　　　　　　塔尔坎木屋

最亲爱的温斯顿：

　　我刚收到你从卡塞尔别墅寄来的信——我不知道你是否想带一些名片去德国？这相当重要，因为你得回赠名片给所有留下名片想见你的

人。要是你没有名片——你可以在柏林做一些。［……］

我最感兴趣的是你所说的关于赫勒[1]的事情。他17日会来这儿，但我见不到他——我不像以前那样是"皇家宠儿"了。年轻一代不仅敲了门——而且已经进来了！

如果你喜欢法国小说——你得读一下莫泊桑[2]的作品。你会喜欢的——我正在对18世纪做些了解，读读回忆录一类，为我给《哈泼斯》写的文章找一些灵感。我希望有你那支生花妙笔。［……］

就"图茨"一事最后说几句。伦敦德里家的人可没少说闲话——C.［查尔斯，伦敦德里侯爵］对玛丽·杰拉德说，"他宁可让<u>自己的</u>女儿去死也不愿让她嫁给这样一个男人"。但人们都忘了这茬。玛丽在劳瑟家，她一如既往地对我很亲切。［……］如果图茨以诽谤罪起诉埃塞尔的所有朋友和亲戚，起诉他们在婚前伤害他并且胜诉了——那他可以在他的庞大财产上再添加一笔小财产了！但我们还是别谈这个话题了——我只想说，虽然我再也不会坦诚地和朋友什么都说了——但要是你想娶一个，我们可以说是有癫痫病的姑娘——而玛丽知道这件事——但她既没告诉你，也没告诉我——我想我会对她很恼火。不——我再说一遍，

1　赫勒（Helle）这是德国皇帝的一个别名，来自路易·德·卡梅斯（Luis de Camões）创作的《欧洲场景》（*Tableau of Europe*，1553）的第三卷《卢济塔尼亚人之歌》（*The Lusiads*）的一部分，作者提到"他们强大的领主德国皇帝"所拥有的土地，在下两行诗句中提到淹死在赫勒海峡（现称达达尼尔海峡）的"倒霉的赫勒"。

2　莫泊桑（Guy de Maupassant）1893年去世，享年四十二岁，生前写了大约三百篇短篇小说和六部长篇小说。

我没有散布闲言碎语。我真的认为我做得对。[……]

我已经修改并完成了我的剧本——我要把它寄给玛丽·坦皮斯特[1]，让她拿给弗罗曼[2]看一下。我对此没有什么把握。可怜的珀尔·克雷吉[3]本来想帮我安排的，我有她的新著《梦想与事业》，这是她临终前让出版社寄给我的样书。我想知道为什么她儿子会叫约翰·丘吉尔·克雷吉[4]？

她死得很坦然，但三十九岁还是太年轻了。如果我能保持理智，我希望活到一百岁！但那将使你等遗产等太久了！

祝福你，亲爱的，我的思念与你同在。我很想知道你和德皇相处得如何。顺便说一下，亚瑟·贝尔福那天来高斯福德吃午饭。他向你问好，跟往常一样和蔼。他似乎急于要和我交谈。他想知道C.B.是否会因为C.B.夫人的去世而改变他的政治生活。[5]我说我认为不会。[……]

现在，再见吧。

---

1 玛丽·坦皮斯特（Marie Tempest）是维多利亚轻歌剧和爱德华音乐喜剧中的著名女高音；她经营自己的剧团。

2 美国制作人查尔斯·弗罗曼（Charles Frohman），他统治美国剧院达二十年之久，1904年进军伦敦剧院；他的第一部戏剧是巴里（J. M. Barrie）的《彼得潘》（Peter Pan）；1915年在皇家邮轮卢西塔尼亚号沉没事故中丧生。

3 珀尔·克雷吉（Pearl Craigie）英国裔美国小说家和剧作家，在珍妮的文学事业中担任顾问；死于1906年8月13日（见人名）。

4 约翰·丘吉尔·克雷吉（John Churchill Craigie）出生于1890年，因在第一次世界大战中为英国近卫掷弹兵服役而被授予军事十字勋章。

5 坎贝尔-班纳曼夫人久病后于1906年8月去世。

你亲爱的

母亲

　　珍妮在苏格兰旅行的时候，很想知道儿子的消息，并且希望他不久就能进入内阁，所以她把听到的政治上的闲话都告诉他。同时在格伦穆克府的其他宾客还包括前自由党议员亚瑟·布兰德（Arthur Brand），他猜测，在政府上院领袖里彭侯爵（Ripon）退休后，内阁可能会进行重组，里彭侯爵已经快七十九岁了。

　　当时，提拔新任命的内阁成员的流程中存在一个缺陷，有关法律要求该成员在自己的选区内连任。温斯顿在曼彻斯特西北选区的议席本来就很脆弱，现在由于自由党政府反对教育政策，他有失去天主教选民支持的危险。该党强烈反对保守党1902年通过的《教育法案》，该法案授权国家为宗教学校提供资金。刚组建政府时，自由党就已经尝试推翻该法案，但在上院遭到了阻挠。

—珍妮致温斯顿—

1906年9月16日   N.B.巴勒特，格伦穆克府

最亲爱的温斯顿：

　　我一直在报纸上关注你的动向——但我希望你能抽出时间来写信，告诉我你所做的一切。你和德皇相处得怎样？你有机会和他交谈吗？你

喜欢菲尔斯滕斯坦[1]吗？

我没什么要跟你说的。我收到了马什[2]的来信，他好像玩得很开心。他今天去意大利。我们和诺伊曼一家人待在一起——"西格蒙德"先生仍在"抱怨"南非——不相信英国大众。亚瑟·布兰德先生也在这儿，他告诉我他听说里彭勋爵要辞职，政府希望你进入内阁，但担心你可能会失去议席，因为天主教选民因教育问题而疏远了自由党。他还告诉我们几周前张伯伦先生洗澡时突然中风了。但我知道他会再度出山。[3][……]

下周我去邓罗宾时再给你写信。

保重，你亲爱的

母亲

双方终于把图茨事件这一令人不快的话题搁置起来，然而温斯顿现在不得不向他母亲提出另一个棘手的问题——她丈夫乔治的财务问题。

温斯顿在维也纳收到好友威斯敏斯特公爵的一封来信。信件涉

---

1 菲尔斯滕斯坦（Fürstenstein）是一座位于西里西亚的城堡，是普勒斯亲王和他的妻子黛西（珍妮的小姑子）的结婚礼物。

2 爱德华·马什，殖民地事务办公室温斯顿的私人秘书（见人名）。

3 1906年7月13日，也就是他七十岁生日后的第五天，约瑟夫·张伯伦在浴室中风，右手瘫痪。虽然他的心智能力没有受到影响，但有限的身体功能使他无法回归积极的政治活动。直到1914年1月，他一直担任国会议员，同年晚些时候去世。

及乔治的惠特－康沃利斯－韦斯特公司的商业事务，1906 年，这家公司在伦敦的业务从早期的成功走向了艰难。当年夏天，公司意外地被一个名叫布卢默（Bloomer）的律师诈骗，这使公司的困难更加严重。乔治需要筹集 8000 镑来弥补损失，于是向温斯顿和杰克求助，因为他的银行只会借给他一部分钱。

　　威斯敏斯特公爵是乔治的姐夫，也是英国最富有的人之一，他在肯尼亚度假时听说了这件事。他在信中提议给温斯顿寄一张 3000 镑的支票，让他转交给乔治，并且要求他替代公爵装作资金的原始来源。

　　温斯顿首先想从珍妮那里弄清楚乔治的处境。

—温斯顿致珍妮—

1906 年 9 月 14 日　　　　　　　　　　　　　　　　　维也纳

最亲爱的妈妈：

　　我要您确切地告诉我，乔治将如何以及怎样找到必要的钱来支付给那个讹诈他的流氓；其次，他现在的财务状况如何？他现在是不是遇到了很大的困难？他最近业务上赚了很多钱还是赔了很多钱？

　　您可以肯定，我问这些问题不是出于好奇，而是有一个严肃的理由，但目前必须保密。请您把这些情况告诉我，但尽可能不要把这件事告诉乔治。我会在威尼斯的达涅利酒店[1]住三四天，回信可以寄到那儿。

1　威尼斯的一家豪华酒店，见 9 月 29 日的信。

我会在那儿写信给您，告诉您德国人的演习情况以及我所看到和所做的一切。

我坐夜车去威尼斯。

致以诚挚的爱，相信我永远是您亲爱的儿子

温斯顿·S.丘吉尔

又：我应该补充一点，我问这些情况的理由和动机对乔治是完全友好的，在某些情况下，可能会导致对他非常有利的结果。但我必须知道事实。

温斯顿

—珍妮致温斯顿—

1906年9月18日　　　　　　　　　　N.B.巴勒特，格伦穆克府

亲启

最亲爱的温斯顿：

刚收到你的信，虽然你说在威尼斯只待四天，但我真希望你在威尼斯能收到这封信。

乔治出去筹钱了，所以我不清楚你想知道的所有细节。但我就知道这么多：考克斯［银行］预支了乔治的继承权中包含的8000镑——付给那个流氓布卢默——亚瑟·詹姆斯[1]做了担保。银行没有提出异议，也

1　亚瑟·詹姆斯（Arthur James）是一位富有的赛马场老板，爱德华七世的朋友，潜水艇有限公司前董事长。

理解乔治的处境。

在伦敦的业务有点不景气——但在最近的两三个月里，乔治和他的合伙人惠特赚了10000镑到12000镑不等——他们的情况不是太糟。我不太确定他们是否赚得更多——可能是15000镑。

我肯定如果乔治亏了很多钱，他会告诉我的——此外，他精神很好。他30日回来工作，他和惠特在10月的某个时候会去西班牙待一周，去塞罗¹看一下。我想不出是谁用各种传闻来吓唬你——你可以肯定，如果事情非常糟糕，我会告诉你的。

我明天去邓罗宾——我们的司机普赖斯（Price）病了，打乱了我们的出行计划。[……]

保重，亲爱的，谢谢你的关心。

你亲爱的

母亲

温斯顿收到威斯敏斯特公爵的一张3000镑的支票后，于10月18日把钱寄给了乔治，并暗示欧内斯特·卡塞尔爵士是这笔钱的提供者。到年底，乔治已经发现了他的资助者的真实身份。

与此同时，温斯顿在意大利潇洒地旅行，同伴中有穆里尔·威尔逊（Muriel Wilson）。

1　安达卢西亚塞罗米纳多废弃的铜矿和钴矿区，最初由腓尼基人和罗马人经营；20世纪初由英国所有者重新开发。

—温斯顿致珍妮—

1906年9月29日 锡耶纳

最亲爱的妈妈：

我昨天收到了您的三封信，都是从殖民地事务办公室的邮包里经历了愚蠢的旅行后寄到这里的。如果您对我的地址有疑问，可以直接把信寄到波顿街。

很高兴您告诉我乔治的事情；他经受住了暴风雨。在某些情况下，我也许能一定程度上帮助他，但我很高兴这些情况没有出现。

我回去后一定告诉您德国人的演习以及我与德国皇帝的会面。写在信上那就太长了。但我在德国看到的一切都很有启发性，的确，我的整个假期充满了各种各样的兴趣。在去过布雷斯劳之后，我和奥列芬特[1]一起去了维也纳，然后又去了威尼斯，巧的是，我正好错过了孔苏埃洛的游艇探险。然后，我乘坐莱昂内尔·罗斯柴尔德[2]的汽车，与海伦[文森特]夫人[3]和穆里尔[威尔逊]踏上了一段令人愉快的旅程。我们以每小时40英里的速度穿越意大利：博洛尼亚、拉文纳、里米尼、乌尔比诺、圣马蒂诺、佩鲁贾、锡耶纳。我们看了很多教堂，还有圣徒和

1　劳伦斯·奥列芬特少将（Major-General Laurence Oliphant），奥列芬特家族的家长。

2　利奥波德·德·罗斯柴尔德（Leopold de Rothschild）的儿子莱昂内尔（Lionel），二十四岁，喜欢飙车，并在1903年因在北方大道上以每小时22.5英里的速度行驶而被罚款5镑。他在1906年创造了每小时28.8海里的水上驾驶新纪录。

3　埃德加·文森特爵士的妻子，在威尼斯拥有一座豪宅；约翰·辛格·萨金特（John Singer Sargent）于1904年装饰了该宅邸。

"大量"绘画作品。

今天是赎罪日，我们的耶户在独自斋戒。[1]明天，我们将开车330英里返回威尼斯，我接着乘夜车去维也纳和埃克霍恩。今天过得很愉快。没有什么能胜过我和M.[穆里尔]那种平和宁静的关系。我很高兴我的这次行程。[……]

埃尔金勋爵在格兰瑟姆铁路事故[2]中幸免于难。可怜的老人——真是命大福大！他给我写了很多友好的信，帮我做了很多的事！我依然是

您亲爱的儿子

温斯顿·S.C.

温斯顿的堂兄，马尔伯勒公爵桑尼和孔苏埃洛·范德比尔特的婚姻走到了尽头，家庭问题再次浮出水面。温斯顿和他母亲更同情孔苏埃洛，他们想促成和解。

—温斯顿致珍妮—

1906年10月13日　　　　　　　　　　　　　　　　　　布伦海姆

最亲爱的妈妈：

1　"Yom Kippur"为犹太历中的赎罪日；耶户，以色列国王，在这里指是莱昂内尔·德·罗斯柴尔德。

2　1906年9月19日，一列从伦敦国王十字车站开往爱丁堡的夜间特快列车脱轨，14名乘客丧生。

桑尼已经和孔苏埃洛分居了，孔苏埃洛现在住在伦敦桑德兰府[1]。她父亲周一回巴黎。我已经向她提议您去和她住一段时间，因为我不放心她在这些黑暗的日子里独自一人。如果她派人来叫您，我希望您把别的事情搁在一边，去她那儿。我知道在困难时期您总是一个可以依靠的支柱。

我们在这里很痛苦。这真是件可怕的事情。

您亲爱的儿子

温斯顿·S.C.

—珍妮致温斯顿—

［1906年10月］　　　　　　　　　　　　　梅菲尔，桑德兰府

［没有抬头］

绝对没有效果。我甩手不干了。

V.［范德比尔特］先生说，作为父亲，他一个字也不多说。他明天上午要去见律师。我不觉得他会见你。

你亲爱的

母亲

1　桑德兰府（Sunderland House）是马尔伯勒公爵和公爵夫人在伦敦柯松街的宅邸；1905年由范德比尔特出资建成。

—珍妮致温斯顿—

1906年12月26日［明信片］   ［坎伯兰广场35a］

你什么时候才能在家里的火炉边暖一暖你的手脚——星期天你能来

吗？——打电报

珍妮

第四部分
"一战"硝烟（33—47岁）

在涂鸦中找到安慰（1907—1908）

"上帝保佑，还有工作等着你"

1907 年，珍妮与乔治·康沃利斯－韦斯特的婚姻开始破裂，她再次陷入财务困境。不到十年前，温斯顿还依赖母亲在情感和生活上的帮助；现在他们的角色互换了。然而，他的公务职责使他几乎没有时间来关心她。

珍妮从伦敦多佛街的一个俱乐部给他寄去了当年的第一封信，这个俱乐部是她协助创办的，叫作女性神殿（Ladies Athenaeum）。同一条街上还有四家类似的俱乐部，女性神殿为（如 1899 年的一篇文章所说）"现代职业女性提供服务，无论她是艺术家、记者、职员、医生、教师还是护士，她住在郊区的房子里，并且习以为常，她需要一个相当方便的避风港，当她有空闲的时候，可以到那里去休息一下，喝杯茶，看看报纸"。[1]

珍妮在那儿忙着写她的回忆录，伦敦的一个出版商爱德华·阿诺德（Edward Arnold）答应第二年以《伦道夫·丘吉尔夫人回忆录》（*Lady Randolph Churchill's Reminiscences*）为名出版。阿诺德打算将她的草稿交给曾经当过兵、后来成为代笔作家的哈里·格雷厄姆（Harry Graham）。格雷厄姆在加拿大时，曾是明托伯爵的副官，当时他刚刚开始写作生涯，后来逐渐在作品中展露才华。

1　D.琼斯（D. Jones）：《伦敦女士俱乐部》（*The Ladies Clubs of London*），1899。

—珍妮致温斯顿—

1907年3月22日　　　　　　　西区，多佛街31号，女性神殿俱乐部

最亲爱的温斯顿：

很抱歉，我的来访总是令人厌烦的——我已经和乔治通了电话，除了非谈不可的，其他没有多说，如果你能预支150镑，他就给我一张300镑的支票。

有了这笔钱，我就可以等着把书写完。我保证这不会花你什么钱。今天晚上尽量来，我很少见到你——当我们见面时，我总是个麻烦，这使我深感内疚。

顺便说一下，我在秋天的时候付了35镑的利息，用我自己的钱还了杰克贷款的利息。

给我的回信寄到这里。

再见，爱你

母亲

珍妮途经巴黎，到法国里维埃拉海岸，去拜访前首相索尔兹伯里勋爵，他在费拉角（Cap Ferrat）的一块12英亩的土地上盖了一幢可以俯瞰大海的房子。

—珍妮致温斯顿—

[1907年3月31日]星期天　　　　　　巴黎旺多姆广场，丽兹酒店

最亲爱的温斯顿：

非常感谢你借给我那笔钱——你知道我很感激，甚至更感激你那明智和有益的建议。

我不能让自己郁郁寡欢——但我会在书中，在我的涂鸦中找到安慰，上帝保佑你，亲爱的。别严厉地批评我，尽管我自私，有缺点，但我是爱你的。

你的

母亲

温斯顿的母亲在巴黎时，他在阿尔卑斯山欧内斯特·卡塞尔爵士的山中别墅里住了几天，另一位客人是爱丽丝·凯珀尔，她仍然是爱德华七世的情妇。在去参加伦敦的一个会议前温斯顿在此放松几天，这次会议将持续一个月，英国所有自治领和殖民地的总理或总督都将出席。

—珍妮致温斯顿—

1907年4月17日   博利厄，拉巴斯蒂德

最亲爱的温斯顿：

从《泰晤士报》上看到你在王室圈子里活动！[1]——我希望你一切都好，过得愉快。这里风光宜人。索尔兹伯里勋爵建造了一座别墅，它

---

1 1907年4月16日，《泰晤士报》王室新闻报道了温斯顿出席晚宴的新闻——威尔士亲王和王妃为来访的英国殖民地和自治领行政长官举行的晚宴。

拥有最美丽的海岸景观。

我忙于写我的书——可以写新的一章了。我没有什么新消息——我发现城里的情况好一些了。顺便说一下，我在巴黎遇到了孔苏埃洛［马尔伯勒公爵夫人］，她祈求让过去的事过去吧——我当然同意——尽管我永远不会有同样的感觉——她看上去很好，也相当开心。她的母亲和孩子们和她在一起，有天晚上我们在丽兹饭店一起吃了饭。［……］巴黎人似乎颇为惊讶。关于桑尼，她只说了一句话，"我希望他现在快乐，因为他摆脱我了"——我不禁想，如果让他们两个分开，他们迟早会再走到一起的。

保重，亲爱的——代我向卡塞尔家人问好——还有爱丽丝·K.［凯珀尔］

你亲爱的

母亲

又：阿诺德写信说，他和他的合伙人对我寄给他的四章很"满意"。他同意我保留美国的版权——但在此情况下，他只能给我提出的稿酬的一半。500镑对我来说似乎太少了，因为无论好坏，我认为这本书一定会卖得出去。［……］你还记得我告诉过你，他最初出价500镑——但不是由我来写——只是把材料交给哈里·格雷厄姆。如果我自己写的话，这本书肯定更有价值。

帝国会议向温斯顿——会议的主要东道主之一——提出了许多要求。与此同时，他母亲显然也承受着压力。

—珍妮致温斯顿—

1907年5月7日凌晨一点   西区，多佛街31号，女性神殿俱乐部

最亲爱的温斯顿：

不告诉你一声，我就睡不着。今晚我们之间若有任何不愉快的话，我会感到很难过——我既疲倦又着急。你始终是我的亲人——我爱你，亲爱的。照顾好自己，别太辛苦了。

方便的话，星期六或星期天来看我。

保重，你亲爱的

母亲

当议会漫长的夏季会期接近尾声时，埃尔金勋爵非常关心他的副手的身体状况，建议他"注意自己的健康"。埃尔金不知道，温斯顿当年上半年已经看了22次医生，在一名"按摩师和治疗技师"的帮助下接受了38次治疗。[1]

听取了埃尔金的建议，温斯顿计划8月去欧洲度假一个月，然后半官方地游历几个月，考察一下英国在东非的殖民地。他甚至提出要自己付费，但他母亲告诉他这将是一个错误；最终，他与沿途各殖民地政府分摊了费用。后来，他为《斯特兰德》（ The Strand ）杂志写了一系列关于这次旅行的文章，并把这些文章收集成一本书，名为《我的非洲之旅》（ My African Journey ）。

---

1   F.比斯科（F. Bisco）：病历，CAC, CHAR 1/69。

为了缓解他不断恶化的财务状况，温斯顿请母亲为他在波顿街的住宅找一个临时租户。她委托给当地一家房产中介公司"马贝特和埃奇"，然后和乔治一起去了苏格兰，开始了从北部海岸启程的惯常夏季之旅。

—珍妮致温斯顿—

1907 年 8 月 12 日 　　　　　　　　　　　瑟索，里菲尔木屋

最亲爱的温斯顿：

你真好，为我试读新作的章节。我注意到你对布伦海姆的评价了。我只希望我的材料能写到十万字！我为埃迪·马什留了三章，我希望你在离开之前能读一下。第五章涉及政治，我敢说你不会喜欢我说的一些事情。在第四章，我给爱尔兰政治笔记留下了一些篇幅——我不知道具体从哪里可以得到需要的信息。也许你能帮忙？亲爱的孩子——我知道我的要求太高了——但我相信你的判断，我不能没有你的判断。

现在说一下你的房子——我去芒特街找了马贝特和埃奇，让人跟我一起过去看房子。他会尽量满足你的愿望——如果可能的话出租六个月。我已经具体交代过了，就不麻烦你了。每样东西都要做一份清单，包括图书。这花不了几镑。他们一天收费一几尼。两天就把图书室弄好了。[……]

这儿空气清新——一旦人们感到满意，就对任何问题都不会产生怀疑——我觉得我做的**任何事情**都能成功。我希望心想事成。我很难相信我会有六个月不能见到你。走之前给我写信。保重，亲爱的，我羡慕你

的旅行。别忘了我。我非常爱你。

你的

母亲

在他启程前往非洲之前，温斯顿必须让下院通过他对德兰士瓦贷款（担保）计划的二读[1]，这一任务因库里南钻石（Cullinan diamond）的政治因素而变得复杂。这颗钻石于1907年1月在德兰士瓦殖民地被发现，原钻重达3106.75克拉，是迄今为止发现的最大的钻石。

由前布尔族领导人路易斯·波塔（Louis Botha）领导的德兰士瓦政府买下了这颗钻石，并把它送给英国国王，作为国王六十六岁的生日（11月）礼物，也作为殖民地新的忠诚的象征（五年前，也就是1902年，它才成为大英帝国的一部分）。殖民地议会的布尔议员支持这份礼物，但许多定居该地的英国议员反对，认为这是一种过分奢侈的做法。因此，英国首相亨利·坎贝尔－班纳曼爵士将最终决定权留给了国王。国王接受了，温斯顿私下敦促他这么做。[2]

8月19日，温斯顿在下院就德兰士瓦贷款发表了一个多小时的讲话。第二天，《泰晤士报》完整报道了他的演讲。

---

1 在英国议会，一项议案要获得通过，通常要进行"三读"程序：一读提供议案并作证明，二读对议案展开辩论并修正，三读表决该议案是否通过。——译注

2 1908年，这颗钻石被阿姆斯特丹的阿斯切兄弟（Asscher Brothers）切割成九颗大钻石和九十六颗小钻石；九颗大宝石中的两颗成为英国王冠宝石的一部分；其余七颗则归女王伊丽莎白二世私人所有。

—温斯顿致珍妮—

1907年8月21日 殖民地事务办公室

最亲爱的妈妈：

直到现在我才有时间给您写回信。您可以在昨天的《泰晤士报》看到其中的原因。我花了很长时间来准备和考虑德兰士瓦的那笔贷款，我真的没有空闲去写别的什么。

我担心房子的出租问题。目前还没有清点财物，我想知道是否真有希望找到一个满意的租户。还有安宁小姐［温斯顿的秘书］，我希望我不在时您能设法替我把她安顿好。想到我不在的时候，所有的费用将不断增加，真是糟透了。亲爱的妈妈，我需要您的帮助来安排这些事情；因为我的性格和知识根本不适合做这些事情。［……］

［议会］会期拖拖拉拉没完没了：下周四之前恐怕结束不了。但这些冗长的会议让我对政府事务留下了深刻的印象，希望我们放的长线能钓到大鱼。我想，我们费了这么大劲，最后一定会有丰厚的回报。

没有什么比保守党在德兰士瓦贷款和钻石问题上的行为更恶劣的了。我因失望而怨恨、冷笑和咆哮。我不知道保守党人为什么要把这些可怜的布尔人拖进大英帝国——如果他们连如此慷慨的忠诚都不接受的话。［昨晚］晚些时候，我再次回应了辩论内容，把他们打得落花流水。［……］

弗雷迪［格斯特］离开了我。他妻子开始烦恼分娩的事了，他也没有什么选择。[1]我想他的退出是错误的。戈登·威尔逊[2]代替他和我一起去。这在某种程度上是个好事，因为他年长很多，阅历丰富而且睿智，在军队中地位很高。他将是跟军人打交道的最佳人选。文盖特[3]的提议如我所愿，他特派了一艘轮船去刚多科罗[4]。

献上诚挚的爱，妈妈，您永远亲爱的儿子

温

又：我走之前会读这一章。

　　珍妮特别请温斯顿帮她写书中描述 1886 年伦道夫勋爵突然辞去财政大臣一职的章节，当时伦道夫勋爵本以为首相会拒绝接受他的辞职，因为在保守党主要成员中没有合适的继任者。伦道夫勋爵显然"忘了"考虑乔治·戈申，后者接受了这一职位，并担任此职六年，而伦道夫勋爵再也没有重返政坛。

　　关于此事，有一个特别的故事，珍妮要温斯顿讲出来。鉴于温斯顿回信（见 1907 年 8 月末的信）拒绝这样做的理由，我们可以有

1　弗雷德里克·格斯特上尉（Captain Frederick Guest）是温斯顿的堂弟，1905 年与美国人艾米·菲普斯（Amy Phipps）结婚；到 1907 年 8 月，她已经怀有六个月的身孕，雷蒙德（Raymond）是他们的第二个孩子，11 月 25 日在纽约出生。

2　戈登·威尔逊中校（Lt. Col. Gordon Wilson），王室近卫骑兵团，娶了温斯顿的姑姑莎拉，后者的娘家姓为斯宾塞–丘吉尔。

3　将军雷金纳德·文盖特爵士（General Sir Reginald Wingate），埃及军队总司令，苏丹总督（1898—1916）。

4　刚多科罗（Gondokoro）是白尼罗河东岸附近的一个岛屿，尼罗河在乌干达北部可以通航。

把握地推测这个故事有反犹的倾向，这在珍妮那一代人中很普遍，但温斯顿却难以接受。

—珍妮致温斯顿—

1907 年 8 月 22 日   N.B. 巴勒特，格伦穆克府

最亲爱的温斯顿：

你的房子只有出租时才会清理。别为此担心——我将在 9 月 28 日回来，如果到时还租不出去，我会<u>尽力</u>为你找个房客。9 月不太好租，因为人们都不在——10 月比较有可能租出去。[……]

[……]我在里菲尔远离尘嚣，信在路上要花三四天时间，但我一直关注着 C.[下院]辩论——埃迪[马什]写信给我说你常常通宵工作。[……]我喜欢你发表的德兰士瓦的演讲，也很赞同你认为保守党对钻石一事的态度是可憎和粗鲁的。当然，如果就礼物问题争吵不休，国王会感到尴尬。

老实说，我认为戈登·威尔逊是 F.G.[弗雷迪·格斯特]的一个很好的替代人选。他人脉很广，就其"本人"而言，也是个很愉快的伙伴。他有种冷幽默式的本领，很少有人知道。

试读一下我在 S.H.[索尔兹伯里堡]写的章节。三章只需要你花一小时，如果可能的话——我想让你在第五章加上你父亲、戈申和财政部的内容。如果非要写，就得好好写——我感到没有把握——也请在第四章做个备注，告诉我在哪里可以得到一些爱尔兰的数据——那章太短了。[……]

想到你要离开这么久，我真不乐意——而且你走之前，我也见不到你。不过你会喜欢这次旅程的，那将是一种很好的休息和调剂。我还认为你不必自己掏钱——这很了不起，但这不是战争[1]——没有人会因此感谢你。记得带本特里维廉的《加里波第》[2]在路上读——还有乔治·布罗德里克的《记忆与印象》[3]。[……]

我让S.H.派人带一篮子蔬菜到伦敦送给你。我希望你能拿到。我非常想念我的"小狗狗"。你在S.H.的时候逗它们玩吗？[……]

再见，亲爱的孩子。我乱写一气。保重。走之前再给我写信。[……]

你亲爱的母亲

JCW[4]

又：乔治身体一直很差，有天晚上晕倒了。医生说他心脏没问题。他一直担心伦敦城里那些可怕的业务。他身体恢复得不错。[……]

8月24日周六，温斯顿在奇德尔（Cheadle）为曼彻斯特西北

1　1854年，克里米亚巴拉克拉瓦战役中，法国陆军元帅皮埃尔·博斯凯（Marshal Pierre Bosquet）在轻骑兵旅冲锋时说的话。

2　特里维廉（Trevelyan）所著的三部曲，《加里波第保卫罗马共和国》（*Garibaldi's Defence of the Roman Republic*），第一卷，1907年出版，其后两卷出版于1909年和1911年。

3　乔治·布罗德里克（George Brodrick）：《记忆与印象》（*Memories and Impressions*），1900年出版。

4　珍妮·康沃利斯–韦斯特（Jennie Cornwallis-West）的缩写（这是珍妮在写给温斯顿的信中很少使用的签名）。

区自由党协会（North-West Manchester Liberal Association）成员举行的露天招待会上发表讲话。在回顾了自由党政府在前两届议会中取得的成就后，他又对来自保守党控制的上院的反对意见——自由党经常遇到——嗤之以鼻。针对他的演讲的某个部分，他母亲在8月27日的来信中提出异议，演讲中他说："如果说有一种情况是上院最不适合处理的，那就是土地的转让和使用。那些善良的老先生们对这个问题很了解（笑声）……因为他们设法占有了大量的土地。"

温斯顿开始他的非洲之旅之前，他和杰克本应作为他父亲遗嘱信托的受托人接管家业，然而它最初的受托人之一——豪伯爵——现在拒绝任何财产变更，直到该信托的律师提供一份合适的账目。信托基金的资产之一是圣詹姆斯广场12号剩余17年的租约，1899年马尔伯勒公爵的遗孀去世后，这笔资产就归入了信托基金。从那以后，这幢房子就成了尼姆罗德俱乐部的所在地，该俱乐部的成员都热爱打猎。在乔治的支持下，珍妮急于要信托公司把租赁权卖掉，再用那笔钱投资以便使她有更高的收益。这栋大楼的转租人隆先生已经同意支付37500镑的剩余租金，这一价格高于独立公证人给出的价格。

—珍妮致温斯顿—

1907年8月27日　　　　　　　　　　　　　　　　格伦穆克府

最亲爱的温斯顿：

听杰克说，你明天可能要去巴黎。我饶有兴趣地读了你在曼彻斯特的演讲稿。除了提到土地的那部分，我都喜欢——但也许是我没弄明白那部分。[……]

最好让杰克和乔治商定圣詹姆斯广场的投资项目。杰克有能力处理这件事，你最好给他出一份代理你的授权书。我们不能让钱闲置在银行里——拉姆利可能要等上几个月，虽说不是几年，才能交出那些账目。

我希望你周日把信寄到S.H.。我没有什么新闻。写书和打高尔夫占据了大部分时间。这儿的日子过得很舒服，人们可以自娱自乐。乔治出去忙业务了。

没有你或其他人的陪伴，我担心可怜的杰克会很无聊——我们要到下个月底才能回S.H.。有空就给我写信。

保重。我给莱奥妮写信说了你房子的事。

你亲爱的

母亲

温斯顿回信的第一页没有保存下来，但他显然拒绝参与出售圣詹姆斯广场房产的活动。一家新的律师事务所，尼科尔·曼尼斯蒂，将接管遗嘱信托的管理工作，他们已经警告过温斯顿，在准备好一份合适的账目之前，不要做受托人，以防他因过去的信托机构管理不善而承担责任。温斯顿认为，无论如何，广场12号那套房产价格应该更高。

　　温斯顿最关心的是他在波顿街的家最近的建筑工程的费用，那是由建筑商特纳和洛德公司承建的。珍妮曾试图让杰克说服温斯顿借钱来付建筑公司的账，"欠银行的钱比欠商人的钱好得多"，她劝杰克说。[1]

—温斯顿致珍妮—

[第一页遗失，日期不详，1907年8月末]　　　　　西区波顿街12号

　　[……]这栋房子——我想从来没有哪个商人能从这么细小的工作中获得这么丰厚的利润。我写书的这间小屋子，装修起来要花1000多镑，梅普尔斯[2]和其他一些公司还在不断寄来零零碎碎的账单。[……]

　　我的选区发生了一场令人头疼的罢工，使我非常焦虑不安。上周我花了好几个小时才平息了这场罢工，我觉得周六晚上我离开时应该平息了；但现在他们又在不同的方面产生了冲突，这太令人恼火了。为了能起作用，我把旅行推迟到了周日晚上，那时我会乘火车去巴黎，而不是像原来计划的那样坐汽车。[……]

　　会期结束了。上周是我最忙的一周。我每天都有演讲，有时一天两场——结果一切都好，虽然我过着相当贫困的生活，但我还是成功地

1　1907年8月16日，珍妮致杰克，CAC, PCHL 1/5。

2　梅普尔斯公司是一家家具制造商，总部位于伦敦的托特纳姆法院路。

为德兰士瓦铁路争取到了500万镑，为我的尼日利亚铁路争取到了200万镑。[……]

我离开英国之前一定会读您的书的那一章，我会把稿子从克鲁寄给您。我认为戈申的故事不适合出版。这不仅会极大地冒犯戈申一家，也会普遍冒犯犹太人。许多好东西是受人尊敬的人可望而不可即的，您得忍痛割爱。

致以诚挚的爱，您永远亲爱的儿子

温斯顿

—珍妮致温斯顿—

1907年8月30日　　　　　　　　　　　　　　　格伦穆克府

最亲爱的温斯顿：

我不想和你争论乔治·豪或者特纳和洛德公司的事。我敢说乔治和杰克对于圣詹姆广场房产的投资问题一定能达成令人满意的协议。你当然得付钱给T. & L.[特纳和洛德公司]，以后还会和现在一样令人不快！缺钱是最关键的问题。[……]关于戈申的事你是对的。

很高兴你有四个月的时间远离所有的敌人。好好利用这段时间吧。你干得很出色，我希望内阁的下一步行动是接纳你。[……]

不知道你是否认同你读的那三章。我有时对这本书感到沮丧，觉得写得不好。[……]保重，亲爱的孩子，照顾好自己——给我写信。潦草没关系，长短无所谓。把几章书稿寄到这儿——如果你不迟于周六31日寄出。[……]

致以诚挚的爱，你亲爱的

母亲

温斯顿和他的朋友史密斯[1]去法国之前，设法读完了他母亲的书的章节。珍妮收到信时还住在威斯敏斯特公爵和公爵夫人在莱尔格的垂钓小屋。

—珍妮致温斯顿—

1907 年 9 月 17 日   莱尔格，洛克莫尔[2]

最亲爱的温斯顿：

我想知道你和"法国人"相处得怎么样了。我希望你能抽空给我写封信。F. E. 史密斯的"穿着"是你想的那样吗？

如你所知，我们还在苏格兰。这儿的生活非常愉快——希拉[公爵夫人]和本铎[公爵]很享受这儿的生活和运动。[……]乔治想杀多少牡鹿就杀多少。这里气候温和，我喜欢户外生活，喜欢钓鱼。我每天早上都在写作，继续写这本书。我收到了你寄的几章稿子。

你对第五章虽有点苛刻，但我并不介意，因为我应该告诉过你第五章还相当粗糙——只不过是一堆笔记，安宁小姐打出来好让你看一看。

---

1 史密斯（F. E. Smith）是温斯顿的好友，一位杰出的律师和保守党议员，死于肝硬化（见人名）。

2 位于洛克莫尔湖边的垂钓小屋，靠近萨瑟兰的莱尔格，归威斯敏斯特公爵所有。

无论如何，我绝对不会把这一章像你看到的那样寄给"世纪"［美国出版商］。

保重，亲爱的。多谢你帮我看书稿，我原谅你说"呸！"——对你亲爱的

母亲

温斯顿出国时交代珍妮为他的秘书安宁小姐找工作，她已经安排好了。现在，珍妮同意让他的厨娘斯克里文斯太太为她干活，厨娘的丈夫乔治·斯克里文斯则作为温斯顿的男仆同去非洲。

—温斯顿致珍妮—

1907年9月26日   艾希霍恩

最亲爱的妈妈：

您不要把我的批评看作针对您个人的。文学判断没有多大价值——除非它们能同时做到公正和客观，否则就毫无价值。我很高兴听到您说政治一章的内容还很粗糙。您很有可能写出一本关于一个迷人的女人过去三十年人生的书，我求您别怕麻烦，把一切伤害别人感情的东西都无情地删去吧。这是值得的。［……］

我在这儿过得很愉快。桑尼［马尔伯勒公爵］、德·福雷斯特［图茨］、法夸尔[1]，还有我——就这些人——还有很多鹧鸪和野兔。

---

1 霍勒斯·法夸尔勋爵，前国会议员，爱德华七世的王室内务总管。

周日晚上，我从维也纳经锡拉库扎（在西西里）前往马耳他。要走三天，我周三晚上和其他人在那里碰面。

我收到首相写来的一封亲切的信，我想您会喜欢看的。看完之后，您也许可以把它寄给卡塞尔。[……]

我希望房子已租出去了，安宁小姐至少一定程度上有了保障。

致以诚挚的爱，我依然是您深情的儿子

温斯顿

—珍妮致温斯顿—

1907年9月25日　　　　　　　　　　　缪勒夫奥德，斯特拉思科纳[1]

亲爱的温斯顿：

写几句说声再见。我希望你上船后有时间给我写信。

杰克会给你写信谈你的房子的情况，十个几尼不算多，但伦敦房子租不出去——250镑总比没有好。我会设法给斯克里文斯太太找个地方住。

邮件刚送走——

保重，亲爱的，照顾好自己——让我听到你的消息

你亲爱的

母亲

1　位于因弗内斯西北，历史上属于麦肯齐（Mackenzie）家族。

　　杰克最终成功把温斯顿在波顿街12号的房子租给了鲍勃·斯克里维尔（Bob Scrivier），一个最近被禁赛的著名"人物"。温斯顿担心他与斯克里维尔的这种联系会损害他的声誉。

　　温斯顿10月2日到达马耳他。两天后，在对该岛行政会议的民选官员的讲话中，他警告他们，如果他们想要争取权力下放——会削弱帝国的安全利益，他们就必须提出强有力的理由。

—珍妮致温斯顿—

1907年10月21日　　　　　　　　　　　斯坦莫尔，沃伦府[1]

最亲爱的温斯顿：

　　我不知道这封信会在哪里找到你，但我想它会及时寄到你手里。我一直在密切关注你的"出巡"。我听说霍普伍德爵士[2]高度赞扬了你在马耳他的讲话，并说它产生了非常好的效果。我没见过F.E.史密斯，所以也没听说过你在法国的活动——我真羡慕你的旅行！但我永远也做不到去乌干达这种事——你和埃迪此行结束后会是什么样呢？

　　这儿的事情我能跟你说些什么呢？我们在苏格兰度过了愉快的六个星期。在洛克莫尔与本铎和希拉在一起真是妙极了。我们离开时，帕梅拉和维克多［利顿］正好来了。我现在就待在家里。杰克和我互相做伴，

1　属于比肖夫斯海姆家族，就在伦敦北部。

2　弗朗西斯·霍普伍德爵士（Sir Francis Hopwood），殖民地事务办公室常务副大臣。

因为乔治一直在陶瓷城[1]忙着，这个星期要去他父亲那里打猎。我很高兴地告诉你，他上周在纽马克特赚了1500镑。惠特以25比1的赔率让他押扎鲁维奇骑的马。[2]乔治很少下赌注，所以他很幸运。[……]

我想可怜的奥地利皇帝会死去，尽管门斯多夫[3]说他好些了。[4]这将带来大变动，匈牙利很可能会反抗。我听说孔苏埃洛·马尔伯勒去了美国。上个星期天杰克在布伦海姆，他说桑尼不太高兴。他认为她的离开是个错误。与此同时，他让孩子们去给她送行——这让她非常高兴。

我明天要和德文郡夫妇一起吃午饭，他们周四出发去埃及。我相信她讨厌成为可怜的老太太。[……]这本书正在制作，第一章下个月刊出。我相信我的材料能撑得住。我担心整本书会比较单薄。然而，比起更严肃的主题，很多人更喜欢这种书。女王的信件引起了轰动——她的风格可以说是相当软弱无力！[5]

1　当时斯塔福德郡的一个地区，由六个城镇组成，以陶瓷工业而闻名；1910年，这些城镇"组建"成特伦特河畔的斯托克。

2　1907年的冠军马是由弗兰克·沃顿（Frank Wootton）骑的"德米尔"（Demure）；它的赔率是4比1。

3　阿尔伯特·冯·门斯多夫伯爵（Count Albert von Mensdorff），奥匈帝国驻英国大使（1889—1914）。

4　弗兰茨·约瑟夫一世（Franz Joseph I）一直活到1916年；他推迟了西班牙国王和王后在1907年10月对维也纳的国事访问，因为他患有支气管炎和肺炎。

5　由雷金纳德·艾舍尔（Reginald Esher）和阿瑟·本森（Arthur Benson）编辑的《维多利亚女王信札》（The Letters of Queen Victoria）的第一卷（1837—1843），1907年12月1日由约翰·默里（John Murray）正式出版；第二卷和第三卷出版于1908年。批评者把注意力集中在出版成本上——3几尼。

我认为杰克把你的房子租出去是对的，虽然我认为租金很低。不过，等你回来的时候就不用付钱了，你会很高兴的。有人告诉我，斯克里维尔去年租了一套房子，只住了三个星期左右。他总是到处旅行。

我在纽马克特见到了国王，他非常和蔼可亲。这个月他要和卡塞尔一起打猎，H.M.[陛下]似乎很喜欢莎拉[1]——她在纽马克特，气色很好。

代我向戈登和埃迪问好。你对大法官[2]迎娶比奇的女儿一事有什么看法［……］

再见，亲爱的孩子，照顾好自己。

你亲爱的

母亲

又：安宁小姐在为休·塞西尔勋爵工作。

海军部派出了由卡斯伯特·查普曼船长（Captain Cuthbert Chapman）指挥的日食级巡洋舰"金星号"，将温斯顿和他的同伴从马耳他运送到英国东非保护国的蒙巴萨海岸。

---

1 可能是法国女演员莎拉·伯恩哈特（Sarah Bernhardt），与国王一直有联系。

2 罗伯特·里德（Robert Reid），洛本恩伯爵（Earl Loreburn）；在1904年第一任妻子去世后，于1907年与威廉·希克斯–比奇（William Hicks-Beach）的女儿维奥莱特（Violet）结婚。

—温斯顿致珍妮—

1907 年 10 月 19 日　　　　　　　　亚丁湾附近海面，"金星号"

最亲爱的妈妈：

您会认为我是个不守信的通信者，我承认我的缺点；但我相信埃迪会告诉您我们的朝圣之旅，无论如何，报纸上似乎已经有了相当完整的报道。

当然 10 月的红海——尤其是在有风浪并且很闷热的时候——并非处于理想的航行状态。但现在行程已经快结束了，当然，没有什么能比这种在大自然中旅行的方式更舒适和更隆重的了。我有两间漂亮的船舱——其中一间是个相当大的房间，房间尽头有一个可以俯瞰大海的漂亮阳台。船长为提高我们的舒适度而不断努力，所有的官员都很有礼貌，很细心。我每天花很多时间在舰桥上，几乎每天清晨都是如此；我会成为一名出色的水手。

海军部的指示很有效果，船长重视我访问任何其他港口的愿望，而不限于那些最初提到的：我利用这个条件，将索马里兰的柏培拉[1]纳入了我的访问计划。我们今晚到达亚丁，我们得在那儿补充燃料。[……]

我在马耳他和塞浦路斯都非常努力地工作，我不得不就我想做的事情写几篇很长的报告。我想我在东非不会有多少打猎的机会。一个副大臣在这些偏僻的地方是只"珍稀的鸟"，每个人都想

1　柏培拉，索马里沿海的主要港口，1884—1941 年，英属索马里保护国的首都。

见他。[……]

您永远亲爱的儿子

温斯顿·S.丘吉尔

　　到 11 月珍妮再写信的时候，杰克已经和阿宾顿（Abingdon）勋爵夫妇的女儿格温多林女士（Lady Gwendoline，家人称其为"谷妮"）订了婚；首相亨利·坎贝尔－班纳曼爵士（体重超过 20 英石）心脏病发作。

—珍妮致温斯顿—

1907 年 11 月 21 日　　　　　　　　　　　　　　　　[无地址]

亲爱的温斯顿：

　　好久没有给你写信了——但我从杰克那里了解到，信件需要等你去取。明天有个"加密邮袋"发出，可能会比普通邮件更早到达你那里。很高兴收到你的一封信，并不期待更多的了。

　　新闻报道能够让我了解你的行动和讲话——我觉得有很多话要说，但我不知道从何说起。首先，杰克会把他的情况告诉你的——可能会让你大吃一惊。我有时以为你在那方面自有安排——但并没有当真——谷妮一直很关心杰克。他们相爱，但恐怕要等很长一段时间才能结婚，方法和手段并不高明——但毫无疑问，如果两个人没有什么娱乐或生活方式的渴望，他们能做的就很少。

　　你听了一定会感到遗憾：我们决定从明年 1 月起将 S.H.[索尔兹伯

里堡] 出租一年——在伦敦另租一套小公寓。我们打算只留下瓦尔登夫妇和我的女佣——乔治今年的生意一分钱也没赚到，所以我们没有多余的积蓄。也许一年后情况会好转。无论如何，这是唯一能做的事情。我会想办法解决问题的——因为生活负担把可怜的乔治压倒了，他也病得很厉害。

我想知道坎贝尔–班纳曼到底怎么样了？我听说他们有段时间不让他工作了。我想很快就会有变动。他可能去上院，格雷爵士[1]将接任首相，而你将成为内阁成员。这是<u>我的</u>看法！我多么羡慕你能沐浴在阳光下——你的旅程多么精彩有趣。

我听说这儿的人很想念你——他们希望你来演讲！谢天谢地，你安全地远离了他们！我今天在邦德街主持一个书展。活动已由《每日纪事报》报道。所有的出版商和作者都来了——我做了发言，[出版商] 约翰·莫里先生提议向我表示感谢。他耳朵很背，发表了一段 "含糊不清" 的讲话说："康沃利斯夫人——是个女作家，是个<u>女作家</u>的母亲！" 听众哄堂大笑——我会把活动报道寄给你。下周我们会住在 K .[凯德斯顿] 的乔治·柯松家。我会从那里给你写信，打听你的消息。[……]

现在再见吧，祝你好运，祝年年此日 [11 月 30 日] 快乐——虽然早了点。

---

1 爱德华·格雷爵士（Sir Edward Grey），时任外务大臣（见人名）；珍妮对亨利·坎贝尔–班纳曼爵士政治生涯的描述是准确的，但对他的继任者的估计有误，后来接任的是赫伯特·阿斯奎斯（Herbert Asquith）。

　　　　　　　　　　　　　　　你亲爱的

　　　　　　　　　　　　　　　　母亲

　　温斯顿沿乌干达铁路旅行时写了下一封信。乌干达铁路于1896年在蒙巴萨开始建造，1901年在维多利亚湖东岸的铁路终点站基苏木完工。

　　　　　　　　　—温斯顿致珍妮—

1907年11月6日　坎普蒂卡（介于内罗比–霍尔堡中间）[现为穆兰加]

最亲爱的妈妈：

　　我希望我能抽出时间把这段最有趣的旅程写信告诉您。但我从日出到睡觉，不是忙于打猎，就是外出旅行，或者处理压在我身上的公务——要做各种各样的决定。[……]

　　经过两天的活动、视察和演讲，我们离开了蒙巴萨，沿着乌干达铁路北上。对我来说一切都很顺利——我们坐的是专列，有餐车和卧铺车厢，我想停哪儿——就停哪儿。火车开动时，我们拿着步枪坐在机车的前座上，一看到可以射击的东西，我们就开枪——挥挥手，火车就停下来，有时我们甚至还在车上就试着抓羚羊。从铁路沿线可以看到动物园的每一种动物。斑马、狮子、犀牛，各种各样的羚羊、鸵鸟、长颈鹿，每天都有。猎狮是让人紧张的活——尤其是在事先准备时——不过逐渐习惯了这个想法就没什么了。当然，几个国内最好的枪手和我在一起，不会有太大危险。我只看见了一头狮子，还没有开枪它就逃走了。但那

是一头漂亮的黄色大猛兽，在高高的草丛中疾速冲过，跟在它后面是一件令人兴奋的事，因为随时都可能追上它。[……]

我6日晚上和7日早上只能在坎普蒂卡过，因为我得坐汽车去霍尔堡——7日下午在碎石路上以每小时8英里的速度行驶。8日会参加土著隆重的接见仪式：4000人——所有的首领赤身裸体，佩戴着各种必需品——其他人都战时披挂——男人和女人在一起跳舞，从黎明开始便以奇怪的节奏唱着歌。酋长们送给我180只羊、7头牛、价值100镑的象牙、1个鸵鸟蛋、许多家禽和一些很好的豹皮。[……]

快乐的时光——您会说——的确是这样。这个横跨塔纳河¹的国家比我在印度或南非看到的任何国家都要富裕。毫不夸张地说，它风光秀丽、草木茂盛、物产丰富、雨水充沛、空气凉爽、红壤肥沃，可以与波河谷地²相媲美。[……]

您亲爱的儿子

温

---

1 塔纳河（Tana）是当今肯尼亚最长的河流（620英里）。

2 意大利的波河谷地从阿尔卑斯山西部一直延伸到亚得里亚海。

温斯顿生日那天，珍妮在汉普郡哈克伍德花园柯松勋爵的庄园里做客，该庄园是柯松勋爵1904年从印度总督的职位上退休后租的，1906年，他的美国妻子玛丽在这里去世。

与此同时，丘吉尔家庭危险的财政状况给他们的生活蒙上了浓重的阴影。为"节省开支"，珍妮和乔治计划搬出索尔兹伯里堡，住进伦敦的新丽兹饭店；与此同时，谷妮的父亲，阿宾顿勋爵由于杰克经济前景不佳而拒绝了女儿的婚约。温斯顿给弟弟写了一封信，建议他采取行动。

—珍妮致温斯顿—

1907年12月5日 索尔兹伯里堡

最亲爱的温斯顿：

我非常想在你30日生日时给你打个电报。但首先，我不知道电报打到哪里，其次——我想可能很贵。你会说"奇怪的经济状况"！

上个星期，我们和柯松在哈克伍德度过，他在贝辛斯托克附近找到了这样的好地方，庄园布置得很漂亮——色彩丰富，很舒适。不过我想到他腋下夹着丝绸和天鹅绒走来走去的样子——做着他老婆该做的事，就觉得他可怜。[……]

这地方还没人出价呢。我们裁减了一半的人员——每年减少1000镑的开支。如果我们把房子租掉，我们打算住到丽兹饭店去——我们发现，我们在那里的生活费用比其他任何体面的生活方式都要便宜。[……]

杰克的女友去荷兰了。在他带着你的财务计划去找A.[阿宾顿]勋爵之前，这种情况没有什么新鲜的。我猜你会是下一个"离开"的人；一个家庭总是这样。

我听说劳埃德·乔治对他女儿的死非常伤心。[1]可怜的人。[……]我想知道你对祖鲁人的起义有什么看法。[2]我估计会有三四千名土著被杀——会有白人从马上摔下来，这样起义就会平息。

我今天去看了牙医，他把我弄得很疼，我感觉很难受，得上床睡觉了。代我向戈登和埃迪问好，虽然埃迪从来没有给我写过信，也不值得问好。

保重，亲爱的——如果能把你盼回来，我很高兴。看来你此次出巡正是时候。我希望你身体健康、壮实！

你亲爱的母亲

—珍妮致温斯顿—

1907年12月13日　　　　　　　　　　　　伦敦，丽兹饭店

亲爱的温斯顿：

我希望你一切都好。我在这里住一晚，明天和杰克回S.H.。乔治在过去的四个星期里一直因感冒而健康欠佳，医生让他去圣莫里茨[瑞

1　大卫·劳埃德·乔治（David Lloyd George），商务大臣（见人名）；他十七岁的女儿梅尔（Mair）死于阑尾切除术。

2　纳塔尔（Natal）向白人和黑人居民征收人头税，导致祖鲁人在12月初起义。

士]疗养。不幸的是，由于费用问题，我不能陪他一起去——这让我们俩都感到沮丧——他感到难受孤独——而你知道，我不愿离开他。然而天不如人愿！

我没有多少消息要告诉你。我昨晚和卡塞尔一起吃饭——他向你表示问候。我听说德国皇帝在克拉伦斯宫用午餐时向莱奥妮问了很多我的事，他说他记得我和R.[伦道夫]到过柏林。[1]他也提到了你——在那里逗留期间似乎很受欢迎。[……]昨天我在远处看见了孔苏埃洛，她看上去很健康，有点儿胖。她打算带孩子们去布拉格登。[2]我不知道可怜的桑尼在哪儿过圣诞节。我听说他想把布伦海姆租掉！还不如把这家伙给租出去！[……]

我听说帕梅拉在伊顿，正要搬进她在北奥德利街的新房子，但我没有见到她。我想你一定收到过她的信吧。

保重，亲爱的——向戈登和埃迪问好。原谅这封沉闷的信。

你亲爱的

母亲

温斯顿坐船穿过维多利亚湖去了坎帕拉，也就是今天乌干达的首都，然后沿着湖的北岸向东回到金贾。那附近是白尼罗河的源头，他要沿着这条河徒步到刚多科罗，在那里，这条河可以通航。

1　1888年年初，伦道夫勋爵和珍妮从俄国回来时在柏林待了五天。

2　诺森伯兰郡的布拉格登庄园，怀特·雷德利（White Ridley）家族的府邸。

昏睡病是一种寄生虫病，长期以来一直在非洲流行。从 1900 年开始，到 1905 年，一场沿着维多利亚湖海岸和岛屿传播的流行病造成约 20 万人死亡。温斯顿到达的时候，英国医学专家正试图找到这种疾病的源头，并注意到受采采蝇影响的地区与这种疾病发生的地区重合，进而将目标锁定在可能携带病毒的采采蝇上。[1]

—温斯顿致珍妮—

1907 年 11 月 23 日 尼安萨，金贾－维多利亚

最亲爱的妈妈：

明天我们将不依靠任何蒸汽动力的交通工具，徒步进入这个幅员辽阔的国度，如果一切顺利，我们将于 12 月 15 日到达刚多科罗。

每个人都非常健康，我们过得很开心。此刻，我们正乘坐威廉·麦金农爵士号[2]小汽船，从乌干达首都坎帕拉出发，前往金贾，尼罗河由此从这片大湖中奔涌而出，并开始它 3500 英里的入海旅程。完美的天气、怡人的凉风、美丽的风景、欢乐的聚会——以及因昏睡病而人烟稀少的岛屿。一种惊人的反差。[……]

我们在坎帕拉与国王、酋长和传教士进行了长时间的交谈，乌干达

1　1908 年，英国政府清理了湖岸和岛屿上的植被，以阻止苍蝇的滋生。尽管他们正确地推断出采采蝇是这种被正式称为"非洲锥虫病"的疾病的病毒携带者，但这种疾病至今仍在继续传播，不过其死亡率要低得多。

2　以大英帝国东非公司（1895 年被英国政府收购）和英国蒸汽航行公司的创始人命名，1901 年后，该船穿梭于维多利亚湖航线上，属于英国航行公司。

当地的文明程度无疑是非常惊人的。超过20万人能够读写，他们似乎是最爱好和平和勤劳的人民。

我对坎贝尔–班纳曼的病情感到担心。这种心脏病发作对七十二岁的老人来说是非常严重的。他的缺席会导致许多变化；要是失去这位对我一直友爱的好朋友，我会感到很难过的。我预计国内的政界将会躁动不安。我很高兴能置身事外。

致以诚挚的爱，我依然是您深情的儿子

温

又：乔治不应该去参赌；但很高兴他赢了。

在返回开罗的途中，就在温斯顿和他的团队到达喀土穆之前，他的男仆乔治·斯克里文斯在吃了一种食物后的二十四小时内死亡，这种食物导致了当时医生所说的霍乱腹泻。温斯顿打电报告诉了他母亲这个消息。

—珍妮致温斯顿—

1907 年 12 月 30 日   布伦海姆

亲爱的温斯顿：

你可能会在开罗收到此信。桑尼给我看了你从阿斯旺发来的电报。

我也收到了你从喀土穆发来的电报，当时我正在西迪恩[1]过圣诞节。听到可怜的斯克里文斯的死讯，我大为震惊。他是一个忠心耿耿的仆人，一个好伙伴。你一定很怀念他。[……]我听说有个人很适合你——但我们等你回来再商量。

我想你在阿斯旺见到德文郡夫妇了吧？我周六来的，杰克也来了，乔治还在国外——F.E.史密斯也在这里，他还和以前一样友善。他和桑尼说要去找你。你的日子过得真愉快啊，我希望这一行程能使你长期保持健康。我真希望你能带乔治一起去。他需要户外生活。伦敦生活对他来说很不利。

我听说坎贝尔老人在比亚里茨大吃大喝。我还听说H.G.[赫伯特·格拉斯顿][2]将被调动，你会进入内阁。我希望如此。我们还没有租出S.H.，如果情况有所好转，我们可能不用被迫出租索尔兹伯里堡了。我从今天的报纸上看到柯松将要回到活跃的政治生活中来——如果能说上院"活跃"的话？[3]

我还能说点什么呢？当德国皇帝在这里的时候，他去拜访了安特希

1　位于苏塞克斯（Sussex）的奇切斯特（Chichester）附近，自1891年起就为威廉·詹姆斯（William James）所有，他的财富来自他的美国父亲。

2　赫伯特·格拉斯顿（Herbert Gladstone）是威廉·格拉斯顿的小儿子；1910年之前一直担任内政大臣。

3　柯松被选为上院爱尔兰28位贵族代表之一，终身任职。

尔夫人[1]，当他要走的时候，对她的儿子拉塞尔说"E.格雷先生是位非常好的绅士"。"也是一位了不起的政治家"，马歇尔先生赞同他的上司时补充说。"我也是"，皇帝用雷鸣般的声音大声说。［……］

我期待你回来——但这里很冷，天灰蒙蒙的。我的建议是，能待多久待多久。

你亲爱的母亲

珍妮

温斯顿仍然不确定他母亲是否收到了他从喀土穆发去的电报，那封电报告诉了她斯克里文斯的死讯，并请她把这一消息转告斯克里文斯太太。

—珍妮致温斯顿—

1908年1月3日   克拉里奇酒店，女子汽车俱乐部

最亲爱的温斯顿：

我真傻，在新年电报里没有提到我收到了你从喀土穆发来的电报。弗朗西斯·霍普伍德爵士给我发了电报。我见了斯克里文斯太太。我去了［波顿街］12号。可怜的人，她很消沉，很伤心——幸运的是她有很

1　安特希尔夫人（Lacly Anpthill）即埃米莉（Emily），娘家姓维利尔斯（Villiers），安特希尔男爵奥多·拉塞尔（Odo Russell）的遗孀，拉塞尔是英国首位驻德意志帝国大使，1884年在任时去世，享年五十四岁；他们的儿子西奥菲勒斯·拉塞尔（Theophilus Russell）是一名外交官，曾在柏林任职，当时被调到爱德华七世的宫廷。

多事要做。[……]

马特和罗茜[1]可以为你提供两周到三周的住宿，在他们位于C.[卡尔顿台]的房子的顶层有两个房间。因为有电梯，我认为你住那里会很好。除此之外，丽兹饭店最好。我可以给你做些安排。乔治从圣莫里茨回来后，身体好一点了。下周末他可能要做鼻子的手术。可怜的家伙，他似乎从未离开过医院。

你在外面尽可能多待些时间。这儿太冷，也相当沉闷。今晚我要去看一场萧伯纳的戏剧《武器和人》[2]，然后去格斯特家［爱丽丝和艾弗］，他们招待那些被冻坏了的母亲吃晚饭。保重，亲爱的。

你亲爱的

母亲

—珍妮致温斯顿—

1908年1月7日　　　　　　　　　　　　　　　　索尔兹伯里堡

最亲爱的温斯顿：

我躺在床上写信，就写几句，因为我有点儿发冷——我感觉自己像个煮熟的醋栗，所以别指望我会给你写一封条理清晰的信——我之前给你写信说我见过斯克里文斯太太了。

1　雷德利勋爵（Lord Ridley）和他的妻子罗莎蒙德（Rosamund），后者娘家姓格斯特。

2　《武器和人》（*Arms & the Man*）是萧伯纳（George Bernard Shaw）的一部关于战争徒劳无益的喜剧；1894年首演。

　　附信是在我见到她之前她写的。她告诉我她有很多事要做，这是件好事。我期待你回来，希望你能告诉我们确切的日期。[……]

你亲爱的

母亲

—温斯顿致珍妮—

1908年1月3日　　　　　　　　　　　　　　　　　　开罗，将军府

最亲爱的妈妈：

　　我发电报告知了您斯克里文斯的死讯，很奇怪没有收到回电，我还是希望您能给我写封关于他妻子的信。

　　我为我们这次游历的悲惨结局深感悲痛。这真是一场飞来横祸。医生只是说吃了或喝了能引起肉毒杆菌中毒[1]的东西后导致"霍乱腹泻"。我不明白为什么我们都安然无恙，因为斯克里文斯总是和我们吃同样的食物。这是一件令人忧伤和惊骇的事；我的日常生活如此依赖这位可怜的好伙伴，对我来说这显然是个重大损失。想到他的妻儿还在盼着他回去，我就受不了——她们期盼着每次的邮件——然后就接到这个可怕的消息。[……]

　　我12日到达马赛——一切都很顺利；我和桑尼计划在巴黎待两天，16日到伦敦。那天晚上我们可以一起吃饭。我将住在丽兹饭店，直到我的房子空出来。我很高兴在那个不幸的女人从最初的悲痛中恢复过来

1　细菌在动物或植物蛋白质腐化过程中产生的含氮物质。

之前，我不用再住进那幢房子。我必须从日益紧张的收入中为她的未来做些准备。

我在喀土穆走在棺木后面想——我总是参加葬礼——对我来说，死亡是多么容易，也许现在仍然如此。我不应该想这么多。我想我还有一些事情要做。但如果我的生命就此结束，杰克就可以毫不迟疑地结婚了。可怜的孩子——我们得设法帮他解决问题。"几缕阳光，几多风雨"，[1]生命弥足珍贵，值得珍惜。他该多么幸福啊，他该多么高兴啊，我也该多么高兴啊，他不会为了钱而娶一个可恶的女人。[……]

> 始终是您亲爱的儿子
>
> 温斯顿

—珍妮致温斯顿—

1908年1月12日　　　　　　　　　　　　　　　　　索尔兹伯里堡

最亲爱的温斯顿：

我昨晚收到了你3日从开罗寄来的信。想到你现在离我这么近，我很高兴。首先——我电报中没有提及可怜的斯克里文斯的事，我在之前的信里已经给你解释过了——我愚蠢地忘了这件事。我也解释了斯克里文斯太太的情况。我想你不必担心见到她。她很平静，就像我说的，她有很多事情要做，没有时间沉浸在悲伤中。[……]

1　罗伯特·彭斯（Robert Burns）的诗句，出自"同一场合的诗章"（Stanzas on the Same Occasion），1781年发表，引诗的前句是"在死亡的前景中"。

我决定替你接受雷德利夫妇的邀请——他们自己不太会到伦敦来[……]。他们给你提供一间大客厅和一间卧室（坐电梯上去），图书室和餐厅在楼下。这房子基本是你的了——包括仆人和厨师，他们同意你一直住到收回房子。你可以在丽兹饭店吃午餐和晚餐。这可以让你节省很多钱，你会过得很舒服。希望你对这样的安排感到满意。[……]

现在很冷，零下22摄氏度。我们在哈特菲尔德滑冰，我在那里见到了索尔兹伯里勋爵和休[卡塞尔]勋爵——后者患了严重的流行性感冒，脸色非常苍白。他问了很多关于你的问题。

你得下个星期天19日来。我们正在邀请F.E.史密斯，我可能会叫休勋爵过来。[……]我为你打听了许多仆人的情况。其中有一个听上去很不错。不巧的是，这个男人已婚，他的妻子是一个非常好的厨师。但你当然不会辞掉斯克里文斯太太。我再试试。感谢上帝，你没有受到那些危险菜肴的不良影响。确实是上帝保佑，还有工作和幸福等着你呢。

至于杰克，他很快乐。阿宾顿勋爵现在病得很重，但等他康复后，杰克很可能就该去求婚了。我们有很多话要说！我期待读你的文章，它们一定会大获成功。我在磨这本书。很难找到所有章节的材料。有一章满篇都是关于桑德林汉姆的粗话——但我无能为力，总的来说，书在往下写。保重，亲爱的孩子——我渴望见到你——你哪天决定了就往哥普索尔[1]打电报，你到的时候，你的"妈妈"可能在那里。

---

1 哥普索尔（Gopsall）府位于沃里克郡，为柯松及豪家族的宅邸。

你亲爱的

母亲

—温斯顿致珍妮—

1908年1月13日   巴黎，布里斯托尔酒店

最亲爱的妈妈：

谢谢您的来信，这些信减轻了我对那位可怜女人的忧虑，以及我不得不让您转达的可怕消息对她的影响。当然，您尽了一切努力。

今天早上，我乘坐新建的赫利奥波利斯号[1]，顺利而快速地航行了一段时间到达这里，这艘船重12000吨，时速20海里，我们作为公司的客人受邀乘坐！省了一笔钱。我在这里待到17日中午去见卡塞尔。我很乐意去卡尔顿台公寓住，感谢罗茜和马特非常好心地为我提供住宿。我想我最好先到丽兹饭店，免得他们因为我和行李的意外到来等事而心烦意乱。[……]

我收到了一堆信件和报纸；还有一些定期演讲等着我。我从权威人士那里听到一些关于改组的传闻。但我什么也不能确定。[……]

致以诚挚的爱，始终是您亲爱的儿子

温

---

1 1907年5月28日下水；由英国所属的埃及邮轮公司在亚历山大和马赛之间运营；后来被重新命名为"王室乔治号"，1914年成为一艘加拿大运兵船。

婚姻结束（1908—1914）

"把他和我拴在一起有什么用呢？"

　　1908年1月17日，温斯顿回伦敦，珍妮在查令十字车站等他。当天，母子俩共进晚餐，第二天，他又回到了政治纷争中，在全国自由党俱乐部举办的欢迎他回国的晚宴上发表了讲话。

　　珍妮继续密切关注着她儿子在威斯敏斯特的曲折命运。作为负责殖民地事务的副大臣，他在下院不断被问及南非矿上工作的中国劳工的工作条件，并于3月23日在下院就此问题做了全面阐述。

　　第二天，在伦敦东南部佩克汉姆举行的补选中，自由党政府出人意料地败给了保守党对手。自由党候选人在1906年的大选中曾轻易地赢得了这个席位；现在，在现任议员去世后，保守党候选人又以同样的优势重新获得了席位。

—珍妮致温斯顿—

1908年3月26日　　　　　　　　　夏纳，佩里戈尔别墅

最亲爱的温斯顿：

我一直在饶有兴趣地阅读这些辩论——你有关中国劳工的讲话，我希望你不要操劳过度。他们对佩克汉姆的事大惊小怪。需要很多次佩克汉姆这样的逆转才有可能推翻政府。

我对《泰晤士报》刊登的德文郡公爵的讣告感到很恼火——里面提到了R.C.[伦道夫]勋爵的反抗。[1]要知道他的辞职对他来说意味着5000镑的损失，并且他的辞职是出于高尚的道德立场，想到这些我就感到很愤怒。

我周一去巴黎——我将在那儿待一个星期，然后回家，我希望不久就能见到你。天气不是很好——没有阳光。现在去里维埃拉有点儿早。我住在克莱顿家[2]，他们有一栋漂亮的别墅。夏纳太时髦了——无论是晚宴还是舞会。我更喜欢蒙特卡洛的灯光。威斯敏斯特夫妇在这儿。本铎通常在打马球，猛冲猛打。

你对你的房子没做什么吧。内阁的变动可能要到复活节才会发生——所以你得等到那个时候。[……]

1　第八代德文郡公爵于1908年3月24日去世。《泰晤士报》3月25日的讣告提到了伦道夫勋爵的"离奇辞职"；当天的一篇主要文章提到了他的反抗。

2　爱德华·吉尔伯特·克莱顿上校（Col. Edward Gilbert Clayton）和他妻子乔治娜（Georgina）家；1908年7月，克莱顿从监狱事务大臣的职位上退休后，被封为爵士。

别过度劳累。波尔顿[1]来了，阿斯奎斯的一个好朋友告诉他你想要什么就有什么——只要你开口。保重，问杰克好。

你亲爱的

母亲

1908年4月3日，亨利·坎贝尔-班纳曼爵士以健康不佳为由辞去首相一职，这是人们期待已久的。不到三个星期，他就去世了。他辞职后，国王召见赫伯特·阿斯奎斯到比亚里茨，要求他组建新政府。

4月8日，阿斯奎斯邀请三十三岁的温斯顿进入他的内阁，出任商务大臣。像所有新进入内阁的官员一样，温斯顿不得不辞去议会席位，寻求再次当选。这次，曼彻斯特西北选区的保守党人把矛头集中在自由党政府提高税收和限制宗教团体在教育中的作用上。温斯顿以400多张选票的劣势落败，不得不在另一个选区邓迪参加新的补选——该区的现任自由党议员进入上院。邓迪是一个繁荣的工业城市，是苏格兰黄麻贸易的中心。

温斯顿4月晋升为内阁成员后不久，参加了他母亲的朋友圣赫利尔夫人[2]举办的晚宴，她把温斯顿重新介绍给了她的侄孙女克莱

---

1 罗纳德·波尔顿（Ronald Poulton），赫伯特·阿斯奎斯的儿子雷蒙德的本科朋友，英国国际橄榄球运动员。

2 圣赫利尔夫人（Lady St Helier）即前文提到的热恩夫人（见人名）。

门蒂娜·霍齐尔（Clementine Hozier）。两人第一次见面是四年前，那时温斯顿快三十岁了，她才十九岁。这次是在舞会上，温斯顿让人把他介绍给克莱门蒂娜，然后就长时间地盯着她看。

克莱门蒂娜的父母离婚了，家里的钱甚至比丘吉尔家还少。1904年，圣赫利尔夫人资助她的侄孙女进入社交场，四年后，她二十三岁了，仍在努力为她在伦敦社交界的发展铺平道路。克莱门蒂娜与温斯顿的第二次相遇——不像第一次——点燃了他们之间的爱情火花，他们二人进入了一个甜蜜的夏天。在接下来的几个星期，温斯顿经常给克莱门蒂娜写信，但是期间他与母亲的通信没有保存下来。

8月，他在布伦海姆向克莱门蒂娜求婚，9月12日，他们在威斯敏斯特的圣玛格丽特教堂举行了很多人参加的婚礼。这对夫妇在布伦海姆度过了他们的新婚之夜，温斯顿在那里写信给他母亲，第二天，他和克莱门蒂娜动身去意大利度蜜月。

—温斯顿致珍妮—

1908年9月13日 　　　　　　　　　　　　　　　　布伦海姆

最亲爱的妈妈：

这儿的一切都很舒适，令人满意，克莱米（Clemmie）也很幸福，她很漂亮。天气有点凉，但有几缕阳光；我们渴望意大利温暖的太阳。没有必要担心。她告诉我她正在给您写信。

亲爱的妈妈，您是我的最爱。在我情感发展的关键时刻，您给了我极大的安慰和支持。我们从来没有在这么短的时间内这么频繁地在一起过。上帝保佑您。

婚礼结束了，真是松了一口气！很幸福。

您亲爱的儿子
温

又：我再次打开这封信，希望我有和乔治的妻子一样的好妻子，并过上他和您拥有的幸福生活。

温

　　根据温斯顿（而不是克莱门蒂娜）的要求，珍妮在这对新婚夫妇度蜜月回来之前，重新装修了他在波顿街12号的单身公寓。但是珍妮深信，她儿子应该不惜任何代价，把剩下的租期卖掉，以便找一个更适合婚后生活的地方。温斯顿觉得，只有有人愿意付给他一笔额外的租金[1]，他才愿意卖掉。

—温斯顿致珍妮—

1908年9月20日　　　　　　　　　　　　　　　［威尼斯］

最亲爱的妈妈：

　　我又给您寄了一包信，请分发。我现在做了决定，必须溢价出售波

1　"额外租金"即"溢价"（premium），指房客在租金外缴纳的额外的一笔租金，从而获得购房优先权。——译注

顿街的房子。这些钱对另一所房子的装修是绝对必要的。得想办法找个有钱的单身汉。这样最便捷。

我们在这里过得很愉快，克莱米也很好。她已经写信告诉您我们的事，所以我就不重复了。我们只是闲荡和相爱——这是一种良好而严肃的生活，历史上有过值得尊敬的先例。

献上我所有的爱，您亲爱的儿子

温

—珍妮致温斯顿—

1908年9月29日　　　　　　　　　　　　　［波顿街12号］

最亲爱的温斯顿：

我在波顿街给你写信——我一直在这儿帮你装修房子——我告诉你，这可不是件容易的事！但我希望你能喜欢。我想你暂时会住得很舒服的。

收到了你和克莱米的信，得知你们俩身体都很好，我真高兴，祝你们快乐，玩得开心。我真羡慕你们能去威尼斯——旅程一定很美好，难以言表。我之前没有写信，因为我知道你有更多的事要做，而不是看我那无聊的涂鸦。

你的婚礼结束后，我在阿什比［圣莱格斯］（St Legers）过了一周，非常愉快。休·塞西尔勋爵也在那里，对马球充满了兴趣。他买了一只猎犬，打算成为一个"养马遛狗"的人！

我想你可能会在埃克霍恩收到此信。代我向埃塞尔和图茨问好。我听说你们将在5日到达此地——我们6日去打猎时，我尽量去看你。

明天我会与［爱德华］阿诺德共进晚餐，会见伊恩·汉密尔顿爵士和许多出版商，我得做一次发言——只有几句话，但他们要把我的名字和"1908年出版季"联系起来！我讨厌这么做！！

《纽约世界报》[1]约我写一篇1500字的文章，出价30几尼——作为对阿斯特夫人[2]接受"美国社会"[3]栏目采访的回应——我接受了，刚把文章寄走。非常想向你咨询一下我的美国巡回演讲。我收到了很多演讲邀请——但还没有做出任何决定。[4]

我从来没有从你的律师那儿听说过这栋房子的情况——我还在试着帮你定下来——特罗洛普[5]给我提供了很多便宜的房子的信息——大户型——300镑以下；在某些情况下，不需要支付溢价租金。我想你会很容易找到你所需要的房子。但首先要把这处房子处理掉——你<u>根本</u>不可能得到一大笔溢价租金——你最好下决心。［……］

> 诚挚的爱给我的大男孩
>
> 你亲爱的
>
> 母亲

---

1 《纽约世界报》（*New York World*）是普利策（Joseph Pulitzer）旗下的报纸，与民主党关系密切；1931年停办。

2 娘家姓南希·兰霍恩（Nancy Langhorne），1879年生于美国；1906年与华尔道夫·阿斯特（Waldorf Astor）结婚；第一位女议员（1919—1945）。

3 纽约报纸《星期六晚报》（*Saturday Evening Post*）有个名为"美国社会"的栏目。

4 珍妮并没有在美国进行巡回演讲。

5 乔治·特罗洛普父子有限公司，贝尔格莱维亚的建筑商和房地产代理商。

许多年后，温斯顿的女儿玛丽·索姆斯（Mary Soames）在她的书《克莱门蒂娜·丘吉尔》（*Clementine Churchill*）中写道，她的母亲从意大利回来后，发现自己的卧室被重新装修时"大为惊讶"。"在新婚的几年里"，玛丽·索姆斯写道，克莱门蒂娜"对她那位著名的婆婆做出了相当严厉的评价：她觉得老妇人既虚荣又轻浮，嫁给……一个比她年轻得多的男人，有点可笑"。[1]另一位为珍妮写传记的作家安妮·塞巴（Anne Sebba）曾写道，当珍妮从巴黎回来时，她给自己买了顶级设计师设计的华丽帽子，却从乐蓬马歇百货公司给她的儿媳妇们买了便宜的帽子，克莱门莱蒂娜和谷妮对此都感到很恼火。[2]

不管是因为克莱门蒂娜和她婆婆之间的冷淡关系，还是因为温斯顿经常能在伦敦见到珍妮，从1908年到1909年的那个冬天，母子之间没有书信保存下来。

那年秋天，珍妮的书《伦道夫·丘吉尔夫人回忆录》得到的评论即使不算铺天盖地，至少也是善意的。《旁观者》（*The Spectator*）认为她的作品展现了她真实的性格："一个坦率、不知疲倦、慷慨大方的女人。"[3]《当代文学》（*Current Literature*）月刊在12月号中将她

1　M. 索姆斯：《克莱门蒂娜·丘吉尔》，第57页。

2　A.塞巴：《珍妮·丘吉尔：温斯顿的美国母亲》（*Jennie Churchill, Winston's American Mother*），第289页。

3　1908年10月18日，《旁观者》，第21页。

描述为"世界上最具影响力的盎格鲁-撒克逊女性"。[1]

到1909年5月，她反复酝酿的第一个剧本——《装门面》——几乎完成了。就像她在文学创作中经常遇到的情况一样，她征求温斯顿对最新文稿的意见。同样可以预见的是，这些意见并不那么鼓舞人心。

—温斯顿致珍妮—

1909年5月14日 商务部

最亲爱的妈妈：

我读了剧本。下半场写得最好。我可以对细节和结构提出很多批评。但我会保留这些意见直到剧本真正被搬上舞台。那时我就尽我所能帮助您。

我不认为这部作品在情节、情境、对话或人物塑造方面有足够强的原创性，它还不足以公演。如果有职业经纪人愿意把钱押在这上面，在这样一种实用态度面前，我很乐意暂不发表意见。

现在我只能衷心地祝您成功。

您亲爱的儿子
温

《装门面》6月开始排练，7月6日在伦敦沙夫茨伯里大道的希克

1　R.马丁：《伦道夫·丘吉尔夫人》，第2卷，第227—228页。

斯剧院[1]面向一群穿着华丽的观众首演。就在此剧演出的两周内，温斯顿和克莱门蒂娜的第一个孩子戴安娜（Diana）出生了。然而，这部戏对珍妮生活最持久的影响是它让她丈夫乔治认识了女演员帕特里克·坎贝尔夫人（Mrs Patrick Campbell），她在演出前曾去卡文迪什广场康沃利斯－韦斯特夫妇的临时住所拜访，讨论她扮演主角的可能性。

"帕特夫人"（Mrs Pat）当时虽然已经四十四岁了，但大概比珍妮还小十一岁。在布尔战争中失去了第一任丈夫，此前她已在伦敦舞台上声名鹊起。随后，她带着两个孩子去了纽约，在那里，她得到的赞誉与她在伦敦时一样广泛。

珍妮和乔治的年龄差别已逐渐影响了他们的婚姻。乔治现年三十五岁，在伦敦碌碌无为，他对五十五岁的妻子在伦敦文学界和社交圈中的地位越来越不满。他以前也迷失过，现在却跟珍妮戏里的女主角关系暧昧：一开始是帕特夫人白天去卡文迪什广场，不久之后，乔治就会在夜间到她在"肯辛顿广场那迷人的小房子"去。[2]当《装门面》结束了短暂的演出，乔治在外过夜的时间比睡在家里的时间还多。

珍妮以达观的态度看待此事的发展：她对待生活的态度是坚持不懈。她意识到单凭写剧本不可能实现她所渴望的经济独立，于是

---

1 即现在的吉尔古德剧院（Gielgud Theatre）。

2 G.康沃利斯－韦斯特：《爱德华七世的时代》（*Edwardian Hey-Days*），第264—265页。

她转向其他营生，她在坎伯兰大广场自己家的房子旁边买下了一间有点破旧的房子的租期。尚不清楚她是如何筹得购房资金的，但很明显，她是在重新装修和出售房产之前筹得这笔钱的，装修后出售的房产利润接近一位内阁大臣的年薪——5000镑。温斯顿对此给予了肯定，鼓励她再试一试。

作为商务大臣，温斯顿一直试图阻止英国矿工联合会的罢工，该联合会是1908年加入工党的工会之一，目的是为其成员寻求更有政治意义的策略。1909年夏天的另一场政治争论涉及自由党政府的"人民预算案"，这是温斯顿的亲密政治盟友，财政大臣大卫·劳埃德·乔治在4月29日提出的。温斯顿热情地支持其社会福利计划，以及"向贫穷和肮脏开战"所需的税收——正如劳埃德·乔治向下院提出的那样。预算法案要求提高普遍税收水平，并决定性地将税收负担转向拥有土地的阶级。

下院通过了这些措施，但保守党议员在其占多数的上院对此加以反对。许多保守党地主特别不满温斯顿支持增加土地税；然而，虽然温斯顿生下来就是他们中的一员，他却没有继承过一英亩土地。

—温斯顿致珍妮—

1909年8月4日　　　　　　　　　　　　　　　　　　商务部

亲爱的妈妈：

很高兴听到您交易获利的消息。大多数事物的效益都可以用金钱来衡量。我不赞成写卖不出去的书，或者写赚不到钱的剧本。唯一例外的是那些真正称得上是高级艺术的作品，只有极少数人欣赏。除此之外，金钱价值就是一个重大的考验。我想，通过两三个月的工作，您就能挣到这样一大笔钱——相当于内阁大臣一年的收入，这是非常值得称赞的。

这个实验没有理由不加以重复。伦敦还有许多其他的住宅，您会学到许多您以前不知道的最新装修方法。我真的认为值得去寻找另一个同样的冒险机会。您的学识和品味那么好，鉴赏力又那么高明，只要有一点资本，您就应该能赚很多钱；如果您能再卖出几套房子，您就差不多能再推出一部戏了。[……]

不幸的瓦尔登已经被拍卖了吗，还是他仍然是您的仆人？没有男仆，我在这儿过得也很好，我想我不再需要男仆了。

我对煤矿罢工事件的处理很成功。[1]我们在过去两天里进行了二十个小时的谈判；我觉得，我本人有效地发挥了作用，否则不会取得如此令人满意的结果。我收到了国王一封友好的电报，还有阿斯奎斯和格雷写来的溢美之词。这是一次出乎意料的举动，相当有用也相当及时。[……]

我认为上院现在成功否决预算的可能性很小。如果议案被否决了，

1　涉及诺丁汉郡的一场争端，7月1日至15日，该郡有15000名矿工停止工作。1909年7月1日，《1908年煤矿管理法案》（The Coal Miners Regulation Act，1908）生效，将矿工每天在矿下工作的时间限制在八小时以内，而在此之前，他们的平均工作时间为十小时或更多。作为回应，许多矿主纷纷降低工资。

那也只是因为支持关税改革的同僚们一意孤行。如果他们这样做，我坚信后果将是灾难性的。我从没见过人们像这些公爵老爷和公爵夫人那样出洋相。他们一个接一个地威胁要削减慈善机构和养老金，解雇老工人和仆人，因为被要求支付他们应付的份额而号叫哀鸣，好像他们的人生就此被毁了一样。[……]

德国皇帝邀请我作为他的客人前去观摩演习，9月24日到达弗兰克尼亚[1]的维尔茨堡。克莱米也去，我希望我们此行愉快。

让我再说一次，比起仅仅拥有一所固定的房子，您拥有的是一颗远离金钱烦恼和琐事的明智头脑；如果不是蜗牛，没有房子您也能过得很好。

您亲爱的儿子
温斯顿·S.C.

1909—1910年的冬天，由于上院继续否决预算（许多人认为，他们违背了下院优先的传统），自由党政府面临宪法危机。为了重新获得民众的授权，阿斯奎斯提议1910年1月举行选举；选举产生了一个无多数议会[2]，但在爱尔兰民族主义者的支持下，他得以继续执政。

---

1 位于今天的巴伐利亚州，横跨美因河（River Main）。

2 "无多数议会"（a hung parliment）即没有一个政党在议院赢得超过半数以上的席位；在此情况下，现任首相可以在下次大选前继续执政，并获得组阁权；他可以与其他党派协商组建议会政府，便可组成少数派政府。——译注

1910年2月19日，温斯顿在邓迪的选区轻松获胜，并被阿斯奎斯邀请担任内政大臣一职，这一职位传统上被认为是内阁四大职位之一。那年他三十四岁。

—珍妮致温斯顿—

[1910年2月] 星期二9：15　　　　　　　　公园巷，诺福克街2号

亲爱的：

热烈祝贺。我希望能长久——乔治骑马出去了，打算去见你。看在我的分上，<u>对他好点</u>。我认为去墨西哥对他很有好处，我希望此行能改善他的健康和他的收入。

再见，你亲爱的

母亲

温斯顿在这个职位上工作了两年，但他从未对其工作感到十分满意，其工作职责包括改善公共秩序和维护公平正义，内政大臣还可以在每个案件中独自决定是否对被法院判处死刑的人执行缓刑。

1910年3月，克莱门蒂娜怀有七个月的身孕，她和温斯顿打算复活节（3月27日）后和珍妮一起去比亚里茨度假，那里是爱德华七世最喜欢的法国度假胜地。国王延长了他通常的春季度假的时间，因为他病得很重，尽管他的状况没有向英国媒体透露。他在5月6日去世前不久才返回英国。

温斯顿和克莱门蒂娜未能到达比亚里茨，因为复活节后阿斯奎

斯立即做了一次打破议会预算僵局的新尝试，包括限制上院否决任何由选举产生的下院通过的金融法案的权力。

温斯顿在辩论的第二天，即3月31日星期四，结束了向政府的陈述。他以一段特别具有争议性的言辞结束了自己的演讲，因为他似乎把国王拉到了政府的一方。这段颇具争议的言辞如下：由于上院使用他们的否决权来侮辱国王的特权和侵犯下院的权利，现在有必要号召国王和下院一起行动，以期恢复宪法的平衡，永远限制上院的否决权。[1]

—温斯顿致珍妮—

1910年4月9日   内政部

最亲爱的妈妈：

您的计划被我打乱了，我真的很抱歉。我们周六上午[4月2日]才能离开；但有一个非常重要的内阁会议定于周一[4月4日]12点45分召开，当我得知此事时我清楚地意识到，我期待已久的这次行程已经毫无希望了。[……]

我希望您在比亚里茨等待的这段时间已经得到了回报——那里明媚的阳光和人们灿烂的笑容。我关于否决权的讲话使人们大为震惊；但我已经说明，我一个字也不修改。

---

1 《国会议事录》（Hansard），下院辩论，1910年3月31日，第15卷。

我非常期待见到您。您放心，我们一定会去。别对您随心所欲但已经在悔过的儿女不加宽恕。

您永远的

温

政府放弃了"人民预算法案"中最具争议的条款——直接征收土地税，作为回报，上院终于在1910年4月28日通过了该法案，距离法案第一次提出已经过去了整整一年。上院仍有权拒绝下院通过的法案——这一导致双方紧张关系的根本问题目前仍未解决。

直到8月珍妮才再给温斯顿写信，那时她住在莱斯特郡奈维尔霍尔特府的丘纳德家（Cunard）。温斯顿和克莱门蒂娜准备乘图茨的游艇去地中海游历；珍妮希望克莱门蒂娜能在9月到威尼斯和她团聚，因为马尔伯勒公爵把他的房子借给她住一个月。

珍妮在信中承认，她与乔治·康沃利斯－韦斯特的婚姻正在破裂，因为他与帕特里克·坎贝尔夫人的婚外情越来越公开化。为了分散注意力，珍妮开始写她的第二部剧本《法案》（*The Bill*），这是一部关于妇女争取投票权的戏。它最终到1913年7月才得以上演。

—珍妮致温斯顿—

1910年8月1日　　　　　　　　　马基特哈伯勒，奈维尔霍尔特

最亲爱的温斯顿：

我写这封信是为了祝你们旅途愉快，并希望在威尼斯见到你们。告诉克莱米，我希望她和谷妮9月15日能来：我一个人出去，说不定会在那里遇到一些朋友。我很抱歉把我和P.C.[帕特里克·坎贝尔]夫人的事情告诉了你。我本想一笑了之，但我真的感到非常难过和心碎——我竟落到了这样的境地，真让人气恼。

保重，亲爱的，祝你们俩幸福。这对我来说是极大的安慰。我正在抓紧时间写我的剧本——我发现这是一个有趣的工作，一个安慰。

致以诚挚的爱

母亲

8月中旬，珍妮收到了乔治的母亲帕西·康沃利斯（Patsy Cornwallis）的来信，对儿子的行为表示歉意。珍妮写了一封痛苦的回信，却没有寄出去，她写道："如果他愿意，他可以得到自由——娶帕特里克·坎贝尔夫人或任何他认为能让他幸福的人——我已经尽力了，但还是失败了。"[1]

温斯顿和克莱门蒂娜都没有去威尼斯。

—珍妮致温斯顿—

1910年8月29日   阿瑟斯通，戈普索尔

最亲爱的温斯顿：

1　1910年8月14日，珍妮起草的给P.康沃利斯-韦斯特夫人的信，CAC, PCHL 1/5。

你懒得写信了——自从你们走后谁也没有消息。我收到了三张明信片和一封杰克和谷妮的来信！哈！真懒！！我从埃迪［马什］那里拿到了寄这封信的地址。我希望你能收到此信，但是给坐游艇的人写信是没有希望的——今天到这里，明天就走了。

我今天去伦敦，周四去威尼斯。我独自一人在那里。但我会找到朋友的——我有很多东西要写。我的剧本快写完了。我一直在写，很辛苦，但我对前两幕感到相当满意。第三幕有点难写，我为你构思了一些比较激进的政治观点和台词。我［觉得］那个"庸医"［江湖郎中］很出彩。这对我来说可能意味着很多钱，所以你真得帮我——你只要费心一小时，任务就完成了！

我很遗憾地告诉你，乔治和我已经决定辞退瓦尔登夫妇了——总体上减少我们的开支。我们早已入不敷出了。当家里有个很好的厨师时，人们总忍不住享乐。我只要一个厨娘、一个管家兼男仆就行了——瓦尔登的报账每个月至少有35镑，瓦尔登太太也一天天奢侈起来，但我并没有抱怨，我们就像朋友一样好聚好散。[1]［……］

我很高兴看到你们都很享受，期待在9月底我回去的时候看到你们像斗鸡一样精神抖擞。我一直在四处参观，欣赏着人们从未见过的美丽花园。乔治现在在苏格兰，他身体好多了，心情也不错。我本可以去杜阿尔特[2]——乔治这周要去的地方，他希望我去，但要改变我的计划而

1　不能确定瓦尔登夫妇是否就此离开了；可以确信1914年战争爆发时，瓦尔登在珍妮身边。

2　在马尔岛上，麦克林家族（Maclean clan）的老宅；1910年，第26代家族首领菲茨罗伊·麦克林爵士（Sir Fitzroy Maclean）重新购买并装修。

又不得罪桑尼已经太晚了，因为我的缘故，桑尼拒绝了别人住他在威尼斯的那处房子。[……]

你们都保重。很遗憾克莱米不能来威尼斯。真令人失望。请代我向她问好。

你永远亲爱的

母亲

无论是新国王乔治五世（George V），还是1910年夏天召开的二十次重要政治家制宪会议，都无法就未来上院的权利范围达成妥协。国王私下承诺，如果自由党赢得新的选举，他将册封足够多的新贵族来通过一项修正案，于是阿斯奎斯于12月再次进行大选。

结果和1月几乎一模一样。自由党和保守党各赢得272个席位，爱尔兰民族主义者和工党国会议员处于均势。在邓迪，温斯顿再次在民意测验中名列前茅，尽管工党候选人的得票和他的得票总数相差不到300票。阿斯奎斯和他的政府继续执政，而上院在面临增加更多自由党成员这一威胁时做出了让步。1911年的《议会法案》规定，上院不再有拒绝下院通过的立法的权利，而只有审查和推迟的权利。

珍妮整个冬天都在为在伦敦建立国家剧院而奔走。她成立了一个委员会，与人合写了一份名为《国家剧院的方案与评估》（The National Theatre, Scheme and Estimate）的报告，并在项目第一阶段所需的3万镑筹款中发挥了主导作用。在她的团队与莎士比亚纪念剧院中类似的委员会合并后，她成为合并后的组织的主席。作为筹款计划的一部分，珍妮打算举办一场盛大的化装舞会，让600名宾客都打扮成莎士比亚或都铎时代的人物。她选择了《第十二夜》（*Twelfth Night*）里的奥利维亚（Olivia）。

与此同时，她和乔治的婚姻在1911年春天达到了破裂的临界点，乔治和帕特里克·坎贝尔夫人多次公开出现在公众面前。珍妮自己没有钱，只好在4月4日下午沮丧地给她两个儿子打电报，请求他们的帮助。杰克直接去了内政部办公室找温斯顿，他们各自给她寄去50镑，并试图把乔治叫来，却发现他不在。温斯顿打算第二天对他表达他们的不满。

"我们真不明白，他那样耍流氓到底有什么目的，"那天晚上杰克代表他们俩给母亲写信，"等这一切都结束了，您会发现自己比过去一段时间更安宁、更幸福，您会回到离温斯顿和我更近的地方，我们对您的爱始终如一。"[1]

两天后，乔治提出要回归婚姻生活。温斯顿劝母亲不要接受。

1　1911年4月4日，杰克给珍妮的信，CAC, PCHL 4/8。

　　　　　　　　　—温斯顿致珍妮—

1911年4月13日 　　　　　　　　　　　　　　　　　内政部

最亲爱的妈妈：

　　我敢肯定，以任何关系或条件许诺来说服乔治回到您身边，既不符合您的尊严，也不会使您幸福。您也不会希望将他束缚在身边，那样的关系不会持久，而只会对你们两人都很残酷。我认同您的看法，在这件事情曝光之前，你俩的关系必须尽快得到解决和重新安排。我给乔治写了封信。

　　请帮我和杰克准备一份你们共同财务状况的报表。现在还没有必要考虑应该采取什么样的最终措施，重要的是不要以任何方式透露您的意图。[……]

　　在此期间，请不要给乔治写信。沉默中蕴含着巨大的力量，而这种力量往往与保持沉默的难度成正比。

　　我希望昨晚我的态度并不粗暴。我的心为您而流血，我只是想引导您走上一条能保证您生命的安宁与荣耀的道路。

　　请仔细考虑这件事。您每年至少在家庭事务上花费1000镑。这将使您没有闲钱来做您想做的任何事情。另外，如果您做得到的话，至少在目前，减少家庭开支，您会比过去有更多的零用钱和更多的自由。

　　　　　　　　　　　　　　　　　　　　　您永远亲爱的儿子

　　　　　　　　　　　　　　　　　　　　　　　　温斯顿

—珍妮致温斯顿—

1911年4月14日　　　　　　　　　　　　　　花园巷，诺福克街2号

最亲爱的温斯顿：

写此信就是为了给你个回复。我要去海格罗夫平纳跟埃莉诺·沃伦德[1]和她的两个姐妹见面。休［沃伦德］在爱尔兰。我周二返回。

关于写作，我同意你的看法——我一开始时就本能地不想那么写。我也从来没有想过要让乔治回到我身边——我不知道将来会怎么样。拆散一个家庭是件可怕的事，但我觉得责任在乔治。

过去两个星期我一直都感到痛苦和紧张，我太累了——眼下这个问题，我也不想再说什么了。

我希望能给你一份财务表。我的文件保管得还好。保重，亲爱的——代我向克莱米问好。她送的花我很喜欢，让我觉得除了你和杰克之外，还有人在关心我。别为我担心——我很快就会好的。

你亲爱的

母亲

又：当然，我的打算必须保密。

几天后，珍妮改变主意，决定设法和解。当时很少有夫妻寻求离婚（1911年，全英国只有580对夫妇离婚），[2]因为离婚过程涉及法

1　休·沃伦德和他的妹妹埃莉诺埃莉诺·沃伦德（Eleanor Warrender）同住，埃莉诺是布尔战争时期缅因号医疗船上珍妮的助理。

2　国家统计局英国离婚统计，www.ons.gov.uk。

庭公开听证会并要求当事人提出通奸证据。以离婚结束婚姻的代价在于随之而来的社会羞辱。[1]

4月18日晚上，她给温斯顿看了一封她打算寄给乔治的信的草稿。温斯顿第二天寄还给她，做了两处修改。

—温斯顿致珍妮—

1911年4月19日　　　　　　　　　　　　　　　　　　内政部

最亲爱的妈妈：

我把用铅笔修改的信寄回去。"自由"的含义不止一个。

今晚的宴会在七点四十五分。我想买几张我没看过的在盖尔特[2]演出的票。约翰·西蒙爵士[3]要去，也许还有马修斯[4]。

如果您想私下谈谈，七点半过来。昨晚我太累了，但睡了个好觉。

您亲爱的儿子

温

1　珍妮将于1920年就此主题创作她的第三部也是最后一部戏剧。名为《进退两难》（*Between the Devil and the Deep Sea*）的剧本最近在剑桥大学丘吉尔档案的文献中被发现，该剧于2018年5月在剑桥首次公开朗读。

2　音乐剧《佩吉》（*Peggy*）于3月4日在伦敦盖尔特剧场开幕，由菲利斯·戴尔（Phyllis Dare）饰演佩吉。

3　约翰·西蒙（John Simon）自1906年起任自由党议员，1912年封为爵士，任副检察长。

4　亨利·马修斯（Henry Matthews），前内政大臣（1886—1892）；兰达夫子爵（Viscount Llandaff）。

附：珍妮给乔治·康沃利斯－韦斯特的信

1911年4月19日　　　　　　　　花园巷，诺福克街2号

亲爱的乔治：

　　回到你自己的家吧——在上帝的帮助下，我们重新开始。我看不出有什么理由我们不能和平相处。我只想要你给予我作为你的妻子应有的尊重和体谅。在我这边，我会尽一切可能帮助你。

　　关于我们的财务安排——这些稍后可以友好地商量，我接受你关于通知仆人、写信等方面的说明，我只想补充一点，我要你完全明白，你回来是按照你自己的意愿，而不是我施加的任何压力或胁迫。我不希望以后受到责备（因为没有给你自由）［温斯顿画掉］。

　　与此同时，你的［房间］［为温斯顿所加］已经为你准备好了，只要你愿意入住。

你挚爱的

珍妮

　　五个月以后，珍妮同往常一样，去苏格兰她朋友们的庄园做客，她丈夫乔治没有同行，他到加拿大打猎去了。在回国的路上，乔治于1911年8月29日在纽约接受了急性阑尾炎的手术。

　　温斯顿和克莱门蒂娜也到苏格兰去了，但是他们没有遇见珍妮。此时，他们的家庭已经扩大，克莱门蒂娜于1911年5月28日生

下了他们的第二个孩子，是个男孩，叫伦道夫。

—珍妮致温斯顿—

1911年9月26日　　　　　　　　　霍伊克N.B.，明托府

最亲爱的温斯顿：

我想我们周六在爱丁堡错过了。我在从因弗内斯来这儿的路上——守卫拿着电报到处找你。

我和老朋友在这里，非常愉快。明天我可能要从这里去格伦穆克待几天，或者去伦敦——要是诺伊曼夫妇不方便的话。上周有人带我去因弗内斯参加聚会和舞会，那儿有很多人。[……]

我希望你们玩得开心，休息好——在巴尔莫勒尔，你可以尽兴地打高尔夫球。今天早上的战争新闻看起来有好转[1]——乔治的情况还不错，但仍在医院，几天前身上还满是管子。[……]

保重——向克莱米问好

母亲

—珍妮致温斯顿—

1911年9月28日　　　　　　　　　巴勒特N.B.，格伦穆克府

最亲爱的温斯顿：

[……]很遗憾没有见到你们——但不久我们就会在伦敦见面。与

1　在德国请求下，意大利政府将要求奥斯曼帝国割让其北非领土（现利比亚）的最后通牒推迟了48小时，该通牒的理由是的黎波里的穆斯林狂热分子正在危及意大利人的生命。

此同时，你们在巴尔莫勒尔留下了"良好的声誉"。我们昨晚去那儿跳舞，每个人都对你们着迷——国王[乔治五世]和王后[玛丽]在舞会开始前把我叫到一个包间，国王给我颁了加冕纪念章[1]——让我做个简短的演讲，谈谈我"为公众所做的努力"等。这要归功于你，大猫！非常感谢。

下周四，我要去参加为康诺特夫妇[2]举办的一场小型的告别晚宴。很遗憾你和克莱米不在伦敦。顺便说一下，我从来没说过公爵转告你的那些废话——我从来没有说过战争是必然的或者引用过"权威"的话。他就是个"老糊涂"。好吧，再见。我周一晚上到伦敦——乔治打电报说他已经出院，到乡下去了。我想他将在两周内启航。

问候克莱米，爱你

你亲爱的

母亲

在离开苏格兰之前，温斯顿和克莱门蒂娜前往东洛锡安拜访了首相赫伯特·阿斯奎斯和他妻子玛戈特（Margot）。当他们在那里做客的时候，阿斯奎斯私下许诺了温斯顿一个他一直渴望的职位——海军大臣。他忍不住向母亲暗示了这一职务变动。

1　乔治五世的加冕典礼在 1911 年 6 月 22 日举行；他向帝国全境 5000 名没有参加加冕典礼的人颁发了加冕纪念章。

2　康诺特公爵，维多利亚女王的第七个孩子，即将担任加拿大总督一职，他任此职直到 1916 年。

—珍妮致温斯顿—

1911年10月1日   巴勒特N.B.，格伦穆克府

最亲爱的温斯顿：

你的信让我充满好奇——是要有职务变动吗？我希望是好事。

我期待周末在伦敦见到你。我要参加的康诺特送别晚宴还在准备中——我真希望你和克莱米也能来，但你已经太了不起了！

这儿很冷。房子里冰冷，山上积了雪。我明天动身，下周去纽马克特。我想知道你怎么看待意大利和土耳其。[1]我认为后者会让步——他们处在不利境地。没有海军，他们如何把军队派到的黎波里？他们会被允许通过埃及吗？

好吧，再见。我渴望见到你，听到你所有的消息。狡猾的大猫！在巴尔莫勒尔，他们以为你们提早离开是为了看望你的"妈妈"！

新车怎么样？[2]问候克莱米——

［没有落款］

哦！我在阿博因[3]打高尔夫打得很好

---

1 意大利政府9月26日提出最后通牒；它的海军9月28日出现在的黎波里港口，但直到10月3日才发动攻击。意大利军队轻松取得了胜利，首次使用飞机进行空中侦察，并向奥斯曼军队投下炸弹。

2 15马力4缸的纳皮尔敞篷汽车，温斯顿花了610镑从新伯灵顿街14号的埃奇公司购买。9月25日，丘吉尔夫妇在巴尔莫勒尔收到了这辆车，CAC, CHAR 1/101/49,58。

3 邓迪的阿博因高尔夫俱乐部，成立于1883年；1905年搬到现在的位置。

差不多过了一年，珍妮和温斯顿保存下来的通信只有一封。温斯顿开始在海军部任职，负责英国主要作战部门皇家海军的政治事务，随着温斯顿工作越来越繁忙，杰克接管了照料他们母亲的事务。

在1912年的大部分时间里，珍妮都在忙于一项新的计划——比她上一个目标更雄心勃勃，她在为建造一座国家剧院募集资金。她想出了举办一场"莎士比亚的英格兰"嘉年华的主意，将于5月至10月在伦敦伯爵宫展览厅举办。展览大厅将被改造成一座伊丽莎白时代的城镇。珍妮展示了她强大的吸引力，她聘请了时尚建筑师埃德温·卢滕斯（Edwin Luytens）来设计都铎时代的建筑和墙面。城里的居民将穿上那个时代的服装，参加竞技比赛，在复制的环球剧院上演莎士比亚的戏剧。

为了资助她的计划，珍妮从温斯顿的银行的老板雷金纳德·考克斯爵士那里争取到40000镑，再从乔治的一位家族朋友那里筹到了15000镑。她将获得演出利润的百分之十；可惜最终没有任何获利。"莎士比亚的英格兰"在艺术上是成功的，但在经济上是失败的。

1912年9月，温斯顿邀请他母亲参加他和克莱门蒂娜的私人度假，登上皇家海军的"女巫号"游轮，这艘游轮是由海军大臣使用的。珍妮在告诉儿子她参加不了这次航行的时候，透露了与乔治最后分开的消息。

在信的结尾，她提到了温斯顿9月12日在邓迪的一次讲话中概述的"联邦计划"，当时他强调他是代表个人发言，而不代表政府。爱尔兰自治危机已经到了紧要关头，促使他从根本上考虑在联合王国内部采取更广泛的权力下放方式。他的计划，他称为"联邦地方自治"，包括将权力下放到议会，不仅在苏格兰和爱尔兰，还包括兰开夏郡和约克郡。

—珍妮致温斯顿—

1912年9月16日   花园巷，诺福克街2号

亲启

最亲爱的温斯顿：

杰克和谷妮会告诉你我的消息——我很遗憾地告诉你，照顾乔治的医生说，两周到三周内，他是不可能离开的——因此，我的小假期就要泡汤了，我也不能按你的要求19日和你会合了。

乔治很想让我去——但你知道一个人独自待在家里是什么感觉——尤其是当他生病和沮丧的时候。我承认我非常需要改变一下，但等［莎士比亚］活动结束，这栋房子卖掉后，我会有足够的时间。我们正在设法把房子处理掉。乔治和我已经把情况弄清楚了，打算等财务问题解决后分开。我们是非常好的朋友，在所有事情上都心平气和。

我觉得我们不可能永远住在一起。我可以——但他总是渴望得到他想要的东西，他把自己想象成最悲惨的人。在这种情况下，把他和我拴在一起有什么用。如果我们十二年前犯了错误——我要成为唯一一个受

苦的人，这似乎有点过分——不过，如果我们现在分手，从长远来看，也许我会少受些痛苦——如果他得到了他想要的，并且很幸福，他会觉得这一切有我的功劳，这样牺牲就容易多了。

我这样说并不是想装腔作势，但毕竟我很喜欢他，虽然我知道——没有人比我更清楚——他的所有缺点，但我希望他幸福。许多女人放弃一个男人，是为了避免毁掉他的事业或生活，如果我嫁给乔治对他是不公平的话，现在可以改正了。

现在说说实际问题——他必须尽他所能来偿还我的债务，帮我增加收入。至于离婚的程序，应该很容易，而且不会有不当的丑闻。巴克·巴克利（Buck Barclay）夫妇多年来一直按自己的方式生活，在一年之内就离婚了，没有任何麻烦，[1]但这一切的第一步是卖掉这所房子。

现在，我亲爱的老伙计，关于我自己，我再也没有什么要告诉你的了。真不幸，我没能做出改变。我觉得倦怠——不过我以后会有机会改变的。把这封信撕了，别为我担心。我希望你健康，一切顺利。我怀着极大的兴趣读了你的演讲稿。你的"联邦计划"可以说是非常令人吃惊的——但我觉得它没有理由不起作用。我读了伦敦德里的一篇恶毒的演讲稿，[2]稿件中他指责你为了得到职位而离开保守党。考虑到他们对你的态度，"撒谎"这个词是唯一合适的。

---

1 我一直无法确定珍妮所指的是哪个案例；巴克通常是一个美国名字或昵称。

2 伦敦德里侯爵，温斯顿的表兄，强烈反对爱尔兰自治。

亲爱的，我必须停笔了。我会很高兴再次见到你并聊一聊。给我讲讲巴尔莫勒尔——克莱米喜欢吗？代我向她问好——我之前没写过，因为我觉得有些蠢笨。

保重。

> 你亲爱的
>
> 母亲

—温斯顿致珍妮—

1912年9月19日　　　　　　　　　　　　　　　　　　　　海军游艇

最亲爱的妈妈：

我读了您的信，对您的困境深感同情。过几天我会再给您写信，但我基本上同意您的主张。您的事务<u>必须</u>优先考虑。

克莱米告诉我她给您写信了。我们都希望这件事结束后您能来乘船游览。26日或27日在威尔士海岸，您觉得怎么样？〔……〕

> 致以最深切的爱，始终是
>
> 您亲爱的儿子
>
> 温

1913年1月13日，珍妮向法院提出正式的离婚诉讼，要求与乔治离婚。她希望她不必亲自出庭。

与此同时，在考克斯公司的帮助下，珍妮已得到尼姆罗德俱乐部的业务，该俱乐部仍然在圣詹姆斯广场12号。她重新装修了房间——这一直是她的特长，而且俱乐部生意很好，她希望在离婚谈判期间将这件事瞒着乔治。

—珍妮致温斯顿—

1913年2月15日　　　　　　　　　　　花园巷，诺福克街2号

最亲爱的温斯顿：

　　昨天我和我的律师把俱乐部的数据看了一下，并把它们交给了考克斯先生[1]。据我们估计，在支付完所有费用后，每年的利润在1400镑到1500镑，听了这个消息，你会感到高兴的。俱乐部每年的收入将近10000镑——去掉8000多镑的开支——考克斯很高兴。我没有理由不把这个俱乐部搞得更赚钱，如果它能在肮脏的状态下赚那么多的话。如果它干净整洁，还会多赚多少钱？由于某个显而易见的原因，请不要提及任何关于这些数据的事情。[……]

　　同时我得去找律师办理离婚的事。他们告诉我，拉塞尔［乔治的律师］替G."出庭"，这可能会延缓诉讼进程，拉塞尔后来建议我签署一份书面陈述，大意是我身体不适，必须出国；看来他［拉塞尔］犯了一个粗心的错误，但如果我可以不出庭，法庭将接受我的书面证据——那太好了。无论如何，这个案子将被记录为"韦斯特诉韦斯特"。我得抓紧时间——所以请原谅我语无伦次。

1　雷金纳德·考克斯，考克斯公司老板，银行家。

拉塞尔在一次采访中提到了G.的赤贫状态。如果你见到乔治——别伤害他，因为你以后可能还会想见他。

保重，向克莱米问好——愿你们玩得开心，原谅我说这些来烦你。

你亲爱的

母亲

又：你可能想见见乔治——如果是这样的话（也可能是有用的），他的住址是戛纳纳波尔的纳波尔别墅[1]。

3月3日，珍妮不得不出庭，向法院申请责令乔治恢复她的"婚姻权利"。第二天，一家报纸报道了她短暂露面的情况：

> 她穿着黑丝绒衣服，品味高雅，身上有一种庄重的气质。华丽的黑貂皮围巾从她肩上滑落；她那浓密的黑发上戴着一顶黑色无檐帽，一只手伸进貂皮手筒，里面抓着一个精致的金链钱包。[2]

听证会一结束，珍妮就到苏格兰格拉斯哥去参加她的第二部戏《法案》的排练。她住在埃尔郡海岸紧邻皇家特伦高尔夫俱乐部的

1　位于戛纳以西4英里处，归乔治的妹妹黛西——普勒斯（Pless）伯爵夫人——所有。

2　R.马丁：《伦道夫·丘吉尔夫人》，第2卷，第271页。

海军旅馆。

1913年3月18日　　　　　　　　　　　　埃尔郡，特伦，海军旅馆

最亲爱的温斯顿：

[……]这是一个相当荒凉的地方。我几乎一个人住在旅馆里，旅馆就在海边，邻近高尔夫球场。当我不在格拉斯哥排练《法案》的时候，就和旅馆的职员打高尔夫球，他是个不错的小伙子。他两杆就能进洞，到目前为止我们每次都打成平局。我对自己出色的表现感到惊讶——相当不错。

晚上就很疲倦，没有时间感到无聊和孤独了。我十点就上床睡觉，上午赶九点去格拉斯哥的火车。

可怜的杰克忙着处理我那些烂事——我想知道这些事是否能被搞定。前几天你问我年底前能拿到多少钱——美国的1500镑[1]，5月布里斯托尔的250镑[2]，俱乐部的500镑（最低）。可能会得到更多些。

我下周末回去——这部戏26日首演，祝它好运！排练很不错，演员们喜欢各自的角色——但我不抱任何希望。一切都在神的手里——在剧场里！[3]

1　由她父亲提供的婚姻财产分配所得的收入。

2　几乎可以肯定的是，丘吉尔婚姻财产的收入是由伦道夫这边的英国家庭贡献的；布里斯托尔仍然是国家威斯敏斯特受托人和遗嘱执行人服务机构的总部，是珍妮所使用的银行的承办者。

3　指剧场观众；这部戏在格拉斯哥保留戏目剧院上演。

问候克莱米。保重

你亲爱的

母亲

1913 年 5 月，温斯顿再次邀请母亲参加他的活动，乘坐"女巫号"游轮游览地中海。

—温斯顿致珍妮—

1913 年 4 月 24 日   白厅，海军部

最亲爱的妈妈：

离开英国，省心省力地玩三个星期，到地中海和亚得里亚海去晒晒太阳，对您会有很大好处。您为什么不[5月]8日和我们一起去，6月1日或2日安全（老天保佑）返回呢？我们从威尼斯出发，沿着达尔马提亚海岸绕行到马耳他、西西里、阿雅克肖和马赛（也许会到雅典）。

阿斯奎斯夫妇来了；这样您就得下决心和玛戈特还有首相好好相处。所以为什么不来呢？另外，我们此行只有海军部人员和令人尊敬的人。

如果您能来就太好了，克莱米和我会非常开心。这几乎不需要什么花费。请给予肯定的答复。

始终是您亲爱的儿子

温

　　根据珍妮的侄女安妮塔·莱斯利所说，珍妮确实加入了"女巫号"的航行，虽然她与玛戈特·阿斯奎斯相处得不是很融洽。[1]

　　7月15日，离婚法庭审理珍妮的下一阶段陈情。法官拒绝私下审理，所以证人在公开开庭时提供了证据。首先，一位私家侦探德鲁先生（Mr Drew）作证说，乔治·康沃利斯-韦斯特"从3月28日到31日在帕丁顿的大西部铁路酒店和一个'不知名的女人'住在一起"；然后路易莎·明顿（Louisa Mintern），房间女服务员，确认了乔治的身份。这是例行公事。珍妮得到了离婚判决书，虽然这份判决书过了九个月才生效。

　　那年9月，她第一次没有受邀到苏格兰庄园做客。她去了慕尼黑和巴黎。温斯顿倒是收到了去苏格兰的邀请，9月1日至7日住在巴尔莫勒尔，其他客人包括亚瑟·贝尔福、安德鲁·博纳·劳[2]和柯松勋爵。

　　　　　　　　—珍妮致温斯顿—

　　[无日期，介于1913年9月1—7日]　　　　　巴黎，维尔莱斯街44号

最亲爱的温斯顿：

1　A.莱斯利：《珍妮》，第306页。

2　安德鲁·博纳·劳（Andrew Bonar Law），保守党领袖，后来成为首相——唯一一个在英国以外出生的首相。

　　下周一我就回伦敦，打算去克罗默的施派尔家[1]住几天，可能10月回来。和我一直住在一起的朋友马歇尔夫人[2]要我回来。我在慕尼黑度过了一段完美的时光，我非常开心，也非常健康。

　　我从报上看到你在巴尔莫勒尔——这样能了解你的动向——无论如何他们会报道的。我希望你身体健康并享受"女巫号"航行。这里的话题是希腊国王在德国的失礼行为。[3]希腊国王周六到达这里：虽然不会很受欢迎，但他们说，他可能还是会得到他想要的钱。毫无疑问，他非常愚蠢，而且非常自负。[……]

　　亲爱的老伙计，我什么消息也没有，只能啰唆地说说我的观光和无聊的音乐。爱丽丝·冯·安德烈[4]在丽兹饭店——我们一起非常愉快地旅行。尽管我有种种缺点，但我知道我是一个令人愉悦的伙伴。[……]

　　我给你发一个有趣的谜语——别吃惊——"洛克（Rock）为什么

1　埃德加爵士（Sir Edgar）和斯派尔夫人（Lady Speyer）住在克罗默附近；埃德加爵士是德国移民，曾担任斯派尔兄弟商业银行的董事长；1914年战争爆发后，他被指控为德国从事间谍活动，便前往美国。

2　可能是内莉·马歇尔（Nellie Marshall），娘家姓艾伦·波拉德（Ellen Pollard），英国记者兼作家亚瑟·阿奇博尔德·普里姆罗斯（Arthur "Archibald" Primrose）的第二任妻子，她于1911年离开《每日邮报》并于欧洲写作。

3　1913年8月24日，希腊新国王君士坦丁（Constantine）前往柏林，接受德皇威廉一世（Kaiser Wilhelm）授予的德国陆军元帅指挥棒。新国王公开将希腊军队最近在巴尔干半岛的胜利归功于他的军官采用的德式军事训练方式。

4　这位爱丽丝·冯·安德烈（Alice van André）身份不详。

野蛮（savage）？""因为他的快乐建立在沙逊身上！"[1]

> 祝福并致以诚挚的爱，你亲爱的
>
> 母亲

珍妮离婚时，她已将传统的丘吉尔家族业务从拉姆利律师事务所转到圣詹姆斯街的伍德豪斯与戴维森先生事务所。她的"莎士比亚盛会"刚刚结束，该活动在经济上失败了，珍妮咨询了新公司的高级合伙人赫伯特·伍德豪斯（Herbert Woodhouse），问他是否可以再设计一个项目，为她筹集一些现金，即使可能会牺牲未来的收入。她计划在巴黎新开一家俱乐部。

他们告诉珍妮，无论她借多少钱，除非她能找到两个担保人，否则什么也办不成。珍妮把伍德豪斯的计划的详情告诉了温斯顿，因为他曾借给她250镑，用来弥补"莎士比亚盛会"的损失，她已经把他当作担保人之一了。

—温斯顿致珍妮—

1913年11月29日   海军游艇

最亲爱的妈妈：

伍德豪斯跟我解释了您的计划。尽管在简化您的保单方面可能有好

1　1913年8月6日，乔治·乔蒙德利（George Cholmondeley），尊称洛克萨维奇（Rocksavage）伯爵，与西比尔·沙逊（Sybil Sassoon）结婚。

处，但这笔交易的实际效果是，以每年永久性地减少您收入的300镑为代价，为您争取到大约2500镑现金。这当然不是一个好的或明智的安排，只是意味着短暂的宽裕，随后是长期的穷困。

伍德豪斯告诉我，[尼姆罗德]俱乐部今年实现了将近2000镑的盈利。当然，有了这笔钱，您可以设法支付自己的费用，并保留一部分微薄的收益，以免进一步减损。

别操心我为"莎士比亚盛会"支付的250镑。我从来不去想它。我只希望您经历了那么多麻烦之后能取得较大的成功。

您亲爱的儿子
温

　　在他自己的律师（西奥多·拉姆利）的建议下，温斯顿拒绝担保他母亲的新项目。珍妮尝试当面改变他的主意，随后又给他写了一封充满感情的信。

—珍妮致温斯顿—

1913年12月3日　　　　　　　　　多佛街31和32号女性神殿俱乐部

亲启

最亲爱的温斯顿：

　　请原谅，我又找你说"费用"的事，并请你重新考虑关于保险项目的回复。

　　你面临的风险很小，至于我的收入会因此减少——我在我的俱乐部里已经弥补了很多，而且就新俱乐部的前景而言——你会很高兴听到——它进展良好。

请相信我，如果不是迫不得已，我是不会麻烦你的。我的处境不稳定，除此之外，我<u>必须</u>找一个担保人代替乔治——

当我在爱丽丝·K.[凯珀尔]家见到你时，还没有收到你的信，我要感谢你的信。我知道你会为我做任何事———一直如此——但在这件事情上，你认为你最好是拒绝我。

如果你拒绝，我就得到别处去试试——我想不出找谁。我觉得你没有意识到这对我有多重要，但愿我可以把欠你和杰克的钱还给你们。如果我能给你们两人一点零花钱，不管多少，我也不会这么介意了。

现在，除了我能得到的其他好处外，我还有一个解决问题的机会，那就是还清长期拖欠考克斯银行的债务，并让几个不情愿、态度不好的担保人退出。我想伍德豪斯先生可以向你担保：这个项目风险很小——他将负责所有利息和保单的支付，只有在<u>所有</u>账目支付完毕时，他才会把剩余的钱交给我（就像曼尼斯蒂[1]通常做的那样）。他已经为我的项目忙碌了<u>六个月</u>，而几天前你只能给他十分钟时间，这让他很失望。

我讨厌把这些都写出来——我知道你工作很劳累——但我也无能为力。巴黎俱乐部正在发展中，人们纷纷加入，知道这些你会很高兴。我刚把法文宣传单发出去。

祝福你

---

1 由英国保险公司委任的律师作为"管理人"来监督伦道夫勋爵遗嘱信托的运行，该信托是支付保险公司贷款到期利息或偿还利息的主要资金来源。

母亲

　　温斯顿和珍妮都在威斯敏斯特公爵在法国的狩猎小屋过了圣诞节。温斯顿已与财政大臣大卫·劳埃德·乔治就皇家海军战舰的数量和成本进行了微妙的谈判，他同时决定不与母亲发生争执。因此，他默许了母亲的要求。

　　1914年1月9日，珍妮过了六十岁生日；就在同一天，她告诉妹妹莱奥妮："我永远也不习惯自己不是房间里最漂亮的女人。"[1]到月底，温斯顿在关于新型战舰数量的内阁争论中取得了胜利。

—珍妮致温斯顿—

1914年1月29日　　　　　　　　　　　　　　夏纳，伊索拉贝拉别墅

最亲爱的温斯顿：

　　从报上看到孩子们都很好，我很高兴——你自有办法对付L.G.[劳埃德·乔治]。这是必然的——但我毫不怀疑，你会有一番紧张的商谈。

　　我周一就来这儿了——气候宜人——玫瑰盛放，含羞草繁茂，"蓝色海湾"看起来美极了。这里没什么人，夏纳人也很少——只有朱丽

1　A.莱斯利：《珍妮》，第302页。

叶·迪夫[1]和格温·劳瑟[2]，我会和他们一起打高尔夫。

我下周去罗马，在那儿待到2月底；然后回伦敦，回［女性神殿］俱乐部——虽然我不能称其为家！

我听伍德豪斯说他已经见过你——保险业务差不多搞定了——我<u>很感激</u>。［……］

这里的每个人都为你的胜利而高兴——因为你能按自己的方式行事。莫尼[3]取消了法国的耶稣受难日的纪念仪式，产生了非常不好的影响。他为了迎合少数异教徒而被人鄙视。

祝福你，亲爱的孩子，有时想想我吧。［……］

你永远亲爱的

母亲

1　朱丽叶·迪夫（Juliet Duff）原名朱丽叶·劳瑟（Juliet Lowther），第四代朗斯代尔（Lonsdale）伯爵的女儿，1903年嫁给罗伯特·迪夫爵士（Sir Robert Duff）。

2　格温·劳瑟（Gwen Lowther）原名格温多琳·谢菲尔德（Gwendoline Sheffield），1889年嫁给兰斯洛特·劳瑟（Lancelot Lowther），第三代朗斯代尔伯爵之子。

3　欧内斯特·莫尼（Ernest Monis），法国海军部部长；1911年曾任总理、宗教大臣。法国政教分离的主要法律于1905年通过；在法国，耶稣受难日只是阿尔萨斯和洛林的公共假日，1905年通过的该法律从未适用于这两个地区，因为这两个地区后来成为德国的一部分。

—温斯顿致珍妮—

1914年2月10日   白厅海军部

最亲爱的妈妈：

我认为对海军的评估现在已经过了危险点，如果是这样，情况将会令人满意。但这是一个漫长而耗神的工作，有时使我感到非常困惑。

很高兴您在罗马过得很愉快，您所描述的生活确实很有吸引力。我已经写信给E.[爱德华]格雷爵士，谈了休和他担任领事的事。[1]这个职位现在还没有空缺，但我仍然认为，如果有空缺的话，他很有可能获选。[……]

这个星期我会留心您的事务。我依然是

您亲爱的儿子

温

在写这封信的第二天，拉姆利告诉温斯顿一项新发现——温斯顿父亲的遗嘱措辞几乎明确规定了，1900年珍妮再婚时，遗嘱受托人会将信托基金的一半收入指定给他的两个儿子。这是英国保险公司的律师发现的，当时他正在检查珍妮新的救助计划的文件。

当温斯顿和杰克进一步了解时，他们震惊地发现，他们的母亲在伦道夫勋爵死后的收入是她当时声称的两倍。2月13日，他们在海军部会见了伍德豪斯和拉姆利，讨论了这件事；很明显，珍妮的

---

1 我没能找到温斯顿写给爱德华爵士的信："休"可能是休·沃伦德，他还在军队里。

救助计划不能再进行下去了，因为它的保障现在已经变得不确定了。第二天，杰克给珍妮写了一封信，代表他自己和温斯顿。他们并未坚持要求拿到部分信托收入，但信的信息是明确的：

> 当我们发现爸爸的遗嘱并不是——像我们总是听信的那样——草率地不为我们考虑的时候，情况就有了很大的不同。我们曾多次央求您要量入为出——这不是一个很过分的请求……除非您能做到这一点，否则如果您又开始拖欠账单——再也没有什么能把您从负债和破产中拯救出来。[1]

珍妮几乎没有改变她的生活方式。3月，她去了蒙特卡洛，杰克劝她从那里回来把事情做妥善处理。她回复：

> 谁在乎我回不回去？……并非我不知道你和温斯顿爱我，对我很好——但是你们工作很忙，你们有自己的家庭要照料。我算什么？我只是一个多余的老太婆——我不是抱怨，只是陈述事实。[2]

---

1 1914年2月14日，杰克写给珍妮的信，CAC, CHAR 28/33/4。

2 1914年3月，珍妮给杰克的信；J&C.李：《温斯顿和杰克》（*Winston & Jack*），第245页。

珍妮和乔治的离婚于4月6日正式宣布。就在同一天，乔治娶了帕特里克·坎贝尔夫人。珍妮已经把她的订婚戒指和结婚戒指寄还给他，向他"告别，永远地告别"。[1]

两个月后，1914年6月28日，奥地利弗朗茨·斐迪南大公（Archduke Franz Ferdinand）及妻子在萨拉热窝被暗杀，引发了一系列事件，最终导致第一次世界大战。7月24日，也就是奥匈帝国对塞尔维亚宣战的四天前，珍妮写信给她妹妹莱奥妮：

> 我为摆脱自私的天性所做的一切努力都遭到了无情拒绝。我的儿子们远远地爱着我，即使有机会，他们也不会陪伴我。这无疑是我的错。我一天比一天孤独，一天比一天内疚，这是致命的。[2]

---

1 1914年4月4日，珍妮给G.康沃利斯－韦斯特的信，CAC, CHAR 28/39/19。

2 1914年珍妮给L.莱斯利的信，A.莱斯利：《珍妮》，第307页。

前线归来（1915—1918）

“我非常相信你的好运”

　　温斯顿还不到四十岁，就发现自己处在1914年7月和8月初一系列事件的中心，这些事件导致了一场"突如其来"的欧洲战争。作为英国海军大臣，他担负着指挥皇家海军的政治责任，英国的战略防御就是很早之前围绕着皇家海军建立起来的。

　　珍妮的个人记录显示，她设法在7月28日与温斯顿共进了午餐，并在8月1日再次见到他，尽管几天前她声称忙碌的儿子们只是"远远地"爱着她。

　　8月4日，也就是英国对德国宣战的那一天，她允许她的管家托马斯·瓦尔登（Thomas Walden）入伍，代之以两个女仆，并让女仆都穿上都铎时代的服装。同月，杰克上了战场。8月30日，他妻子谷妮写信给他，说她到布鲁克街72号珍妮的新家去参加宴会：

　　　　不用说，我们在一间可爱的饭厅吃了一顿美味的七道菜的晚餐，还有一盘盘美味的水果等，饭厅的墙上装饰着漂亮的图画——后来，我们坐在一间像是"腌制"食物的橡木屋子里，看不见装在哪儿的电灯把屋檐照得透亮，屋子里摆满了可爱的小点心、家具、地毯和鲜花，事实上，这间屋子看上去富丽堂皇，舒适而奢华。[1]

1　1914年9月1日G.丘吉尔写给珍妮的信，P.丘吉尔（P. Churchill）和J.米切尔（J. Mitchel）：《珍妮》，第250页。

伦敦的许多人预计战争将在圣诞节结束，然而当这个时间节点过去时，德军或盟军在西线都没有任何突破的迹象。温斯顿私下向首相赫伯特·阿斯奎斯描述了当时的军事形势，称其为"僵局"；他建议政府应该考虑第二条战线。其他敦促首相考虑对奥斯曼帝国采取行动的人包括大卫·劳埃德·乔治（仍是财政大臣）、基奇纳勋爵（现任陆军大臣）和莫里斯·哈姆基上校（Colonel Maurice Hamkey），后者为帝国防务委员会和新设战时委员会中非常有影响力的秘书。

通过达达尼尔海峡强行开辟一条通道以威胁奥斯曼帝国首都君士坦丁堡，这个计划并不是温斯顿的发明。然而，在筹划阶段，它变成了由海军主导的行动，温斯顿成为政府内部该计划的主要倡导者。

海军试图强行进入达达尼尔海峡，相关尝试于2月19日正式开始，但到3月底，由于糟糕的计划和现场指挥不力，行动显然失败了。军事指挥官们决定采取另一种战略，让英国和澳新军团（澳大利亚和新西兰）的军队在加里波利（Gallipoli）半岛的两个地点登陆，以此来实现他们的目标。计划又一次出错：到5月初，很明显，大量人员伤亡，行动效果甚微或没有效果。

到5月中旬，在达达尼尔海峡英军遭遇了一连串的挫折，因而阿斯奎斯无法再抵挡由自由党和保守党的领导人物组成新政府的呼声。保守党加入政府后，他们的领导人要求温斯顿辞去海军大臣的职务；他们从未完全原谅他在过去十年里对保守党事业的抛弃。

1915年5月22日，温斯顿辞去了海军大臣一职，但作为兰开斯特公爵领地事务大臣，他仍然是政府的一员，这很大程度上是个礼节性职位。他保留了在达达尼尔海峡委员会的职位。

第二天，珍妮写信安慰她儿子。她住在东苏塞克斯（East Sussex）的海港附近，她朋友沃伦德夫人家里，沃伦德夫人曾经是一位优秀的女高音。她们俩在附近的医院为受伤的士兵们演奏钢琴，珍妮为沃伦德夫人伴奏。那是一个星期天，珍妮刚读了《观察家报》的一篇主要文章，那是该报著名编辑J.L.加文[1]写的："[丘吉尔]很年轻。他有狮子般的勇气。再多的敌人也无法折损他的能力和力量。他的胜利时刻即将到来。"

—珍妮致温斯顿—

1915年5月23日   普雷登，离山姆

最亲爱的温斯顿：

我希望你喜欢《观察家报》上那篇文章。那才是恰当的看法。

亲爱的老伙计，我只是想告诉你，我非常想念你。再见，向克莱米和谷妮问好——我不知道确切的地址。我希望你能收到这封信——

你亲爱的

母亲

1　J.L.加文（J. L. Garvin），珍妮和温斯顿的朋友；《观察家报》（The Observer）主编（1908—1942）（见人名）。

温斯顿发现自己被排除在决策层之外而感到沮丧。6月10日，他和他母亲及目击达达尼尔海峡登陆的唯一一名战地记者共进晚餐。根据埃利斯·阿什米德－巴特利特（Ellis Ashmead-Bartlett）的记载，温斯顿"看起来老了好几岁，脸色苍白，似乎很沮丧"；晚餐快结束的时候，温斯顿"突然对他母亲发表了一通关于远征和可能发生的事情的长篇大论，他母亲坐在桌子对面听得很仔细"。[1]

1915年，来自弗兰德斯和达达尼尔海峡的消息进一步恶化，促使阿斯奎斯于11月成立了一个由五人组成的较小的战时内阁，取代了原达达尼尔海峡小组委员会。温斯顿未在其中；11月11日星期六，他从政府辞职，选择"毫无保留地听命于军事当局"。

两天后，《泰晤士报》刊出了他给阿斯奎斯的辞职信全文。温斯顿在信中第一次公开暗示了他认为自己失败的原因："即使做出了正确的原则性决定，执行速度和方法也是导致结果的因素。"[2]

11月15日星期三，他在下院的辞职演讲中透露了更多信息，他努力让议员们相信达达尼尔海峡的行动不是他个人策划的。"对达达尼尔海峡的海上攻击是海军的一个计划，"他说，"由海军当局临时做出，经海军部的海军专家审核，由海军大臣批准，并由海军上将负责执行，他们全程都相信这一行动。"《泰晤士报》第二天的头版文章对此评论说："丘吉尔先生演讲的重大启示是，海军与其军

1　A.莱斯利：《珍妮》，第318页。

2　《泰晤士报》，1915年11月15日。

事行动之间存在着严重而不可原谅的隔阂。"[1]

三天后，也就是11月18日，温斯顿穿上牛津郡骠骑兵少校的制服，出发去寻找位于弗兰德斯的他的兵团，克莱门蒂娜和孩子们住到肯辛顿区克伦威尔路41号的杰克家。所幸的是，房子足够大，住得下两家人。

时钟拨回到二十年前温斯顿去印度打仗的时候，珍妮又开始每周写信给她的儿子，同时与家人一起为他的政治复职造势。她把她听到的任何政治流言都传给他：早期的一个传言是关于温斯顿的宿敌基奇纳勋爵的，尽管阿斯奎斯和其他内阁成员认为他是一个不能共事的同僚，但基奇纳勋爵还是保住了陆军大臣的职位。为了不让他碍事，阿斯奎斯派基奇纳到达达尼尔海峡，在那里他可以对战役的未来计划提出建议。

温斯顿还没到他的兵团，就被召到约翰·弗兰奇爵士[2]的司令部去了，这位被围困的英国远征军总司令是温斯顿的一个老朋友。约翰爵士很快答应让温斯顿担任高级指挥官，然后派他到前线掷弹兵近卫团（Grenadier Guards）那里去适应一段时间。

---

1 《泰晤士报》，1915年11月16日。

2 约翰·弗兰奇爵士（Sir John French）已是陆军元帅，他初次加入海军是1866年（见人名）。

— 珍妮致温斯顿 —

1915年11月21日 　　　　　　　　　　西区，布鲁克街72号

最亲爱的温斯顿：

你这个爱冒险的家伙。我早该知道身处前线50英里之外不是你的风格。我能理解你想实地了解战争的新阶段。我说"小心"也没有用。一切都掌握在上帝手中。我唯有祈祷并期待最好的结果。

我遇到了萨拉[1]，她告诉我她在布洛涅见过你。我相信你有很多朋友，他们见到你多半都会大惊小怪——但这是必然的。我多么希望我知道巴黎会议的结果是什么。[2]谷妮昨晚和P.M.[首相]共进晚餐——她没有听到任何消息，但首相似乎很高兴除他之外还有六个"首相的人"参加会议！——"长着斑点的那个人"[几乎可以肯定是埃德温·蒙塔古[3]]坐在她的另一边，但就像我说的，她什么也没听见。

他们讲了一个关于喀土穆的基奇纳的事，说他的工作完成了，现在该回来了——但整个政府急切地想找些别的事把他留在那里。

克莱米会告诉你我们目前的安排——我打算把房子出租六个月或一

1　温斯顿的姑妈莎拉·威尔逊（Sarah Wilson），她丈夫戈登·威尔逊（Gordon Wilson）1914年11月阵亡；她重新开始了她在布尔战争中曾从事过的前线护理工作。

2　11月17日在巴黎举行的英法会议；批准成立战时委员会以协调盟军的行动。

3　埃德温·蒙塔古（Edwin Montagu）1915年接替温斯顿成为兰开斯特公爵领地事务大臣（起初在内阁没有职位）；蒙塔古与阿斯奎斯关系密切，也是首相的情敌，他们共同争夺威尼西亚·斯坦利（Venetia Stanley），最终蒙塔古与她结婚。《牛津英国传记词典》（*The Oxford Dictionary of National Biography*）称，他的皮肤上有"轻微的斑点"。

年——明天会有人来看房——但如果我不以一定的价格出租，就得不到足够的回报。在此之前，我尽我所能为克伦威尔路的家出点力。今天我在那儿和孩子们一起喝茶——亲爱的宝贝。

趁房子还没租出去的时候，我的意思是可以时不时办个晚宴。[J.L.]加文周四来，我已经邀请了博纳·劳[1]和乔治·柯松了。我希望你也在这儿——不然就像没有哈姆莱特的《哈姆莱特》。我会写信告诉你事情的进展。

里布斯代尔勋爵[2]今天来看我了。我责备他在上院对加里波利的撤退发表轻率的讲话。他认为你的信和你的讲话很精彩，认为你为自己辩护是对的，因为在你讲话之前，他和许多人一样指责你。

[……]我今天见到莱弗里夫妇[3]了——我还没看过你画谷妮的那幅杰作呢。谷妮告诉我杰克不在萨洛尼卡。[4]我无法想象K.勋爵作为一名外交官会绕过蒂诺[5]——整个事情多么混乱。

致以诚挚的爱——抽空给我写信，如果你想要什么——或者想让我查找什么，就告诉我。保重。

1　安德鲁·博纳·劳，殖民地事务大臣（见人名）。

2　里布斯代尔勋爵（Ld Ribblesdale）是资深的自由党贵族，他剩下的唯一的儿子死于加里波利。

3　约翰·莱弗里爵士（Sir John Lavery）和他的妻子黑兹尔（Hazel）；约翰爵士1915年夏天开始辅导温斯顿绘画（见人名）。

4　1915年10月，英法军队的两个师登陆萨洛尼卡，即现在的塞萨洛尼基，帮助塞尔维亚抗击保加利亚的入侵。

5　蒂诺（Tino）即希腊国王君士坦丁，他拒绝了他的臣属让盟军在萨洛尼卡登陆的建议（希腊在战争中正式保持中立）。

你亲爱的

母亲

—温斯顿致珍妮—

1915 年 11 月 24 日 ［未写明地址］

最亲爱的妈妈：

我相信克莱米会把我给她的信给您看的，这样我就只写几句补充一下。我在这里很开心，现在已经和大家成了好朋友。我总是和军人很合得来，这些大概是最好的军人。

我当然不后悔我采取的行动。我相信无论从哪个角度看，都是对的。我也知道我到这儿来是正确的。记得给我写信，告诉我您所有的消息，还有您和克莱米及谷妮的计划。和那些有用的、友好的人保持联系。

致以真挚的爱，您亲爱的儿子

温斯顿

又：您知道吗，我感觉自己又年轻了。

—珍妮致温斯顿—

1915 年 11 月 27 日 女性神殿俱乐部

亲爱的温斯顿：

我很高兴收到你的短信，很高兴知道你健康快乐。你可以想象，当我们听到你在战壕里的消息时，我们都有什么感受，但我想这应该结合你的未来考虑。顺便说一句，阿黛尔·埃塞克斯[1]有天晚上和我一起吃饭。她说她听说有人邀请你去带一个旅，但你拒绝了。我告诉她，她知道的比我们还多。谁在谈论这些事情？

嘿！加文和乔治·柯松周四和我共进晚餐。我试着邀请了博纳·劳和贝尔福。但他们已有安排了。我要再问一下前者。乔治·C.满脑子都是你，他想给你写信，我给了他你的地址。[……]

我昨晚在克伦威尔路吃的饭。谷妮不在家，因为她周末去看她父母了。我们的四人组还有海伦·米特福德夫人[2]和奈莉[3]。我正设法把房子租出去，但并不容易——同时，我已安排每月支付40镑作为房屋打扫费，希望能有所帮助。克莱米认为这会让事情变得容易些。我还每月给谷妮10镑，只是作为一点零用钱，因为她没有零花钱——一切都被吞噬了。关于这件事什么也别说。钱是多么讨厌的东西——或者说我们多么缺钱。幸运的是，我每个月写文章能挣50镑，否则我什么也做不了。

我寄给你一双油布袜，夹在两双沃利袜[4]之间穿。他们说这种袜子能让你的脚保持和穿长筒袜时一样的温度——不是很舒服，但比冻伤好多了。告诉我效果怎么样，我会再寄给你一些。

1　阿黛尔·埃塞克斯（Adèle Essex）伯爵夫人，生于纽约；战时军人和水手家庭协会的主席。

2　海伦·弗里曼–米特福德夫人（Lady Helen Freeman-Mitford），娘家姓奥格尔维（Ogilvy），克莱门蒂娜的表妹。

3　玛格丽特·霍齐尔（Margaret Hozier），人称"奈莉"（Nellie），克莱门蒂娜的妹妹；十天后要嫁给伯特伦·罗姆里上校（Colonel Bertram Romilly）。

4　原文为"wolley"，疑为"woolly"（羊毛制品，此处为羊毛袜）之误。——译注我希望这封信能在你生日时寄到——祝你生日快快乐乐。祝福你，更明点事理吧。我认为在十年或多或少的伏案生活后，你应该少钻一点壕沟。不过我相信你不会"犯傻"的。记住，你注定要成就比前人更伟大的事业。我非常相信你的好运，我知道你做的事情绝对正确。

我们要让你的朋友"兴奋"起来，不让事业中断。到处都在谣传说弗兰奇[1]将被召回——W.O.[陆军部]已经整顿并做了安置，还以为K.[基奇纳]不会回来了——但他36小时内就要到了！口袋里还揣着他的官方印章！[2]

克莱米和孩子们要来吃午饭，然后她要和杰克·伊斯灵顿（Jack Islington）打网球，我要去伦敦桥的餐厅。下周五我要去参加一场盛大的下午场演出。[……]我要给你寄一些《泰晤士文学报》[3]的文章——读完就可以扔掉。再次祝你"生日快乐"，更多的爱来自——

深爱你的

母亲

[……]他们说很快就要撤离加里波利了，但我不相信。

1　约翰·弗兰奇爵士（Sir John French）1915年12月6日辞去英国远征军总司令一职；直到12月15日才发表公开声明。

2　在1915年11月政府重组中，阿斯奎斯解除了基奇纳勋爵制定战略的责任。当时基奇纳在达达尼尔海峡；传言说阿斯奎斯想要完全解雇他，但陆军元帅采取了预防措施，带着他的印章出行。

3　《泰晤士报文学增刊》（The Times Literary Supplement）最初在1902年是作为《泰晤士报》的一个板块发行的；它在1914年成为独立出版物。

　　温斯顿的母亲之所以担心他，让他注意照顾好自己的脚，是因为西线爆发了"战壕足"的疾病，这是一种真菌感染、冻伤和血液循环不灵的综合病症。分发给英军的《士兵手册》(*Soldier's Small Book*)清楚地写着每个士兵都要照顾好自己的脚。谢里丹·德莱皮纳（Sheridan Delépine）教授是一名出生于瑞士的病理学家，也是英国公共健康领域的领军人物，他曾主张使用橄榄油或鲸油浸渍的丝绸袜子来应对这种威胁。

　　珍妮听到的从加里波利半岛撤退的传言原来是有根据的。在视察该地区后，基奇纳建议所有盟军撤离。12月7日，内阁批准他们撤离苏瓦拉和安扎克湾；到12月20日他们已经离开。撤离赫勒斯的命令是12月28日发出的；最后一支部队于1916年1月9日撤离。

—温斯顿致珍妮—

1915年12月1日　　　　　　　　　　　　　　　　［未写明地址］

最亲爱的妈妈：

　　我觉得您已经很慷慨了，我相信您可以把钱省下来。只要你们三个相互扶持，一切都会好的。我认为目前的情况最多不会超过一年。

　　当掷弹兵团远离前线"休整"的时候，我回到了总部。我和他们成了好朋友，我回来了，他们会比我们当初在一起时更高兴。我们进行了一次小规模的行动，结果有了一些伤亡；我发现时间过得很快。寒冷和潮湿并没有使我退缩。军官可以换靴子和袜子。您的新的绿色防水袜子将是额外的安全措施。

K.的回归让我感到有趣。这是一个多么虚伪的世界！谢天谢地，我现在只是个旁观者，所以我能更好地欣赏这出戏的滑稽可笑。

您做得对，和我们的朋友保持联系，也和我们的朋友的朋友保持联系。我对政府的态度保持独立，而不是敌对，语调应该是风趣的，而不是苦涩的。

> 致以诚挚的爱，您亲爱的儿子
>
> 温

珍妮现在是美国妇女战争救济基金执行委员会主席，组织在伦敦桥和其他火车站为出发或从前线返回的军人提供自助餐。

她把有关东欧和中东战争进程的那些令人沮丧的消息通通告诉儿子。英国政府于12月4日在加来同法国政府召开会议，建议盟军从希腊萨洛尼卡撤出。法国代表勉强同意，但两天后在尚蒂伊举行的另一次会议又改变了他们的决定。在美索不达米亚地区（今伊拉克），英国军队在没有结果的泰西封战役后向南朝库特阿拉马拉撤退，12月于该地被奥斯曼军队包围。（接连不断的解围努力均告失败，英军于1916年4月29日投降。）

珍妮拜访了将军伊恩·汉密尔顿爵士（General Sir Ian Hamilton），他是温斯顿的老朋友，他被解除了地中海远征军的指挥权，刚从加里波利回到伦敦。

—珍妮致温斯顿—

1915年12月5日   布鲁克街72号

最亲爱的温斯顿：

听说你离开了战壕，我很欣慰——你似乎又一次死里逃生。随信所附资料比你对这个问题的了解更详细！

这个星期我恐怕没有什么消息要告诉你。我一直忙着组织"午后活动"，帮助伦敦桥的自助餐项目筹款，我们现在每天要供应1200份！"午后活动"很成功——克莱米和谷妮卖活动门票，看起来状态很不错。我参加了阿斯奎斯家的婚礼¹，当然昨天也参加了奈莉²的婚礼。[……]

我觉得战争多是坏消息——加文指出整个奥地利都有被德国统治的危险。上周我们离巴格达12英里，现在已经是100英里了！昨天（6日）我听说加来会议上，K.跟白里安³及俄国人大吵了一架，因为他希望把所有军队从萨洛尼卡和加里波利撤走——转移到埃及——但这可能不是真的。报纸[所知]甚少，人人都茫然无措。

我去看了汉密尔顿夫妇——汉密尔顿夫人卧病在床，伊恩爵士给我读了你信的一部分。他俩看上去都病得很重，脸色苍白，这个可怜的家伙对人们所说的事似乎一无所知——人们说要把他送回去——但是很担

---

1 1915年11月30日，维奥莱特·阿斯奎斯（Violet Asquith，她1908年差点儿与温斯顿订婚）嫁给了她父亲的首席私人秘书莫里斯·伯翰·卡特（Maurice Bonham Carter）。

2 现在叫奈莉·罗米利（Nellie Romilly），1914年12月5日结婚（这表明珍妮此信应写于1915年12月6日而不是5日）。

3 阿里斯蒂德·白里安（Aristide Briand），第三次担任法国总理（1915年10月—1917年3月）。

心门罗[1]会成为总司令。"恐怕这意味着撤离，"伊恩说。

我听说有个刚从柏林来的美国女人，她丈夫在美国大使馆工作，她说德国人食品充足，而且士气很旺。我们现在确实一团糟！感谢上帝，你不用为此负责。

不知道你见过休·沃伦德没有？他到过巴黎，但不久又回到"枪林弹雨"中了。我17日有机会去巴黎待几天。你能离开军队吗？

有空写信，把你的情况告诉我。你还要一双油布袜吗？你觉得这种袜子对杰克有用吗？［……］

祝福你，亲爱的，我附上最新的《泰晤士报》战争文学刊。

你亲爱的

母亲

—温斯顿致珍妮—

1915年12月8日　　　　　　　　　　　　B.E.F，陆军总司令部

最亲爱的妈妈：

我想明天再去前线，因为任命我的事还没有明确的说法。而同时，这里的生活很愉快，很平静，我四处走动，看看有趣的事情，和士兵交朋友。

1　中将查尔斯·门罗爵士（Lt. General Sir Charles Monro），被任命监督多国部队从加里波利撤退。战争结束时，他是英国驻印军队总司令。

　　昨天我开车去检查了纽波特和韦斯顿德[1]的战壕和阵地——在防线最边远的侧翼。前一天，我去法国第十军团视察了洛雷特和卡朗西的战场。[2]无论我走到哪里，都受到很好的对待，每个人都彬彬有礼，非常信任我。

　　我刚收到您的信，报纸也收到了，但我不太喜欢这些文学片段。事实上，所有的阅读都难以进行，除了读信——来信始终欢迎。

　　我现在对战况已经很清楚了，因为我收到了很多来自英国的信件，而且我在这里听到了不少消息。我所听到的一切都让我感到释然，目前我不用参与任何决策。

　　注意和我所有的朋友保持联系，乔治·柯松很友好，加文的友情也应该珍惜。

　　　　　　　　　献上诚挚的爱，亲爱的。常写信——祝您好运
　　　　　　　　　　　　　　　　　您亲爱的儿子
　　　　　　　　　　　　　　　　　温

1　纽波特位于伊瑟河旁，自佛兰德斯海岸向内陆3千米处；韦斯顿德在其东北1千米处，在一条运河旁。1914年10月，比利时和英国军队控制了伊瑟河流域，对抗德国的进攻，防止盟军在法国东北部的港口被攻占。

2　洛雷特山脊最高海拔165米，可以俯视杜埃平原和东南部12千米处的阿拉斯小城；卡朗西村靠近山脊。到1915年12月，山脊和村庄都经历了四场主要的战役。

12月9日，约翰·弗兰奇爵士告诉温斯顿他将被任命为第56旅的旅长，该旅由四个兰开夏郡营组成。第二天，温斯顿在信中与克莱门蒂娜分享了这一消息；然而，他母亲12月12日写信给他时，还没有听说这个任命。

—珍妮致温斯顿—

1915年12月12日   布鲁克街72号

最亲爱的温斯顿：

我明白你说的那些"文学片段"。杰克倒是很喜欢——但当然他不喜欢书。我希望我能知道更多关于他的情况。[1] 谷妮告诉我，他和伯德伍德[2]在一起，他担任什么职务？我听说伯德伍德并不奢华，和他手下过着差不多的生活——真是混乱！

我想请加文吃饭，但没成功。我想再试试。我打算在克莱米和谷妮的帮助下举办一次晚宴——邀请一些有用的人。我给加文打过电话。他对你回到前线感到担心。你会对随信所附的谢恩·莱斯利[3]的信感兴趣。你在美国是个大英雄，在这里也是。

1　杰克是地中海远征军总司令部（MEF）的营地指挥官，该司令部在加里波利撤退后即将解散。

2　陆军中将威廉·伯德伍德爵士（Lt. General Sir William Birdwood），MEF的临时总司令。

3　谢恩·莱斯利（Shane Leslie）是温斯顿的表兄，因病离开英国救护队；后来被派往华盛顿特区（见人名）。

文森特·卡亚德[1]和埃迪[马什]两天前在这里用餐。他们都说不会进行强制[征兵]——我想知道人民是否会对此不满？看起来这些民众好像被骗了，因为很多人认为如果不参军的话，他们就会被强制带走。[……]

真希望有什么有趣的消息可以告诉你。我们想知道K.去枫丹白露游玩时是否会带一件"小摆设"[2]离开？

保重。

爱你

母亲

12月15日，温斯顿接到伦敦约翰·弗兰奇爵士的电话。在告知了温斯顿自己被撤职的消息后，约翰爵士向他坦承阿斯奎斯也否决了提拔温斯顿指挥一个旅的提议。"也许您能给他一个营，"阿斯奎斯最后说。

到12月19日珍妮写信的时候，她已经听到了一些她儿子遭遇的情况。她继续竭尽全力地为他奔走，但很难掩盖她现在经常与B类人[3]打交道的事实。

---

1 文森特·卡亚德（Vincent Caillard）曾任英国、比利时和荷兰驻君士坦丁堡财政代表；现任武器制造商维克斯有限公司财务主管。

2 *Bibelot*，指好看的小物品。12月6日，基奇纳去的是尚蒂伊，而不是枫丹白露。

3 原文为"B list"，指一类名人，他们在社交界仍较有名，但不如"一线明星"（A list）那样有名。——译注

—珍妮致温斯顿—

1915年12月19日   布鲁克街72号

最亲爱的温斯顿：

你吓到我们了！——G.麦卡利[1]在你附近被打死，还有那场可怕的法国战役。好吧！我想你和我们一样清楚首相和下院的态度，就是关于你指挥一个旅的事。恐怕这件事暂时不会提及了。你会见到F.E.[史密斯]爵士，他会告诉你一切。[2]在我看来，下院总体上显然是赞成的——这只是时间问题。

我昨晚和阿迦[可汗][3]共进晚餐，他让拉瓦特·弗雷泽[4]坐在我旁边——我们相处得很好。晚餐快结束时，弗雷泽熟络了起来。他说海军有很多对A.J.B.[贝尔福]的抱怨——他们说贝尔福总是无精打采的，做什么都顺其自然。弗雷泽还说，一开始K.是绊脚石，现在也是。他最后说，你必须一有机会就回来。总的来说，他很友好——因为他对人并不总是这样，我知道他在《泰晤士报》上几乎写过所有的领导人，我觉得他是一个可以让人感受到"热情"的好人。

1　英国军队第一次世界大战中阵亡的记录中没有G.麦卡利（G. McAlys）这个名字：珍妮可能拼错了名字：例如，可能是名为G. McAlees或G. McAleese的士兵，他们在1915年的战斗中牺牲。

2　温斯顿和F.E.史密斯未能在这次访问中见面。

3　苏丹穆罕默德·沙阿爵士（Sir Sultan Mohammed Shah），第三代阿迦汗（Aga Khan，原文误写为Agha），尼扎里·伊斯马利社区的领袖。

4　拉瓦特·弗雷泽（Lovat Fraser）为记者，自1907年任职于《泰晤士报》；《印度时报》（Times of India）编辑（1902—1906）。

乔治·沃伦德[1]今晚和我一起用餐——还有克莱米以及其他几个人——我要了解一下他们海军是怎么想的。我相信如果他愿意的话，他可以［掌管］朴次茅斯。我本希望能见到弗兰奇将军，但他昨天离开了。［……］

我不清楚杰克在哪里，也不知道加里波利的军队是否正在撤离。他们说许多军队被派往美索不达米亚——弗雷泽说这是一次愚蠢的远征，因为你无论如何都不可能守住像巴格达这样一个敞开的城市。

我要去沃伦德的要塞，新年的时候可能去巴黎待一个星期。你有机会来吗？这封信写得潦草。你认识黑格吗？我记得他以前在沃里克的时候，有过一段很投入的感情。[2]他是个硬汉——有点莽撞——但我觉得他是个很好的军人。

你从来没有告诉我，你是否还想要一双油布长袜。克莱米和我前几天遇到的艾舍尔勋爵[3]说你身体很好。坚持下去！——以最诚挚的爱并祝福你

母亲

温斯顿仍在等待他指挥哪个部队的消息，在此期间，他短暂地回伦敦过了个圣诞节。在他逗留期间，劳埃德·乔治给他的印象

1　海军中将乔治·沃伦德爵士，海军第二战斗组指挥官。

2　指道格拉斯·黑格爵士（Sir Douglas Haig）和沃里克伯爵夫人黛西之间的一段婚外情。

3　一名王室官员，自由党政治家，陆军部和军队改革方面有影响力的顾问；战时，艾舍尔在英法将军之间进行非官方的联络。

是——劳埃德在博纳·劳的协助下即将开展行动以取代阿斯奎斯担任首相；如果他们成功，温斯顿有望重新获得内阁的重要职位。然而，在温斯顿12月27日回到法国时，这一时机就过去了。

1916年1月1日，温斯顿听说他将指挥一个步兵营——第六皇家苏格兰燧发枪团（Royal Scots Fusiliers）。他于1月5日在穆伦纳克村接手了这支筋疲力尽的部队。

—珍妮致温斯顿—

1916年1月6日　　　　　　　　　　　　　　　　　布鲁克街72号

最亲爱的温斯顿：

现在祝你"新年快乐"已经晚了——但我的祝福仍是温暖的。

你的靴子由K.M.[国王的信使]送去，我相信不会有问题。我收到杰克12月22日写来的一封有趣的长信：我猜他已经和他的上司[伯德伍德]去了埃及——或者是在去埃及的前夕。他很期待此次行程，并且希望能请假回家待一个星期。可怜的家伙，他已经有十个月没回家了——他说首相和喀土穆的基奇纳应该感谢伯德伍德给予政府的：成功的撤离带来了新的生机。[……]我听说政府将伊恩·汉密尔顿爵士的报告大幅删减了。他们派K.去找他，有个惊人的场景——雷平顿上校[1]说让他去[见鬼]，我相信报告将于今天公布。

1　查尔斯·雷平顿上校（Col. Charles Repington）曾是军人，1904年以来一直是《泰晤士报》颇有影响力的战地记者。

与此同时，首相经受住了风暴，他们都将接受有限的强制［征兵］。当然，下院会有一些微弱的争吵，但首相辞职的威胁会对他们的情绪产生降温作用——我听说L.G.［劳埃德·乔治］看起来很担心，谷妮见到了E.塔尔博特勋爵[1]，他尖锐地谈到了L.G.的阴谋——颠覆政府：我不喜欢写得太明白。我没看到什么我感兴趣的人——我厨房的锅炉"坏了"，所以我暂时无法安排晚宴了。［……］

那之后，我遇到昨天参加了议会的维妮西亚·詹姆斯[2]，她说首相遭到了很多非议，议长告诉她，他认为事情不会进展顺利，虽然大批议员从前线回来投票支持政府，不过也许是我错的。［……］

保重——这是一封语无伦次的信，但我会再写的。我的思念永远伴随着你——希望你有自己的部队，你也会喜欢的。

> 致以诚挚的爱
>
> 母亲

—珍妮致温斯顿—

1916年1月12日   布鲁克街72号

最亲爱的温斯顿：

1　埃德蒙·塔尔博特勋爵（Lord Edmund Talbot），国会议员，统一党多数党领袖；他娶了谷妮的姑姑。

2　维妮西亚·詹姆斯（Venetia James）娘家姓卡文迪什－本丁克（Cavendish-Bentinck），嫁给了约翰·詹姆斯（John James）；是已故的爱德华七世的朋友。

[……]我相信像麦克纳[1]和喀土穆的基奇纳这样的骗子是经不起战争的长久考验的。[……]

前几天我和贝茜·本丁克[2]共进午餐，见到了卡特夫妇和弗朗西斯·霍普伍德爵士[3]。维奥莱特［阿斯奎斯］告诉我，费希尔勋爵[4]上周来唐街［唐宁街］吃午餐时，他的样子和谈吐都像个疯子，首相对他奉承了一番，哄他开心，然后就让他走了。弗朗西斯爵士向你问好。

我很少访客。司令官齐尔科特[5]在剧院跟我聊了聊，他告诉我布洛克海军少将[6]有天说，"如果没有温斯顿·丘吉尔，我们这里就不会有飞机"。随着蒙塔古先生[7]进入内阁，我们很快就会有一届犹太政府！无疑他们很聪明，但不是真正的英国人。也许你并不认同。

1　雷金纳德·麦克纳（Reginald McKenna），英国财政大臣；前海军大臣，内政大臣。

2　贝茜·本丁克（Bessie Bentinck）即伊丽莎白，娘家姓利文斯顿（Livingston）；国会议员（1886—1893）威廉·卡文迪什－本丁克的遗孀，美国人。

3　无法确认卡特夫妇的身份；弗朗西斯爵士曾是殖民地事务的副大臣，现在是海军部的文职大臣。

4　费希尔勋爵（Lord Fisher）任海军上将，海军大臣（1904—1910）；在达达尼尔海峡危机中辞职，后被温斯顿召回（1914—1915）。

5　司令官H.W.S.奇尔科特（H.W.S. Chilcott）——不是齐尔科特（Chilcote）——1915年7月给温斯顿写了两封关于皇家海军航空兵的信。

6　海军少将奥斯蒙德·布洛克爵士（Rear Admiral Sir Osmond Brock），海军第一战列巡洋舰中队指挥官。

7　埃德温·蒙塔古（Edwin Montagu）1916年1月11日晋升为内阁成员（仍然是兰开斯特公爵领地事务大臣）。

　　告诉我你对《美国陷落》[1]的看法。克莱米说她已经把书寄给你了。[……]

　　保重。有空给我写信。我知道你很忙。

你永远亲爱的
母亲

　　珍妮的下一封信写于1月23日，当时国内士气普遍低落。当天清晨，一架德国腓特烈港起飞的FF 33b飞艇在多佛上空投掷了九枚炸弹，造成一人死亡，一家啤酒厂和一家酒吧损毁。

—珍妮致温斯顿—

1916年1月23日　　　　　　　　　　　　　　布鲁克街72号

最亲爱的温斯顿：

　　你的来信让我非常高兴——我相信你所说的。人们很难不对战争和它所带来的长期痛苦感到厌恶——我们似乎从来没有瞥见过那些乌云中的一线光明。关于你自己的所作所为，我确信你是正确的。没有别的什么事可做——我好奇政府为什么没有要求我们在加里波利成功撤退时张灯结彩——加里波利撤退和蒙斯战役[2]是我们的两个胜利！我们今晚在

1　约翰·沃克（John B. Walker）：《美国陷落：欧洲战争的续集》（*America Fallen: The Sequel to the European War*），1915年在纽约出版。

2　蒙斯位于比利时，1914年8月，英军和德军在此交战，英军经过顽强抵抗，最后还是决定撤退。——译注

等齐柏林飞艇[1]，结果消息是多佛遭受了严重的破坏。我周二和加文共进晚餐，我会写信告诉你他的消息。下周我要请博纳·劳来吃饭。

谷妮告诉我，比勒尔[2]说，他要卖掉汽车，因为他不指望这届政府能持续很久——他不希望所有事情都"一落千丈"；莫迪·沃伦德今天告诉我，海军——尤其是杰利科[3]——对封锁感到绝望。90艘装载着货物的船只根据政府的命令被放行：德国正得到它想要的一切。[……]

重要的是我前几天遇到了尤斯塔斯·费因斯[4]——他对你赞不绝口，他说收到了你写的一封迷人的信。谷妮说伯德伍德要去法国，她希望杰克能和他在一起。那该多好啊！她隐约听到可能是这样。也许你知道些情况？

我在《观察家报》上看到"中校格兰纳德伯爵"[5]被任命为黑格的助理秘书！人们对他的任命非常不满——如泰克公爵[6]和P.沙逊[7]。

---

1 德国一种飞艇，以德国设计师齐柏林（Ferdinand von Zeppelin，1838—1917）命名。——译注

2 奥古斯丁·比勒尔（Augustine Birrell），任爱尔兰布政司，直到1916年5月3日。

3 海军上将约翰·杰利科爵士（Admiral Sir John Jellicoe），大舰队司令，他在1916年5月的日德兰战役中指挥大舰队。

4 尤斯塔斯·费因斯（Eustace Fiennes），军人，自由党议员，温斯顿的议会私人秘书（1912—1914）。

5 伯纳德·福布斯（Bernard Forbes），格兰纳德伯爵（the Earl of Granard）；自由党贵族和以前的上院多数党领袖。

6 泰克公爵（Duke of Teck），玛丽王后的弟弟；从1915年12月起担任黑格将军的军事助理。

7 菲利普·沙逊（Philip Sassoon），国会议员；1915年12月起担任黑格将军的私人秘书。

　　好了，亲爱的孩子，我得停笔了——我过几天再写，我可能有些消息要告诉你，除非"齐柏林飞艇"把我"吃"了。我附了张照片：你可以撕掉。我觉得文字会让你开心。很好，人们会想到"命运的宠儿"！但我很幸运地拥有两件这样的宝物——我一直称自己为"贤士之母"——但你现在都已经是上校了。顺便问一下，"Magii"需要两个"i"吗？[1]

　　祝福你，亲爱的。时间过得真快——明天可怜的伦道夫去世满二十一年了。他只比现在的你大四岁。致以诚挚的爱

你亲爱的

母亲

　　伯德伍德将军和他的澳新军团，包括杰克，确实转移到了法国。与此同时，1月27日黎明前温斯顿和他的团进入普卢赫斯泰尔特的防线。他们在战壕里的第一次行动时间被限制在两天内；后续行动会长达六天。

—温斯顿致珍妮—

1916年1月29日　　　　　　　　皇家苏格兰第六燧发枪团阵地

最亲爱的妈妈：

　　[……]我今早把我的部队从战壕里带出来休息了一会儿。当然，

1　"贤士之母"原文为"the mother of the Magii"，复数形式应为"magi"；"magus"是单数。

他们表现得很好，尽可能地控制风险和遵守命令。[……]我们在前线的位置很好，交战起来风险不高。我对现实的态度越来越宿命论，当危险来临时，我一点也不担心。只有当我想到有许多事情要做，而我的真正力量却无用武之地的时候，我才会烦恼。这个国家的品格令人钦佩；记住，我们只有坚持不懈才能取胜。无论地位高低，在内阁还是在前线，生还是死，我的方针就是"继续战斗"。

很高兴您和我的一些朋友保持着联络。我希望F.E.史密斯和劳埃德·乔治将在今后几天来看我，这样我就能了解这场大戏是如何进行的了。这样的生活使我满足，现在我很快乐，很平静，因为不管怎样我们都没有置身事外。指挥一支部队就像当一艘船的船长，这是一项极具挑战性的考验，也是一种沉重的负担。特别是当所有的军官都很年轻，而士兵只经过了几个月的训练的时候；而在100码开外，就潜伏着一支德国军队，他们有着各种各样的鬼把戏。[……]

今天下午发生了一件讨厌的事。我们房子后面的田野里有个炮台，德国人想打掉它；今天下午，他们向我们发射了十几枚炮弹攻击它，在不远的地方发出巨大的爆炸声。我刚洗了个舒适的热水澡——这是一个月来最好的一次澡，感觉很清爽，这时，头顶突然传来一声巨响，这些粗心大意的博世¹炮弹在我们的屋顶上爆炸，打碎了窗户，炸起了烟尘，把我弄得脏兮兮的！这就是一个古怪的世界，我已经见怪不怪了。[……]我确信我做得对。

---

1 博世（Bosch）是德国一家著名的军工企业。——译注

您永远亲爱的儿子

温

　　1月31日晚，九艘德国海军齐柏林飞艇袭击了英国利物浦，造成70名平民死亡，113人受伤。2月1日，温斯顿和他的部队回到战壕，在里面驻守了六天六夜。

—珍妮致温斯顿—

1916年2月3日　　　　　　　　　　　　西区，布鲁克街72号

最亲爱的温斯顿：

　　你的来信给了我很大的快乐，尽管当我读到屋顶上的炸弹事件时还是感到"毛骨悚然"！亲爱的孩子，我相信上帝保佑着你，大难不死必有后福，你的宿命论很有道理。

　　昨天我和卡塞尔共进晚餐——我们一共有16人，而陪我进餐厅的是首相！起初他看上去有点迟疑，但我尽力使他放松下来，我们相处得很好。讨厌他没有用——对事情没有帮助——这样，就和不义之人交上了朋友！

　　是的！他当然问起你了，我告诉他你刚从战壕里出来，讲了洗澡和炸弹的故事。他感动得脸都红了。我真的觉得，在内心深处他很喜欢你，但他太自私了，为了自己的利益，他愿意牺牲任何人。我跟他说了你的部队，他说，"当然，这只是开始，他很快就会迈出下一步"——这就是他说的。

我们谈到了［利物浦］空袭，他似乎很平静，我回避了一些困难的话题——比如海军，甚至飞机。但不知怎的，我们聊到了喀土穆的基奇纳，我可以看出首相很［字迹模糊］，他打趣了基奇纳的"收藏"然后说——"我听说您无论如何也不愿与他往来"。

一个叫马歇尔的美国记者也在场[1]——他说他想采访首相，但他说F.O.［外交部］请求他别这么做。［……］他来见过我了，他人很有趣。他说威尔逊[2]［总统］非常想要连任，他只有一个想法——就是千方百计赢得选举。因此，马歇尔确信威尔逊打算向英国发出一份措辞严厉的声明，以争取德国人的选票。

马歇尔还说德国人在美国的宣传力度很大——每一次让政府或媒体帮助美国和英国之间达成更好的条约的尝试都受到了冷落和打击。他觉得这是非常遗憾的。我想你不会同意。

霍尔丹[3]也参加了晚宴——他告诉我他在邓迪做了一次演讲，他说海军的一切都要归功于你，你的选民欢呼雀跃。霍尔丹坚称你"没错"，很快就会回到政治前线。每个人似乎对此都很有信心。

今天我给首相寄去了《美国陷落》。你对这本书有什么想法？克莱米把书寄给你了。你觉得杰克获得的法国荣誉军团勋章怎么样？[4]

1　无法确认所说记者马歇尔（Marshall）的身份。

2　伍德罗·威尔逊（Woodrow Wilson），1913年以来的美国总统（见人名）。

3　理查德，霍尔丹子爵（Viscount Haldane），律师和哲学家；国会议员（1885—1911）；陆军大臣（1905—1912），负责军队改革；大法官（1912—1915）；1915年因亲德思想被迫辞职。

4　杰克1916年3月30日被授予十字勋章和荣誉军团勋章。

他认为这对以后前往巴黎林荫大道会有帮助。谷妮在爱尔兰总督府做客——我听说艾弗和爱丽丝太浮夸了——家中一切都以白金汉宫为标准。[1][……]

L.G.告诉我他见过你了，说你精神很好，你手下都敬仰你。他说起话来滔滔不绝，还邀请我共进午餐。他看上去像是生病了——脸色苍白——声音嘶哑。他很受欢迎，但人们对他**不**是很热情。

航空部门[2]似乎表现得很糟糕，受到了彻底的打击。最新消息是，费希尔将负责指挥这个部门——发明和建造新型飞机。我觉得很有趣，霍尔丹说他见过费希尔，后者在交谈中说道，"我曾有过远大抱负，但我就像尼布甲尼撒[3]一样——被贬到了草地上。"[……]

祝福你，亲爱的——愿上帝保佑你免受伤害。

你亲爱的

母亲

2月4日，克莱门蒂娜写信给温斯顿，告诉他劳埃德·乔治前一天来过一次，为她的一家基督教青年会餐厅开幕；她用不甚恭敬的

---

1 温伯恩勋爵2月17日就任爱尔兰总督，就在1916年4月爱尔兰复活节起义前不久。

2 1912年成立了航空委员会，作为海军部和陆军部在航空事务方面的中间机构。到1916年2月，由于陆军皇家飞行队（Royal Flying Corps）和海军皇家海军航空兵之间缺乏协调，战时委员会于2月15日成立了一个联合作战空军委员会，以协调航空部队的设计和物资供应。

3 尼布甲尼撒二世，巴比伦国王（公元前605—前562），压迫周边的民族；据《但以理书》（Daniel）记载，尼布甲尼撒在梦中无视上帝对于他的残酷的警告；于是他不得不在旷野生活了七年，"像牛一样吃草"。

语句说到劳埃德。2月6日，在旅长不在的情况下，温斯顿临时接管了他的团所属的旅。

—温斯顿致珍妮—

1916年2月7日　　　　　　　　皇家苏格兰第六燧发枪团阵地

最亲爱的妈妈：

您那封有趣的信让我很开心。您为人处世很灵活，没有给阿斯奎斯脸色看。对他生气是没有用的。人如果放任自己的个人感情，就会切断与世界的联系，而这种联系在任何时候都可能有用，而且肯定是无害的。我之所以反感他，是因为他了解我的工作，并且在事业中我们曾经共同冒险（而不仅仅是观念一致），但他把我抛弃了，甚至连为我陈述事实的努力都没有做；更重要的是，自那以后，在他执掌大权的过程中，他从来没有为我寻找一个合适的职位，让我发挥自己的能力并运用所学的知识。

如果我死于我为自己找到的这个卑微的工作，他无疑会感到遗憾和震惊。但事实仍然是，他对我不公，无视我的一些品质，而这些品质本可以在这场战争中以许多方式为公众服务。

我现在指挥这个旅，不过将军今晚休完病假回来了。我回燧发枪团去。

我从克莱米那里知道了她与L.G.见面的详细情况。她做了大量的工作，而且做得很好。注意要多联系人，常给我写信。

您永远亲爱的儿子

温

在温斯顿要回到战壕的前一天，珍妮又写了一封信。她刚去了克伦威尔路的家，她去时，克莱门蒂娜刚要出门，克莱米受邀作为阿斯奎斯家的客人去肯特海岸的沃尔默城堡过周末。这座城堡通常由"五港同盟"[1]的港务长官居住；而在战争期间，由于它与弗兰德斯前线的通信良好，现任港务长官比彻姆伯爵（Earl Beauchamp）把城堡提供给首相作为其周末的休息场所。

—珍妮致温斯顿—

1916年2月12日   布鲁克街72号

最亲爱的温斯顿：

我刚从克伦威尔路回来。我碰见了克莱米，她去沃尔默过周末。我一回家就看到了你的信。我随信寄上你可能没有看过的剪报。任何鼓动都不能让费希尔勋爵回来，即使是这个老朽的政府也会与七十五岁的费希尔划清界限！[2]我想你不会希望去空军部吧——我听说那儿还在搞分裂并且效率低下。

1　五港同盟（Cinque Ports），中世纪英格兰东南部沿岸诸港的同盟，为王室提供战船和水手。——译注

2　海军上将费希尔勋爵1916年1月25日庆祝了他七十五岁的生日。

蒙塔古告诉谷妮，政府在上个月做出的决定比在整个战争期间做出的都要重要。我们必须等待并看到这些重要提案的结果！

乔治·柯松从法国回来[1]那天和安妮·伊斯灵顿[2]共进晚餐。他讲了有关你的所有最新消息，转述了你的一些深刻分析。他似乎很喜欢你——我私下告诉你，他对F.E.[史密斯]很严厉——我知道他不喜欢F.E.。当然，F.E.树敌不少，人们都在打[压]他——但一切都会过去的。[……]

昨晚我在卡尔顿[俱乐部]吃饭——里面全是穿卡其布军装的。德比勋爵[3]举办了一个大型的家庭聚会——费迪·斯坦利[4]刚从前线回来，后者很胖，秃得厉害。雷蒙德·阿斯奎斯夫妇[5]昨天和我共进午餐——雷蒙德在这里待一个星期。休·沃伦德下周四回来休假——他们让他在战壕里待了八天，外出四天。他像你一样担任旅长。[……]

我想把房子卖掉，换一套更小更便宜的。如果可以的话，最好做个清算——现在收入减少，税收增加，一切都变得更加昂贵了。我做这个决定是很不情愿的，但既然已经做了，我就迫不及待地要把它实现。我

1　柯松勋爵2月6日与温斯顿见面，并与他一同视察前线。

2　安妮·伊斯灵顿（Anne Islington）夫人，伊斯灵顿男爵的妻子，伊斯灵顿男爵曾任印度事务的副大臣、新西兰总督（1910—1912）。

3　德比勋爵（Lord Derby），陆军部征兵事务主任。

4　费迪·斯坦利（Ferdy Stanley），德比伯爵之子；当时，他在法国近卫军服役，临时担任上校。

5　雷蒙德·阿斯奎斯夫妇（Raymond Asquiths），赫伯特·阿斯奎斯的儿子；娶了凯瑟琳（Katharine），后者娘家姓霍纳（Horner）；雷蒙德在1916年9月15日的行动中阵亡。

知道有一家玩具店正适合我——现在得先有买家！

保重，亲爱的。在一封给谷妮的信中，杰克说他希望基奇纳的名声能被揭穿。但太晚了——事已如此。再次祝福你。

致以诚挚的爱

母亲

又：S.L.[谢恩·莱斯利]与豪斯上校的一个随从[1]进行了交谈，他说豪斯上校对德国的高效率印象深刻。与此同时，八家大银行倒闭了，而[德国]马克从未如此低过。

—珍妮致温斯顿—

1916年2月20日　　　　　　　　　　　　　　　　沃里克城堡

最亲爱的温斯顿：

我要和老朋友在这里过一个星期天——我一直在看访客名册，它让我想起了很久以前！

我前几天见过L.G.，他让我告诉你，如果你要发布一份新的报告[2]，不要忘记发给C.&C.。我从L.G.那里了解到，你没有把第一篇报告寄给他，让他很不高兴。[……]

这是个多么好的地方啊！我们已经徒步了一整天，虽然有阴沉的雾

1　爱德华·豪斯（Edward House），威尔逊总统欧洲事务的首席顾问；他的随从（syce，字面意思是马倌）是他的助理。

2　温斯顿分发了一份关于通过准备更深的战壕、更坚固的防空洞和更多的沙袋来改善前线防御的文件。

霭，但还是令人愉快。我是少数几个喜欢乡村生活的"美国佬"之一。在我死之前，我希望可以买下这个小小的"锄头农场"[1]，孩子们可以来这里玩耍，我可以把它留给你们两个。

这些西班牙城堡[2]很不错，但也太平淡无奇了——想到又要搬家，我就觉得无聊。我曾希望我可以保留最后一幢房子——它那么适合我。现在有一两个人感兴趣，也许这周我就能达成协议了。我不能让它掉价，因为它是我唯一的资产了。

有天晚上，我在莫德·丘纳德家[3]听音乐的时候遇到了阿瑟·贝尔福！他问候你并说："我听说他自得其乐。"[……]

我希望不久就能收到你的来信。祝福你

你亲爱的

母亲

—温斯顿致珍妮—

1916年2月[4]23日　　　　　　　皇家苏格兰第六燧发枪团阵地

最亲爱的妈妈：

1　位于萨里郡戈德尔明附近的一处乡村田产，由温斯顿和杰克于1915年共同租用，供他们的家庭夏天使用。

2　"在西班牙建城堡"意味着培养希望或梦想，但很少有机会实现。

3　莫德·丘纳德（Maud Cunard），美国出生的社交女主人，又称埃默拉尔德（Emerald）；1895年嫁给巴赫·丘纳德爵士（Sir Bache Cunard）。

4　温斯顿在原文中将日期错写为1916年1月23日。

如果您指的是"统帅"（C.in C.）或"总司令"（Commander in Chief）的话，我在给别人看之前已经给过他一份了。所以您说的C.&C.到底是什么意思？

我期待3月2日之后回家的那一周，然后将重新考虑这件事对我的影响。我希望克莱米常把我的事务和财产状况告诉您。

明天开始我们要在战壕里待六天，任务完成后我会很高兴能有张床、洗个澡并吃一顿丰盛的晚餐。天气很冷，地上有霜。看看天气如何影响我们的巡逻和其他战壕的工作将是很有趣的。炮火似乎也受到了雾霾的影响，过去两天几乎没有炮击。我们设法取暖；但这对士兵来说很艰难。

始终是您亲爱的儿子

温

又：您放弃这所小房子是对的——尽管房子不错。随着时间的推移，压力会在各个方面逐步增加。

温斯顿和克莱门蒂娜仔细地安排了温斯顿在英国的一周的计划，预定从3月2日开始，以便能招待尽可能多的政界朋友。温斯顿希望能评估一下他在威斯敏斯特成功回归的前景。

到英国后，他听说下院将于3月7日讨论海军预算，于是他决定参加辩论。他到达伦敦的那天晚上，珍妮为温斯顿举办了宴会，让他在政界和新闻界的密友面前排练他的演讲。他当时批评了政府对战争的指挥，在这次排练中他并没有提及海军上将费希尔。

然而，在辩论中，他在严肃的演讲结束之际，建议费希尔回到海军部担任海军大臣。这个提议引来了嘲笑，并破坏了他其余计划的效果。第二天，海军部的继任者贝尔福在国会继续对温斯顿进行羞辱。3月9日，阿斯奎斯批准延长温斯顿的假期，并建议他去法国以挽救他的政治生涯——尽管这一生涯相当短暂。

温斯顿听取了首相的建议，于3月13日回到佛兰德斯。然而，他觉得他的合法地位还是回到下院。现在的问题在于他什么时候回去，而不是是否回去的问题。六天后，当他得知军队没有任命他为旅指挥官时，他的决定得到了确认；那个位置给了杰拉尔德·特罗特上校（Colonel Gerald Trotter）。

—珍妮致温斯顿—

1916年3月28日　　　　　　　　　　　　　　　　布鲁克街72号

最亲爱的温斯顿：

我不知道为什么［上次］没有给你写信，也许因为我讨厌为了写而写，因为克莱米已经把一切都告诉你了。你什么都知道了——我一直惦记你，关于你的计划，我也什么都听到了。

既然你已经下决心（我觉得这是明智的）一有机会就回来，我想你不会介意特罗特上校接任旅长一职。你当然认识他，我也认识，从南非来的。尽管已经答应过你——但首相还是一如既往地辜负了你。莫非他是黄鼠狼！！每当他在议会遇到困难时，他就会恰好得一场病，然后去

法国——接着去罗马。[1][……]

　　我还没遇到对房子感兴趣的人。[……]房子还没卖掉。当我下决心要卖的时候——却又卖不掉，确实烦人。不过我总会找到买家的。所得税很"可怕"！[2]

　　阿齐·辛克莱[3]今晚和我一起吃饭——我们此前有天谈了很久关于你的事。很难说哪一条路对你来说最合适。政府变得越来越不受欢迎，可以说是相当不可靠了。媒体也一致对其进行抨击。一场灾难就可以把他们打倒，能亲眼见证也是件好事。给我写信，告诉我有什么需要帮忙的——或者需要我帮你去见什么人！

祝福你——你充满爱的

母亲

1　阿斯奎斯一直在生病，直到3月25日离开英国，参加3月26日至28日在巴黎举行的盟国参战会议；3月30日，他前往罗马，3月31日抵达，待到4月2日。

2　1914年，所得税的标准税率为6%；1916年，这一税率上升到25%。

3　阿齐博尔德·辛克莱爵士（Sir Archibald Sinclair），温斯顿所在第六皇家苏格兰燧发枪团第二指挥官。温斯顿和阿齐博尔德爵士成了终生朋友，两人都有一位在美国出生的母亲。

温斯顿几乎每天都写信给克莱门蒂娜，讨论他回来的时间，克莱门蒂娜劝他推迟。3月底，他写信给国内的几位政界朋友，询问他们的意见。

—温斯顿致珍妮—

1916年4月3日　　　　　　　　　皇家苏格兰第六燧发枪团阵地

最亲爱的妈妈：

很高兴收到您的来信。我在这里就是日复一日地等待我所询问的事的结果。我要回去的想法没有改变。只是如何及何时的问题。我预计很快就会做出决定。但我喜欢这里的生活，想愉快地逗留几天。进出战壕，时间过得又快又容易。几天过去了，没有开枪也没有打炮；到目前为止，他们很友善，我们很幸运地来到了一条安静的战线。［……］

我一旦做出什么决定肯定会让您知道。与此同时，设法联系《每日纪事报》的唐纳德[1]，在不告诉他我的计划的前提下，设法让他对我友好，提供方便。他毕竟是费希尔派的——他应该会很乐意。

您永远亲爱的儿子

温

—珍妮致温斯顿—

1916年4月7日　　　　　　　　　西区，布鲁克街72号

亲爱的温斯顿：

1　罗伯特·唐纳德（Robert Donald），1904年起担任《每日纪事报》主编。

我在床上给你写信——并不是出了什么大问题。多年来，我一直饱受脚趾发炎——和早期静脉曲张的折磨。由于餐厅的工作，我的这些病症已经严重到了一定程度，费夫医生[1]建议我对一只脚趾动手术——其他脚趾日后再说，我就做了治疗。我疼了几天，胃又胀气，不过现在好了——下周拆线——再过几天就差不多了。人们很友善，我的房间都快成花店了。

想不到这儿会有贼——他们把客厅一个玻璃陈列柜里的东西全拿走了，不幸的是，里面摆着我所有最珍贵的小工艺品，包括我所有的王室礼物——大概有七八件；他们本可以拿走更多的东西，但里弗斯[2]房间的门砰地响了一声，他们就逃走了。

我对你的信很感兴趣——说来也怪，我最近的确有机会去见见唐纳德，谈些军需品的事，不妨听听他自吹自擂，我可以借此机会打听他对形势的看法。我听说博纳·劳一手掌控着政府，但他不想让事情变得更糟。卡尔森[3]在最后一刻可能会失败或他的健康状况恶化，政府对此均持谨慎态度。在我看来，他似乎正错失时机。

与此同时，莫顿[弗雷文]收到一封来自华盛顿的电报，说[西奥

1　无法确定费夫（Feiff）医生具体是谁（珍妮可能拼写错了：Pfeiff这个名字更常见）。

2　布鲁克街72号珍妮的仆人；一个叫艾米丽·里弗斯（Emily Rivers）的仆人在1921年珍妮去世后曾写信给温斯顿。

3　爱德华·卡尔森爵士（Sir Edward Carson），律师，国会议员，北爱统一党领袖（1910—1921）；1915年10月从联合内阁辞职；人们普遍认为，要想让阿斯奎斯下台，他的支持至关重要。

多]罗斯福[1]和伊莱休·鲁特[2]在疏远了五年后再度携手合作，这位鲁特很可能会竞选总统，而威尔逊肯定会被击败。[3]

我不多写了。祝福你，上帝保佑你。

你亲爱的母亲

又：上周，首相的肖像在大剧场[4]遭到嘘声！

4月19日，温斯顿回到伦敦，在4月25日于下院举行的关于征兵问题的闭门会议上发言。他请求军事当局允许他在伦敦再逗留两个星期，等待联合政府的新危机自行解决，但他所在的部队于4月27日重新被调往战线，他被召回普卢赫斯泰尔特。

这是他最后一段战壕经历，因为皇家苏格兰燧发枪团的第六营和第七营在战争中都很疲惫，军事当局决定将他们合并，由第七营上校统一指挥，该上校是一名职业军人。温斯顿利用这个机会重新开始他的议会生活，于5月7日离开了佛兰德斯。

从那以后，珍妮和温斯顿经常见面，所以不必再写信了。他们

1　西奥多·罗斯福（Theodore Roosevelt），前美国总统（1901—1909）；他强烈批评威尔逊总统的战时政策，但拒绝被进步党提名参加1916年的总统选举。

2　伊莱休·鲁特（Elihu Root），美国陆军部部长（1899—1904）；国务卿（1905—1909）；诺贝尔和平奖得主（1912）；来自纽约的参议员（1909—1915）。

3　伍德罗·威尔逊在1916年的总统选举中以微弱优势击败了他的共和党对手查尔斯·休斯（Charles Hughes）（见人名）。

4　伦敦圣马丁街的伦敦大剧场，于1904年开放；1914年后，它开始举行表演晚会，为战争救济筹集资金。

6月一起待在赫斯特蒙索城堡，8月又在布伦海姆见面。在接下来的战争时间里，他们之间没有再通信。

　　加里波利战役失败造成了长久的不良影响，温斯顿在1916年的剩余时间里一直试图重返政坛前线，即使在12月劳埃德·乔治把阿斯奎斯赶下台后也是如此。1917年3月是个转折点，达达尼尔海峡委员会发布了第一份报告，明确指出失败的责任应由各方共同承担。到1917年7月，劳埃德·乔治觉得自己的政治地位足够稳固，有能力恢复温斯顿的内阁职位（即使未能让他进入战时内阁），命其担任军需大臣。

　　1918年3月，珍妮六十四岁，在蒙塔古·帕奇的陪伴下，到爱尔兰去看她的妹妹莱奥妮，帕奇当时四十一岁，他请了三周的假离开前线。珍妮是1914年战争爆发前，在罗马的一个家庭婚礼上第一次遇见帕奇的。他是一个文静、谦恭的男子，来自格拉斯顿伯里的一个地主家庭。

　　1918年6月1日，帕奇成为珍妮的第三任丈夫。这次她提前设定了两个条件：当战后帕奇恢复他在尼日利亚的公务员工作时，她不会去和他住在一起；她也不会改变自己的名字——伦道夫·丘吉尔夫人。

遗言（1920—1921）

"你很疲倦，还有点灰心丧气"

1919年1月9日，他母亲六十五岁生日那天，温斯顿成为负责陆军和空军事务的防务大臣，加入了大卫·劳埃德·乔治战后重建的内阁，后者仍然担任首相。新婚的珍妮还是那么活跃，在海德公园附近重新装修了新房，结交朋友，学习新舞蹈，第一次坐飞机，还在战后的伦敦推动戏剧和歌剧的复兴。

1920年7月，她要求在陆军部工作的温斯顿抽出十分钟时间接待来访的欧洲印度协会理事会主席G.摩根先生（Mr G. Morgan），后者曾公开赞同戴尔将军（General Dyer）的行动。1919年7月，英国将军戴尔命令军队向印度阿姆利则手无寸铁的抗议者开火；军队打死了至少379名印度人，可能多达1000人。

对于这位将军的举动，在英国国内和印度，各方意见不一。以印度事务大臣埃德温·蒙塔古为首的英国政府谴责了戴尔；温斯顿也在下院强烈地批评了这位将军。

—珍妮致温斯顿—

1920年7月16日　　　　　　　　　　海德公园，卫斯特柏恩街8号

最亲爱的温斯顿：

你和克莱米8月把房子让给我住，真是太慷慨善良了。我无法表达对你们俩的感激之情，为此我写信给克莱米了。

同时，我想知道你能否在陆军部抽出十分钟时间见一下摩根先生，他是欧洲印度协会的主席，明天返回印度，他很想和你说几句话——他是个迷人的男子，在印度颇有影响力。他曾多次会见蒙塔古。见见他吧。如果不听一下他的观点，那就太遗憾了，因为他比任何人都更了解印度的情况。他对你没有敌意——给我打个电话，我会转达你的口信。

爱你

母亲

—珍妮致温斯顿—

1920年8月5日　　　　　　　　　　　　　　波特曼街18号

最亲爱的温斯顿：

你的来信［遗失］使我深受感动。很高兴你感到自己处于爱和同情的氛围中——你很疲倦，还有点灰心丧气。我们都有这样的感觉——出于种种原因。我知道一切都会好的。祝福你，告诉我你什么时候再来。你永远很受欢迎。

你亲爱的

母亲

又：问候克莱米

1921年1月1日，大卫·劳埃德·乔治要求温斯顿从陆军部转到殖民地事务部，因为在陆军部，温斯顿曾因英国对俄国布尔什维克革命的反应与首相发生冲突。在温斯顿的建议下，殖民地事务部将承担额外的责任——新设立的国际联盟[1]授权英国监督战后中东问题新的解决方案的执行情况。

他的任命消息直到2月13日才公布。

—珍妮致温斯顿—

1921年2月14日   伯克利广场16号

亲爱的温斯顿：

明晚（周二）你结束在伯恩斯家的晚餐后**务必**到这儿来一下——F.E.[2]和他妻子、杰克和谷妮，还有众多你喜爱的亲友都在这儿。我想让你看看谷妮的照片——也得给你的照片配个相框。你能借我一个画架吗？都会还给你的——"诚实的印第安人"！

你亲爱的

母亲

1　国际联盟（League of Nations），简称"国联"，第一次世界大战后建立的国际组织，1920年随《凡尔赛和约》生效而宣告成立，1946年解散。——译注

2　之前提到的F.E.史密斯，现任大法官，人称伯肯赫德勋爵（Lord Birkenhead）（见人名）。

又：早点来！

1921年3月1日晚上，温斯顿将离开伦敦前往马赛，在那里，一直在法国南部打网球比赛的克莱门蒂娜将与他相会。然后，他们将一起前往开罗，温斯顿将在开罗主持一场重塑中东边界的会议。

—珍妮致温斯顿—

1921年3月1日　　　　　　　　　　　　　　伯克利广场16号

最亲爱的温斯顿：

写信只是要祝你旅途愉快——以及快去快回。代我问候克莱米——我希望你不会发现她的"实力"有什么问题。我会照看孩子，告诉你他们的情况。他们都是亲爱的宝贝，你们俩也都很棒！

祝福你

你亲爱的

母亲

4月，珍妮去罗马之前，住在法国里维埃拉海滨卡普戴尔的莱弗里家。温斯顿和克莱门蒂娜从开罗返回途中也参加了家庭聚会。

珍妮到达意大利首都罗马后，她的朋友塞蒙内塔（Sermonetta）公爵夫人陪她去购物，庆祝她最近在伦敦房地产市场的成功（珍妮用新婚丈夫的钱，在伦敦伯克利广场买了一处地产，然后把它卖掉，赚了15000镑）。她告诉妹妹莱奥妮，罗马"很热闹，有赛马，有舞蹈，还有古董"。

回到伦敦后，她给温斯顿写了现存最后一封信，信的内容与她的侄女克莱尔·谢里丹（Clare Sheridan）有关。1915年，克莱尔的丈夫威尔弗雷德（Wilfred）阵亡后，克莱尔就开始从事雕塑工作。温斯顿一直都很支持他表妹这一职业，并且很欣赏她的艺术气质，但是1920年9月她为到访伦敦的苏联代表团的两名成员做了雕像——该团是政府公开回避的一个代表团。更糟糕的是，克莱尔接受了代表团的邀请，去莫斯科为列宁和托洛茨基两人做雕像。

—珍妮致温斯顿—

[1921年4月27日]星期三　　　　　　　　伯克利广场16号

最亲爱的温斯顿：

今天早上我收到了所附的克莱尔的来信。她求我把信<u>直接</u>转给你。她可怜地乞求善意的理解。别对她太苛刻。

祝福你——你知道我等你明天来吃饭，还有杰克和莱弗里夫妇。我尽可能明天上午去——十点十五分，但可能会跟你错过。

　　　　　　　　　　　　　　　　　　　爱你

　　　　　　　　　　　　　　　　　　　母亲

珍妮在罗马买了一双时髦的高跟鞋。6月初，她在朋友霍纳夫人[1]在萨默塞特的家中穿上了这双鞋。用餐的铃声响起时，她匆忙下楼，不慎滑倒，从楼梯上摔了下来，脚踝严重骨折。

珍妮被送回伦敦，她因疼痛卧床好几天。伤口感染，然后变成了坏疽，外科医生不得不将她的小腿截肢。珍妮好像恢复得很好，但到6月29日早晨，忽然大出血去世。温斯顿到她家时已经太晚了，来不及与母亲告别。

三天后，珍妮的葬礼在布伦海姆庄园边上布雷登村的一个小教堂里举行，伦道夫勋爵就葬在那儿。她的现任丈夫蒙塔古·帕奇仍在尼日利亚，[2]所以她的儿子们跟着她的棺木走进教堂墓地，他们的表亲奥斯瓦尔德·弗雷文（Oswald Frewen）在日记中写道，教堂里有"一位富有同情心的牧师，唱诗班里响起男孩和女人们的声音，坟茔里摆放着白玫瑰和淡紫色的兰花"。[3]

温斯顿保留了全世界两百多家报纸发表的关于他母亲的讣告。在英国，从《阿伯丁自由报》（Aberdeen Free Press）到《约克郡晚报》（The Yorkshire Evening Post）都刊登了珍妮的讣告；在美国，从《波士顿环球报》（The Boston Globe）到《圣路易斯星报》

1　霍纳夫人（Lady Horner）于1883年嫁给了大律师约翰·霍纳爵士；他们有四个孩子，其中一个现在是雷蒙德·阿斯奎斯的遗孀。弗朗西斯的父亲约翰·格雷厄姆（Johnj Graham）一直是爱德华·伯恩斯－琼斯（Edward Burns-Jones）和其他拉斐尔前派艺术家的主要赞助人。

2　1926年，帕奇与一位意大利女子再婚，一直住在意大利，直到其妻子1938年去世；他于1964年在萨默塞特去世，享年八十七岁。

3　A.莱斯利：《珍妮》，第355页。

（*The St. Louis Star*）的种种媒体亦报道了这一消息。

　　她的儿子们收到了无数的唁电唁函。温斯顿简单地回复了大卫·劳埃德·乔治的一封信函："我母亲具有精神上永葆青春的天赋。"[1]

1　P.丘吉尔和J.米切尔:《珍妮》，第267页。

附　录

人　名

在下面列出的丘吉尔家族和杰罗姆家族中，人物关系（显示在每个条目下的括号中）是指该亲属和珍妮，以及和温斯顿之间的关系（姓名后的时间为生卒年，介绍中括号内的时间为担任该职务的时间）。

丘吉尔家族

理查德·乔治·柯松，后来的豪伯爵（1861—1929）

（小姑夫，姑父）

1876年任子爵；1883年娶乔治亚娜，后者娘家姓斯宾塞–丘吉尔；保守党国会议员，王室财务主管（1885—1900）；伦道夫勋爵遗嘱的受托人和执行人（1895—1908）；1900年继承伯爵爵位；亚历山德拉王后的宫内大臣（1903—1925）。

艾弗·格斯特，第一代温伯恩男爵（1835—1914）

（大姑夫，姑父）

铁器制造商乔舒亚·格斯特爵士（Sir Joshua Guest）之子，威尔士道勒斯铸铁厂老板；1852年继承男爵爵位和生意；几次成为保守党议员的尝试均告失败；1880年受封男爵；关税改革后离开保守党，成为自由党贵族。

科妮莉亚·格斯特（1848—1927）

（大姑子，姑妈）

娘家姓斯宾塞–丘吉尔；1868年嫁给艾弗·格斯特爵士（后来成为温伯恩男爵），有五个孩子；活跃的慈善家。

艾弗·格斯特，第一代温伯恩子爵（1873—1939）

（外甥，表兄）

国会议员（1900—1904年任保守党议员，1904—1910年任自由党议员）；1910年封阿什比圣莱杰斯男爵（Baron Ashby St. Legers）；财政部主计长（1910—1912）；1914年继承温伯恩男爵；爱尔兰总督（1915—1918）；1918年封子爵。

弗雷德里克·格斯特（"弗雷迪"）（1875—1937）

（外甥，表弟）

温伯恩勋爵夫妇的第三个儿子；加入军队，在埃及、南非服役（1894—1907）；1895年与艾米·菲普斯结婚，有三个孩子；1906年为温斯顿的私人秘书；自由党议员（1910—1922；1923—1924）；后回到军队（1914—1917）；1917年成为联合自由党议员，多数党领袖；空军大臣（1921—1922）；1924年率英国队参加奥运会马球比赛；保守党议员（1931—1937）。

爱德华·梅杰里班克斯，第二代特威德茅斯男爵（1849—1909）

（姑夫，姑父）

1873年娶范妮·斯宾塞–丘吉尔为妻，有一子；自由党议员（1880—1894）；1894年封男爵，掌玺大臣，兰开斯特公爵领地事务大臣（1894—1895）；海军大臣（1905—1908）；枢密院议长（1908）；1904年妻子去世后，他卖掉了在圭萨珊的房产。

弗朗西丝·斯宾塞–丘吉尔，第七代马尔伯勒公爵夫人（1822—1899）

（婆婆，祖母）

娘家姓文（Vane），第七代马尔伯勒公爵遗孀，两人育有十一个孩子；一个在家族和布伦海姆庄园里盛气凌人的人物，她为振兴这个庄园做了很多事。

莉莲·斯宾塞–丘吉尔，第八代马尔伯勒公爵夫人（"莉莉"）（1854—1909）

（妯娌，伯母）

娘家姓普赖斯，生于纽约州特洛伊；先嫁给纽约地产大亨路易斯·汉默斯利（Louis Hammersley，1883年去世）；1888年改嫁第八代马尔伯勒公爵（死于1892年）；1895年第三次婚姻嫁给威廉·贝雷斯福德勋爵（Lord William Beresford，死于1900年），此后她被称为威廉·贝雷斯福德夫人。

查尔斯·斯宾塞–丘吉尔，第九代马尔伯勒公爵（"桑尼"）（1871—1934）

（内侄，堂兄）

1892年，二十一岁时成为第九代公爵；保守党贵族；财政部主计长（1899—1902）；负责殖民地事务的副大臣（1903—1905）；1895年与美国女继承人孔苏埃洛·范德比尔特结婚，有两个孩子；1906年分居，1921年离婚；1921年再婚，娶格拉迪斯·迪肯（Gladys Deacon）。

孔苏埃洛·斯宾塞–丘吉尔，第九代马尔伯勒公爵夫人（1877—1964）

（侄媳，堂嫂）

娘家姓范德比尔特，美国百万富翁威廉·范德比尔特和妻子阿尔瓦（Alva）的女儿；在她母亲的坚持下，1895年孔苏埃洛带着丰厚的嫁妆，嫁给了第九代马尔伯勒公爵，育有两个儿子；1921年再婚，嫁给雅克·巴尔桑（Jacques Balsan）；作家，著有《金粉浮华》（*The Glitter and the Gold*，1921）。

查尔斯·范恩－坦皮斯特－斯图尔特，第六代伦敦德里侯爵（1852—1915）

（表弟，表叔）

爱尔兰和英格兰地主，保守党政治家；国会议员（1878—1884）；1875年与特蕾莎·塔尔博特女士（Lady Theresa Talbot）结婚，有三个孩子；印度总督（1886—1889）；邮政大臣（1900—1902）；教育大臣（1902—1905）；枢密院议长（1903—1905）。

杰罗姆家族

克拉丽塔·弗雷文（"克拉拉"）（1851—1935）

（姐姐，姨妈）

杰罗姆姐妹中的老大；嫁给莫顿·弗雷文，育有四个孩子。

莫顿·弗雷文（1853—1924）

（姐夫，姨父）

娶克拉丽塔·杰罗姆为妻；在美国怀俄明州买了一个牧场；连续创业（大多失败）；撰写经济事务的文章，包括金银二本位制（bi-metallism）、关税改革等。

克拉拉·杰罗姆（1825—1895）

（母亲，外祖母）

娘家姓霍尔（Hall）；1849年在纽约嫁给伦纳德·杰罗姆，有四个女儿（卡米尔八岁去世）；1867年随女儿们移居欧洲。

伦纳德·杰罗姆（1817—1891）

（父亲，外祖父）

曾就读于新泽西学院和联合学院；纽约州罗切斯特的一名律师；以报业和金融业企业家的身份移居纽约；建造杰罗姆大厦，位于麦迪逊大道和第26街的拐角处；歌剧迷；美国赛马会和纽约杰罗姆公园赛马场创始人。

约翰·莱斯利（"谢恩"）（1885—1971）

（外甥，表弟）

莱奥妮之子；1912年与玛乔丽·艾德（Marjorie Ide）结婚；加入英国救护队（1914—1915）；英国驻美大使助理（1916—1918）；作家；1944年继承男爵爵位；1958年再婚，娶卡罗拉·莱恩（Carola Laing）。

莱奥妮·莱斯利（1859—1943）

（妹妹，姨妈）

杰罗姆姐妹中最小的一个；嫁给了军人约翰·莱斯利，他是北爱尔兰7万英亩土地的继承人，他们有五个孩子。

珍妮的朋友

阿尔伯特·爱德华（"伯迪"），威尔士亲王（1841—1910）

维多利亚女王和阿尔伯特亲王的第二个孩子和长子；1863年与丹麦公主亚历山德拉结婚，有六个孩子；因风流韵事而名声大噪；1901年继承王位，称爱德华七世。

亨利·布勒特伊（1847—1916）

侯爵；入伍（1879—1877）；国会议员（1877—1892）；威尔士亲王、俄国皇室成员和珍妮的朋友；第一次婚姻娶了康斯坦丝（Constance），第二次婚姻娶了美国的玛塞丽特·加纳（Marcellite Garner），借助她的财富布勒特伊城堡得以重建，她还在巴黎买了一幢大房子；马塞尔·普鲁斯特（Marcel Proust）的朋友，普鲁斯特根据亨利·布勒特伊为原型，在小说《追忆似水年华》（*A la Recherche du Temps Perdu*）中塑造了阿尼巴尔·德·布雷奥泰（Hannibal de Bréauté）这一人物。

欧内斯特·卡塞尔（1852—1921）

出生于德国的一个犹太家庭；1869年抵达利物浦；1870年在伦敦开始自己的银行业务；他是铁路公司、糖业、钻石和金矿的主要投资者；1899年获得爵位；威尔士亲王（后来的爱德华七世）的财务顾问；1910年国王去世后退休。

威廉·科克兰（"伯克"）（1854—1923）

出生于爱尔兰斯莱戈郡；在法国接受教育；1871年移民美国；教师；1876年取得律师资格；美国众议院议员（1887—1889，1891—1895，1904—1909，1921—1923）。

珀尔·克雷吉（1867—1906）

出生于波士顿，娘家姓理查兹（Richards），出生后不久移居伦敦；1886年结婚，有个儿子，1895年离婚；创作小说，包括《情感与道德》（*Some Emotions and a Moral*，1891），还有五部剧本，包括《使节》（*The Ambassador*，1898），笔名约翰·奥利弗·霍布斯（John Oliver Hobbes）；为《盎格鲁-撒克逊评论》撰稿；珍妮的文学顾问。

爱德华七世，见阿尔伯特·爱德华（"伯迪"），威尔士亲王

亨德里普夫人（1846—1939）

娘家姓乔治亚娜·米利森特（Georgiana Millicent），1868年嫁给塞缪

尔·奥尔索普，后者是啤酒酿造师，国会议员，1887年成为亨德里普男爵；宅邸是伍斯特郡的亨德里普府。

莫里茨·赫希（"莫里斯"）（1831—1896）

男爵，德国犹太金融家；在布鲁塞尔接受教育；1855年娶了银行业继承人克拉拉·比肖夫斯海姆；进入比肖夫斯海姆-戈尔德施米特家族（Bischoffsheim & Goldschmidt）银行业务；先后居住在巴黎、伦敦和匈牙利；慈善家，支持犹太教育（他的妻子也如此，妻子于1899年去世）；收养了莫里斯·德·福雷斯特。

苏珊·热恩（1845—1931）

娘家姓斯图尔特-麦肯齐（Stewart-Mackenzie），生于德国，1871—1878年嫁给约翰·斯图尔特上校（Colonel John Stewart），有两个女儿；1881年嫁给弗朗西斯·热恩，即后来的圣赫利尔男爵（Baron St Helier），有一子；社交女主人、散文家、慈善家；伦敦郡议会（London County Council）议员（1910—1927）；1925年封为女爵士。

爱丽丝·凯珀尔（1868—1947）

娘家姓埃德蒙斯通（Edmonstone）；1891年嫁乔治·凯珀尔，育有两个女儿；社交女主人，威尔士亲王、即后来的爱德华七世的情妇，从1898年直到他1910年去世；1925—1940年居住在意大利。

卡尔·金斯基（"查尔斯"）（1858—1919）

奥匈帝国亲王之子；骑手、外交官；与珍妮长期有婚外情；1895年娶伊丽莎白·沃尔夫-梅特涅·祖尔·格拉夫特女伯爵（Countess Elisabeth Wolf-Metternich zur Graft）；居住在伦敦，直到1914年战争爆发；拒绝在战争中与英国作战，所以在东线服役。

西格斯蒙德·诺伊曼（1815—1916）

生于巴伐利亚；南非矿业的金融家；赛马场老板；娶了阿尔瓦——一个热衷运动的女人；伦敦诺伊曼公司所有者；伦敦联合股份有限公司、非洲金融公司和其他公司的董事；以开发南非钻石矿产致富；1912 年封准男爵。

汉斯·冯·霍赫贝格（普勒斯）（1861—1938）

参加德国军队（1881—1882）；1882 年成为亲王；世界狩猎之旅（1883—1885）；1885 年出任外交官，1890 年派驻伦敦；1891 年与玛丽·康沃利斯–韦斯特（Mary Cornwallis-West）结婚，有四个孩子，1923 年离婚；1907 年成为普勒斯亲王；德国陆军上校（1914—1918）；保留波兰地产，1922 年成为波兰公民；1925 年再婚，娶克洛蒂尔德·德·坎达莫（Clotilde de Candamo），1934 年离婚。

休·沃伦德（1868—1926）

第六代男爵乔治·沃伦德爵士的小儿子；加入近卫掷弹兵团（Grenadier Guards），后来升任上校；珍妮的朋友莫迪·沃伦德夫人的小叔子；一生未婚。

伊丽莎白·威尔顿（1836—1910）

娘家姓克雷文（Craven）；第三代威尔顿伯爵遗孀，威尔顿伯爵 1885 年去世；1886 年再婚，嫁给亚瑟·普莱尔（Arthur Pryor）；常在莱斯特郡梅尔顿莫布雷附近的埃格顿木屋举办狩猎聚会，这是贝尔沃、科特斯莫尔和夸恩狩猎的最佳地点；她没有孩子，在写给珍妮的信中自称"你的干妈"。

弗雷德里克·沃尔弗顿（"弗雷迪"）（1864—1932）

格林银行家族成员；1895 年与伊迪丝·沃德结婚；1888 年继承男爵爵位；《索马里兰五个月的运动》（*Five Months' Sport in Somali Land*, 1894）的作者；1900

年布尔战争中在帝国志愿军服役；保守党贵族；王室副总官（1902—1905）。

温斯顿的朋友

雷金纳德·巴恩斯（1871—1946）

1881年加入陆军预备役，1890年加入正规军；1890年陪同温斯顿前往古巴和印度（1895—1899）；1899—1901年在南非服役（布尔战争），印度服役（1904—1906），马耳他服役（1909—1911）；1911年任陆军中校；法国服役（1914—1918），1915年升准将，1918年任少将；1919年获得爵位；1921年娶贡希拉·维克（Gunhilla Wijk），有个儿子。

詹姆斯·加文，简称"J.L."（1868—1947）

记者（1891）；《每日电讯报》主笔（1899）；《展望》编辑（1904—1906）；《观察家报》编辑（1908—1942）；《大英百科全书》（*Encyclopaedia Britannica*）编辑（1926—1932）；《约瑟夫·张伯伦传》（*The Life of of Joseph Chamberlain*，1932）作者。

阿尔弗雷德·哈姆斯沃斯，第一代诺思克利夫子爵（1865—1922）

自由记者（1870）；1887年创办了一家杂志，后来其杂志社发展成为联合报业公司（与弟弟哈罗德合作）；1894年收购《新闻晚报》；1896年创办《每日邮报》；1905年收购《观察家报》（1912年卖出），1908年接手《泰晤士报》；1904年获得爵位；1905年封诺思克利夫男爵；1917年封子爵。

约翰·莱弗里（1856—1941）

生于爱尔兰；曾在格拉斯哥、巴黎学习绘画；1889年与凯瑟琳·麦克德莫特（Kathleen MacDermott，死于1891年）结婚，有个女儿；1909年与黑兹尔·马丁（Hazel Martyn）结婚；官方艺术家（1914—1918）；1918年获得爵位；
1921年入选皇家艺术院。

爱德华·马什（1872—1953）

1896年获得公职，担任殖民地事务大臣约瑟夫·张伯伦的私人秘书；他
于1905—1915年、1917—1922年及1924—1929年担任温斯顿内阁不同职位时
的私人秘书；首相私人秘书助理（1915—1916）；殖民地事务大臣的私人秘书
（1929—1937）；1937年退休并封为爵士；编辑《乔治诗集》（*Georgian Poetry*）
（1912—1922）；鲁伯特·布鲁克（Rupert Brooke）遗嘱的文学执行人。

帕梅拉·普劳登（1874—1971）

印度海得拉巴英国公民（高级文职官员）的女儿；拒绝了温斯顿的求婚
（1899—1900）；1902年嫁给利顿伯爵并育有四个孩子。

弗雷德里克·史密斯，第一代伯肯赫德子爵，简称"F.E."（1872—1930）

在牛津大学教授法律（1896—1899）；1891年与玛格丽特·弗诺（Margaret
Furneaux）结婚，有三个孩子；1908年任王室法律顾问；保守党议员（1906—
1918）；入伍（1914—1915）；1915年任副检察长，总检察长（1915—1919）；
上院大法官（1919—1922）；印度事务大臣（1924—1928）；1919年封伯肯赫德
男爵；1921年封子爵；死于肝硬化引起的并发症。

政治家

赫伯特·阿斯奎斯（1852—1928）

牛津大学巴利奥尔学院（Balliol College）研究生（1874—1882）；《旁观者》
《经济学人》记者（1876—1888）；御用大律师（1890）；国会议员（1886—

1918，1920—1924）；内政大臣（1892—1895）；大律师（1895—1905）；财政
大臣（1905—1908）；自由党领袖和首相（1908—1916）；1924年封牛津和阿斯
奎斯伯爵。

亚瑟·贝尔福，第一代贝尔福伯爵（1848—1930）

前首相索尔兹伯里勋爵的侄子；保守党领袖（1892—1905）；前苏格兰事务
大臣（1886—1887）；爱尔兰布政司（1887—1891）；首相（1902—1905）；海
军大臣（1915—1916）；外务大臣（1916—1919）；1922年封伯爵。

安德鲁·博纳·劳（1858—1923）

出生于新布伦瑞克殖民地（现属加拿大），1870年移居苏格兰；1874年进入
钢铁业；国会议员（1890—1923）；1891年与安妮·罗布利（Annie Robley）结
婚，有六个孩子；商务部政务次官（1902—1905）；殖民地事务大臣（1915—
1916）；财政大臣（1916—1919）；掌玺大臣（1919—1921）；首相（1922—
1923，在位221天）。

维克多·布鲁斯，第九代埃尔金伯爵（1849—1917）

托马斯·布鲁斯（Thomas Bruce）的孙子，第七代伯爵托马斯·布鲁斯
曾把雅典帕台农神庙（Parthenon）的雕像，即所谓埃尔金大理石雕像（Elgin
Marbles）运到英国；维克多·布鲁斯1863年继承伯爵爵位；1876年娶康斯坦
丝·卡内基女士（Lady Constance Carnegie），有十一个孩子；作为自由党成员
进入政界；1886年成为王室财务主管；印度总督（1894—1899）；埃尔金委员会
主席，参与布尔战争（1902—1903）；殖民地事务大臣（1905—1908）。

亨利·坎贝尔-班纳曼（1836—1908）

1858年加入格拉斯哥家族布艺公司，1860年成为公司合伙人；1860年与莎

拉·布鲁斯（Sarah Bruce）结婚，没有孩子；自由党议员（1868—1908）；陆军
部财政司司长（1871—1874，1880—1882）；爱尔兰布政司（1882—1883）；陆
军大臣（1886，1892—1895）；1895 年获得爵位；反对党领袖（1899—1905）；
首相（1905—1908）。

约瑟夫·张伯伦（1836—1914）

企业主，伯明翰市长；三十九岁时成为自由党议员；商务大臣（1880—
1885）；1886 年因爱尔兰自治问题辞职，导致自由党分裂；1895 年领导分离的自
由党统一派，最终与保守党组成联合政府；殖民地事务大臣（1895—1903）；因
关税改革问题辞职，导致统一党分裂。

乔治·纳撒尼尔·柯松，第一代柯松侯爵（1959—1925）

国会议员（1886—1898）；印度事务副大臣（1891—1892），主持外交事务
（1895—1898）；印度总督（1899—1905）；联合政府内阁大臣（1915）；上院领
袖（1916）；外务大臣（1919—1924）；枢密院议长（1924—1925）；1911 年封
伯爵；1921 年封侯爵。

本杰明·狄斯雷利，第一代比肯斯菲尔德伯爵（1804—1881）

生于犹太家庭，十二岁时皈依英国国教；律师（1821—1824）；投资者兼
新闻记者，背负巨额债务（1824—1825）；《薇薇安·格雷》（*Vivian Grey*）、《科
宁斯比》（*Coningsby*）和《西比尔》（*Sybil*）等小说的作者，前往欧洲各地旅
行（1826—1837）；保守党议员（1837—1876）；1839 年与玛丽·安妮·刘易斯
（Mary Anne Lewis）结婚，没有孩子；财政大臣（1852，1858—1859，1866—
1868）；反对党领袖（1868—1874，1880—1881）；首相（1868，1874—1880）；
1876 年封伯爵；最后一部小说《恩底弥翁》（*Endymion*）出版于 1880 年。

吉尔伯特·埃利奥特-默里-基宁蒙德，第四代明托伯爵（1845—1914）

1867年入伍；曾在印度、南非、埃及和加拿大服役，1889年退役；1883年娶玛丽·格雷女士（Lady Mary Grey）为妻，有五个孩子；1891年继承伯爵爵位；加拿大总督（1898—1904）；印度总督（1905—1910）。

罗伯特·加斯科因-塞西尔，第三代索尔兹伯里侯爵（1830—1903）

牛津万灵学院研究生（1853）；国会议员（1853—1866）；大东方铁路公司（Great Eastern Railway Company）董事长（1868—1872）；1868年继承侯爵爵位；印度事务大臣（1874—1878）；保守党领袖（1881—1902）；首相、外务大臣（1885—1886年1月，1886年7月—1892，1895—1902）。

威廉·格拉斯顿（1809—1898）

保守党议员（1933—1945）；1839年与凯瑟琳·格琳（Catherine Glynne）结婚，有八个孩子；陆军部和殖民地事务副大臣（1835）；商务大臣（1843—1845）；殖民地事务大臣（1845—1846）；自由党议员（1847—1895）；财政大臣（1852—1855，1859—1866，1880—1882）；首相（1868—1874，1880—1885，1886，1892—1894）。

爱德华·格雷，第一代格雷子爵（1862—1933）

1882年封从男爵；自由党议员（1885—1916）；1885年娶多萝西·威灵顿（Dorothy Widdrington），没有孩子；外交事务副大臣（1892—1895）；外务大臣（1905—1916）；1916年封子爵；驻美大使（1919—1920）；1922年娶帕梅拉，即格伦康纳女士（Lady Glenconner）。

大卫·劳埃德·乔治，第一代劳埃德·乔治伯爵（1863—1945）

律师（1884—1905）；1888年与玛格丽特·欧文（Margaret Owen）结婚，

有五个孩子；自由党议员（1890—1945）；商务大臣（1905—1908）；财政大臣（1908—1915）；首相（1916—1922）；自由党领袖（1926—1931）；1941年玛格丽特去世后，1943年他又娶了弗朗西丝·史蒂文森（Frances Stevenson，1913年后成为他的秘书和情人）；1945年封伯爵。

约翰·莫利，第一代莫利子爵（1838—1923）

1870年与罗丝·艾林（Rose Ayling）结婚，没有孩子；律师（1873）；《双周评论》（1867—1882）、《蓓尔美尔公报》（*Pall Mall Gazette*，1880—1883）记者、编辑；格拉斯顿派自由党议员（1883—1908）；爱尔兰布政司（1886，1892—1895）；《格拉斯顿传》（*Life of Gladstone*，1903）作者；印度事务大臣（1905—1910）；1908年封子爵；枢密院议长（1910—1914）；其他文学作品包括奥利弗·克伦威尔（Oliver Cromwell）、理查德·科布登（Richard Cobden）、罗伯特·沃波尔（Robert Walpole）的传记。

阿奇博尔德·普里姆罗斯，第五代罗斯伯里伯爵（1847—1929）

后来的达尔梅尼勋爵；1858年继承伯爵爵位；1886年任自由党政府外务大臣；首相（1894—1895）；反对党领袖（1895—1896）；运动员和历史学家，为查塔姆勋爵（Lord Chatham，老皮特）、小皮特（Pitt the Younger）、拿破仑（Napoleon）和伦道夫·丘吉尔勋爵写传记。

伍德罗·威尔逊（1856—1924）

学者、教授；1885年与埃伦·埃克森（Ellen Axson）结婚；美国普林斯顿大学校长（1902—1910）；新泽西州州长（1911—1913）；美国第28届总统（1913—1921）。

乔治·温德姆（1863—1913）

1883年入伍；亚瑟·贝尔福的私人秘书（1887）；保守党议员（1889—

1913）；1898年创办《展望》杂志；陆军部副大臣（1898—1900）；爱尔兰布政司（1900—1905）；几本诗歌和传记的作者，包括《沃尔特·司各特》（*Walter Scott*，1908）。

军　人

威廉·贝雷斯福德勋爵（1847—1900）

入伍（1867），最初在印度服役；1879年因祖鲁战争获维多利亚十字勋章；回到印度，在加尔各答草坪俱乐部赛中四次赢得总督杯；1895年娶马尔伯勒公爵夫人莉莲；有一个儿子。

威廉·伯德伍德，第一代伯德伍德男爵（1865—1951）

1883年入伍，在印度和南非服役（布尔战争）；军事部长助理，驻印英军总司令（1902）；印度军需官（1911）；澳新军团中将指挥官（1914），指挥加里波利登陆（1915年4月）；地中海远征军临时总司令（1915年12月）；澳新第一军团、驻法英国第五军指挥官（1916—1918）；1916年封从男爵；陆军元帅，驻印英军总司令（1925）；封男爵（1938）。

詹姆斯·帕尔默·布拉巴宗（1843—1922）

1863年入伍，1870年辞去上尉一职后管理他的爱尔兰庄园；1873年重新入伍任中尉，在印度和苏丹服役；第四骠骑兵团上校（1892—1897）；1899年任帝国义勇骑兵指挥官，授少将军衔。

里德弗斯·布勒（1839—1938）

1858年入伍，在中国和非洲服役，1879年参与英国–祖鲁战争，获维多利亚十字勋章；1881年第一次布尔战争中任参谋长；埃及情报局局长，1882年受封为爵士；苏丹（1883—1886）；少将（1886）；军需官（1887—1890）；副官长（1890—1898），中将（1891），上将（1896）；纳塔尔野战部队指挥官，后被罗伯茨勋爵（Lord Roberts）取代总司令一职；1901年被解职。

约翰·弗兰奇，第一代伊普尔伯爵（1852—1925）

1866年加入海军，1870年加入陆军；少将，南非（1899—1902）；1900年获得爵位；将军，部队督查长官（1907—1912）；帝国总参谋长（1912—1914）；陆军元帅（1913）；英国远征军司令（1914—1915）；子爵，国土防空军司令（1915—1918）；爱尔兰总督（1918—1921）；1922年封伯爵。

道格拉斯·黑格，第一代黑格伯爵（1861—1928）

1884年入伍，在苏丹、南非服役（1898—1902）；印度骑兵督查长官（1903—1906）；伦敦任职（1906—1909）；获得爵位，驻印英军参谋长（1909—1911）；将军，奥尔德肖特指挥官（1911—1914）；远征军第一军指挥官（1914—1915）；远征军总司令（1915—1918）；国土防空军总司令（1918—1921）；封伯爵（1918）。

伊恩·汉密尔顿（1853—1947）

1870年入伍，在印度、埃及和缅甸服役；蒂拉赫远征军指挥官（1897—1898）；少将，封爵，参与布尔战争（1899—1901）；中将，南非英军参谋长（1901—1902）；驻中国满洲里军事观察团团长（1904—1905）；副官长（1909—1910）；远征军总司令（1915）。

赫伯特·基奇纳，第一代基奇纳伯爵（1850—1916）

皇家工程兵；蒂拉赫远征军旅长（1897—1898）；英国红海地区总督（1886）；埃及英军副官长，司令官（1892—1898）；参谋长（1899—1900），布尔战争英军总司令（1900—1902）；1902年封子爵；驻印英军总司令（1902—

1907）；陆军元帅（1909）；1914年封伯爵；陆军大臣（1914—1916）；1916年去俄国旅行时溺水而亡。

威廉·洛克哈特（1841—1900）

1858年加入印度英军；旅长，封爵，参加第三次布尔战争（1886—1887）；旁遮普驻军总司令（1890—1895）；蒂拉赫远征军指挥官（1897—1898）；驻印英军总司令（1898—1900）。

伊夫林·伍德（1838—1919）

1852年加入海军，1855年加入陆军，在克里米亚、印度（1858年获维多利亚十字勋章）、非洲（阿散蒂战争，1873—1874）服役，参与祖鲁战争（1878—1879）、第一次布尔战争（1881）；1879年封爵；埃及军队司令官（1882—1885）；奥尔德肖特指挥官（1889—1893）；军需官（1893—1897）；副官长（1897—1901）；陆军元帅（1903）。

其他人物

乔治·刘易斯（1833—1911）

1850年受雇于刘易斯家族律师事务所（Lewis & Lewis），后成为合伙人；最初是金融领域的律师；1875年后，因处理著名刑事案件而闻名，其中包括1891年的"皇家百家乐丑闻"；娶维多利亚·卡恩（Victorine Kann），后者1865年去世；再婚，娶伊丽莎白·埃伯施塔特（Elizabeth Eberstadt），有三个孩子；1893年封爵；1902年封从男爵。

西奥多·拉姆利

他与他兄弟沃尔特·拉姆利（Walter Lumley）合伙经营拉姆利公司

（Lumley & Lumley），他们的律师事务所在伦敦邦德街，另在伦敦老犹太街和巴黎还有其他办事处；拉姆利公司处理丘吉尔家族的法律事务。

罗伯森·罗斯博士（1848—1905）

医生，在伦敦和他居住的布莱顿执业；丘吉尔家的家庭医生。

亚历山大·瓦特，简称"A.P."（1834—1914）

1870年代，爱丁堡的书商和广告代理商；1875年创立了文学经纪人这一职位，1881年成立了"文学经纪公司"；代理出版托马斯·哈代（Thomas Hardy）、阿瑟·柯南·道尔（Arthur Conan Doyle）、鲁德亚德·吉卜林（Rudyard Kipling）的作品。

詹姆斯·韦尔登牧师（1854—1937）

达利奇学院的校长（1883—1885）；哈罗公学（1885—1898）；加尔各答主教（1888—1902）；威斯敏斯特教堂牧师（1902—1906）；曼彻斯特大教堂教长（1906—1918）；达勒姆大教堂教长（1918—1933）。

仆　佣

伊丽莎白·埃弗勒斯特，"姆""姆姆""姆妈"（约1832—1895）

出生于肯特郡查塔姆；1875年来到丘吉尔家，担任温斯顿的保姆；在丘吉尔家里一直待到1893年；1895年死于腹膜炎。

乔治·斯克里文斯（死于1907年）及斯克里文斯太太

乔治是温斯顿的男仆，斯克里文斯太太从1900年开始在丘吉尔家做饭；1907年，乔治在陪同温斯顿访问非洲时死于霍乱；斯克里文斯太太一直在丘吉尔家里干活，直到移居加拿大。

托马斯·瓦尔登（死于1921年）和瓦尔登太太

托马斯最初是作为伦道夫·丘吉尔勋爵的贴身男仆为丘吉尔家庭服务的；1891年随同伦道夫勋爵的探险队到南非，1894年陪同丘吉尔夫妇进行国际旅行；陪同温斯顿前往南非（1899—1900）；瓦尔登夫妇一直为珍妮服务，直到1914年。

地　名

班斯特德庄园

萨福克郡纽马克特附近；在马尔伯勒公爵夫人的资助下，丘吉尔夫妇从房主科顿（Cotton）家族那里租用；当温斯顿和杰克还小的时候消夏用的。

布伦海姆宫

牛津郡伍德斯托克附近；马尔伯勒公爵的宅邸，也是温斯顿出生的地方；建于18世纪早期，大部分资金来自国王授予的土地和议会的出资，作为对第一代公爵在与法国的战争中获胜的奖励，那些战役包括布伦海姆（1704）、拉米利（Ramillies，1706）、古德纳德（Qudenarde，1708）和马尔普拉凯（Malplaquet，1709）战役。

坎福德庄园

位于多塞特郡温伯恩；温伯恩勋爵（前艾弗·格斯特爵士）拥有17000英亩的地产，他娶了伦道夫·丘吉尔勋爵的姐姐科妮莉亚·斯宾塞–丘吉尔女士；格斯特家族的财富是以钢铁业为基础的。

查兹沃斯府

德比郡贝克韦尔附近；卡文迪什家族的府邸，自1549年起为德文郡公爵所有；在17世纪末，第一代德文郡伯爵，也就是第一代德文郡公爵，重建了该府邸的大部分；其花园18世纪由第四代德文郡公爵时期的"能人"朗斯洛特·布朗（Launcelot "Capability" Brown）重新设计。

达尔梅尼府

爱丁堡附近；罗斯伯里伯爵的宅邸；外部设计采用哥特复兴风格，但内部采用摄政时期的风格，其取代了之前的祖先宅邸——附近的巴恩伯格城堡；在

1878年第五代罗斯伯里伯爵与汉娜·罗斯柴尔德（Hannah Rothschild）结婚后，内部装饰了许多罗斯柴尔德家族收藏的画作。

迪普戴纳田庄

位于萨里郡杜金的东南部；最初属于霍华德家族（诺福克公爵），霍华德家族在17世纪建造了一座大房子和装饰性花园；1760年代，这里被一座帕拉第奥风格的豪宅所取代。该田庄1808年被霍普（Hope）家族购得，房屋进一步被装修为文艺复兴时期的宫殿风格；霍普家族将其租给了莉莉，即马尔伯勒公爵夫人。

邓罗宾城堡

位于因弗内斯以北的戈尔斯皮附近；13世纪以来一直是萨瑟兰（Sutherland）伯爵的府邸；1845年，建筑师查尔斯·巴里爵士将堡垒和住宅按苏格兰宏大风格进行了改造；1915年毁于大火；后由罗伯特·洛里默爵士（Sir Robrt Lorimer）设计，按苏格兰文艺复兴风格重建。

伊顿府

位于柴郡埃克莱斯顿附近；威斯敏斯特公爵的宅邸；自15世纪起由格罗夫纳（Grosvenor）家族所有；旧址上的两座房屋后来被一座更大的维多利亚式建筑所取代，该建筑由阿尔弗雷德·沃特豪斯（Alfred Waterhouse）设计，于1882年完工；周围有11000英亩土地。

格伦穆克府

位于迪赛德的巴勒特附近；以前的布莱希利府，现在已被拆除；19世纪中期，威尔士亲王的朋友詹姆斯·汤普森·麦肯齐爵士（Sir James Thompson MacKenzie）买下了该房产和14000英亩的地产；之后被南非出生的金融家西格斯蒙德·诺伊曼爵士（Sir Sigismund Neumann）购得。

高斯福德府

位于东洛锡安朗尼德利附近；是查特里斯（Charteris）家族，即威姆斯（Wemyss）伯爵和马奇伯爵的宅邸；由罗伯特·亚当（Robert Adam）设计，建造于1890年至1900年。

圭萨珊

邻近因弗内斯；圭萨珊田庄是一片鹿林，后来被达德利·玛瑞班克斯（Dudley Majoribanks），即后来的特威德茅斯勋爵买下，他建造了圭萨珊府；他的财富来自他父亲——一家金融公司的合伙人。特威德茅斯是一位自由党政治家，娶了温斯顿的姑姑，范妮·斯宾塞–丘吉尔夫人。

因弗考尔德

位于阿伯丁郡迪赛德的布雷马；该地以马尔伯爵的府邸布雷马城堡为中心，马尔伯爵是法夸尔森（Farquharson）家族的首领；1848年，这一家族把该地毗邻的巴尔莫勒尔田庄卖给了维多利亚女王。

因弗马克老宅

位于安格斯的布里琴城堡附近；是达尔豪西伯爵的宅邸，他家的地产覆盖了苏格兰安格斯和米德洛锡安之间约15万英亩的土地。

伊韦恩明斯特府

邻近多塞特郡的布兰德福德；最初由鲍耶·鲍尔（Bowyer Bower）家族于1796年建造；乔治·格林，即沃尔弗顿勋爵于1876年买下；1878年由建筑师阿尔弗雷德·沃特豪斯重新设计；格林家族于1908年将其出售。

明托府

邻近苏格兰边境的霍伊克；是1891年继承爵位的第四代明托伯爵的宅邸；该

处房子在18世纪由威廉·亚当（William Adam）重新设计改造；威廉·普莱费尔（William Playfair）对建筑进行了维多利亚风格的改造，最终建成了一幢四层的建筑。

潘尚加府

邻近赫特福德；第七代考珀伯爵的府邸；这幢房子是1806年按摄政兼哥特式风格建造完工的；在汉弗莱·雷普顿（Humphry Repton）的建议下，府邸花园在18世纪末进行了景观美化。

桑德林汉姆府

位于诺福克；维多利亚女王于1862年为威尔士亲王和他的丹麦新婚妻子亚历山德拉公主购买的田庄；最初是一座建于1771年的乔治王朝时期的房屋，但由王室买下后，维多利亚时代建筑师亨伯特（A.J. Humbert）进行了重新装修；房子有一部分被1891年的大火烧毁。

塔尔坎，达奇罗伊府

邻近因弗内斯；位于斯佩河畔，用于狩猎和钓鱼的木屋；其地产属于第七代西菲尔德伯爵所有；1906年一场大火后，有租用权的菲利普·沙逊爵士（Sir Phillip Sassoon）重建了木屋。

维尔贝克修道院

位于北诺丁汉郡；原是一座修道院，1607年被查尔斯·卡文迪什爵士（Sir Charles Cavendish）买下，他儿子威廉成为第一代纽卡斯尔公爵；它成了纽卡斯尔公爵的田庄，他们把它改造成乡间别墅，直到18世纪转手于本丁克家族，成为波特兰公爵在英国的府邸。

温亚德花园

位于达勒姆郡；伦敦德里侯爵（丘吉尔家的表亲），范恩–坦皮斯特–斯图尔特家族在英国的府邸；原来的房子1841年被大火烧毁，后按照伊格内修斯·波诺米（Ignatius Bonomi）的设计重建。

致　谢

　　我谨代表剑桥大学丘吉尔学院（Churchill College, Cambridge）的院长、研究员和学者，感谢伦敦的柯蒂斯·布朗（Curtis Brown）允许我引用伦道夫·丘吉尔夫人珍妮尚未发表的信件（版权属于剑桥大学丘吉尔学院院长、研究员和学者）；并代表温斯顿·S.丘吉尔遗产受托人，感谢伦敦的柯蒂斯·布朗允许我引用温斯顿·S.丘吉尔的演讲、作品、著述和信件（版权属于温斯顿·S.丘吉尔遗产受托人）。我还要感谢温斯顿·丘吉尔爵士档案信托基金（Sir Winston Churchill Archive Trust）的受托人允许我使用他们拥有的文件和图片。

　　我非常感谢温斯顿的曾孙伦道夫·丘吉尔在这项工作中对我的鼓励，尤其感谢他为本书写了序言。我还想提一下已故的索姆斯夫人（Lady Soames），我从她收集的克莱门蒂娜和温斯顿之间的信件中获得了灵感。任何喜欢《亲爱的温斯顿》（*Darling Winston*）但还没读过《喃喃自语》（*Speaking for Themselves*）这本书的人都应该去读一下后者。

　　所有描写丘吉尔家族生活的作家都应该感谢由他的儿子伦道夫·丘吉尔和马丁·吉尔伯特（Martin Gilbert）共同撰写并正式授权的传记

《温斯顿·斯宾塞·丘吉尔》（*Winston Spencer Churchill*）。我经常查阅第一卷至第四卷及其相关文献，这些文献跨越了这部书信集所涵盖的四十年时间。

在我为这本书做研究的期间，我主要感谢剑桥大学丘吉尔学院丘吉尔档案中心（Churchill Archives Centre）和伦敦布卢姆斯伯里出版社（Bloomsbury Publishing）的团队提供的帮助，后者出版了丘吉尔档案的电子版。

我从电子档案中找到了珍妮和温斯顿大部分信件的图片，我非常感谢布卢姆斯伯里出版社——特别是弗朗西斯·阿诺德（Frances Arnold）、伊丽莎白·卡梅伦（Elizabeth Cameron）和艾米莉·德鲁（Emily Drew）——为我提供方便。对于世界各地的历史学家和研究者来说，这是一个很好的资源。在剑桥，不得不操作微缩胶片阅读机的日子已经结束了，很大程度上亦无须惋惜。

另外，爬上丘吉尔学院的楼梯后，得到丘吉尔档案中心乐于助人且知识丰富的团队对我的热情问候，我也感到非常高兴。然而，我很幸运，珍妮和温斯顿之间的一些信件到目前为止还没有被扫描过。去剑桥的另一个好处是请教娜塔莉·亚当斯（Natalie Adams），看她如何解读珍妮的文字，珍妮的文字充满了维多利亚时代老派写信人的华丽辞令。娜塔莉耐心地和我一起研究那些难认的用词或名字，我非常感激她帮我破解了所有的难题，除了一处，我无奈地插入了"字迹模糊"这个词！艾伦·帕克伍德博士（Dr. Allen Packwood），档案中心主任，总是为他的整个团队设定节奏，我再次非常感谢他，不仅感谢他的鼓励和在版权问题上的帮助，也感谢他花时间并利用他的专业知识来审阅我的文稿。

我还要感谢爱尔兰国家图书馆的伊丽莎白·哈福德（Elizabeth Harford）和詹姆斯·哈特（James Harte），馆里存放着温斯顿和珍妮之间的一些信件，这些信件最终出现在莱斯利文件（Leslie Papers）中；感谢哈罗公学的档案管理员泰斯·福克斯（Tace Fox）；还要感谢伦敦图书馆，那里是读者和作家的天堂，它位于伦敦市中心圣詹姆斯广场14号（隔壁就是圣詹姆斯广场12号，后者在本书信件中多次出现，因为它是伦道夫勋爵的房产，有一段时间是珍妮的尼姆罗德俱乐部所在地，敏锐的读者可能已经注意到了！）。

说到这儿，我要感谢玛格丽特·阿特金斯（Margaret Atkins），她以令人钦佩的准确性打出了大部分书信；还要感谢卡罗尔·特纳（Carol Turner），她曾是我的工作助手，现在她又来检查我的书稿，发现了至少和她以前在银行工作检查单据时发现的一样多的但不同类型的错误，这些错误主要归因于本书作者。

我要感谢我的文学经纪人安德鲁·洛尼（Andrew Lownie），感谢他的指导和明智的处理。我很高兴再次与伦敦"宙斯之首"出版团队合作，特别是理查德·米尔班克（Richard Milbank），他是本书的责编；乔治娜·布莱克威尔（Georgina Blackwell），她帮助安排了本书的插图；克莱门斯·杰奎内（Clemence Jacquinet）和艾德里安·麦克劳克林（Adrian McLaughlin），他们必须面对不同寻常的挑战，在书页上把信件呈现得更吸引人；还有做封面设计的杰西·普莱斯（Jessie

Price）。我很感谢理查德（Richard）和霍莉·柯林斯（Holly Collins）作为文字编辑的帮助。我很高兴因此书能与美国纽约的珀加索斯出版社（Pegasus Publishers）合作，我要特别感谢克莱本·汉考克（Claiborne Hancock）和杰西卡·凯斯（Jessica Case）。在所有这些帮助和编辑中仍未能避免的错误都是我的责任。

　　最后，我一直很感激家人的支持，特别是我女儿罗茜（Rosie），她再次帮助我校对和提出建议，以及长期默默给予我支持的妻子费利西蒂（Felicity）。我把这本书献给她，因为她给了我许多灵感。从根本上说，本书无疑是对母性的一种敬意，我也很有幸能近距离观察到费利西蒂作为我们孩子的母亲的光辉。

大卫·劳

彭斯赫斯特

2018年3月

信件来源及信件引用

信件来源

英国

剑桥大学丘吉尔学院丘吉尔档案中心

《温斯顿·S.丘吉尔文件——查特韦尔庄园收藏》

《伦道夫·丘吉尔勋爵文件》

《伦道夫·丘吉尔夫人文件》

《约翰·S.丘吉尔文件》

《"佩里格林"亨利·温斯顿·丘吉尔文件》

伦敦大英图书馆

《布伦海姆文件》

伦敦罗斯柴尔德档案馆

《伦道夫·丘吉尔勋爵银行账户及信函》

爱尔兰

爱尔兰国家图书馆

《莱斯利文件》

美国

康涅狄格耶鲁大学（拜内克珍本及手稿图书馆）

《圣赫利耶夫人文件》

华盛顿特区国会图书馆

《莫顿·弗雷文文件》

纽约公共图书馆

《爱德华·马什爵士文件》

《A.P.瓦特文件》

信件引用

几乎所有信件都来自丘吉尔档案中心（CAC）以及查特韦尔庄园（Chartwell）收藏的系列文件。因此，下面的列表省略了CAC书信编目中通常位于引用前的查特韦尔一词的前缀（CHAR）。

一些信件存放在CAC的另外两个文档中，这两个文档在CAC编目中缩写如下：

《"佩里格林"亨利·温斯顿·丘吉尔文件》: PCHL

《温斯顿·丘吉尔附件》: WHCL

引用由伦道夫·丘吉尔或马丁·吉尔伯特撰写的正式授权的传记《温斯顿·斯宾塞·丘吉尔》或其配套文档中的信件，用以下格式显示：

WSC 1 : 123 表示该传记第一卷，第123页；

WSC 2C3 : 456 表示该传记第二卷配套文档第三卷，第123页。

[1881]	Private collection
[1881]	28/13/2
1 April [1882]	28/13/6-7
[3 December 1882]	28/13/15
[17 June 1883]	28/13/17
[November 1883]	28/13/23
16 March 1884	28/13/34
8 June 1884	28/13/36-7
28 October 1884	28/13/45
21 January 1885	28/13/48
9 May 1885	28/13/62
9 June 1885	28/13/67
2 September [1885]	28/13/76
14 February 1886	28/13/86
5 October 1886	28/13/95
14 December [1886]	28/13/104-5
17 May 1887	28/14/11
11 June 1887	28/14/17
[?12 June 1887]	28/14/18-9
[15 June 1887]	28/14/20
[19 June 1887]	28/13/109
[24 June 1887]	28/14/20
[July 1887]	28/17/1-2
[late July 1887]	28/17/3
[14 July 1887]	28/14/26
22 October 1887	28/14/44-5
14 December 1887	28/14/52
12 January [1888]	28/14/56
7 February 1888	28/15/2-3

16 March 1888	28/15/9-11
[20 April 1888]	28/15/14-5
[14 May 1888]	28/17/4
[27 June 1888]	28/17/4
[October 1888]	28/17/20
7 November 1888	28/15/29
[March 1889]	28/17/27
[15 May 1889]	28/17/31
[21 June 1889]	28/17/36
[28 September 1889]	28/18/13-4
[5 October 1889]	28/16/8-9
[November 1889] Monday	1/8/6
[November 1889]	28/17/41
[November 1889]	28/18/24
[25 January 1890] Saturday	1/8/7
7 February 1890	1/8/8
12 March 1890	Lslie Papers
12 June 1890	1/8/9-11
[19 June 1890]	8/18/38-40
[September 1890] Friday 19	1/8/12-3
[21 September 1890] Sunday	28/16/14
[13 October 1890]	28/16/14
[November 1890]	28/16/15-6
[21 January 1891]	28/1853-5
[22 January 1891] Thursday	1/8/12-3
[late February/early March 1891]	28/17/57
[April 1891]	28/16/23
[29 April 1891] Wednesday	1/8/17
[10 May 1891] Sunday	1/8/18

[19 May 1891]	28/16/25
[13 June 1891]	28/16/27
[18 June 1891] Thursday	1/8/19
[19 June 1891]	28/16/28
[21 June 1891]	28/16/29
[25 June 1891]	28/16/30
[28 June 1891] Sunday	1/8/20
[29 June 1891]	28/16/31
3 July 1891	28/16/32-3
[5 July 1891] Sunday	1/8/21
[6 July 1891] Monday	1/8/22
[14 July] 1891	28/16/34-5
[July 1891]	1/8/24
[24 July 1891]	28/17/60-2
[July 1891]	1/8/23
[19 September 1891]	28/6/38-9
[22 September 1891]	28/16/40
[27 September 1891]	28/16/23
[28 September 1891]	28/17/65-6
[29 September 1891]	1/8/25
28 October 1891	1/8/27
[early November 1891]	28/1645
[10 November 1891]	1/8/28
15 November [1891]	1/8/29
[mid-November 1891]	28/16/47
[22November 1891]	28/16/49
[6 December 1891]	28/16/50
[8 December 1891] Tuesday	1/8/30-1
[9 December 1891]	28/16/51

[15 December 1891] Tuesday	1/8/32
[16 December 1891]	28/16/53-4
[December 1891]	28/16/56
[22 December 1891]	28/19/1-2
[27 December 1891]	1/8/32
Sunday 10 January 1892	1/8/33
[14 January 1892]	8/16/63
[January 1892]	28/16/64
[7 February 1892]	28/16/64
[February 1892]	28/16/65
[16 March 1892]	28/16/67
[24 March 1892]	28/17/68
[28 March 1892] Monday	1/8/35
[27 March 1892]	28/17/69
[13 April 1892] Sunday	1/8/36
[May 1892] Monday	1/8/37
[24 September 1892]	1/8/39
[September 1892]	28/16/70
[21 November 1892]	28/16/75-6
[7 February 1893]	1/8/41
[February 1893]	1/8/40
[March 1893]	1/8/42
2 April 1893	28/19/4
[7 April 1893] Friday	1/8/43
19 April [1893]	1C1:375
14 June 1893	28/19/5
[18 June 1893] Sunday	1/8/44
7 August 1893	1/8/45-6
14 August 1893	28/19/8-9

19 August 1893	1/8/47-8
23 August 1893	28/19/10
30 August 1893	28/19/11
17 September [1893]	28/19/13-5
20 September [1893]	28/19/16-7
13 October [1893]	28/19/20-1
21 October [1893]	28/19/22-3
10 December[1893]	28/20/54
25 December[1893]	28/20/57-8
11 February [1894]	1/8/49
13 February [1894]	28/20/3
[20 February 1894] Tuesday	1/8/50
16 March [1894]	28/20/11
[17 March 1894] Saturday	1/8/54
[22 April 1894] Sunday	1/8/55
24 April [1894]	28/20/16
30 April [1894]	1/8/56
1 May [1894]	28/20/18-9
10 May [1894]	28/20/22
13 May [1894]	28/20/23
17 May [1894]	1/8/57
19 May 1894	28/20/25
24 May [1894]	1/8/58-9
25 May 1894	28/20/26
10 July [1894]	28/20/28-9
17 July [1894]	28/19/28-9
22 July [1894]	28/19/30-2
31 July 1894	28/20/30-1
3 August [1894]	28/19/33-4

26 August [1894]	28/19/35-6
11 October 1894	PCHL/1/6
4 September 1894	28/209/34-6
15 September 1894	28/20/37-8
19 September 1894	28/20/39-40
4 November[1894]	PCHL/1/6
21 October[1894]	28/20/42
2 November 1894	28/20/45-6
8 November 1894	28/20/47-8
25 November 1894	28/20/50
9 December 1894	28/20/53
17 December 1894	28/20/55-6
11 January [1895]	28/21/1-2
19 February 1895	28/21/3-4
20 February 1895	28/21/5-6
24 February 1895	28/21/9-10
2 March 1895	28/21/11-3
23 March 1895	28/21/19-21
27 April 1895	28/21/25-30
2 May [1895]	28/21/31-3
8 May [1895]	28/21/34
16 May [1895]	28/21/35
23 May [1895]	28/21/37-9
6 June [1895]	28/21/40-2
17 June [1895]	28/21/43-6
23 June [1895]	28/21/47-8
3 July [1895]	28/21/49-50
6 July [1895]	28/21/51-3
16 August [1895]	28/21/59-61

24 August [1895]	28/21/62-4
31 August [1895]	28/21/65-6
4 October [1895]	28/21/71-2
11 October [1895]	1/50/60-1
21 October [1895]	28/21/74-5
8 November [1895]	28/21/78-81
10 November [1895]	28/21/82-4
20 November 1895	20 November 1895
6 December 1895	28/21/92-4
26 January 1896	28/21/82-84
1 May 1896	28/22/4-6
4 August 1896	28/21/96-9
23 September 1896	1/8/62-63
18 September 1896	28/22/7-8
1 October [1896]	1/8/64-5
21 September 1896	28/22/9
8 October 1896	1/8/66-7
30 September 1896	28/22/10
22 October [1896] Friday	1/8/68
4 October [1896]	28/23/1-3
14 October [1896]	28/22/11-3
5 November [1896]	1/8/70-1
21 October 1896	28/22/15
13 November 1896	1/8/72
26 October [1896]	28/22/16-7
19 November [1896]	1/8/73-4
4 November [1896]	28/22/18-23
27 November [1896]	1/8/75-6
12 November [1896]	28/22/24-5

18 November [1896]	28/22/26-7
11 December [1896]	1/8/77-78
24 November [1896]	28/22/28-9
17 December 1896	1/8/79-80
2 December [1896]	28/22/32-3
24 December [1896]	1/8/81-2
8 December 1896	28/22/34-5
16 December 1896	28/22/36
23 December 1896	28/22/37
15 January 1897	1/8/85
1 January 1897	28/23/4-5
7 January 1897	28/23/8-9
29 January 1897	1/8/86-7
14 January 1897	28/23/10-1
5 February [1897]	1/8/88
21 January 1897	28/23/12-3
12 February [1897]	1/8/89-90
4 February [1897]	28/23/15
26 February 1897	1/8/91-3
12 February [1897]	28/23/16-17
5 March [1897]	1/8/94-95
18 February 1897	28/23/18-9
11 March [1897]	1/8/96-8
25 February 1897	28/23/20-1
18 March 1897	1/8/99-101
2 March 1897	28/23/22-3
25 March [1897]	1/8/102-103
11 March [1897]	28/23/24-26
2 April 1897	1/8/104-105

17 March 1897	28/23/27-8
31 March 1897	28/33/29-30
6 April [1897]	28/23/31-3
14 April 1897	28/23/34-5
21 April 1897	28/23/36-8
28 April 1897	28/23/39-41
26 May 1897	28/23/41A-B
7 August [1897]	28/23/42-43
17 August [1897]	28/23/44-46
9 September [1897]	1/8/106
24 August [1897]	28/23/47-8
21 September [1897]	1/8/106
30 September 1897	1/8/109-110
29 August [1897]	28/23/49-50
5 September [1897]	28/23/52
7 October 1897	1/8/111-2
12 September [1897]	25/23/53-4
29 October 1897	1/8/113-4
19 September [1897]	28/23/57
4 November 1897	1/8/115-6
27 September [1897]	28/23/58
2 October [1897]	28/23/59
12 October [1897]	28/23/63
21 October [1897]	28/23/64-6
11 November [1897]	1/8/117
25 October [1897]	28/23/67-68
25 November 1897	1/8/118
[2 November] 1897	28/23/71-3
10 November [1897]	28/23/76-8

17 November [1897]	28/23/79-81
10 December 1897	1/8/119
24 November [1897]	28/23/82-83
16 December 1897	1/8/120-1
2 December [1897]	28/23/84-5
9 December [1897]	28/23/86-7
15 December [1897]	28/23/88-9
22 December [1897]	28/23/90-2
13 January 1898	1/8/122-3
14 January 1898	1/8/124
31 December [1897]	28/23/93-5
5 January 1898	28/24/2-10
20 January 1898	1/8/125-6
10 January 1898	28/24/13-16
27 January 1898	1/8/127-8
19 January 1898	28/24/20-5
26 January 1898	28/24/26-9
28 January 1898	28/24/30-2
30 January 1898	28/24/33-5
2 February 1898	28/24/36
9 February 1898	28/24/37-9
16 February [1898]	28/24/40-41
25 February [1898]	28/24/42-3
7 March [1898]	28/24/45-6
18 March [1898]	28/24/49-53
22 March [1898]	28/24/54-7
27 March 1898	28/24/65-7
31 March [1898]	28/24/74-77
13 April [1898]	28/24/78-84

19 April [1898]	28/24/85-6
22 April [1898]	28/24/87-9
25 April 1898	28/24/90-2
3 May 1898	28/25/1-2
10 May 1898	28/25/3-5
16 May 1898	28/25/6-8
22 May 1898	28/25/10-13
1 June [1898]	28/25/14-16
8 June [1898]	28/25/21-23
15 July [1898]	28/25/25-6
[late July 1898]	28/25/57
28 July 1898	28/25/27
5 August 1898	28/25/28-9
10 August 1898	28/25/31
16 August 1898	28/25/32
19 August 1898	28/25/33-5
24 August 1898	28/25/32
26 August 1898	28/25/38
4 September 1898	1C2:973
8 September 1898	28/25/42
17 September 1898	28/25/43-5
21 October 1898	28/25/46
27 October 1898	28/25/47
14 November 1898	28/25/49
1 December 1898	28/25/51-52
4 December 1898	28/25/53
11 December 1898	28/25/54
22 December 1898	28/25/55
29 December 1898	28/25/56

1 January 1899	28/26/1
11 January 1899	28/26/2
19 January 1899	28/24/93
26 January 1899	28/26/3
2 February 1899	28/26/4
9 February 1899	28/26/5
16 February 1899	28/26/6-7
23 February 1899	28/26/9-10
2 March 1899	28/26/11-12
9 March 1899	28/26/13
30 March 1899	28/26/14-7
3 April 1899	28/26/18-20
3 May 1899	28/26/21
25 June 1899	28/26/22
26 June 1899	28/26/23
23 July 1899	28/26/27
13 August 1899	28/26/28
16 August 1899	28/26/29
22 August 1899	28/26/30-31
3 September 1899	28/26/32-33
18 September 1899	28/26/34
2 October 1899	28/26/35-6
17 October 1899	28/26/39
25 October 1899	28/26/40
3 November 1899	28/26/43
18 November 1899	28/26/44-45
6 January 1900	28/26/46
13 February 1900	28/26/47
18 February 1900	28/26/48-49

26 February 1900	28/26/50-51
15 April [1900]	PCHL/1/6
21 March 1900	28/26/52
22 March 1900	28/26/53
12 May [1900]	PCHL/1/6
1 May 1900	28/26/54-8
26 May 1900	PCHI /1/6
9 June 1900	28/26/59-60
6 August 1900	28/26/61
12 August 1900	28/26/62-64
8 September 1900	28/26/66-8
20 September 1900	28/26/69
21 September 1900	28/26/70-1
27 October 1900	28/26/74
21 December 1900	28/26/77-9
1 January 1901	28/26/80-82
22 January 1901	28/26/88-93
14 February 1901	28/26/94
13 March 1901	28/26/96-7
23 March 1901	28/26/98-100
13 December 1901	28/26/103
[December 1901]	28/26/104
3 April 1902	28/27/1
15 August 1902	28/27/2-3
27 September 1902	28/27/5
9 October 1902	28/27/5
8 December 1902	28/27/10
19 December 1902	28/27/8-9
12 August 1903	28/27/11-7

11 September 1903	28/27/18
18 September 1903	28/27/20
4 December 1903	28/27/21-2
26 March 1904	28/27/23
22 August 1904	28/27/24
25 August 1904	28/27/25
1 September 1904	28/27/26
14 September 1904	28/27/27
24 September 1904	28/27/28-30
12 November 1904	2/18/67-8
15 November 1904	28/27/31
17 November 1904	28/27/32
21 January 1905	28/27/33
22 January 1905	1/50/7
26 January 1905	28/27/34
9 February 1905	28/27/35
28 February 1905	1/50/17-18
2 April 1905	28/27/38
6 April 1905	28/27/39
19 April 1905	1/50/19
21 July 1905	28/27/40
31 August 1905	28/27/42-3
3 October 1905	28/27/44-45
30 October 1905	28/27/46-47
28 November 1905	28/27/48
1 December 1905	28/27/49
4 December 1905	28/27/50-51
24 June 1906	28/27/52-3

[20] August 1906	28/27/57
25 August 1906	1/56/34-38
1 September 1906	28/27/54-6
4 September 1906	1/56/42-45
16 September 1906	1/56/46
14 September 1906	28/27/58-9
18 September 1906	1/56/49-50
29 September 1906	28/27/60-2
13 October 1906	28/27/63
[October 1906]	1/57/31
26 December 1906 [postcard]	1/57/58
22 March 1907	1/65/27
[31 March 1907] Sunday	1/65/28
17 April 1907	1/65/29-30
1 a.m., 7 May 1907	1/65/27
12 August 1907	1/66/4-5
21 August 1907	28/27/67-68
22 August 1907	1/66/10-12
27 August 1907	1/66/14
[Date, first section missing - late August 1907]	28/27/64-6
30 August 1907	1/66/20
17 September 1907	1/66/28-9
26 September 1907	28/27/72-73
25 September 1907	1/66/31
21 October 1907	1/66/39-40
19 October 1907	28/27/69-70
21 November 1907	1/66/54-55
6 November 1907	28/27/75-79
5 December 1907	1/66/63-4

13 December 1907	1/66/66-8
23 November 1907	28/27/80-81
30 December 1907	1/66/77-8
3 January 1908	1/72/7
7 January 1908	1/72/10
3 January 1908	28/27/82-3
12 January 1908	1/72/13-14
26 March 1908	1/72/47
13 September 1908	28/27/86
20 September 1908	28/27/86A
29 September 1908	1/72/95
14 May 1909	28/27/87
4 August 1909	28/27/88-91
[February 1910] Tuesday 9.15	1/95/80
9 April 1910	28/28/3
1 August 1910	WCHL 14/1/7
29 August 1910	1/95/48-9
13 April 1911	Leslie Papers
14 April 1911	1/39/2
19 April 1911	28/28/4-5
JSC letter to George Cornwallis-West	28/28/6
26 September 1911	1/392/1
28 September 1911	1/392/3
1 October 1911	1/99/42
16 September 1912	1/392/4-6
19 September 1912	28/28/7
15 February 1913	1/392/7-8
18 March 1913	1/392/9-10
24 April 1913	28/28/9-10

[undated, between 1-7 September 1913]	WCHL 14/1/20
29 November 1913	28/28/11
3 December 1913	1/392/17-18
29 January 1914	1/392/11-12
10 February 1914	28/28/14-15
23 May 1915	1/117/63
21 November 1915	WCH 14/1/1-2
24 November 1915	28/120/1-2
27 November 1915	WCHL 14/1/9-10
1 December 1915	28/120/3-4
5 December 1915	WCHL 14/1/12-13
8 December 1915	28/120/5-6
12 December 1915	WCHL 14/1/15
19 December 1915	WCHL 14/1/17-18
6 January 1916	WCHI /14/1/22-4
12 January 1916	WCHL 14/1/26-7
23 January 1916	WCHL 14/1/26-7
29 January 1916	Leslie papers
3 February 1916	WCHL 14/1/28-30
7 February 1916	28/120/7-8
12 February 1916	1/392/13-14
20 February 1916	1/392/15
23 February 75 1916	28/120/9-10
28 March 1916	WCHL 14/1/31-32
3 April 1916	28/120/11-2
7 April 1916	1/392/16
16 July 1920	1/135/9
5 August 1920	1/135/10
14 February 1921	1/138/15

1 March 1921   1/138/18
[27 April 1921] Wed   1/138/22